Die Sturmschwester

Lucinda Riley

Die Sturmschwester

Roman

Deutsch von Sonja Hauser

Weltbild

Die englische Originalausgabe erschien 2015 unter dem Titel *The Storm Sister* bei Macmillan, an imprint of Pan Macmillan, a division of Macmillan Publishers Limited, London.

Besuchen Sie uns im Internet:
www.weltbild.de

Genehmigte Lizenzausgabe für Weltbild GmbH & Co. KG,
Werner-von-Siemens-Straße 1, 86159 Augsburg
Copyright der Originalausgabe © 2015 by Lucinda Riley
Copyright der deutschsprachigen Ausgabe © 2015 by Wilhelm Goldmann Verlag,
München, in der Verlagsgruppe Random House GmbH
Übersetzung: Sonja Hauser
Umschlaggestaltung: Johannes Frick, Neusäß
Umschlagmotiv: „© Johannes Frick, Neusäß unter Verwendung von Motiven von Shutterstock (© Tiramisu Studio, © Bildagentur Zoonar GmbH, © Potapov Alexander, © Vibrant Image Studio)"
Satz: Datagroup int. SRL, Timisoara
Gesamtherstellung: CPI Moravia Books s.r.o., Pohorelice
Printed in the EU
ISBN 978-3-95973-220-8

2019 2018 2017 2016
Die letzte Jahreszahl gibt die aktuelle Lizenzausgabe an.

*Für Susan Moss,
meine »Seelenschwester«*

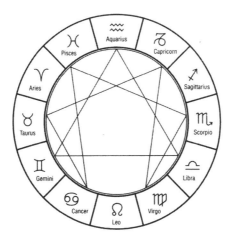

»Wir sind alle in der Gosse, aber manche von uns
blicken hinauf zu den Sternen.«
Oscar Wilde

Personen

»Atlantis«

Pa Salt   Adoptivvater der Schwestern (verstorben)
Marina (Ma)   Mutterersatz der Schwestern
Claudia   Haushälterin von »Atlantis«
Georg Hoffman   Pa Salts Anwalt
Christian   Skipper

Die Schwestern d'Aplièse

Maia
Ally (Alkyone)
Star (Asterope)
CeCe (Celaeno)
Tiggy (Taygeta)
Elektra
Merope (fehlt)

Stammbaum der Familie Halvorsen

Jonas Halvorsen ⚭ Margarete Trolle
* 21. Jan. 1830   * 23. März 1834
+ 2. Dez. 1890   + 1. April 1887

Jens Halvorsen ⚭ Anna Tomasdatter Landvik
* 15. Juli 1855   * 27. Juni 1857
+30. März 1921   + 22. Okt. 1907

Solveig Anna Halvorsen   Edvard Horst Halvorsen ⚭ Astrid Thorsen
* 8. Nov. 1877   * 30. Aug. 1884   *10. Aug. 1899
+ 8. Nov. 1877   + 15. Aug. 1985   +12. Nov. 1995

Jens (Pip) Halvorsen ⚭ Karine Rosenblum
*   1. Okt. 1917   *16. Mai 1921
+ 14. April 1940   +14. Apr. 1940

Felix Mendelssohn Halvorsen
* 15. Nov. 1938

Thom Felix Halvorsen
* 1. Juni 1977

ALLY

Juni 2007

Morgenstimmung

Allegretto pastorale — Edvard Grieg

I

Ägäis

Nie werde ich vergessen, wo ich war und was ich tat, als ich hörte, dass mein Vater gestorben war.

Ich sonnte mich nackt auf dem Deck der *Neptun*, Theos Hand schützend auf meinem Bauch. Der menschenleere Goldstrand der Insel vor uns schimmerte, eingebettet zwischen Felsen, im Licht der Sonne, und das kristallklare, türkisblaue Wasser, das träge am Ufer leckte, schäumte wie die Milch auf einem Cappuccino.

So träge, dachte ich, *wie ich*.

Am Abend zuvor waren wir bei Sonnenuntergang in einer kleinen Bucht vor einer der griechischen Makares-Inseln vor Anker gegangen und mit zwei Kühlboxen an Land gewatet. Die eine war mit frischen Meeräschen und Sardinen gefüllt, die Theo gefangen hatte, die andere mit Wein und Wasser. Als ich die meine schwer atmend auf dem Sand abstellte, hatte Theo mich zärtlich auf die Nase geküsst.

»Wie Schiffbrüchige auf unserer eigenen verlassenen Insel«, hatte er verkündet und die Arme ausgebreitet. »Ich sammle Brennholz, damit wir den Fisch braten können.«

Ich hatte ihm nachgesehen, wie er auf die im Halbrund um die Bucht gruppierten Felsen zugegangen war, zwischen denen knochentrockene Büsche wuchsen. Trotz seines eher schmalen Körpers war er ein Weltklassesegler, und dazu brauchte man Kraft. Verglichen mit anderen Männern aus den Crews in Segelwettbewerben, die ausschließlich aus Muskeln zu bestehen schienen, wirkte Theo fast zierlich. Zu den ersten Dingen, die mir an ihm aufgefallen waren, gehörte sein schiefer Gang. Inzwischen wusste ich, dass er sich als Kind beim Sturz von einem Baum den Knöchel gebrochen hatte, der nie richtig zusammengewachsen war.

»Wahrscheinlich bin ich deshalb für ein Leben auf dem Wasser prädestiniert. Auf dem Boot merkt keiner, wie lächerlich ich an Land watschle«, hatte er schmunzelnd erzählt.

Wir hatten den Fisch gebraten und uns unter dem Sternenhimmel geliebt. Der folgende Morgen war unser letzter gemeinsamer an Bord gewesen. Kurz bevor ich beschloss, wieder mit der Außenwelt in Kontakt zu treten, indem ich mein Handy einschaltete, und erfuhr, dass mein Leben in Scherben lag, hatte ich völlig entspannt neben ihm geruht. Und vor meinem geistigen Auge wie in einem surrealen Traum Revue passieren lassen, wie ich an diesen wundervollen Ort gelangt war …

Das erste Mal war ich ihm etwa ein Jahr zuvor bei der Heineken-Regatta in Sint Maarten in der Karibik begegnet. Als die Siegercrew mit einem Diner feierte, hatte ich zu meiner Begeisterung festgestellt, dass ihr Skipper Theo Falys-Kings war, in der Segelwelt berühmt, weil er bei Rennen in den vergangenen fünf Jahren mehr Mannschaften zum Sieg geführt hatte als jeder andere Kapitän.

»Er ist ganz anders, als ich ihn mir vorgestellt habe«, gestand ich Rob Bellamy, einem alten Segelkameraden, mit dem ich im Schweizer Nationalteam gesegelt war, mit leiser Stimme. »Mit der Hornbrille sieht er aus wie ein Nerd«, fügte ich hinzu, während ich beobachtete, wie er aufstand und an einen anderen Tisch trat, »und er hat einen merkwürdigen Gang.«

»Er ist nicht gerade der muskelbepackte Bilderbuchathlet«, pflichtete Rob mir bei, »aber als Segler das reinste Genie, denn er hat einen sechsten Sinn fürs Wasser. Bei stürmischer See würde ich keinem Skipper mehr vertrauen als ihm.«

Als Rob mich später am Abend Theo vorstellte, musterte mich dieser nachdenklich mit seinen grünen, haselnussbraun gesprenkelten Augen.

»Du bist also die berühmte Al d'Aplièse.«

Sein britischer Akzent klang freundlich und ruhig. »Der zweite Teil stimmt«, entgegnete ich, verlegen über das Kompliment, »doch soweit ich weiß, bist *du* der deutlich Berühmtere von uns beiden.«

Er schmunzelte.

»Was ist so komisch?«, erkundigte ich mich.

»Offen gestanden hatte ich nicht *dich* erwartet.«

»Wie meinst du das?«

Da wurde Theo von einem Fotografen abgelenkt, der eine Aufnahme vom Team machen wollte, weswegen ich nie erfuhr, was er damit hatte sagen wollen.

Danach kreuzten sich unsere Wege immer wieder bei gesellschaftlichen Anlässen anlässlich der Regatten. Er hatte etwas Dynamisches und ein leises, angenehmes Lachen, das die Menschen trotz seiner augenscheinlichen Reserviertheit anzog. Bei offiziellen Anlässen trug er als Zugeständnis ans Protokoll und an die Sponsoren für gewöhnlich Chinos und ein verknittertes Leinenjackett, doch seine uralten Segelschuhe und seine widerspenstigen braunen Haare ließen ihn immer aussehen, als wäre er gerade vom Boot gekommen.

Unsere Begegnungen wirkten ein wenig wie ein Eiertanz. Obwohl sich unsere Blicke immer wieder trafen, machte Theo keine Anstalten, unser erstes Gespräch fortzuführen. Erst nach dem Sieg meines Teams in Antigua, beim Lord Nelsons Ball, der das Ende der Regattawoche markierte, tippte er mir auf die Schulter.

»Gut gemacht, Al«, lobte er mich.

»Danke«, sagte ich, befriedigt darüber, dass unsere Crew ausnahmsweise der seinen überlegen gewesen war.

»Diese Saison habe ich schon viel Gutes über dich gehört, Al. Hättest du Lust, im Juni bei der Zykladenregatta in meinem Team mitzumachen?«

Mir war bereits ein Platz in einer anderen Crew angeboten worden, aber ich hatte noch nicht zugesagt. Theo sah mein Zögern.

»Du bist schon vergeben?«

»Vorläufig, ja.«

»Hier ist meine Visitenkarte. Überleg's dir und lass es mich bis Ende der Woche wissen. Jemanden wie dich könnte ich an Bord gut gebrauchen.«

»Danke.« Innerlich schob ich mein Zögern bereits beiseite. Wer hätte sich schon die Chance entgehen lassen, im Team des Mannes zu segeln, der als »König der Meere« bekannt war? »Eine Frage noch«, rief ich ihm nach, als er sich von mir entfernte, »warum hast du bei unserem letzten Gespräch gesagt, du hättest nicht ›mich‹ erwartet?«

Er musterte mich kurz. »Ich kannte dich nicht persönlich und hatte lediglich das eine oder andere über deine Fähigkeiten als Seglerin gehört. Und ich hatte etwas anderes erwartet. Gute Nacht, Al.«

Auf dem Weg zurück zu der kleinen Pension am Hafen, wo die Straßenlaternen die farbigen Häuserfronten in einen warmen nächtlichen Schimmer tauchten und das träge Gemurmel der Gäste aus den Bars und Cafés zu mir herüberdrang, war ich im Geist noch einmal unser Gespräch durchgegangen und hatte mich gefragt, warum Theo mich so faszinierte.

In meinem Zimmer hatte ich ihm gleich eine Mail geschrieben, um zuzusagen, vor dem Abschicken jedoch geduscht und sie danach noch einmal gelesen. Und war rot geworden, weil sie so begeistert klang. Also hatte ich den Entwurf zunächst nur abgespeichert, ohne ihn abzusenden, mich aufs Bett gelegt und meine vom Rennen verkrampften Arme gestreckt.

»Das wird bestimmt eine interessante Regatta«, hatte ich schmunzelnd gemurmelt.

Als ich die E-Mail schließlich abgeschickt hatte, war Theo postwendend darauf eingegangen und hatte mir erklärt, wie sehr er sich über meine Zusage freue. Doch einige Wochen später an Bord der fürs Rennen aufgetakelten Hanse-540-Jacht im Hafen von Naxos, zu Beginn des Trainings für die Zykladen-Regatta, war ich dann plötzlich nervös geworden.

Der Wettbewerb war nicht sonderlich anspruchsvoll, weil eine Mischung aus ernsthaften Sportsleuten und Wochenendseglern mitmachte, alle angelockt durch die Aussicht auf acht Tage fabelhaften Segelns zwischen einigen der schönsten Inseln der Welt. Mir war klar, dass wir als eines der erfahrensten Teams als potenzielle Sieger gehandelt wurden.

Theo stellte bekanntermaßen gern junge Crews zusammen,

weil er diese noch formen konnte. Mein Freund Rob Bellamy und ich waren mit unseren dreißig Jahren die ältesten und erfahrensten der Mannschaft. Die anderen in dem sechsköpfigen Team waren alle Anfang zwanzig: Guy, ein stämmiger Engländer, Tim, ein lässiger Australier, und Mick, halb Deutscher, halb Grieche, der die Ägäis kannte wie seine Westentasche.

Obwohl ich sehr gern mit Theo segeln wollte, hatte ich mich nicht blind auf dieses Wagnis eingelassen, sondern mir Informationen über den rätselhaften »König der Meere« aus dem Internet beschafft und mit Leuten gesprochen, die schon einmal mit ihm unterwegs gewesen waren.

Und herausgefunden, dass er Brite war und in Oxford studiert hatte, was seinen Akzent erklärte, doch im Internet hieß es, er sei amerikanischer Staatsbürger, der das Segelteam von Yale mehrfach zum Sieg geführt habe. Ein Freund von mir wusste, dass er aus einer wohlhabenden Familie stammte, ein anderer, dass er auf einem Boot wohnte.

»Perfektionist«, »Kontrollfreak«, »nie zufrieden«, »Workaholic«, »Frauenfeind« ... Auch diese Einschätzungen hatte ich gehört, letztere von einer anderen Seglerin, die behauptete, in seiner Crew übergangen und schlecht behandelt worden zu sein, was mich ins Grübeln brachte. Doch der Grundtenor lautete: »Der absolut beste Skipper, mit dem ich je gesegelt bin.«

An meinem ersten Tag an Bord begriff ich, warum Theo bei seinen Kollegen so großen Respekt genoss. Ich war laute Skipper gewohnt, die Anweisungen und Beschimpfungen herausbrüllten. Theos zurückhaltende, wortkarge Art war etwas völlig Neues. Er beobachtete uns aus der Distanz. Am Ende des Tages rief er uns dann zusammen und fasste mit ruhiger Stimme unsere Stärken und Schwächen zusammen. Da merkte ich, dass ihm nichts entging, und seine natürliche Autorität bewirkte, dass wir alle an seinen Lippen hingen.

»Und Guy: keine heimlichen Zigaretten mehr bei einer Übungseinheit unter Regattabedingungen«, sagte er zum Abschied mit einem schiefen Grinsen.

Guy wurde tiefrot bis unter die Spitzen seiner blonden Haare. »Der Kerl muss Augen im Hinterkopf haben«, murmelte er mir zu, als wir von Bord trotteten, um zu duschen und uns zum Essen umzuziehen.

An jenem ersten Abend ging ich noch mit den anderen aus, weil ich mich so darüber freute, bei ihnen mitmachen zu dürfen. Vom Hafen von Naxos aus sahen wir die erhellte alte Burgstadt über dem Ort sowie das Gewirr der Gassen, die sich zwischen den weiß getünchten Häusern hindurchschlängelten. In den Lokalen am Hafen wimmelte es von Seglern und Touristen, die eifrig den frischen Meeresfrüchten und dem Ouzo zusprachen. In einer der hinteren Straßen entdeckten wir ein kleines Familienlokal mit wackeligen Holzstühlen und nicht zueinander passenden Tellern. Seine Hausmannskost war genau das, was wir nach einem langen Tag auf dem Boot brauchten, weil wir von der Salzluft einen Bärenhunger hatten.

Die Männer beobachteten mit großen Augen, wie ich mich mit gesundem Appetit über eine Riesenportion Moussaka und Reis hermachte. »Habt ihr noch nie eine Frau essen sehen?«, fragte ich spöttisch und riss ein Stück Fladenbrot ab.

Theo stimmte mit dem einen oder anderen trockenen Kommentar in das allgemeine Geplänkel ein, verabschiedete sich jedoch unmittelbar nach dem Essen, während die anderen sich in die Bars der Gegend aufmachten. Ich folgte ihm kurz darauf. In meiner Zeit als Seglerin hatte ich gelernt, mich von den nächtlichen Eskapaden der Jungs fernzuhalten.

In den nächsten Tagen wuchsen wir unter dem nachdenklichen Blick aus Theos grünen Augen schnell zu einem effizienten Team zusammen, und meine Bewunderung für seine Methoden wuchs von Stunde zu Stunde. An unserem dritten Abend auf Naxos war ich, erschöpft von einem besonders anstrengenden Tag unter der sengenden Sonne der Ägäis, die Erste, die sich nach dem Essen erhob.

»Leute, ich mach mich vom Acker.«

»Ich auch. Gute Nacht, Jungs. Morgen an Bord möchte ich keinen mit Kater erleben«, ermahnte Theo die anderen und folgte mir aus dem Lokal. »Darf ich dich begleiten?«, fragte er draußen.

»Natürlich«, antwortete ich, ein wenig nervös, weil wir das erste Mal allein waren.

Als wir über die schmalen, kopfsteingepflasterten Straßen zurück zu unserer Pension gingen, erhellte das Mondlicht die kleinen weißen Häuser mit ihren blau gestrichenen Türen und Fensterläden. Ich gab mir Mühe, das Gespräch am Laufen zu halten, während Theo lediglich das eine »Ja« oder »Nein« beisteuerte, und allmählich begann seine Wortkargheit mich zu ärgern.

Im Eingangsbereich unserer Pension wandte er sich unvermittelt mir zu. »Du bist die geborene Seglerin, Al, die meisten anderen in unserer Crew können dir nicht das Wasser reichen. Wer hat dir das beigebracht?«

»Mein Vater«, antwortete ich, überrascht über das Kompliment. »Er hat mich von Kindesbeinen an auf den Genfer See mitgenommen.«

»So, so, Genf. Das erklärt den französischen Akzent.«

Ich rechnete mit dem üblichen Kommentar: »Nun sag doch mal einen sexy Satz auf Französisch«, der den meisten Männern in einer solchen Situation einfiel, doch der blieb aus.

»Dein Vater muss ein Supersegler sein – du hast ihm ganz schön viel abgeguckt.«

»Danke.«

»Wie fühlst du dich als einzige Frau an Bord? Obwohl das wahrscheinlich nicht das erste Mal ist«, fügte er hastig hinzu.

»Offen gestanden denke ich nicht darüber nach.«

Er sah mich durch die Gläser seiner Hornbrille an. »Tatsächlich? Sei mir nicht böse, aber das kaufe ich dir nicht ab. Manchmal habe ich das Gefühl, dass du deswegen überkompensierst, und dann machst du Fehler. Ich würde dir raten, dich zu entspannen und einfach du selbst zu sein. Aber für heute erst mal gute Nacht.« Er verabschiedete sich mit einem kurzen Lächeln und stieg die weiß gefliesten Stufen zu seinem Zimmer hinauf.

In jener Nacht kribbelten die gestärkten weißen Laken auf meiner Haut, und meine Wangen glühten wegen seiner Kritik. Konnte *ich* denn etwas dafür, dass Frauen nach wie vor eine relative Seltenheit – oder, wie manche meiner männlichen Kollegen zweifelsohne gesagt hätten, eine absolute Neuheit – auf professionellen Rennbooten waren? Und für wen hielt Theo Falys-Kings sich eigentlich?! Wie kam er dazu, Leute zu analysieren, die nicht analysiert werden wollten?

Ich hatte immer geglaubt, gut als Frau in einer von Männern dominierten Welt zurechtzukommen, und war stets in der Lage gewesen, freundliche Sticheleien zu parieren. Zu diesem Zweck hatte ich mir einen Schutzpanzer und zwei unterschiedliche Persönlichkeiten zugelegt: »Ally« zu Hause, »Al« im Beruf. Natürlich war es oft hart, und ich hatte gelernt, den Mund zu halten, besonders bei eindeutig sexistischen Äußerungen oder Blondinenwitzen. Solchen Bemerkungen beugte ich vor, indem ich meine rotgoldenen Locken streng aus dem Gesicht gekämmt und zu einem Pferdeschwanz gefasst und keinerlei Make-up trug. Außerdem schuftete ich an Bord genauso hart wie die Männer – vielleicht, dachte ich erzürnt, sogar noch härter.

Nachdem ich mich eine Weile schlaflos hin und her gewälzt hatte, erinnerte ich mich daran, dass mein Vater mir erklärt hatte, ein Großteil der Verärgerung über Kritik rühre für gewöhnlich daher, dass ein Körnchen Wahrheit darin stecke. Und als Stunde um nächtliche Stunde verging, musste ich schließlich zugeben, dass Theo wahrscheinlich recht hatte. Ich war einfach nicht »ich selbst«.

Am folgenden Abend begleitete Theo mich erneut zurück zur Pension. Trotz seines schmächtigen Körpers machte er mich nervös, und ich begann zu stottern. Er lauschte schweigend, während ich mich abmühte, ihm meine beiden Persönlichkeiten zu erklären.

»Mein Vater«, bemerkte er dann, »von dessen Meinung ich normalerweise nicht allzu viel halte, hat einmal gesagt, dass Frauen die Welt regieren würden, wenn sie nur ihre Stärken ausspielten und aufhörten, wie Männer sein zu wollen. Vielleicht solltest du das auch versuchen.«

»Als Mann sagt sich das leicht, aber hat dein Vater je in einer von Frauen beherrschten Umgebung gearbeitet? Und wäre er dort ›er selbst‹?«, konterte ich, verärgert darüber, so herablassend behandelt zu werden.

»Gutes Argument«, pflichtete Theo mir bei. »Ein bisschen würde es möglicherweise schon helfen, wenn ich dich ›Ally‹ nenne. Das passt viel besser zu dir als ›Al‹. Wäre dir das recht?«

Bevor ich antworten konnte, blieb er abrupt in dem pittoresken Hafen stehen, in dem kleine Fischerkähne sanft zwischen größeren Jachten und Motorbooten schaukelten, schaute zum Himmel hinauf und sog mit geblähten Nasenflügeln die Luft ein, um herauszufinden, welches Wetter der Morgen bringen würde. Da ich das bisher nur bei alten Seebären gesehen hatte, musste ich schmunzeln.

Er wandte sich mir mit einem fragenden Blick zu. »Was ist so komisch?«

»Nichts. Und sag ruhig ›Ally‹ zu mir.«

»Danke. Lass uns nach Hause gehen. Morgen wird ein harter Tag.«

Auch in jener Nacht schlief ich schlecht, weil mir unser Gespräch keine Ruhe ließ. Und das mir, die ich, besonders in Trainings- und Wettbewerbsphasen, immer tief und fest schlummerte.

In den folgenden Tagen stellte ich fest, dass Theos Rat mir nicht half, dass ich vielmehr zahlreiche dumme Fehler machte und mir vorkam wie eine Anfängerin. Ich hatte ein schlechtes Gewissen, doch erstaunlicherweise hörte ich, obwohl meine Teamkameraden mich neckten, kein einziges Wort der Kritik von Theo.

Am fünften Abend nahm ich, weil mir meine Patzer peinlich waren, nicht einmal am gemeinsamen Dinner der Crew teil und aß auf der kleinen Terrasse der Pension Brot, Fetakäse und Oliven. Meinen Kummer ertränkte ich mit dem herben Rotwein, den mir die Pensionswirtin einschenkte. Nach etlichen Gläsern wurde mir schwindlig, und ich fing an, mich in Selbstmitleid zu suhlen. Als ich mich schwankend vom Tisch erhob, um ins Bett zu gehen, betrat Theo die Terrasse.

»Alles in Ordnung?«, erkundigte er sich und schob seine Brille hoch.

Ich sah ihn mit verschwommenem Blick an. »Ja«, antwortete ich und setzte mich hastig wieder hin.

»Die anderen machen sich Sorgen, weil du heute Abend nicht aufgetaucht bist. Du bist doch nicht krank?«

»Nein.« Bittere Galle stieg mir in den Mund. »Mir geht's gut.«

»Du kannst es mir ruhig sagen, wenn du dich nicht wohlfühlst. Das wird mein Urteil über dich nicht beeinflussen. Darf ich mich setzen?«

Ich schwieg, weil ich fürchtete, mich übergeben zu müssen. Er nahm auf dem Plastikstuhl mir gegenüber Platz.

»Wo liegt das Problem?«

»Da ist keins«, presste ich hervor.

»Ally, du bist schrecklich blass. Fehlt dir wirklich nichts?«

»Ich ... Entschuldigung.«

Ich schaffte es gerade noch bis zum Rand der Terrasse, wo ich mich auf das Pflaster davor übergab.

»Du Arme.« Ich spürte, wie sich zwei Hände um meine Taille schlossen. »Besonders gut scheint es dir doch nicht zu gehen. Ich helfe dir in dein Zimmer. Welche Nummer hast du?«

»Alles in Ordnung«, murmelte ich entsetzt über das, was soeben geschehen war, ausgerechnet vor Theo Falys-Kings, den ich doch so gern beeindrucken wollte. Schlimmer hätte es nicht kommen können.

»Komm.« Er hob meinen schlaffen Arm über seine Schulter und trug mich halb an den anderen Gästen vorbei, die mich mit abschätzigem Blick anstarrten.

In meinem Zimmer musste ich mich noch ein paarmal übergeben, aber wenigstens in die Toilette. Als ich schließlich herauskam, wartete Theo auf mich, bereit, mir ins Bett zu helfen.

»Am Morgen bin ich wieder in Ordnung, das verspreche ich«, stöhnte ich.

»Das sagst du nun schon zwei Stunden und übergibst dich dabei die ganze Zeit«, erwiderte er nüchtern und wischte mir mit einem kühlen, feuchten Tuch den klebrigen Schweiß von der Stirn.

»Geh ins Bett, Theo«, bat ich ihn schwach. »Wirklich, ich bin auf dem Weg der Besserung. Ich brauche nur ein bisschen Schlaf.«

»Ich gehe bald.«

»Danke, dass du dich um mich gekümmert hast«, murmelte ich, als mir die Augen zufielen.

»Schon gut, Ally.«

Und dann, im Reich zwischen Wachen und Träumen, sagte ich lächelnd: »Ich glaube, ich liebe dich.«

Als ich am folgenden Morgen aufwachte, fühlte ich mich noch ein wenig wackelig, aber besser. Beim Aufstehen stolperte ich über Theo, der sich ein Kissen genommen hatte und tief und fest auf dem Boden schlief. Ich ging ins Bad, schloss die Tür, sank auf den Rand der Wanne. Nun fielen mir die Worte ein, die ich am Abend zuvor gedacht – oder am Ende gar *ausgesprochen* – hatte.

Ich glaube, ich liebe dich.

Wo um Himmels willen war das hergekommen? Oder hatte ich es nur geträumt? Mir war sehr übel gewesen, vielleicht hatte ich halluziniert. *Hoffentlich*, stöhnte ich innerlich, den Kopf in die Hände gestützt. Aber wieso erinnerte ich mich so deutlich, wenn ich es nicht tatsächlich gesagt hatte? Am Ende dachte Theo, dass ich es ernst gemeint hatte.

Als ich schließlich aus dem Bad kam, wollte Theo gerade in sein eigenes Zimmer, um zu duschen. In zehn Minuten, erklärte er mir, würde er zurückkommen und mich zum Frühstück begleiten.

»Geh lieber allein«, entgegnete ich. »Das möchte ich nicht riskieren.«

»Ally, du musst etwas essen. Wenn du das Frühstück nicht bei dir behalten kannst, darfst du leider erst wieder an Bord, sobald das geht. Du kennst die Regeln.«

»Okay«, sagte ich niedergeschlagen. Gott, wie peinlich!, dachte ich.

Fünfzehn Minuten später betraten wir die Terrasse gemeinsam. Die anderen Mitglieder der Crew, die bereits am Tisch saßen, begrüßten uns mit einem spöttischen Grinsen. Am liebsten hätte ich ihnen allen eine Ohrfeige gegeben.

»Ally hat sich den Magen verdorben«, teilte Theo ihnen mit, als wir uns setzten. »Aber so, wie du aussiehst, Rob, hast du auch nicht allzu viel Schlaf gekriegt.« Die anderen schmunzelten über Rob, der verlegen mit den Achseln zuckte, während Theo ganz ruhig die geplante Trainingseinheit erläuterte.

Ich lauschte schweigend, dankbar dafür, dass er das Gespräch von mir abgelenkt hatte, doch mir war klar, was die anderen mutmaßten. Ironischerweise täuschten sie sich. Ich hatte mir geschworen, niemals mit jemandem aus einer Crew zu schlafen, weil ich wusste, wie schnell man in der kleinen Welt der Segler als Frau einen schlechten Ruf bekam. Den ich nun, so schien es, ganz ohne mein Zutun hatte.

Immerhin gelang es mir, das Frühstück bei mir zu behalten, und ich durfte an Bord. Von diesem Moment an gab ich mir größte Mühe, allen – besonders ihm – klarzumachen, dass ich nicht das geringste Interesse an Theo Falys-Kings hatte. Während der Übungseinheiten hielt ich so viel Distanz zu ihm, wie auf dem kleinen Boot möglich war, und gab ihm nur einsilbige Antworten. Und abends zwang ich mich nach dem Essen, bei den anderen sitzen zu bleiben, wenn er aufstand und in die Pension zurückkehrte.

Weil ich ihn, redete ich mir ein, nicht liebte. Und auch nicht wollte, dass irgendjemand das glaubte. Doch während ich mich daranmachte, die anderen davon zu überzeugen, wurde mir klar, dass ich selbst nicht überzeugt war. Ich ertappte mich dabei, wie ich ihn anstarrte, wenn ich dachte, er merke es nicht. Ich bewunderte die ruhige, gesetzte Art, wie er mit der Crew umging, und seine einfühlsamen Kommentare, die uns zusammenschweißten und dafür sorgten, dass wir als Team funktionierten. Und seinen durchtrainierten Körper, denn wieder und wieder erwies er sich als der Fitteste und Stärkste von uns.

Jedes Mal, wenn meine Gedanken in diese gefährliche Richtung wanderten, versuchte ich, sie zurückzuholen. Plötzlich fiel mir auf, wie oft Theo ohne Hemd herumlief. Zugegeben, tagsüber war es ausgesprochen heiß, aber musste er die Seekarten wirklich oben ohne studieren …?

»Brauchst du etwas, Ally?«, fragte er mich einmal, als er sich zu mir umdrehte und mich dabei erwischte, wie ich ihn beobachtete. Ich weiß nicht mehr, was ich murmelte, als ich mich mit tiefrotem Gesicht abwandte.

Zum Glück verlor er kein Wort über das, was ich möglicherweise in der Nacht, in der mir so übel gewesen war, gesagt hatte, und so begann ich mir einzureden, dass ich es nur geträumt hatte. Aber ich wusste, dass etwas Unwiderrufliches mit mir passiert war, etwas, über das ich zum ersten Mal im Leben keine Kontrolle hatte. Nicht nur meine sonst so zuverlässigen Schlafphasen, sondern auch mein gesunder Appetit verließen mich. Wenn es mir tatsächlich gelang wegzudösen, träumte ich so lebhaft von ihm, dass ich beim Aufwachen vor Scham errötete, und in seiner Anwesenheit wurde ich noch unbeholfener. Als Teenager waren mir harte Thriller immer lieber gewesen als Liebesgeschichten. Doch wenn ich nun die Symptome analysierte, blieb mir nur ein Schluss: Ich war in Theo Falys-Kings verschossen.

Am letzten Abend der Trainingsphase erhob sich Theo nach dem Essen vom Tisch, um uns zu sagen, dass wir alle wunderbare Arbeit geleistet hätten und er sich große Hoffnungen auf den Gewinn der bevorstehenden Regatta mache. Als ich nach dem Toast zur Pension aufbrechen wollte, sah er mich an.

»Ally, mit dir wollte ich noch etwas besprechen. Die Vorschriften besagen, dass ein Mitglied der Crew für die Erste Hilfe zuständig ist. Das ist eine reine Formalie, man muss nur ein paar Dokumente unterschreiben. Würdest du das übernehmen?« Er deutete auf eine Plastikmappe und nickte in Richtung eines freien Tischs.

»Ich habe keine Ahnung von Erster Hilfe. Und nur, weil ich eine Frau bin«, fügte ich trotzig hinzu, als wir uns an den Tisch setzten, »heißt das nicht, dass ich Kranke besser versorgen kann als ein Mann. Warum bittest du nicht Tim oder einen der andern?«

»Vergiss es, Ally. Das war nur ein Vorwand. Schau.« Theo nahm zwei leere Blätter aus der Mappe. »Gut«, sagte er dann und reichte mir einen Stift, »zum Schein unterhalten wir uns nun über Erste

Hilfe. Und parallel dazu reden wir über das, was du mir an dem Abend, an dem du so krank warst, gesagt hast: dass du glaubst, du liebst mich. Ally, ich denke, ich empfinde das Gleiche für dich.«

Ich sah ihn ungläubig an, weil ich meinte, er mache sich über mich lustig, doch er war damit beschäftigt, die leeren Seiten umzublättern.

»Ich würde vorschlagen, dass wir herausfinden, was das für uns beide bedeutet«, fuhr er fort. »Ab morgen werde ich mich für ein langes Wochenende auf mein Boot zurückziehen. Und ich hätte gern, dass du mich begleitest.« Endlich hob er den Blick und sah mich an. »Einverstanden?«

Weil ich nicht wusste, was ich darauf sagen sollte, schnappte ich nach Luft wie ein Fisch an Land.

»Sag einfach ja. Entschuldige den Kalauer, aber wir sitzen im selben Boot. Wir wissen beide, dass da etwas zwischen uns ist, seit unserer ersten Begegnung vor einem Jahr. Offen gestanden hatte ich nach allem, was ich über dich wusste, ein muskelbepacktes Mannweib erwartet. Als ich dich dann mit deinen blauen Augen und rotgoldenen Haaren tatsächlich gesehen habe, war ich sofort hin und weg.«

»Oh«, sagte ich nur, da mir nichts Intelligenteres einfiel.

»Also«, Theo räusperte sich, und ich merkte, dass er genauso nervös war wie ich. »Lass uns das machen, was wir beide am liebsten tun: Verbringen wir eine Weile gemeinsam auf dem Wasser und geben wir dem, was zwischen uns ist, die Chance, sich zu entwickeln. Selbst wenn sich sonst nichts ergeben sollte: Das Boot wird dir gefallen. Es ist sehr komfortabel. Und schnell.«

»Wird sonst noch jemand an Bord sein?«, fragte ich, als ich endlich meine Stimme wiederfand.

»Nein.«

»Du wirst also der Skipper sein, und ich bin das einzige Crewmitglied?«

»Ja, aber ich verspreche, dass du nicht die ganze Nacht über im Krähennest sitzen musst.« Er schmunzelte. »Ally, sag einfach ja.«

»Okay«, antwortete ich.

»Gut. Und jetzt unterschreib auf der gepunkteten Linie, um ... den Deal zu besiegeln.« Er deutete auf eine Stelle auf der leeren Seite.

Endlich erwiderte ich sein Lächeln, setzte meinen Namen aufs Papier und reichte es ihm. Er studierte es mit ernster Miene, bevor er es in die Plastikmappe schob. »Das wäre also geregelt«, sagte er ein wenig lauter, damit die anderen ihn hörten. »Wir sehen uns dann mittags unten am Hafen, damit ich dir deine Aufgaben noch genauer erklären kann.«

Nachdem er mir verschwörerisch zugezwinkert hatte, schlenderten wir zu den anderen zurück. Ich wäre vor Aufregung am liebsten gehüpft.

II

Ich sollte erwähnen, dass wir beide nicht wussten, was uns erwartete, als wir mit seiner *Neptun*, einer Sunseeker, einer schlanken, schnellen Motorjacht, die gute sechs Meter länger war als die Hanse, mit der wir an der Regatta teilnehmen wollten, von Naxos losfuhren. Mittlerweile hatte ich mich so sehr daran gewöhnt, mir den geringen Raum auf dem Boot mit vielen anderen zu teilen, dass mir der großzügig bemessene Platz, den wir beide nun für uns allein hatten, fast verdächtig vorkam. Die Kapitänskajüte war luxuriös mit hochglanzpoliertem Teak ausgestattet, und beim Anblick des großen Doppelbetts darin erinnerte ich mich mit Unbehagen an das letzte Mal, als wir im selben Zimmer geschlafen hatten.

»Die Jacht habe ich vor ein paar Jahren billig bekommen, weil der Eigentümer Bankrott gemacht hat«, erklärte Theo, als er die *Neptun* aus dem Hafen von Naxos steuerte. »Immerhin habe ich seitdem ein Dach über dem Kopf.«

»Du wohnst hier?«, fragte ich überrascht.

»In den längeren Pausen komme ich bei meiner Mum in London unter, aber im vergangenen Jahr habe ich die wenige Zeit, in der ich nicht an Rennen teilnahm, hier verbracht. Obwohl ich mir allmählich ein Zuhause an Land wünschen würde. Ich habe mir gerade etwas gekauft, aber da steht noch viel Arbeit an, und der Himmel allein weiß, wann ich Zeit haben werde, mich an die Renovierung zu machen.«

Da ich die *Titan*, die ozeantaugliche Superjacht meines Vaters mit ihrer ausgeklügelten computergesteuerten Navigation, gewöhnt war, konnten wir die *Neptun* abwechselnd lenken. Doch an jenem ersten Morgen fiel es mir schwer, mich von meiner angestammten Rolle an Bord zu lösen. Wenn Theo mich bat, etwas zu tun, musste ich mich zusammenreißen, nicht mit »Ja, Skipper!« zu antworten.

Zwischen uns herrschte eine deutlich spürbare Spannung – wir wussten beide nicht, wie wir von unserem bisherigen Verhältnis zu einer vertrauteren Basis gelangen sollten. Unsere Gespräche waren gestelzt; da ich in dieser merkwürdigen Situation jedes meiner Worte hinterfragte, beschränkte ich mich auf Floskeln. Theo war ohnehin wortkarg, und als wir zum Mittagessen vor Anker gingen, bekam ich allmählich das Gefühl, dass das Ganze eine schlechte Idee gewesen war.

Ich war dankbar, als er zum Salat eine Flasche gekühlten provenzalischen Rosé auf den Tisch stellte. Obwohl ich auf dem Wasser nie viel Alkohol trank, leerten wir sie ziemlich schnell. Um Theo zum Reden zu bringen, sprach ich mit ihm übers Segeln. Wir gingen noch einmal unsere Strategie für die Zykladenregatta durch und diskutierten darüber, wie anders die Rennen bei den bevorstehenden Olympischen Spielen in Peking sein würden. Die letzte Qualifikation für einen Platz im Schweizer Team würde für mich Ende des Sommers stattfinden, und Theo teilte mir mit, dass er für die Vereinigten Staaten antreten wolle.

»Dann bist du also gebürtiger Amerikaner? Du klingst so britisch.«

»Ich habe einen amerikanischen Vater und eine englische Mutter, war im Internat in Hampshire, dann in Oxford und schließlich in Yale«, erzählte er. »War immer schon ein Streber.«

»Und was hast du studiert?«

»Altphilologie in Oxford, und anschließend habe ich in Yale den Master in Psychologie gemacht. Ich hatte das Glück, für das Segelteam der Uni ausgewählt zu werden, und am Ende war ich Kapitän. War alles sehr elitär. Und du?«

»Ich habe am Genfer Konservatorium Flöte studiert. Jetzt begreife ich manches«, meinte ich grinsend.

»Was begreifst du?«

»Dass du gern Leute analysierst. Und dein Erfolg als Skipper beruht mindestens zur Hälfte darauf, dass du so gut mit deiner Crew umgehen kannst. Besonders mit mir«, fügte ich, durch den Alkohol mutig geworden, hinzu. »Deine Kritik hat mir geholfen, auch wenn ich sie anfangs nicht hören wollte.«

»Danke.« Er senkte verlegen den Blick. »In Yale konnte ich meine Liebe zum Segeln mit der Psychologie verbinden und habe meinen für manche ungewöhnlichen Führungsstil entwickelt.«

»Haben deine Eltern deine Liebe zum Segeln gefördert?«

»Meine Mutter schon, aber mein Vater ... Sie haben sich getrennt, als ich elf war, und ein paar Jahre später folgte die ziemlich unschöne Scheidung. Danach ist Dad in die Staaten zurückgegangen. In meiner Kindheit habe ich die Ferien bei ihm verbracht, doch weil er ständig arbeitete oder unterwegs war, hat er Kindermädchen für mich eingestellt. Zu Wettbewerben in Yale hat er mich ein paarmal besucht, aber ich kann nicht behaupten, ihn besonders gut zu kennen. Ich weiß nur, was er meiner Mum angetan hat, und muss zugeben, dass das meine Meinung über ihn beeinflusst. Lassen wir das Thema. Ich würde dich gern einmal Flöte spielen hören«, sagte er und sah mir tief in die Augen, wandte den Blick jedoch schon bald wieder ab.

Frustriert darüber, dass meine Versuche, ihn aus der Reserve zu locken, nichts fruchteten, verfiel auch ich in gereiztes Schweigen. Nachdem wir die schmutzigen Teller in die Kombüse getragen hatten, sprang ich von der Seite des Boots ins Wasser und schwamm eine Weile mit schnellen Zügen, um wieder einen klaren Kopf zu bekommen.

»Wollen wir uns auf dem Oberdeck in die Sonne legen, bevor wir weiterfahren?«, fragte er, als ich zurück an Bord war.

»Okay«, antwortete ich, obwohl ich spürte, dass meine helle, sommersprossige Haut schon mehr als genug UV-Strahlung ausgesetzt gewesen war. Normalerweise trug ich auf dem Wasser Sunblocker auf, aber diese weiße Ganzkörperbemalung wirkte natürlich nicht sonderlich verführerisch. Deswegen hatte ich an jenem Morgen bewusst einen weniger hohen Lichtschutzfaktor verwendet, was ich inzwischen fast bedauerte.

Theo nahm zwei Flaschen Wasser aus der Kühlbox, bevor wir auf das komfortable Sonnendeck im Bug der Jacht gingen. Dort ließen wir uns nebeneinander auf dicken Kissen nieder, von wo aus ich immer wieder verstohlen zu ihm hinüberschaute. Mein

Herz klopfte beim Anblick seines halbnackten Körpers wie wild. Wenn er nicht bald die Initiative ergriff, dachte ich, wäre ich gezwungen, mich ausgesprochen undamenhaft auf ihn zu stürzen.

»Erzähl mir doch von deinen Schwestern und eurem Haus am Genfer See. Es klingt idyllisch«, sagte er nach einer Weile.

»Es ist ...«

Angesichts meines vor Begierde und Alkohol vernebelten Gehirns wollte ich mich nicht in langen Ausführungen über meine komplexe Familiensituation ergehen. »Mir fallen gleich die Augen zu; kann ich das später machen?«, fragte ich und legte mich auf den Bauch.

»Natürlich. Ally?«

Ich spürte die leichte Berührung seiner Finger auf meinem Rücken. »Ja?« Ich drehte mich wieder um und sah ihn mit vor Erwartung trockenem Mund an.

»Du hast einen Sonnenbrand an der Schulter.«

»Dann geh ich wohl lieber nach unten in den Schatten.«

»Soll ich mitkommen?«

Ich erhob mich achselzuckend und stolperte in Richtung Achterdeck. Da ergriff er meine Hand.

»Ally, was ist los?«

»Nichts, warum?«

»Du wirkst sehr ... angespannt.«

»Ha! Du auch«, erwiderte ich.

»Tatsächlich?«

»Ja«, antwortete ich, als er mir ins Heck hinunterfolgte, wo ich auf eine Bank im Schatten sank.

»Das tut mir leid, Ally«, seufzte er. »Ich stelle mich nicht besonders geschickt an.«

»Wobei?«

»Ach, du weißt schon. Bei dem Geplänkel vorher. Ich achte und mag dich und möchte dir nicht das Gefühl geben, dass ich dich nur an Bord eingeladen habe, um mit dir schlafen zu können. Auf die Idee könntest du leicht kommen, weil du dich als einzige Frau in einer Männerwelt exponiert fühlst, und ...«

»Herrgott, Theo, das tue ich nicht!«

»Wirklich, Ally?« Theo verdrehte ungläubig die Augen. »Ehrlich gesagt haben wir Männer alle Angst, gleich eine Klage wegen sexueller Belästigung an den Hals zu kriegen, wenn wir ein weibliches Wesen auch nur bewundernd ansehen. Das ist mir mal bei einer anderen Frau in meiner Crew passiert.«

»Ach.« Ich tat überrascht.

»Ja. Ich glaube, ich habe so etwas gesagt wie: ›Hi, Jo, schön, dich an Bord zu haben, jetzt kommt endlich Leben in die Bude.‹ Das hat sie mir sehr verübelt.«

»Das hast du gesagt?«

»Ich hab doch bloß gemeint, dass sie uns alle auf Trab hält. Sie hatte beruflich einen ausgezeichneten Ruf. Aber das hat sie irgendwie in den falschen Hals gekriegt.«

»Keine Ahnung, warum«, bemerkte ich spöttisch.

»Ich weiß es auch nicht.«

»Theo, das war ein Scherz! Ich kann gut verstehen, warum sie eingeschnappt war. Du machst dir keinen Begriff, was für Kommentare wir Seglerinnen uns manchmal anhören müssen. Kein Wunder, dass sie so reagiert hat.«

»Deswegen hatte ich ja anfangs auch so große Bedenken, dich an Bord zu nehmen. Und weil ich dich attraktiv finde.«

»Ich bin doch das genaue Gegenteil von dem, was du erwartet hast, weißt du nicht mehr? Und du hast mir vorgeworfen, wie ein Mann sein zu wollen und meine Stärken nicht zu nutzen!«

»Ich gebe mich geschlagen«, sagte er schmunzelnd. »Jetzt bist du hier mit mir allein, und du könntest denken ...«

»Theo! Allmählich wird's absurd! Ich glaube, *du* hast hier das Problem, nicht ich!«, herrschte ich ihn an. »Du hast mich auf dein Boot eingeladen, und ich bin aus freien Stücken gekommen.«

»Ja, das stimmt, Ally, aber ...« Er schwieg kurz. »Du bedeutest mir so viel. Du musst entschuldigen, wenn ich mich wie ein Idiot benehme. Es ist lange her, dass ich ... um eine Frau geworben habe. Ich möchte nichts falsch machen.«

Ich lenkte ein. »Wie wär's, wenn du aufhören würdest, alles zu analysieren, und dich einfach ein bisschen entspannst? Vielleicht gelingt mir das dann auch. Vergiss nicht: Ich *möchte* hier sein.«

»Okay, ich versuch's.«

»Gut. Und jetzt«, sagte ich mit einem Blick auf meine sonnenverbrannten Oberarme, »gehe ich endgültig aus der Sonne, weil ich aussehe wie eine überreife Tomate. Wenn du möchtest, kannst du gern mitkommen.« Ich stand auf und machte mich auf den Weg zur Treppe. »Und ich verspreche dir, dich nicht wegen sexueller Belästigung zu verklagen. Möglicherweise«, fügte ich kokett hinzu, »ermutige ich dich sogar dazu.«

Ich verschwand, belustigt über meine offene Einladung, nach unten und fragte mich, ob er sie annehmen würde. Als ich mich in meiner Kabine aufs Bett legte, fühlte ich mich plötzlich stark. Beruflich war Theo vielleicht der Boss, aber in der privaten Beziehung, die wir beide unter Umständen künftig haben würden, wollte ich gleichberechtigt sein.

Fünf Minuten später erschien Theo verlegen an der Tür und entschuldigte sich ausführlich für sein »albernes Verhalten«. Irgendwann bat ich ihn, den Mund zu halten und zu mir ins Bett zu kommen.

Sobald das geschafft war, lief es prima mit uns beiden. Und in den folgenden Tagen erkannten wir, dass zwischen uns nicht nur eine körperliche Anziehung existierte, sondern dass es bedeutend tiefer ging und wir die so seltene Einheit von Körper, Seele und Geist gefunden hatten.

Wir kamen uns schnell näher, weil wir die Stärken und Schwächen des jeweils anderen bereits kannten, obwohl wir nicht viel über Letztere sprachen und uns eher auf das Positive konzentrierten. Wir brachten die Zeit damit zu, miteinander zu schlafen, Wein zu trinken und den frischen Fisch zu essen, den Theo von der Rückseite des Boots aus fing, während ich, den Kopf auf seinem Schoß, faul in einem Buch las. Unsere körperliche Begierde wurde begleitet von großer Neugier auf alles, was den anderen betraf. Allein auf dem ruhigen Meer, wo wir nur einander brauchten, hatte ich das Gefühl, aus der Zeit gefallen zu sein.

In unserer zweiten gemeinsamen Nacht lag ich in Theos Armen unter den Sternen auf dem Sonnendeck und erzählte ihm von Pa Salt und meinen Schwestern. Wie jeder, dem ich über sie berichtete, lauschte auch Theo fasziniert der Geschichte meiner merkwürdigen, magischen Kindheit.

»Habe ich das richtig verstanden? Dein Vater, dem deine älteste Schwester den Kosenamen ›Pa Salt‹ gegeben hat, brachte dich und fünf andere kleine Mädchen von seinen Reisen um die Welt mit nach Hause. So wie andere Leute Kühlschrankmagneten?«

»So könnte man es ausdrücken, ja. Obwohl ich glaube, dass ich ein bisschen mehr wert bin als ein Kühlschrankmagnet.«

»Das werden wir noch sehen«, neckte er mich und knabberte sanft an meinem Ohr. »Hat er sich allein um euch gekümmert?«

»Nein. Wir hatten Marina, die wir ›Ma‹ nennen. Pa hat sie nach der Adoption von Maia, meiner ältesten Schwester, als Kindermädchen eingestellt. Marina ist unser Mutterersatz, und wir lieben sie heiß und innig. Sie stammt aus Frankreich, weswegen wir alle fließend Französisch sprechen, aber natürlich ist das auch eine der Nationalsprachen in der Schweiz. Weil Pa unbedingt wollte, dass wir zweisprachig aufwachsen, hat er Englisch mit uns geredet.«

»Das hat er gut hingekriegt. Nur dein verführerischer französischer Akzent verrät mir, dass Englisch nicht deine Muttersprache ist«, sagte er und küsste mich auf die Stirn. »Hat dein Vater dir je erklärt, warum er euch alle adoptiert hat?«

»Ich habe Ma mal gefragt. Sie meint, er sei einsam gewesen in ›Atlantis‹ und habe jede Menge Geld gehabt. Wir Mädchen haben nie nachgefragt und alles hingenommen, wie Kinder das eben tun. Wir waren eine Familie; einen Grund dafür brauchten wir nicht. Wir ... *sind* einfach.«

»Das klingt wie ein Märchen. Der reiche Wohltäter, der sechs Waisen adoptiert. Warum nur Mädchen?«

»Ein Junge hätte wohl das Muster durchbrochen: Er hat uns alle nach den Plejaden, den Sieben Schwestern, benannt«, antwortete ich schmunzelnd. »Doch ehrlich gesagt wissen wir es nicht.«

»Eigentlich heißt du als zweite Schwester also ›Alkyone‹? Hört sich viel pompöser an als ›Al‹«, meinte er.

»Ja, aber niemand sagt so zu mir, außer Ma, wenn sie sauer auf mich ist«, gestand ich und verzog das Gesicht. »Und gewöhn du dir das ja nicht an!«

»Ich liebe diesen Namen, er passt zu dir. Wir verbringen sozusagen gerade unsere alkyonischen Tage miteinander. Warum seid ihr nur zu sechst, wenn es doch der Mythologie nach sieben Schwestern sein müssten?«

»Keine Ahnung. Die letzte, deren Name ›Merope‹ gewesen wäre, wenn Pa sie gebracht hätte, ist nie aufgetaucht«, erklärte ich.

»Schade.«

»Ja, aber wenn ich bedenke, was für ein Albtraum meine sechste Schwester Elektra war, als sie damals nach ›Atlantis‹ kam, hätte es vermutlich keinen von uns gefreut, wenn noch ein schreiendes Baby in unsere Familie integriert worden wäre.«

»›Elektra‹?«, fragte Theo verwundert. »Etwa das Supermodel?«

»Genau die«, sagte ich vorsichtig. Ich erwähnte nur selten, dass Elektra und ich aus ein und derselben Familie stammten, weil ich mir Fragen über die Person mit einem der meistfotografierten Gesichter der Welt ersparen wollte.

»So, so. Und deine anderen Schwestern?«, erkundigte er sich, und ich war froh, dass er nicht nachhakte.

»Maia ist meine große Schwester, die älteste von uns. Sie arbeitet als Übersetzerin und hat die gleiche Begabung für Sprachen wie Pa. Ich weiß gar nicht, wie viele sie spricht. Wenn du Elektra schön findest, solltest du erst mal Maia sehen! Anders als ich mit meinen roten Haaren und Sommersprossen wirkt sie mit ihrer tollen braunen Haut und den dunklen Haaren wie eine Latina. Aber ihre Persönlichkeit ist völlig anders. Sie lebt zu Hause in ›Atlantis‹ fast wie eine Einsiedlerin und will angeblich dort sein, um sich um Pa Salt kümmern zu können. Wir anderen glauben, dass sie sich dort verkriecht. Wovor ...«, ich seufzte, »... kann ich dir allerdings nicht sagen. Vermutlich ist an der Uni etwas mit ihr passiert. Danach hat sie sich komplett verändert. Als Kind habe ich sie verehrt, und das tue ich immer noch irgendwie, obwohl ich das Gefühl habe, in den letzten Jahren von ihrem Leben ausgeschlossen worden zu sein. Zwar hat sie das bei allen gemacht, aber wir waren uns früher besonders nahe.«

»Wenn man sich nach innen orientiert, neigt man dazu, das Äußere zu vernachlässigen«, murmelte Theo.

»Wie tiefsinnig.« Ich stieß ihm schmunzelnd in die Rippen. »Ja, so könnte man es ausdrücken.«

»Und deine nächste Schwester?«

»Sie heißt Star und ist drei Jahre jünger als ich. Meine beiden mittleren Schwestern treten immer gemeinsam auf. Pa hat CeCe, meine vierte Schwester, nur drei Monate nach Star mit nach Hause gebracht, und seitdem kleben sie aneinander. Nach der Uni waren sie beide in Europa und im Fernen Osten unterwegs. Jetzt scheinen sie sich in London niederlassen zu wollen, damit CeCe einen Kunstkurs besuchen kann. Wenn du wissen möchtest, wie Star als Mensch ist oder welche Begabungen und Wünsche sie hat, kann ich dir das nicht beantworten, weil CeCe sie so vollkommen beherrscht. Sie selbst spricht nicht viel und überlässt das meist CeCe. CeCe ist wie Elektra eine sehr starke Persönlichkeit. Wie nicht anders zu erwarten, gibt es zwischen den beiden Spannungen. Elektra ist so aufgeladen, wie ihr Name vermuten lässt, aber in ihrem tiefsten Innern sehr verletzlich, nehme ich an.«

»Deine Schwestern würden ausgezeichnete psychologische Fallstudien abgeben, so viel steht fest«, bemerkte Theo. »Und die nächste?«

»Tiggy, die ist einfach nur lieb. Sie hat Biologie studiert und eine Weile am Servion Zoo in der Forschung gearbeitet, bevor sie in die schottischen Highlands gegangen ist, um in einem Rotwildreservat zu arbeiten. Mit ihren esoterischen Ansichten wirkt sie ...«, ich suchte nach dem richtigen Wort, »... ätherisch und scheint irgendwo zwischen Himmel und Erde zu schweben. Leider haben wir sie früher alle gehänselt, wenn sie behauptete, sie habe Stimmen gehört oder einen Engel in dem Baum im Garten gesehen.«

»Und du glaubst nicht an so etwas?«

»Ich stehe mit beiden Beinen fest auf der Erde. Oder besser gesagt, auf dem Wasser«, korrigierte ich mich schmunzelnd. »Ich bin von Natur aus pragmatisch, weswegen meine Schwestern mich vermutlich als Anführerin unserer kleinen Truppe sehen. Das heißt jedoch nicht, dass ich keine Achtung vor dem habe, was ich nicht weiß oder verstehe. Und du?«

»Obwohl ich niemals einem Engel begegnet bin wie deine Schwester, habe ich seit jeher das Gefühl, beschützt zu sein. Besonders beim Segeln. Dabei habe ich schon eine ganze Reihe heikler Situationen erlebt und bin – toi, toi, toi! – bis jetzt immer ohne einen Kratzer davongekommen. Vielleicht steht Poseidon mir bei, um im Bild zu bleiben.«

»Hoffentlich bleibt das noch lange so«, murmelte ich.

»Erzähl mir noch von deinem unglaublichen Vater.« Theo strich mir zärtlich über die Haare. »Wie verdient er sich seinen Lebensunterhalt?«

»Ehrlich gesagt wissen wir das nicht so genau. Egal wie: Er war erfolgreich. Seine Jacht, die *Titan*, ist eine Benetti.« Darunter konnte sich Theo etwas vorstellen.

»Wow! Dagegen ist meine *Neptun* ja ein Kinderschlauchboot. Mit euren Palästen zu Lande und zur See«, neckte Theo mich, »scheinst du mir eine richtige Prinzessin zu sein.«

»Ja, wir leben in der Tat nicht schlecht, aber Pa war wichtig, dass wir alle unser eigenes Geld verdienen. Als Erwachsene haben wir außer für unsere Bildung nie für irgendetwas Blankoschecks erhalten.«

»Vernünftig. Stehst du ihm nahe?«

»Ja, sogar sehr. Er ist alles für mich und die anderen. Wahrscheinlich glaubt jede von uns, ein besonderes Verhältnis zu ihm zu haben, aber weil wir beide so gern segeln, habe ich in meiner Kindheit und Jugend viel Zeit mit ihm allein verbracht. Er ist der freundlichste und klügste Mensch, den ich kenne.«

»Du bist also Papas Liebling. Ich scheine mich mit einem großen Vorbild messen zu müssen«, bemerkte Theo und begann, meinen Nacken zu liebkosen.

»Genug von mir, ich möchte auch etwas über dich erfahren«, sagte ich.

»Später, Ally, später ... Du hast ja keine Ahnung, welche Wirkung dein hinreißender französischer Akzent auf mich hat. Ich könnte dir die ganze Nacht lauschen.« Theo stützte sich auf einen Ellbogen, um mich auf den Mund zu küssen, und dann hörten wir auf zu reden.

III

Am folgenden Morgen, wir hatten soeben beschlossen, nach Mykonos zu fahren, um unsere Vorräte aufzufüllen, rief Theo mich vom oberen Sonnendeck zu sich auf die Kommandobrücke.

»Rate mal«, sagte er mit einem selbstgefälligen Grinsen.

»Was ist?«

»Ich hab mich gerade über Funk mit Andy, einem Segelfreund, unterhalten, der mit seinem Katamaran hier in der Gegend ist. Er schlägt vor, dass wir uns später in einer Bucht vor Delos auf einen Drink treffen, und er hat erwähnt, dass eine Superjacht mit dem hübschen Namen *Titan* direkt neben der seinen vor Anker liegt, weswegen ich ihn gar nicht verfehlen kann.«

»Die *Titan*?«, rief ich aus. »Bist du sicher?«

»Andy sagt, es ist eine Benetti, und ich kann mir nicht vorstellen, dass es noch eine solche Jacht gleichen Namens gibt. Außerdem hat er erzählt, dass ein weiterer schwimmender Palast sich ihm nähert. Weil er allmählich klaustrophobische Gefühle kriegt, ist er in eine andere Bucht weitergesegelt. Wollen wir auf ein Tässchen Tee bei deinem Dad vorbeischauen, bevor wir Andy besuchen?«, fragte er mich.

»Mir fehlen die Worte«, erklärte ich. »Pa hat mir nichts davon gesagt, dass er vorhat hierherzukommen, obwohl ich natürlich weiß, dass die Ägäis sein bevorzugtes Segelrevier ist.«

»Wahrscheinlich ahnt er nicht, dass du in der Gegend bist. Sobald wir nahe genug heran sind, kannst du dich ja mit dem Fernglas vergewissern, ob es sich wirklich um die Jacht deines Vaters handelt, und dann sagen wir dem Skipper Bescheid, dass wir kommen wollen. Es wäre ziemlich peinlich, wenn es nicht die Jacht deines Vaters ist und wir irgendeinen russischen Oligarchen mit einem Schiff voller Wodka und Partynutten stören. Dein Vater vermietet die *Titan* doch nicht an Fremde, oder?«

»Nein.«

»Gut, Liebste, dann nimm mal den Feldstecher und geh nach oben, während dein treuer Käptn sich ans Steuer verfügt. Gib mir durchs Fenster ein Zeichen, wenn du die *Titan* siehst, dann funke ich, dass wir uns nähern.«

Während ich oben angespannt darauf wartete, dass die *Titan* am Horizont auftauchte, malte ich mir aus, wie es werden würde, wenn der Mann, den ich am meisten liebte, den Mann kennenlernte, den ich mit jedem Tag mehr zu lieben lernte. Ich überlegte, ob Pa jemals einen meiner früheren Freunde kennengelernt hatte. Möglicherweise hatte ich ihm einmal einen aus meiner Zeit am Konservatorium in Genf vorgestellt, aber mehr war in dieser Hinsicht nicht passiert. Letztlich hatte es bisher auch nie eine wirklich wichtige Person in meinem Leben gegeben, die ich Pa oder meiner Familie präsentieren wollte.

Bis jetzt ...

Zwanzig Minuten später kamen die Umrisse einer Jacht in Sicht. Ja, das war eindeutig die *Titan*. Ich drehte mich um, klopfte gegen das Glasfenster der Kommandobrücke hinter mir und gab Theo das vereinbarte Zeichen. Er nickte und nahm das Funkgerät in die Hand.

Ich ging hinunter in die Kabine, bändigte meine vom Wind zerzausten Haare zu einem ordentlichen Pferdeschwanz und schlüpfte in T-Shirt und Shorts, aufgeregt darüber, dass ich endlich einmal den Spieß umdrehen und meinen Vater überraschen konnte. Wieder oben auf der Brücke, fragte ich Theo, ob Hans, der Skipper meines Vaters, seinen Funkspruch schon erwidert habe.

»Nein. Ich habe sie gerade noch mal angefunkt. Wenn wir keine Antwort erhalten, werden wir wohl unangekündigt auftauchen müssen.« Theo nahm das Fernglas und richtete es auf das Schiff neben der *Titan*. »Ich kenne den Eigentümer der anderen Superjacht, die Andy erwähnt hat, persönlich. Sie heißt *Olympus* und gehört dem Tycoon Kreeg Eszu, dem Inhaber von Lightning Communications, einem Unternehmen, das einige der Boote gesponsert hat, auf denen ich Kapitän war.«

»Tatsächlich?«, fragte ich fasziniert. Kreeg Eszu war auf seine Art genauso berühmt wie Elektra. »Wie ist er so?«

»Ich bin nicht recht warm mit ihm geworden. Einmal, als ich beim Essen neben ihm saß, hat er den ganzen Abend nur über sich und seine Erfolge geredet. Und sein Sohn Zed ist noch schlimmer – ein verwöhnter reicher Bengel, der glaubt, dass er sich bei dem Vater alles erlauben kann.«

Ich spitzte die Ohren, weil ich den Namen Zed Eszu nicht zum ersten Mal aus dem Mund von jemandem hörte, der mir nahestand. »Ist er wirklich so übel?«

»Ja. Eine Freundin von mir hat sich mit ihm eingelassen, und er hat sie behandelt wie Dreck. Aber lassen wir das Thema ...« Theo hob den Feldstecher wieder an die Augen. »Ich glaube, wir sollten noch mal versuchen, die *Titan* per Funk zu erreichen. Sieht aus, als würde sie sich in Bewegung setzen. Machst du das, Ally? Deine Stimme erkennen sie vielleicht.«

Als ich tat, wie geheißen, ohne eine Antwort zu erhalten, sah ich, dass die Jacht sich schneller werdend von uns entfernte.

»Sollen wir ihnen folgen?«, fragte Theo.

»Ich hole mein Handy und rufe Pa direkt an«, antwortete ich.

»Dann lege ich einen Zahn zu. Sie sind mit ziemlicher Sicherheit schon zu weit weg, aber ich habe noch nie versucht, eine Superjacht einzuholen, und das könnte mir Spaß machen«, scherzte er.

Ich überließ es ihm, Katz und Maus mit Pas Jacht zu spielen, und ging hinunter in die Kabine, wo ich mich am Türrahmen festhalten musste, als er abrupt beschleunigte. Dann kramte ich das Handy aus meinem Rucksack, schaltete es ein und wartete ungeduldig darauf, dass das Display zum Leben erwachte. Doch es regte sich nicht. Erst da merkte ich, dass der Akku leer war. Also holte ich das Ladegerät und einen amerikanischen Adapter, der in die Steckdose beim Bett passte, aus dem Rucksack, steckte beides ein und betete, dass das Handy schon bald wieder benutzbar wäre.

Als ich zu Theo auf die Kommandobrücke zurückkehrte, hatte dieser die Geschwindigkeit gedrosselt.

»Nicht einmal mit Vollgas haben wir eine Chance, deinen Vater einzuholen. Die *Titan* ist einfach zu schnell. Hast du ihn erreicht?«

»Nein, mein Handy lädt gerade auf.«

»Hier, nimm meins.«

Theo reichte mir sein Handy, und ich gab Pa Salts Nummer ein. Sofort meldete sich die Mailbox. Ich hinterließ meinem Vater eine Nachricht, erklärte ihm die Situation und bat ihn, mich so schnell wie möglich zurückzurufen.

»Sieht fast so aus, als würde dein Vater vor dir fliehen«, neckte Theo mich. »Vielleicht will er seine Ruhe haben. Ich frage Andy jetzt über Funk, wo er ist, dann fahren wir direkt zu ihm.«

Offenbar war mir die Verwirrung vom Gesicht abzulesen, denn Theo nahm mich in die Arme und drückte mich an sich.

»Das war ein Scherz, Schatz. Gut möglich, dass niemand auf der *Titan* die Funksprüche gehört hat. Mir ist das auch schon passiert. Du hättest ihn gleich über Handy zu erreichen versuchen sollen.«

»Ja«, pflichtete ich ihm bei. Doch während wir in gemächlichem Tempo in Richtung Delos fuhren, um uns mit Theos Freund zu treffen, erinnerte ich mich an die vielen Stunden mit Pa auf dem Boot, in denen er darauf bestanden hatte, dass das Funkgerät stets auf Empfang blieb. Sein Skipper Hans hatte immer ein Auge auf eventuelle Nachrichten für die *Titan* gehabt.

Im Nachhinein erinnerte ich mich nun, wie unruhig ich den Rest jenes Nachmittags auf dem Weg nach Delos gewesen war. Vielleicht hatte ich gerade einen Vorgeschmack dessen bekommen, was mir noch bevorstand.

Am folgenden Morgen wachte ich in Theos Armen in der wunderschönen, menschenleeren Bucht einer der Makares-Inseln auf, mit dem traurigen Gedanken, dass wir später am Nachmittag nach Naxos zurückkehren würden. Theo hatte bereits über seine Pläne für die Vorbereitung auf das Rennen gesprochen, das wenige Tage später beginnen würde, und so schien unsere glückliche Zeit zumindest fürs Erste vorüber zu sein.

Als ich, nackt auf dem Sonnendeck neben ihm, aus meinen Träumereien erwachte, musste ich mich zwingen, mich auf Dinge zu konzentrieren, die nichts mit Theo und mir zu tun hatten. Nach einer Weile stand ich auf, um mein Handy, das sich seit dem Vortag auflud, zu holen.

»Wo willst du hin?« Theo hielt mich fest.

»Mein Handy holen. Ich möchte die Nachrichten auf der Mailbox anhören.«

»Mach schnell, ja?«

Als ich zurückkam, zog er mich zu sich herunter und bat mich, das Handy noch einmal wegzulegen. Erst eine volle Stunde später schaltete ich es endlich ein.

Mir war klar gewesen, dass sich Botschaften von Freunden und Verwandten darauf befinden würden. Doch als ich Theos Hand vorsichtig von meinem Bauch schob, um ihn nicht zu wecken, merkte ich, dass ungewöhnlich viele SMS sowie etliche Mailboxnachrichten eingegangen waren.

Die SMS stammten samt und sonders von meinen Schwestern.

Ally, bitte ruf so schnell wie möglich zurück. Maia.

Ally, ich bin's, CeCe. Wir versuchen alle, dich zu erreichen. Rufst du bitte sofort Ma oder eine von uns an?

Liebe Ally, ich bin's, Tiggy. Wir wissen nicht, wo du bist, aber wir müssen mit dir reden.

Elektras SMS ließ mich in Panik geraten:

Ally, ist das nicht schrecklich? Bin gerade im Flugzeug von LA nach Hause.

Ich stand auf und trat an den Bug der Jacht. Es lag auf der Hand, dass etwas Schreckliches passiert war. Mit zitternden Fingern wählte ich die Nummer meiner Mailbox, um zu erfahren, warum meine Schwestern mich mit Nachrichten bombardiert hatten.

Als ich sie abhörte, wurde mir der Grund klar.

»Hallo, hier ist noch mal CeCe. Alle andern scheinen Angst zu haben, es dir zu sagen: Du musst sofort nach Hause kommen. Ally, tut mir leid, dass ich die schlimme Botschaft überbringe, aber Pa Salt ist gestorben. Sorry ... sorry ... Bitte ruf so schnell wie möglich an.«

Offenbar hatte CeCe geglaubt, das Gespräch beendet zu haben, denn ich hörte lautes Schluchzen, bevor der Piepston die nächste Nachricht ankündigte.

Erst tags zuvor hatte ich die *Titan* durchs Fernglas gesehen. *Das muss ein Irrtum sein*, tröstete ich mich, doch dann hörte ich die nächste Nachricht von meiner Ersatzmutter Marina, die mich ebenfalls bat, mich so schnell wie möglich mit ihr in Verbindung zu setzen, und ähnliche Botschaften von Maia, Tiggy und Elektra ...

»O nein ...«

Als ich mich an der Reling festhielt, glitt mir das Handy aus der Hand und landete mit einem dumpfen Geräusch auf dem Deck. Da ich fürchtete, ohnmächtig zu werden, beugte ich den Kopf nach vorn. Schwer atmend sank ich auf den Boden und vergrub das Gesicht in den Händen.

»Das kann nicht wahr sein, das kann einfach nicht wahr sein ...«, stöhnte ich.

»Schatz, was ist denn?« Theo trat, noch immer nackt, zu mir, ging neben mir in die Hocke und hob mein Kinn mit einem Finger an. »Was ist passiert?«

Ich deutete auf das Handy, das mir aus der Hand geglitten war.

»Schlechte Nachrichten?«, fragte er und nahm es mit besorgter Miene auf.

Ich nickte.

»Ally, du siehst aus, als wärst du einem Gespenst begegnet. Wir gehen in den Schatten, und dann trinkst du erst mal ein Glas Wasser.«

Mein Handy nach wie vor in der Hand, trug er mich fast vom Deck auf die lederbezogene Bank im Innern. Würde er mich immer nur in Krisensituationen erleben?, fragte ich mich.

Theo schlüpfte hastig in Shorts, reichte mir eines seiner T-Shirts und half mir hinein, bevor er mir einen großen Brandy und ein Glas Wasser brachte. Meine Finger zitterten so sehr, dass ich ihn bitten musste, die Nummer meiner Mailbox für mich zu wählen, damit ich die anderen Nachrichten abhören konnte. Als ich an dem Brandy nippte, verschluckte ich mich, doch immerhin wärmte er meinen Magen und half mir, ruhiger zu werden.

»Hier.« Er gab mir das Handy, und ich lauschte noch einmal den Nachrichten von CeCe und den anderen, darunter drei von Maia und eine von Marina, dann erklang die mir unbekannte Stimme von Georg Hoffman, von dem ich nur wusste, dass er Pas Anwalt war. Anschließend folgten fünf stumme Anrufe. Vermutlich hatte die Person am anderen Ende der Leitung nicht die richtigen Worte gefunden und aufgelegt, ohne etwas zu sagen.

Ich schob mein Handy auf den Sitz neben mir.

»Pa Salt ist tot«, flüsterte ich.

»O Gott! Wie?«

»Ich weiß es nicht.«

»Bist du dir ganz sicher?«

»Ja! CeCe war die Einzige, die den Mut hatte, es tatsächlich zu sagen. Ich begreife immer noch nicht, wie das möglich ist ... Wir haben Pas Jacht doch erst gestern gesehen.«

»Ich fürchte, dafür habe ich auch keine Erklärung, Schatz. Wahrscheinlich ist es das Beste, wenn du gleich zu Hause anrufst«, schlug er vor und reichte mir das Handy.

»Ich kann nicht.«

»Das verstehe ich. Soll ich es machen? Wenn du mir die Nummer gibst ...«

»NEIN!«, herrschte ich ihn an. »Nein, ich muss nach Hause. Sofort!« Ich sprang auf.

»Ich gehe ins Internet und hänge mich ans Telefon. Bin gleich wieder da.«

Theo entfernte sich in Richtung Brücke, während ich wieder auf die Bank sank.

Mein Vater ... Pa Salt ... tot?! Lächerlich! Er war unverwundbar, allmächtig, *am Leben* ...

»Bitte nein!« Plötzlich waren meine Hände und Füße kalt, als wäre ich in den verschneiten Alpen, nicht auf einem Boot in der sonnigen Ägäis.

»Okay«, sagte Theo, als er zu mir zurückkehrte. »Den Flug um zwei Uhr vierzig von Naxos nach Athen erwischst du nicht mehr, also müssen wir mit dem Boot hin. Gleich morgen früh gibt's einen Flug von Athen nach Genf. Ich habe dir einen Platz gebucht, weil nicht mehr viele frei waren.«

»Dann kann ich heute nicht mehr nach Hause?«

»Ally, es ist schon halb zwei. Mit dem Boot dauert es eine ganze Weile nach Athen, und dann musst du noch nach Genf fliegen. Schätze, wenn wir die gesamte Strecke in Höchstgeschwindigkeit fahren und in Naxos tanken, schaffen wir's heute bis Sonnenuntergang nach Athen. Allerdings ist mir nicht wohl bei dem Gedanken, das Boot in der Dunkelheit in einen großen Hafen wie Piräus zu lenken.«

»Klar.« Wie sollte ich nur die endlosen Stunden überstehen?

»Gut, dann mache ich uns startklar«, sagte Theo. »Möchtest du bei mir sitzen?«

»Später.«

Fünf Minuten darauf, als ich den metallischen Klang der Hydraulik vernahm, mittels derer der Anker gehoben wurde, und das leise Brummen des Motors, erhob ich mich und ging zum Heck, wo ich mich auf die Reling stützte. So beobachtete ich, wie wir uns von der Insel entfernten, die ich noch am Abend zuvor für das Paradies gehalten hatte und die von nun an auf ewig der Ort sein würde, an dem ich vom Tod meines Vaters erfahren hatte. Und mich überkamen Schuldgefühle, denn in den letzten Tagen war ich vollkommen egoistisch gewesen, hatte nur an mich und mein Glück mit Theo gedacht.

Während ich in Theos Armen gelegen hatte, war mein Vater gestorben. Wie sollte ich mir das jemals verzeihen?

Theo hielt Wort; wir erreichten den Athener Hafen Piräus bei Sonnenuntergang. Während der quälend langen Fahrt ruhte mein Kopf auf der Kommandobrücke in seinem Schoß, sodass er mir beim Lenken über die Haare streichen konnte. Später, als wir vor Anker gegangen waren, kochte Theo in der Kombüse Pasta, mit der er mich fütterte wie ein kleines Kind.

»Kommst du runter, schlafen?«, fragte er mich, und ich sah, wie erschöpft er von der Konzentration der vergangenen Stunden war. »Wir müssen heute Nacht um vier aufstehen, damit du den Flieger erreichst.«

Ich nickte, weil mir klar war, dass er mit mir aufbleiben würde, wenn ich mich weigerte, ins Bett zu gehen. Also ließ ich mich, innerlich auf eine lange, schlaflose Nacht vorbereitet, von Theo in die Kajüte bringen, wo er mir ins Bett half und seine Arme um mich legte.

»Falls dir das ein Trost ist, Ally: Ich liebe dich. Das glaube ich inzwischen nicht mehr, ich weiß es.«

Zum ersten Mal seit dem Erhalt der schrecklichen Nachricht spürte ich, wie meine Augen feucht wurden.

»Und ich schwöre dir, dass ich dich damit nicht nur trösten möchte. Das wollte ich dir heute Abend sowieso sagen.«

»Ich liebe dich auch«, flüsterte ich.

»Wirklich?«

»Ja.«

»Das freut mich mehr, als wenn ich das diesjährige Fastnet Race gewonnen hätte. Und jetzt versuch zu schlafen.«

Zu meiner Überraschung gelang mir das nach Theos Liebesgeständnis sogar.

Am folgenden Morgen, als das Taxi sich durch den bereits bei Sonnenaufgang dichten Athener Verkehr quälte, merkte ich, wie Theo verstohlen auf seine Uhr sah. Sonst war ich immer diejenige, die die Zeit für andere im Auge behielt, nun war ich froh, dass er das für mich übernahm.

Ich kam vierzig Minuten vor Abflug am Schalter an, gerade, als er geschlossen werden sollte.

»Ally, Schatz, bist du sicher, dass du zurechtkommst?«, fragte Theo stirnrunzelnd. »Und dass ich dich nicht nach Genf begleiten soll?«

»Ja.«

»Bitte sag Bescheid, wenn ich irgendetwas tun kann.«

Am Ende der Schlange vor den Sicherheitskontrollen wandte ich mich Theo zu. »Danke für alles. Du hast mir sehr geholfen.«

»Keine Ursache, Ally, und ...«, er zog mich noch einmal mit aller Kraft zu sich heran, »... vergiss nicht, dass ich dich liebe.«

»Versprochen«, flüsterte ich mit einem matten Lächeln.
»Falls du moralische Unterstützung brauchst: Ruf an oder schick mir eine SMS.«
»Wird gemacht.«
»Übrigens ...«, sagte er, als er sich von mir löste, »... könnte ich es unter den gegebenen Umständen nur zu gut verstehen, wenn du nicht bei der Regatta mitmachst.«
»Ich gebe dir so bald wie möglich Bescheid.«
»Ohne dich werden wir verlieren.« Er grinste. »Du bist die Stütze der Crew. Auf Wiedersehen, Liebes.«
»Auf Wiedersehen.«
Ich reihte mich in die Schlange ein und wurde von ihr geschluckt. Bevor ich meinen Rucksack in eine der Schalen zum Durchleuchten legte, blickte ich mich zu ihm um.
Er war noch da.
»Ich liebe dich«, formten seine Lippen, dann entfernte er sich mit einer Kusshand und einem Winken.
Während ich in der Abflughalle wartete und der surreale Kokon der Liebe zerplatzte, der mich die letzten Tage umfangen hatte, wurde mir flau im Magen ob der Dinge, die mich erwarteten. Ich nahm mein Handy aus der Tasche und wählte die Nummer von Christian, dem jungen Skipper unseres Motorboots, der mich von Genf über den See zu meinem Elternhaus bringen würde. Ich hinterließ ihm eine Nachricht, in der ich ihn bat, mich um zehn Uhr von der Anlegestelle abzuholen und Ma und meine Schwestern nicht über mein Eintreffen zu informieren, weil ich mich selbst mit ihnen in Verbindung setzen wollte.
Doch an Bord stellte ich fest, dass ich das nicht konnte. Die Aussicht, einige Stunden allein zu sein, nachdem eine meiner Schwestern mir telefonisch das Schreckliche bestätigt hatte, hinderte mich daran. Dann rollte das Flugzeug auf die Startbahn, und als wir abhoben und in den Sonnenaufgang über Athen flogen, schmiegte ich meine heiße Wange an das kühle Fenster. Um mich abzulenken, blätterte ich im *International Herald Tribune*,

den mir die Flugbegleiterin gab. Gerade wollte ich die Zeitung wieder weglegen, als mein Blick auf die Schlagzeile fiel:

»MILLIARDÄRSLEICHE AN GRIECHISCHER INSEL ANGESCHWEMMT.«

Darunter befanden sich das Foto eines mir irgendwie bekannten Gesichts und die Bildunterschrift.

»*Kreeg Eszu tot an Strand in der Ägäis aufgefunden.*«

Ich starrte den Text schockiert an. Theo hatte mir gesagt, Kreeg Eszus Jacht, die *Olympus,* habe in der Bucht vor Delos neben der von Pa Salt geankert ...

Die Zeitung glitt mir aus der Hand. Nun begriff ich überhaupt nichts mehr ...

Fast drei Stunden später, beim Landeanflug auf den Genfer Flughafen, schlug mein Herz so schnell, dass ich fast keine Luft mehr bekam. Ich war auf dem Weg nach Hause, worauf ich mich sonst immer freute, weil mich in unserer magischen Welt der Mensch, den ich am meisten liebte, mit offenen Armen erwartete. Doch diesmal und auch später, das wusste ich, würde er nicht da sein, um mich zu begrüßen.

IV

»Möchten Sie das Steuer übernehmen, Mademoiselle Ally?« Christian deutete auf den Platz, an dem ich normalerweise saß, wenn wir über das ruhige Wasser des Genfer Sees brausten.

»Heute nicht, Christian«, antwortete ich, und er nickte ernst, was mir bestätigte, dass kein Irrtum vorlag. Er ließ den Motor an, während ich mit hängenden Schultern auf einen der Sitze im hinteren Teil des Boots sank. Dabei erinnerte ich mich daran, wie ich als kleines Mädchen auf Pa Salts Schoß zum ersten Mal das Steuer übernommen hatte. Während ich, nur noch wenige Minuten von der Konfrontation mit der Realität entfernt, mit schlechtem Gewissen darüber, dass ich die Botschaften von Ma und meinen Schwestern nicht abgehört und später nicht auf sie reagiert hatte, den Blick schweifen ließ, haderte ich mit meinem Schicksal. Wie nur, fragte ich mich, hatten die Götter mich vom Gipfel der Lebensfreude in ein so tiefes Tal der Tränen stürzen lassen können?

Vom See aus wirkten die tadellos gestutzten Hecken, die das Haus vor neugierigen Blicken schützten, wie immer. Bestimmt, versuchte ich mir einzureden, während Christian das Motorboot zur Anlegestelle lenkte und ich herauskletterte und es vertäute, handelte es sich doch um einen Irrtum. Gleich würde Pa herbeieilen, um mich zu begrüßen, er *musste* einfach da sein …

Wenig später sah ich CeCe und Star über den Rasen auf mich zukommen. Dann tauchte Tiggy auf, die etwas ins Haus rief, während sie ihren beiden älteren Schwestern nachhastete. Als ich ihre Mienen wahrnahm, bekam ich vor Angst weiche Knie. *Ally*, redete ich mir zu, *du bist die Anführerin, reiß dich zusammen …*

»Ally! O Ally, wir sind ja so froh, dass du da bist!« Tiggy, die mich als Erste erreichte, schlang die Arme um mich und drückte mich fest an sich. »Wir warten schon seit Tagen auf dich!«

Dann folgten CeCe und ihr Schatten Star, die mich wie Tiggy umarmte.

Nach einer Weile löste ich mich von ihnen und bemerkte die Tränen in den Augen meiner Schwestern. Wortlos gingen wir hinauf zum Haus.

Beim Anblick von »Atlantis« wurde mir mein Verlust noch bewusster. Pa Salt hatte es unser privates Königreich genannt. Es stammte aus dem 18. Jahrhundert und sah mit seinen vier Türmen und den rosafarbenen Mauern aus wie ein Märchenschloss. Auf dieser abgeschiedenen Halbinsel mit ihren prächtigen Gärten hatte ich mich immer wie in einem sicheren Kokon gefühlt – doch ohne Pa Salt wirkte alles leer und einsam.

Als wir die Terrasse erreichten, trat meine älteste Schwester Maia mit schmerzverzerrtem Gesicht aus dem Pavillon neben dem Hauptgebäude.

»Ally!«, rief sie erleichtert und eilte mir entgegen, um mich zu umarmen.

»Maia«, sagte ich, »ist das nicht schrecklich?«

»Ja. Wie hast du's erfahren? Wir versuchen dich seit zwei Tagen zu erreichen.«

»Gehen wir doch rein«, schlug ich vor. »Dann erklär ich euch alles.«

Während meine anderen Schwestern sich auf dem Weg ins Haus um mich scharten, blieb Maia zurück. Obwohl sie die Älteste war, an die sich alle wandten, wenn sie ein emotionales Problem hatten, übernahm ich innerhalb der Gruppe immer die Kontrolle. Die überließ sie mir auch jetzt.

Ma, die uns im Eingangsbereich erwartete, umarmte mich schweigend und scheuchte uns anschließend in die Küche.

Während unsere Haushälterin Claudia eine große Kanne Kaffee kochte, betrat Elektra den Raum, deren lange, dunkle Glieder auch in Shorts und T-Shirt natürlich elegant wirkten.

»Ally.« Als sie mich mit leiser Stimme begrüßte, fiel mir auf, wie müde sie aussah, als hätte jemand das Feuer in ihren bernsteinfarbenen Augen verlöschen lassen. Sie umarmte mich kurz und drückte meine Schulter.

Beim Anblick meiner Schwestern dachte ich, wie selten wir noch beieinander waren. Und als mir der Anlass bewusst wurde, schnürte es mir die Kehle zu. Bevor ich fragte, was mit Pa Salt geschehen war, musste ich ihnen berichten, wo ich gewesen war, was ich beobachtet und warum es so lange gedauert hatte, bis ich nach Hause gekommen war.

Ich holte tief Luft. »Ich erzähl euch jetzt, was passiert ist. Ehrlich gesagt bin ich immer noch ein bisschen durcheinander.« Als wir alle am Tisch Platz nahmen, blieb Ma an der Seite stehen. Ich deutete auf einen Stuhl. »Ma, du solltest das auch hören. Vielleicht weißt du eine Erklärung.«

Ma setzte sich.

»Ich hab grade in der Ägäis für die bevorstehende Zykladenregatta trainiert, als ein Segelfreund mich für ein paar Tage auf seine Motorjacht eingeladen hat. Es war fantastisches Wetter und toll, zur Abwechslung mal auf dem Wasser entspannen zu können.«

»Wem gehört das Boot?«, erkundigte sich Elektra.

»Hab ich doch gerade gesagt: einem Freund«, antwortete ich ausweichend. Natürlich würde ich meinen Schwestern irgendwann von Theo erzählen, doch jetzt war nicht der richtige Zeitpunkt dafür. »Jedenfalls waren wir da vor ein paar Tagen, als ein Funkspruch von einem anderen Segler reinkam, dass die *Titan* vor Delos vor Anker liegt …«

Nach einem Schluck Kaffee schilderte ich, wie unsere Funksprüche unbeantwortet geblieben waren und wie verblüfft ich gewesen war, als Pa Salts Jacht sich von uns entfernt hatte. Alle lauschten mir aufmerksam, und Ma und Maia wechselten einen traurigen Blick. Schließlich holte ich tief Luft und erklärte ihnen, ich habe aufgrund des schlechten Handyempfangs in der Gegend ihre Nachrichten erst tags zuvor erhalten. Ich hasste mich dafür, dass ich sie anlog, konnte ihnen aber einfach nicht gestehen, warum ich mein Handy ausgeschaltet hatte. Auch die *Olympus*, die andere Jacht, die Theo und ich in der Bucht gesehen hatten, erwähnte ich nicht.

»Kann mir mal jemand erklären«, bat ich sie, »was los war? Was

Pa Salts Jacht in Griechenland verloren hatte, wenn er doch schon … tot war?«

Alle wandten sich Maia zu. »Ally, Pa Salt hatte vor drei Tagen einen Herzinfarkt. Jede Hilfe kam zu spät.«

Aus dem Mund meiner ältesten Schwester zu hören, wie er gestorben war, machte die Sache noch endgültiger. Während ich versuchte, die Tränen zu unterdrücken, fuhr sie fort: »Sein Leichnam wurde auf die *Titan* geflogen und dann auf hohe See gebracht. Er wollte im Meer zur letzten Ruhe gebettet werden und uns nicht damit belasten.«

»Gütiger Himmel«, flüsterte ich. »Es könnte also gut sein, dass ich in seine Seebestattung hineingeplatzt bin. Kein Wunder, dass die Jacht Reißaus genommen hat. Ich …«

Ich konnte nicht mehr länger so tun, als wäre ich stark und ruhig, stützte den Kopf in die Hände und atmete tief durch, um meine aufsteigende Panik zu bekämpfen. Sofort scharten sich meine Schwestern um mich und trösteten mich. Da ich es nicht gewöhnt war, ihnen gegenüber Gefühle zu zeigen, entschuldigte ich mich und versuchte, meine Fassung wiederzuerlangen.

»Zu begreifen, was da tatsächlich passiert ist, muss grässlich sein«, stellte Tiggy fest. »Wir fühlen mit dir, Ally.«

»Danke«, presste ich hervor und murmelte, dass Pa Salt mir einmal gesagt habe, er wünsche sich eine Seebestattung. Es war wirklich ein absurder Zufall, dass ich der *Titan* bei Pa Salts letzter Reise begegnet war. Mir wurde schwindlig, ich musste an die frische Luft. »Hört mal, würde es euch sehr viel ausmachen, wenn ich mich eine Weile zurückziehe?«, fragte ich die anderen.

Sie verneinten, und ich verließ die Küche mit ihren tröstenden Worten im Ohr.

Obwohl ich wusste, dass ich ihn nirgendwo mehr finden würde, sah ich mich im Flur nach ihm um.

Dann stolperte ich durch die schwere Eichentür hinaus ins Freie, um das Gefühl der Panik, das mir die Brust zuschnürte, loszuwerden. Unwillkürlich trugen mich meine Beine zur Anlegestelle, wo ich zu meiner Erleichterung die Laser liegen sah. Ich kletterte an

Bord, legte ab, setzte den Spinnaker und segelte bei gutem Wind über den See. Als ich endlich müde war, ging ich in einer kleinen, von einer felsigen Halbinsel geschützten Bucht vor Anker.

Dort versuchte ich dem, was ich soeben erfahren hatte, Sinn abzugewinnen. Doch das gelang mir nicht. Ich war so durcheinander, dass ich nur aufs Wasser starren konnte. Die Puzzleteile wollten sich einfach nicht zu dem schrecklichen Ganzen zusammenfügen. Dass ich offenbar Zeuge von Pa Salts Beisetzung geworden war ... Warum war ausgerechnet ich dort gewesen? Hatte das einen Grund? Oder war es reiner Zufall?

Als mein Herzschlag sich endlich beruhigte und mein Gehirn allmählich wieder zu funktionieren begann, kam mir die harte Realität zu Bewusstsein. Pa Salt war nicht mehr, einen Grund dafür gab es vermutlich nicht. Diese Fakten musste ich akzeptieren. Aber keine der Strategien, derer ich mich sonst in Krisensituationen bediente, griff hier. Meine Gedanken schweiften: Alle vertrauten Pfade des Trostes waren verschwunden, nichts würde mich je darüber hinwegtrösten, dass mein Vater mich verlassen hatte, ohne sich von mir zu verabschieden.

Ich blieb eine ganze Weile im Heck des Boots sitzen, in dem Bewusstsein, dass ein weiterer Tag auf Erden ohne ihn verging und ich irgendwie mit meinen Schuldgefühlen darüber fertigwerden musste, dass ich egoistisch mein eigenes Glück genossen hatte, als meine Schwestern – und Pa – mich so dringend gebraucht hätten. Im wesentlichen Moment hatte ich sie im Stich gelassen. Ich blickte schluchzend zum Himmel hinauf und bat Pa Salt um Vergebung.

Dann trank ich einen Schluck Wasser und lehnte mich zurück, um die warme Brise über meinen Körper streichen zu lassen. Wie immer tröstete mich das sanfte Auf und Ab des Boots, und ich döste sogar ein wenig ein.

Der Augenblick ist das Einzige, was wir haben, Ally. Vergiss das nie.

Das war einer von Pa Salts Lieblingssprüchen gewesen. Und obwohl ich immer noch errötete bei dem Gedanken daran, was ich vermutlich mit Theo getan hatte, als Pa sein Leben aushauchte, machte ich mir klar, dass es ihm und auch dem Universum egal gewesen wäre, wenn ich einfach nur eine Tasse Tee getrunken oder geschlafen hätte. Außerdem wäre gerade mein Vater sehr glücklich darüber gewesen, dass ich jemanden wie Theo gefunden hatte.

Auf der Rückfahrt nach »Atlantis« wurde ich ein wenig ruhiger. Allerdings fehlte noch ein Puzzleteil in den Informationen, die ich meinen Schwestern darüber gegeben hatte, wie ich Pa Salts Jacht begegnet war. Und darüber musste ich mit jemandem reden.

Wie immer bei mehreren Geschwistern, gab es auch bei uns Untergruppierungen. Maia und ich waren die Ältesten, und so beschloss ich, ihr anzuvertrauen, was ich beobachtet hatte.

Ich vertäute die Laser an der Anlegestelle und machte mich auf den Weg zum Haus. Als Marina sich auf dem Rasen zu mir gesellte, begrüßte ich sie mit einem traurigen Lächeln.

»Ally, bist du mit der Laser draußen gewesen?«

»Ja. Ich habe Zeit gebraucht, um einen klaren Kopf zu bekommen.«

»Dann hast du die andern verpasst. Sie sind alle auf den See hinausgefahren.«

»Alle?«

»Maia nicht. Sie hat sich zum Arbeiten in den Pavillon verkrochen.«

Obwohl Pa Salts Tod auch Ma bedrückte, waren wir wie immer ihre oberste Priorität, und dafür liebte ich sie. Sie schien sich Sorgen um Maia zu machen, die wohl seit jeher ihr Liebling war.

»Ich wollte gerade zu ihr«, erklärte ich.

»Kannst du ihr bitte sagen, dass Georg Hoffman, der Anwalt eures Vaters, bald eintrifft? Zuerst möchte er sich mit mir unterhalten, warum, weiß ich nicht. Sie soll in einer Stunde rauf zum Haus kommen. Mit dir.«

»Wird gemacht«, versprach ich.

Ma drückte kurz meine Hand, bevor sie zum Hauptgebäude zurückkehrte.

Am Pavillon klopfte ich leise an der Tür, erhielt aber keine Antwort. Da ich wusste, dass Maia nie abschloss, trat ich einfach ein und rief ihren Namen. Und sah meine Schwester zusammengerollt auf dem Sofa, ihre dunkel glänzenden Haare um ihr schönes Gesicht drapiert, als würde sie für ein Foto posieren. Sie richtete sich verlegen auf.

»Entschuldige, Maia. Du hast geschlafen, stimmt's?«

»Scheint so«, antwortete sie errötend.

»Ma sagt, die anderen sind auf den See rausgefahren, also bin ich zu dir gekommen, um mit dir zu reden. Stör ich?«

»Aber nein.«

Da ich ihr Zeit geben wollte, richtig wach zu werden, erbot ich mich, uns Tee zu kochen. Als wir uns dann mit dampfenden Tassen setzten, merkte ich, dass meine Hände zitterten und ich etwas Stärkeres als Tee brauchte, um ihr meine Geschichte erzählen zu können.

»Im Kühlschrank ist Weißwein«, sagte Maia mit einem verständnisvollen Lächeln und ging in die Küche, um ein Glas für mich zu holen.

Nachdem ich einen Schluck getrunken hatte, atmete ich tief durch und erzählte ihr, dass ich zwei Tage zuvor Kreeg Eszus Jacht in der Nähe von Pa Salts *Titan* gesehen hatte. Zu meiner Überraschung wurde sie blass.

»Ally, bitte vergiss das andere Schiff – das ist irrelevant. Ich finde es eher tröstlich, dass du die Gegend gesehen hast, die Pa sich für seine Beisetzung ausgesucht hat. Vielleicht können wir, wie Tiggy es vorgeschlagen hat, tatsächlich alle hinfahren und einen Kranz ins Wasser werfen.«

»Ich habe ein schrecklich schlechtes Gewissen!«, schluchzte ich.

»Warum denn das?«

»Weil die paar Tage auf dem Boot so schön waren! Ich war so glücklich, glücklicher als jemals zuvor. Weil ich nicht gestört werden wollte, hab ich das Handy ausgeschaltet. Und gerade da ist Pa gestorben! Als er mich gebraucht hätte, war ich nicht da!«

»Ally, Ally ...« Maia setzte sich neben mich, strich mir die Haare aus dem Gesicht und wiegte mich sanft. »Wir waren alle nicht da.

Wahrscheinlich wollte Pa es genau so. Ich wohne hier, und sogar ich war weg, als es passiert ist. Ma meint, man konnte nichts tun. Das müssen wir akzeptieren.«

»Ich hätte ihm noch so viel sagen wollen, und jetzt gibt es ihn nicht mehr.«

»Ich glaube, das Gefühl haben wir alle. Immerhin haben wir einander.«

»Stimmt. Danke, Maia. Ist es nicht erstaunlich, wie sich das Leben von einer Sekunde auf die andere ändern kann?«

»Ja. Irgendwann musst du mir noch erklären, warum du so glücklich warst.«

Ich dachte an Theo, und das tröstete mich. »Versprochen, aber nicht jetzt. Wie geht es eigentlich dir, Maia?«, wechselte ich das Thema.

»Ganz okay«, antwortete sie achselzuckend. »Der Schreck sitzt mir wie uns allen in den Gliedern.«

»Es uns Schwestern zu sagen war sicher nicht leicht. Tut mir leid, dass ich nicht da war, um dir zu helfen.«

»Nun können wir uns endlich mit Georg Hoffman zusammensetzen und in die Zukunft blicken.«

»Ach ja, ich hab ganz vergessen, dir zu sagen«, meinte ich und schaute auf meine Uhr, »dass Ma uns gebeten hat, in einer Stunde oben im Haus zu sein. Er scheint sich zuerst mit ihr unterhalten zu wollen.« Ich seufzte. »Könnte ich noch ein Glas Wein haben, während wir warten?«

V

Um sieben Uhr gingen Maia und ich zum Haus hoch, um Georg Hoffman zu treffen. Unsere Schwestern warteten bereits auf der Terrasse, wo sie in ungeduldiger Anspannung die Abendsonne genossen hatten. Elektra kaschierte ihre Nervosität wie üblich durch sarkastische Bemerkungen über Pa Salts Hang zur Dramatik und Geheimniskrämerei, als Marina sich endlich mit Georg zu uns gesellte. Er war groß gewachsen, hatte graue Haare und trug einen makellos sitzenden dunkelgrauen Anzug – das personifizierte Klischee eines erfolgreichen Schweizer Anwalts.

»Tut mir leid, dass ich Sie so lange habe warten lassen, meine Damen; ich musste noch etwas organisieren«, erklärte er. »Ihnen allen mein herzliches Beileid.« Er gab uns nacheinander die Hand. »Darf ich mich setzen?«

Maia deutete auf den Stuhl neben sich, und als Georg Platz nahm und an seiner dezent-teuren Armbanduhr herumspielte, spürte ich auch seine Anspannung. Marina ging ins Haus und ließ uns mit ihm allein.

»Meine Damen«, hob er an, »es tut mir leid, dass wir uns unter so traurigen Umständen kennenlernen. Durch die Schilderungen Ihres Vaters ist mir eine jede von Ihnen sehr vertraut. Als Erstes möchte ich Ihnen versichern, dass er Sie alle sehr geliebt hat und stolz auf Sie war. Ich habe mit ihm gesprochen, kurz bevor er ... uns verlassen hat; er wollte, dass ich Ihnen das sage.«

Er bedachte uns mit einem freundlichen Blick, bevor er sich der Mappe vor ihm zuwandte. »Zuerst sollten wir die Finanzen klären: Sie können beruhigt sein, Sie sind bis an Ihr Lebensende versorgt. Allerdings war es Ihrem Vater wichtig, dass Sie kein faules Prinzessinnenleben führen, und so werden Sie alle ein Einkommen beziehen, das verhindert, dass Sie Not leiden, Ihnen jedoch keinen Luxus erlaubt. Falls Sie den wollen, müssen Sie ihn sich wie er selbst verdienen. Sein gesamter Besitz geht in ein Treuhandvermögen für Sie alle über, und ich habe die ehrenvolle Aufgabe, es für ihn zu verwalten. Es liegt in meinem Ermessen, Ihnen finanziell unter die Arme zu greifen, wenn Sie mich darum bitten.«

Wir lauschten schweigend.

»Auch dieses Haus wird Teil des Treuhandvermögens, und Claudia und Marina haben sich beide bereit erklärt, hierzubleiben und sich darum zu kümmern. An dem Tag, an dem die letzte der Schwestern stirbt, wird das Treuhandvermögen aufgelöst und ›Atlantis‹ verkauft. Der Erlös wird zwischen den Kindern aufgeteilt, die Sie dann möglicherweise haben. Wenn keine vorhanden sind, geht das Geld an eine von Ihrem Vater ausgewählte wohltätige Organisation. Das Haus wird Ihnen bis zu Ihrem Lebensende ein sicherer Zufluchtsort bleiben. Doch natürlich war es der Wunsch Ihres Vaters, dass Sie alle irgendwann flügge werden und Ihr Schicksal selbst in die Hand nehmen.«

Wir Schwestern wechselten unsichere Blicke, weil wir uns fragten, welche Veränderungen das für uns bringen würde. Meine eigene finanzielle Zukunft, nahm ich an, wäre nicht betroffen. Ich war immer schon unabhängig gewesen und hatte mir alles, was ich besaß, hart erarbeitet. Und was mein weiteres Schicksal betraf ... Ich dachte an Theo und das, was ich mit ihm zu teilen hoffte.

Da riss Georg mich aus meinen Gedanken. »Ihr Vater hat Ihnen noch etwas anderes hinterlassen: Um Ihnen das zeigen zu können, muss ich Sie nun bitten, mit mir zu kommen. Hier entlang.«

Wir folgten Georg, ohne zu wissen, wohin er uns führen würde, ums Haus herum und über das Anwesen, bis wir Pa Salts versteckten Garten erreichten, der sich hinter einer Reihe ordentlich gestutzter Eibenhecken verbarg. Dort begrüßte uns die Farbenpracht des Lavendels und der Tagetes, die im Sommer zahlreiche Schmetterlinge anlockten. Pas Lieblingsbank stand unter einer Laube mit weißen Rosen, die bis tief zu der Stelle herabhingen, an der er so gern gesessen war. Von da aus hatte er den anderen Mädchen immer beim Spielen auf dem Kieselstrand zwischen Garten und See zugesehen, während ich ungeschickt versuchte, in dem kleinen grünen Kanu zu paddeln, das er mir zum sechsten Geburtstag geschenkt hatte.

»Da wären wir«, verkündete Georg und deutete auf die Mitte der Terrasse, auf der sich eine merkwürdig schöne Skulptur befand.

Wir traten näher heran, um das Objekt, eine eigenartige kugelförmige Konstruktion auf einem fast hüfthohen Sockel, zu betrachten. Sie bestand aus einer Reihe schmaler, einander überlappender Metallbänder, die eine kleine goldene Kugel in der Mitte umschlossen. Bei genauerem Hinsehen erkannte ich, dass die Kugel ein Globus mit eingravierten Umrissen der Kontinente war, durchdrungen von einem dünnen Metallstab mit einem Pfeil am einen Ende, der genau in Richtung Norden wies. Rund um den Äquator verlief ein Band mit den zwölf Sternzeichen. Das Ganze sah aus wie ein altes Navigationsgerät. Was wollte Pa uns damit sagen?

Georg erklärte uns, dass es sich um eine Armillarsphäre handle und schon die alten Griechen vor Tausenden von Jahren ähnliche Vorrichtungen benutzt hätten, um die Position der Sterne und die Tageszeit zu bestimmen.

Wir gaben bewundernde Laute von uns, doch Elektra fragte ungeduldig: »Ja, aber was hat das Ding mit uns zu tun?«

»Es ist nicht meine Aufgabe, das zu erklären«, antwortete Georg. »Aber wenn Sie sich die Armillarsphäre aus der Nähe ansehen, erkennen Sie, dass alle Ihre Namen auf den Bändern stehen, die ich Ihnen gerade gezeigt habe.«

Und tatsächlich, da waren sie, in eleganter Schrift auf dem Metall. »Da ist deines, Maia.« Ich deutete auf das Band. »Dahinter stehen Zahlen; ich glaube, das sind Koordinaten«, fügte ich hinzu und wandte mich meinem eigenen Namen zu. »Ja, genau.«

Neben den Koordinaten befanden sich weitere Inschriften. Maia, die erkannte, dass sie in Griechisch verfasst waren, versprach, sie später für uns zu übersetzen.

»Und was soll uns diese hübsche Skulptur mitteilen?«, fragte CeCe.

»Wie gesagt, das zu erklären ist nicht meine Aufgabe«, entgegnete Georg. »Marina hat den Anweisungen Ihres Vaters folgend gekühlten Champagner auf der großen Terrasse bereitgestellt. Er wollte, dass Sie auf sein Ableben anstoßen. Anschließend werde ich Ihnen allen einen Umschlag von ihm geben, dessen Inhalt Ihnen, wie ich hoffe, mehr erklären kann als ich.«

Über die Koordinaten nachsinnend, kehrte ich in gedämpfter Stimmung mit den anderen auf die Terrasse zurück. Als Ma uns Champagner einschenkte, fragte ich mich, über wie viel von den Vorgängen dieses Abends sie bereits im Vorhinein Bescheid gewusst hatte, doch ihre Miene verriet mir nichts.

Georg erhob sein Glas. »Stoßen Sie mit mir auf das bemerkenswerte Leben Ihres Vaters an. Ich kann Ihnen versichern, dass dies genau die Trauerfeier ist, die er sich gewünscht hat – alle seine Töchter in ›Atlantis‹ versammelt, dem Zuhause, das er so viele Jahre mit Ihnen geteilt hat.«

»Auf Pa Salt«, sagten wir und hoben unsere Gläser ebenfalls.

Während wir schweigend Champagner tranken, dachte ich über das nach, was wir gesehen hatten. »Wann kriegen wir nun diese Briefe?«, erkundigte ich mich.

»Ich hole sie.« Georg stand auf und verließ den Tisch.

»Was für eine bizarre Feier«, bemerkte CeCe.

»Kann ich noch einen Schluck Champagner haben?«, fragte ich Ma, während alle wild drauflosplapperten und Tiggy leise zu weinen anfing.

»Ich wünschte, er wäre hier und könnte es uns selbst erklären«, flüsterte Tiggy.

»Aber das ist er nicht«, sagte ich. »Und irgendwie passt das auch. Er wollte es uns so angenehm wie möglich machen. Jetzt müssen wir einander Kraft geben.«

Alle meine Schwestern, sogar Elektra, nickten traurig, und ich ergriff Tiggys Hand, als Georg zurückkehrte und sechs dicke cremefarbene Pergamentumschläge auf den Tisch legte. Auf der Vorderseite eines jeden stand in Pas charakteristischer Handschrift unser jeweiliger Name.

»Diese Briefe wurden vor etwa sechs Wochen bei mir hinterlegt, mit der Anweisung, beim Tod Ihres Vaters jeder von Ihnen einen auszuhändigen«, erklärte Georg.

»Sollen wir sie jetzt aufmachen oder später, wenn wir allein sind?«, fragte ich.

»In dieser Hinsicht hat Ihr Vater keine Wünsche geäußert«, antwortete Georg. »Sie sollen sie öffnen, wenn Sie dazu bereit sind.«

Ein Blick auf meine Schwestern sagte mir, dass wir sie alle lieber allein lesen wollten.

»Damit wäre meine Aufgabe erledigt«, verkündete Georg, legte sechs Visitenkarten auf den Tisch vor uns und versicherte uns, dass wir uns jederzeit an ihn wenden könnten, wenn wir etwas brauchten. »Doch wie ich Ihren Vater kenne, hat er alles bedacht. Ich darf mich verabschieden. Noch einmal mein herzliches Beileid.«

Ich konnte nachvollziehen, wie schwer es für ihn gewesen sein musste, uns das rätselhafte Erbe unseres Vaters zu erklären, und war froh, dass Maia sich für uns alle bei ihm bedankte.

Er erhob sich mit einem Nicken. »Auf den Visitenkarten steht, wie Sie mich erreichen können. Ich finde allein hinaus.«

Auch Ma stand auf. »Jetzt könnten wir alle was zu essen vertragen. Ich sage Claudia, dass sie die Sachen rausbringen soll«, verkündete sie und verschwand im Haus.

Ich hatte den ganzen Tag nicht ans Essen gedacht, und auch jetzt war ich ganz auf die Briefe und die Armillarsphäre fixiert. »Maia, meinst du, du könntest noch mal zu der Armillarsphäre gehen und die Inschriften für uns übersetzen?«, fragte ich.

»Klar«, antwortete sie, als Marina und Claudia Teller brachten. »Nach dem Essen.«

Als Elektra die Teller sah, erhob sie sich und sagte: »Ich hab keinen Hunger. Ich hoffe, das macht euch nichts aus.«

Sobald Elektra weg war, wandte sich CeCe Star zu. »Hast du Hunger, Star?«, erkundigte sie sich.

Star, die ihren Umschlag in der Hand hielt, antwortete mit leiser Stimme: »Ich finde, wir sollten was essen.«

Der Meinung war ich auch, und so verzehrten wir die Pizza

und den Salat, die Claudia zubereitet hatte. Dann entfernten sich meine Schwestern eine nach der anderen, bis nur noch Maia und ich übrig waren.

»Macht's dir was aus, wenn ich mich auch hinlege, Maia? Ich bin ziemlich müde.«

»Aber nein«, antwortete sie. »Du hast es als Letzte erfahren und musst den Schock noch verdauen.«

»Stimmt.« Ich stand auf und küsste sie sanft auf die Wange. »Gute Nacht, Maia.«

»Gute Nacht.«

Ich hatte ein schlechtes Gewissen, weil ich sie allein am Tisch zurückließ, aber wie meine anderen Schwestern benötigte ich Zeit für mich. Außerdem war ich neugierig auf meinen Brief. Ich überlegte, wo ich am ehesten Ruhe finden könnte, und kam zu dem Schluss, dass ich mich vermutlich in meinem alten Kinderzimmer am wohlsten fühlen würde.

Weil alle unsere Zimmer sich im obersten Stockwerk des Hauses befanden, hatten Maia und ich als Kinder manchmal Prinzessin im Turm gespielt. Meines war hell und einfach eingerichtet, hatte schlichte magnolienfarbene Wände und blau-weiß karierte Vorhänge. Tiggy hatte einmal bemerkt, es wirke wie eine altmodische Kabine auf einem Boot. Um den runden Spiegel hing ein Rettungsring mit der Aufschrift »SS Ally« – ein Weihnachtsgeschenk von Star und CeCe.

Als ich mich mit meinem Umschlag aufs Bett setzte, fragte ich mich, ob meine Schwestern die ihren gleich öffneten oder eher Angst hatten vor dem Inhalt. An meinem spürte ich eine kleine Delle, die sich bewegen ließ. Früher war ich immer diejenige gewesen, die die Weihnachts- und Geburtstagsgeschenke am schnellsten aufmachte, und mit diesem Brief erging es mir ähnlich. Beim Aufreißen des Kuverts fiel etwas Kleines, Festes auf die Bettdecke. Erstaunt erkannte ich, dass es sich um einen braunen Frosch handelte. Am Rücken hatte er gelbe Flecken, und seine großen Augen schienen mich zu mustern.

Ich nahm ihn in die Hand und ließ meine Finger darüber gleiten, ratlos, warum Pa Salt ihn in den Brief für mich gesteckt hatte. Soweit ich mich erinnerte, hatten Frösche in unserem Leben nie eine wichtige Rolle gespielt. Vielleicht handelte es sich um einen von Pa Salts Scherzen, und der Brief würde das Rätsel aufklären.

Ich begann zu lesen.

Atlantis,
Genfer See,
Schweiz

Meine liebste Ally,
beim Schreiben dieses Briefs kann ich mir vorstellen, wie Du – meine schöne, lebhafte zweite Tochter – die Worte hastig überfliegst, um möglichst schnell zu erfahren, was darin steht. Und wie Du sie dann noch einmal langsam lesen musst.

Inzwischen wirst Du wissen, dass ich nicht mehr unter Euch weile, und bestimmt war das für Euch alle ein großer Schock. Doch Du als die optimistischste der Schwestern, deren positive Einstellung und Liebe zum Leben mich stets aufgemuntert haben, wirst zwar um mich trauern, aber irgendwann auch wieder in die Zukunft blicken. Und genau das erwarte ich von Dir.

Du bist mir von meinen Töchtern vielleicht am ähnlichsten. Ich bin immer sehr stolz auf Dich gewesen und hoffe und bete, dass Du, obwohl ich nicht mehr länger auf Dich aufpassen kann, Dein Leben so weiterführen wirst wie bisher. Angst ist der mächtigste Feind des Mensch, und dass Du sie nicht kennst, ist das größte Geschenk, das Gott Dir gemacht hat. Bitte vergiss das auch jetzt in Deinem Kummer nicht, Ally.

Abgesehen davon, dass ich mich mit diesem Brief von Dir verabschieden will, möchte ich Euch Mädchen auch einen Hinweis auf Eure jeweilige Herkunft hinterlassen. Das bedeutet nicht, dass Ihr sofort alles liegen und stehen lassen sollt, aber niemand weiß, was die Zukunft bringt. Und wann Ihr möglicherweise wissen wollt oder müsst, woher Ihr kommt.

Du wirst die Armillarsphäre und die eingravierten Koordinaten bereits gesehen haben. Diese verweisen auf einen Ort, der Dir helfen wird, Deine Reise zu beginnen. Auf dem Regal in meinem Arbeitszimmer steht außerdem ein Buch von einem längst verstorbenen Mann namens Jens Halvorsen. Es wird Dir vieles erklären und vielleicht Deine Entscheidung beeinflussen, ob Du mehr über Deine Herkunft erfahren möchtest. Wenn ja, wirst Du klug genug sein herauszufinden, wie.

Meine Liebe, das Schicksal hat Dir viel Gutes mitgegeben – fast zu viel, denke ich manchmal. Und zu viel von etwas zu haben, kann genauso schwierig sein, wie zu wenig. Außerdem fürchte ich, dass ich Dich wegen unserer gemeinsamen Liebe zum Meer vom Kurs abgebracht haben könnte, denn Du hättest Dich genauso gut für eine andere Richtung entscheiden können. Du warst eine begabte Musikerin, und ich habe Dir gern beim Flötenspiel zugehört. Wenn Du es tatsächlich meinetwegen aufgegeben haben solltest, musst Du mir verzeihen, aber Du sollst auch wissen, dass einige der Tage, die wir gemeinsam auf dem See verbracht haben, zu den glücklichsten meines Lebens zählen. Und dafür möchte ich Dir von ganzem Herzen danken.

Diesem Brief lege ich eines meiner kostbarsten Besitztümer bei. Bitte bewahre es sorgfältig auf, auch wenn Du Dich nicht entscheiden solltest, mehr über Deine Vergangenheit herauszufinden, und gib es eines Tages an Deine Kinder weiter, falls Du welche haben solltest.

Liebste Ally, ich bin sicher, dass Du aufgrund Deiner Beharrlichkeit und positiven Lebenseinstellung selbst nach diesem schweren Schlag in der Lage sein wirst zu sein, was Du möchtest, und zusammen zu sein, mit wem Du willst. Bitte vergeude keine Sekunde Deines Lebens.

Ich wache über Dich.
Dein Dich liebender Vater
Pa Salt x

Wie Pa vermutet hatte, musste ich den Brief ein zweites Mal lesen, weil ich ihn so schnell überflogen hatte. Und mir war klar, dass ich ihn in den folgenden Tagen und Jahren noch viele Male lesen würde.

Ich legte mich, den kleinen Frosch in der Hand, aufs Bett zurück, um über alles, was Pa in seinem Brief geschrieben hatte, nachzudenken. Und merkte, dass ich mit Theo darüber sprechen wollte, weil er mir vielleicht helfen konnte, es zu verstehen. Als ich in meiner Tasche nach meinem Handy suchte, fiel mir ein, dass ich es am Morgen zum Aufladen in der Küche gelassen hatte, und so musste ich hinuntergehen.

Auf dem Flur sah ich, dass Elektras Tür ein wenig offen stand. Ich schaute hinein. Sie saß mit dem Rücken zu mir auf der Bettkante und trank gerade aus einer Flasche. Zuerst dachte ich, es sei Wasser, doch dann wurde mir klar, dass es sich um Wodka handelte. Wenig später verschloss sie die Flasche und schob sie unters Bett.

Ich zog mich zurück, bevor sie mich bemerken konnte, und schlich, verstört über das, was ich soeben beobachtet hatte, auf Zehenspitzen zur Treppe. Elektra war die Gesundheitsbewussteste von uns, weswegen es mich wunderte, dass sie hochprozentigen Alkohol trank. Aber möglicherweise galten in dieser traurigen, schwierigen Phase unseres Lebens einfach nicht die normalen Regeln.

Einem plötzlichen Impuls folgend, machte ich mich auf den Weg zu Pas Räumen im ersten Stock.

Als ich vorsichtig die Tür öffnete und mein Blick auf das Bett fiel, auf dem mein Vater wahrscheinlich seinen letzten Atemzug getan hatte, traten mir Tränen in die Augen. Der Raum unterschied sich vollkommen vom übrigen Haus – er war funktional und spartanisch eingerichtet, hatte einen nackten, hochglanzpolierten Dielenboden und ein Bett mit Holzrahmen sowie einen abgegriffenen Nachttisch aus Mahagoniholz. Darauf stand Pas Wecker. Mir fiel ein, wie fasziniert ich als kleines Mädchen davon gewesen war. Pa hatte mir erlaubt, den Schalter immer wieder von oben nach unten zu drücken, sodass der Wecker klingelte. Und bei jedem Klingeln hatte ich vor Begeisterung gekreischt.

»Ich muss ihn jeden Tag aufziehen, sonst hört er auf zu ticken«, hatte er mir erklärt und genau das getan.

Und nun tickte der Wecker nicht mehr.

Ich durchquerte das Zimmer, setzte mich aufs Bett und ließ die Fingerspitzen über die glatten Laken und das gestärkte weiße Baumwollkissen gleiten, auf dem sein Kopf zuletzt geruht hatte.

Ich fragte mich, wo sich seine alte Omega-Seamaster befand und was mit all den anderen Sachen geschehen war, die Bestattungsunternehmer »persönliche Dinge« nannten. Die Uhr mit ihrem schlichten, eleganten Goldzifferblatt und dem Lederarmband, dessen viertes Loch ausgeleiert war, sah ich förmlich noch an seinem Handgelenk. Einmal hatte ich ihm zu Weihnachten ein neues Band geschenkt, und er hatte versprochen, es zu verwenden, sobald das alte ganz kaputt wäre, doch das war nie geschehen.

Meine Schwestern und ich hatten uns oft darüber gewundert, dass er, der sich jeden Zeitmesser und die teuerste Designermode hätte leisten können, letztlich – außer beim Segeln – immer dieselbe Kleidung trug: ein altes Tweedsakko mit einem stets frisch gebügelten schneeweißen Hemd, dezente Goldmanschettenknöpfe mit seinen Initialen, eine dunkle Hose mit scharfen Bügelfalten sowie hochglanzpolierte braune Budapester. Eigentlich, dachte ich, als mein Blick auf den kleinen Mahagonischrank und die Kommode, die einzigen anderen Möbelstücke im Raum, fiel, hatte Pa eher genügsam gelebt.

Ich betrachtete das gerahmte Foto von ihm und uns Mädchen an Bord der *Titan* auf der Kommode. Obwohl er darauf bereits über siebzig war, wirkte sein Körper wie der eines viel jüngeren Mannes. Er war groß und tief gebräunt, und sein attraktives, wettergegerbtes Gesicht verzog sich zu einem breiten Grinsen, wie er umgeben von seinen Töchtern an der Reling seiner Jacht stand. Meine Aufmerksamkeit wandte sich dem einzigen Bild an der Wand direkt gegenüber von dem schmalen Bett zu.

Ich stand auf, um es genauer anzusehen. Es handelte sich um die Holzkohlezeichnung einer sehr hübschen jungen Frau Anfang zwanzig, die mir traurig vorkam. Obwohl sie ein schmales, herzförmiges Gesicht hatte, harmonierten ihre riesigen Augen mit ihren vollen Lippen, und ich entdeckte ein Grübchen links und rechts von ihrem Mund. Sie hatte eine dichte Lockenmähne, die ihr bis über die Schultern reichte. Unten an der Zeichnung befand sich eine Signatur, die ich nicht entziffern konnte.

»Wer bist du?«, fragte ich sie. »Und wer war mein Vater ...?«

Seufzend kehrte ich zu Pas Bett zurück, legte mich darauf und rollte mich zusammen. Meine Tränen tränkten das Kissen, das noch eine Ahnung seines sauberen Zitronendufts in sich trug.

»Ich bin hier, Pa«, murmelte ich, »aber wo bist du?«

VI

Am folgenden Morgen erwachte ich groggy, jedoch mit einem Gefühl der inneren Reinigung auf Pas Bett. Ich erinnerte mich nicht daran, eingeschlafen zu sein, und hatte keine Ahnung, wie spät es war, als ich aufstand und ans Fenster trat. Egal, wie spartanisch Pa Salts Zimmer eingerichtet war: Der Blick aus seinem Fenster machte das mehr als wett. Es war ein strahlender Tag, und die Sonne glitzerte auf der glatten Oberfläche des Sees, der sich links und rechts in eine vage Unendlichkeit zu erstrecken schien. Geradeaus erkannte ich das satte Grün der Berghänge, die sich auf der anderen Seite des Sees steil erhoben. Plötzlich bekam »Atlantis« wieder etwas Magisches.

Kurz darauf ging ich zum Duschen in mein eigenes Zimmer. Dabei fiel mir Theo ein, der sich vermutlich Sorgen machte, weil ich mich seit meiner Ankunft noch nicht bei ihm gemeldet hatte. Nachdem ich mich hastig angezogen hatte, lief ich mit meinem Laptop in die Küche hinunter, um mein Handy zu holen. Als ich die SMS von Theo las, wurde mir warm ums Herz.

Checke gerade ein. Alles Liebe.
Gute Nacht, liebste Ally. Bin in Gedanken bei dir.
Will dich nicht stören. Ruf mich an oder schick mir eine SMS, wenn du kannst. Du fehlst mir. x

Er forderte nichts – nicht einmal eine umgehende Antwort. Als ich ihm meinerseits eine SMS schickte, fiel mir der Satz aus Pas Brief ein, in dem er mir geschrieben hatte, ich könne sein, was ich möchte, und zusammen sein, mit wem ich wolle.

Im Moment wäre ich gern mit Theo zusammen gewesen.

Claudia, die an der Arbeitsfläche in der Küche Teig in einer Schüssel rührte, bot mir zur Begrüßung heißen Kaffee an, den ich dankbar annahm.

»Bin ich die Erste?«, fragte ich.

»Nein, Star und CeCe sind bereits mit dem Motorboot nach Genf gefahren.«

»Ach«, sagte ich und nahm einen Schluck von dem starken dunklen Gebräu. »Die andern sind noch nicht auf?«

»Wenn, habe ich sie noch nicht zu Gesicht bekommen«, antwortete sie, während sie den Teig knetete.

Ich nahm ein Croissant vom Frühstücksbüfett in der Mitte des langen Tischs und biss in den knusprigen Teig. »Ist es nicht schön, dass wir alle hier in ›Atlantis‹ bleiben können? Ich hatte schon befürchtet, dass das Haus verkauft werden muss.«

»Ja, das ist tatsächlich schön. Für alle. Möchten Sie noch etwas anderes?«, fragte mich Claudia, gab den Inhalt der Schüssel in eine Backform und stellte diese neben den Herd.

»Nein, danke.«

Sie nickte mir zu, zog ihre Schürze aus und verließ die Küche.

In unserer Kindheit war Claudia in »Atlantis« genauso sehr eine feste Größe gewesen wie Ma oder Pa Salt. Ihr deutscher Akzent ließ sie ein wenig streng klingen, aber uns Schwestern war klar, dass sie ein weiches Herz hatte. Wie wenig wir alle doch über sie und ihre Herkunft wussten! Als Kinder und Jugendliche hatten wir nie daran gedacht, Fragen über das Wo, Wie und Warum zu stellen. Claudia war einfach nur da, wie alles andere in dem Märchenreich, in dem wir aufwuchsen.

Da fielen mir die Koordinaten auf der Armillarsphäre ein und dass die Geheimnisse, die sich dahinter verbargen, alles, was wir über uns selbst wussten – oder *nicht* wussten –, verändern konnten. Nun war es an jeder von uns, uns eingehender damit zu befassen oder auch nicht, je nachdem, wie wir uns entschieden.

Ich nahm einen Stift und einen Block von der Anrichte, verließ die Küche durch die hintere Tür und blinzelte in die Morgensonne. Wie erfrischend, die kühle Luft auf der Haut zu spüren! Noch nicht von der Sonne erwärmt, war das Gras kühl und taunass unter meinen Füßen, und die Gärten lagen vollkommen still da. Nur hin und wieder waren das Zwitschern eines Vogels und das leise Lecken der Wellen am Ufer des Sees zu vernehmen.

Auf dem Weg, den wir am Abend zuvor zu Pas geheimem Garten gegangen waren, bewunderte ich die zahlreichen Rosen, deren Blüten sich gerade öffneten und ihren schweren Duft in die Morgenluft verströmten.

Die goldene Kugel in der Mitte der Armillarsphäre glänzte im Licht der Sonne, die bereits harte Schatten auf die Metallbänder warf. Ich wischte mit meinem Ärmel den Tau von dem Band mit meinem Namen und ließ einen Finger über die griechische Inschrift gleiten. Wie lange Pa das alles wohl schon geplant hatte?

Dann notierte ich sorgfältig unser aller Koordinaten. Dabei fiel mir etwas auf. Ich zählte die Bänder noch einmal, und meine Finger berührten das siebte. Darauf stand »Merope«.

»Die fehlende siebte Schwester«, flüsterte ich. Wieso hatte Pa ihren Namen ebenfalls auf die Armillarsphäre gravieren lassen? *So viele Rätsel*, dachte ich, als ich zum Haus zurückkehrte, *und niemand, der meine Fragen beantworten könnte.*

Wieder in der Küche, fuhr ich, die Koordinaten vor mir, den Laptop hoch und aß ein weiteres Croissant, während ich frustriert darauf wartete, ins Internet zu kommen. Als es endlich so weit war, entschied ich mich für Google Earth, um die zu den Koordinaten gehörigen Orte zu finden. Kurz überlegte ich, mit welcher Schwester ich beginnen sollte, und beschloss dann, in der Reihenfolge des Alters vorzugehen, mit mir am Schluss. Ich gab Maias Koordinaten ein und wartete auf das Ergebnis.

»Wow«, murmelte ich fasziniert, »es funktioniert tatsächlich.«

Eine frustrierende Stunde brachte ich damit zu, bei immer wieder unterbrochenem Signal weiterzurecherchieren, doch als Claudia in die Küche zurückkam, um mit den Vorbereitungen für das Mittagessen zu beginnen, hatte ich es geschafft, sämtliche Koordinaten bis auf meine eigenen zu entschlüsseln.

Nun gab ich sie ein und hielt den Atem an.

»Gütiger Himmel!«, murmelte ich, als ich das Suchergebnis las.

»Wie bitte?«, fragte Claudia.

»Ach, nichts«, antwortete ich und notierte hastig den Ort auf dem Block.

»Wollen Sie etwas zu Mittag essen, Ally?«

»Ja, gern, danke«, antwortete ich geistesabwesend, während ich darüber nachgrübelte, wieso der Ort, den ich für mich recherchiert hatte, anscheinend ein Museum war. Das ergab keinen Sinn, aber ob die Orte meiner Schwestern einen ergaben, wusste ich ja auch nicht.

Als Tiggy die Küche betrat und mich mit einem Lächeln begrüßte, hob ich den Kopf. »Sind wir allein zum Lunch?«

»Sieht so aus, ja.«

»Wie schön«, sagte sie und schwebte zum Tisch. Trotz ihrer merkwürdigen esoterischen Ideen beneidete ich sie um ihre innere Ruhe. Diese rührte von ihrer tiefen Überzeugung her, dass hinter dem Leben noch etwas anderes steckte. Sie schien die Frische der schottischen Highlands in ihrer reinen Haut, den dichten kastanienbraunen Haaren und den sanften braunen Augen zu tragen.

»Wie fühlst du dich, Ally?«

»Okay. Und du?«

»Es geht so. Weißt du, ich spüre seine Anwesenheit. Als ob …«, sie ließ seufzend die Hände durch ihre glänzenden Locken gleiten, »… er gar nicht weg wäre.«

»Leider ist er tatsächlich nicht mehr da, Tiggy.«

»Ja, aber wenn wir jemanden nicht sehen können, bedeutet das doch nicht unbedingt, dass er nicht existiert, oder?«

»Für mich schon«, antwortete ich forsch, weil ich nicht in der Stimmung für Tiggys esoterische Ausführungen war. Für mich bestand der einzige Weg, den Verlust von Pa zu verarbeiten, darin, ihn so schnell wie möglich zu akzeptieren.

Claudia unterbrach unser Gespräch, indem sie eine Schüssel mit Caesar Salad vor uns auf den Tisch stellte. »Es reicht für alle. Wenn die anderen jetzt nicht kommen, können sie ihn am Abend essen.«

»Danke. Übrigens«, sagte ich zu Tiggy, während ich mir Salat auf den Teller gab, »habe ich alle Koordinaten notiert und herausgefunden, wie man sie mithilfe von Google Earth nachschaut. Möchtest du deine, Tiggy?«

»Irgendwann, aber nicht jetzt. Ich meine, ist das wichtig?«

»Offen gestanden weiß ich das nicht so genau.«

»Denn egal, woher ich ursprünglich stamme: Am Ende waren es Pa Salt und Ma, die mich aufgezogen und mich zu dem Menschen gemacht haben, der ich nun bin. Ich denke, ich schreibe sie mir auf, damit ich sie recherchieren kann, wenn ich das Bedürfnis habe. Ich möchte irgendwie nicht glauben ...«, Tiggy seufzte, und ich spürte ihre Unsicherheit, »... dass ich von irgendwo anders herkomme. Pa Salt ist mein Vater und wird es immer bleiben.«

»Verstehe. Nur interessehalber: Wo, denkst du, ist Pa Salt jetzt?«, fragte ich sie, als wir zu essen begannen.

»Ich weiß es nicht, Ally, aber weg ist er jedenfalls nicht, so viel steht fest.«

»Meinst du damit deine Welt oder meine?«

»Besteht da ein Unterschied? Für mich nicht. Wir sind alle Energie. Wie die Welt um uns herum.«

»So kann man das vermutlich sehen«, entgegnete ich ein wenig spöttisch. »Ich weiß, dass du an so was glaubst, Tiggy, aber so kurz nach Pas Tod funktioniert das für mich nicht.«

»Das kann ich verstehen, Ally, doch der Kreislauf des Lebens umfasst nicht nur uns Menschen, sondern die gesamte Natur. Eine Rose blüht zu voller Schönheit auf und verwelkt, und dafür geht an derselben Pflanze eine andere Knospe auf. Und Ally ... ich habe das Gefühl, dass im Moment trotz dieser schrecklichen Nachricht etwas sehr Schönes mit dir passiert.«

»Tatsächlich?« Ich sah sie argwöhnisch an.

»Ja.« Sie griff nach meiner Hand. »Genieße es, solange es geht, ja? Wie du weißt, ist nichts für ewig.«

»Das tue ich.« Ich wechselte verlegen das Thema. »Und wie geht es dir?«

»Gut ...« Tiggy schien sich das genauso einreden zu wollen wie mir. »Ja, doch.«

»Bemutterst du immer noch gern das Rotwild in deinem Reservat?«

»Ich liebe meine Arbeit. Sie ist genau das Richtige für mich, obwohl ich keinerlei Zeit für mich habe, weil wir einfach nicht über genug Leute verfügen. Weswegen ich so schnell wie möglich zurückmuss. Ich breche heute Nachmittag auf. Elektra begleitet mich zum Flughafen.«

»So bald schon?«

»Ja. Was sollen wir hier auch machen? Pa würde sicher wollen, dass wir uns unserem Leben zuwenden und uns nicht in Selbstmitleid suhlen.«

»Stimmt«, pflichtete ich ihr bei. Und dachte zum ersten Mal wieder an die Zukunft. »In ein paar Tagen soll ich bei der Zykladenregatta mitsegeln.«

»Dann mach das, Ally«, ermutigte sie mich.

»Vielleicht mache ich es tatsächlich«, murmelte ich.

»Gut, ich muss jetzt packen und mich von Maia verabschieden. Sie nimmt das von uns allen vermutlich am meisten mit.«

»Ich weiß. Hier, deine Koordinaten.« Ich reichte ihr das Blatt Papier, auf die ich sie notiert hatte.

»Danke.«

Tiggy stand auf, ging zur Küchentür und blickte sich zu mir um. »Und vergiss nicht: Falls du mich in den nächsten Wochen brauchen solltest, musst du nur anrufen.«

»Danke, Tiggy. Das gilt umgekehrt genauso.«

Nachdem ich Claudia beim Abräumen der Teller geholfen hatte, kehrte ich zurück in mein Zimmer. Ich überlegte, ob ich »Atlantis« ebenfalls verlassen sollte. Tiggy hatte recht: Hier gab es nichts mehr zu tun. Und die Vorstellung, wieder auf dem Wasser – und in Theos Armen – zu sein, brachte mich dazu, mit meinem Laptop noch einmal nach unten zu gehen, um zu überprüfen, ob es in den folgenden vierundzwanzig Stunden freie Plätze auf Flügen nach Athen gab. Beim Betreten der Küche sah ich Ma, die mit dem Rücken zu mir gedankenversunken am Fenster stand. Als sie mich hörte, drehte sie sich um und begrüßte mich mit einem Lächeln, doch das kurze Aufflackern der Trauer in ihren Augen war mir nicht entgangen.

»Hallo, *chérie*. Wie geht es dir heute?«

»Ich spiele mit dem Gedanken, nach Athen zurückzufliegen und an der Zykladenregatta teilzunehmen wie ursprünglich geplant. Aber ich habe ein schlechtes Gewissen, wenn ich dich und meine Schwestern hier allein lasse. Besonders Maia.«

»Ich finde, es ist eine ausgezeichnete Idee, an dem Rennen teilzunehmen, *chérie*. Bestimmt hätte dein Vater dir dazu geraten. Zerbrich dir mal nicht den Kopf über Maia. Ich werde für sie da sein.«

»Das weiß ich.« Auch eine leibliche Mutter hätte nicht liebevoller und fürsorglicher sein können. Ich stand auf, legte die Arme um sie und drückte sie fest an mich. »Vergiss nicht, dass wir alle auch für dich da sind.«

Dann ging ich nach oben, um Elektra vor ihrer Abreise ihre Koordinaten zu geben. Als ich an der Tür zu ihrem Zimmer klopfte, öffnete sie sie, ohne mich hineinzubitten.

»Hi, Ally. Ich bin in Eile, muss noch packen.«

»Ich wollte dir nur deine Koordinaten von der Armillarsphäre bringen. Hier.«

»Ich glaube, die will ich gar nicht. Ehrlich, Ally, was hatte unser Vater für ein Problem? Mir kommt's vor, als würde er noch aus dem Jenseits Spielchen mit uns spielen.«

»Er wollte uns nur wissen lassen, woher wir stammen, Elektra, für den Fall, dass wir diese Information einmal brauchen.«

»Warum hat er's nicht gemacht wie andere Menschen und es einfach aufgeschrieben, statt uns auf diese merkwürdige genealogische Schatzsuche zu schicken? Herrgott, der Mann ist immer schon ein Kontrollfreak gewesen.«

»Elektra, bitte! Vermutlich wollte er nicht alles offenbaren, für den Fall, dass wir es *nicht* erfahren möchten. Er hat uns gerade genug Informationen an die Hand gegeben, um es herausfinden zu können, wenn wir wollen.«

»Ich will's jedenfalls nicht.«

»Warum bist du so wütend auf ihn?«, fragte ich.

»Bin ich gar nicht, ich ...« Ihre bernsteinfarbenen Augen leuchteten gequält und ein wenig verwirrt. »Gut, bin ich doch ...« Sie zuckte mit den Achseln und schüttelte den Kopf. »Ich kann das nicht erklären.«

»Nimm ihn trotzdem.« Ich hielt ihr den Umschlag hin. Aus Erfahrung wusste ich, dass es keinen Sinn hatte weiterzubohren. »Du musst ja nichts damit machen.«

»Danke, Ally. Sorry.«

»Kein Problem. Ist wirklich alles in Ordnung, Elektra?«

»Ich ... ja. Aber jetzt muss ich packen. Bis später.«

Mit diesen Worten schloss sie die Tür. Mir war klar, dass sie log.

An jenem Nachmittag gingen Maia, Star, CeCe und ich hinunter zur Anlegestelle, um Elektra und Tiggy zu verabschieden, wo Maia ihnen ihre übersetzten Zitate überreichte.

»Ich glaube, Star und ich packen's auch bald«, erklärte CeCe, als wir zum Haus zurückkehrten.

»Könnten wir nicht noch ein bisschen bleiben?«, bettelte Star, und wieder einmal fiel mir der körperliche Kontrast zwischen den beiden auf: Star war groß und schmal, schon fast ausgezehrt, und hatte weißblonde Haare und sehr helle Haut, CeCe hingegen hatte dunkle Haut und war stämmig.

»Wozu? Pa ist nicht mehr da, wir sind beim Anwalt gewesen und müssen so schnell wie möglich nach London und eine Bleibe suchen.«

»Okay«, sagte Star.

»Was willst du in London machen, wenn CeCe in der Kunstakademie ist?«, fragte ich.

»Darüber habe ich mir noch keine Gedanken gemacht«, antwortete Star.

»Du wolltest doch einen Kurs in der Cordon-bleu-Meisterkochschule besuchen, oder, Star? Sie ist eine fabelhafte Köchin«, antwortete CeCe für sie.

Maia und ich sahen einander an, als CeCe sich mit Star entfernte, um zu überprüfen, ob es am Abend noch Flüge nach Heathrow gab.

»Sag's nicht«, seufzte Maia, als sie weg waren.

Auf dem Weg zur Terrasse sprachen wir über Star und CeCe, die seit jeher unzertrennlich waren. Ich konnte nur hoffen, dass sie sich, wenn CeCe die Kunstakademie besuchte, voneinander lösen würden.

Als ich merkte, wie blass Maia war, wurde mir bewusst, dass sie mittags nichts gegessen hatte. Ich sagte ihr, sie solle sich auf die Terrasse setzen, und ging in die Küche, um Claudia zu bitten, dass sie etwas herrichtete. Claudia nickte und begann, Sandwiches zu machen, während ich zu Maia zurückkehrte.

»Maia, ich will ja nicht neugierig sein, aber hast du deinen Brief heute Nacht aufgemacht?«, fragte ich vorsichtig.

»Ja. Eigentlich eher heute Morgen.«

»Offensichtlich hat er dich aus dem Gleichgewicht gebracht.«

»Ja, aber inzwischen habe ich mich wieder gefangen. Und du?«

Den Tonfall kannte ich; ich wusste, dass ich nicht weiterbohren durfte. »Ich hab ihn auch geöffnet. Er war wunderschön und hat mich gleichzeitig zum Weinen gebracht und fröhlich gestimmt. Heute Morgen habe ich die Koordinaten im Internet überprüft. Jetzt weiß ich, wo wir alle herkommen. Und da gibt's ein paar Überraschungen, das kann ich dir flüstern«, fügte ich hinzu, als Claudia einen Teller mit Sandwiches brachte.

»Du weißt, wo wir zur Welt gekommen sind? Wo *ich* geboren wurde?«

»Ja, oder zumindest, wo Pa uns wahrscheinlich gefunden hat. Möchtest du es wissen, Maia? Ich kann es dir sagen. Oder willst du's selber rausfinden?«

»Keine Ahnung.«

»Eins steht jedenfalls fest: Pa ist ganz schön rumgekommen«, scherzte ich.

»Du weißt also, woher du stammst?«, fragte sie.

»Ja. Doch es ergibt noch keinen Sinn.«

»Was ist mit den andern? Hast du ihnen gesagt, dass du weißt, wo sie geboren wurden?«

»Nein, aber ich habe ihnen erklärt, wie sie die Koordinaten über Google Earth recherchieren können. Soll ich es dir auch zeigen?«

»Im Moment weiß ich das nicht so genau.« Sie senkte den Blick.

»Wie gesagt: Man kann's ganz leicht rausfinden.«

»Dann werde ich das vermutlich tun, wenn ich bereit dazu bin«, meinte sie.

Ich erbot mich, ihr die Anweisungen für die Entschlüsselung der Koordinaten zu notieren, bezweifelte jedoch, dass sie jemals den Mut dazu besitzen würde. »Hast du die griechischen Inschriften auf der Armillarsphäre schon übersetzt?«

»Ja.«

»Ich würde gern erfahren, was Pa sich für mich ausgedacht hat«, sagte ich. »Verrätst du's mir?«

»Auswendig weiß ich es nicht, aber ich kann im Pavillon nachsehen und es dir aufschreiben«, antwortete Maia.

»Wir beide scheinen den andern die Informationen geben zu können, die sie benötigen, um sich über ihre Vergangenheit zu informieren«, bemerkte ich.

»Ja, aber vielleicht ist es noch zu früh, darüber nachzudenken, ob wir Pas Hinweisen folgen wollen.«

»Kann sein.« Seufzend dachte ich an Theo und die Wochen, die vor uns lagen. »Außerdem beginnt die Zykladenregatta bald, und ich muss so schnell wie möglich zur Crew. Offen gestanden wird es mir nach dem, was ich vor ein paar Tagen beobachtet habe, schwerfallen, wieder aufs Wasser zurückzukehren.«

»Das denke ich mir. Zerbrich dir darüber mal nicht den Kopf«, versuchte sie, mich zu trösten.

»Hoffentlich gelingt mir das. Es ist tatsächlich das erste Mal in meiner Profilaufbahn, dass ich kalte Füße bekomme.«

Das meiner großen Schwester gegenüber laut auszusprechen, empfand ich als Erleichterung, denn jedes Mal, wenn ich an die Zykladen dachte, tauchte das Bild von Pa in seinem Sarg auf dem Boden des Meeres vor meinem geistigen Auge auf.

»Du hast so viele Jahre deine gesamte Energie ins Segeln gesteckt und darfst dich jetzt nicht davon abbringen lassen. Tu's für Pa. Er hätte nicht gewollt, dass du dein Selbstvertrauen verlierst«, ermutigte Maia mich.

»Stimmt. Doch zu einem anderen Thema: Wirst du allein hier zurechtkommen?«

»Natürlich. Mach dir um mich keine Sorgen. Ich habe Ma und meine Arbeit.«

Während ich mit Maia Sandwiches aß, nahm ich ihr das Versprechen ab, mit mir in Kontakt zu bleiben, und fragte sie, ob sie später im Sommer mit mir Segeln gehen wolle, obwohl mir klar war, dass sie mir einen Korb geben würde.

Da tauchte CeCe auf der Terrasse auf. »Wir haben zwei Plätze in einem Flieger nach Heathrow. Christian bringt uns in einer Stunde zum Flughafen.«

»Dann versuche ich, einen Last-Minute-Flug nach Athen zu kriegen, und begleite euch. Bitte vergiss nicht, mir die Inschrift zu notieren, Maia«, sagte ich, stand auf und ging ins Haus, um meinen Laptop zu holen.

Nachdem ich einen Flug nach Athen gefunden hatte, packte ich hastig. Als ich mich in meinem Zimmer vergewisserte, dass ich nichts vergessen hatte, fiel mein Blick auf meine Flöte, die in ihrem Kasten auf dem Regal lag. Ich hatte sie lange nicht herausgeholt. Einem plötzlichen Impuls folgend, möglicherweise ausgelöst durch Pas Hinweis darauf in seinem Brief, nahm ich sie mit. Theo hatte gesagt, dass er mich gern darauf spielen hören würde, und vielleicht würde ich ihm den Gefallen nach ein wenig Üben tun. Anschließend ging ich nach unten, um mich von Ma zu verabschieden.

Sie umarmte mich fest und küsste mich auf beide Wangen. »Pass auf dich auf, *chérie*, und komm mich besuchen, wenn du kannst.«

»Wird gemacht, Ma, das verspreche ich«, versicherte ich ihr. Dann schlenderten Maia und ich gemeinsam zur Anlegestelle hinunter.

»Viel Glück bei der Regatta«, sagte sie und reichte mir den Umschlag mit dem übersetzten Spruch, den Pa für mich gewählt hatte.

Nach einer letzten Umarmung kletterte ich an Bord des Motorboots, auf dem CeCe und Star bereits auf mich warteten. Als Christian ablegte, winkten wir alle noch einmal zu Maia hinüber.

Draußen auf dem See musste ich daran denken, dass Pa Salt mir immer gesagt hatte, man solle niemals zurückblicken. Doch mir war klar, dass ich hin und wieder auf das zurückschauen würde, was einmal gewesen war und nun nicht mehr existierte.

Nach einer Weile entfernte ich mich von CeCe und Star und trat, den Umschlag in der Hand, ans Heck des Boots, um dort Pas Satz zu lesen, weil es mir passend erschien, das auf dem Genfer See zu tun, auf dem ich so viele Male mit ihm gesegelt war. Ich öffnete das Kuvert und zog das Blatt Papier darin heraus.

In Momenten der Schwäche wirst Du Deine größte Stärke finden.

Als »Atlantis« hinter den Bäumen zu verschwinden begann, betete ich darum, dass Pas Worte mir helfen würden, Mut für mein weiteres Leben zu schöpfen.

VII

Theo hatte mir in einer SMS mitgeteilt, dass er mich am Athener Flughafen abholen würde. Als ich den Ankunftsbereich verließ, eilte er auf mich zu und nahm mich in die Arme.

»Schatz, ich habe mir solche Sorgen um dich gemacht. Wie geht's dir? Bestimmt bist du ziemlich durch den Wind. Und du hast abgenommen«, stellte er fest, als er meine Rippen spürte.

»Alles so weit okay«, beruhigte ich ihn und atmete seinen vertrauten Geruch ein. Nachdem er mir den Rucksack abgenommen hatte, traten wir hinaus in die schwüle Hitze eines Athener Juliabends.

Draußen stiegen wir in ein Taxi, das nach abgestandenem Zigarettenrauch roch, und setzten uns auf den klebrigen Plastiksitz, um zu einem Hotel im Hafen von Faliro zu fahren, wo die Zykladenregatta beginnen würde.

»Es ist übrigens mein Ernst: Falls du dich nicht fit genug fühlen solltest, kommen wir wirklich auch ohne dich zurecht«, erklärte Theo mir, als wir die Straßen der Stadt entlangbrausten.

»Soll ich das als Kompliment oder als Beleidigung auffassen?«

»Definitiv als Kompliment, da du ein wesentliches Mitglied der Crew bist. Aber weil ich dich liebe, möchte ich keinen Druck auf dich ausüben.«

Weil ich dich liebe. Jedes Mal wenn er diese Worte aussprach, bekam ich eine Gänsehaut. Auch ich liebte ihn wegen seiner Aufrichtigkeit, seiner Offenheit und weil er keine Spielchen mit mir spielte. Wie er es während der wenigen wunderbaren Tage auf der *Neptun* ausgedrückt hatte, bevor ich von Pa Salts Tod erfuhr: Wenn ich ihm das Herz brechen würde, müsste er sich ein neues suchen.

»Pa würde von mir erwarten, dass ich aufs Boot und in mein Leben zurückkehre und nicht herumsitze und Trübsal blase. Und natürlich würde er wollen, dass wir gewinnen.«

»Ally.« Er drückte meine Hand. »Dann machen wir das für ihn. Versprochen.«

Als ich am folgenden Morgen mit der Crew an Bord der Hanse ging, um unsere letzten Trainingseinheiten zu absolvieren, schienen auch die anderen von unbedingtem Siegeswillen beseelt zu sein. Und ich fand es rührend, dass sie sich alle bemühten, mir das Leben so leicht wie möglich zu machen. Die Zykladenregatta war nicht so anstrengend wie andere Rennen, die ich bereits bestritten hatte: Sie dauerte insgesamt acht Tage mit einer vierundzwanzigstündigen Pause und einem Ruhetag auf sämtlichen Inseln, die wir ansteuerten.

Theo war aufgefallen, dass ich meine Flöte dabeihatte. »Nimm sie doch an Bord mit und spiel uns dort ein Ständchen. Das wird uns beflügeln.«

Als wir uns am ersten Tag der Regatta bei einem grandiosen Sonnenuntergang dem Hafen von Milos näherten, hob ich das Instrument an die Lippen und schenkte Theo ein Lächeln, bevor ich mit einer improvisierten Version von *Fantasia on a Theme by Thomas Tallis* begann, einem Stück, das durch den Film *Master and Commander* Bekanntheit erlangt hatte. Theo schmunzelte über meinen Scherz, die anderen Jungs applaudierten höflich, und ich hatte das Gefühl, als hätte ich Pa Salt musikalisch Tribut gezollt.

Wir gewannen die erste Etappe der Regatta klar, wurden bei der zweiten Dritte und bei der dritten Zweite. Wodurch wir zusammen mit einer griechischen Crew führten. Am vorletzten Abend des Rennens lagen wir im Hafen von Finikas auf Siros, einer idyllischen kleinen griechischen Insel, deren Bewohner für alle Mannschaften ein Fest veranstalteten. Nach dem Essen rief Theo uns zusammen.

»Meine Herren – und meine Dame –, vermutlich werdet ihr mich nun für einen Spielverderber halten, aber euer Skipper möchte, dass ihr heute früh ins Bett geht. Während unsere Konkurrenz ...«, er nickte in Richtung der griechischen Crew, die halb betrunken, die Arme umeinander, zu Busukiklängen Syrtaki tanzte, »... sich vergnügt, gönnen wir uns unseren Schönheitsschlaf und wachen morgen früh erholt und angriffslustig auf. Okay?«

Das eine oder andere Stöhnen erklang, doch am Ende kehrten alle artig aufs Boot und in ihre jeweiligen Kajüten zurück.

Theo und ich hatten ein nächtliches Ritual etabliert, das es uns erlaubte, trotz der räumlichen Enge einige Momente miteinander zu verbringen, ohne den Argwohn der anderen zu wecken. Als einzige Frau an Bord hatte ich meine eigene stickige Kammer im Bug des Boots, während Theo auf einer Bank in dem Raum schlief, der gleichzeitig als Kombüse und Aufenthaltsbereich diente.

Ich wartete jedes Mal, bis ich gehört hatte, wie die anderen in dem winzigen Raum mit Toilette und Waschbecken gewesen waren. Sobald sich nichts mehr regte, schlich ich zur Treppe, wo mich eine warme Hand hinaufzog. Dort schmusten wir fünf Minuten wie Teenager miteinander, die Angst hatten, von ihren Eltern erwischt zu werden. Dann schlich ich auf Zehenspitzen zurück in die Kombüse, öffnete die Kühlbox, nahm eine Flasche Wasser heraus, kehrte zu meiner Kajüte zurück und schloss die Tür deutlich hörbar, um ein Alibi für meine nächtlichen Ausflüge zu haben. Wir waren fest davon überzeugt, dass unser Versteckspiel funktionierte, dass keiner der Crew auch nur ahnte, was zwischen uns lief. In der letzten Nacht vor dem Ziel küsste Theo mich leidenschaftlicher als sonst.

»Hoffentlich bist du bereit, mindestens vierundzwanzig Stunden mit mir im Bett zu verbringen, um mich für die Frustrationen zu entschädigen, die ich in den vergangenen Tagen erlitten habe«, stöhnte er.

»Aye, aye, Käpt'n. Aber es ist nicht ganz fair, den Rest der Crew früh ins Bett zu schicken, während der Skipper seine eigenen Regeln nicht befolgt«, flüsterte ich ihm ins Ohr und nahm seine Hand von meiner linken Brust.

»Wie immer hast du recht. Dann geh mir aus den Augen, liebste Julia, bevor ich meine Lust nicht mehr zu zügeln vermag.«

Schmunzelnd küsste ich ihn ein letztes Mal und löste mich aus seiner Umarmung.

»Ich liebe dich, Schatz. Schlaf gut.«
»Ich liebe dich auch«, formten meine Lippen.

Wieder einmal zahlte sich Theos Disziplin aus. Auf der letzten Etappe lieferten wir uns ein Kopf-an-Kopf-Rennen mit der griechischen Crew, doch wahrscheinlich hatte der Ouzo – so vermutete Theo triumphierend, als wir am Samstag gute fünf Minuten vor ihr die Ziellinie im Hafen von Vouliagmeni passierten – ihr das Genick gebrochen. Bei der Siegesfeier setzten meine Teamkameraden mir einen Lorbeerkranz auf, dann genossen wir bei Blitzlichtgewitter eine Champagnerdusche. Nachdem man mir die Flasche gereicht hatte, nahm ich einen Schluck, reckte sie in die Luft, prostete Pa Salt stumm zu und schickte ein leidenschaftliches »Du fehlst mir« hinterher.

Beim feierlichen Diner ergriff Theo meine Hand und zog mich vom Stuhl hoch.

»Zuerst einen Toast auf Ally, die unter den gegebenen Umständen Unglaubliches geleistet hat.«

Die Jungs jubelten, und ich spürte, wie mir Tränen in die Augen traten.

»Außerdem würde ich euch alle gern bitten, mit mir im August im Fastnet Race zu segeln. Das wird die Jungfernfahrt der *Tigress*. Ihr dürftet schon von ihr gehört haben – es handelt sich um eine brandneue Jacht, die gerade erst vom Stapel gelaufen ist. Ich bin überzeugt, dass sie uns zu einem weiteren Sieg verhelfen kann. Was sagt ihr dazu?«

»Die *Tigress*?«, rief Rob aufgeregt aus. »Da bin ich dabei!«

Die anderen stimmten begeistert ein.

»Darf ich auch mit?«, fragte ich Theo leise.

»Aber natürlich, Ally.«

Mit diesen Worten wandte Theo sich mir zu, legte die Arme um mich und küsste mich auf den Mund.

Wieder Jubel, als ich mich, bis unter die Haarwurzeln errötend, von ihm löste.

»Das wollte ich noch als Letztes verkünden. Ally und ich sind ein Paar. Falls jemand damit ein Problem hat, soll er es mich wissen lassen, ja?«

Die Jungs verdrehten nur gelangweilt die Augen. »Ist doch ein alter Hut«, brummte Rob.

»Na und?«, meinte Guy.

Wir sahen die Crew erstaunt an.

»Ihr wisst Bescheid?«, fragte Theo.

»Wir haben in den letzten Tagen auf sehr engem Raum zusammengelebt, und da sich bis jetzt kein anderer erlauben durfte, als Hinterteil anzufassen, sich einen Gutenachtkuss und/oder eine Umarmung zu holen, ohne was auf die Finger zu kriegen, mussten wir nur zwei und zwei zusammenzählen«, erklärte Rob. »Wir wissen es alle schon ewig.«

»Ach«, presste Theo nur hervor und drückte mich fester an sich.

»Sucht euch so schnell wie möglich ein Zimmer!«, rief Guy aus, anzügliche Kommentare der anderen folgten.

Liebe macht also tatsächlich blind, dachte ich, als Theo mich noch einmal küsste, und am liebsten wäre ich im Erdboden versunken.

Am Ende suchten wir uns tatsächlich ein Hotelzimmer in Vouliagmeni. Theo hielt Wort und sorgte vierundzwanzig Stunden lang dafür, dass wir beschäftigt waren. Im Bett sprachen wir über das Fastnet Race und unsere Pläne für die Zukunft.

»Du hast also Zeit, mit auf die *Tigress* zu kommen?«

»Jetzt ja. Sonst hätte ich mit Pa Salt und ein paar meiner Schwestern im August wie jedes Jahr Urlaub auf der *Titan* gemacht ...« Ich schluckte. »Und im September werde ich, falls ich die letzten Hürden schaffe, mit dem Schweizer Team das Training für die Olympischen Spiele in Peking beginnen.«

»Ich werde mit den Amerikanern auch da sein.«

»Da darf ich dich keinesfalls gewinnen lassen«, neckte ich ihn.

»Ich hoffe, ich bin der Herausforderung gewachsen.« Theo verbeugte sich spöttisch. »Was ist mit den nächsten Tagen? Ich gönne mir einen, wie ich glaube, wohlverdienten Urlaub im Sommerhaus meiner Eltern. Das ist nur ein paar Segelstunden von hier entfernt. Anschließend muss ich zur Isle of Wight, mich aufs Fastnet vorbereiten. Möchtest du mich begleiten?«

»In den Urlaub oder zum Fastnet?«

»Zu beidem. Aber mal im Ernst: Du bist eine erfahrene Seglerin, doch das Fastnet ist eine andere Liga. Ich habe beim letzten vor zwei Jahren mitgemacht; am Felsen von Gibraltar hätten wir fast jemanden von der Crew verloren. Matt wurde buchstäblich von Bord geweht. Es ist gefährlich und ...«, Theo holte tief Luft, »... und wenn ich ehrlich bin, frage ich mich schon, ob es eine gute Idee war, dich dazu einzuladen.«

»Warum? Weil ich eine Frau bin?«

»Ally, nun hör endlich mit dem Unsinn auf! Natürlich hat es nichts damit zu tun. Ich liebe dich und könnte es mir nicht verzeihen, wenn dir etwas passieren würde. Aber lass uns in den nächsten Tagen darüber nachdenken, ja? Am liebsten bei einem Drink auf einer Terrasse mit Blick aufs Meer. Morgen Vormittag muss ich die Hanse unten am Hafen dem Eigentümer zurückgeben. Dort liegt auch die *Neptun*, wir könnten also sofort lossegeln. Was meinst du?«

»Eigentlich liebäugle ich mit dem Gedanken, nach Hause zu fahren«, gestand ich. »Um Ma und Maia Gesellschaft zu leisten.«

»Das kann ich gut verstehen. Obwohl ich mich aus egoistischen Gründen natürlich sehr freuen würde, wenn du mich begleitest. Klingt, als wäre dieses Jahr bei uns beiden ziemlich viel los.«

»Ich würde wirklich gern mitkommen, aber zuerst muss ich Ma anrufen und mich vergewissern, dass alles in Ordnung ist. Erst dann kann ich meine Entscheidung treffen.«

»Mach das doch, während ich dusche.« Theo drückte mir einen Kuss auf die Stirn, sprang aus dem Bett und ging ins Bad.

Als ich Ma anrief, versicherte diese mir, dass in »Atlantis« alles in Ordnung sei und keine Notwendigkeit bestehe zurückzukehren. »Gönn dir den Urlaub, *chérie*. Maia ist auch eine Weile nicht hier.«

»Tatsächlich? Das überrascht mich«, sagte ich. »Fühlst du dich so ganz allein bestimmt nicht einsam? Ich verspreche dir, diesmal mein Handy für den Fall, dass du mich brauchst, die ganze Zeit über anzulassen.«

»Mir geht's gut, und ich fühle mich nicht einsam, *chérie*. Das Schlimmste ist ja leider schon passiert.«

Nach dem Gespräch war ich plötzlich niedergeschlagen wie jedes Mal, wenn mir bewusst wurde, dass Pa nicht mehr unter uns weilte. Doch Ma hatte recht: Das Schlimmste war tatsächlich bereits passiert. Ausnahmsweise wünschte ich mir, einer Religion mit festen Regeln für die düsteren Stunden nach dem Tod anzugehören. Nun erkannte ich, dass solche Rituale den Menschen halfen, über ihren Verlust hinwegzukommen.

Am folgenden Morgen checkten Theo und ich aus dem Hotel aus und schlenderten zum Hafen hinunter.

Nach einem Drink mit dem Eigentümer der Hanse, der sich sehr über den Sieg freute und mit Theo bereits Pläne für weitere Regatten schmiedete, gingen wir an Bord der *Neptun*. Bevor wir aufbrachen, überprüfte Theo unseren Kurs mit dem Navigationssystem. Er weigerte sich, mir zu verraten, wohin wir fahren würden, und als er das Boot aus dem Hafen von Vouliagmeni steuerte, füllte ich den Kühlschrank und die Kühlbox mit Bier, Wasser und Wein auf.

Auf dem aquamarinblauen Wasser musste ich, egal, wie sehr ich mich auf die Schönheit der See zu konzentrieren versuchte, an meine widersprüchlichen Gefühle während meiner letzten Fahrt auf der *Neptun* zurückdenken. Ich stellte Ähnlichkeiten zwischen Pa Salt und Theo fest: Sie liebten beide Geheimnisse und behielten gern die Kontrolle.

Gerade als ich überlegte, ob ich mich in eine Vaterfigur verliebt hatte, spürte ich, wie die *Neptun* langsamer wurde, und hörte, wie wir ankerten.

Bei Bier und einem Fetasalat mit frischen Oliven, die ich an einem Stand am Hafen gekauft hatte, erzählte ich Theo ausführlich von der Armillarsphäre mit ihren Sprüchen und eingravierten Koordinaten. Und von dem Brief, den Pa Salt mir geschrieben hatte.

»Er scheint seinen Abgang von langer Hand geplant zu haben.«

»So war er nun mal. Er hat immer alles bis ins kleinste Detail organisiert.«

»Klingt, als hätte ich was mit ihm anfangen können«, sagte Theo und sprach damit meine Gedanken von zuvor aus. »Ich habe mein Testament und Anweisungen für meine Beisetzung auch schon hinterlegt.«

»Sag das nicht«, bat ich ihn schaudernd.

»Sorry, Ally, aber Segler leben gefährlich.«

»Pa hätte dich bestimmt sehr gemocht.« Nach einem Blick auf meine Uhr wechselte ich hastig das Thema. »Wann fahren wir an den mysteriösen Ort mit dem Sommerhaus deiner Eltern?«

»Bald. Ich möchte das perfekte Timing für unsere Ankunft.« Theo lächelte geheimnisvoll. »Wollen wir zuvor noch eine Runde schwimmen?«

Drei Stunden später, als ich sah, wie die untergehende Sonne den Himmel über einer winzigen Insel und die weißen Häuser am Ufer in orangefarbenes Licht tauchte, begriff ich, was er mit dem perfekten Timing gemeint hatte.

»Ist es nicht wunderschön?«, flüsterte Theo, eine Hand auf dem Steuer, die andere um meine Taille.

»Ja«, pflichtete ich ihm bei. »Pa hat immer gesagt, die griechischen Sonnenuntergänge seien die schönsten der Welt.«

»Auch da bin ich seiner Meinung.« Theo küsste zärtlich meinen Nacken.

Um keine Analysen von Theo zu provozieren, beschloss ich, in den folgenden Tagen nicht mehr von Pa Salts Vorlieben und Abneigungen zu reden.

»Verrätst du mir jetzt, wo wir sind?«, fragte ich, als wir in den Hafen einliefen und ein dunkelhäutiger junger Mann heraneilte, um das Seil aufzufangen, das ich ihm zuwarf, und das Boot festzumachen.

»Ist das wichtig? Das erfährst du noch früh genug. Lass uns den Ort fürs Erste einfach ›Irgendwo‹ nennen.«

Da ich erwartete, dass wir unsere Rucksäcke den steilen Hügel hinaufschleppen müssten, war ich überrascht, als Theo sagte, wir würden sie lassen, wo sie waren. Nachdem wir die Kajüte sicher verschlossen hatten, gingen wir von Bord, und Theo gab dem Jungen ein paar Euro. Dann ergriff er meine Hand und führte mich zu einer Reihe von Mopeds, kramte einen Schlüssel aus seiner Hosentasche und steckte ihn in das Vorhängeschloss, mit dem eines davon gesichert war.

»Die Griechen sind nette Leute, aber weil's wirtschaftlich momentan nicht so gut läuft, muss man vorsichtig sein. Ich möchte nicht hier ankommen und feststellen müssen, dass beide Räder abmontiert sind. Nimm Platz«, forderte er mich auf, und ich tat ihm zögernd den Gefallen.

Ich hasste Mopeds. In meinem Sabbatjahr hatte ich mich auf Pa Salts Vorschlag hin mit meinen Freundinnen Marielle und Hélène aufgemacht, die Welt zu erkunden. Wir hatten im Fernen Osten angefangen und Thailand, Kambodscha und Vietnam bereist. Zurück nach Europa, wo ich mir für den Sommer einen Job als Kellnerin auf der Insel Kynthos gesichert hatte, waren wir auf Mietmopeds durch die Türkei gefahren. Auf dem Weg vom Flughafen in Bodrum nach Kalkan hatte Marielle eine unübersichtliche Haarnadelkurve falsch eingeschätzt und war verunglückt.

Ihren reglosen Körper im Gebüsch zu finden und dann in der Mitte der Straße verzweifelt auf Hilfe zu warten, war eine Erfahrung, die ich nie vergessen hatte.

Da niemand vorbeigekommen war, hatte ich schließlich zum Handy gegriffen, Pa Salt angerufen und ihm erklärt, was passiert war und wo, und er hatte gesagt, ich solle mir keine Sorgen machen, Hilfe sei bereits unterwegs. Eine quälende halbe Stunde später war dann ein Hubschrauber mit einem Sanitäter gelandet, der uns alle drei in ein Krankenhaus in Dalaman brachte. Marielle hatte mit zertrümmertem Becken und drei gebrochenen Rippen überlebt, doch weil sie beim Sturz mit dem Kopf aufgeschlagen war, litt sie noch heute unter heftigen Migräneattacken.

Weswegen ich nun hinter Theo auf dem Moped ein flaues Gefühl im Magen bekam.

»Bereit?«, erkundigte er sich.

»Besser wird's nicht«, murmelte ich und schlang die Arme fest um seine Taille. Falls Theo mich mit seinem waghalsigen Fahrstil beeindrucken wollte, konnte ich ja verlangen, dass er anhielt und mich absteigen ließ. Obwohl das nicht geschah, schloss ich die Augen auf der steilen staubigen Straße. Nach einer gefühlten Ewigkeit, die in Wirklichkeit vermutlich weniger als fünfzehn Minuten gedauert hatte, bremste er und schaltete den Motor aus.

»Da wären wir.«

»Gut.«

Ich öffnete erleichtert die Augen.

»Ist es nicht wunderschön?«, schwärmte Theo. »Die Ausblicke beim Herauffahren waren schon spektakulär, aber den hier finde ich am allerschönsten.«

Mit geschlossenen Augen hatte ich diese Ausblicke natürlich nicht bemerkt. Er nahm meine Hand und führte mich über ausgedörrtes Gras an uralten Olivenbäumen vorbei, die in unregelmäßigen Abständen auf dem steil zum Meer abfallenden Land wuchsen. Ich nickte.

»Wo gehen wir hin?«, fragte ich, weil ich in der Nähe nur einen alten Stall entdeckte.

»Da.« Er deutete darauf. »Mein Zuhause. Ist es nicht toll?«

»Ich …«

»Ally, du bist so blass. Alles in Ordnung?«

»Ja«, versicherte ich ihm. Als wir den Stall erreichten, fragte ich mich, wer von uns den Verstand verloren hatte. Wenn das tatsächlich sein »Zuhause« war, würde ich zu Fuß zurückgehen. Die Nacht würde ich keinesfalls hier verbringen.

»Ich weiß, im Moment sieht es aus wie ein einfacher Schuppen, aber ich habe es auch erst kürzlich erworben und wollte, dass du es als Erste siehst, bei Sonnenuntergang. Ich werde eine Menge Arbeit hineinstecken müssen, und die Baubestimmungen in Griechenland sind strikt.« Er drückte eine absplitternde Holztür auf, durch die wir den Verschlag betraten. Durch das riesige Loch im Dach konnte ich die ersten Sterne am Himmel erkennen. Im Innern des Stalls roch es so stark nach Ziege, dass mir übel wurde.

»Wie findest du's?«, fragte er.

»Wie du schon sagst: Der Ausblick ist wunderschön.« Als Theo erzählte, dass er einen Architekten angeheuert habe, dass er sich die Küche hier und einen riesigen Wohnbereich da und davor eine Terrasse mit Meerblick vorstelle, stolperte ich hinaus, weil ich den Ziegengestank nicht länger aushielt. Ich schaffte es gerade noch um die Ecke, bevor ich mich übergeben musste.

»Ally, was ist los? Ist dir wieder übel?«, fragte Theo besorgt, der mir nachgeeilt war.

Ich schüttelte den Kopf. »Nein, nein, alles gut. Es ist nur ...«

Dann sank ich auf den Boden und begann zu weinen wie ein Kind. Schluchzend erzählte ich ihm von dem Mopedunfall und jammerte, wie sehr mir mein Vater fehle und wie leid es mir tue, dass Theo mich schon wieder so schwach erlebe.

»Ally, ich muss mich bei dir entschuldigen. Du bist nach der Regatta und der Nachricht vom Tod deines Vaters erschöpft. Und weil du so gut die Starke spielst, habe ich, der ich mir so viel darauf einbilde, ein guter Menschenkenner zu sein, die Lage falsch eingeschätzt. Ich rufe einen Freund an. Der soll uns mit dem Wagen abholen.«

Zu müde zum Widersprechen, sah ich zu, wie Theo telefonierte.

Zehn Minuten später wurde ich, Theo auf dem Moped hinter uns, gemächlich in einem uralten Volvo von einem ebenso alten Mann, den Theo mir als Kreon vorstellte, den Hügel hinunterchauffiert. Auf halber Höhe bog der Wagen nach rechts ab und fuhr einen staubigen Weg voller Schlaglöcher entlang, der nach nirgendwo zu führen schien. Doch als wir das Ende erreichten, sah ich die freundlichen Lichter eines herrlichen Gebäudes am Rand einer Klippe.

»Fühl dich ganz wie zu Hause, Liebes«, sagte Theo und führte mich in einen geräumigen Eingangsbereich, aus dem eine Frau mittleren Alters mit dunklen Augen auftauchte, die ihn herzlich umarmte und mit griechischen Kosenamen begrüßte. »Das ist Irene, unsere hiesige Haushälterin«, erklärte er mir. »Sie zeigt dir dein Zimmer und lässt dir ein Bad ein. Währenddessen fahre ich mit Kreon zum Hafen hinunter und hole unsere Sachen vom Boot.«

Wie sich herausstellte, befand sich das Bad an der Terrasse, die wie der Rest des Hauses in die steil zum Meer abfallenden Felsen gehauen war. Nachdem ich mich in dem köstlich duftenden Schaum geaalt hatte, kletterte ich heraus und tappte barfuß in das luftige Schlafzimmer. Später entdeckte ich einen modern eingerichteten Wohnbereich, der auf die riesige Hauptterrasse mit spektakulärem Ausblick und Pool mit olympischen Ausmaßen ging. Das Haus erschien mir fast wie ein in der Luft schwebendes »Atlantis«.

Kurz darauf setzte ich mich, in einen weichen Baumwollbademantel gehüllt, der auf dem Bett bereitgelegen hatte, in einen der bequem gepolsterten Sessel auf der Terrasse. Irene brachte eine Flasche Weißwein im Kühler und zwei Gläser.

»Danke.«

Ich nippte an dem Wein, blickte in den Sternenhimmel und erfreute mich nach den Tagen auf dem Wasser am Luxus meiner Umgebung. Nun war mir klar, dass Theo sich auch in »Atlantis« wohlfühlen würde. In der Vergangenheit hatte ich oft, wenn ich eine Freundin aus dem Internat nach Hause oder zu einem Ausflug auf der *Titan* mitnahm, erlebt, wie sie, als sie den Ort, an dem ich lebte, sah, voller Ehrfurcht verstummte. Und bei unserem nächsten Treffen hatte ich dann ihre Feindseligkeit gespürt, und die Freundschaft war nicht mehr so gewesen wie zuvor.

Zum Glück würde es bei Theo keine solchen Probleme geben, weil seine Familie genauso feudal lebte wie die meine. Ich schmunzelte bei dem Gedanken, dass wir beide mindestens drei Viertel unseres Lebens auf harten Kojen in stickigen Kajüten verbrachten und von Glück sagen konnten, wenn aus der Dusche in der engen Kabine auch nur ein bisschen Wasser tröpfelte – egal, ob heiß oder kalt.

Da spürte ich eine Hand auf meiner Schulter und gleich danach einen Kuss auf meiner Wange.

»Hallo, Schatz. Geht's dir besser?«

»Ja, danke. Nach einer Regatta gibt's nichts Schöneres als ein heißes Bad.«

»Stimmt«, pflichtete Theo mir bei, schenkte sich ein Glas Wein ein und nahm mir gegenüber Platz. »Ich gönne mir jetzt auch eines. Und ich möchte mich noch einmal entschuldigen. Mir ist klar, dass ich manchmal Scheuklappen trage. Ich wollte dir nur so gern mein neues Zuhause zeigen.«

»Ist wirklich kein Problem. Wenn es fertig ist, wird's bestimmt wunderschön.«

»Natürlich nicht so schön wie das hier, aber es gehört mir. Und manchmal ...«, er zuckte mit den Achseln, »... zählt nur das, nicht wahr?«

»Offen gestanden habe ich nie darüber nachgedacht, mir ein eigenes Zuhause zuzulegen. Ich bin oft zu Wettbewerben unterwegs und kann ja nach ›Atlantis‹. Außerdem verdienen wir Segler so wenig, dass ich mir nichts Großes leisten könnte.«

»Weswegen ich mir einen Ziegenstall gekauft habe«, meinte Theo. »Trotzdem haben wir beide immer ein Sicherheitsnetz gehabt, das uns im Notfall auffängt. Ich persönlich würde aber lieber verhungern, als meinen Vater um Geld zu bitten. Privilegien haben ihren Preis, findest du nicht?«

»Mag sein, doch vermutlich hätte niemand mit uns Mitleid.«

»Das meine ich nicht. Ich glaube auch in dieser materialistischen modernen Welt nicht, dass Geld alle Probleme lösen kann. Nehmen wir zum Beispiel meinen Vater. Er hat einen Computerchip erfunden, der ihn mit fünfunddreißig zum Multimillionär gemacht hat, also in dem Alter, in dem ich jetzt bin. In meiner Kindheit hat er mir immer wieder erzählt, wie sehr er als junger Mann kämpfen musste, und dass mir klar sein soll, wie glücklich ich mich schätzen kann. Natürlich lassen sich seine Erfahrungen nicht mit den meinen vergleichen, weil ich *mit* Geld aufgewachsen bin. Fast schließt sich der Kreis: Mein Vater besaß nichts und wurde dadurch motiviert, aus seinem Leben das Bestmögliche zu machen, während ich alles hatte und er mir ein schlechtes Gewissen deswegen einredete. Deswegen habe ich bisher versucht, ohne seine Hilfe auszukommen, bin eigentlich permanent pleite und habe ständig das Gefühl, seinen Erwartungen nicht gerecht zu werden. War es für dich ähnlich?«

»Nein, obwohl man uns definitiv auch den Wert des Geldes beigebracht hat. Pa Salt hat gern gesagt, wir müssten wir selbst sein und danach streben, unser Potenzial bestmöglich zu realisieren. Ich hatte immer das Gefühl, dass er sehr stolz auf mich war, besonders wenn's ums Segeln ging. Vermutlich hat es geholfen, dass wir diese Leidenschaft teilten. Allerdings schreibt er etwas ziemlich Merkwürdiges in dem Brief, den er mir hinterlassen hat. Er deutet darin an, dass ich meine Musikkarriere nicht weiter verfolgt habe, weil ich ihm gefallen wollte, indem ich Profiseglerin wurde.«

»Und stimmt das?«

»Nicht wirklich. Ich habe beides geliebt, aber im Segeln haben sich die besseren Chancen ergeben. So ist das Leben nun mal, nicht wahr?«

»Ja«, pflichtete Theo mir bei. »Interessanterweise bin ich die genaue Mischung aus meinen Eltern. Von meinem Vater habe ich den Hang zum Technischen, von meiner Mutter die Liebe zum Segeln.«

»Da ich adoptiert bin, weiß ich nichts über meine genetischen Anlagen.«

»Fändest du es denn nicht interessant herauszufinden, ob deine Gene in deinem bisherigen Leben eine Rolle gespielt haben? Vielleicht solltest du eines Tages den Hinweisen deines Vaters nachgehen und recherchieren, woher du stammst. Das wäre doch faszinierend.«

»Bestimmt«, sagte ich, ein Gähnen unterdrückend, »aber im Moment bin ich zu müde, um darüber nachzudenken. Außerdem riechst du nach Ziege. Wird höchste Zeit, dass du ein Bad nimmst.«

»Du hast recht. Zuvor bitte ich Irene noch, den Tisch fürs Abendessen zu decken, und in zehn Minuten bin ich wieder da.« Theo küsste mich auf die Nase und verließ die Terrasse.

VIII

Nach dem leidenschaftlichen Beginn unserer Beziehung nahmen Theo und ich uns während der faulen Tage in »Irgendwo« Zeit, einander richtig kennenzulernen. Ich ertappte mich dabei, wie ich ihm Dinge gestand, die ich noch niemandem erzählt hatte. Kleinigkeiten, die nur mir wichtig waren, und Theo lauschte mir aufmerksam. Besonders interessierte er sich für Pa Salt und meine Schwestern – »das Luxuswaisenhaus«, wie er »Atlantis« nannte.

Eines schwülen Morgens, an dem ein Gewitter in der Luft lag, gesellte er sich auf der Liege im Schatten der Terrasse zu mir.

»Wo warst du?«, fragte ich.

»Ich musste eine Konferenzschaltung mit unserem Fastnet-Sponsor, dem Teammanager und dem Eigentümer der *Tigress* über mich ergehen lassen. Mir war so langweilig, dass ich Kringel aufs Papier gemalt habe.«

»Ach.«

»Ja. Hast du als Kind nicht auch manchmal versucht, Anagramme aus deinem Namen zu bilden oder ihn rückwärts zu schreiben? Bei mir kommt etwas ziemlich Lächerliches raus«, erklärte er schmunzelnd. »›Oeht‹.«

»Klar habe ich das gemacht, und bei mir ist es genauso albern: ›Ylla‹.«

»Hast du's schon mal mit deinem Familiennamen probiert?«

»Nein.«

»Ich spiele jedenfalls gern mit Wörtern herum, und weil die Konferenzschaltung so sterbenslangweilig war, habe ich mich an deinem versucht.«

»Und?«

»Ich kenne mich ein bisschen aus in der griechischen Mythologie, weil ich in Oxford Altphilologie studiert habe und seit meiner

Kindheit jeden Sommer hier verbringe«, erklärte Theo. »Darf ich dir zeigen, was ich herausgefunden habe?«

»Wenn du unbedingt möchtest«, antwortete ich, und er reichte mir ein Blatt Papier mit ein paar darauf gekritzelten Worten.

»Siehst du, was sich auf Englisch aus d'Aplièse machen lässt?«

Ich sprach das Wort, das er unter meinen Nachnamen geschrieben hatte, laut aus: »Pleiades.«

»Die Plejaden.«

»Ja, genau. Und, was verbindest du damit?«

»Nicht viel«, gestand ich widerwillig.

»Das ist die griechische Bezeichnung für den Sternhaufen mit den Sieben Schwestern.«

»Ach. Und worauf willst du hinaus?«, erkundigte ich mich.

»Darauf, dass es doch ein ziemlich großer Zufall wäre, wenn du und deine Schwestern nach diesen sieben oder in diesem Fall sechs ... Sternen benannt sind und dass euer Familienname ein Anagramm von ›Pleiades‹ ist. Hatte euer Vater auch diesen Familiennamen?«

Ich überlegte, ob jemals jemand Pa »Mr d'Aplièse« genannt hatte. Unsere Hausangestellten und das Personal auf der *Titan* sagten »Sir« zu ihm, abgesehen von Marina, die ihn mit »Pa Salt« ansprach wie wir oder von ihm als »euer Vater« redete. Ich versuchte des Weiteren, mich zu erinnern, ob ich je einen Namen auf den Briefen für ihn gesehen hatte, entsann mich jedoch nur offiziell anmutender Umschläge und Lieferungen, die an eines von Pas zahlreichen Unternehmen adressiert waren.

»Wahrscheinlich«, antwortete ich schließlich.

»Sorry, Ally.« Theo schien mein Unbehagen zu spüren. »Ich wollte nur wissen, ob er bewusst einen Familiennamen für euch Mädchen gewählt hat, oder ob das auch der seine war. Viele Leute ändern ihren Namen offiziell. Deiner klingt irgendwie süß: ›Alkyone Pleiades‹. Und ›Pa Salt‹ ...«

»Theo, es reicht!«

»Tut mir leid, ich finde das faszinierend. Bestimmt verbirgt sich hinter der Fassade, die sich dein Vater aufgebaut hat, so manches.«

Da entschuldigte ich mich und ging ins Haus, weil es mir nicht recht war, dass Theo durch seine Buchstabenspielerei über etwas so Intimes gestolpert war, das meine Schwestern und ich nicht bemerkt und falls doch, nie offen besprochen hatten.

Als ich auf die Terrasse zurückkehrte, äußerte sich Theo nicht mehr zu dem Thema. Dafür erzählte er mir beim Essen mehr über seine eigenen Eltern und ihre unschöne Scheidung. Er war ständig zwischen seiner Mutter in England und seinem Vater in Amerika hin- und hergependelt. Typisch für Theo, berichtete er fast vollständig in der dritten Person – ganz analytisch, als hätte das alles nichts mit ihm zu tun –, aber ich spürte die Spannung und Wut dahinter. Für mich klang es, als hätte Theo seinem Vater aus Loyalität seiner Mutter gegenüber nie eine Chance gegeben.

Später im Bett konnte ich nicht schlafen, weil mich Theos Entdeckung beschäftigte. Wenn unser Familienname ein Anagramm war, das sich Pa wegen seiner Leidenschaft für Astrologie und Mythologie ausgedacht hatte, wer waren wir dann?

Und wichtiger: Wer war *er* gewesen?

Leider würde ich das nun niemals herausfinden.

Am folgenden Tag lieh ich mir Theos Laptop und informierte mich über die Plejaden. Obwohl Pa mit uns allen über die Sterne gesprochen und obwohl besonders Maia mit ihm viel Zeit in seinem Observatorium in »Atlantis« verbracht hatte, war das Thema für mich nie von großem Interesse gewesen. Pa hatte mir beim Segeln vor allen Dingen technische Dinge beigebracht, mir gezeigt, wie man auf dem Meer mithilfe der Sterne navigierte, und mir erklärt, dass Seeleute seit Tausenden von Jahren besonders die Sieben Schwestern zu diesem Zweck nutzten. Am Ende fuhr ich den Computer mit dem Gedanken herunter, dass das, was Pa zu unseren Namen bewogen haben mochte, wohl weiterhin ein Rätsel bleiben würde.

Als ich mit Theo beim Essen darüber sprach, pflichtete er mir bei.

»Ally, ich muss mich entschuldigen. Ich hätte nicht davon anfangen dürfen. Wichtig sind die Gegenwart und die Zukunft.

Und wer auch immer dein Vater gewesen sein mag: Für mich ist lediglich wichtig, dass er dich als kleines Kind bei sich aufgenommen hat. Allerdings habe ich noch mehr entdeckt, was ich dir gern sagen würde ...« Er sah mich vorsichtig an.

»Theo!«

»Okay, okay. Habe verstanden: Jetzt nicht.«

Doch später am Nachmittag – möglicherweise hatte Theo mich dazu bringen wollen – holte ich Pas Brief aus meinem Tagebuch hervor, wo ich ihn verstaut hatte, und las ihn noch einmal. Vielleicht, dachte ich, sollte ich eines Tages die Spur zurückverfolgen, die er mir aufgezeigt hatte. Und zumindest das Buch aus dem Regal in seinem Arbeitszimmer in »Atlantis« lesen ...

Als unsere gemeinsame Zeit zu Ende ging, hatte ich das Gefühl, in Theo meinen Seelenverwandten, meine fehlende Hälfte, gefunden zu haben, so sehr war er zu einem Teil von mir geworden.

Erst als er auf seine übliche ruhige Art darüber zu sprechen begann, dass wir bald von »Irgendwo« – das, wie ich inzwischen wusste, die Insel Anafi war – wegfahren und in die Realität zurückkehren würden, merkte ich, wie unheimlich mir das war.

»Als Erstes muss ich meine Mutter in London besuchen. Dann hole ich die *Tigress* in Southampton ab und bringe sie zur Isle of Wight. Dabei kann ich ein Gefühl für sie bekommen. Und wie sehen deine Pläne aus, Schatz?«

»Ich sollte mich auch zu Hause blicken lassen«, antwortete ich. »Obwohl Ma sich Mühe gibt, ganz normal zu klingen, würde ich jetzt, wo Maia und Pa nicht mehr dort sind, gern bei ihr sein.«

»Ich habe mich über Flüge informiert. Wir könnten am Wochenende gemeinsam mit der *Neptun* nach Athen fahren, und von dort aus könntest du einen Flug nach Genf nehmen. Mittags sind noch Plätze frei. Dein Flug würde etwa zur gleichen Zeit wie der meine nach London gehen.«

»Wunderbar. Danke.« Plötzlich fühlte ich mich sehr hilflos. Ich hatte schreckliche Angst, ohne Theo zu sein und nicht zu wissen, was die Zukunft bringen würde. Weil nicht klar war, ob es nach

»Irgendwo« überhaupt noch eine gemeinsame Zukunft geben würde.

»Was ist los, Ally?«

»Nichts. Ich hab nur ein bisschen viel Sonne abgekriegt und möchte früh ins Bett.« Ich stand auf und machte Anstalten, die Terrasse zu verlassen, doch er hielt mich an der Hand fest, zog mich in den Stuhl zurück und küsste mich auf den Mund.

»Wir müssen besprechen, wie es nach dem Flug nach Hause weitergeht. Zum Beispiel die Sache mit dem Fastnet.«

»Schieß los«, sagte ich, obwohl ich mit ihm gern über etwas anderes geredet hätte.

»Es würde mich freuen, wenn du mit der Crew trainierst. Falls jedoch beim Rennen die Wetterbedingungen sehr schlecht sind und ich dir irgendwann sage, dass du an Land gehen sollst, musst du mir versprechen, das zu tun.«

Es fiel mir schwer zu nicken. »Aye, aye, Skipper.«

»Das ist mein Ernst, Ally. Ich habe dir schon einmal erklärt, dass ich es mir nie verzeihen könnte, wenn dir etwas passieren würde.«

»Ist das nicht meine Entscheidung?«

»Nein. Als dein Käpt'n und dein Freund ist es die meine.«

»Und *ich* darf *dich* nicht aufhalten, wenn ich das Gefühl habe, dass es zu gefährlich zum Segeln ist?«

»Nein.« Theo schüttelte den Kopf. »Die Entscheidungen treffe ich. In guten wie in schlechten Zeiten.«

»Und was ist, wenn ich die Zeiten für schlecht halte?«

»Dann sagst du mir das, und ich höre mir deine Warnung an, aber am Ende entscheide ich.«

»Warum kann ich das nicht? Das ist nicht fair, ich …«

»Ally, wir drehen uns im Kreis, außerdem werden wir vermutlich nicht in eine solche Situation geraten. Ich versuche dir nur einzuschärfen, dass du auf mich hören sollst, ja?«

»Okay«, antwortete ich schmollend. Unser erster Beinahestreit. Da wir nur noch so wenig Zeit an diesem besonderen Ort hatten, wollte ich nicht, dass er sich zuspitzte.

»Und noch wichtiger ...«, Theos Miene wurde sanfter, als er die Hand ausstreckte und meine Wange streichelte, »... lass uns nicht vergessen, dass nach dem Fastnet noch eine Menge Zukunft vor uns liegt. Die letzten Wochen waren die schönsten meines Lebens. Ally, du weißt, dass ich nicht gerade der große Romantiker bin, aber es würde mich freuen, wenn wir einen Weg finden könnten, immer zusammen zu sein. Was meinst du?«

»Klingt gut«, murmelte ich, unfähig, innerhalb weniger Sekunden von »ziemlich verärgert« zu »lass uns den Rest des Lebens miteinander verbringen« zu wechseln.

»Auch wenn das altmodisch klingen mag: Mir ist klar, dass ich keine Zweite wie dich finden werde. Ich möchte dir, weil wir beide keine Teenager mehr sind und schon ein bisschen Lebenserfahrung haben, sagen, dass ich mir sicher bin. Am liebsten würde ich dich schon morgen heiraten. Was hältst du davon?«

Ich sah ihn verblüfft an. »Ist das ein Heiratsantrag à la Theo?«

»Vermutlich. Und?«

»Ich höre, was du sagst.«

»Und ...?«

»Ist nicht gerade wie in *Romeo und Julia*.«

»Stimmt. Wie du weißt, bin ich in solchen Dingen nicht sehr gut. Ich will so etwas so schnell wie möglich hinter mich bringen und dann einfach weitermachen. Und ich würde wirklich gern mit dir zusammen sein ... ich meine, dich heiraten«, korrigierte er sich.

»Wir müssen nicht unbedingt heiraten.«

»Stimmt, aber da meldet sich meine konservative Erziehung zu Wort. Ich möchte den Rest meines Lebens mit dir verbringen und muss dir deshalb einen förmlichen Heiratsantrag machen. Ich hätte gern, dass du Mrs Falys-Kings wirst und ich dich als ›meine Frau‹ vorstellen kann.«

»Vielleicht möchte ich deinen Familiennamen nicht. Heutzutage nehmen viele Frauen den Namen ihres Mannes nicht an«, entgegnete ich.

Er nickte. »Aber es ist so viel einfacher, findest du nicht? Bei

Bankkonten, und außerdem erspart einem das lästige Erklärungen bei Telefonaten mit Elektrikern und Klempnern und ...«

»Theo?«

»Ja?«

»Bitte halt den Mund! Bevor du mich durch deine ewige Analysiererei aus der Stimmung bringst: Ich würde dich auf der Stelle heiraten.«

»Wirklich?«

»Ja, natürlich.« Als ich sah, wie seine Augen feucht wurden, begriff ich, dass auch der beherrschteste Mensch in der Liebe verletzlich wird. Ich schlang die Arme um ihn.

»Ist das nicht wundervoll?«, fragte er schmunzelnd und wischte sich verstohlen die Tränen weg.

»Angesichts dessen, wie grässlich dieser Heiratsantrag war? Ja.«

»Gut. Selbst wenn das jetzt wieder ziemlich altmodisch und möglicherweise meiner Erziehung zuzuschreiben ist: Ich würde gern morgen mit dir etwas kaufen gehen, das allen zeigt, dass du mir versprochen bist.«

»Du meinst verlobt?«, fragte ich. »Du hörst dich an, als wärst du einem Roman von Jane Austen entsprungen. Ja, das würde mich sehr freuen.«

»Danke.« Er hob den Blick zu den Sternen, schüttelte den Kopf und sah wieder mich an. »Ist das nicht ein Wunder?«

»Was genau?«

»Alles. Fünfunddreißig Jahre lang habe ich mich auf diesem Planeten allein gefühlt, dann tauchst wie aus dem Nichts du auf, und plötzlich begreife ich.«

»Du begreifst was?«

Noch einmal schüttelte er den Kopf und zuckte die Schultern. »Die Liebe.«

Am folgenden Morgen setzten wir Theos Vorschlag in die Tat um und fuhren in die Hauptstadt der Insel, die nicht viel mehr war als ein Dorf mit weiß getünchten Häusern auf einem Hügel. Dort spazierten wir in den pittoresken schmalen Gassen umher, wo wir winzige Läden entdeckten, die neben Lebensmitteln und Haushaltswaren auch billigen Schmuck feilboten, sowie einen Straßenmarkt mit Nippesständen. Ich machte mir nicht viel aus Schmuck, und nachdem ich eine halbe Stunde lang Ringe probiert hatte, wurde Theo ungeduldig.

»Es muss doch irgendetwas geben, das du gern hättest«, drängte er mich, als wir vor dem letzten Marktstand stehen blieben.

Und tatsächlich sah ich nun etwas.

»Würde es dich stören, wenn es kein Ring wäre?«

»Im Moment würde ich sogar ein Brustwarzenpiercing akzeptieren, wenn dich das glücklich macht und wir endlich etwas essen können. Ich bin am Verhungern.«

»Gut, dann hätte ich gern das da.«

Ich deutete auf ein traditionelles griechisches Amulett mit einem stilisierten blauen Glasauge, das den bösen Blick abwehren sollte.

Der Inhaber des Standes nahm es für mich herunter, hielt es uns mitsamt dem Silberkettchen auf der Handfläche hin und deutete auf das Preisschildchen. Theo setzte die Sonnenbrille ab, um den Anhänger zu begutachten. »Wirklich sehr hübsch, Ally, aber für fünfzehn Euro kaum ein Diamantring.«

»Mir gefällt er. Segler tragen so etwas zum Schutz gegen Stürme. Außerdem weist mein Vorname mich doch als eine Art Schutzpatronin der Seeleute aus.«

»Ich weiß, aber ist ein solches Amulett denn ein angemessenes Symbol für eine Verlobung?«

»Mir gefällt's. Kann ich es nun haben, bevor wir uns so reinsteigern, dass wir am Schluss erschöpft ganz aufgeben?«

»Solange du mir versprichst, mich tatsächlich zu beschützen.«

»Natürlich«, sagte ich und schlang die Arme um seine Taille.

»Gut. Doch der Form halber möchte ich dich warnen, dass ich dir möglicherweise irgendwann noch etwas ein wenig ... Konventionelleres schenken werde.«

Als wir wenige Minuten später den Markt verließen, trug ich das Amulett bereits um den Hals.

»Eigentlich«, sagte er, während wir auf der Suche nach einem Bier und etwas zu essen durch die ruhigen Gassen schlenderten, »ist eine Halskette ein sehr viel passenderes Zeichen unserer Verbindung als ein Ring, obwohl wir dir irgendwann einen kaufen müssen. Leider weiß ich nicht, ob ich mir was von Tiffany oder Cartier leisten kann.«

»Na, bei wem kommt jetzt die Herkunft durch?«, neckte ich ihn, als wir uns an einen schattigen Tisch vor einer Taverne setzten. »Nur, damit du's weißt: Ich hasse Designersachen.«

»Entschuldige, ich hab meine Connecticut-Country-Club-Vergangenheit raushängen lassen.« Er nahm die Plastikspeisekarte in die Hand. »Was möchtest du essen?«

Nachdem ich mich am folgenden Tag am Athener Flughafen von Theo verabschiedet hatte, fühlte ich mich im Flugzeug ohne ihn ziemlich verloren. Immer wieder wandte ich mich meinem erstaunten Sitznachbarn zu, um Theo etwas zu erzählen, was mir gerade durch den Kopf ging, um dann zu merken, dass er nicht da war. Ohne ihn fühlte ich mich wie amputiert.

Ich hatte Ma nicht gesagt, dass ich nach Hause kommen würde, weil ich sie überraschen wollte. Während des Flugs nach Genf bereitete ich mich innerlich darauf vor, zu einem »Atlantis« zurückzukehren, das sein Zentrum verloren hatte. Meine Emotionen schwankten zwischen der Freude über das, was ich gewonnen, und der Trauer über den schrecklichen Verlust, den ich erlitten hatte. Und diesmal wären meine Schwestern nicht da, um die Lücke zu schließen, die Pa Salt hinterlassen hatte.

In »Atlantis« holte mich zum ersten Mal niemand an der Anlegestelle ab. Auch Claudia befand sich nicht wie üblich in der Küche, doch auf der Arbeitsfläche stand ein frisch gebackener Zitronenkuchen, mein Lieblingskuchen. Ich schnitt mir ein großes Stück ab und ging in mein Zimmer, wo ich meinen Rucksack auf den Boden fallen ließ und mich aufs Bett setzte, um den herrlichen Blick auf den See zu genießen und in die Stille zu lauschen.

Nach einer Weile stand ich wieder auf und trat ans Regal, um das Buddelschiff herauszunehmen, das Pa Salt mir zu meinem siebten Geburtstag geschenkt hatte. Ich betrachtete das feine Holz- und Leinwandmodell im Innern und erinnerte mich schmunzelnd, dass ich unbedingt hatte wissen wollen, wie es durch den schmalen Flaschenhals hineingelangt war.

»Magie, Ally«, hatte Pa geflüstert, »daran müssen wir glauben.«

Schließlich holte ich mein Tagebuch aus dem Rucksack, weil ich Pa bei mir spüren wollte, und zog seinen Brief heraus. Nachdem ich ihn noch einmal gelesen hatte, beschloss ich, in seinem Arbeitszimmer nach dem Buch zu suchen, dessen Lektüre er mir empfohlen hatte.

Schon an der Tür zu dem Raum stieg mir sein vertrauter Geruch nach frischen Zitronen in die Nase.

»Ally! Tut mir leid, dass ich nicht da war, als du angekommen bist. Ich hatte dich nicht erwartet. Was für eine schöne Überraschung!«

»Ma!« Ich drehte mich ihr zu, um sie zu umarmen. »Wie geht es dir? Ich habe ein paar Tage frei und wollte mich vergewissern, dass hier alles in Ordnung ist.«

»Ja, ja ...«, sagte sie hastig. »Und wie fühlst du dich, *chérie*?«

»Du kennst mich, Ma, ich bin niemals krank.«

»Wir wissen beide, dass ich mich nicht nach deinem körperlichen Befinden erkundigt habe, Ally«, entgegnete Ma sanft.

»Ich hatte viel zu tun, das hat, glaube ich, geholfen. Die Regatta haben wir übrigens gewonnen«, fügte ich ein wenig lahm hinzu, noch nicht bereit, Ma von Theo und dem Glück zu erzählen, das ich möglicherweise mit ihm gefunden hatte. So kurz nach dem Verlust von Pa wäre mir das unpassend erschienen.

»Maia ist auch da. Sie ist nach der Abreise von dem Freund, den sie aus Brasilien mitgebracht hat, nach Genf gefahren, kommt aber bald wieder und freut sich bestimmt, dich zu sehen.«

»Vor ein paar Tagen hat sie mir eine E-Mail geschickt, die klang sehr glücklich. Ich kann's kaum noch erwarten, mehr über ihre Reise zu erfahren.«

»Wie wär's mit einer Tasse Tee? Komm doch mit in die Küche, da kannst du mir alles über die Regatta erzählen.«

»Gut.« Ich folgte Ma aus Pas Arbeitszimmer. Vielleicht lag es daran, dass ich unangekündigt nach Hause gekommen war, doch ich hatte den Eindruck, dass sie angespannt, nicht so gelassen war wie sonst. Wir unterhielten uns etwa zwanzig Minuten lang über Maia und das Zykladenrennen, dann hörten wir das Motorboot herannahen. Ich lief hinunter zur Anlegestelle, um Maia zu begrüßen.

»Überraschung!«, rief ich aus und breitete die Arme aus.

»Ally! Was machst du denn hier?«

»Zufällig ist es auch mein Zuhause«, erwiderte ich grinsend, als wir Arm in Arm zum Haus hinaufgingen.

»Ich weiß, aber ich hatte dich nicht erwartet.«

Wir setzten uns auf die Terrasse, und ich holte einen Krug mit Claudias hausgemachter Limonade. Während Maia von ihrer Reise nach Brasilien erzählte, musterte ich sie. Sie sah lebhafter aus, als ich sie in den letzten Jahren erlebt hatte. Ihre Haut schimmerte, und ihre Augen leuchteten. Ihre Vergangenheit mithilfe von Pa Salts posthumen Hinweisen zu erforschen, war ihrem Wohlbefinden offenbar sehr zuträglich gewesen.

»Ally, ich muss dir noch etwas anderes sagen. Das hätte ich schon längst tun sollen ...«

Dann gestand sie mir, was seinerzeit in der Universität passiert war, den Grund, warum sie sich seitdem verkrochen hatte. Mir traten Tränen in die Augen, als ich die Geschichte hörte, und ich streckte tröstend die Hand nach ihr aus.

»Maia, ich finde es entsetzlich, dass du das alles allein durchstehen musstest. Warum hast du es mir denn nicht gesagt? Ich bin doch deine Schwester! Ich dachte immer, wir stehen uns nahe. Ich wäre für dich da gewesen, wirklich.«

»Ich weiß, Ally, aber du warst damals erst sechzehn. Außerdem habe ich mich geschämt.«

Ich erkundigte mich, wer der schreckliche Mensch gewesen war, der meiner Schwester so viel Leid zugefügt hatte.

»Ach, den kennst du nicht. Jemand von der Uni. Ein gewisser Zed.«

»Zed Eszu?«

»Ja. Wahrscheinlich kennst du seinen Namen aus den Nachrichten. Sein Vater war der Tycoon, der Selbstmord begangen hat.«

»Und dessen Schiff ich an dem Tag, an dem ich von Pa Salts Tod erfahren habe, so nahe bei dem von Pa gesehen habe«, erklärte ich schaudernd.

»Ironie des Schicksals: Zed war es letztlich, der mich dazu gebracht hat, den Flieger nach Rio zu nehmen. Nach vierzehn Jahren Schweigen hat er mir aus blauem Himmel auf die Mailbox gesprochen, dass er in die Schweiz kommen und sich gern mit mir treffen würde.«

Ich bedachte sie mit einem merkwürdigen Blick. »Er wollte sich mit *dir* treffen?«

»Ja. Er sagte, er hätte von Pas Tod gehört, wir könnten uns doch miteinander ausweinen. Wenn irgendetwas mich aus der Schweiz vertreiben konnte, dann er.«

Ich fragte, ob Zed wisse, was damals mit ihr geschehen war.

»Nein.« Maia schüttelte den Kopf. »Und wenn, habe ich keine Ahnung, ob ihn das interessieren würde.«

»Ich glaube, du kannst froh sein, dass du ihn los bist«, sagte ich finster.

»Kennst du ihn denn?«

»Nicht persönlich. Aber ... jemand aus meinem Bekanntenkreis kennt ihn. Egal, es klingt fast so, als hättest du nichts Besseres tun können, als in den Flieger zu steigen. Du hast mir übrigens noch nichts von dem tollen Brasilianer erzählt, der gestern hier war. In den scheint Ma sich richtiggehend verguckt zu haben. Sie redet von nichts anderem mehr. Er ist Schriftsteller?«

Wir unterhielten uns kurz über ihn, dann erkundigte sich Maia nach mir und meinem Leben. Da ich das Gefühl hatte, dass es an ihr war, darüber zu reden, wie sie nach all den Jahren einen Partner gefunden hatte, verschwieg ich ihr die Sache mit Theo und sprach stattdessen vom Fastnet und der bevorstehenden Vorbereitung auf die Olympischen Spiele.

»Ally, das ist ja fantastisch! Sag mir Bescheid, ja?«

»Natürlich.«

In dem Moment betrat Marina die Terrasse.

»Maia, *chérie*, den Brief hier hat Christian mir für dich gegeben. Den hatte ich wegen Allys unerwarteter Ankunft völlig vergessen.« Marina reichte Maia, deren Augen zu leuchten begannen, als sie die Handschrift erkannte, einen Umschlag. »Danke, Ma.«

»Möchtet ihr zwei was zu Abend essen?«, erkundigte sich Ma.

»Klar, wenn du was hast. Maia?« Ich sah meine Schwester an. »Leistest du mir Gesellschaft? Wir haben nicht mehr so oft Gelegenheit, ausführlich miteinander zu reden.«

»Ja, gern«, antwortete sie und erhob sich. »Aber wenn's euch nichts ausmacht, ziehe ich mich zuerst kurz in den Pavillon zurück.«

Ma und ich sahen Maia, die den Brief fest in der Hand hielt, mit einem vielsagenden Blick an.

»Bis später, *chérie*«, meinte Marina.

Als ich Ma ins Haus folgte, ging mir durch den Kopf, was ich gerade von Maia gehört hatte. In einer Hinsicht war es gut, dass wir alles geklärt hatten und ich jetzt begriff, warum Maia nach der Universität so distanziert gewesen war und sich in ein selbstgewähltes Exil begeben hatte. Doch dass ausgerechnet Zed Eszu ihr so großen Schmerz zugefügt hatte, war eine völlig andere Sache ...

Bei sechs so unterschiedlichen Mädchen in der Familie hatte der Klatsch über Freunde und Liebesgeschichten je nach der Persönlichkeit der Betroffenen variiert. Bis gerade eben hatte Maia ihr Privatleben unter Verschluss gehalten, und Star und CeCe sprachen nur selten mit uns anderen. Blieben noch Elektra und Tiggy, die sich mir im Lauf der Jahre *beide* anvertraut hatten ...

Ich ging hinauf in mein Zimmer, wo ich mir den Kopf darüber zerbrach, ob ich meinen Schwestern Maias Geschichte erzählen sollte. Doch da Maia sich mir das erste Mal seit Jahren geöffnet hatte, kam ich zu dem Schluss, dass das *ihre* Entscheidung war. Was nützte es schon, wenn ich mich einmischte?

Dann sah ich nach, ob neue Nachrichten auf meinem Handy waren, und freute mich über eine SMS von Theo.

Liebste Ally, du fehlst mir. Abgedroschen, aber wahr.
Ich antwortete sofort.
Gleichfalls (noch abgedroschener).
Beim Abendessen verkündete Maia, dass sie am folgenden Tag nach Brasilien zurückkehren wolle.
»Wir haben nur ein Leben, stimmt's, Ma?«, sagte sie, vor Glück strahlend, und ich fand, dass sie nie schöner gewesen war.
»Ja«, pflichtete ihr Ma bei. »Wenn die vergangenen Wochen uns irgendetwas gelehrt haben, dann das.«
»Keine Versteckspiele mehr«, sagte Maia und hob das Glas. »Auch wenn es nicht klappen sollte: Immerhin hab ich's probiert.«
»Keine Versteckspiele mehr«, prostete ich ihr lächelnd zu.

IX

Marina und ich winkten Maia zum Abschied nach und warfen ihr Kusshändchen zu.

»Ich freue mich so für sie.« Ma wischte sich verstohlen eine Träne weg, als wir zum Haus zurückgingen, wo wir uns bei einer Tasse Tee über Maias schwierige Vergangenheit und hoffentlich rosige Zukunft unterhielten. Mas Äußerungen entnahm ich, dass sie von Zed Eszu ähnlich wenig hielt wie ich. Nachdem ich meinen Tee ausgetrunken hatte, sagte ich ihr, ich müsse nachsehen, ob ich E-Mails bekommen habe.

»Kann ich das in Pas Arbeitszimmer machen?«, fragte ich, weil ich wusste, dass man dort den besten Internetempfang hatte.

»Natürlich. Schließlich gehört das Haus jetzt dir und deinen Schwestern«, antwortete Ma mit einem traurigen Lächeln.

Wenig später öffnete ich, meinen Laptop in der Hand, den ich aus meinem Zimmer geholt hatte, die Tür zum Arbeitsraum meines Vaters, der mit den eichenholzgetäfelten Wänden und den bequemen alten Möbeln aussah wie immer. Zögernd setzte ich mich in Pa Salts lederbezogenen Kapitänssessel und stellte den Laptop auf den Walnussholzschreibtisch vor mir. Während er hochfuhr, drehte ich mich mit dem Stuhl herum, um das Sammelsurium von Gegenständen auf Pas Regalen zu betrachten. Sie schienen keine besondere Ordnung zu haben; vermutlich handelte es sich um Objekte, die er von Reisen mitgebracht hatte. Als mein Blick auf das Bücherregal fiel, das eine ganze Wand bedeckte, überlegte ich, wo das Buch, das er in dem Brief an mich erwähnt hatte, war. Da ich Dante neben Dickens und Shakespeare neben Sartre entdeckte, schienen die Bände, die seinem breit gefächerten Geschmack entsprachen, alphabetisch geordnet zu sein.

Während mein Laptop hochfuhr, trat ich an Pas CD-Player. Wir hatten ihn alle zu einem iPod zu überreden versucht, doch obwohl sich eine ganze Armada hochmoderner Computer und anderer elektronischer Geräte in seinem Arbeitszimmer befand, hatte er erklärt, er sei zu alt, um sich noch umzustellen, und ziehe es vor, die Musik, die er höre, auch zu »sehen«. Als ich den CD-Player einschaltete, stellte ich fest, dass Pa zuletzt die *Peer-Gynt-Suite* von Edvard Grieg gehört hatte, deren »Morgenstimmung« nun aus verborgenen Lautsprechern den Raum erfüllte.

Dies war Pas Lieblingsorchesterstück gewesen, und er hatte mich oft gebeten, für ihn den Anfang auf meiner Flöte zu spielen, weswegen es zur Kennmelodie meiner Kindheit geworden war. Es weckte Erinnerungen an all die fantastischen Sonnenaufgänge, die wir beim gemeinsamen Segeln auf dem See erlebt hatten.

Er fehlte mir so sehr.

Und noch jemand anders fehlte mir.

Unwillkürlich ergriff ich den Hörer von Pas Telefon auf dem Schreibtisch.

Doch als ich ihn ans Ohr hielt, um Theos Nummer zu wählen, merkte ich, dass schon jemand anders in der Leitung war.

Der Schock darüber, die sonore Stimme zu hören, die ich seit meiner Kindheit kannte, ließ mich erstarren.

»Hallo?«, rief ich in den Hörer und drehte hastig die Lautstärke des CD-Players herunter, um ganz sicher zu sein, dass es tatsächlich er war.

Doch aus der Stimme am anderen Ende war mittlerweile ein monotoner Piepton geworden.

Ich blieb eine Weile nach Luft schnappend sitzen, bevor ich aufstand, in den Flur trat und nach Ma rief. Mein Rufen lockte auch Claudia aus der Küche an. Als Ma am oberen Ende der Treppe erschien, eilte ich schluchzend zu ihr.

»Ally, *chérie*, was ist denn los?«

»Ich ... Ich habe ihn gerade gehört, Ma! Ich habe ihn gehört!«

»Wen, *chérie*?«

»Pa Salt! Er war in der Leitung, als ich im Arbeitszimmer den Hörer von der Gabel genommen habe, um eine Nummer zu wählen. Er ist nicht tot!«

»Ally.« Ich merkte, dass Ma Claudia einen scharfen Blick zuwarf, während sie einen Arm um mich legte und mich ins Wohnzimmer führte. »Bitte, *chérie*, versuch, dich zu beruhigen.«

»Wie könnte ich das?! Ich habe gleich gespürt, dass er nicht tot ist, Ma. Er ist noch irgendwo. Und jemand in diesem Haus hat mit ihm gesprochen ...«

»Ally, ich kann ja verstehen, dass du ihn gehört zu haben glaubst, aber dafür gibt es eine simple Erklärung.«

»Und die wäre?«

»Vor ein paar Minuten hat das Telefon geklingelt. Ich war zu weit weg, um ranzugehen, also ist die Mailbox angesprungen. Bestimmt hast du gehört, was dein Vater daraufgesprochen hat.«

»Aber ich saß direkt vor dem Telefon und habe es nicht klingeln hören!«

»Die Musik war ziemlich laut. Das habe ich sogar oben in meinem Zimmer mitbekommen. Vielleicht hat sie das Klingeln übertönt.«

»Bist du sicher, dass du nicht mit ihm telefoniert hast? Oder vielleicht war's ja Claudia?«, fragte ich verzweifelt.

»Egal, wie sehr du dir das wünschst: Ich kann dir leider nichts anderes sagen. Möchtest du mit deinem Handy die hiesige Nummer anrufen? Nach dem vierten Mal Klingeln hörst du, was dein Vater auf die Mailbox gesprochen hat. Probier's ruhig aus«, forderte sie mich auf.

Ich zuckte, verlegen darüber, Ma und Claudia der Lüge bezichtigt zu haben, mit den Achseln.

»Nein, natürlich glaube ich dir«, versicherte ich ihr. »Ich *wollte* nur einfach, dass er es ist, dass alles ein schrecklicher Irrtum ist.«

»Das würden wir uns alle wünschen, Ally, aber dein Vater ist von uns gegangen, und keiner von uns kann ihn zurückholen.«

»Ich weiß. Sorry.«

»Du musst dich nicht entschuldigen, *chérie*. Wenn ich irgendetwas tun kann ...«

»Nein. Ich erledige jetzt meinen Anruf.«

Marina bedachte mich mit einem mitfühlenden Lächeln, als

ich in Pa Salts Arbeitszimmer zurückkehrte, wo ich mich noch einmal an den Schreibtisch setzte und das Telefon betrachtete. Dann nahm ich den Hörer in die Hand, wählte Theos Nummer und erreichte auf seinem Handy nur die Mailbox. Da ich mit ihm selbst, nicht mit einer Maschine sprechen wollte, legte ich gleich wieder auf, ohne eine Nachricht zu hinterlassen.

Dann fiel mir das Buch ein, das Pa Salt mir zur Lektüre empfohlen hatte. Ich wandte mich dem Buchstaben »H« im Regal zu und nahm es heraus.

Grieg, Solveig og jeg
En biografi av Anna og Jens Halvorsen
Jens Halvorsen

Obwohl ich nicht mehr verstand, als dass es sich um eine Biografie handelte, setzte ich mich damit an den Schreibtisch.

Die Seiten des Buchs waren vergilbt und brüchig, es war 1907 erschienen – also genau einhundert Jahre zuvor. Als Musikerin wusste ich natürlich, worauf Jens Halvorsen sich bezog. Solveig war die traurige Heldin aus Ibsens Versdrama und spielte eine wesentliche Rolle in der weltberühmten Musik, die der Komponist Edvard Grieg zu dem Bühnenstück geschrieben hatte. In dem Band entdeckte ich ein Vorwort, in dem ich die Namen »Grieg« und »Peer Gynt« erkannte. Mehr verstand ich leider nicht, weil der Rest, wie ich vermutete, auf Norwegisch verfasst war, der Muttersprache von Grieg und Ibsen.

Mit einem enttäuschten Seufzen blätterte ich zu einigen Schwarz-Weiß-Abbildungen von einer zierlichen Frau im Bäuerinnenkostüm weiter. Darunter stand: »*Anna Landvik som Solveig, September 1876*«. Anna Landvik, wer sie auch immer sein mochte, musste zu dem Zeitpunkt, als das Foto entstanden war, ziemlich jung gewesen sein, weil sie unter der dicken Bühnenschminke wie ein Kind wirkte. Beim Betrachten der anderen Abbildungen sah ich sie allmählich älter werden, und schließlich fiel mein Blick auf das bekannte Gesicht von Edvard Grieg. Anna Landvik stand neben einem Flügel und Grieg applaudierte hinter ihr.

In dem Buch befanden sich auch Abbildungen von einem attraktiven jungen Mann – dem Biografen, der das Werk verfasst hatte. Auf einem Foto saß er ziemlich starr neben Anna Landvik, die ein kleines Kind im Arm hielt. In meiner Frustration darüber, dass ich dem Band aufgrund meiner mangelnden Sprachkenntnisse keine weiteren Informationen entlocken konnte, wurde ich noch neugieriger. Ich musste ihn ins Englische übertragen lassen. Vermutlich kannte Maia, die Übersetzerin, jemanden, der mir helfen konnte.

Mich als Musikerin berührte die Vorstellung, dass meine Vorfahren möglicherweise eine Verbindung zu einem der großen Komponisten – noch dazu zu einem, den Pa und ich besonders liebten – gehabt hatten, zutiefst. Hatte Pa deshalb die *Peer-Gynt-Suite* so sehr gemocht und mir vorgespielt?

Wieder überkam mich Trauer über seinen Verlust und darüber, dass meine Fragen an ihn auf ewig unbeantwortet bleiben würden.

»*Chérie*, alles in Ordnung?«, riss mich Ma, die an der Tür stand, aus meinen Gedanken.

»Ja, danke.«

»Hast du gelesen?«

»Ja.« Ich verbarg den Titel mit der Hand.

»Das Essen ist fertig. Ich habe auf der Terrasse gedeckt.«

»Danke, Ma.«

Bei einem Salat mit Ziegenkäse und einem Glas kühlen Weißwein entschuldigte ich mich bei Ma noch einmal für meinen Gefühlsausbruch zuvor.

»Wirklich nicht nötig«, beruhigte Ma mich. »Über Maia wissen wir jetzt Bescheid, aber du hast kaum etwas von dir selbst erzählt. Verrat mir doch, wie es dir geht, Ally. Ich spüre, dass etwas Schönes in deinem Leben geschehen ist. Du wirkst so anders.«

»Ma ... ich habe auch jemanden kennengelernt.«

»Das hatte ich mir schon gedacht«, sagte sie lächelnd.

»Deswegen habe ich die Nachrichten auf meiner Mailbox nicht erhalten. Ich war mit ihm zusammen, als Pa gestorben ist, und hatte mein Handy ausgeschaltet«, sprudelte es aus mir heraus. »Es tut mir so leid, Ma, ich habe schreckliche Schuldgefühle.«

»Das solltest du aber nicht. Niemand konnte wissen, was passieren würde.«

»Es ist eine emotionale Achterbahnfahrt«, seufzte ich. »Ich glaube, ich bin noch nie glücklicher, aber auch gleichzeitig noch nie trauriger gewesen. Es ist alles sehr merkwürdig. Ich habe ein schlechtes Gewissen, weil ich glücklich bin.«

»Ich bezweifle sehr, dass dein Vater das wollen würde, *chérie*. Wer ist denn der Glückliche, der dein Herz gestohlen hat?«

Ich erzählte ihr die ganze Geschichte. Theos Namen auszusprechen machte alles leichter.

»Ist er ›der Richtige‹, Ally? Ich habe dich noch nie so von einem Mann reden hören.«

»Ich glaube schon. Er hat mir sogar ... einen Heiratsantrag gemacht.«

»Himmel!« Ma sah mich überrascht an. »Hast du ihn angenommen?«

»Ja, obwohl wir bestimmt noch nicht so bald heiraten werden. Er hat mir das hier geschenkt.« Ich zog das Silberkettchen unter meinem Kragen hervor und zeigte ihr das Amulett. »Es mag überstürzt wirken, aber es fühlt sich richtig an. Für uns beide. Du kennst mich, Ma: Ich habe mich noch nie blind in Liebesdinge gestürzt, das kommt alles ziemlich überraschend.«

»Und ob ich dich kenne, Ally. Deswegen ist mir auch klar, dass es etwas Ernstes sein muss.«

»Er erinnert mich an Pa. Ich wünschte, er hätte Theo noch kennenlernen können«, seufzte ich und nahm eine Gabel voll Salat. »Doch zu einem anderen Thema: Glaubst du wirklich, Pa wollte, dass wir alle zu unseren Wurzeln zurückkehren?«

»Ich denke, er wollte euch mit den nötigen Informationen ausstatten für den Fall, dass ihr euch jemals dazu entschließt. Natürlich liegt die Entscheidung bei euch.«

»Maia scheint es jedenfalls geholfen zu haben. Bei der Suche nach ihrer Vergangenheit hat sie ihre Zukunft gefunden.«
»Das stimmt«, pflichtete Ma mir bei.
»Ich könnte die meine bereits entdeckt haben, ohne über meine Vergangenheit nachforschen zu müssen. Vielleicht werde ich das eines Tages tun, aber nicht jetzt. Ich möchte nur die Gegenwart genießen und sehen, wohin mich das führt.«
»Das solltest du auch. Ich hoffe, du bringst Theo bald einmal hierher mit, damit ich ihn mir selbst anschauen kann.«
»Das tue ich, Ma«, versicherte ich ihr lächelnd. »Versprochen.«

Nachdem ich mehrere Tage lang Claudias Kochkünste genossen, ausgiebig geschlafen und mich an dem wunderbaren Juliwetter erfreut hatte, war ich erfrischt und ruhig. Ich war jeden Nachmittag mit der Laser auf den See hinausgefahren, hatte mich auf dem Boot in die Sonne gelegt und mich ganz meinen Gedanken an Theo hingegeben. Auf dem Wasser fühlte ich mich sowohl ihm als auch Pa näher. Allmählich, merkte ich, begann ich, den Verlust von Pa zu akzeptieren und zu verarbeiten. Und obwohl ich Marina gesagt hatte, dass ich mich fürs Erste nicht mit meiner Vergangenheit beschäftigen« würde, hatte ich Maia bereits eine E-Mail geschrieben, in der ich sie bat, mir einen Norwegischübersetzer zu empfehlen. Einige Tage später hatte sie mir die Kontaktdaten für eine gewisse Magdalena Jensen gemailt, die sich bei meinem Anruf gern bereit erklärte, das Buch für mich zu übersetzen. Nachdem ich den Umschlag und die Fotos darin fotokopiert hatte für den Fall, dass es verloren ging, hatte ich es sorgfältig eingewickelt und ihr per FedEx geschickt.
Nun packte ich aufgeregt meinen Rucksack für die Reise zur Isle of Wight, wo das Segeltraining beginnen sollte. Die Fastnet-Regatta war eine ernste Sache, bei der Theo einer handverlesenen und erfahrenen zwanzigköpfigen Crew Anweisungen geben würde. Ich selbst war noch nie bei einem so anspruchsvollen Rennen dabei gewesen, weswegen ich stets auf dem Sprung und auf-

geschlossen sein musste, Neues zu lernen. Im Nachhinein betrachtet, war es eine große Ehre, dass Theo mich überhaupt gefragt hatte.

»Bereit?«, erkundigte sich Ma, als ich mit Rucksack und Flöte, die ich auf Theos Wunsch mitnahm, den Eingangsbereich betrat.

»Ja.«

Sie umarmte mich, und dabei fühlte ich mich wie in einem sicheren Hafen.

»Du versprichst mir, bei der Regatta auf dich aufzupassen, *chérie*?«, fragte sie, als wir das Haus verließen und zur Anlegestelle gingen.

»Mach dir keine Sorgen, Ma. Ich habe den besten Käpt'n, den es gibt. Theo sorgt schon dafür, dass mir nichts passiert.«

»Dann hör bitte auch auf ihn, Ally. Ich weiß, wie stur du sein kannst.«

»Natürlich«, versicherte ich ihr. Sie kannte mich wirklich gut.

»Melde dich, Ally«, rief sie mir nach, als ich das Motorboot von der Anlegestelle weglenkte, während Christian die Leinen losmachte und an Bord sprang.

»Versprochen, Ma.«

Und auf dem See hatte ich tatsächlich das Gefühl, in die Zukunft zu fahren.

X

»Hallo, Ally.«

»Was machst du denn hier?« Ich sah Theo erstaunt an, als die Massen am Londoner Flughafen Heathrow an mir vorbeibrandeten.

»Was für eine Frage. Man könnte fast meinen, dass du dich nicht freust, mich zu sehen«, brummte er spöttisch, bevor er mich mitten im Ankunftsbereich in die Arme nahm und küsste.

»Natürlich freue ich mich!«, widersprach ich empört, sobald ich wieder Luft bekam. Wie es ihm doch jedes Mal wieder gelang, mich zu überraschen! »Ich dachte, du bist auf der *Tigress*. Komm«, ich löste mich von ihm, »wir stehen hier im Weg.«

Theo ging mir voran zum Taxistand. »Steig ein.« Er gab dem Fahrer die Adresse.

»Wollen wir mit dem Taxi bis zur Fähre zur Isle of Wight?«, fragte ich, als wir losfuhren. »Ist das nicht ein bisschen weit?«

»Nein, natürlich nicht. Aber ich dachte, es wäre schön, noch eine Nacht für uns zu haben, bevor wir mit dem Training beginnen, ich wieder der ›Skipper‹ werde und du ›Al‹ wirst.« Er drückte mich an sich. »Du hast mir gefehlt, Schatz«, flüsterte er.

»Du mir auch«, sagte ich, und dabei sah ich den Taxifahrer im Rückspiegel grinsen.

Zu meinem Erstaunen hielt das Taxi vor dem Claridge's Hotel, wo Theo uns eincheckte. Den Nachmittag und Abend verbrachten wir auf höchst angenehme Weise damit, verlorene Zeit nachzuholen. Als ich in jener Nacht das Licht löschte, musterte ich Theo, der bereits neben mir schlief, noch einmal genau, und mir wurde klar, dass ich an seine Seite gehörte.

»Bevor wir den Zug nach Southampton nehmen, müssen wir noch jemanden besuchen«, sagte Theo am folgenden Morgen beim Frühstück im Bett.

»Wen denn?«

»Meine Mutter. Ich habe dir doch erzählt, dass sie in London lebt. Sie möchte dich unbedingt kennenlernen. Deswegen wirst du deinen hübschen Hintern aus dem Bett bewegen müssen, während ich dusche.«

Ich stand auf und ging nervös über meinen Antrittsbesuch bei meiner potenziellen Schwiegermutter meine Habseligkeiten durch. Leider hatte ich keine schickeren Sachen dabei als die Jeans, Sweatshirts und Turnschuhe für die seltenen Abende, an denen ich nicht an Bord und von Kopf bis Fuß in Goretex – die wetterbeständige, ziemlich unerotische Schwester von Lycra – gekleidet sein würde.

Im Bad kramte ich in meinem Kulturbeutel nach Wimperntusche und Lippenstift, musste aber feststellen, dass ich beides in »Atlantis« vergessen hatte. »Ich habe nicht mal meine Schminksachen dabei«, jammerte ich.

»Ally, ich liebe dich so, wie du bist«, erklärte Theo, als er aus der Duschkabine trat. »Du weißt doch, wie sehr ich stark geschminkte Frauen hasse. Könntest du jetzt bitte endlich duschen? Wir müssen bald los.«

Vierzig Minuten später, nachdem wir durch das Labyrinth Londoner Straßen in Chelsea gefahren waren, blieb das Taxi vor einem weiß getünchten Stadthaus stehen. Drei Marmorstufen führten zum Eingang hinauf, der von zwei Tontöpfen mit süß duftenden Gardenien flankiert wurde.

»Da wären wir«, sagte Theo und rannte die Stufen hoch, zog einen Schlüssel aus der Tasche und sperrte auf. »Mum?«, rief er, als wir den Eingangsbereich betraten. Dann folgte ich ihm einen schmalen Flur entlang in eine geräumige Küche, die von einem rustikalen Eichenholztisch und einer riesigen Anrichte voll mit buntem Tongeschirr beherrscht wurde.

»Draußen, mein Lieber!«, hörte ich eine Frauenstimme durch die offene Tür.

Wir gingen auf die gefliste Terrasse, wo eine schlanke Frau mit zu einem kurzen Pferdeschwanz gefassten dunkelblonden Haaren in einem kleinen ummauerten Garten voller Blumen Rosen zurückschnitt.

»Mum ist auf dem Land aufgewachsen, das sie hier, mitten in London, wieder aufleben lassen möchte«, erklärte Theo sanft, als die Frau uns mit einem freundlichen Lächeln begrüßte.

»Hallo, Theo. Hallo, Ally.«

Sie musterte mich mit ihren kornblumenblauen Augen, die denen ihres Sohnes bis auf die Farbe so ähnlich waren. Mit ihrem Puppengesicht und der hellen Haut einer typischen »englischen Rose« fand ich sie ausgesprochen attraktiv.

»Ich habe so viel von dir gehört, dass ich fast meine, dich bereits zu kennen«, sagte sie und küsste mich herzlich auf beide Wangen.

»Hallo, Mum.« Theo umarmte sie. »Du siehst gut aus.«

»Findest du? Erst heute Morgen habe ich vor dem Spiegel wieder meine grauen Haare gezählt.« Sie seufzte theatralisch. »Leider ereilt das Alter uns alle. Was kann ich euch zu trinken anbieten?«

»Kaffee?« Theo sah mich fragend an.

»Gern«, antwortete ich. »Wie heißt deine Mutter übrigens?«, flüsterte ich ihm zu, als wir ihr ins Haus folgten. »Ich denke, ich kenne sie noch nicht gut genug, um ›Mum‹ zu ihr sagen zu können.«

»Oh, Entschuldigung! Sie heißt Celia.« Theo griff nach meiner Hand und drückte sie. »Alles okay?«

»Ja, wunderbar.«

Beim Kaffee stellte Celia mir Fragen über mich selbst, und als ich ihr von Pa Salts Tod erzählte, tröstete sie mich. »Kein Kind erholt sich je wieder ganz vom Verlust eines Elternteils, am allerwenigsten eine Tochter, die den Vater verliert. Ich weiß noch, dass ich damals am Boden zerstört war. Letztlich kann man nur warten, dass man es irgendwann akzeptiert. Und bei dir ist alles noch so frisch, Ally. Ich hoffe, mein Sohn fordert dich nicht zu sehr«, fügte sie mit einem Blick auf Theo hinzu.

»Keine Sorge, Celia. Es ist noch schlimmer, wenn ich untätig herumsitze und vor mich hingrüble. Am besten geht es mir, wenn ich beschäftigt bin.«

»Ich bin jedenfalls froh, wenn diese Fastnet-Regatta vorbei ist.

Vielleicht wirst du, wenn du selbst Kinder hast, verstehen, welche Sorgen ich mir bei jedem Rennen von Theo mache.«

»Mum, ich habe schon zweimal daran teilgenommen und weiß, was ich tue«, versuchte Theo, sie zu beruhigen.

»Er ist wirklich ein ausgezeichneter Skipper, Celia. Seine Crew würde für ihn durchs Feuer gehen«, fügte ich hinzu.

»Das glaube ich gern, und ich bin auch sehr stolz auf ihn, aber manchmal wünsche ich mir, er wäre Buchhalter oder Börsenmakler geworden, irgendetwas weniger Gefährliches.«

»Mum, du bist doch sonst nicht so ängstlich. Ich könnte genauso gut auf der Straße von einem Bus überfahren werden. Außerdem hast du mir seinerzeit selbst das Segeln beigebracht.« Er stieß sie sanft in die Rippen.

»Ich hör ja schon auf. Wahrscheinlich kommen solche trüben Gedanken mit dem Alter. Apropos: Hast du in letzter Zeit etwas von deinem Vater gehört?«, erkundigte sich Celia mit einer gewissen Schärfe in der Stimme bei Theo.

Theo zögerte kurz. »Ja. Er hat mir eine E-Mail geschickt. Er ist in seinem Haus in der Karibik.«

»Allein?« Celia hob eine elegant geschwungene Augenbraue.

»Keine Ahnung. Es ist mir auch egal«, erklärte Theo und fragte seine Mutter, ob sie im August verreisen wolle.

Ich lauschte schweigend, wie sie über ihre Pläne für eine Woche in Südfrankreich sowie einige Tage in Italien gegen Ende des Monats sprachen.

Nach etwa einer Stunde leerte Theo die zweite Tasse Kaffee und warf einen Blick auf seine Uhr. »Ich fürchte, wir müssen gehen, Mum.«

»Schon? Wollt ihr nicht zum Essen bleiben? Ich könnte uns einen Salat machen, das ist keine große Sache.«

»Leider nein. Um fünf haben wir an Bord der *Tigress* eine Besprechung mit der Crew. Es wäre sehr schlechter Stil, wenn der Käpt'n zu spät käme. Wir wollen den Zug um halb eins von Waterloo nehmen.« Er stand auf. »Ich gehe nur noch kurz auf die Toilette. Wir sehen uns an der Tür.«

»Es hat mich sehr gefreut, dich kennenzulernen, Ally«, sagte Celia, nachdem Theo die Küche verlassen hatte. »Als er mir mitgeteilt hat, dass du ›die Richtige‹ bist, war ich, wie du dir vielleicht denken kannst, nervös. Er ist mein einziges Kind und mein Ein und Alles. Aber wie ich sehe, passt ihr wunderbar zusammen.«

»Danke. Wir sind tatsächlich sehr glücklich miteinander«, bestätigte ich lächelnd.

Auf dem Weg zur Tür legte sie mir die Hand auf den Arm. »Pass auf ihn auf, ja? Er hat einfach kein Gefühl für die Gefahr.«

»Ich tue mein Bestes, Celia.«

»Ich ...«

Da gesellte Theo sich wieder zu uns.

»Tschüs, Mum. Ich rufe dich an, aber mach dir keine Sorgen, wenn du während der Regattawoche nichts von mir hörst.«

»Ich versuche es«, entgegnete Celia mit rauer Stimme. »Und ich werde in Plymouth sein, um dich am Ziel anzufeuern.«

Ich ging voran, weil ich bei ihrem Abschied nicht stören wollte, sah jedoch aus den Augenwinkeln, wie Celia ihn drückte, als wollte sie ihn gar nicht mehr loslassen. Nach einer Weile löste Theo sich vorsichtig von ihr, und als wir das Haus verließen, winkte sie uns mit einem traurigen Lächeln nach.

Während der Zugfahrt nach Southampton sah Theo nachdenklich und ungewöhnlich still zum Fenster hinaus.

»Alles in Ordnung?«, fragte ich.

»Ich mach mir Gedanken wegen Mum, das ist alles. Heute war sie irgendwie nicht sie selbst. Sonst verabschiedet sie sich mit einem fröhlichen Lächeln und einer schnellen Umarmung von mir.«

»Sie scheint dich sehr zu lieben.«

»Das gilt umgekehrt genauso. Sie hat mich zu dem gemacht, was ich bin, und meine Segelleidenschaft immer gefördert. Vielleicht wird sie tatsächlich allmählich alt«, meinte er mit einem Achselzucken. »Und die Scheidung von meinem Vater wird sie vermutlich nie verwinden.«

»Glaubst du, sie liebt ihn noch?«

»Wahrscheinlich, obwohl das nicht notwendigerweise bedeutet, dass sie ihn *mag*. Wie könnte sie auch? Als sie gemerkt hat, dass er sie immer wieder betrügt, hat sie ihn vor die Tür gesetzt, obwohl es ihr das Herz gebrochen hat.«

»Wie schrecklich.«

»Ja, allerdings. Natürlich liebt Dad sie in seinem Innersten nach wie vor ebenfalls, und sie leiden getrennt, aber vermutlich ist es immer eine Gratwanderung zwischen Liebe und Hass. Das ist wie das Zusammensein mit einem Alkoholiker: Irgendwann muss man sich entscheiden, ob man lieber den Menschen verliert, den man liebt, oder den Verstand. Niemand kann uns vor uns selber bewahren, egal, wie sehr er uns liebt.«

»Das stimmt.«

Plötzlich ergriff Theo meine Hand. »Uns soll das nie passieren.«

»Nie«, pflichtete ich ihm voller Inbrunst bei.

Die folgenden zehn Tage waren wie stets vor einem Rennen hektisch, voller Anspannung und anstrengend, umso mehr, als das Fastnet im Ruf stand, eine der härtesten und technisch anspruchsvollsten Regatten der Welt zu sein. Die Vorschriften besagten, dass fünfzig Prozent der Crew innerhalb der vergangenen zwölf Monate vierhundertsechzig Kilometer Rennen miteinander absolviert haben mussten. Am ersten Abend, als Theo alle zwanzig Mitglieder der Mannschaft an Bord der *Tigress* zusammenrief, wurde mir klar, dass ich weit weniger Erfahrung besaß als die meisten meiner Kollegen. Theo, bekannt dafür, junge Talente zu fördern, hatte die Crew der Zykladenregatta ins Team aufgenommen und, um das Risiko zu minimieren, die anderen aus der Crème de la Crème der internationalen Seglergemeinde rekrutiert.

Die Strecke entlang der Südküste von England, dann über die Keltische See zum irischen Fastnet Rock und wieder zurück nach Plymouth war nicht ungefährlich. Starke West- und Südwestwinde, tückische Strömungen und notorisch unberechenbares Wetter hatten schon viele Boote den Sieg gekostet. Wir wussten alle, dass es im Lauf der Jahre auch zu Todesfällen gekommen war. Keine Crew, die beim Fastnet-Rennen mitmachte, nahm es auf die leichte Schulter.

Jeden Morgen standen wir in der Morgendämmerung auf und verbrachten Stunden auf dem Wasser, um wieder und wieder Manöver einzuüben und die Fähigkeiten sowohl der Crew als auch des Boots zu testen. Theo war zwar frustriert, wenn ein Mannschaftsmitglied nicht für das Team arbeitete, verlor aber niemals die Ruhe. Beim Abendessen wurden Strategie und Taktik für alle Etappen der Regatta festgelegt und endlos verfeinert, wobei Theo immer das letzte Wort hatte.

Abgesehen von der eigentlichen Segelpraxis erhielten wir detaillierte Informationen zum Thema Sicherheit, übten den Umgang mit der hochmodernen Bordtechnik ein und bekamen alle einen EPIRB, einen Personal Transmitter, den wir an unseren Schwimmwesten festmachten. Selbst wenn keine Segel gehisst waren, arbeitete die Crew unermüdlich, ging unter Theos wachsamem Blick noch die kleinsten Einzelheiten durch, vom Überprüfen der Ausrüstung über das der Pumpen und Winschen bis zu dem der Takelage und vollen Segelmontur. Zu Theos Pflichten als Kapitän gehörte es auch, Kojen und Wachen zuzuteilen.

Mit seinen Führungsqualitäten weckte er den Teamgeist in uns, der uns völlig erfüllte, als wir am Vorabend des Rennbeginns am 12. August das letzte Briefing erhielten. Danach erhoben sich alle klatschend.

Besser vorbereitet hätten wir nicht sein können. Das einzige Haar in der Suppe war die grässliche Wettervorhersage für die folgenden Tage.

»Ich muss zum Skipper-Briefing in den Royal Ocean Racing Club, Schatz«, teilte Theo mir mit einem hastigen Kuss auf die Wange mit, als die anderen sich entfernten. »Geh du zurück ins Hotel und gönn dir ein langes, heißes Bad. Es wird für einige Zeit das letzte sein.«

Genau das tat ich. Doch als ich später aus dem Fenster blickte, sah ich, dass der Wind über den Hafen hinwegfegte und die dort festgemachten zweihunderteinundsiebzig Boote wild hin und her geworfen wurden. Plötzlich bekam ich ein flaues Gefühl im Magen. Das konnten wir nun wirklich nicht gebrauchen. Und so war auch Theos Miene düster, als er sich schließlich im Hotelzimmer zu mir gesellte.

»Was gibt's Neues?«, erkundigte ich mich.

»Leider nur schlechte Neuigkeiten. Die Wettervorhersage ist so übel, dass man überlegt, den Start des Rennens zu verschieben. Für morgen gibt es Sturmwarnung. Die Aussichten könnten gar nicht schlechter sein, Ally.«

Als er sich setzte, massierte ich ihm die Schultern.

»Theo, vergiss nicht: Es ist nur ein Rennen.«

»Ich weiß, aber diese Regatta zu gewinnen wäre der Höhepunkt meiner bisherigen Karriere. Ich bin fünfunddreißig, Ally, und werde das nicht mein Leben lang machen können. Verdammt!« Er schlug mit der Faust auf die Armlehne seines Stuhls. »Warum ausgerechnet dieses Jahr?«

»Warten wir ab, was der morgige Tag bringt. Wettervorhersagen stimmen nicht immer.«

»Die Realität aber schon«, seufzte er und deutete auf den dunkler werdenden Himmel. »Nein, du hast recht: Ich kann nichts tun. Morgen früh um acht rufen sie alle Skipper an, um uns mitzuteilen, ob der Start verschoben wird. Was bedeutet, dass ich jetzt ein heißes Bad nehme und früh schlafen gehe.«

»Ich lass dir das Wasser ein.«

»Danke. Und Ally?«

»Ja?« Ich drehte mich auf dem Weg ins Bad zu ihm um.

»Ich liebe dich«, sagte Theo lächelnd.

Wie befürchtet wurde das Rennen zum ersten Mal in seiner über achtzigjährigen Geschichte verschoben. Die Crewmitglieder betrachteten beim Lunch im Royal London Yacht Club mit trüber Miene durchs Fenster den Himmel und hofften auf ein Wunder. Da uns die nächste Entscheidung erst am folgenden Morgen mitgeteilt werden sollte, trotteten Theo und ich niedergeschlagen zu unserem Hotel am Hafen zurück.

»Irgendwann klart es schon wieder auf, Theo.«

»Ally, ich habe alle nur erdenklichen Internetseiten konsultiert und mich sogar persönlich mit dem meteorologischen Zentrum in Verbindung gesetzt, und es sieht ganz so aus, als würde sich das Tief in den nächsten Tagen nicht weiterbewegen. Selbst wenn das Rennen gestartet werden sollte, wird das eine sehr harte Sache.« Plötzlich sah er mich grinsend an. »Aber so ist wenigstens Zeit für ein weiteres heißes Bad.«

An jenem Sonntag aßen wir angespannt und nervös im Hotelrestaurant zu Abend. Theo gestattete sich sogar ein Glas Wein, was er vor einem Rennen sonst nie tat, und am Ende kehrten wir halbwegs ruhig in unser Zimmer zurück. In jener Nacht schlief er besonders leidenschaftlich mit mir; hinterher sank er aufs Kissen und zog mich in seine Arme.

Kurz vor dem Einschlafen fragte er: »Ally?«

»Ja?«

»Wenn alles gut geht, starten wir morgen, und es wird hart. Ich erinnere dich jetzt an das Versprechen, das du mir in ›Irgendwo‹ gegeben hast. Wenn ich dir sage, dass du das Boot verlassen sollst, befolgst du meinen Befehl als Skipper, ja?«

»Theo, ich ...«

»Im Ernst, Ally. Ich kann dich morgen nicht an Bord lassen, wenn ich nicht sicher bin, dass du tust, was ich sage.«

»Na schön. Du bist der Kapitän. Ich muss deine Befehle befolgen.«

»Und bevor du wieder damit anfängst: Es hat nichts damit zu tun, dass du eine Frau bist oder ich deine Fähigkeiten anzweifle, sondern damit, dass ich dich liebe.«

»Das weiß ich.«

»Okay. Schlaf gut, Liebes.«

Am frühen Morgen erhielten wir die Mitteilung, dass das Fastnet Race gestartet werden würde – ganze fünfundzwanzig Stunden später als ursprünglich geplant. Nachdem Theo die Mannschaft informiert hatte, machte er sich voller Tatendrang auf den Weg.

Eine Stunde später gesellte ich mich mit dem Rest der Crew auf der *Tigress* zu ihm. Sogar im Hafen wurden die Boote gefährlich von Wind und Wellen hin und her geworfen.

»Wenn ich mir vorstelle, dass ich gerade mit einer Luxusjacht in der Karibik herumschippern könnte«, murmelte Rob, als wir uns, während wir ungeduldig auf den Startschuss warteten, zu einem Foto an Deck versammelten.

Sogar unsere erfahrensten Seeleute sahen beim Verlassen des schützenden Hafens ein wenig blass um die Nase aus, und die vom Wind schäumende See durchnässte uns innerhalb von Sekunden bis auf die Knochen.

In den dann folgenden turbulenten acht Stunden, in denen der Wind noch stärker wurde, steuerte Theo, der fast ununterbrochen Anweisungen gab, um uns auf Kurs und das Tempo zu halten, das Boot ruhig durch das aufgewühlte Wasser. Die Segel wurden bei unberechenbaren Bedingungen, darunter auch Vierzigknotenstürme, die aus dem Nichts zu kommen schienen, ein ums andere Mal gerefft und wieder ganz gehisst, während der Regen unablässig auf uns niederprasselte.

An jenem ersten Tag waren wir zu zweit zum Dienst in der Kombüse abkommandiert. Wir versuchten, Suppe heiß zu machen, doch selbst auf dem speziellen Herd, auf dem die Töpfe gerade gehalten wurden, gelang uns das aufgrund des heftigen Seegangs nicht. Die Suppe schwappte über und verbrühte uns, sodass wir am Ende vorgekochte Rationspackungen in der Mikrowelle erhitzten. Die Crewmitglieder wankten abwechselnd vor Kälte zitternd herunter, zu erschöpft, um die Rennkleidung beim Essen auszuziehen. Ihre dankbaren Blicke riefen mir ins Gedächtnis, dass bei einer Regatta das Kochen genauso wichtig war wie die Arbeit an Deck.

Theo kam als einer der Letzten zum Essen. Während er seine Ration hinunterschlang, berichtete er, dass bereits eine Reihe von Booten Zuflucht in Häfen entlang der englischen Südküste gesucht hatte.

»Sobald wir den Ärmelkanal verlassen und in die Keltische See fahren, wird es noch schlimmer. Besonders in der Dunkelheit«, fügte er mit einem Blick auf seine Uhr hinzu. Es war fast acht Uhr abends und wurde allmählich finster.

»Was sagen die andern?«, fragte ich.

»Sie wollen alle weitermachen. Und ich denke, dass das Boot das aushält ...«

In dem Moment wurden wir, als die *Tigress* sich bedenklich nach steuerbord neigte, von der Bank geschleudert, und ich schrie vor Schmerz auf, weil ich mit dem Bauch gegen die Tischkante stieß. Theo – der Mann, von dem ich tatsächlich geglaubt hatte, er könne übers Wasser wandeln – rappelte sich hoch.

»Okay, das war's«, sagte er. »Wie du so richtig bemerkt hast: Es ist nur ein Rennen. Wir laufen in den nächsten Hafen ein.«

Und schon eilte er, immer zwei Stufen auf einmal nehmend, die Treppe zum Deck hinauf.

Eine Stunde später steuerte Theo uns in den Hafen von Weymouth. Trotz unserer wasserabweisenden Hightechkleidung waren wir alle bis auf die Haut durchnässt und vollkommen erschöpft. Sobald wir vor Anker gegangen waren, die Segel eingeholt und die gesamte Ausrüstung auf mögliche Schäden überprüft hatten, rief Theo uns in die Kapitänskajüte, wo wir ihm in unserer orangefarbenen Rennkluft mit hängenden Schultern lauschten.

»Heute Nacht ist das Weitersegeln zu gefährlich. Ich will uns nicht in Gefahr bringen. Fast sämtliche anderen Teams haben Zuflucht gesucht, was heißt, dass wir noch eine Chance haben. Ally und Mick kochen Pasta, und bis die fertig ist, duscht ihr in der festgelegten Reihenfolge. Sobald die Sonne aufgeht, machen wir uns wieder auf den Weg. Jemand soll Teewasser aufstellen, damit wir uns aufwärmen können. Morgen früh werden wir einen klaren Kopf brauchen.«

Mick und ich gingen in die Kombüse. Während ich einen großen Topf mit Nudeln füllte und die Fertigsauce erhitzte, kochte Mick Tee. Als ich dankbar daran nippte, spürte ich, wie das Getränk meinen Körper bis in die Zehen erwärmte.

»Ich könnte mir durchaus einen Tropfen von was Stärkerem im

Tee vorstellen«, bemerkte Mick grinsend. »Allmählich begreife ich, warum die Seeleute früher von Rum lebten.«

»Hey, Al, du bist dran mit Duschen«, rief Rob.

»Danke, ich gehe später.«

Er nickte. »Dann tu ich einfach so, als wär ich du.«

Noch nie zuvor waren meine zweifelhaften Kochkünste so gewürdigt worden wie an jenem Abend. Kurz nach dem Essen und Abwaschen der Plastikschüsseln zogen sich alle zum Schlafen zurück. Da das Boot nicht für so viele gleichzeitig Schlafende ausgelegt war, rollten sich die Jungs auf den Bänken oder in ihren leichten Schlafsäcken auf dem Boden zusammen.

Beim Duschen fragte ich mich, ob das eisig kalte Wasser, das es am Ende der Schlange nur noch gab, meine Stimmung eher verbesserte oder verschlechterte. Als ich hinaustrat, wartete Theo schon auf mich.

»Ally, ich muss mit dir reden.« Er zog mich durch die dunkle Kabine voll Schlafender in den winzigen Raum mit Navigationsgeräten, den er sein »Büro« nannte. Dort bat er mich, Platz zu nehmen, und wölbte seine Hände um die meinen.

»Ally, glaubst du mir, dass ich dich liebe?«

»Ja, natürlich.«

»Und glaubst du mir auch, dass ich dich für eine famose Seglerin halte?«

»Da bin ich mir nicht so sicher.« Ich verzog den Mund zu einem Lächeln. »Warum?«

»Weil ich dich nicht weiter mitnehmen werde. In ein paar Minuten holt dich ein Dingi ab. Ich habe ein Zimmer in einer Pension am Hafen für dich gebucht. Sorry«, entschuldigte er sich. »Es geht nicht anders.«

»Was geht nicht?«

»Ich kann das nicht riskieren. Die Wettervorhersage ist grässlich, und ich habe mit mehreren Skippern gesprochen, die mit dem Gedanken spielen aufzuhören. Ich glaube, dass die *Tigress* weitersegeln kann, aber dich will ich darauf nicht wissen. Verstehst du das?«

»Nein. Warum ich? Warum nicht die andern?«, beklagte ich mich.

»Bitte, Schatz, du weißt, warum.« Er schwieg kurz. »Wenn du an Bord bist, fällt es mir sehr viel schwerer, mich auf die Arbeit zu konzentrieren.«

Ich sah ihn verblüfft an. »Bitte lass mich bleiben, Theo«, flehte ich ihn an.

»Nein, diesmal nicht. Wir werden noch viele Wettkämpfe gemeinsam bestreiten, Schatz. Und manche davon werden nicht auf dem Wasser stattfinden. Lass uns das nicht aufs Spiel setzen.«

»Aber wieso fährst du selber weiter, wenn du dir so große Sorgen um mich machst? Warum hörst du nicht auf, wenn andere Skipper an Rückzug denken?«, fragte ich verärgert.

»Weil dies mein Schicksalsrennen ist, Ally. Ich darf die Crew nicht enttäuschen. Und jetzt pack deine Sachen. Du wirst gleich abgeholt.«

»Und *ich* enttäusche die Crew und dich nicht?« Nur aus Rücksicht auf die Schlafenden schrie ich ihn nicht an. »Ich soll doch deine Schutzpatronin sein!«

»Du enttäuschst mich, wenn du dich weiter mit mir streitest«, entgegnete er scharf. »Pack deine Sachen. Jetzt. Das ist ein Befehl von deinem Käpt'n.«

»Aye, aye.« Ich holte wütend meinen Rucksack. Als ich an Deck kletterte, sah ich die Lichter des vom Hafen herannahenden Dingis und ging nach achtern, um die Leiter hinabzulassen.

In der festen Absicht, mich nicht von Theo zu verabschieden, machte ich die Fangleine, die mir der Skipper des Dingis zuwarf, an einer der Klampen an Deck fest, während er längsseits ging. Ich hatte gerade einen Fuß auf die erste Sprosse der Leiter gesetzt, als mir mit einer Taschenlampe ins Gesicht geleuchtet wurde.

»Du bist im Warwick Guesthouse untergebracht«, hörte ich Theos Stimme.

»In Ordnung«, sagte ich und warf meinen Rucksack in das wartende Dingi.

Da ergriff eine Hand meinen Arm und zog mich wieder hinauf.

»Ally, nun sei nicht so. Ich liebe dich. Ich liebe dich ...«, wiederholte er leise und schlang die Arme um mich. »Vergiss das nicht, ja?«

Trotz meiner Wut schmolz ich dahin. »Niemals.« Ich nahm ihm die Taschenlampe aus der Hand und leuchtete ihm damit meinerseits ins Gesicht. »Pass auf dich auf, Schatz«, flüsterte ich, als Theo mich widerstrebend losließ, kletterte die Leiter hinunter und sprang in das wartende Boot.

In jener Nacht konnte ich, obwohl von dem härtesten Segeltag meines Lebens erschöpft, nicht schlafen. Zu allem Überfluss hatte ich in der Eile vergessen, mein Handy mitzunehmen, das sich somit noch an Bord befand. Was bedeutete, dass ich keinen direkten Kontakt zu Theo haben würde. Wie dumm kann der Mensch sein!, dachte ich. Während ich unruhig in meinem Zimmer auf und ab lief, wechselten meine Gefühle zwischen Entrüstung darüber, einfach an Land zurückgelassen worden zu sein, und nackter Angst, wenn ich die Wolkengebirge und die sintflutartigen Regenfälle draußen sah und das unablässige Klappern der vom Wind gepeitschten Takelage hörte. Obwohl mir klar war, wie viel diese Regatta Theo bedeutete, fürchtete ich, dass sein unbedingter Wunsch, sie zu gewinnen, sein Urteilsvermögen trübte. Plötzlich erkannte ich die See als das, was sie war: ein brüllendes, unberechenbares Ungeheuer, das die Menschen mit seiner gewaltigen Kraft zu bloßem Treibgut machen konnte.

Als der düstere Morgen herandämmerte, beobachtete ich, wie die *Tigress* sich aus dem Hafen von Weymouth in Richtung offenes Meer bewegte.

Meine Finger schlossen sich fest um mein Verlobungsamulett. »Auf Wiedersehen, Schatz«, flüsterte ich und schaute der *Tigress* nach, bis sie nur noch ein winziger Punkt war.

In den folgenden Stunden fühlte ich mich vollkommen abgeschnitten. Irgendwann wurde mir klar, dass es keinen Sinn hatte, allein in Weymouth zu bleiben, und ich packte meinen Rucksack und fuhr mit Zug und Fähre zurück nach Cowes. Dort befand ich mich immerhin in der Nähe des Fastnet-Kontrollzentrums und konnte aus erster Hand erfahren, wie die Dinge liefen, statt mich auf Informationen aus dem Internet verlassen zu müssen. Sämtliche Boote hatten GPS-Tracker an Bord, die allerdings bei rauem Wetter bekanntermaßen unzuverlässig waren.

Dreieinhalb Stunden später checkte ich im selben Hotel ein, in dem Theo und ich während des Trainings gewohnt hatten, und ging zum Royal Yacht Squadron hinüber. Als ich Leute, die das Rennen mit uns begonnen hatten, mit trauriger Miene an den Tischen sitzen sah, sank mir der Mut.

Ich gesellte mich zu Pascal Lemaire, einem Franzosen, mit dem ich einige Jahre zuvor gesegelt war.

»Hallo, Al«, begrüßte er mich erstaunt. »Ich wusste gar nicht, dass die *Tigress* das Handtuch geworfen hat.«

»Hat sie auch nicht, jedenfalls nicht, soweit ich informiert bin. Mein Skipper hat mich gestern an Land geschickt, weil er die Situation für zu gefährlich hielt.«

»Das war die richtige Entscheidung. Dutzende von Booten sind entweder offiziell aus dem Rennen oder warten in einem Hafen, bis sich das Wetter beruhigt. Unser Skipper hat beschlossen aufzuhören. Für die kleineren Boote wie das unsere war es da draußen die Hölle. So ein Wetter habe ich selten erlebt. Eure Dreißigmeterjacht dürfte aber keine Probleme haben. Ein besseres Boot als das von deinem Freund gibt es kaum«, beruhigte er mich, als er meine sorgenvolle Miene bemerkte. »Möchtest du was trinken? Heute Abend ertränken viele von uns ihren Kummer.«

Ich nahm sein Angebot an und schloss mich der Gruppe an, die, wie zu erwarten, das Wetter mit dem des Fastnet Race von 1979 verglich, bei dem einhundertzwölf Boote gekentert und achtzehn Menschen, darunter drei Rettungskräfte, umgekommen waren. Nach einer halben Stunde entschuldigte ich mich, besorgt um Theo und die *Tigress*, und schlüpfte in meine Fleecejacke, bevor ich mich gegen den Wind zum Fastnet-Kontrollzentrum durchkämpfte, das nicht weit entfernt im Royal Ocean Racing Club untergebracht war. Dort erkundigte ich mich, ob es Informationen über die *Tigress* gebe.

»Sie ist ein paar Meilen vom Bishop Rock entfernt und kommt

gut voran«, teilte mir der Verantwortliche nach einem Blick auf seinen Bildschirm mit. »Im Moment liegt sie auf Platz vier. Aber weil die Zahl der ausscheidenden Boote immer weiter steigt, könnte sie am Ende kampflos gewinnen, wenn sie als Letzte übrig bleibt«, fügte er seufzend hinzu.

Getröstet, dass alles in Ordnung und Theo, soweit sich das beurteilen ließ, wohlbehalten war, kehrte ich zum Royal Yacht Squadron zurück, um ein Sandwich zu essen, und sah weitere erschöpfte, völlig durchnässte Segler eintreffen. Der Wind war erneut stärker geworden, hörte ich sie erzählen. Kurze Zeit später ging ich zum Hotel, wo es mir tatsächlich gelang, einige Stunden unruhig zu schlafen. Doch bereits um fünf Uhr früh war ich wieder beim Kontrollzentrum. Als ich es betrat, verstummten alle.

»Gibt's was Neues?«

Die Anwesenden wechselten nervöse Blicke.

»Was ist passiert?«, fragte ich entsetzt. »Ist was mit der *Tigress*?«

Wieder diese Blicke.

»Gegen halb vier Uhr morgens haben wir einen Notruf erhalten: Mann über Bord. Wir haben sofort eine Suche mit Küstenwache und Rettungshubschrauber organisiert und warten noch auf Informationen.«

»Wissen Sie, wer über Bord gegangen ist? Und wie es sich abgespielt hat?«

»Sorry, im Moment haben wir keine genaueren Angaben. Holen Sie sich eine Tasse Tee. Wir sagen Bescheid, sobald wir etwas hören.«

Ich nickte und versuchte meine Panik in den Griff zu bekommen. Die *Tigress* war ein hochmodernes Boot mit einem hervorragenden Kommunikationssystem. Mir war klar, dass sie logen: Sie wussten mehr. Und das konnte nur eines bedeuten.

Ich zog mich in die Damentoilette zurück, wo ich nach Luft schnappend auf einen Sitz sank. Vielleicht täuschte ich mich, vielleicht konnten sie mir wirklich nichts Genaueres sagen, bis nicht hundertprozentig geklärt war, was sich ereignet hatte. Doch ich ahnte Schlimmes.

XI

Ein Helikopter brachte Theos Leichnam aufs Festland. Freundlicherweise bot mir der Rennleiter einen Wagen an, mit dem ich nach Southampton zur Fähre und, wenn ich das wollte, zu dem Krankenhaus fahren konnte, in dem Theo in der Pathologie lag.

»Auf seinem Teilnahmebogen stehen Sie und Theos Mutter als nächste Verwandte. Leider wird einer von Ihnen ... den Papierkram erledigen müssen. Soll ich Mrs Falys-Kings benachrichtigen, oder möchten Sie das tun?«

»Ich weiß es nicht«, antwortete ich benommen.

»Vielleicht mache lieber ich es. Ich habe Angst, dass sie es aus den Medien erfährt, weil es in allen großen Zeitungen stehen wird. Mein Beileid, Ally. Ich sage jetzt nicht, dass Theo zum Glück bei etwas umgekommen ist, das er liebte ... Ich bin schrecklich traurig, für Sie, seine Crew und die ganze Seglergemeinde.«

Ich blieb stumm, weil mir die Worte fehlten.

»Gut.« Er schien nicht so recht weiterzuwissen. »Soll ich Sie ins Hotel bringen? Wollen Sie sich ausruhen?«

Ich zuckte die Schultern. Er meinte es gut, aber ich bezweifelte, dass ich jemals wieder zur Ruhe kommen würde. »Nein danke. Ich gehe lieber zu Fuß.«

»Bitte melden Sie sich, wenn ich irgendetwas für Sie tun kann, Ally. Sie haben meine Handynummer; sagen Sie es, wenn Sie den Wagen brauchen. Der Rest der Crew bringt gerade die *Tigress* zurück nach Cowes. Bestimmt wollen sie Ihnen irgendwann erzählen, wie es genau passiert ist, vorausgesetzt, Sie möchten das. In der Zwischenzeit rufe ich Theos Mutter an.«

Auf dem Weg zum Hotel blieb ich stehen, um heulend und fluchend auf die grausame graue See hinauszublicken und laut zu fragen, warum sie mir zuerst den Vater und nun auch noch Theo genommen hatte.

Und ich schwor mir, niemals mehr ein Boot zu betreten.

In den folgenden Stunden saß ich, unfähig zu denken oder zu fühlen, in meinem Zimmer.

Ich wusste lediglich, dass ich nun rein gar nichts mehr hatte.

Als das Telefon neben meinem Bett klingelte, ging ich ganz automatisch ran. Die Dame von der Rezeption teilte mir mit, dass unten Freunde von mir warteten. »Ein Mr Rob Bellamy und drei andere«, erklärte sie.

Weil ich hören musste, wie Theo gestorben war, bat ich sie, ihnen zu sagen, dass ich hinunterkommen würde.

Als ich die Hotellounge betrat, sprachen mir Rob, Chris, Mick und Guy mit gesenktem Blick ihr Beileid aus.

»Wir haben alles in unserer Macht Stehende getan ...«

»Es war sehr mutig von Theo, Rob hinterherzuspringen ...«

»Niemand ist schuld, es war ein tragischer Unfall ...«

Ich nickte und rang mir, bemüht, wie ein funktionierender Mensch zu wirken, kurze Antworten auf ihre mitfühlenden Worte ab. Am Ende erhoben sich Mick, Chris und Guy, um zu gehen. Nur Rob blieb.

»Danke, Jungs.« Ich verabschiedete mich mit einem traurigen Winken von ihnen.

»Al, entschuldige, aber ich brauche einen Drink.« Rob rief die Kellnerin aus der Hotelbar heran. »Und du wirst auch einen brauchen.«

Als wir beide einen Brandy hatten, holte Rob tief Luft und sah mich mit Tränen in den Augen an.

»Raus mit der Sprache, Rob«, drängte ich ihn.

»Gut. Wir haben pausiert, weil das Wetter so schlecht war. Theo wollte mich auf dem Vorderdeck ablösen. Gerade als ich mein Geschirr losgemacht hatte, ist eine Monsterwelle über mich drübergeschwappt und hat mich von Bord gerissen. Anscheinend habe ich das Bewusstsein verloren. Ich wäre ertrunken, wenn Theo nicht Alarm geschlagen und eine Boje reingeworfen hätte und selbst hinterhergesprungen wäre. Von den Jungs, die sich inzwischen alle an Deck versammelt hatten, weiß ich, dass es Theo irgendwie gelungen ist, mich zu erreichen und mich an der Boje festzumachen, doch dann hat eine weitere Riesenwelle ihn von mir weggetrieben und unter Wasser gezogen. In der Dunkelheit haben sie ihn aus den Augen verloren. Unter solchen Bedingungen ist es unmöglich, jemanden im Wasser auszumachen. Wenn er sich nur an der Boje hätte festhalten können ...«, Rob unterdrückte ein Schluchzen. »Die Crew hat per Funk einen Rettungshubschrauber herbeigerufen, der mich beim Licht der Boje gefunden und an Bord genommen hat. Doch Theo ... Sie haben seine ... seine ... Leiche eine Stunde später mithilfe des Signals von seinem EPIRB entdeckt. Al, es tut mir so leid. Das werde ich mir nie verzeihen können.«

Zum ersten Mal, seit ich die schreckliche Nachricht erhalten hatte, empfand ich wieder etwas. Ich legte meine Hand auf die seine. »Rob, wir sind alle mit den Gefahren des Segelns vertraut, und Theo kannte sie besser als jeder andere.«

»Das weiß ich, Al, aber wenn ich das Geschirr nicht in dem Moment losgemacht hätte ... Scheiße!« Er bedeckte die Augen mit einer Hand. »Ihr zwei wart wie füreinander geschaffen ... Es ist meine Schuld, dass ihr nicht zusammen sein werdet. Bestimmt hasst du mich!«

Als Rob hemmungslos zu schluchzen begann, tätschelte ich ihm unwillkürlich die Schulter. Ein Teil von mir hasste ihn tatsächlich, weil er noch lebte und Theo nicht mehr.

»Es war nicht deine Schuld. Er hat gemacht, was jeder Käpt'n getan hätte, Rob. Und genau das hätte ich auch von ihm erwartet. Manche Dinge sind einfach ...« Ich biss mir auf die Lippen, um nicht ebenfalls zu weinen.

»Entschuldige, ich darf dir nichts vorjammern.« Rob wischte sich verlegen die Tränen weg. »Ich musste nur einfach loskriegen, wie ich mich fühle.«

»Und ich weiß es zu würdigen, dass du mir alles erzählt hast. Das war sicher nicht leicht.«

Wir saßen eine Weile schweigend beieinander, bis Rob aufstand. »Bitte ruf mich an, wenn ich irgendetwas für dich tun kann.« Rob griff in die Tasche seiner Jeans. »Das habe ich in der Kombüse gefunden. Gehört es dir?«

»Ja. Danke.« Er gab mir mein Handy.

»Theo hat mir das Leben gerettet«, flüsterte er. »Er ist ein verdammter Held. Tut mir leid.«

Nun, da ich mit Rob und den anderen von der Crew gesprochen hatte, hielt mich nichts mehr dort. Als ich mich erhob, um diesen Ort zu verlassen, an dem ich jede Hoffnung auf ein zukünftiges Glück verloren hatte, überlegte ich, wohin ich nun gehen sollte. Vermutlich nach Hause, nach Genf. Doch auch da erwartete mich die gewaltige Lücke, die der Verlust von Pa Salt gerissen hatte.

Ich hatte keine Zuflucht mehr.

In meinem Zimmer packte ich, ohne wirklich nachzudenken. Diesmal ließ ich das Handy aus dem entgegengesetzten Grund ausgeschaltet, aus dem ich es mit Theo auf dem Boot getan hatte. Ich war zu durcheinander, um mit meiner Familie zu reden. Außerdem wusste keine meiner Schwestern von unserer Beziehung, weil ich davon ausgegangen war, dass in der Zukunft noch Zeit genug wäre, ihnen von ihm zu erzählen. Wie sollte ich ihnen erklären, was er mir bedeutet hatte? Dass ich, obwohl wir nur wenige Wochen zusammen gewesen waren, das Gefühl gehabt hatte, unsere Seelen würden einander schon ein Leben lang kennen?

Beim Tod von Pa Salt hatte ich noch denken können, dass dies der natürliche Abschluss eines Lebens war. Außerdem hatte ich Theo gehabt, der mich tröstete und mir Hoffnung auf einen Neuanfang schenkte. Erst jetzt wurde mir klar, wie sehr ich mich darauf verlassen hatte, dass er die Lücke füllen würde, die Pa hinterlassen hatte. Doch nun war auch er weg. Und mit ihm hatten sich alle meine Träume von der Zukunft in Luft aufgelöst. Innerhalb weniger trüber Stunden hatte ich nicht nur Theo verloren, sondern auch meine lebenslange Leidenschaft fürs Segeln.

Gerade als ich das Zimmer mit meinem Rucksack verlassen wollte, klingelte das Telefon neben dem Bett.

»Hallo?«

»Ally, ich bin's, Celia. Der Rennleiter hat mir gesagt, dass du im New Holmwood Hotel wohnst.«
»Hallo.«
»Wie geht es dir?«, erkundigte sie sich.
»Schrecklich«, murmelte ich, weil ich nicht mehr die Kraft besaß, die Starke zu spielen, und das bei ihr auch nicht musste. »Und dir?«
»Genauso. Ich bin gerade vom Krankenhaus zurückgekommen.«
Wir schwiegen eine Weile.
»Ally, ich wollte fragen, wo du jetzt hinwillst.«
»Keine Ahnung.«
»Möchtest du mit der Fähre nach Southampton kommen? Wir könnten miteinander nach London fahren, und du könntest ein paar Tage bei mir bleiben. Die Medien werden sich auf die Sache stürzen wie die Aasgeier, das wird bestimmt ein Albtraum. In meinem Haus könnten wir eine Weile die Zugbrücke hochziehen und uns unsichtbar machen. Was hältst du von dem Vorschlag?«
»Ich ...«, ich schluckte, »... sehr gern.«
»Du hast meine Nummer. Lass es mich wissen, wann du am Bahnhof in Southampton bist, dann hole ich dich dort ab.«
»Vielen Dank, Celia.«
Seitdem habe ich oft gedacht, dass ich mich, wenn Celia damals nicht gewesen wäre, in meiner Verzweiflung vielleicht von der Fähre in die brodelnde See gestürzt hätte.
Als ich am Bahnhof ihr schneeweißes, halb hinter einer riesigen Sonnenbrille verborgenes Gesicht sah, rannte ich auf ihre ausgestreckten Arme zu, wie ich es bei Ma getan hätte. So standen wir eine ganze Weile da, zwei Menschen, die sich kaum kannten, vom Schmerz zusammengeschweißt.
Von Waterloo aus nahmen wir ein Taxi zu dem hübschen weißen Haus in Chelsea, wo Celia uns ein Omelett machte, weil wir beide seit der schlimmen Nachricht nichts mehr gegessen hatten. Dazu schenkte sie uns Wein ein, mit dem wir uns an dem warmen, ruhigen Augustabend auf die Terrasse setzten.

»Ally, ich muss dir etwas sagen. Vielleicht findest du das lächerlich, aber ...«, Celias zierlicher Körper wurde von lautem Schluchzen geschüttelt, »... als ihr beide neulich hier wart, habe ich es geahnt. Bei unserem Abschiedskuss hatte ich das Gefühl, dass es der letzte sein würde.«

»Theo hat deine Angst gespürt. Im Zug nach Southampton war er nicht er selbst.«

»War es meine Vorahnung, die er gespürt hat, oder seine eigene? Du erinnerst dich: Er ist hier noch schnell zur Toilette gegangen. Als ihr weg wart, habe ich auf dem Tischchen im Flur den hier entdeckt.«

Sie schob mir einen großen Umschlag hin, auf dem in Theos elegant geschwungener Handschrift das Wort »Mum« stand.

»Ich habe ihn aufgemacht«, fuhr Celia fort. »In dem Kuvert befanden sich eine neue Fassung seines Testaments, ein Brief an mich und einer an dich.«

Ich schlug die Hand vor den Mund. »O Gott.«

»Den meinen habe ich gelesen, den deinen habe ich natürlich nicht geöffnet. Möglicherweise schaffst du es jetzt noch nicht, ihn zu lesen, aber er hat mich in seinem Brief gebeten, ihn dir zu geben.«

Sie nahm einen kleineren Umschlag aus dem großen und reichte ihn mir. Ich ergriff ihn mit zitternden Fingern. »Warum hat er die Regatta nicht wie so viele andere Skipper abgebrochen, wenn er Vorahnungen hatte, Celia?«

»Ich glaube, wir wissen beide, warum. Ihr blickt bei jedem Rennen der Gefahr ins Auge. Wie Theo an jenem Tag ganz richtig gesagt hat: Er hätte auch von einem Bus überfahren werden können.« Sie zuckte mit den Achseln. »Vielleicht dachte er, es ist sein Schicksal ...«

»Mit fünfunddreißig Jahren zu sterben? Das kann ich mir nicht vorstellen. Wie konnte er mich dann lieben? Er hat mir einen Heiratsantrag gemacht! Wir hatten das ganze Leben noch vor uns. Nein.« Ich schüttelte den Kopf.

»Stimmt. Entschuldige, dass ich es erwähnt habe, aber ich finde es irgendwie tröstlich. Der Tod ist wie die Geburt ein großes Mysterium. Keiner von uns akzeptiert wirklich die Sterblichkeit der Menschen, die wir lieben.«

Ich betrachtete den ungeöffneten Umschlag in meiner Hand. »Vielleicht hast du recht«, seufzte ich. »Doch wieso hat er ein neues Testament und die Briefe an uns hinterlassen, wenn er *keine* Vorahnung hatte?«

»Du kennst doch Theo: Sogar noch im Tod organisiert und effizient.«

Darüber mussten wir beide schmunzeln.

»Wie mein Vater. Tja, ich nehme an, ich sollte seinen Brief lesen.«

»Wann immer du es für richtig hältst. Wenn du mich entschuldigen würdest, Ally, ich gehe jetzt hinauf und gönne mir ein schönes langes Bad.«

Ich trank einen großen Schluck Wein, stellte das Glas ab und öffnete das Kuvert mit zitternden Fingern. Dies war schon der zweite Brief aus dem Jenseits, den ich innerhalb weniger Wochen erhielt.

Von mir, unterwegs
(Ich sitze im Zug von Southampton,
um Dich in Heathrow abzuholen)

Liebste Ally,

in letzter Zeit schwirrt mir ein lächerlicher Gedanke im Kopf herum. Wie Du weißt und wie meine Mutter Dir bestätigen wird, bin ich ziemlich organisiert. Seit meiner ersten Teilnahme an einer Regatta liegt mein Testament bei ihr. Nicht dass ich viel zu hinterlassen hätte, aber ich finde, für die Hinterbliebenen ist es leichter, wenn die Verhältnisse geordnet sind.

Nun, da Du in mein Leben getreten, zu seinem Mittelpunkt geworden bist und ich es mit Dir verbringen möchte, haben sich die Dinge geändert. Obwohl noch nichts »offiziell« ist, bis ich Dir den Ring an den Finger stecke, den Du dann zu der Halskette von mir tragen wirst, erscheint es mir wichtig, für den Fall, dass mir etwas zustoßen sollte, zumindest in finanzieller Hinsicht alles zu klären.

Bestimmt bist Du überwältigt und begeistert (ha!), wenn ich Dir hiermit mitteile, dass ich Dir meinen Ziegenstall in »Irgendwo« vermache. Ich habe gleich gemerkt, wie sehr er Dir (nicht) gefällt, aber der Grund, auf dem er steht, ist immerhin Baugrund und somit etwas wert. (»Irgendetwas« auf »Irgendwo« – wäre das nicht ein hübscher Name für das Haus?) Außerdem sollst Du die Neptun, *mein Zuhause auf See, bekommen. Das sind meine einzigen Besitztümer, die irgendeinen Wert besitzen. Abgesehen von meinem Moped, aber wahrscheinlich wärst Du beleidigt, wenn ich Dir das hinterlasse. Ach so, ich sollte das mickrige Treuhandvermögen von meinem großzügigen Vater nicht vergessen – das dürfte zumindest für den schlechten Rotwein reichen, den Du in »Irgendwo« trinken wirst.*

Wir befinden uns gerade auf einem holprigen Teilstück der Strecke, bitte entschuldige die schreckliche Schrift – bestimmt werde ich Mum diesen Brief in der Minute, in der wir von der Regatta nach Hause kommen, wieder abnehmen, damit ich ihn ordentlich abtippen kann. Aber wenn das am Ende doch nicht geschehen sollte, weil ich über den Jordan gegangen bin, kann ich immerhin beruhigt sein, dass alles so ist, wie ich es mir vorstelle.

Und nun, Ally – hier könnte es emotional werden –, möchte ich Dir sagen, wie sehr ich Dich liebe und was Du mir in der kurzen Zeit bedeutet hast, die wir uns gekannt haben. Du hast meinem Leben neuen Sinn verliehen. Ich kann es gar nicht erwarten, Dich zu halten, wann immer Du Dich übergeben musst, mit Dir die Ursprünge Deines seltsamen Familiennamens zu diskutieren und alles, wirklich alles über Dich herauszufinden, während wir zusammen alt werden und unsere Zähne verlieren.

Wenn Du diese Zeilen doch lesen solltest, schau hinauf zu den Sternen und wisse, dass ich zu Dir herunterblicke. Und wahrscheinlich ein Bierchen mit Deinem Pa trinke, der mir von Deinen Kinderstreichen erzählt.

Meine Ally – Alkyone –, Du hast keine Ahnung, wie viel Freude Du in mein Leben gebracht hast.

Sei GLÜCKLICH! Das ist Deine Gabe.

Theo xxx

Im schwindenden Licht des Abends musste ich gleichzeitig lachen und weinen, weil der Brief so typisch für Theo war.

Am folgenden Morgen frühstückten Celia und ich gemeinsam. Vor dem Bettgehen hatte sie mir mein Zimmer gezeigt, ohne eine Frage über den Inhalt des Briefs zu stellen, und dafür war ich ihr dankbar. Nun erklärte sie mir, dass sie Theos Tod melden und seine Überführung nach London organisieren müsse und wir uns auf einen Termin für seine Beisetzung einigen sollten.

»Ally, da wäre noch etwas. Theo fragt in seinem Brief an mich, ob du bei seiner Beerdigung Flöte spielen würdest.«

»Ach.« Ich sah sie erstaunt an.

»Ja«, seufzte sie. »Er hat schriftliche Anweisungen für die Trauerfeier hinterlassen. Ein kombinierter Gedenk- und Trauergottesdienst, gefolgt von der Einäscherung, bei der übrigens niemand anwesend sein soll. Seine Asche möchte er im Hafen von Lymington verstreut haben, wo er damals mit mir das Segeln gelernt hat. Glaubst du, du hältst das aus?«

»Ich ... weiß es nicht.«

»Er hat mir erzählt, dass du wunderbar Flöte spielst. Wie du dir vielleicht vorstellen kannst, ist die von ihm gewählte Musik genauso unkonventionell, wie er selbst es war. Er wollte, dass du ›Jack's the Lad‹ aus *Fantasia on British Sea Songs* spielst. Das kennst du sicher von der Last Night of the Proms, oder?«

»Ja. Es gibt wohl kaum einen Seemann, dem nicht wenigstens die Melodie bekannt wäre – sie ist ähnlich wie ›Sailor's Hornpipe‹.«

Ich ging im Kopf das Stück durch, das ich viele Jahre zuvor das letzte Mal gespielt hatte. Diese Bitte war so typisch Theo: Sie zeugte sowohl von seiner Liebe zum Segeln als auch von seiner Lebensfreude.

»Ja, das spiele ich gern.«

Dann brach ich zum ersten Mal seit Theos Tod in Tränen aus.

In den folgenden grässlichen Tagen verkrochen wir uns im Haus, vor dem die Medien Stellung bezogen. Wir lebten wie die Einsiedler und wagten uns nur hinaus, um Lebensmittel und ein schwarzes Kleid für die Beisetzung zu kaufen. Während wir die unangenehmen Aufgaben erledigten, die mich mit Dankbarkeit für Pa Salt erfüllten, weil er seine Beisetzung selbst organisiert hatte, wuchs auch meine Hochachtung vor Celia. Obwohl auf der Hand lag, dass sie Theo abgöttisch geliebt hatte, wirkte sie immer gelassen.

»Du weißt vermutlich nicht, dass Theo die Holy Trinity Church in der Sloane Street gleich in der Nähe sehr mochte. Er hat eine private Grundschule nur einen Katzensprung davon entfernt besucht, weswegen das seine Kirche war. Ich erinnere mich, wie er mit acht beim Weihnachtssingen das Solo in ›Away in a Manger‹ gesungen hat«, erzählte sie mit einem liebevollen Lächeln. »Sollen wir den Trauergottesdienst dort abhalten?«

Dass sie mich in ihre Entscheidungen einbezog, rührte mich, auch wenn meine Meinung letztlich unwichtig war, denn sie hatte Theo, ihren einzigen Sohn, ja viel länger gekannt als ich.

»Tu, was du für richtig hältst, Celia.«

»Möchtest du irgendjemanden zu der Beisetzung einladen?«

»Abgesehen von denen, die bereits auf der Liste stehen, die Crew und die Seglergemeinde ganz allgemein, kannte uns niemand als Paar«, antwortete ich ehrlich. »Andere würden es auch nicht begreifen.«

Doch *sie* tat es. Und so saßen wir oft, wenn der Schmerz um drei Uhr morgens am schlimmsten wurde, am Küchentisch und trösteten uns gegenseitig mit Gesprächen über Theo. Kleine Erinnerungen, von denen Celia einen Fünfunddreißigjahreschatz besaß, während der meine nur wenige Wochen umfasste. Durch sie lernte ich Theo besser kennen; ich wurde es nie müde, ein Kindheitsfoto von ihm oder einen Brief voller Rechtschreibfehler aus dem Internat anzuschauen.

Und obwohl ich wusste, dass dies nicht die Realität war, tröstete es mich, dass Celia und ich ihn mit jedem Wort, das wir sprachen, am Leben hielten.

XII

»Bereit?«, fragte Celia mich, als unser Wagen vor der Holy Trinity Church hielt. Ich nickte, und nach einem kurzen solidarischen Händedruck stiegen wir im Blitzlichtgewitter der Kameras aus und betraten die riesige Kirche. Dass sie bis auf den letzten Platz gefüllt war, hätte mich fast zum Weinen gebracht.

Celia und ich schritten den Gang zum Altar entlang. Angesichts dieser schrecklichen Parodie der Hochzeit, die Theo und ich hätten feiern können, wenn er noch am Leben gewesen wäre, musste ich schlucken.

Als wir unsere Plätze in der vordersten Bank eingenommen hatten, begann der Gottesdienst. Theo hatte für die Trauerfeier unterschiedlichste Musik ausgewählt. Nach der Begrüßung durch den Geistlichen war ich an der Reihe. Ich gesellte mich zu den Geigen, dem Cello, den zwei Klarinetten und der Oboe, die Celia im vorderen Teil der Kirche platziert hatte, setzte mit einem stummen Stoßgebet die Flöte an und begann zu spielen. Als die anderen Musiker einstimmten und das Tempo schneller wurde, sah ich, wie sich die Trauergäste lächelnd einer nach dem anderen erhoben, bis sie alle standen und mit vor dem Körper verschränkten Armen zu »Jack's the Lad« den traditionellen Seemannstanz »Sailor's Hornpipe« aufführten.

Hinterher erschollen Jubelrufe und Applaus. Wie jedes Mal, wenn dieses Stück gespielt wird, musste es wiederholt werden. Danach setzte ich mich mit meiner Flöte wieder neben Celia, die meine Hand drückte.

»Danke, Ally, vielen herzlichen Dank.«

Nun kam Rob nach vorn, stieg die Stufen zu Theos Sarg hinauf und justierte das Mikrofon.

»Theos Mutter Celia hat mich gebeten, ein paar Worte zu sagen. Wie Sie alle wissen, hat Theo sein Leben geopfert, um meines zu retten, wofür ich ihm leider nicht mehr danken kann. Mir ist klar, dass sein Opfer schreckliches Leid über Celia und Ally gebracht hat, die Frau, die er liebte. Theo, alle, die je in deiner Crew gewesen sind, schicken dir ihre Liebe, ihre Achtung und ihren Dank. Du warst der Beste. Ally ...«, er sah mich an, »... das folgende Stück wollte er für dich.«

Wieder spürte ich Celias Hand auf der meinen, als ein Chormitglied sich erhob und »Somewhere« – »Irgendwo« – aus *West Side Story* sang. Obwohl mich die Worte zutiefst rührten, versuchte ich, über Theos Scherz zu schmunzeln. Danach hoben acht Männer aus Theos Fastnet-Crew, unter ihnen Rob, den Sarg vorsichtig auf ihre breiten Schultern und trugen ihn aus der Kirche. Celia ging mit mir den anderen Trauergästen voran.

Auf dem Weg nach draußen entdeckte ich vertraute Gesichter: Star und CeCe lächelten mir voller Mitgefühl zu. Auf der Sloane Street sahen Celia und ich zu, wie Theos Sarg in den Leichenwagen geschoben wurde, der ihn ins Krematorium bringen würde. Als er sich entfernt und wir uns ein letztes Mal stumm verabschiedet hatten, fragte ich sie, wie meine Schwestern davon erfahren hatten.

»Theo hat mich in seinem Brief gebeten, Marina zu informieren, falls ihm etwas zustoßen sollte. Er dachte, du könntest den Beistand von ihr und deinen Schwestern bestimmt gebrauchen.«

Nun traten auch die anderen Trauergäste aus der Kirche und versammelten sich auf dem Gehsteig davor. Einige, hauptsächlich Segelfreunde, kamen auf mich zu, sprachen mir ihr Beileid aus und äußerten ihr Erstaunen über mein ihnen bis dahin unbekanntes musikalisches Talent. Ein wenig abseits von der Menge entdeckte ich einen groß gewachsenen Mann mit Anzug und dunkler Brille. Er wirkte so verloren, dass ich zu ihm ging.

»Hallo«, begrüßte ich ihn, »ich bin Ally, die Freundin von Theo. Ich soll allen sagen, dass sie noch auf einen Drink und einen Snack zu Celia mitkommen können. Es ist nur fünf Minuten von hier.«

Die Sonnenbrille verbarg seine Augen. »Ich weiß, wo es ist. Früher habe ich dort gewohnt.«

Theos Vater. »Freut mich sehr, Sie kennenzulernen.«

»Ich würde gern mitkommen, aber wie Sie sicher verstehen, wäre ich vermutlich nicht willkommen.«

Ich senkte verlegen den Blick. Was in der Vergangenheit auch immer zwischen ihm und seiner Frau vorgefallen sein mochte: Er hatte einen Sohn verloren.

»Schade«, presste ich schließlich hervor.

»Sie müssen die junge Frau sein, die Theo heiraten wollte. Das hat er mir vor ein paar Wochen in einer E-Mail geschrieben«, bemerkte er mit seinem weichen amerikanischen Akzent, der sich so deutlich von Theos scharfem britischen unterschied. »Hier ist meine Visitenkarte. Ich bin die nächsten Tage in der Stadt und würde mich freuen, mich mit Ihnen über meinen Sohn zu unterhalten. Trotz allem, was Sie vermutlich über mich gehört haben, war er mir wichtig. Sie sind eine kluge Frau. Bestimmt wissen Sie, dass es immer mehrere Sichtweisen gibt.«

»Ja.« Pa Salt hatte einmal etwas sehr Ähnliches gesagt.

»Sie sollten zurückgehen. Es war schön, Sie kennenzulernen. Auf Wiedersehen, Ally.« Er entfernte sich mit hängenden Schultern.

Als ich mich wieder den anderen zuwandte, entdeckte ich CeCe und Star, die auf mich warteten. Ich gesellte mich zu ihnen, und sie umarmten mich.

»Wie schrecklich, Ally«, sagte CeCe. »Seit wir davon wissen, haben wir dir alle Nachrichten auf die Mailbox gesprochen! Es tut uns so leid, nicht wahr, Star?«

»Ja.« Star nickte, den Tränen nahe. »Die Trauerfeier war sehr anrührend, Ally.«

»Danke.«

»Wie schön, dich Flöte spielen zu hören. Du hast es also noch nicht verlernt«, bemerkte CeCe.

Da winkte Celia und deutete auf den großen schwarzen Wagen am Straßenrand.

»Ich fahre mit Theos Mum. Kommt ihr noch mit zu ihr?«

»Das geht leider nicht«, antwortete CeCe. »Aber unsere Wohnung ist gleich drüben in Battersea. Melde dich doch einfach, wenn du dich besser fühlst, und schau vorbei.«

»Wir würden dich wirklich gern sehen, Ally«, sagte Star und drückte mich noch einmal. »Wir sollen dich von den andern grüßen. Pass auf dich auf, ja?«

»Ich versuch's. Und noch mal danke, dass ihr gekommen seid.«

Vom Wagen aus blickte ich ihnen gerührt nach.

»Deine Schwestern sind wirklich nett. Wie schön es doch sein muss, Geschwister zu haben. Wie Theo bin ich ein Einzelkind«, gestand Celia, als das Auto losfuhr.

»Alles in Ordnung?«, fragte ich.

»Nein, aber die Trauerfeier war sehr erhebend. Es hat mir viel bedeutet, dich spielen zu hören.« Sie seufzte. »Du hast mit Theos Vater Peter geredet?«

»Ja.«

»Er muss sich im hinteren Teil der Kirche versteckt haben. Ich habe ihn beim Reingehen nicht gesehen. Wenn, hätte ich ihn gebeten, sich zu uns in die erste Bank zu setzen.«

»Tatsächlich?«

»Natürlich! Wir sind vielleicht nicht die allerbesten Freunde, aber bestimmt ist er genauso durch den Wind wie ich. Er wollte nicht mit zu mir kommen, oder?«

»Nein, doch er ist ein paar Tage in der Stadt und würde sich gern mit mir treffen.«

»Schon traurig, dass wir nicht mal bei der Trauerfeier unseres einzigen Sohnes zusammenfinden konnten. Aber«, sagte sie, als der Wagen vor dem Haus hielt, »ich bin sehr dankbar für deine Unterstützung. Ohne dich hätte ich das nicht durchgestanden. Lass uns jetzt die Gäste begrüßen und auf Theo anstoßen.«

Als ich einige Tage später in dem gemütlichen, ein wenig altmodischen Gästezimmer von Celias Haus aufwachte, an dessen Fenstern geblümte Colefax-and-Fowler-Vorhänge hingen, die zu der Tagesdecke auf dem großen Holzbett und der verblichenen gestreiften Tapete passten, sagte mir ein Blick auf die Uhr, dass es fast halb elf war. Seit der Trauerfeier konnte ich endlich wieder schlafen, fast unnatürlich tief, doch am Morgen schlug ich die Augen mit einem

Gefühl auf, als hätte ich zu viel getrunken oder eine Schlaftablette geschluckt. Nach mehr als zehn Stunden Schlaf war ich genauso erschöpft wie am Abend zuvor. Recht viel länger, dachte ich, konnte ich mich nicht bei Celia verkriechen, auch wenn mich unsere langen Gespräche über Theo trösteten. Celia wollte am folgenden Tag nach Italien fahren und hatte mir freundlicherweise angeboten, sie zu begleiten, aber ich wusste, dass ich nach vorn blicken musste.

Doch die Frage war: Wohin würde ich nun gehen?

Ich hatte bereits beschlossen, dem Trainer der Schweizer Segelnationalmannschaft mitzuteilen, dass ich nicht für die Olympiaqualifikation zur Verfügung stehen würde. Obwohl Celia mir geraten hatte, mir von den Ereignissen nicht die Lust aufs Segeln verderben zu lassen, durchlief mich bei dem Gedanken, aufs Wasser zurückzukehren, jedes Mal ein Schauer. Vielleicht würde sich das eines Tages geben, aber auf keinen Fall rechtzeitig zu den langen Monaten harter Vorbereitung auf das wichtigste Sportereignis der Welt. Im Trainingslager wären zu viele Leute, die Theo gekannt hatten, und außer mit seiner Mutter wollte ich mit niemandem über ihn sprechen.

Nun, da ich Theo nicht mehr hatte und auch nicht mehr segelte, waren die Tage, die vor mir lagen, plötzlich leer, und ich wusste nicht, wie ich sie füllen sollte.

Möglicherweise, dachte ich, war ich die neue Maia der Familie, dazu verdammt, nach »Atlantis« zurückzukehren und in Einsamkeit zu trauern, wie sie es einst getan hatte, bevor sie flügge geworden und in ihr neues Leben nach Rio gewechselt war. Ich hätte ohne Weiteres nach Hause fahren und es mir in ihrem Nest im Pavillon gemütlich machen können.

In den vergangenen Wochen war mir bewusst geworden, dass ich bisher ein privilegiertes Leben geführt und immer auf alle herabgeblickt hatte, die schwächer waren als ich. Ich hatte nie begriffen, warum sie nicht einfach wieder aufstanden, sich schüttelten und weitermachten, wenn ihnen etwas Schlimmes widerfuhr. Nun hatte ich auf die harte Tour gelernt, dass man nur dann echtes Mitleid mit anderen empfinden konnte, wenn man selbst Verlust und tiefen Schmerz erlitten hatte.

In dem verzweifelten Versuch, positiv zu bleiben, redete ich mir ein, dass die Ereignisse mich vielleicht wenigstens zu einem besseren Menschen machen würden. Motiviert durch diesen Gedanken, nahm ich mein Handy heraus. Zu meiner Schande muss ich gestehen, dass ich es seit Theos Tod, der inzwischen mehr als zwei Wochen her war, nicht mehr eingeschaltet hatte. Als ich sah, dass wieder einmal die Batterie leer war, steckte ich es zum Aufladen ein. Kurz darauf hörte ich Geräusche, die mir sagten, dass SMS und Nachrichten auf der Mailbox eingegangen waren, und wenig später las ich sie:

Ally, ich wünschte, ich könnte bei dir sein. Nicht auszudenken, wie du dich fühlen musst. Alles Liebe, hatte Maia geschrieben. **Ally, ich habe versucht, dich anzurufen, aber du gehst nicht ran. Ma hat's mir gesagt, ich bin ganz aus der Fassung. Melde dich, wenn du mich brauchst. Ich bin Tag und Nacht für dich da. Tiggy x.**

Dann wandte ich mich den Nachrichten auf der Mailbox zu. Bestimmt waren die meisten Beileidsbekundungen. Doch als ich die älteste hörte, setzte mein Herz einen Schlag aus. Die Verbindung war schlecht, und die Stimme klang gedämpft, aber es war Theo.

»**Hallo, Schatz. Ich rufe dich über Satellitentelefon an, solange es möglich ist. Wir sind irgendwo in der Keltischen See. Das Wetter ist scheußlich, selbst ich werde seekrank. Ich weiß, dass du mir böse bist, weil ich dich von Bord geschickt habe, aber bevor ich versuche, ein paar Stunden Schlaf zu kriegen, möchte ich dir noch einmal versichern, dass das absolut nichts mit deinen Fähigkeiten als Seglerin zu tun hat. Ehrlich gesagt wäre ich im Moment sogar froh, dich hier zu haben, denn du bist so viel wert wie zehn Männer. Bitte glaube mir, dass meine Entscheidung einzig und allein mit meiner Liebe zu dir zu tun hatte. Ich hoffe, dass du noch mit mir redest, wenn ich zurück bin! Gute Nacht, Liebes. Noch einmal: Ich liebe dich. Bis bald.**«

Ich spielte seinen Anruf wieder und wieder ab. Aufgrund der angegebenen Aufzeichnungszeit wusste ich, dass er sich etwa eine Stunde, bevor er an Deck gegangen und Rob ins Wasser gefallen war, gemeldet hatte. Diese Nachricht würde ich irgendwie für immer konservieren müssen.

»Ich liebe dich auch«, flüsterte ich. Und die letzten Reste meiner Wut darüber, dass er mich von Bord geschickt hatte, verflogen.

Beim Frühstück sagte Celia mir, dass sie noch letzte Einkäufe für ihre Italienreise tätigen wolle.

»Hast du schon entschieden, was du machen möchtest, Ally? Du weißt, dass du in meiner Abwesenheit gern hier bleiben kannst. Oder begleite mich. Bestimmt findest du noch einen Last-Minute-Flug nach Pisa.«

»Danke, das ist wirklich sehr freundlich, aber ich denke, ich werde nach Hause fahren«, sagte ich, weil ich fürchtete, Celia allmählich zur Last zu fallen.

»Wie du meinst. Lass es mich nur wissen.«

Nachdem sie das Haus verlassen hatte, ging ich nach oben, um CeCe und Star anzurufen. Ich wählte CeCes Nummer, weil sie immer alles für die beiden organisierte, doch es meldete sich nur die Mailbox. Also rief ich Star an.

»Ally?«

»Hallo, Star. Wie geht's?«

»Gut, danke. Aber wichtiger: Wie geht's dir?«

»Okay. Kann ich morgen bei euch vorbeischauen?«

»Da bin ich allein. CeCe ist unterwegs, Fotos von der Battersea Power Station machen. Als Anregung für eines ihrer Kunstprojekte, bevor das Areal erschlossen wird.«

»Kann ich dich auch besuchen, wenn du allein bist?«

»Gern.«

»Wann wäre es dir am liebsten?«

»Ich bin den ganzen Tag da, Ally. Komm doch zum Mittagessen.«

»Gut, dann schaue ich so gegen eins vorbei. Bis morgen, Star.«

Nachdem ich das Gespräch beendet hatte, setzte ich mich aufs Bett. Es wäre das erste Mal, dass ich mehr als nur ein paar Minuten mit meiner jüngeren Schwester allein, ohne CeCe, verbringen würde.

Ich nahm meinen Laptop aus dem Rucksack, stellte ihn auf die Frisierkommode und steckte ihn ein. Darauf befanden sich weitere Beileidsbekundungen und die üblichen Spammails, darunter auch eine von einer »Tamara«, die mir Trost anbot, nun, da die Nächte länger wurden. Dann fiel mein Blick auf einen Namen, den ich nicht sofort erkannte: Magdalena Jensen. Erst nach ein paar Sekunden erinnerte ich mich, dass sie die Übersetzerin war, die für mich das Buch aus Pa Salts Bibliothek ins Englische übertrug. Zum Glück hatte ich ihre Nachricht nicht sofort gelöscht.

Von: Magdalenajensenl@trans.no
An: Allygeneva@gmail.com
Betreff: Grieg, Solveig og jeg/Grieg, Solveig und ich
20. August 2007

Liebe Ms d'Aplièse,
die Übersetzung von *Grieg, Solveig og jeg* macht mir viel Spaß, denn ich finde die Geschichte faszinierend, von der ich hier in Norwegen noch nichts gehört habe. Weil Sie vielleicht schon anfangen wollen, das Manuskript zu lesen, schicke ich Ihnen, was ich bisher geschafft habe, die ersten zweihundert Seiten. Der Rest sollte in den nächsten zehn Tagen folgen.
Mit freundlichen Grüßen,
Magdalena

Ich öffnete den Anhang und las die erste Seite, dann die zweite und dritte, und schließlich stöpselte ich den Laptop in der Steckdose neben dem Bett ein, sodass ich es mir bequem machen konnte ...

ANNA

Telemark, Norwegen

August 1875

XIII

Anna Tomasdatter Landvik wartete darauf, dass Rosa, die älteste Kuh der Herde, den steilen Abhang herunterkam. Wie üblich trottete Rosa den anderen hinterher, die auf frische Weiden wechselten.

»Sing für sie Anna, dann kommt sie«, riet ihr Vater ihr immer.

Anna sang den Anfang von »Per Spelmann«, Rosas Lieblingslied, der glockenhell ins Tal klang. Da sie wusste, dass Rosa eine Weile brauchen würde, setzte Anna sich ins raue Gras, zog die Knie bis ans Kinn und legte die Arme darum, ihre Lieblingshaltung zum Nachdenken. Sie atmete die immer noch warme Abendluft ein und bewunderte die Aussicht, während sie mit den Insekten auf den Feldern im Takt summte. Die Sonne begann auf der anderen Seite des Tals über den Bergen unterzugehen, sodass das Wasser des Sees darunter wie geschmolzenes Gold schimmerte. Schon bald wäre sie ganz verschwunden, und die Nacht würde schnell hereinbrechen.

In den beiden vergangenen Wochen hatte die Dämmerung, wenn Anna die Kühe zählte, jeden Tag ein klein wenig früher begonnen. Nach Monaten des Lichts bis fast Mitternacht hatte ihre Mutter nun zu Hause bestimmt die Öllampen angezündet. Außerdem waren Annas Vater und ihr jüngerer Bruder eingetroffen, um mit ihnen das Vieh vor dem Winter ins Tal zurückzutreiben. Dieses Ereignis läutete das Ende des nordischen Sommers und den Beginn der, wie es Anna erschien, endlosen Zeit fast völliger Dunkelheit ein. Das üppige Grün der Berge würde schon bald unter einer dicken weißen Schneedecke liegen, und sie und ihre Mutter würden den Holzschuppen verlassen, in dem sie die wärmeren Monate verbrachten, um zu ihrem Familienhof ein wenig außerhalb des kleinen Orts Heddal zurückzukehren.

Als Rosa immer wieder stehen blieb, um an einem Grasbüschel zu schnuppern, sang Anna weitere Strophen von dem Lied. Annas Vater Anders glaubte nicht, dass Rosa noch einen Sommer erleben würde. Keiner schien so genau zu wissen, wie alt das Tier war, aber mit Sicherheit nicht viel jünger als die achtzehn Jahre von Anna. Die Vorstellung, dass Rosa nicht mehr länger da sein würde, um sie mit einem sanften Blick aus ihren bernsteinfarbenen Augen zu begrüßen, ließ sie schlucken. Und der Gedanke an die bevorstehenden langen, dunklen Monate brachte sie vollends zum Weinen.

Wenigstens, dachte sie und wischte hastig die Tränen weg, würde sie daheim in Heddal Gerdy und Viva, ihre Katze und ihren Hund, wiedersehen. Sie tat nichts lieber, als sich, die schnurrende Gerdy auf dem Schoß, davor Viva, die nur darauf wartete, die Krumen aufzulecken, vor dem warmen Herd zusammenzurollen und süße *gomme* auf Brot zu essen. Obwohl Anna natürlich wusste, dass ihre Mutter sie nicht den ganzen Winter vor sich hin träumen lassen würde.

»Eines Tages wirst du selbst einen Haushalt führen müssen, *kjære*, und ich werde nicht da sein, um dich und deinen Mann zu bekochen!«, ermahnte ihre Mutter Berit sie in regelmäßigen Abständen.

Egal, ob es sich um das Buttern, das Stopfen der Kleidung, das Füttern der Hühner oder das Ausrollen von *lefse*, dem Fladenbrot, das ihr Vater dutzendweise verzehrte, handelte: Anna interessierte sich nicht besonders für ihre Pflichten im Haushalt und dachte noch nicht daran, irgendwann einen imaginären Ehemann zu bekochen. Wie sie sich auch anstrengte – sehr bemühte sie sich allerdings nicht –, das, was sie in der Küche zuwege brachte, war oftmals ungenießbar.

»Nun machst du schon seit Jahren *gomme*, aber sie wird einfach nicht besser«, hatte ihre Mutter erst vergangene Woche bemerkt und eine Schüssel mit Zucker und einen Krug mit frischer Milch auf den Küchentisch gestellt. »Wird höchste Zeit, dass du es richtig lernst.«

Doch was Anna auch tat: Ihre *gomme* war am Ende immer unansehnlich und am Boden angebrannt. »Verräter«, hatte sie Viva zugezischt, als sogar die stets hungrige Farmhündin den Kopf abwandte.

Obwohl Anna vier Jahre zuvor mit der Schule fertig gewesen war, dachte sie noch immer voller Sehnsucht an die dritte Woche eines jeden Monats zurück, in der Frøken Jacobsen, die Lehrerin, die zwischen den Orten im Bezirk Telemark pendelte, mit neuen Dingen zum Lernen gekommen war. Ihre Stunden waren ihr bedeutend lieber gewesen als die des strengen Pastors Erslev, in denen sie ganze Bibelpassagen auswendig aufsagen mussten und vor der versammelten Klasse abgefragt wurden. Anna hatte es gehasst und war stets rot geworden, wenn die Augen aller auf ihr ruhten, während sie über unbekannte Wörter stolperte.

Fru Erslev, die Frau des Pastors, war viel freundlicher und hatte im Kirchenchor mehr Geduld mit ihr. Oft gab sie ihr sogar den Solopart. Singen war so viel leichter als Lesen, dachte Anna. Dabei schloss sie einfach nur die Augen und machte den Mund auf, und schon kamen Töne heraus, die allen zu gefallen schienen.

Manchmal träumte sie davon, vor einer Gemeinde in einer großen Kirche in Christiana aufzutreten. Nur beim Singen hatte sie das Gefühl, etwas wert zu sein. Ansonsten – daran erinnerte ihre Mutter sie immer wieder gern – war ihre Gabe bis auf die Tatsache, dass sie damit die Kühe nach Hause locken und kleine Kinder in den Schlaf wiegen konnte, kaum von Nutzen. Alle gleichaltrigen Mädchen im Chor waren nun entweder verlobt oder verheiratet oder kämpften mit den Folgen ihrer Ehe oder Verlobung. Ihnen war immerzu übel, sie wurden dick, und am Ende gebaren sie einen rotgesichtigen, kreischenden Säugling und mussten mit dem Singen aufhören.

Bei der Hochzeit ihres älteren Bruders Nils hatte Anna sich Fragen von Verwandten gefallen lassen müssen, ob sie denn nicht auch bald heiraten werde, aber da bisher noch kein Verehrer für Anna aufgetaucht war, blieb sie als Letzte mit den *gammel frøken*, wie ihr jüngerer Bruder Knut die unverheirateten älteren Frauen im Ort nannte, zurück.

»So Gott will, wirst du irgendwann einen Ehemann finden, dem es gelingt, das Essen auf seinem Teller nicht zu sehen, wenn er in deine hübschen blauen Augen schaut«, neckte ihr Vater Anders sie oft.

Sie wusste, dass ihre Familie sich fragte, ob Lars Trulssen – der regelmäßig von ihren angebrannten Gerichten kostete – dieser mutige Mann sein würde. Er und sein kränkelnder Vater lebten auf dem Nachbarhof in Heddal. Annas zwei Brüder hatten Lars – Einzelkind und seit seinem sechsten Lebensjahr ohne Mutter – zum inoffiziellen Dritten im Bunde gemacht, weswegen er abends oft mit der Familie Landvik aß. Anna erinnerte sich, wie sie in den langen Wintern miteinander gespielt hatten. Ihre groben, lauten Brüder hatten einen Riesenspaß daran gehabt, einander gegenseitig im Schnee einzugraben, sodass ihre für die Landviks so typischen rotgoldenen Haare in der weißen Landschaft leuchteten. Während der ruhigere Lars zu ihrer Enttäuschung immer mit einem Buch ins Haus gegangen war.

Als ältester Sohn wäre Nils im Normalfall mit seiner frisch Angetrauten nach der Hochzeit auf dem Hof der Landviks geblieben. Doch weil diese nach dem Tod ihrer Eltern vor Kurzem deren Anwesen in einem Ort einige Stunden von Heddal weg geerbt hatte, war Nils dorthin gezogen, um ihn zu übernehmen. Deshalb musste Knut nun ihrem Vater allein helfen.

So saß jetzt oft nur Anna bei Lars, der nach wie vor gern zu Besuch kam. Manchmal erzählte er ihr mit leiser Stimme von den Geschichten, die er las, von Welten, die sich so viel aufregender anhörten als Heddal.

»Ich bin gerade mit *Peer Gynt* fertig«, teilte er ihr eines Abends mit. »Mein Onkel in Christiania hat mir das Buch geschickt. Ich glaube, es könnte dir gefallen. Ich halte es für das bisher beste von Ibsen.«

Als Anna verlegen den Blick senkte, weil sie Ibsen nicht kannte, berichtete Lars von Norwegens größtem lebendem Dramatiker, der aus Skien, einer Stadt in der Nähe von Heddal, stammte und die norwegische Literatur und Kultur in der ganzen Welt bekannt machte. Lars behauptete, alles von Ibsen gelesen zu haben. Anna glaubte sogar, dass Lars überhaupt die meisten Bücher gelesen hatte, und er gestand ihr, dass er davon träume, eines Tages selbst Schriftsteller zu werden.

»Aber hier wird das wahrscheinlich nicht möglich sein«, sagte er und sah sie mit seinen blauen Augen an. »Norwegen ist klein, und viele von uns sind nur wenig gebildet. Aber in Amerika, habe ich gehört, kann man, wenn man nur hart genug arbeitet, werden, was man möchte ...«

Anna wusste, dass Lars sich zur Vorbereitung darauf selbst Englisch beigebracht hatte. Er schrieb Gedichte in dieser Sprache, die er bald einem Verleger schicken wollte. Jedes Mal, wenn er von Amerika zu erzählen anfing, versetzte es Anna einen Stich, weil ihr klar war, dass er sich die Reise dorthin nicht würde leisten können. Sein Vater litt unter Arthritis und konnte die Finger kaum noch bewegen, weswegen Lars den Hof allein führte und nach wie vor in dem heruntergekommenen Bauernhaus wohnte.

Wenn Lars nicht mit am Esstisch saß, beklagte sich Annas Vater oft darüber, dass der Grund der Trulssens seit Jahren nicht richtig bebaut werde, die Schweine frei herumliefen und den Boden aufwühlten und nichts mehr damit anzufangen sei. »Nach dem Regen der letzten Zeit ist das Land nicht viel besser als ein Sumpf«, sagte er. »Der Junge lebt in seiner Bücherwelt, nicht in der Wirklichkeit mit ihren Feldern und Höfen.«

Eines Abends im vergangenen Winter, als Anna sich abgemüht hatte, den Text eines neuen Lieds für Fru Erslev zu lernen, hatte Lars den Blick von seinem Buch gehoben und sie von der anderen Seite des Küchentischs aus angesehen.

»Soll ich dir helfen?«, hatte er gefragt.

Als sie merkte, dass sie immer wieder dieselben Wörter laut ausgesprochen hatte, war sie rot geworden und hatte überlegt, ob sie seine Nähe ertragen könnte, weil er immer so schrecklich nach Schweinen stank. Am Ende hatte sie genickt, und er hatte sich zu ihr gesetzt. Dann waren sie gemeinsam Wort für Wort durchgegangen, bis sie das Gefühl hatte, den Liedtext von Anfang bis Ende ohne Pause lesen zu können.

»Danke für deine Hilfe«, hatte sie gesagt.

»Gern geschehen.« Er war rot geworden. »Wenn du möchtest, bringe ich dir das Lesen und Schreiben besser bei. Vorausgesetzt, du versprichst mir, hin und wieder für mich zu singen.«

Da Anna wusste, dass sie das Lesen und Schreiben in den vier

Jahren seit dem Ende der Schule vernachlässigt hatte, war sie dankbar gewesen. Danach hatten sie im vergangenen Winter an vielen Abenden am Küchentisch die Köpfe zusammengesteckt, und zum Missvergnügen von Annas Mutter war ihre Stickerei liegen geblieben. Schnell waren sie von Kirchenliedern zu Büchern übergegangen, die Lars von zu Hause mitbrachte, in Wachspapier eingewickelt, um sie vor dem unablässigen Regen und Schnee zu schützen. Und nach der Arbeit hatte Anna für ihn gesungen.

Obwohl ihre Eltern zunächst Sorge gehabt hatten, dass sie ein Bücherwurm werden könnte, freuten sie sich nun, wenn Anna ihnen vorlas.

»Ich wäre schon sehr viel eher vor diesen Trollen weggelaufen«, erklärte sie ihnen eines Abends, nachdem sie ihnen am Kamin aus *Die drei Prinzessinnen im Weißland* vorgelesen hatte.

»Aber einer der Trolle hatte sechs Köpfe«, gab Knut zu bedenken.

»Sechs Köpfe machen einen nur langsam«, erwiderte sie grinsend.

Auch das Schreiben übte sie, stellte Lars schmunzelnd fest, als er sah, wie sie den Stift so fest packte, dass ihre Knöchel weiß hervortraten.

»Der läuft dir schon nicht weg«, sagte er und brachte ihre Finger vorsichtig in die richtige Position.

Eines Abends schlüpfte er in seinen dicken Wolfspelz und öffnete die Tür, durch die schmetterlingsgroße Schneeflocken hereingeweht wurden. Als eine davon auf Annas Nase landete, wischte Lars sie ihr schüchtern weg. Seine große Hand fühlte sich rau an auf ihrer Haut, er steckte sie hastig wieder in seine Manteltasche.

»Gute Nacht«, murmelte er und ging hinaus in die winterliche Dunkelheit. Sobald die Tür sich hinter ihm geschlossen hatte, schmolzen die Schneeflocken auf dem Boden.

Anna stand auf, als Rosa sie endlich doch noch erreichte, streichelte die seidigen Ohren der Kuh und küsste den weißen Stern mitten auf ihrer Stirn. Dabei fielen ihr die grauen Haare um Rosas weiches rosafarbenes Maul auf.

»Bitte sei auch nächsten Sommer noch da«, flüsterte sie ihr zu.

Nachdem sie sich vergewissert hatte, dass Rosa zur übrigen Herde trottete, die friedlich auf dem Abhang unter ihr weidete, machte Anna sich auf den Weg zur Hütte. Nun war ihr klar, dass sie noch nicht bereit war für Veränderungen; sie wollte nur jeden Sommer wieder hierher zurückkommen und bei Rosa sitzen. Vielleicht hielt ihre Familie sie für naiv, aber Anna wusste genau, was sie für sie plante. Sie erinnerte sich lebhaft, wie merkwürdig Lars sich vor dem Sommer von ihr verabschiedet hatte.

Er hatte ihr Ibsens *Peer Gynt* zu lesen gegeben und sanft eine ihrer Hände mit der seinen umfasst, als sie das Buch entgegennahm. Sie war erstarrt, weil seine Berührung seltsam vertraut gewesen war, nicht mehr geschwisterlich wie bis dahin. Plötzlich hatte sie einen neuen Ausdruck in seinen tiefblauen Augen gesehen, und er war ihr wie ein Fremder erschienen. An jenem Abend war sie über diesen Blick schaudernd ins Bett gegangen, weil sie ahnte, was er bedeutete.

Ihre Eltern wussten offenbar von Lars' Absichten.

»Wir könnten das Land der Trulssens als Annas Mitgift kaufen«, hatte sie ihren Vater eines Nachts zu ihrer Mutter sagen hören.

»Für Anna ließe sich doch bestimmt jemand aus einer besseren Familie finden«, hatte Berit mit leiser Stimme erwidert. »Die Haakonssens unten in Bø haben auch einen unverheirateten Sohn.«

»Ich hätte sie gern in der Nähe«, hatte Anders erwidert. »Wenn ich das Land der Trulssens kaufe, würde das in den drei Jahren, in denen sich der Boden erholt, nichts einbringen, aber wenn es dann so weit ist, könnten wir damit unseren Ertrag verdoppeln. Ich denke, etwas Besseres als Lars finden wir, weil Anna eine so schlechte Hausfrau ist, nicht.«

Diese Bemerkung hatte wehgetan, und Anna ärgerte es, als ihre Eltern ganz offen über mögliche Heiratspläne von ihr und Lars zu sprechen begannen. Konnten sie sie nicht einfach fragen, ob *sie* Lars heiraten wolle? Weil sie das nicht taten, sagte ihnen Anna auch nicht, dass sie ihn zwar mochte, aber ganz bestimmt nicht davon überzeugt war, ihn lieben zu können.

Obwohl sie ab und zu überlegt hatte, wie es sein würde, einen Mann zu küssen, war sie sich nicht sicher, ob ihr das tatsächlich gefallen würde. Und über diese andere unbekannte Sache – das, was geschehen musste, um Kinder zu bekommen – konnte sie nur Mutmaßungen anstellen. Nachts hörte sie gelegentlich ein merkwürdiges Knarren und Stöhnen aus dem Schlafzimmer ihrer Eltern. Als sie Knut danach fragte, antwortete dieser kichernd, so seien sie alle mal in die Welt gekommen. Wenn das so ähnlich war wie beim Bullen und der Kuh ... Anna schauderte. Wie dieses brüllende Monster ermutigt werden musste, die Kuh zu besteigen, wie man ihm dabei half, das »Ding« in sie hineinzuschieben, damit sie ein paar Monate später kalbte ...

Gern hätte sie ihre Mutter gefragt, ob das bei Menschen ähnlich war, aber sie brachte nicht den Mut dazu auf.

Und noch schlimmer: In diesem Sommer hatte sie sich durch *Peer Gynt* gequält und begriff auch, nachdem sie endlos lange über die Geschichte nachgedacht hatte, nicht, warum das arme Bauernmädchen Solveig das ganze Leben damit vergeudete, auf einen Schürzenjäger wie Peer zu warten, und ihn dann, als er tatsächlich wiederkehrte, zurücknahm und seinen Kopf in ihren Schoß legte.

»Ich hätte ihn Viva zum Spielen gegeben«, murmelte sie, als sie den Hof fast erreicht hatte. Zu einem Schluss war sie in diesem Sommer gelangt: Sie würde niemals einen Mann heiraten, den sie nicht liebte.

Vom Ende des Pfads aus sah sie die seit Generationen unveränderte rustikale Holzhütte, deren torfbedecktes Dach sich leuchtend grün von den dunkleren Fichten drumherum abhob. Anna wusch sich die Hände in dem Fass neben dem Eingang, um den Geruch der Kühe loszuwerden, bevor sie den gemütlichen Küchen-Wohnbereich betrat, wo, wie sie es vorhergesehen hatte, bereits die Öllampen brannten.

In dem Raum befanden sich ein großer Tisch mit einem karierten Tuch, eine mit Schnitzereien verzierte Kiefernholzanrichte, ein alter Holzofen und ein riesiger offener Kamin, über dem sie und ihre Mutter den Eisentopf mit Haferbrei fürs Frühstück und Abendessen und für Fleisch und Gemüse am Mittag erhitzten. Im hinteren Teil der Hütte lagen der Schlafraum ihrer Eltern, der von Knut und ihr eigenes winziges Zimmer.

Sie nahm eine der Lampen vom Tisch, überquerte den abgetretenen Holzfußboden und öffnete die Tür zu ihrem Zimmer. Es war gerade genug Platz, um sich hineinzuschlängeln, weil das Bett bis zur Tür reichte. Nachdem sie die Lampe auf dem Nachtkästchen abgestellt hatte, löste sie ihre Haube, sodass sich ihre tizianroten Locken über ihre Schultern ergossen.

Dann setzte sich Anna mit ihrem fast blinden Spiegel aufs Bett und betrachtete ihr Gesicht, bevor sie einen Schmutzfleck von ihrer Stirn wischte, um fürs Essen ordentlich zu sein. Sie hielt sich nicht für sonderlich hübsch. Ihre Nase wirkte im Vergleich zu ihren großen blauen Augen und ihren vollen geschwungenen Lippen viel zu klein. Das einzig Gute am Winter, dachte sie, war, dass die Sommersprossen, die sich im Sommer großflächig auf ihrem Nasenrücken und ihren Wangen ausbreiteten, verblassten und bis zum nächsten Frühjahr vollends verschwanden.

Seufzend legte sie den Spiegel weg, schlängelte sich wieder hinaus und warf einen Blick auf die Uhr an der Wand in der Küche. Es war sieben. Warum, fragte sie sich verwundert, war noch niemand zu Hause, wenn doch ihr Vater und Knut erwartet wurden?

»Hallo?«, rief sie, ohne eine Antwort zu erhalten, trat hinaus in die Dämmerung und ging zur hinteren Seite der Hütte, wo ein rustikaler Kiefernholztisch auf dem nackten Boden stand. Zu ihrer Überraschung saßen dort ihre Eltern und Knut mit einem Fremden, dessen Gesicht vom Schein der Öllampe erhellt wurde.

»Wo hast du denn gesteckt, Kind?«, fragte ihre Mutter und stand auf.

»Ich habe die Kühe vom Berg heruntergeholt, wie du es wolltest.«

»Du warst Stunden weg«, rügte Berit sie.

»Ich musste Rosa suchen; die anderen hatten sie weit zurückgelassen.«

»Jetzt bist du ja da.« Berit klang erleichtert. »Dieser Herr hat deinen Vater und deinen Bruder zu uns begleitet, um dich kennenzulernen.«

Anna fragte sich, was der Herr von ihr wollte. Bisher war nie jemand aufgetaucht, um sie »kennenzulernen«. Er kam eindeutig nicht vom Land, denn er hatte eine dunkle Jacke mit breiten Revers und einem Seidenhalstuch an, dazu eine Flanellhose, die, obwohl am Saum schlammverspritzt, der Art war, wie vornehme Leute in der Stadt sie trugen. Außerdem hatte er einen langen, an den Enden gezwirbelten Schnurrbart, der sie ein wenig an die Hörner einer Ziege erinnerte, und aufgrund seiner Falten im Gesicht schätzte Anna ihn auf Mitte fünfzig. Er musterte sie mit einem anerkennenden Lächeln.

»Komm, Anna, begrüße Herrn Bayer.« Ihr Vater winkte sie heran, während er den Zinnbecher des Herrn mit hausgemachtem Bier aus dem großen Krug auf dem Tisch füllte.

Anna näherte sich dem Mann zögernd, der sich sofort erhob und ihr die Hand hinstreckte. Als sie sie ihm gab, schüttelte er sie nicht, sondern umfasste sie mit den seinen.

»Frøken Landvik, es ist mir eine Ehre, Sie kennenzulernen.«

»Tatsächlich?«, fragte sie verblüfft.

»Anna, sei nicht so unhöflich!«, ermahnte ihre Mutter sie.

»Aber nein«, mischte sich der Herr ein. »Bestimmt wollte Anna nicht so klingen. Sie ist nur verwundert, mich zu sehen. Ihre Tochter ist es sicher nicht gewöhnt, dass zu Hause ein Fremder auf sie wartet. Anna, wenn Sie sich setzen würden, erkläre ich Ihnen, warum ich hier bin.«

Annas Eltern und Knut sahen ihn erwartungsvoll an.

»Erlauben Sie mir zunächst, mich vorzustellen. Ich heiße Franz Bayer und bin Professor für norwegische Geschichte an der Universität von Christiania. Außerdem spiele ich Klavier und unterrichte Musik. Meine gleichgesinnten Freunde und ich verbringen die meisten Sommer in der Region Telemark, um Nachforschungen über die nationale Kultur anzustellen, die Sie in dieser Gegend so gut bewahren, und um junge musikalische Talente zu finden, die wir in der Hauptstadt Christiania vorstellen können. In Heddal bin ich wie überall zuerst in die Kirche gegangen, wo ich Fru Erslev, die Frau des Pastors, die den Kirchenchor leitet, kennenlernte. Als ich sie fragte, ob sich darin außergewöhnliche Stimmen befänden, hat sie die Ihre erwähnt. Natürlich ging ich davon aus, dass Sie in der Nähe wohnen. Doch sie hat mir erklärt, dass Sie den Sommer hier oben, fast eine Tagesreise mit Pferd und Kutsche entfernt, verbringen, Ihr Vater mich aber mitnehmen könne, was er tatsächlich getan hat.« Herr Bayer verneigte sich leicht in Richtung Anders. »Meine liebe junge Dame, ich muss gestehen, dass ich Bedenken hatte, als Fru Erslev mir mitgeteilt hat, wo Sie wohnen. Am Ende hat sie mich überzeugt, dass die Reise sich lohnen würde. Sie behauptet, Sie hätten die Stimme eines Engels. Deswegen bin ich hier.« Er breitete lächelnd die Arme aus. »Ihre Eltern haben mich ausgesprochen gastfreundlich aufgenommen.«

Anna blieb vor Erstaunen der Mund offen stehen. Sie schloss ihn hastig, weil sie nicht wollte, dass ein kultivierter Städter wie er sie für eine ungebildete Bäuerin hielt.

»Ich fühle mich geehrt, dass Sie die weite Fahrt auf sich genommen haben, um mich kennenzulernen«, sagte sie und machte einen höchst anmutigen Knicks.

»Wenn Ihre Chorleiterin recht hat – und Ihre Eltern sind ebenfalls der Meinung, dass Sie Talent besitzen –, ist die Ehre ganz meinerseits«, erklärte Herr Bayer galant. »Sie könnten mir gleich beweisen, dass ihrer aller Überzeugung stimmt. Ich würde mir sehr wünschen, dass Sie für mich singen, Anna.«

»Das macht sie gern«, sagte Anders, als Anna ihn unsicher ansah. »Anna?«

»Aber ich kenne nur Volks- und Kirchenlieder, Herr Bayer.«

»Das reicht völlig«, beruhigte er sie.

»Sing ›Per Spelmann‹«, meinte ihre Mutter.

»Das wäre doch ein sehr schöner Anfang.« Herr Bayer nickte.

»Aber das Lied singe ich immer nur den Kühen vor.«

»Dann stellen Sie sich einfach vor, ich sei Ihre Lieblingskuh, und Sie wollten mich nach Hause locken«, schlug Herr Bayer belustigt vor.

»Gut. Ich gebe mein Bestes.«

Anna schloss die Augen, versuchte sich in die Berge zu Rosa zu versetzen, holte tief Luft und begann zu singen von dem armen Geiger, der seine Kuh eintauscht, um seine Fiedel zurückzubekommen.

Sobald das letzte Wort in der klaren Abendluft verklungen war, öffnete sie die Augen wieder und blickte Herrn Bayer fragend an. Er musterte sie eine ganze Weile schweigend.

»Jetzt vielleicht ein Kirchenlied. Kennen Sie ›*Herre Gud, ditt dyre navn og ære*‹?«, erkundigte er sich.

Anna nickte und fing erneut zu singen an. Als sie geendet hatte, zog Herr Bayer ein großes Taschentuch heraus und tupfte sich die Augen ab.

»Meine junge Dame«, sagte er gerührt, »das war fantastisch. Und jede Stunde Rückenschmerzen wert, die ich nach der holprigen Fahrt hier herauf haben werde.«

»Sie müssen bei uns übernachten«, meldete sich Berit zu Wort. »Sie können das Schlafzimmer von unserem Sohn Knut haben, er schläft dann in der Küche.«

»Danke, mein Gute, ich nehme Ihr Angebot gern an, denn wir haben viel zu besprechen. Verzeihen Sie, wenn ich so direkt bin, aber hätten Sie möglicherweise ein Stück Brot für mich müden Reisenden? Ich habe seit dem Frühstück nichts mehr gegessen.«

»O Entschuldigung«, rief Berit entsetzt aus, dass sie das bei all der Aufregung völlig vergessen hatte. »Natürlich. Anna und ich bereiten gleich etwas zu.«

»Und in der Zwischenzeit unterhalten Herr Landvik und ich uns darüber, wie man Annas Stimme einer breiteren Öffentlichkeit in Norwegen zugänglich machen kann.«

Anna folgte ihrer Mutter mit großen Augen in die Küche.

»Was wird er von uns denken? Dass wir so arm oder wenig gastfreundlich sind, einem Gast nichts anbieten zu können!«, jammerte Berit, während sie Brot, Butter und Pökelfleisch auf einen Teller gab. »Bestimmt erzählt er in Christiania allen seinen Freunden von unseren schlechten Manieren.«

»Mor, Herr Bayer scheint mir ein netter Herr zu sein. Das tut er schon nicht. Wenn wir hier fertig sind, muss ich Holz für den Kamin holen.«

»Beeil dich, der Tisch muss auch noch gedeckt werden.«

»Ja, Mor«, sagte Anna und ging mit einem großen Weidenkorb hinaus. Nachdem sie ihn mit Holzscheiten gefüllt hatte, betrachtete sie kurz die funkelnden Lichter der wenigen anderen menschlichen Behausungen, die in Richtung See an den Hügeln leuchteten.

Obwohl sie keine klare Vorstellung davon hatte, was der Besuch von Herrn Bayer für sie bedeutete, kannte sie doch Geschichten von anderen begabten Sängern und Musikern, die aus Orten der Region Telemark von Professoren wie Herrn Bayer in die Stadt mitgenommen worden waren. Und sie überlegte, ob sie ihn, wenn er sie tatsächlich fragte, begleiten wollte. Doch weil ihre Erfahrungen sich auf Heddal und den einen oder anderen Ausflug nach Skien beschränkten, konnte sie sich nicht vorstellen, was ein solcher Umzug mit sich bringen würde.

Als Anna hörte, wie ihre Mutter sie rief, kehrte sie in die Hütte zurück.

Am folgenden Morgen drehte Anna sich in den trägen Sekunden zwischen Schlaf und Wachen in dem Bewusstsein in ihrem Bett herum, dass tags zuvor etwas Unglaubliches passiert war. Wenig später stand sie auf und machte sich daran, all die Kleiderschichten aus langer Unterhose, Unterhemd, cremefarbener Bluse, schwarzem Rock und bunt bestickter Weste anzuziehen, die sie jeden Tag trug. Nachdem sie ihre Baumwollhaube aufgesetzt und ihre Haare darunter geschoben hatte, schlüpfte sie in ihre Schuhe.

Am Abend zuvor hatte sie nach dem Essen zwei weitere Volkslieder und noch ein Kirchenlied gesungen, bevor ihre Mutter sie ins Bett schickte. Bis dahin war es in dem Gespräch nicht um Anna gegangen, sondern um das ungewöhnlich warme Wetter und die Ernte des folgenden Jahres. Doch von ihrem Zimmer aus hatte Anna durch die dünnen Holzwände dann die gedämpften Stimmen von ihren Eltern und Herrn Bayer gehört, die sich über ihre Zukunft unterhielten. Einmal hatte sie es sogar gewagt, ihre Tür einen Spalt weit zu öffnen, um besser lauschen zu können.

»Natürlich mache ich mir Gedanken, weil meine Frau, wenn Anna in die Stadt geht, den Haushalt allein führen muss«, hatte sie ihren Vater sagen hören.

»Vielleicht sind Kochen und Putzen nicht gerade ihre Stärken, aber sie ist fleißig und kümmert sich gut um die Tiere«, hatte Berit hinzugefügt.

»Wir finden bestimmt eine Lösung«, hatte Herr Bayer sie beruhigt. »Selbstverständlich bin ich bereit, Ihnen eine Entschädigung für den Verlust von Annas Arbeitskraft zu zahlen.«

Anna, der es ob der Summe den Atem verschlug, hatte die Tür leise wieder geschlossen. »Sie verschachern mich wie eine Kuh auf dem Markt!«, hatte sie wütend, aber auch ein wenig aufgeregt, gemurmelt und war erst sehr viel später eingeschlafen.

Am folgenden Morgen lauschte Anna beim Haferbrei schweigend, wie ihre Familie über Herrn Bayer redete, der nach der anstrengenden Fahrt noch immer schlief. Offenbar hatte sich die Begeisterung vom Vorabend mittlerweile abgekühlt, denn ihre Familie war sich nicht mehr so sicher, ob es klug wäre, ihre einzige Tochter mit einem Fremden in die Stadt gehen zu lassen.

»Wir haben nur sein Wort«, sagte Knut ein wenig verstimmt, weil er Herrn Bayer sein Bett hatte überlassen müssen. »Woher sollen wir wissen, dass Anna bei ihm gut aufgehoben ist?«

»Wenn Fru Erslev ihn hergeschickt hat, muss er ein angesehener, gottesfürchtiger Mann sein«, bemerkte Berit, während sie eine große Schale Haferbrei mit einem Löffel eingemachter Moltebeeren obendrauf herrichtete.

»Ich denke, es ist das Beste, wenn ich nächste Woche in Heddal mit dem Pastor und seiner Frau spreche«, meinte Anders.

Berit nickte zustimmend. »Dann muss er uns Bedenkzeit geben und noch einmal wiederkommen, um alles zu bereden.«

Anna, der klar war, dass ihre Zukunft von der Entscheidung abhing, und die selbst nicht so recht wusste, was sie von alledem halten sollte, wagte nicht, etwas zu sagen. Sie entfernte sich, bevor ihre

Mutter ihr neue Aufgaben zuteilen konnte, weil sie den Tag bei den Kühen verbringen und in Ruhe nachdenken wollte. Beim Gehen vor sich hin summend, überlegte sie, warum Herr Bayer sich so stark für sie interessierte, wenn es doch in Christiania bestimmt viele bessere Sängerinnen gab als sie. Sie hatte nur noch wenige Tage in den Bergen, bevor sie für den Winter nach Heddal zurückmusste, und plötzlich wurde ihr bewusst, dass sie im folgenden Sommer vielleicht gar nicht mehr hierher zurückkehren würde. Also schlang sie die Arme um Rosa, drückte ihr einen Kuss auf die Stirn, machte die Augen zu und sang traurig ein Lied.

Eine Woche später in Heddal ging Anders zu Pastor Erslev und seiner Frau, die ihn hinsichtlich des Charakters und der Referenzen des Professors beruhigten. Offenbar hatte Herr Bayer bereits andere junge Frauen unter seine Fittiche genommen und zu professionellen Sängerinnen ausgebildet. Von denen eine, wie Fru Erslev schwärmte, sogar im Chor des Theaters in Christiania sang.

Als Herr Bayer sie wenig später besuchte, bereitete Berit einen ausgezeichneten Schweinebraten zu. Nach dem Essen wurde Anna nach draußen geschickt, um wie üblich die Hühner zu füttern und die Wassertröge zu füllen. Mehrmals hielt sie sich in der Nähe des Küchenfensters auf, weil sie hören wollte, was drinnen gesagt wurde, doch ohne Erfolg. Am Ende holte Knut sie hinein.

Drinnen tranken ihre Eltern gemütlich mit Herrn Bayer das selbst gebraute Bier ihres Vaters. Herr Bayer begrüßte sie mit einem freundlichen Lächeln, als sie sich mit Knut an den Tisch setzte.

»Anna, Ihre Eltern haben zugestimmt, dass Sie ein Jahr lang bei mir in Christiania leben. Ich werde Ihr Mentor und Lehrer sein und habe ihnen versprochen, in dieser Zeit für sie *in loco parentis* zu agieren. Was sagen Sie dazu?«

Weil Anna sich nicht anmerken lassen wollte, dass sie die Ausdrücke »Mentor«, »*in loco parentis*« und »agieren« nicht kannte, schwieg sie.

»Herr Bayer meint, dass du bei ihm in seiner Wohnung in Christiania leben wirst, dass er dir das richtige Singen beibringen, dich einflussreichen Leuten vorstellen und für dich sorgen wird, als wärst du seine eigene Tochter«, erklärte Berit und legte eine Hand auf Annas Knie.

Als Herr Bayer den verblüfften Gesichtsausdruck Annas sah, beeilte er sich, sie zu beruhigen. »Wie ich Ihren Eltern erklärt habe, entsprechen die Wohnverhältnisse selbstverständlich in jeder Hinsicht der Schicklichkeit. Meine Haushälterin Frøken Olsdatter lebt ebenfalls in meiner Wohnung und wird ständig anwesend sein, um Ihnen Gesellschaft zu leisten und sich um Ihre Bedürfnisse zu kümmern. Außerdem habe ich Ihren Eltern Empfehlungsschreiben von meiner Universität und der Musikvereinigung in Christiania vorgelegt. Sie haben also nichts zu befürchten, meine liebe junge Dame.«

»Verstehe.« Anna nippte an dem Kaffee, den ihre Mutter ihr gereicht hatte.

»Gefällt Ihnen der Plan, Anna?«, erkundigte sich Herr Bayer.

»Ich ... glaube schon.«

»Herr Bayer ist außerdem bereit, sämtliche Unkosten für dich zu übernehmen«, meldete sich ihr Vater zu Wort. »Das ist eine wunderbare Gelegenheit, Anna. Er findet, dass du großes Talent besitzt.«

»Ja«, bestätigte Herr Bayer. »Sie haben eine der reinsten Stimme, die ich je gehört habe. Sie werden nicht nur in Musik ausgebildet, sondern lernen auch Sprachen. Ich werde Hauslehrer einstellen, die Ihnen das Lesen und Schreiben besser beibringen ...«

»Entschuldigung, Herr Bayer«, fiel Anna ihm ins Wort, »das kann ich beides bereits ganz gut.«

»Das ist eine große Hilfe. Dann können wir uns schneller der Stimme zuwenden, als ich dachte. Und, Anna, sagen Sie ja?«

Anna hätte gern nach dem Warum gefragt: Warum wollte er ihren Eltern Geld dafür geben, dass er seine Zeit opferte, um sie und ihre Stimme zu fördern, und warum wollte er sie obendrein in seiner Wohnung leben lassen? Da sich jedoch niemand sonst diese Fragen zu stellen schien, ließ sie es bleiben.

»Aber Christiania ist so weit weg, und ein Jahr ist eine lange

Zeit ...«, wandte Anna ein, als ihr bewusst wurde, was der Vorschlag für sie bedeutete. Alles, was sie kannte, würde nicht mehr gelten. Sie war ein einfaches Mädchen von einem Bauernhof in Heddal, das innerhalb weniger Sekunden eine weitreichende Entscheidung treffen sollte.

»Nun ...«

Vier Augenpaare richteten sich auf sie.

»Ich ...«

»Ja?«, fragten ihre Eltern und Herr Bayer unisono.

»Bitte versprecht mir, dass ihr Rosa, wenn sie in meiner Abwesenheit sterben sollte, nicht esst.«

Mit diesen Worten brach Anna Landvik in Tränen aus.

XIV

Nach der Abreise von Herrn Bayer herrschte im Haus der Landviks hektische Aktivität. Annas Mutter nähte eine Tasche für ihre Tochter, in der sie ihre wenigen Habseligkeiten nach Christiania bringen konnte. Ihre beiden besten Röcke und Blusen, dazu ihre Unterwäsche, wurden mit höchster Sorgfalt gewaschen und ausgebessert, weil Berit nicht wollte, dass die hochnäsigen Städter ihre Tochter für ein gewöhnliches Bauernmädchen hielten. Fru Erslev, die Frau des Pastors, gab ihr ein neues Gebetbuch mit knisternden weißen Seiten und ermahnte sie, jeden Abend ein Dankgebet zu sprechen und sich nicht von den »heidnischen« Sitten in der Stadt anstecken zu lassen. Pastor Erslev würde Anna von Drammen aus im Zug nach Christiania begleiten, weil er ohnehin an einem kirchlichen Treffen dort teilnehmen musste.

Anna selbst blieb kaum noch ein freier Moment, um in Ruhe über ihre Entscheidung nachzudenken. Wann immer Zweifel an ihr nagten, bemühte sie sich, diese beiseitezuschieben. Ihre Mutter hatte ihr gesagt, dass Lars sie am folgenden Tag besuchen wolle. Als Anna sich an die mit gedämpfter Stimme geführten Gespräche ihrer Eltern über ihre mögliche Heirat erinnerte, begann ihr Herz wie wild zu klopfen. Irgendwie schienen, egal, was die Zukunft für sie in Heddal oder in Christiania bereithielt, immer andere für sie zu entscheiden.

»Lars ist da«, verkündete Berit am folgenden Morgen, als hätte Anna nicht selbst aufgeregt darauf gelauscht, wie er den Schlamm vom Septemberregen vor der Tür abstampfte. »Ich mache die Tür auf. Du kannst ihn im Wohnzimmer empfangen.«

Anna wusste, dass das Wohnzimmer der Raum für »ernste Angelegenheiten« war. Darin befanden sich die Sitzbank, ihr einziges gepolstertes Möbelstück, sowie eine Vitrine mit einer Mischung aus

Tellern und kleinem Nippes, den ihre Mutter für gut genug hielt, um ihn Besuchern zu präsentieren. Hier hatten auch die Särge von drei Großeltern gestanden, als sie von dieser Welt gegangen waren. Auf dem schmalen Flur kam Anna zu Bewusstsein, dass sich in dem Zimmer kaum jemals jemand aufgehalten hatte, der noch atmete. Als sie die Tür öffnete, schlug ihr abgestandene Luft entgegen.

Das düstere Umfeld passte zu dem Gespräch, das ihr bevorstand. Sie überlegte, wo genau sie Lars erwarten sollte. Als sie seine schweren Schritte im Durchgang hörte, setzte sich Anna hastig auf die Wandbank, deren Polster fast so hart waren wie das Kiefernholz darunter.

Und als es an der Tür klopfte, kicherte Anna. Noch niemals zuvor hatte irgendjemand um Erlaubnis gebeten, einen Raum zu betreten, der nicht ihr Schlafzimmer war.

»Ja?«, fragte sie.

Die Tür öffnete sich, und ihre Mutter streckte das runde Gesicht herein. »Lars ist da.«

Er hatte seine dichten blonden Haare glatt gebürstet und trug sein bestes cremefarbenes Hemd sowie die schwarze Hose, die er sonst nur in der Kirche anhatte, dazu einen Mantel, den Anna nicht kannte – mitternachtsblau, eine Farbe, die prima zu seinen Augen passte, dachte sie. Anna fand ihn gut aussehend, doch das Gleiche galt für ihren Bruder Knut. Und den wollte sie nun wirklich nicht heiraten.

Bei ihrem letzten Zusammensein hatte Lars ihr den *Peer Gynt* gegeben und ihre Hand gehalten. Als sie sich daran erinnerte, schluckte sie. Anna stand auf, um ihn zu begrüßen. »Hallo, Lars.«

»Möchtest du einen Kaffee, Lars?«, erkundigte sich Berit von der Tür aus.

»N... Nein danke, Fru Landvik.«

»Gut«, sagte Annas Mutter nach kurzem Zögern, »dann lasse ich euch jetzt allein, damit ihr euch unterhalten könnt.«

»Möchtest du dich setzen?«, fragte Anna Lars, sobald Berit sich entfernt hatte.

»Ja«, antwortete er und nahm Platz.

Anna setzte sich, die Hände im Schoß verschränkt, ans äußerste Ende der Bank.

»Anna ...«, Lars räusperte sich, »... weißt du, warum ich hier bin?«

»Weil du immer da bist?«

Er musste lachen. »Ja, wahrscheinlich. Wie war der Sommer?«

»Nicht schlechter als die andern davor.«

»Aber dieser Sommer war doch bestimmt ein besonderer für dich, oder?«, hakte er nach.

»Du meinst wegen Herrn Bayer, dem Mann aus Christiania?«

»Ja, Fru Erslev hat allen davon erzählt. Sie ist sehr stolz auf dich ... und ich bin es auch«, fügte er hinzu. »Du bist jetzt bestimmt die berühmteste Person in ganz Telemark. Natürlich abgesehen von Herrn Ibsen. Und, wirst du gehen?«

»Far und Mor halten das für eine wunderbare Gelegenheit. Sie sagen, ich kann mich geehrt fühlen, dass jemand wie Herr Bayer mich fördern will.«

»Sie haben recht. Aber mich würde interessieren, ob *du* gehen möchtest.«

Anna überlegte.

»Ich glaube, ich muss. Es wäre sehr unhöflich, Nein zu sagen, findest du nicht? Wo er doch die Tagesreise in die Berge auf sich genommen hat, um mich singen zu hören.«

»Vermutlich hast du recht.« Lars blickte an ihr vorbei zu der Wand aus schweren Kiefernbalken, an der ein Bild vom Sjusjøen-See hing. Dann herrschte langes Schweigen, von dem Anna nicht wusste, ob sie es beenden sollte. Am Ende wandte sich Lars wieder ihr zu.

»Anna.«

»Ja, Lars?«

Er holte tief Luft, und ihr fiel auf, dass er sich an der Armlehne des Sofas festhielt, damit seine Hand nicht zitterte. »Bevor du für den Sommer weggegangen bist, habe ich mit deinem Vater darüber gesprochen, dass ich ... um deine Hand anhalten könnte. Wir haben uns darauf geeinigt, dass ich ihm das Land meiner Familie verkaufe und wir es gemeinsam bestellen. Weißt du darüber Bescheid?«

»Ich habe die Unterhaltung meiner Eltern gehört«, gestand sie.

»Und was hast du von diesem Plan gehalten, bevor Herr Bayer ins Spiel kam?«

»Du meinst, davon, dass Far das Land kaufen möchte?«

»Nein.« Lars schmunzelte. »Davon, dass wir heiraten.«

»Offen gestanden hatte ich nicht erwartet, dass du mich heiraten willst. Du hast nie etwas davon erwähnt.«

Lars sah sie erstaunt an. »Anna, du hast doch sicher gemerkt, was ich für dich empfinde? Schließlich war ich vergangenen Winter jeden Abend hier, um dir beim Lesen und Schreiben zu helfen.«

»Lars, du bist doch immer hier. Du bist ... wie mein Bruder.«

Er verzog das Gesicht. »Anna, ich liebe dich.«

Anna machte große Augen. Sie war davon ausgegangen, dass er ihre Verbindung als pragmatische Lösung erachtete, weil sie aufgrund ihrer begrenzten häuslichen Fähigkeiten nun wirklich kein guter Fang war. Die meisten Ehen, die sie kannte, schienen solche Arrangements zu sein. Und nun gestand Lars ihr seine Liebe ... das war etwas völlig anderes.

»Das ist sehr freundlich von dir, Lars. Ich meine, dass du mich liebst.«

»Es ist nicht ›freundlich‹, Anna, sondern ...« Er verstummte. In dem langen Schweigen, das nun folgte, stellte Anna sich vor, wie still die Abende mit ihm werden würden, wenn sie tatsächlich heirateten.

»Anna, mich würde interessieren, ob du meinen Heiratsantrag angenommen hättest, wenn Herr Bayer dich nicht eingeladen hätte, ihn nach Christiania zu begleiten.«

Weil er ihr vergangenen Winter geholfen hatte und sie ihn mochte, gab es eigentlich nur eine Antwort auf diese Frage.

»Ich hätte Ja gesagt.«

»Danke.« Er wirkte erleichtert. »Dein Vater und ich haben uns darauf geeinigt, den Kaufvertrag für meinen Grund sofort aufzusetzen. Ich warte auf dich, bis das Jahr in Christiania vorbei ist. Und wenn du wieder da bist, halte ich ganz offiziell um deine Hand an.«

Als Anna das hörte, geriet sie in Panik. Lars hatte sie falsch verstanden. Hätte er sie gefragt, ob sie ihn liebe, wie er behauptete, sie zu lieben, hätte sie mit Nein geantwortet.

»Anna, sagst du Ja?«

Schweigen, während Anna versuchte, ihre Gedanken zu sortieren.

»Ich hoffe, du kannst lernen, mich so zu lieben wie ich dich«, sagte er mit leiser Stimme. »Und dass wir vielleicht eines Tages miteinander nach Amerika fahren und dort ein neues Leben beginnen. Das hier ist für dich, anlässlich unserer inoffiziellen Verlobung. Sinnvoller als ein Ring, zumindest fürs Erste, denke ich.« Er nahm ein langes, schmales Holzkästchen aus seiner Westentasche und reichte es ihr.

»Danke.« Anna ließ die Finger über das polierte Holz gleiten, bevor sie es öffnete. Darin lag der schönste Füllfederhalter, den sie je gesehen hatte. Sie ahnte, dass er viel Geld gekostet hatte. Der Griff war aus hellem Kiefernholz geschnitzt, elegant geschwungen, damit er gut in der Hand lag, und endete in einer feinen Spitze. Sie hielt ihn genau so, wie Lars es ihr beigebracht hatte. Selbst wenn sie Lars nicht liebte und ihn nicht heiraten wollte, rührte sein Geschenk sie zu Tränen.

»Lars, etwas Schöneres habe ich noch nie besessen.«

»Anna, ich werde auf dich warten«, versprach er. »Vielleicht kannst du mir mit dem Stift ja Briefe schreiben, in denen du mir dein neues Leben in Christiania schilderst.«

»Natürlich.«

»Und du bist einverstanden, dass wir uns nächstes Jahr, wenn du aus Christiania zurück bist, offiziell verloben?«

Da sie die Macht seiner Liebe spürte und ihren wunderschönen neuen Füller in der Hand hielt, hatte Anna das Gefühl, ihm nur eine Antwort geben zu können.

»Ja.«

Ein Lächeln breitete sich auf seinem Gesicht aus. »Dann bin ich zufrieden, und wir sagen deinen Eltern, dass wir uns einig sind.« Lars erhob sich, nahm ihre Hand in die seine, beugte den Kopf darüber und küsste sie. »Meine Anna. Wollen wir hoffen, dass Gott es gut mit uns beiden meint.«

Als Anna zwei Tage später früh aufstand, um sich auf den langen Weg nach Christiania zu machen, vergaß sie alle verstörenden Gedanken an Lars. In ihrer Nervosität gelang es ihr kaum, die Festtagspfannkuchen hinunterzuwürgen, die ihre Mutter ihr zum Frühstück gemacht hatte. Und als Anders verkündete, dass es Zeit sei aufzubrechen, erhob sich Anna mit wackeligen Knien. Am liebsten hätte sie ihre Reisetasche ausgepackt und alles abgeblasen.

»Schon gut, *kjære*«, sagte Berit und strich Anna zur Beruhigung über die langen Locken, »ehe du dich's versiehst, bist du wieder hier. Vergiss nur nicht, jeden Abend zu beten, am Sonntag in die Kirche zu gehen und dir ordentlich die Haare zu bürsten.«

»Mor, hör auf mit deinen Ratschlägen, sonst kommt sie nie hier weg«, sagte Knut trocken und umarmte seine Schwester. »Und vergiss auch nicht, dir ein bisschen Spaß zu gönnen«, flüsterte er ihr ins Ohr, bevor er ihr mit dem Daumen die Tränen von den Wangen wischte.

Ihr Vater brachte sie mit dem Fuhrwerk nach Drammen, das fast eine Tagesreise entfernt lag und von wo aus Pastor Erslev sie im Zug in die Stadt begleiten würde. Die Nacht verbrachten sie in einer bescheidenen Pension, die einen Stall für das Pferd hatte, sodass sie bereits in aller Frühe aufbrechen und pünktlich am Bahnhof sein konnten.

Pastor Erslev wartete am Bahnsteig, auf dem es von Reisenden wimmelte. Als der Zug einfuhr, war Anna überwältigt von dem zischenden Dampf, dem Lärm der Bremsen und den Passagieren, die an Bord hasteten. Anders half ihr mit der großen Tasche.

»Far, ich habe solche Angst«, flüsterte sie.

»Anna, wenn es dir in Christiania nicht gefällt, kommst du einfach wieder nach Hause«, antwortete er sanft und streichelte ihre Wange. »Aber jetzt steig ein.«

Sie suchten ihr Abteil auf. Nachdem Anders Annas Tasche auf die Metallablage über ihrem Kopf gehievt hatte, ertönte ein Pfiff, und er beugte sich hastig zu ihr hinunter, um ihr zum Abschied einen Kuss zu geben. »Vergiss nicht, Lars regelmäßig zu schreiben, damit wir alle wissen, wie es dir geht. Und vergiss auch nicht, welche Ehre dir zuteilwird. Zeig diesen Städtern, dass wir vom Land wissen, wie man sich benimmt.«

»Versprochen, Far.«

»Braves Mädchen. Bis Weihnachten. Gott segne dich und halte seine schützende Hand über dich. Auf Wiedersehen.«

»Keine Sorge, ich werde sie Herrn Bayer sicher übergeben«, versprach Pastor Erslev.

Anna bemühte sich, nicht zu weinen, als Anders ausstieg und ihr durchs Fenster zuwinkte. Wenig später verschwand das Gesicht ihres Vaters in einer Wolke aus Dampf.

Während Pastor Erslev sein Gebetbuch aufschlug, betrachtete Anna ihre Mitreisenden, die alle schicke Stadtkleidung trugen, sodass Anna tatsächlich das Gefühl hatte, vom Land zu sein. Also nahm sie den Brief, den Lars ihr tags zuvor beim Abschied gegeben hatte, aus ihrer Rocktasche und öffnete ihn mit großer Geste, um den Damen und Herren im Abteil zu zeigen, dass sie vielleicht vom Land kam, aber immerhin *lesen* konnte.

Obwohl die Worte in Lars' ordentlicher Handschrift eine Herausforderung für sie darstellten, ließ sie sich das nicht anmerken.

Stalsberg
Våningshuset
Tindevegen, Heddal
18. September 1875

Kjære Anna,
ich bin stolz auf Dich. Ergreife jede nur erdenkliche Gelegenheit, um Deine Stimme zu verbessern und Dein Wissen über die Welt außerhalb von Heddal zu erweitern. Hab keine Angst und vergiss nicht, dass sich hinter der feinen Kleidung und den vornehmen Manieren der Leute, denen Du begegnen wirst, auch nur einfache Menschen wie Du und ich verbergen.

In der Zwischenzeit warte ich hier auf Dich und freue mich schon auf den Tag Deiner Rückkehr. Bitte schreibe mir, damit ich weiß, dass

Du sicher in Christiania angekommen bist. Wir sind sehr gespannt, alles über Dein neues Leben dort zu erfahren.
 Bis dahin verbleibe ich in Liebe und Treue
 Dein Lars

Anna faltete den Brief und steckte ihn wieder in ihre Rocktasche. Es fiel ihr schwer, den unbeholfenen, ruhigen Lars mit diesem elegant formulierten Brief zusammenzubringen. Sie sah zu Pastor Erslev hinüber, der auf dem Sitz ihr gegenüber vor sich hin döste und an dessen Nasenspitze ein Tröpfchen hing, ohne herunterzufallen. Anna schob die Panik beiseite, die jedes Mal in ihr aufstieg, wenn sie an die Heirat mit Lars dachte. Ein Jahr war eine lange Zeit, in der vieles passieren konnte. Menschen konnten vom Blitz getroffen werden oder sich eine Lungenentzündung holen und sterben. Auch sie selbst konnte sterben, dachte sie, als der Zug sich plötzlich scharf nach rechts neigte. Mit diesem Gedanken schloss Anna die Augen und versuchte zu schlafen.

»Guten Tag, Pastor Erslev! Und mein liebes Frøken Landvik, erlauben Sie mir, Sie in Christiania willkommen zu heißen. Darf ich Anna zu Ihnen sagen, wo wir doch in derselben Wohnung leben werden?«, fragte Herr Bayer, als er ihr die Tasche abnahm und aus dem Zug half.

»Ja, natürlich, Herr Bayer«, antwortete Anna verlegen.

»Wie war die Reise, Pastor Erslev?«, erkundigte sich Herr Bayer bei dem Geistlichen, der neben ihnen her den Bahnsteig voller Menschen entlanghumpelte.

»Angenehm, danke der Nachfrage. Damit habe ich meine Pflicht und Schuldigkeit getan. Da vorne sehe ich auch schon Pastor Eriksonn«, sagte er und winkte einem kleinen glatzköpfigen Mann zu, der ähnliche Kleidung trug wie er. »Auf Wiedersehen, Anna.«

»Auf Wiedersehen, Pastor Erslev.«

Anna sah diesem letzten Kontakt zu ihrem alten Leben nach, wie er durch die Tore des Bahnhofs auf die belebte Straße verschwand, wo mehrere Droschken warteten.

»Wir nehmen uns auch eine, damit wir schneller nach Hause kommen. Sonst fahre ich mit der Straßenbahn, aber ich fürchte, das könnte nach der langen Reise zu anstrengend für Sie sein.«

Nachdem Herr Bayer dem Fahrer die Adresse genannt hatte, half er Anna in die Kutsche. Sie setzte sich, aufgeregt darüber, wie fürstlich sie reiste, auf die Bank darin, die mit weichem rotem Stoff gepolstert und sehr viel bequemer war als die Wandbank zu Hause.

»Zu meiner Wohnung ist es nicht weit«, erklärte Herr Bayer. »Meine Haushälterin hat uns etwas zu essen vorbereitet. Sie haben bestimmt Hunger.«

Insgeheim hoffte Anna, dass die Fahrt mit der Droschke recht lange dauern möge. Sie schob die kleinen Brokatvorhänge beiseite und schaute mit großen Augen hinaus. Anders als die schmalen Wege in Skien waren die breiten Boulevards hier von Bäumen gesäumt und voller Menschen. Sie passierten eine von Pferden gezogene Straßenbahn mit schick gekleideten Fahrgästen. Die Herren trugen glänzende Zylinder und die Damen extravagante, mit Blumen und Bändern geschmückte Hüte. Als Anna sich selbst mit einer solchen Kreation vorstellte, hätte sie fast gekichert.

»Natürlich werden wir noch viel besprechen müssen«, stellte Herr Bayer fest, »aber wir haben genug Zeit, bis ...«

»Bis was, Herr Bayer?«, fragte Anna.

»Bis Sie bereit sind, vor einem größeren Publikum aufzutreten, meine liebe junge Dame. Da wären wir.« Er öffnete das Fenster und rief dem Fahrer zu, dass er halten solle. Nachdem er Anna herausgeholfen und ihre Tasche genommen hatte, blickte sie zu dem hohen Steingebäude hinauf, das sich mit seinen in der Sonne glitzernden Fenstern bis in den Himmel zu erheben schien.

»Da wir leider noch keinen von diesen modernen Aufzügen haben, müssen wir die Treppe benutzen«, teilte er ihr mit, als sie durch eine prächtige Doppeltür den hallenden Marmorboden im Eingangsbereich betraten. »Aber oben in der Wohnung«, meinte Herr Bayer auf der gewundenen Treppe mit dem glänzenden Messinghandlauf, »habe ich immerhin das Gefühl, mir mein Abendessen verdient zu haben!«

Anna zählte lediglich drei kurze Trepppen, und sie zu bewältigen, fühlte sich für sie deutlich leichter an, als einen Berghang im Regen hinaufzuklettern. Oben angekommen, führte Herr Bayer sie einen breiten Flur entlang und schloss eine Tür auf.

»Frøken Olsdatter, Anna und ich sind da!«, rief er, als er ihr voran in einen riesigen Salon ging, dessen Wände mit einer rubinroten Tapete bedeckt waren und in denen sich die größten Glasfenster befanden, die Anna kannte.

»Wo steckt die Frau nur?«, beklagte sich Herr Bayer. »Wenn Sie mich einen Moment entschuldigen würden, Anna, meine Liebe. Ich versuche, sie zu finden. Setzen Sie sich doch, und machen Sie es sich bequem.«

Anna, die zu nervös war, um stillzusitzen, nutzte die Gelegenheit, sich umzusehen. Neben einem der Fenster stand ein Flügel, und unter einem anderen befand sich ein riesiger Mahagonischreibtisch voll mit Notenblättern. Die Mitte des Raums wurde von einer großen, bedeutend prächtigeren Sitzbank als der bei ihr zu Hause beherrscht. Ihr gegenüber waren zwei elegante, rosabraun gestreift überzogene Sessel mit einem niedrigen Tisch aus hübschem, dunklem Holz gruppiert, auf dem sich Bücher stapelten und eine Sammlung von Schnupftabakdosen prangte. Die Wände waren mit Ölgemälden von Landschaften nicht unähnlich der um Heddal geschmückt. Außerdem entdeckte sie einige gerahmte Zertifikate und Briefe. Sie trat näher heran, um eines davon genauer zu betrachten.

Det Kongelige Frederiks Universitet tildeler
Prof. Dr. Franz Bjørn Bayer
aeresprofessorat i historie
16. juli 1867

Unter dem Text befanden sich ein rotes Siegel und eine Unterschrift. Anna fragte sich, wie viele Jahre ihr Mentor wohl die Schule besucht hatte, um ein solches Zeugnis zu erhalten.

»Meine Güte, wie dunkel es hier drinnen schon um kurz nach

fünf ist!«, rief Herr Bayer aus, als er in Gesellschaft einer groß gewachsenen schlanken Frau, die Anna für etwa so alt wie ihre Mutter hielt, zurückkehrte. Die Frau trug ein dunkles Wollkleid mit hohem Kragen und einen langen, weiten Rock, der, obwohl elegant geschnitten, abgesehen von dem Schlüsselbund, der an einer feinen Kette um ihre Taille hing, schlicht und schmucklos war. Die hellbraunen Haare hatte die Frau zu einem ordentlichen Knoten im Nacken geschlungen.

»Anna, das ist Frøken Olsdatter, meine Haushälterin.«

»Es freut mich, Ihre Bekanntschaft zu machen, Frøken Olsdatter«, sagte Anna mit einem Knicks, wie man ihn ihr als Respektbezeigung gegenüber Älteren beigebracht hatte.

»Das Vergnügen ist ganz meinerseits, Anna«, entgegnete die Frau, ein kleines Lächeln in den freundlichen braunen Augen. »Meine Aufgabe ist es, mich um Sie zu kümmern«, erklärte sie, »also sagen Sie es bitte, falls Sie etwas brauchen oder etwas nicht zu Ihrer Zufriedenheit sein sollte.«

Anna war verwirrt. War diese Frau in dem eleganten Kleid eine Bedienstete? »Danke.«

»Zünden Sie doch bitte die Lampen an, Frøken Olsdatter«, wies Herr Bayer die Frau an. »Anna, ist Ihnen kalt? Wenn ja, müssen Sie es nur sagen, dann machen wir den Ofen an.«

Anna sah mit großen Augen zu, wie Frøken Olsdatter den von der Decke hängenden Kronleuchter an einer Schnur herunterließ und einen Messingknopf in der Mitte drehte, bevor sie eine angezündete dünne Wachskerze daran hielt. Sofort züngelten zarte Flammen entlang den reich geschmückten Armen des Leuchters hoch und erhellten den Raum mit einem sanften goldenen Schimmer. Anna blickte zu dem cremefarbenen Ofen hinüber, von dem Herr Bayer gesprochen hatte. Er war aus einer Art Keramik, sein breites Rohr reichte bis hinauf zu der hohen, mit Gitterwerk versehenen Decke, und die Verkleidung war mit einer Goldkante verziert. Verglichen mit dem hässlichen schwarzen Eisending ihrer Eltern war das kein Ofen, dachte Anna, sondern ein richtiges Kunstwerk.

»Danke, Herr Bayer, mir ist warm genug.«

»Frøken Olsdatter, bitte bringen Sie Annas Umhang und Reisetasche in ihr Zimmer«, bat Herr Bayer seine Haushälterin.

Anna löste das Band um ihren Hals, und die Haushälterin nahm den Umhang von ihren Schultern. »Sie finden die große Stadt sicher sehr beeindruckend«, sagte sie leise. »Mir ist es, als ich damals aus Ålesund hierherkam, genauso gegangen.«

Diesen wenigen Worten entnahm Anna, dass auch Frøken Olsdatter einmal ein Mädchen vom Lande gewesen war und nachvollziehen konnte, wie sie sich fühlte.

»Und nun, meine liebe junge Dame, werden wir Tee trinken. Wenn Sie ihn bitte bringen würden, Frøken Olsdatter.«

»Sehr wohl, Herr Bayer.« Die Haushälterin nickte, nahm Annas Tasche und verließ den Raum.

Herr Bayer zeigte auf einen Stuhl und setzte sich Anna gegenüber auf die gepolsterte Bank. »Wir haben viel zu bereden. Und weil man nichts auf Morgen verschieben soll, werde ich Ihnen gleich Ihr neues Leben hier in Christiania schildern. Sie sagen, Sie können lesen und schreiben, was uns viel Zeit sparen wird. Können Sie auch Noten lesen?«

»Nein«, gab Anna zu.

Herr Bayer zückte ein in Leder gebundenes Notizbuch und einen lackierten Füllfederhalter, neben dem der von Lars sich wie ein Stück Treibholz ausgenommen hätte, tauchte den Federhalter in ein Tintenfass auf dem niedrigen Tisch und begann zu schreiben.

»Sie beherrschen keine Fremdsprachen?«

»Nein.«

Wieder notierte er etwas. »Haben Sie je ein Konzert – ich meine eine Musikaufführung – in einem Theater oder einem Konzertsaal besucht?«

»Nein, Herr Bayer, nur in der Kirche.«

»Dann müssen wir das so bald wie möglich nachholen. Wissen Sie, was eine Oper ist?«

»Ich denke schon. Da sprechen die Leute auf der Bühne die Geschichte nicht, sondern singen sie.«

»Sehr gut. Und wie sieht's mit dem Rechnen aus?«

»Ich kann bis einhundert zählen«, antwortete Anna stolz.

Herr Bayer verkniff sich ein Schmunzeln. »Mehr werden Sie in der Musik auch nicht brauchen, Anna. Als Sänger muss man in der Lage sein, die Takte zu zählen. Beherrschen Sie ein Instrument?«

»Mein Vater hat eine Hardanger Fiedel, auf der kann ich ein bisschen spielen.«

»Dann scheinen Sie ja schon eine sehr kultivierte junge Dame zu sein«, stellte er zufrieden fest, als die Haushälterin mit einem Tablett hereinkam. »Jetzt trinken wir Tee, und danach wird Frøken Olsdatter Sie zu Ihrem Zimmer bringen. Um sieben Uhr speisen wir zusammen im Esszimmer zu Abend.«

Annas Aufmerksamkeit richtete sich auf die merkwürdig geformte Kanne, aus der die Haushälterin etwas einschenkte, das nach sehr schwachem Kaffee aussah.

»Das ist Darjeeling-Tee«, erklärte Herr Bayer.

Um nicht wie ein dummes Mädchen vom Lande dazustehen, hob Anna wie Herr Bayer die zarte Porzellantasse an die Lippen. Der Geschmack war verglichen mit dem starken Kaffee, den ihre Mutter zu Hause kochte, eher fade.

»In Ihrem Zimmer finden Sie einige schlichte Kleider, die Frøken Olsdatter für Sie genäht hat. Natürlich konnte ich hinsichtlich Ihrer Größe nur Vermutungen anstellen, und wenn ich Sie nun so sehe, finde ich Sie fast noch zierlicher, als ich Sie in Erinnerung hatte. Möglicherweise müssen die Kleider also geändert werden«, fügte Herr Bayer hinzu. »Wie Sie vielleicht schon gemerkt haben, trägt man hier in Christiania außer an Feiertagen nur selten Tracht.«

»Bestimmt ist das, was Frøken Olsdatter für mich gemacht hat, genau richtig, Herr Bayer«, erklärte Anna höflich.

»Meine liebe junge Dame, ich muss sagen, dass Ihre Gelassenheit mich zutiefst beeindruckt. Da ich bereits andere junge Sängerinnen vom Land bei mir hatte, kann ich verstehen, was für eine Veränderung das für Sie sein muss. Leider flüchten viele wieder nach Hause wie Mäuse ins Nest. Aber ich habe das Gefühl, dass Sie das nicht tun werden. Anna, Frøken Olsdatter bringt Sie jetzt zu Ihrem Zimmer, damit Sie sich eingewöhnen können, während ich mich Papieren von der Universität widme. Wir sehen uns um sieben beim Abendessen.«

»Sehr wohl, Herr Bayer.«

Frøken Olsdatter wartete bereits an der Tür. Anna verabschiedete sich mit einem Knicks von Herrn Bayer und folgte der Haushälterin den Flur entlang, bis sie vor einer Tür stehen blieb und diese öffnete.

»Das ist Ihr Zimmer, Anna. Ich hoffe, es gefällt Ihnen. Die Röcke und Blusen, die ich für Sie genäht habe, hängen im Schrank. Probieren Sie sie später an, dann sehen wir ja, ob wir sie ändern müssen.«

»Danke.« Annas Blick fiel auf das riesige Bett mit bestickter Tagesdecke, das doppelt so groß war wie das ihrer Eltern zu Hause. Am Fußende lag ein neues Leinennachthemd.

»Ich habe bereits einige Ihrer Sachen ausgepackt und werde Ihnen später helfen, sich um die restlichen zu kümmern. Auf dem Nachtkästchen steht ein Krug mit Wasser, falls Sie Durst haben, und die Toilette befindet sich am Ende des Flurs.«

Da Anna das Wort »Toilette« nicht kannte, sah sie Frøken Olsdatter fragend an.

»Der Raum mit dem Wasserklosett. Die verstorbene Frau von Herrn Bayer war Amerikanerin und hat auf solch modernen Annehmlichkeiten bestanden.« Die Haushälterin hob leicht die Augenbrauen, ob anerkennend oder missbilligend, wagte Anna nicht zu beurteilen. »Wir erwarten Sie um sieben im Esszimmer«, sagte sie und entfernte sich.

Als Anna den Schrank öffnete, stieß sie einen Entzückensschrei aus. Darin hingen vier feine Baumwollblusen, die am Hals mit kleinen Perlmuttknöpfen geschlossen wurden, und zwei Wollröcke. Und sie entdeckte ein elegantes Turnürenkleid aus glänzend grünem Stoff, der wohl Seide war. Nachdem Anna die Schranktür wieder zugemacht hatte, folgte sie Frøken Olsdatters Wegbeschreibung zur Toilette.

Von allem Neuen, das sie an jenem Tag sah, war das, was sich ihrem Blick hinter der Tür bot, das Wunderbarste. In einer Ecke stand eine große Holzbank mit einem Emailsitz, in dem sich ein Loch befand, und darüber hing eine Kette mit einem Metallring. Als sie vorsichtig daran zog, wurde Wasser in die Bank gespült. Jetzt war Anna klar, dass es sich um einen Innenabort handelte. In der Mitte des Fliesenbodens thronte außerdem eine tiefe, glänzend weiße Badewanne, neben der die aus Zink, die ihre Familie in Heddal gelegentlich nutzte, gewirkt hätte wie etwas, in dem man nur Ziegen schrubbte.

Staunend kehrte Anna in ihr Zimmer zurück. Ein Blick auf die Uhr sagte ihr, dass sie in kaum mehr als einer halben Stunde zum Abendessen mit Herrn Bayer erwartet wurde. Als sie den Schrank öffnete, um eines der neuen Kleidungsstücke für diesen Anlass auszuwählen, fiel ihr auf, dass Frøken Olsdatter Schreibpapier und Annas Füllfederhalter auf den kleinen polierten Tisch unter dem Fenster gelegt hatte. Anna nahm sich vor, Lars und ihren Eltern so bald wie möglich von ihren Erlebnissen zu berichten. Dann machte sie sich daran, sich für ihren ersten Abend in Christiania herauszuputzen.

XV

Wohnung 4
St. Olavs gate 10,
Christiania
24. September 1875

Kjære Lars, Mor, Far und Knut,
 bitte entschuldigt meine Rechtschreibfehler und schlechte Grammatig, aber ich hoffe Ihr seht das ich schon besser schreibe! Jetzt bin ich fünf Tage da und staune die ganze Zeit über das Leben in der Stadt.
 Als Erstes muss ich Euch – auch wenn Ihr das vielleicht unschiklich findet – erzählen das es hier eine Innenteulette mit einer Kette gibt, an der zieht man, und dann wird einfach alles weggespühlt! Wir haben auch eine Badewanne, die wird zweimal die Woche für mich mit Heißwasser gefüllt! Hoffentlich denken die Haushälterin Frøken Olsdatter und Herr Bayer nicht das ich irgendeine Krankheit habe, weil ich so viele Stunden in der vollen Wanne liege.
 Auserdem gibt es im Wohnzimmer eine Gaslampe und einen Ofen, der sieht aus wie ein Altar in der Kirche und macht so warm das ich oft Angst habe gleich in Onmacht zu fallen. Frøken Olsdatter macht den Haushalt, kocht unser Essen und trägt es auf, und dazu haben wir eine Haushaltshilfe, die kommt jeden Vormittag, die Wohnung putzen und die Kleider waschen und bügeln. Deswegen muss ich im Vergleich zu daheim kaum einen Finger rüren.
 Wir wohnen im dritten Stock, in einer Straße, die heißt St. Olavs gate, und wir haben einen sehr schönen Blick auf einen Park, wo die Leute aus der Gegend am Sonntag spatzieren gehen. Immerhin kann ich von meinem Fenster aus Grünes und ein paar Bäume sehen, die jetzt, wo der Winter kommt, schnell die Blätter verlieren. Sie erinnern mich an daheim. (Hier findet man selten mehr als einen kleinen Fleck, wo keine Häuser oder Straßen sind.)

Ich lerne Klavirspielen. Herr Bayer hat viel Geduld mit mir, aber ich glaube, ich stelle mich ziemlich dumm an. Ich kann meine Finger nicht so weit spreitzen, wie er sich das vorstellt.

Vielleicht beschreibe ich Euch einfach meinen Tag. Frøken Olsdatter weckt mich um acht Uhr mit einem Frühstückstablet. Dann komme ich mir vor wie eine Prinzessin. Ich trinke Tee, an den ich mich allmählich gewöne, und esse das frische Weißbrot, das, sagt Herr Bayer, in England und Frankreich sehr beliebt ist. Daneben steht immer ein Glas mit eingelegten Früchten, die man aufs Brot streicht. Nach dem Frühstück ziehe ich die Sachen an, die Frøken Olsdatter für mich genäht hat. Im Vergleich zu denen daheim sehen sie ziemlich modern aus. Um neun Uhr gehe ich zur Musikstunde bei Herrn Bayer in den Salong. Da bringt er mir die Noten auf dem Klavir bei, und dann schauen wir sie uns auf den Notenblättern an. Ich muss lernen, wie die Noten auf dem Papier mit den Tasten auf dem Klavir zusammenpassen. Allmählich verstehe ich das, weil Herr Bayer mir hilft. Nach meiner Stunde geht Herr Bayer in die Universität, wo er Proffessor ist, und manchmal trifft er sich auch mit Freunden zum Mittagessen.

Dann kommt der Teil vom Tag, den ich am liebsten mag – das Mittagessen. Am Tag nach meiner Ankunft hat Frøken Olsdatter es mir allein im Esszimmer servirt. Da steht ein sehr großer Tisch, der mir noch mehr das Gefühl gibt das ich allein bin. (Die Platte ist so poliert das sie wie ein Spiegel glänzt und ich mich darin sehe.) Nach dem Essen habe ich meinen Teller und Glas in die Küche gebracht. Frøken Olsdatter hat mich ganz erschroken angeschaut und gesagt, es ist ihre Aufgabe, das schmuzige Geschirr abräumen. In der Küche habe ich etwas ganz Neues gesehen – einen großen schwarzen Herd. Frøken Olsdatter hat mir gezeigt, wie sie Töpfe darauf stellt und darunter das Gas anzündet, damit das Essen erhizt wird. Sie macht das nicht über dem offenen Feuer. Es ist anders als unsere Küche auf dem Hof, aber es erinnert mich so sehr an daheim das ich sie angebettelt habe, an den Tagen, wo Herr Bayer mittags nicht da ist, mit ihr essen zu dürfen. Und genau das machen wir seitdem. Wir reden miteinander wie Freundinnen. Sie ist sehr nett und verstet, wie merkwürdig dieses neue Leben für mich ist. Am Nachmittag soll ich mich eine

Stunde lang in meinem Zimmer ausruhen, mit einem Buch, das »meinen Horizond erweitert«. Momentan lese ich (oder versuche es) die norwegische Übersetzung von Stücken von einem englischen Schriftsteller, der William Shakspear heißt. Ihr habt bestimmt schon von ihm gehört, aber er ist lange tot, und das erste Stück, das ich gelesen habe, ging über einen schottischen Prinzen mit dem Namen Macbeth und war sehr traurig. Am Ende waren alle tot!

Ich komme wieder aus meinem Zimmer, wenn Herr Bayer aus der Universität zurück ist. Dann trinken wir noch mal Tee, und er erzählt mir von seinem Tag. Nächste Woche will er mit mir ins Theater von Christiania gehen. Da werden wir ein Balet von Russen sehen. Herr Bayer hat mir erklärt das das ein Tanz zu Musik ist, bei dem niemand spricht oder singt (und die Männer tragen keine richtigen Hosen sondern Strumpfhosen wie Mädchen!). Nach dem Tee gehe ich wieder in mein Zimmer und ziehe das Kleid für den Abend an, das Frøken Olsdatter für mich gemacht hat. Wenn Ihr das sehen könntet! Es ist wunderschön und ganz anders als alles, was ich bisher hatte. Zum Essen trinken wir Rotwein, den Herr Bayer sich von Frankreich schicken lässt. Wir essen ziemlich viel Fisch in weißer Sauce, der ist hier in Christiania anscheinend sehr beliebt. Nach dem Essen zündet Herr Bayer sich eine Zigarre an, das heißt Tabak, eingerollt in ein getrocknetes Tabakblatt, und trinkt einen Brandi. Ich ziehe mich dann in mein Zimmer zurück, wo schon ein Glas warme Kuhmilch auf dem Nachtkästchen steht.

Am Sonntag ist Frøken Olsdatter mit mir in die Kirche gegangen. Herr Bayer sagt das er in Zukunft auch mitkommt, aber diesmal war er beschäftigt. Die Kirche ist so groß wie eine Katedrale, und es waren Hunderte von Menschen drin. Ihr seht also das es hier ganz anders ist als in Heddal. Im Moment habe ich ein bisschen das Gefühl das ich in einem Traum lebe das alles irgendwie unwirklich ist und die Heimat sehr weit weg.

Ich hatte gedacht, Herr Bayer hätte mich nach Christiania mitgenommen, damit ich singe, aber bis jetzt habe ich nur sogenannte Tonleitern zum Klavir gesungen, das heißt, ich wiederhole die Noten in der richtigen Reihenfolge, hinauf und hinunter, und dann wieder hinauf, ohne Worte.

Meine Adresse steht oben auf dem Brief. Ich würde mich sehr freuen, wenn Ihr mir antwortet. Die vielen Tintenkleckse tun mir leid. Das ist der erste und längste Brief, den ich je geschrieben habe, und ich habe viele Stunden dafür gebraucht. Natürlich verwende ich den Federhalter, den Du mir geschenkt hast, Lars. Er liegt auf meinem Schreibtisch, damit ich ihn immer sehe.

Bitte sag Mor und Far und meinen Brüdern das sie mir fehlen, und lies ihnen diesen Brief vor, weil sie ja selber nicht so gut lesen können.

Ich hoffe, Dir geht es gut, und Deinen Schweinen auch.
Anna

Anna las den Brief sorgfältig noch einmal. Es handelte sich um den letzten von zwölf Entwürfen, die sie in den vergangenen fünf Tagen zu Papier gebracht hatte. Manche Wörter hatte sie einfach so geschrieben, wie sie sie hörte, und sie fürchtete, dass sie nicht richtig waren. Allerdings, dachte sie, wäre Lars bestimmt ein Brief mit Fehlern lieber als gar keiner. Nachdem sie die Seiten gefaltet hatte, stand sie auf und sah sich im Spiegel an.

Bin ich noch ich?, fragte sie sich.

Später im Bett lauschte sie auf Stimmen und Lachen vom Flur. Da Herr Bayer Gäste hatte, hatte sie nicht mit ihm an dem polierten Esstisch gesessen. Frøken Olsdatter, Lise, wie sie mittlerweile wusste, hatte ihr ein Tablett ins Zimmer gebracht.

»Meine liebe junge Dame, erlauben Sie mir eine Erklärung«, hatte Herr Bayer gesagt. »Sie machen sehr schnell große Fortschritte. Viel schneller als jede andere Schülerin, die ich bisher betreut habe. Wenn ich Sie meinen Gästen vorstellen würde, wäre damit zu rechnen, dass sie Sie, nach allem, was ich ihnen über Sie erzählt habe, darum bitten, für sie zu singen. Aber das ist erst möglich, wenn Sie ganz ausgebildet sind, weil ich Sie in vollem Glanz präsentieren möchte.«

Obwohl Anna sich allmählich an Herrn Bayers blumige Ausdrucksweise gewöhnte, überlegte sie, was er mit »ganz ausgebildet« meinte. Würde ihr eine weitere Hand wachsen? Bei den Klavierstunden würde die ihr bestimmt helfen. Und ein paar zusätzliche Zehen würden ihre Haltung verbessern. Dass die nicht gut war, hatte ihr gerade erst am Nachmittag ein Theaterregisseur mitgeteilt. Er hatte ihr erklärt, dass Herr Bayer ihn engagiert habe, um ihr etwas beizubringen, das er »Bühnenpräsenz« nannte. Diese schien viel damit zu tun zu haben, dass sie den Kopf hoch hielt und die Zehen in ihren Schuhen einkrallte, um in der gewünschten Haltung stocksteif zu bleiben.

»Sie warten, bis die Zuschauer mit dem Klatschen fertig sind. Danach folgt eine kleine Verbeugung, so ...« Der Mann hatte es ihr vorgemacht: das Kinn auf die Brust, der linke Arm zur rechten Schulter. »... als Dank für den Applaus, und dann fangen Sie an.«

Die folgende Stunde hatte der Mann sie ins Wohnzimmer und wieder hinaus gehen lassen, um die Bewegungsabläufe einzuüben. Es war ausgesprochen langweilig und frustrierend gewesen, weil sie, obwohl sie Kochen und Nähen nicht sonderlich gut beherrschte, bisher geglaubt hatte, immerhin richtig gehen zu können.

Als Anna sich in dem riesigen Bett auf die Seite drehte und das weiche Daunenkissen unter ihrer Wange spürte, fragte sie sich, ob sie jemals das werden würde, was Herr Bayer aus ihr machen wollte.

Wie sie Lars in dem Brief geschrieben hatte, war sie der Meinung gewesen, sie sei ihrer schönen Stimme wegen nach Christiania gebracht worden. Doch seit ihrer Ankunft hatte Herr Bayer sie kein einziges Mal gebeten, etwas zu singen. Ihr war klar, dass sie vieles lernen musste und keinen freundlicheren und geduldigeren Lehrer hätte haben können als ihn. Trotzdem hatte Anna bisweilen das Gefühl, ihr altes Ich zu verlieren, so wenig gebildet und weltläufig das auch gewesen sein mochte. Sie fühlte sich zwischen zwei Welten gestrandet: ein Mädchen, das vor weniger als einer Woche noch nie Gaslicht oder eine richtige Toilette gesehen hatte, nun jedoch bereits daran gewöhnt war, von einer Hausangestellten bedient zu werden und abends Fisch zu essen und Rotwein zu trinken ...

»Oje!«, stöhnte sie bei dem Gedanken an den endlosen Fisch. Vielleicht glaubte Herr Bayer ja, sie sei so dumm, nicht zu ahnen, was er plante. Doch ihr war sehr schnell klar geworden, dass er sie nicht nur nach Christiania geholt hatte, um ihre Stimme auszubilden, sondern auch, um eine Dame aus ihr zu machen, die man als solche präsentieren konnte. Man brachte ihr Kunststücke bei wie den Tieren auf dem Jahrmarkt, der manchmal nach Heddal kam. Sie musste an den ersten Abend denken, den Herr Bayer in der Hütte ihrer Eltern verbracht hatte, als er des Langen und Breiten über die Schönheiten der norwegischen Regionalkultur geschwärmt hatte. Weshalb sie nicht so ganz begriff, warum er es für nötig befand, sie zu verändern.

»Ich bin kein Versuchskaninchen«, flüsterte sie, bevor sie endlich einschlief.

Eines frostigen Oktobermorgens betrat Anna wie üblich den Salon zum Unterricht bei Herrn Bayer.

»Meine liebe Anna, haben Sie gut geschlafen?«

»Ausgezeichnet, danke, Herr Bayer.«

»Sehr gut. Ich freue mich, Ihnen heute sagen zu können, dass Sie meiner Meinung nach bereit sind für den nächsten Schritt. Wir werden also mit dem Singen anfangen, ja?«

»Ja, Herr Bayer.«

»Fühlen Sie sich wohl, Anna? Sie sehen ziemlich blass aus.«

»Mir geht es gut.«

»Dann wollen wir keine Zeit vergeuden. Singen Sie mir ›Per Spelmann‹ vor wie an dem Abend, als wir uns kennengelernt haben. Ich begleite Sie auf dem Klavier.«

Anna war so verblüfft über diese unerwartete Wendung der Dinge, dass sie Herrn Bayer nur stumm ansah.

»Sind Sie bereit?«

»Ja, natürlich, Entschuldigung.«

»Wunderbar. Singen Sie.«

In den folgenden fünfundvierzig Minuten sang Anna das Lied, das sie von Kindesbeinen an kannte, ein ums andere Mal. Hin und wieder unterbrach Herr Bayer sie und forderte an einigen Stellen ein wenig mehr »Vibrato«, wie er es nannte, oder eine längere Pause ... Sie befolgte seine Anweisungen, so gut sie konnte, aber da sie das Lied seit vierzehn Jahren immer auf die gleiche Weise sang, fiel ihr das sehr schwer.

Um Punkt elf Uhr klingelte es an der Haustür. Anna hörte leise Stimmen im Flur, dann betrat Frøken Olsdatter den Salon mit einem kultiviert anmutenden dunkelhaarigen Herrn mit Hakennase und hoher Stirn. Herr Bayer erhob sich vom Klavierhocker, um ihn zu begrüßen.

»Herr Hennum, herzlichen Dank, dass Sie uns Ihre Zeit schenken. Das ist Frøken Anna Landvik, die junge Frau, von der ich Ihnen erzählt habe.«

Der Herr wandte sich ihr zu und verbeugte sich. »Frøken Landvik, Herr Bayer hat Ihre Stimme in den höchsten Tönen gelobt.«

»Und jetzt werden Sie sie selbst hören!« Herr Bayer kehrte ans Klavier zurück. »Anna, singen Sie so, wie Sie an dem ersten Abend oben in den Bergen gesungen haben.«

Anna sah ihn erstaunt an. Warum hatte er fast eine ganze Stunde darauf verwendet, ihr das Lied anders beizubringen, wenn sie es nun wieder wie früher singen sollte? Doch es war zu spät, ihn zu fragen, weil er bereits zu spielen begonnen hatte, und so sang sie, wie ihr Herz es ihr eingab.

Danach sah sie Herrn Bayer erwartungsvoll an. Sie hatte sich nicht an alle Dinge erinnert, die er ihr beibringen wollte, und in ihrem Kopf herrschte Verwirrung.

»Und, wie finden Sie sie, Johan?«, fragte Herr Bayer und erhob sich vom Klavierhocker.

»Anna ist genau so, wie Sie sie mir beschrieben haben. Ungeschliffen, ein Rohdiamant, aber genau so soll es sein.«

»Ich hatte nicht gedacht, dass wir so schnell vorankommen würden. Wie erwähnt, ist Anna vor weniger als einem Monat hier in Christiania eingetroffen, und ich fange gerade erst an, ihre Stimme auszubilden«, erklärte Herr Bayer.

Als Anna lauschte, wie die beiden Männer über sie und ihre Fähigkeiten sprachen, kam sie sich tatsächlich »roh« vor wie ein Stück Schweinefleisch, das in den Topf ihrer Mutter wandern sollte.

»Ich warte noch auf die endgültigen Noten, aber sobald ich sie habe, bringe ich sie Ihnen, und dann soll Anna im Theater Herrn Josephson vorsingen. Doch jetzt muss ich gehen. Frøken Landvik.« Johan Hennum verabschiedete sich mit einer neuerlichen Verbeugung. »Es war mir ein Vergnügen, Sie singen zu hören, und zweifellos werden ich und viele andere in sehr naher Zukunft wieder Gelegenheit dazu haben. Ich wünsche Ihnen beiden einen guten Tag.«

Mit diesen Worten marschierte Herr Hennum mit wehenden Rockschößen zur Tür hinaus.

»Gut gemacht, Anna!« Herr Bayer trat auf sie zu, wölbte die Hände um ihr Gesicht und küsste sie auf beide Wangen.

»Verraten Sie mir, wer der Mann ist?«

»Das muss Sie nicht interessieren. Wichtig ist im Moment nur, dass wir viel Arbeit vor uns haben, um Sie vorzubereiten.«

»Worauf?«

Herr Bayer ignorierte ihre Frage und sah auf die Uhr. »Ich muss in einer halben Stunde eine Vorlesung halten und mich auf den Weg machen. Frøken Olsdatter«, rief er, »bringen Sie mir bitte meinen Umhang!« Als er an Anna vorbei zur Tür ging, lächelte er ihr zu. »Ruhen Sie sich aus, Anna. Wenn ich zurück bin, fangen wir mit der Arbeit an.«

Obwohl Anna in den folgenden beiden Wochen herauszufinden versuchte, wer Herr Hennum war und worauf sie hinarbeiteten, verriet Herr Bayer ihr nichts. Am allerwenigsten begriff sie, warum sie nun plötzlich alle Volkslieder singen sollte, die sie kannte, statt, wie mit ihren Eltern vereinbart, in die Kunst des Operngesangs eingeweiht zu werden. *Was soll diese Musik hier in der Stadt?*, dachte sie, als sie eines Mittags ans Fenster trat, nachdem Herr Bayer die Wohnung zu einer Besprechung verlassen hatte. Sie zeichnete das Muster nach, das die Regentropfen an der Außenseite des Fensters hinterließen, und schaute traurig hinaus. Im vergangenen Monat hatte sie abgesehen von den sonntäglichen Kirchenbesuchen kaum einen Fuß vor die Wohnungstür gesetzt, und allmählich kam sie sich vor wie ein Tier im Käfig. Vielleicht hatte Herr Bayer vergessen, dass sie in der Natur aufgewachsen war und ihr gesamtes Leben dort verbracht hatte. Sie sehnte sich nach frischer Luft, den weiten Feldern des elterlichen Hofs, nach Raum zum Herumlaufen ...

»Hier bin ich wie ein Tier, das man abrichtet«, sagte sie, kurz bevor Frøken Olsdatter hereinkam, um ihr mitzuteilen, dass das Mittagessen fertig sei. Anna folgte ihr in die Küche.

»Was ist los, *kjære*? Sie sehen aus wie ein Hering an der Angel«, bemerkte Frøken Olsdatter, als sie sich setzten und Anna einen Löffel Fischsuppe aß.

»Nichts«, antwortete Anna, die nicht wollte, dass die Haushälterin sie für verwöhnt und schwierig hielt.

»Morgen muss ich Fleisch und Gemüse auf dem Markt kaufen, Anna. Möchten Sie mich begleiten?«

»Ja, gern! Nichts lieber als das«, antwortete Anna, gerührt darüber, dass die Frau spürte, was sie bedrückte.

»Dann nehme ich Sie mit, und vielleicht haben wir vorher sogar noch Gelegenheit zu einem kurzen Spaziergang im Park. Herr Bayer ist morgen zwischen neun und zwölf Uhr in der Universität, und danach will er auswärts zu Mittag essen, was bedeutet, dass wir genug Zeit haben. Das bleibt unser kleines Geheimnis, ja?«

»Ja.« Anna nickte. »Danke.«

Danach gingen sie zweimal die Woche miteinander zum Markt. Abgesehen von den Sonntagen, an denen sie die Kirche besuchte, waren das die Tage, auf die Anna sich am meisten freute.

Ende November wurde ihr bewusst, dass sie nun schon über zwei Monate in Christiania war. Auf dem Kalender, den sie selbst angelegt hatte, strich sie die Tage bis Weihnachten ab, wenn sie zurück nach Heddal konnte. Immerhin hatte es in Christiania geschneit, und das munterte sie ein wenig auf. Die Frauen, die im Park auf der anderen Straßenseite spazieren gingen, trugen nun Pelzmäntel und Hüte und verbargen die Hände in Pelzmuffen, Annas Ansicht nach eine ziemlich unpraktische Mode, weil man sich, wenn man sich an der Nase kratzen wollte, möglicherweise die Finger erfror.

Innerhalb der Wohnung änderte sich wenig an ihrem Tagesablauf. In der Woche zuvor hatte Herr Bayer ihr eine Ausgabe von Ibsens *Peer Gynt* zu lesen gegeben.

»Das kenne ich schon«, hatte sie ihm voller Freude mitgeteilt.

»Umso besser. Trotzdem wird es helfen, wenn Sie es sich noch einmal zu Gemüte führen.«

Am ersten Abend hatte sie das Buch beiseitegelegt, weil sie es für Zeitverschwendung hielt, es ein zweites Mal zu lesen, wenn sie den Schluss doch schon kannte. Aber als er sie am folgenden Morgen nach Einzelheiten auf den ersten fünf Seiten fragte, an die sie sich kaum noch erinnerte, hatte sie sich in eine Notlüge gerettet und erklärt, sie habe am Abend schreckliche Kopfschmerzen gehabt und sei deshalb früh zu Bett gegangen. Dann hatte sie sich das Werk noch einmal vorgenommen und erfreut festgestellt, dass sie nun schon viel besser lesen konnte als im Sommer. Jetzt gab es kaum noch Wörter, die sie nicht bewältigte, und wenn eines Probleme bereitete, half Herr Bayer ihr gern. Was dieses Versdrama allerdings mit ihrer eigenen Zukunft in Christiania zu tun hatte, konnte Anna sich wirklich nicht vorstellen.

»Meine *kjære* Anna, gestern Abend habe ich endlich die Noten von Herrn Hennum erhalten, auf die ich schon so lange warte! Damit machen wir uns sofort an die Arbeit.«

Anna merkte, wie aufgeregt ihr Lehrer war, als er sich ans Klavier setzte.

»Dass wir diese Noten in Händen halten dürfen! Anna, stellen Sie sich zu mir, dann spiele ich sie Ihnen vor.«

Anna tat, wie geheißen, und betrachtete die Seiten interessiert. »›Solveigs Lied‹«, murmelte sie, als sie den Titel entziffert hatte.

»Ja, Anna. Und Sie werden die Erste sein, die es singt! Was sagen Sie dazu?«

Anna hatte gelernt, dass dieser Lieblingssatz von Herrn Bayer stets eine positive Antwort erforderte.

»Dass ich mich sehr darüber freue.«

»Gut, gut. Wir hatten gehofft, dass Herr Grieg selbst nach Christiania kommen würde, um dem Orchester und den Sängern seine neue Komposition nahezubringen, aber leider sind vor Kurzem seine Eltern verstorben, und er ist noch in Trauer. Weswegen er sich nicht in der Lage fühlt, von Bergen hierherzureisen.«

»Herr Grieg hat das geschrieben?«, fragte Anna mit großen Augen.

»Ja. Herr Ibsen hat ihn gebeten, die Musik zu seinem Bühnenstück *Peer Gynt* zu komponieren, das im Februar am Theater von Christiania Premiere haben wird. Meine liebe junge Dame, sowohl Herr Hennum – der geschätzte Dirigent unseres hiesigen Orchesters, den Sie vor ein paar Wochen kennengelernt haben – als auch ich finden, dass Sie die Solveig singen sollten.«

»*Ich?*«

»Ja, Anna, Sie.«

»Aber ... Ich habe noch nie auf einer Bühne gestanden! Schon gar nicht auf der berühmtesten von Norwegen!«

»Das ist ja gerade das Schöne daran, meine Liebe. Herr Josephson, der Direktor des Theaters und Regisseur dieser Produktion, hat bereits eine bekannte Schauspielerin für die Rolle der Solveig gewonnen. Doch wie Herr Hennum es kürzlich ausgedrückt hat: Sie mag eine großartige Schauspielerin sein, aber wenn sie singt, klingt das, wie wenn man einer Katze auf den Schwanz tritt. Folglich brauchen wir eine unverbrauchte Stimme, jemanden, der neben der Bühne singt, während Madame Hansson die Mundbewegungen zu diesem und einem anderen Lied macht. Verstehen Sie, meine Liebe?«

Anna, die sehr wohl verstand, war enttäuscht, dass man *sie* nicht sehen würde. Und dass die Schauspielerin mit der grässlichen Stimme so tun würde, als wäre die von Anna die ihre. Allerdings empfand sie es auch als großes Kompliment, dass der Dirigent des berühmten Theaters von Christiania ihre Stimme gut genug fand, um sie Madame Hannson zu leihen. Und Anna wollte nicht undankbar erscheinen.

»Das ist eine wunderbare Gelegenheit für uns«, fuhr Herr Bayer fort. »Natürlich ist noch nichts fest. Sie müssen Herrn Josephson, dem Regisseur des Stücks, vorsingen, damit er feststellen kann, ob Ihre Stimme den Geist von Solveig tatsächlich verkörpert. Sie sollten die Lieder mit so viel Gefühl singen, dass die Zuschauer weinen müssen. Herr Hennum hat mir mitgeteilt, dass als Letztes Ihre Stimme zu hören sein wird, bevor der Vorhang sich senkt. Und Herr Josephson hat sich bereit erklärt, uns am Nachmittag des dreiundzwanzigsten Dezember zu empfangen, unmittelbar bevor er in die Weihnachtspause geht. Dann wird er seine Entscheidung treffen.«

»Aber ich möchte doch am einundzwanzigsten nach Heddal fahren!«, protestierte Anna. »Wenn ich bis zum Nachmittag des dreiundzwanzigsten hier sein muss, komme ich nicht rechtzeitig zu Weihnachten nach Hause. Die Fahrt dauert fast zwei Tage. Ich ... Kann Herr Josephson uns nicht ein andermal empfangen?«

»Anna, Herr Josephson ist ein vielbeschäftigter Mann, und dass er uns überhaupt Zeit schenkt, ist eine große Ehre. Ich kann gut verstehen, dass es kein Vergnügen für Sie sein wird, die Feiertage bei mir zu bleiben, aber dies ist möglicherweise *die* Chance für Ihre Zukunft. Sie werden noch viele Weihnachten mit Ihrer Familie feiern, doch Sie haben nur diese eine Chance, die Rolle der Solveig zu singen, im ersten gemeinsamen Stück von Norwegens prominentestem Dramatiker und dem bekanntesten Komponisten des Landes!« Herr Bayer schüttelte den Kopf. »Anna, versuchen Sie zu begreifen, was das für Sie bedeuten könnte. Wenn Ihnen das nicht gelingt, würde ich Ihnen raten, auf der Stelle nach Hause zu fahren und Ihren Kühen vorzusingen statt dem Premierenpublikum im Theater von Christiania, in einer Produktion, die Geschichte schreiben wird. Und? Werden Sie die Lieder nun singen oder nicht?«

Anna, die sich sehr klein und unwissend vorkam, nickte. »Ja, Herr Bayer, natürlich.«

An jenem Abend weinte Anna sich in den Schlaf. Selbst wenn sie »Geschichte schreiben« würde, wie Herr Bayer es ausdrückte, konnte sie sich nicht vorstellen, das Weihnachtsfest ohne ihre Familie zu überstehen.

XVI

*Christiania
16. Januar 1876*

»Jens! Lebst du noch?« Jens Halvorsen wurde durch die Stimme seiner Mutter, die laut durch die Tür seines Zimmers drang, jäh aus dem Schlaf gerissen. »Dora meint schon, du hast das Zeitliche gesegnet, weil sie den ganzen Morgen kein Lebenszeichen von dir gehört hat.«

Jens stand seufzend auf. Dabei fiel sein Blick auf die verknitterte Kleidung, in der er geschlafen hatte. »Bin in zehn Minuten zum Frühstück unten«, antwortete er durch die geschlossene Tür.

»Es ist Mittag, Jens. Das Frühstück hast du verpasst!«

»Ich komme gleich.« Jens betrachtete wie jeden Morgen sein Spiegelbild genauer, um festzustellen, ob er in seiner welligen mahagonifarbenen Mähne graue Haare entdeckte. Eigentlich wusste Jens, dass er sich mit seinen zwanzig Jahren darüber noch keine Gedanken zu machen brauchte, aber die Haare seines Vaters waren über Nacht weiß geworden, als er fünfundzwanzig war – vermutlich weil er Jens' Mutter in dem Alter geheiratet hatte –, und das bereitete Jens Sorge.

Zehn Minuten später küsste Jens in frischer Kleidung im Esszimmer seine Mutter Margarete auf die Wange, bevor er am Tisch Platz nahm. Kurz darauf servierte das junge Hausmädchen Dora das Essen.

»Entschuldige, Mor. Ich bin im Bett geblieben, weil ich schreckliche Kopfschmerzen hatte. Mir ist immer noch übel.«

Sofort trat ein mitfühlender Ausdruck auf das verärgerte Gesicht seiner Mutter, und sie streckte die Hand über den Tisch aus, um seine Stirn zu fühlen. »Du bist tatsächlich heiß. Vielleicht hast du Fieber. Armer Junge. Kannst du hier essen, oder wäre es dir lieber, wenn Dora dir ein Tablett ans Bett bringt?«

»Ich glaube, es geht, aber du musst entschuldigen, wenn ich nicht so viel runterbekomme.«

In Wahrheit hatte Jens einen Bärenhunger. Am Abend zuvor hatte er sich mit Freunden in einer Kneipe getroffen, und am Ende waren sie in einem Bordell unten am Hafen gelandet, wo der Abend einen höchst befriedigenden Abschluss gefunden hatte. Er hatte viel zu viel Aquavit getrunken und erinnerte sich nur noch verschwommen daran, dass eine Kutsche ihn nach Hause gebracht und er sich vor dem Haus hatte übergeben müssen. Und dass er anschließend eine ganze Weile erfolglos versucht hatte, an den vom gefrorenen Schnee rutschigen Ästen des Baums vor seinem Schlafzimmerfenster hochzuklettern, das Dora immer für ihn offen ließ, wenn er spät unterwegs war.

Weswegen, redete er sich ein, seine Geschichte auch nicht völlig gelogen war. Am Morgen hatte er sich tatsächlich schrecklich gefühlt und Doras vorsichtige Versuche, ihn zu wecken, nicht gehört. Da sie in ihn verliebt war, deckte sie ihn, wenn nötig.

»Schade, dass du gestern Abend nicht da warst, Jens. Mein guter Freund Herr Hennum, der Dirigent des Christiania-Orchesters, war zum Essen hier«, riss Margarete ihn aus seinen Gedanken. Seine Mutter war eine treue Förderin der Künste und verwendete das »Biergeld« seines Vaters, wie die beiden es insgeheim nannten, zur Finanzierung ihrer Leidenschaft.

»War es ein angenehmer Abend?«

»Ja, sogar sehr. Herr Grieg hat wunderbare Musik zu Herrn Ibsens herrlichem *Peer-Gynt*-Gedicht geschrieben. Habe ich dir das nicht erzählt?«

»Doch, Mor, das hast du.«

»Premiere soll im Februar sein, aber Herr Hennum sagt, das Orchester entspricht leider noch nicht Herrn Griegs und seinen Erwartungen. Offenbar ist seine Komposition ziemlich komplex und muss von einer selbstbewussten, fähigen Truppe zu Gehör gebracht werden. Herr Hennum ist auf der Suche nach guten Musikern, die mehr als ein Instrument beherrschen. Als ich ihm erzählt habe, dass du Klavier, Geige und Flöte spielst, hat er gesagt, du sollst ins Theater kommen. Er würde dich gern hören.«

Jens nahm einen Bissen von dem Seewolf, der eigens von der Westküste Norwegens herangeschafft wurde. »Mor, du weißt doch, dass ich an der Universität Chemie studiere und irgendwann die Familienbrauerei übernehmen soll. Far würde es mir nicht erlauben, das Studium aufzugeben, um in einem Orchester spielen zu können. Er wäre sogar ziemlich wütend, wenn ich das vorschlage.«

»Vielleicht würde er nachgeben, wenn du ihn vor vollendete Tatsachen stellst.«

»Ich soll lügen?« Plötzlich war Jens tatsächlich übel.

»Ich will nur sagen, dass du mit einundzwanzig erwachsen sein wirst und deine eigenen Entscheidungen treffen kannst, egal, was andere davon halten. In dem Orchester würdest du Geld verdienen, und das würde dir eine gewisse finanzielle Unabhängigkeit verschaffen.«

»Bis zu meinem Geburtstag sind es noch sechs Monate, Mor. Und bis dahin bin ich von meinem Vater abhängig und unterstehe seiner Kontrolle.«

»Herr Hennum möchte dich morgen um halb zwei vorspielen hören. Geh doch bitte wenigstens hin. Man kann nie wissen, was sich daraus ergibt.«

»Mir ist nicht gut«, sagte er unvermittelt und erhob sich. »Entschuldige, Mor, aber ich lege mich jetzt lieber wieder hin.«

Margarete sah ihrem Sohn nach, wie er zur Tür marschierte und sie hinter sich zuschlug. Sie presste seufzend die Finger gegen ihre pochenden Schläfen, denn ihr war klar, weswegen er so reagiert hatte.

Schon in sehr jungen Jahren hatte sie ihren Sohn auf ihren Schoß gesetzt und ihm das Klavierspielen beigebracht. Zu ihren schönsten Erinnerungen an seine Kindheit gehörten die, wie seine feisten kleinen Finger über die Tasten huschten. Es war ihr größter Wunsch gewesen, dass ihr einziges Kind ihr eigenes musikalisches Talent erben möge, das sich in ihrer Ehe mit Jens' Vater nicht vollständig hatte entfalten können.

Ihr Mann Jonas Halvorsen hatte kein Verständnis für Kunst; er interessierte sich nur dafür, wie viele Kronen in den Büchern der Halvorsen-Brauerei standen. Von Beginn der Ehe an hatte er die Musikleidenschaft seiner Frau als etwas nicht Förderungswürdiges gesehen, und das galt in noch höherem Maße für die seines einzigen Sohnes. Doch Margarete hatte Jens, wenn Jonas im Büro war, ermutigt. Im Alter von sechs Jahren hatte er bereits mühelos Sonaten gespielt, die selbst für einen Musikstudenten anspruchsvoll gewesen wären.

Als Jens zehn Jahre alt war, hatte sie trotz der Missbilligung ihres Mannes einen Konzertabend in ihrem Haus veranstaltet und dazu die wichtigen Leute aus der Musikwelt von Christiania eingeladen. Und alle, die ihren kleinen Jungen hörten, hatten ihm entzückt eine große Zukunft prophezeit.

»Später muss er das Leipziger Konservatorium besuchen, denn wie Sie wissen, sind die Möglichkeiten hier in Christiania begrenzt«, hatte Johan Hennum, der neue Dirigent des Christiania-Orchesters, bemerkt. »Er besitzt Potenzial und bräuchte die richtige Ausbildung.«

Das hatte Margarete ihrem Mann erzählt, worauf der nur lachte. »Meine liebe Frau, ich weiß, wie sehr du dir wünschen würdest, dass unser Sohn ein berühmter Musiker wird, aber Jens wird mit einundzwanzig in das Familienunternehmen eintreten. Meine Vorfahren und ich haben nicht über einhundertfünfzig Jahre darauf verwendet, es aufzubauen, damit es dann auf meinem Sterbebett an einen meiner Konkurrenten verkauft wird. Wenn Jens gern weiter herumklimpert, kann er das meinetwegen tun. Aber das ist kein Beruf für meinen Sohn.«

Doch Margarete hatte sich nicht von ihrem Ziel abbringen lassen und Jens in den folgenden Jahren weiterhin Geigen-, Flöten- und Klavierunterricht gegeben, weil ihr klar war, dass ein Musiker, der sich einen Platz in einem Orchester sichern möchte, mehr als ein Instrument beherrschen muss. Außerdem hatte sie ihm Deutsch und Italienisch beigebracht, um ihm das Verständnis von komplexen Orchesterwerken und Opern zu erleichtern.

Jens' Vater hingegen hatte nach wie vor konsequent die Ohren verschlossen vor den Klängen, die aus dem Musikzimmer drangen. Margarete konnte ihn nur dazu bringen, ihrem Sohn zuzuhören, wenn dieser auf der Hardanger Fiedel spielte. Manchmal ermunterte sie Jens nach dem Essen dazu. Dann beobachtete sie, wie die Gesichtszüge von Jonas sich nach einigen Gläsern guten französischen Weins zu einem verträumten Lächeln verzogen und er ein bekanntes Volkslied mitsummte.

Trotz der Gleichgültigkeit ihres Mannes gegenüber Jens' Begabung und trotz seiner wiederholten Feststellung, dass daraus niemals ein Beruf werden würde, glaubte Margarete weiterhin fest daran, dass sich ein Weg finden lassen würde, wenn Jens erst einmal älter wäre. Aber als der kleine Junge, der sich so fleißig mit Musik beschäftigte, dann tatsächlich älter war, hatte Jonas ihn selbst unter seine Fittiche genommen. Statt zwei Stunden Musik täglich zu üben, trottete Jens nun mit seinem Vater durch die Brauerei, um die Produktion oder die Buchhaltung zu überprüfen.

Drei Jahre zuvor hatte sich die Situation zugespitzt, weil Jonas darauf bestand, dass sein Sohn die Universität besuchte und Chemie studierte, was ihm seiner Ansicht nach wichtiges Wissen für die Brauerei vermitteln würde, obwohl Margarete ihn anflehte, Jens ans Leipziger Konservatorium gehen zu lassen.

»Er interessiert sich nicht für Chemie und das Geschäftliche und hat so großes musikalisches Talent!«

Jonas hatte sie mit einem kühlen Blick bedacht. »Bisher habe ich dir deinen Willen gelassen, aber jetzt ist Jens kein Kind mehr und muss seine Pflicht tun. Mit ihm wird die fünfte Generation Halvorsens unsere Brauerei führen. Du hast dir etwas vorgemacht, wenn du dachtest, dass dein musikalischer Ehrgeiz für unseren Sohn irgendwann zu etwas führen würde. Das Semester beginnt im Oktober. Damit ist das Thema beendet.«

»Bitte wein nicht, Mor«, hatte Jens gesagt, als ihm seine Mutter die deprimierende Nachricht überbrachte. »Ich hatte nichts anderes erwartet.«

Es war genau so gekommen, wie von Margarete befürchtet: Als man Jens zwang, die Musik für ein Fach aufzugeben, für das er keine Begabung besaß und das ihn auch nicht interessierte, tat er sich an der Universität nicht gerade durch Fleiß hervor. Und schlimmer: Sein Temperament und sein Leichtsinn führten ihn auf Abwege.

Da Margarete nie tief schlief und beim geringsten Geräusch aufwachte, wusste sie, dass ihr Sohn oft bis in die frühen Morgenstunden unterwegs war. Jens hatte viele Freunde, die sich von seiner Lebensfreude und seinem Charme angezogen fühlten. Margarete kannte seine Großzügigkeit, die zur Folge hatte, dass er bisweilen schon nach der Hälfte des Monats zu ihr kam und sie um Geld anbettelte, weil er das von seinem Vater für Geschenke oder Darlehen an den einen oder anderen Bekannten aufgebraucht hatte.

Oft roch sie den Alkohol in seinem Atem. Sie hatte den Verdacht, dass dieser etwas mit seinen immer leeren Taschen zu tun hatte. Außerdem vermutete sie, dass seine nächtlichen Ausflüge ihn auch zu Frauen führten. Erst in der Woche zuvor hatte sie einen Lippenstiftfleck an seinem Kragen entdeckt. Das konnte sie immerhin verstehen: Junge – und auch ältere – Männer hatten ihre Bedürfnisse, wie Margarete aus eigener Erfahrung wusste. Das lag nun einmal in ihrer Natur.

Ihrer Ansicht nach ließ sich das Problem mit einfachen Worten zusammenfassen: Mit der Aussicht auf eine Zukunft, die er nicht wollte, und ohne seine geliebte Musik wandte Jens sich Alkohol und Frauen zu. Margarete erhob sich in der Hoffnung vom Tisch, dass Jens am folgenden Tag zu Herrn Hennum gehen würde. Nur das konnte ihn ihrer Meinung nach retten.

Jens wälzte im Bett ganz ähnliche Gedanken wie seine Mutter. Ihm war schon lange klar, dass er niemals Berufsmusiker werden konnte. In wenigen Monaten würde er die Universität verlassen und seinen Platz in der Brauerei seines Vaters einnehmen.

Der Gedanke ließ ihn schaudern.

Er war sich nicht sicher, wen er mehr bemitleidete, seinen Vater oder seine Mutter: Sein Vater war Sklave seines Bankkontos und seiner Brauerei, seine Mutter hatte zwar den Stammbaum in die Familie gebracht, war aber höchst unzufrieden mit ihrem Leben. Jens erkannte, dass ihre Ehe wenig mehr war als ein Arrangement, eingegangen zum gegenseitigen Nutzen. Sein Problem bestand darin, dass er als ihr einziger Nachkomme als Bauer in ihrem emotionalen Schachspiel herhalten musste, in dem er nicht gewinnen konnte. Inzwischen versuchte er es auch gar nicht mehr.

Doch heute hatte seine Mutter recht gehabt. Er war tatsächlich fast volljährig. Was, wenn es ihm gelänge, den Traum zu leben, für den er als Junge so hart gearbeitet hatte?

Als Jens nach dem Mittagessen hörte, wie seine Mutter das Haus verließ, schlich er nach unten und betrat das Musikzimmer, in dem sie nach wie vor gelegentlich Schüler unterrichtete.

Jens setzte sich auf den Klavierhocker vor dem herrlichen Flügel, und sofort nahm sein Körper die richtige Haltung an. Nachdem er den glatten Holzdeckel hochgehoben hatte, ließ er seine Finger über die Tasten gleiten. Ihm wurde bewusst, dass er das das letzte Mal vor mehr als zwei Jahren getan hatte. Er begann mit Beethovens *Pathétique*, seit jeher einem seiner Lieblingsstücke. Dabei entsann er sich der geduldigen Erklärungen seiner Mutter und wie leicht es ihm gefallen war, die Sonate zu spielen. »Du musst deinen ganzen Körper hineinlegen«, hatte sie einmal gesagt, »und dein Herz und deine Seele. Das zeichnet den echten Musiker aus.«

Am Klavier vergaß Jens nicht nur die Zeit, sondern auch die Chemievorlesungen, die er hasste, und die Zukunft, vor der er Angst hatte, und tauchte ganz in die wunderbare Musik ein wie früher.

Als der letzte Ton im Raum verklang, hatte Jens Freudentränen darüber in den Augen, wieder gespielt zu haben. Und beschloss, zu Herrn Hennum zu gehen.

Am folgenden Tag um halb zwei Uhr nahm Jens auf dem Klavierhocker im verwaisten Orchestergraben des Theaters von Christiania Platz.

»Herr Halvorsen, ich habe Sie vor zehn Jahren das letzte Mal spielen hören. Ihre Mutter sagt, Sie seien seitdem zu einem außergewöhnlichen Musiker geworden«, begrüßte Johan Hennum, der geschätzte Dirigent des Orchesters, ihn.

»Meine Mutter ist voreingenommen.«

»Sie sagt außerdem, dass Sie keine offizielle Ausbildung an einem Konservatorium genossen haben.«

»Das stimmt leider. Ich studiere seit zweieinhalb Jahren Chemie an der Universität.« Jens spürte, dass der Dirigent glaubte, seine Zeit zu vergeuden. Vermutlich hatte er sich auf Drängen seiner Mutter darauf eingelassen, ihn zu empfangen, als Dank für ihre großzügigen Spenden. »Aber ich sollte erwähnen, dass meine Mutter mir viele Jahre Musikunterricht gegeben hat. Und wie Sie wissen, ist sie eine höchst angesehene Lehrerin.«

»Das stimmt. Welches der vier Instrumente, die Sie nach Aussage Ihrer Mutter beherrschen, erachten Sie als Ihr stärkstes?«

»Am liebsten spiele ich Klavier, aber ich glaube, die Geige, die Flöte und die Hardanger Fiedel genauso gut zu beherrschen.«

»In Herrn Griegs Orchestrierung des *Peer Gynt* ist kein Klavier vorgesehen. Doch wir suchen eine zweite Geige und einen Flötisten. Hier.« Herr Hennum reichte ihm die Notenblätter. »Beschäftigen Sie sich kurz mit dem Flötenpart, ich bin gleich wieder da, um Sie spielen zu hören.« Der Dirigent nickte ihm zu und entfernte sich.

Jens überflog die Noten: »Vorspiel zu Akt IV: ›Morgenstimmung‹.« Er nahm die Flöte aus dem Kasten und setzte sie zusammen. Im Theater war es fast so eisig kalt wie draußen, wo Temperaturen unter null Grad herrschten, sodass er die klammen Finger reiben musste, um die Blutzirkulation in Gang zu bringen. Dann hob er das Instrument an die Lippen.

»Gut, Herr Halvorsen, nun wollen wir mal sehen, wie Sie vorangekommen sind«, sagte Johan Hennum, als er fünf Minuten später in den Orchestergraben zurückkehrte.

Jens wollte diesen Mann beeindrucken und die ihm gestellte Aufgabe meistern. Und so begann er, dankbar dafür, vom Blatt spielen zu können – eine Fähigkeit, die seine Mutter oft davon überzeugt hatte, dass er mehr übte, als er es letztlich tat. Wenig später war er völlig in die Musik eingetaucht, die so ganz anders war als alles, was er kannte. Als er fertig war, senkte er die Flöte und sah Johan Hennum an.

»Für einen ersten Versuch wirklich nicht schlecht. Und nun das hier.« Er reichte Jens andere Noten. »Das ist die erste Geige. Schauen Sie mal, was Sie damit anfangen können.«

Jens nahm seine Geige aus dem Kasten und stimmte sie. Dann studierte er die Noten einige Minuten und übte kurz leise, bevor er zu spielen begann.

»Sehr gut, Herr Halvorsen. Ihre Mutter hat nicht übertrieben. Ich muss gestehen, dass ich überrascht bin. Sie können ausgezeichnet vom Blatt spielen, was in den kommenden Wochen wichtig sein wird, in denen ich unterschiedliche Musikerpersönlichkeiten zu einem Orchester formen muss. Dabei wird es rau zugehen. Die Arbeit im Orchester ist völlig anders als die eines Solisten. Sie werden eine Weile brauchen, um sich einzufinden, und ich muss Sie warnen, dass ich bei meinen Musikern keine Unzuverlässigkeit dulde. Normalerweise würde ich zögern, einen Neuling wie Sie einzustellen, aber im Moment bleibt mir nichts anderes übrig. Sie können nächste Woche anfangen. Was sagen Sie dazu?«

Jens sah ihn erstaunt an. Er war absolut sicher gewesen, dass sein Mangel an Erfahrung zu einer Ablehnung führen würde. Andererseits war es kein Geheimnis, dass das Christiania-Orchester aus einer bunten Truppe von Musikern bestand, weil es in der Stadt kein Konservatorium und deshalb nur wenig Auswahl gab. Von seiner Mutter wusste er, dass einmal sogar ein zehnjähriger Junge darin gespielt hatte.

»Ich fühle mich geehrt, bei einer so wichtigen Produktion in Ihrem Orchester spielen zu dürfen«, hörte Jens sich sagen.

»Dann sind wir uns einig, Herr Halvorsen. Sie haben das Zeug zum guten Musiker. Leider ist der Verdienst ziemlich gering – obwohl ich nicht glaube, dass das für Sie ein Problem darstellt –, und die Proben in den kommenden Wochen werden lang und anstrengend. Wie Ihnen aufgefallen sein dürfte, ist es im Theater nicht sonderlich behaglich. Ich würde Ihnen raten, sich warm anzuziehen.«

»Ja, Herr Hennum, das werde ich.«

»Sie haben erwähnt, dass Sie an der Universität studieren. Kann ich davon ausgehen, dass Ihnen die Arbeit mit dem Orchester wichtiger sein wird als Ihre Vorlesungen?«

»Ja«, antwortete Jens, der wusste, was sein Vater dazu sagen würde. Da jedoch seine Mutter alles in die Wege geleitet hatte, war es auch ihre Aufgabe, die Widerstände zu Hause zu beseitigen. Dies war seine Chance auf ein freies Leben, und er würde sie ergreifen.

»Sagen Sie Ihrer Mutter doch bitte, dass ich ihr dankbar dafür bin, Sie zu mir geschickt zu haben.«

»Das tue ich, Herr Hennum.«

»Die Proben beginnen nächste Woche. Am Montagmorgen will ich Sie pünktlich um neun Uhr hier sehen. Und jetzt muss ich mich auf die Suche nach einem brauchbaren Fagottisten machen, den ich in dieser gottverlassenen Stadt leider nicht auftreiben kann. Auf Wiedersehen, Herr Halvorsen. Den Weg hinaus finden Sie sicher allein.«

Als der Dirigent den Orchestergraben verließ, wunderte sich Jens über die plötzliche Kehrtwendung in seinem Leben. Er drehte sich um und blickte in den dunklen Zuschauerraum. Obwohl er mit seiner Mutter hier oft Konzerte und Opernaufführungen besucht hatte, war er überwältigt. Und ihm war bewusst, dass er sich in letzter Zeit aus Angst vor den Abschlussprüfungen und seiner Zukunft als Brauer hatte treiben lassen.

Doch gerade eben, als er das wunderbare neue Werk von Herrn Grieg gespielt hatte, war seine alte Begeisterung wieder aufgeflammt. In jüngeren Jahren hatte er sich im Bett Melodien ausgedacht, die er am folgenden Morgen am Klavier ausprobierte. Und obwohl er sie nie zu Papier brachte, hatten seine Kompositionen ihn inspiriert.

Jens legte im trüben Licht des Orchestergrabens seine starren

Finger auf die Tasten des Flügels und versuchte sich an die Musik zu erinnern, die er als Junge ersonnen hatte. Da war besonders eine Melodie, in der Struktur nicht unähnlich Griegs neuestem Werk, die ein wenig an alte Volkslieder erinnerte. Die begann Jens nun vor dem leeren Zuschauerraum aus dem Gedächtnis zu spielen.

XVII

Stalsberg Våningshuset
Tindevegen, Heddal
14. Februar 1876

Kjære Anna,
danke für Deinen letzten Brief. Wie immer sind Deine Schilderungen des Lebens in Christiania nicht nur interessant, sondern auch amüsant und bringen mich zum Schmunzeln. Und sei versichert: Dein Stil und Deine Rechtschreibung verbessern sich von Mal zu Mal. Hier in Heddal ist alles wie immer. Weihnachten war ebenfalls wie immer, wenn auch ein bisschen traurig, weil Du nicht mit uns feiern konntest. Wie Du weißt, ist dies der kälteste und dunkelste Teil des Jahres, in dem nicht nur die Tiere, sondern auch wir Menschen Winterschlaf halten. Der Schnee ist länger liegen geblieben und tiefer gewesen als sonst, und ich habe gemerkt, dass das Dach unseres Farmhauses undicht ist, weshalb ich den Torf vor dem großen Tauen im Frühjahr austauschen muss. Sonst haben wir im Innern einen See, auf dem wir Schlittschuhlaufen können. Mein Vater sagt, solange er zurückdenken kann, sei das Dach nie erneuert worden. Wenigstens hat es lange gehalten. Knut hat versprochen, mir zu helfen, wofür ich sehr dankbar bin.

Er wirbt gerade um eine junge Frau aus einem Ort außerhalb von Skien. Sie heißt Sigrid und ist freundlich und hübsch, wenn auch sehr ruhig. Deine Eltern mögen sie. Die Hochzeitsglocken werden wohl im Sommer in Heddal läuten. Ich hoffe, dass Du dann nach Hause kommen kannst.

Ich kann es kaum glauben, dass Du in der Premiere eines meiner Lieblingswerke von Ibsen mit Musik von Grieg mitmachen wirst. Hast du Herrn Ibsen schon einmal im Theater gesehen? Bestimmt wird er sich irgendwann vergewissern wollen, dass die Inszenierung so ist, wie er es sich vorstellt. Im Moment hält er sich, glaube ich, aller-

dings in Italien auf. Möglicherweise wirst Du vor dem Premierenabend in zehn Tagen keine Zeit zum Schreiben haben, weil Du mit Proben beschäftigt bist. Wenn ich davor nichts von Dir hören sollte, wünsche ich Dir und Deiner wunderbaren Stimme viel Glück.
Voller Bewunderung,
Dein Lars
PS: Ich lege eines meiner Gedichte bei, das ich kürzlich mit anderen dem Scribner-Verlag in New York City, Amerika, geschickt habe. Für Dich habe ich es ins Norwegische zurückübersetzt.

Anna las das Gedicht mit dem Titel »Ode an eine Silberbirke«. Da sie keine Ahnung hatte, was eine »Ode« war, und sich auf einige der langen Wörter keinen Reim machen konnte, überflog sie es nur kurz und legte es dann beiseite, um weiterzufrühstücken. Sie hätte sich gewünscht, dass ihr Leben tatsächlich so aufregend gewesen wäre, wie Lars es sich vorstellte. Bislang war sie lediglich zweimal im Theater von Christiania gewesen: einmal, um kurz vor Weihnachten Herrn Josephson vorzusingen, woraufhin man sich geeinigt hatte, dass sie tatsächlich die Rolle der Solveig singen sollte. Und dann noch einmal in der vergangenen Woche, als die Schauspieler zum ersten Mal das Stück durchgegangen waren. Anna hatte von den Kulissen aus zugesehen, um die Handlung besser zu verstehen.

Da Anna geglaubt hatte, dass ein prächtiger Ort wie das Theater gut geheizt sein müsse, war sie auf ihrem Hocker in den zugigen Kulissen halb erfroren. Sie hatten gerade erst die ersten drei Akte geschafft, als es zu Problemen gekommen war. Henrik Klausen, der Darsteller des Peer, war über den blauen Stoff gestolpert, den zehn kleine Jungen darunter kniend bewegten, um den Eindruck zu erwecken, dass Peer Gynt über die stürmische See segelte, und sich den Knöchel verstaucht. Da es ohne den Hauptdarsteller keine Aufführung geben konnte, waren die Proben fürs Erste eingestellt worden.

Anna hatte sich eine grässliche Erkältung zugezogen und in den vergangenen vier Tagen im Bett bleiben müssen. Herr Bayer hatte sie aus Angst um ihre Stimme wie eine Glucke umsorgt.

»Und das eine Woche vor der Premiere!«, hatte er gestöhnt. »Der Zeitpunkt könnte wirklich nicht schlechter sein. Sie müssen so viel Honig essen wie nur irgend möglich, meine junge Dame. Wollen wir hoffen, dass Ihre Stimmbänder rechtzeitig wieder in Ordnung kommen.«

Am Vormittag nach der obligatorischen Dosis Honig – sie fürchtete schon, dass ihr Flügel wachsen und gelbe und braune Streifen auf ihrem Körper erscheinen würden – hatte sie vorsichtig Tonleitern gesungen, und Herr Bayer war erleichtert gewesen.

»Gott sei Dank, Ihre Stimme ist wieder da. Madame Thora Hansson, die Darstellerin der Solveig, wird bald eintreffen, sodass Sie beide an ihren Einsätzen bei Ihrem Gesang arbeiten können. Es ist eine große Ehre, dass sie sich aufgrund Ihrer Indisposition bereit erklärt hat, in diese Wohnung zu kommen. Sie ist eine der berühmtesten Schauspielerinnen Norwegens und angeblich die Lieblingsdarstellerin von Herrn Ibsen«, hatte Herr Bayer hinzugefügt.

Um halb elf segelte Thora Hansson in einem wunderschönen pelzgefütterten Samtumhang und einer Wolke starken französischen Parfüms in den Salon, in dem Anna sie nervös erwartete.

»*Kjære*, Sie müssen entschuldigen, wenn ich Ihnen nicht nahe komme, denn selbst wenn Herr Bayer mir versichert, dass Sie nicht länger ansteckend sind, kann ich es mir nicht leisten, mir eine Erkältung zuzuziehen.«

»Natürlich, Madame Hansson«, sagte Anna mit gesenktem Blick und machte einen Knicks.

»Immerhin werde ich heute Vormittag meine Stimme nicht brauchen«, erklärte sie lächelnd. »Denn den himmlischen Klang werden Sie erzeugen. Ich werde lediglich den Mund auf- und zumachen und mich bemühen, Herrn Griegs wunderschöne Lieder auf angemessene Weise darzustellen.«

»Ja, Madame.«

Während Herr Bayer Madame Hansson umschwärmte, musterte Anna die Schauspielerin genauer. Im Theater hatte sie sie immer nur aus der Ferne gesehen und sie für ziemlich alt gehalten. Doch nun erkannte Anna, dass sie jung war, möglicherweise nur einige Jahre älter als sie selbst. Sie wirkte sehr attraktiv, hatte feine Gesichtszüge und dichte, dunkelbraune Haare. Anna konnte sich nicht vorstellen, wie diese elegante junge Dame die Zuschauer davon überzeugen wollte, dass sie ein einfaches Bauernmädchen aus den Bergen war.

Ein Bauernmädchen wie sie selbst ...

»Fangen wir an. Anna, nicht übertreiben«, riet Herr Bayer ihr. »Wir wollen Ihre Stimme während der Rekonvaleszenz nicht überbeanspruchen. Wenn Sie bereit sind, Madame Hansson, beginnen wir mit ›Solveigs Lied‹ und wenden uns dann dem ›Wiegenlied‹ zu.«

Den Vormittag über übten die beiden jungen Frauen das, was letztlich ein Duett war, bei dem eine der Sängerinnen stumm blieb. Mehrmals spürte Anna die Frustration der Schauspielerin, wenn sie den Mund zum falschen Zeitpunkt öffnete und Annas Stimme den Bruchteil einer Sekunde später ertönte. Madame Hansson schlug vor, dass Anna den Raum verlassen solle, damit Herr Bayer ein Gefühl dafür bekommen könne, ob es die Zuschauer tatsächlich überzeugen würde, dass sie selbst sang. Als Anna mit Kopfweh und Halsschmerzen im zugigen Flur stand, begann sie, die Lieder zu hassen. Sie musste sich genau an die Länge der Noten und Pausen halten, damit Madame Hansson wusste, wann sie den Mund auf- und zumachen musste. Ein Teil des Vergnügens rührte für Anna normalerweise daher, dass sie die Lieder jedes Mal ein wenig anders interpretierte, egal, ob ihr Menschen oder Kühe zuhörten.

Endlich klatschte Herr Bayer in die Hände. »Wunderbar! Ich glaube, jetzt haben wir's. Gut gemacht, Madame Hansson. Anna, kommen Sie doch bitte wieder herein.«

Als Anna das Zimmer betrat, wandte Madame Hansson sich ihr zu.

»Ich glaube, das funktioniert. Versprechen Sie mir nur, jeden Abend genau gleich zu singen, ja, meine Liebe?«

»Natürlich, Madame Hansson.«

»Anna, Sie sehen ziemlich blass aus. Der Vormittag scheint Sie erschöpft zu haben. Ich sage Frøken Olsdatter, dass Sie sich kurz ausruhen werden und sie das Mittagessen in Ihr Zimmer bringen soll, mit etwas Honig, um die Stimme zu beruhigen.«

»Ja, Herr Bayer«, sagte sie artig.

»Danke, Anna. Bestimmt sehen wir uns in den nächsten Tagen im Theater.« Madame Hansson verabschiedete sich mit einem freundlichen Lächeln von ihr. Und Anna machte einen Knicks, bevor sie sich in ihr Zimmer zurückzog.

Wohnung 4,
St Olavs gate 10,
Christiania
23. Februar 1876

Kjære Lars, Mor, Far und Knut,
ich schreibe diesen Brief in Eile, weil heute die Generalprobe und morgen die Premäre von Peer Gynt *ist. Ich würde mir sehr wünschen das Ihr alle dabei wärt, verstehe aber das das zu teuer ist.*

Ich bin aufgeregt und auch ein bisschen nervös. Herr Bayer hat mir gezeigt das alle Zeitungen über morgen berichten. Es gibt sogar Gerüchte das der König und die Königin kommen. (Ich bezweifle das, weil sie in Schweden leben. Sogar für die königliche Familie wäre das eine lange Reise nur um ein Stück zu sehen.) Die Stimmung im Theater ist angespannt. Der Direktor Herr Josephson glaubt das es eine Katastrove wird, weil wir bisher noch kein einziges Mal das gesamte Stück proben konnten, ohne wegen irgendeinem technischen Problem unterbrechen zu müssen. Und der Dirigent Herr Hennum, den ich sehr mag und der bisher immer sehr ruhig gewirkt hat, brüllt jetzt immerzu die Musiker im Orchester an, wenn sie den Takt nicht halten.

Wisst Ihr was? Ich habe das »Wiegenlied« noch gar nicht im Theater gesungen, weil wir noch nicht bis zum Ende des Stücks gekommen sind. Allerdings meint Herr Hennum das wir es heute schaffen.

Bis dahin verbringe ich die Zeit mit den Kindern, die Nebenrollen, zum Beispiel Trolle, spielen. Als man mich in ihre Garderobe geschickt hat, war ich zuerst ein bisschen beleidigt, weil die Damen vom Kor eine andere haben. Vielleicht wissen sie nicht, wie alt ich bin? Aber jetzt bin ich froh darüber, weil die Kinder mich zum Lachen bringen und wir zum Zeitvertreib Kartenspielen können.

Nun muss ich ins Theater. Dir, Lars, möchte ich sagen das Herr Ibsen noch nicht erschienen ist – bestimmt bist Du darüber sehr traurig.
Ich schicke Euch allen liebe Grüße aus Christiania.
Anna.

Als Anna die Wohnung verließ, um zum Theater zu gehen, legte sie den Brief auf das Silbertablett im Flur.

Die Generalprobe dauerte nun schon fast vier Stunden, und Jens war wie alle im Orchester hundemüde und gereizt und fror. In den vergangenen Tagen hatte die Anspannung im Orchestergraben ihren Höhepunkt erreicht. Mehr als einmal hatte Herr Hennum Jens angeschrien, dass er besser aufpassen solle, was Jens ungerecht fand, weil Simen, der ältere erste Geiger, der neben ihm saß, permanent zu dösen schien. Soweit Jens das beurteilen konnte, war er selbst der einzige Musiker im Orchester unter fünfzig. Trotzdem fühlte er sich in ihrer Gesellschaft wohl, weil sie alle freundlich waren.

Bislang war es ihm trotz des einen oder anderen Katers jeden Tag gelungen, pünktlich zu erscheinen. Da seine Kollegen ein ähnliches Leben wie er führten, hatte Jens das Gefühl, gut in die Truppe zu passen. Außerdem gab es während der endlosen Pausen, in denen Herr Josephson seine Schauspieler immer wieder neu instruierte, ja noch die hübschen Damen vom Chor zu bewundern.

Die grenzenlose Freude seiner Mutter über seinen Platz im Orchester hatte Jens fast zu Tränen gerührt.

»Aber was sollen wir Far sagen?«, hatte er sie gefragt. »Du weißt, dass ich die Vorlesungen an der Universität für die Proben schwänzen muss.«

»Ich glaube, es ist das Beste, wenn er fürs Erste nichts von diesem ... Richtungswechsel erfährt. Wir lassen ihn in dem Glauben, dass du nach wie vor die Universität besuchst. Bestimmt merkt er so schnell nichts.«

Mit anderen Worten: Seine Mutter hatte Angst, es seinem Vater zu sagen.

Inzwischen war das auch egal, dachte Jens, als er seine Geige stimmte, denn nun würde ihn nichts mehr dazu bringen, in die Brauerei einzusteigen. Den langen Stunden, der Kälte und Hennums oft beißenden Kommentaren zum Trotz, hatte Jens die Freude an der Musik wiedergefunden. Das Werk von Herrn Grieg bot mit dem lebhaften »In der Halle des Bergkönigs«, mit »Anitras Tanz« und den anderen Stücken so viel Interessantes, dass Jens nur die Augen zumachen musste, um sich in ferne Länder zu versetzen.

Sein Lieblingsstück war die »Morgenstimmung« zu Beginn des vierten Akts. Sie bildete den musikalischen Hintergrund zu dem Teil, in dem Peer in der Morgendämmerung in Afrika mit einem Kater aufwacht und merkt, dass er alles verloren hat. Seine Gedanken schweifen in seine norwegische Heimat und zu den Sonnenaufgängen über den Fjorden.

Im Moment wechselten sich Jens und der andere Flötist, der vermutlich dreimal so alt war wie er, beim eindringlichen Anfang ab. Als Hennum den Orchestergraben betrat und mit seinem Taktstock gegen das Pult klopfte, wurde Jens klar, dass *er* derjenige sein wollte, der diese Musik am Premierenabend spielte. So sehr hatte er sich noch nie etwas gewünscht.

»Wir beginnen mit Akt IV«, verkündete der Dirigent nach einer über einstündigen Pause. »Bjarte Frafjord, Sie spielen heute die erste Flöte. In fünf Minuten«, fügte Hennum hinzu, bevor er sich mit Herrn Josephson beriet.

Enttäuschung überkam Jens. Wenn Bjarte bei der Generalprobe die erste Flöte spielte, war die Wahrscheinlichkeit hoch, dass er es auch am Premierenabend tat.

Wenig später trat Henrik Klausen, der den Peer Gynt spielte, wie in der Rolle vorgesehen an die Kante des Orchestergrabens und beugte sich darüber, als würde er sich übergeben.

»Na, wie geht's, Jungs?«, rief Henrik den Musikern unter ihm freundlich zu.

Allgemeines Gemurmel, als Hennum zurückkehrte und den Taktstock hob. »Herr Josephson hat mir versprochen, dass wir Akt IV mit geringstmöglichen Unterbrechungen durchspielen können, um endlich bis Akt V zu kommen. Sind alle bereit?«

Kurz darauf ertönte der Klang von Bjartes Flöte aus dem Orchestergraben. *Er kann mir nicht das Wasser reichen*, dachte Jens düster, klemmte die Geige unters Kinn und bereitete sich auf seinen Einsatz vor.

Eine Stunde später näherten sie sich nach nur einem kleinen Problem, das schnell behoben wurde, dem Ende von Akt IV. Jens blickte zu Madame Hansson hinauf, die die Solveig spielte. Weil er sie sogar in der Bäuerinnentracht ausgesprochen attraktiv fand, hoffte er, sie bei der Premierenfeier nach der Aufführung am folgenden Tag persönlich kennenlernen zu können.

Bei den ersten Tönen von »Solveigs Lied« konzentrierte er sich hastig wieder. Und dann begann Madame Hansson zu singen. Die Stimme war so rein und vollkommen, dass Jens sich dabei ertappte, wie er im Geist zu der Hütte der traurigen Solveig abschweifte. Dass Madame Hansson so singen konnte! Dies war eine der wunderbarsten Frauenstimmen, die er je gehört hatte. In ihr lagen Jugend und frische Bergluft, jedoch auch der Schmerz verlorener Hoffnungen und Träume ...

Er war so fasziniert, dass er sich einen scharfen Blick von Hennum einhandelte, weil er seinen Einsatz verpasste. Als sie schließlich das Ende des Stücks erreichten und das traurige »Wiegenlied« verklang, das Solveig singt, wenn der zur Einsicht gelangte Peer sein müdes Haupt in ihren Schoß legt, bekam Jens eine Gänsehaut. Und als der Vorhang wenig später fiel, klatschten die Theaterleute, die gelauscht hatten, spontan Applaus.

»Hast du das gehört?«, fragte Jens Simen, der bereits seine Geige wegpackte, um schnell aus dem Theater ins Engebret Café gegenüber zu kommen. »Ich wusste gar nicht, dass Madame Hansson eine so wundervolle Stimme hat.«

»Jens, du Einfaltspinsel! Die Stimme, die wir gerade gehört haben, ist in der Tat wundervoll, aber sie gehört nicht Madame

Hansson. Hast du denn nicht gesehen, dass sie nur die Lippen bewegt? Sie kann keinen Ton halten. Sie mussten eine Frau finden, die ihr ihre Stimme leiht. Herr Josephson freut sich bestimmt, dass sein Trick funktioniert.« Simen klopfte Jens schmunzelnd auf die Schulter und verließ den Orchestergraben.

»Wer ist diese Frau?«, rief Jens Simen nach.

»Wem die Geisterstimme gehört, weiß niemand«, antwortete Simen über die Schulter gewandt.

Die Inhaberin der Stimme, die Jens Halvorsen so sehr gerührt hatte, wurde gerade in einer Kutsche zurück zu Herrn Bayers Wohnung chauffiert. Darüber war sie, weil sie sich in der Tracht, die sie auf seinen Wunsch getragen hatte, um wie die anderen Damen im Chor auszusehen, auffällig fühlte, sehr froh. Und nach dem langen, ermüdenden Tag war sie dankbar, als Frøken Olsdatter ihr die Tür öffnete und den Umhang abnahm.

»Sie sind bestimmt sehr müde, Anna *kjære*. Aber sagen Sie: Wie haben Sie gesungen?«, fragte sie und schob ihre Schutzbefohlene sanft in Richtung ihres Zimmers.

»Ich weiß es nicht. Als der Vorhang zu war, habe ich genau das gemacht, was Herr Bayer mir aufgetragen hat: Ich bin vor dem Bühneneingang sofort in die Kutsche gestiegen«, antwortete sie, ließ sich von Frøken Olsdatter beim Ausziehen helfen und legte sich ins Bett.

»Herr Bayer sagt, Sie dürfen morgen länger schlafen. Er möchte, dass Sie und Ihre Stimme für die Premiere ausgeruht sind. Ihre warme. Milch mit Honig steht auf dem Nachtkästchen.«

»Danke.« Anna nahm das Glas in die Hand.

»Gute Nacht, Anna.«

»Gute Nacht, Frøken Olsdatter.«

Im Orchestergraben klatschte Johan Hennum in die Hände.

Jens dachte, wie anders die Atmosphäre im Theater doch im Vergleich zum Vortag war. Die Musiker trugen Abendkleidung, und auch das Premierenpublikum, das mit aufgeregtem Gemurmel im Zuschauerraum Platz nahm, hatte sich herausgeputzt. Unter den Pelzen der Damen kamen atemberaubend schöne Roben und prächtiger Schmuck zum Vorschein, der im sanften Schimmer des reich geschmückten Kronleuchters in der Mitte der Decke glitzerte.

»Meine Herren«, sagte Hennum, »wir dürfen uns alle geehrt fühlen, heute Geschichte zu schreiben. Auch wenn Grieg nicht anwesend sein kann, wollen wir, dass er stolz auf uns ist, indem wir seine Musik so spielen, wie sie es verdient. Eines Tages werden Sie Ihren Enkeln erzählen, dass Sie an diesem Abend dabei waren. Und Herr Halvorsen, heute spielen Sie die erste Flöte in der ›Morgenstimmung‹. Wenn dann alle bereit wären ...«

Der Dirigent trat ans Pult, und die Zuschauer verstummten. In dem Moment schickte Jens ein Dankgebet zum Himmel dafür, dass sein sehnlichster Wunsch erfüllt worden war.

Keiner, der während der Aufführung hinter der Bühne stand, wusste, was das Publikum dachte. Anna ging, begleitet von Rude, einem der kleinen Jungen, die in den Massenszenen auftraten, hinter die Kulissen, um ihr erstes Lied zu singen.

»Man kann eine Nadel fallen hören, Frøken Anna. Ich glaube, die Zuschauer mögen es.«

Anna nahm ihre Position seitlich der Bühne ein, so platziert, dass sie Blickkontakt zu Madame Hansson hatte. Plötzlich erstarrte sie vor Furcht. Selbst wenn man sie nicht sehen konnte und ihr Name im Programm nur in der langen Liste der Chormitglieder auftauchte, wusste sie, dass Herr Bayer da draußen zuhörte. Und mit ihm alle wichtigen Personen von Christiania.

Da spürte sie, wie Rudes kleine Hand die ihre drückte. »Keine Sorge, Frøken Anna, wir finden alle, dass Sie wundervoll singen.« Mit diesen Worten entfernte er sich.

Anna, die den Blick nicht von Madame Hansson wandte, wartete auf ihren Einsatz. Als das Orchester die ersten Takte von »Solveigs Lied« spielte, holte sie tief Luft und begann, in Gedanken bei Rosa und ihrer Familie in Heddal, zu singen.

Vierzig Minuten später, nach dem letzten Vorhang, stand Anna, die soeben »Das Wiegenlied« gesungen hatte, wieder hinter den Kulissen. Schweigen im Publikum, als die Schauspieler sich zum Schlussapplaus auf der Bühne versammelten. Da man Anna nicht gebeten hatte, sich zu verbeugen, blieb sie, wo sie war. Als der Vorhang sich öffnete und die Schauspieler erschienen, erscholl ohrenbetäubender Applaus. Die Zuschauer stampften mit den Füßen und verlangten eine Zugabe.

»Noch einmal ›Solveigs Lied‹, Madame Hansson!«, hörte Anna jemanden rufen, eine Bitte, die die Schauspielerin mit einem anmutigen Kopfschütteln ausschlug. Nachdem Herr Josephson auf die Bühne gekommen war, um Ibsens und Griegs Abwesenheit zu entschuldigen, senkte sich der Vorhang zum letzten Mal, und die Schauspieler entfernten sich. Weil alle so aufgeregt über das, was nach so vielen Wochen harter Arbeit ein Riesenerfolg gewesen war, plapperten, nahm keiner von Anna Notiz.

Sie kehrte in die Garderobe zurück, um ihren Umhang zu holen und den Kindern eine gute Nacht zu wünschen, deren Mütter ihnen stolz aus den Kostümen halfen. Herr Bayer hatte gesagt, die Kutsche würde draußen auf sie warten, und sie müsse das Theater unmittelbar nach der Vorstellung verlassen. Auf dem Flur begegnete sie Herrn Josephson, der gerade aus Madame Hanssons Garderobe kam.

»Sie haben wunderbar gesungen, Anna. Im Theater waren alle zu Tränen gerührt. Gut gemacht.«

»Danke, Herr Josephson.«

»Kommen Sie gut nach Hause«, sagte er mit einer kleinen Verbeugung, bevor er sich von ihr abwandte, um an Henrik Klausens Garderobentür zu klopfen.

Wenig später verließ Anna das Theater durch den Bühneneingang. »Wer ist nun die junge Frau, die ›Solveigs Lied‹ singt?«, fragte Jens und ließ den Blick über die Menschen im Foyer schweifen. »Ist sie hier?«

»Keine Ahnung, ich habe sie nie gesehen«, antwortete der Cellist Isaac, nicht mehr ganz nüchtern. »Sie hat eine Engelsstimme, aber vielleicht sieht sie ja aus wie eine Vogelscheuche.«

Entschlossen, mehr herauszufinden, wandte sich Jens an den Dirigenten.

»Gut gemacht, mein Junge«, lobte Hennum ihn und klopfte ihm nach dem Erfolg des Abends in euphorischer Stimmung auf die Schulter. »Schön, dass Sie mich nicht enttäuscht haben. Mit etwas Übung und Erfahrung könnten Sie es weit bringen.«

»Danke. Aber bitte verraten Sie mir doch, wer die geheimnisvolle junge Frau ist, die heute Abend so wunderschön die Solveig gesungen hat. Ist sie hier?«

»Sie meinen Anna? Sie ist eine echte Solveig aus den Bergen. Ich bezweifle, dass sie zu der Premierenfeier bleibt, denn sie ist Franz Bayers Schützling, sehr jung und nicht an die Stadt gewöhnt. Er hält sie an der kurzen Leine, also vermute ich, dass das Aschenputtel heimgehuscht ist, bevor die Uhr Mitternacht schlägt.«

»Schade. Ich hätte ihr gern gesagt, wie sehr ihre Stimme mich gerührt hat. Außerdem«, Jens ergriff die Gelegenheit beim Schopf, »bin ich ein großer Bewunderer von Madame Hansson. Würden Sie mich ihr vorstellen, damit ich sie zu ihrer Leistung heute Abend beglückwünschen kann?«

»Natürlich«, antwortete Herr Hennum. »Bestimmt freut sie sich, Ihre Bekanntschaft zu machen. Kommen Sie mit.«

XVIII

Am folgenden Morgen las Herr Bayer »Aschenputtel« beim Kaffee im Salon die Teile der Premierenkritik im *Dagbladet* laut vor, von denen er glaubte, dass sie ihr gefallen könnten.

»Madame Hansson war als leidgeprüftes Bauernmädchen Solveig das reinste Vergnügen, und ihre reine, wunderschöne Stimme schmeichelte dem Ohr.«

»Wie finden Sie das?«, fragte er und hob den Blick.

Wenn *ihr* Name diesen Morgen in den Zeitungen gestanden hätte, dachte Anna, und *ihre* Stimme darin gelobt worden wäre, hätte sie das sehr gut gefunden.

»Es freut mich, dass das Publikum das Stück und meine Stimme mag«, rang sie sich ab.

»Natürlich äußern sich die Kritiker besonders lobend über die Musik von Herrn Grieg. Seine Interpretation von Herrn Ibsens wunderbarem Gedicht ist einfach grandios. Da heute keine Vorstellung stattfindet, dürfen Sie sich eine wohlverdiente Pause gönnen, Anna. Meine liebe junge Dame, Sie können stolz auf sich sein. Besser hätten Sie nicht singen können. Auf mich wartet jedoch leider Arbeit, ich muss in die Universität.« Er erhob sich und ging zur Tür. »Wenn ich heute Abend zurückkomme, feiern wir unseren Erfolg beim Essen. Ich wünsche Ihnen einen schönen Tag.«

Anna trank enttäuscht und merkwürdig verärgert ihren inzwischen lauwarmen Kaffee aus. In den vergangenen Monaten hatte sie auf diesen Abend hingefiebert, und nun, da er vorüber war, hatte sich nichts verändert. Sie wusste nicht so genau, was sie erwartet hatte, wurde aber das Gefühl nicht los, dass irgendetwas anders sein sollte.

Hatte Herr Bayer im vergangenen Sommer in den Bergen bereits geahnt, dass man eine »Geistersängerin« brauchen würde?, fragte sich Anna. Und hatte er sie deshalb in die Stadt mitgenommen? Im Theater wollten alle, dass sie unsichtbar blieb, damit ihre Stimme weiter Madame Hansson zugeschrieben werden konnte, das war ihr vollkommen klar.

Sie nahm die Zeitung in die Hand und legte den Finger auf die Stelle, an der von der »reinen« Stimme der Schauspielerin die Rede war.

»Es ist *meine* Stimme!«, rief sie aus. »*Meine* ...«

Nun entlud sich der ganze Druck des Premierenabends, fast ein wenig, wie wenn Herr Bayer bei einer seiner Flaschen französischen Champagners den Korken knallen ließ, und sie warf sich schluchzend aufs Sofa.

»Was ist denn los, Anna, *kjære*?«

Als Anna tränenüberströmt den Kopf hob, sah sie, dass Frøken Olsdatter den Raum betreten hatte, ohne anzuklopfen.

»Nichts«, murmelte sie und wischte sich hastig die Augen ab.

»Sie sind bestimmt erschöpft und überwältigt von gestern Abend. Und noch nicht ganz von Ihrer Erkältung genesen.«

»Nein, nein ... Es geht mir wunderbar, danke«, entgegnete Anna mit fester Stimme.

»Vielleicht haben Sie Sehnsucht nach Ihrer Familie?«

»Ja. Und nach der frischen Luft auf dem Land. Ich ... glaube, ich würde gern nach Heddal zurückfahren«, flüsterte sie.

»Das kann ich verstehen, meine Liebe. Bei Leuten wie uns, die wir vom Land in die Stadt kommen, ist es immer das Gleiche. Und Sie sind einsam.«

»Fehlt Ihnen Ihre Familie?«, erkundigte sich Anna.

»Nicht mehr, weil ich mich mittlerweile an das Leben hier gewöhnt habe, aber anfangs war ich sehr unglücklich. Meine erste Dienstherrin war eine geizige Frau, die mich und die anderen Hausmädchen schlechter behandelt hat als ihre Hunde. Ich bin zweimal weggelaufen und wurde beide Male wieder zurückgebracht. Dann hat Herr Bayer meine Herrin eines Tages zum Essen besucht. Vielleicht hat er meinen Kummer gespürt, vielleicht aber auch nur eine Haushälterin gebraucht ... Jedenfalls hat er mir noch am selben Abend diese Stelle angeboten. Meine Herrin hat mich ziehen lassen. Ich glaube, sie war froh, mich los zu sein. Anna, Sie sollten nie vergessen, dass Herr Bayer trotz seiner Eigenheiten ein guter und freundlicher Mann ist.«

»Das ist mir klar«, sagte Anna mit schlechtem Gewissen über ihr Selbstmitleid.

»Wenn es Sie beruhigt: In meinen Jahren bei Herrn Bayer habe ich schon eine ganze Reihe seiner Schützlinge gesehen, aber so aufgeregt wie über Ihr Talent habe ich ihn noch nie erlebt. Gestern Abend hat er mir selbst gesagt, dass alle ganz aus dem Häuschen waren wegen Ihrer Stimme.«

»Fast niemand weiß, dass *ich* singe«, entgegnete Anna mit leiser Stimme.

»Noch nicht, doch eines Tages werden sie es wissen. Sie sind sehr jung, *kjære*, und können sich glücklich schätzen, bei einer so wichtigen Produktion dabei zu sein. Die einflussreichsten Leute von Christiania haben Sie singen hören. Haben Sie Geduld und vertrauen Sie darauf, dass der Herr Ihr Schicksal lenkt. Aber ich bin spät dran für den Markt. Begleiten Sie mich? Ein bisschen frische Luft würde Ihnen guttun.«

»Ja, gern«, antwortete Anna und stand auf. »Und danke für die Aufmunterung.«

Weniger als drei Kilometer entfernt war auch Jens Halvorsen, der in seinem Zimmer auf und ab ging, während von unten laute Stimmen heraufdrangen, alles andere als guter Stimmung. Beim Frühstück an diesem Morgen war das Versteckspiel der vergangenen Wochen aufgeflogen, als sein Vater die hymnische Besprechung des *Peer Gynt* in der Zeitung gelesen hatte. Der Kritiker hatte geschrieben: »*›Die Morgenstimmung‹ zu Beginn von Akt IV ist meiner Ansicht nach einer der Höhepunkte in Herrn Griegs Musik, und ihr bezaubernder Anfang wird auf eindringliche Weise von Jens Halvorsen auf der Flöte gespielt.*«

Die Gesichtsfarbe seines Vaters hatte an die eines überhitzten Kupferkessels erinnert.

»Warum erfahre ich davon erst jetzt?«, hatte er gebrüllt.

»Weil ich das Gefühl hatte, dass es unerheblich für dich ist«, hatte Margarete, innerlich auf eine Szene vorbereitet, geantwortet.

»Du findest das ›unerheblich‹?! Ich muss als Vater, der glaubt, dass sein Sohn fleißig an der Universität studiert, aus der *Zeitung* erfahren, dass er heimlich im Christiania-Orchester spielt! Das ist ein Skandal!«

»Er hat trotzdem fleißig gelernt, Jonas.«

»Würdest du mir dann bitte erklären, wieso der Kritiker schreibt, dass ›*Herr Johan Hennum, der Dirigent des Christiania-Orchesters, viele Monate damit zugebracht hat, Musiker zu finden und mit ihnen zu üben, um dem komplexen Werk von Herrn Grieg gerecht zu werden*‹? Soll ich ernsthaft glauben, dass unserem Sohn, dessen Name in dieser Zeitung erwähnt wird, die Noten einfach so über Nacht zugeflogen sind? Gütiger Himmel!« Jonas schüttelte den Kopf. »Ihr zwei haltet mich wohl für einen Trottel aus den Bergen.«

Margarete hatte sich Jens zugewandt. »Du musst sicher lernen. Vielleicht solltest du in dein Zimmer gehen.«

»Ja, Mor.« Mit einer Mischung aus schlechtem Gewissen, weil er es seiner Mutter überließ, sich mit dem Zorn seines Vaters auseinanderzusetzen, und Erleichterung darüber, dass er das nicht selbst musste, hatte Jens genickt und sich zurückgezogen.

Als er nun in seinem Zimmer auf und ab lief und hörte, wie sein Vater seine Mutter anbrüllte, kam Jens zu dem Schluss, dass der Artikel in der Zeitung möglicherweise ein Wink des Schicksals war: Irgendwann hätte sein Vater sowieso von seinen außeruniversitären Aktivitäten erfahren. Ein Teil von ihm fand es traurig, dass Jonas sich nicht über das Lob für seinen Sohn freuen konnte, aber irgendwie konnte er es auch verstehen. Musiker genossen in Christiania kein gesellschaftliches Ansehen und bezogen nur ein begrenztes Einkommen. Deswegen konnte sein Vater in diesem Beruf nichts Bewundernswertes entdecken. Ganz zu schweigen von seiner Enttäuschung darüber, dass sein Sohn nicht die Leitung der Halvorsen-Brauerei übernehmen würde.

Jens war viel zu euphorisch, um sich von seinem Vater die Stimmung verderben zu lassen. In dem Orchester war er endlich glücklich, denn in dieser Welt der Musiker, in der er Kameradschaft, Humor und Trinkfestigkeit fand, die sie jeden Abend nach der Vorstellung im Engebret Café auslebten, fühlte Jens sich zu Hause. Dazu kam die sehr entspannte Einstellung der jungen Damen im Theater ...

Am vergangenen Abend hatte Herr Hennum Jens' Wunsch erfüllt und ihn Madame Hansson vorgestellt. Weil ihm nach der Premierenfeier aufgefallen war, dass sie ihn beobachtete, hatte er ihr angeboten, sie zu ihrer Wohnung zu begleiten. Was dann folgte, war ausgesprochen angenehm gewesen. Thora war nicht nur erfahren, sondern auch mehr als willig, und so hatte Jens ihr Bett erst in der eisigen Morgendämmerung verlassen. Natürlich würde er sich nun eine Ausrede für Hilde Omvik, ein hübsches Mädchen aus dem Chor, mit dem er ein paarmal zusammen gewesen war, einfallen lassen müssen. Er musste verhindern, dass Madame Hansson Gerüchte über seine Eskapaden zu Ohren kamen. Und Hilde wollte ja ohnehin in einer Woche heiraten ...

Es klopfte an der Tür.

»Jens, ich habe getan, was ich konnte, aber dein Vater möchte mit dir sprechen. Sofort.« Seine Mutter wirkte blass und angespannt.

»Danke, Mor.«

»Wir unterhalten uns weiter, wenn er in der Brauerei ist.«

Sie tätschelte seine Schulter, bevor Jens nach unten ging, wo Dora ihm mitteilte, dass sein Vater ihn im Salon erwarte.

Jens wusste, dass alle ernsten Angelegenheiten im Haushalt der Halvorsens im Salon besprochen wurden. Und der war genauso kalt und abweisend wie sein Vater. Jens öffnete die Tür und trat ein. Wie üblich brannte kein Feuer im Kamin, und blendend weißes Licht vom Schnee draußen drang durch die großen Fenster herein.

Sein Vater, der an einem der Fenster stand, wandte sich Jens zu. »Setz dich.« Er deutete auf einen Stuhl. Jens tat mit einer Mischung aus Zerknirschtheit und Trotz wie geheißen.

Jonas nahm seinem Sohn gegenüber in einem großen Lederohrensessel Platz. »Ich mache dir keine Vorwürfe. Es ist ganz die Schuld deiner Mutter, dass sie dich in diesem absurden Irrglauben bestärkt hat. Allerdings wirst du im Juli volljährig und als Erwachsener selbst deine Entscheidungen treffen müssen, Jens. Du wirst dich nicht länger von deiner Mutter beeinflussen lassen dürfen.«

»Ja, Far.«

»Es hat sich nichts geändert«, fuhr Jonas fort. »Du wirst in der Brauerei anfangen, sobald du diesen Sommer dein Studium abgeschlossen hast. Wir werden zusammenarbeiten, und eines Tages wird sie dir gehören. Du wirst das Unternehmen, das mein Ururgroßvater gegründet hat, in der fünften Generation führen. Deine Mutter behauptet, dass dein Studium unter deinen Auftritten mit dem Orchester nicht gelitten hat, doch das bezweifle ich. Was hast du dazu zu sagen, junger Mann?«

»Meine Mutter hat recht. Ich habe nur wenige Vorlesungen versäumt«, log Jens, ohne mit der Wimper zu zucken.

»Obwohl ich Lust dazu hätte, ist mir klar, dass es dem Ruf unserer Familie schaden würde, wenn ich dich auf der Stelle aus dem Orchestergraben holte, denn du hast Herrn Hennum ja deine Zusage gegeben. Ich scheine also vor vollendeten Tatsachen zu stehen. Deine Mutter und ich haben uns darauf geeinigt, dass du bis zur letzten Vorstellung von *Peer Gynt* Ende nächsten Monats weitermachen darfst. In der Zeit, hoffe ich, wirst du dich endlich damit abfinden, welchen Verlauf dein Leben in Zukunft nehmen wird.«

»Ja, Far.« Jens beobachtete, wie sein Vater seine Knöchel knacken ließ, eine Angewohnheit, die er hasste.

»Das wäre es dann. Sobald diese ... Episode vorüber ist, werde ich solches Verhalten nicht mehr tolerieren. Es sei denn natürlich, du willst Berufsmusiker sein, doch dann müsste ich dir jegliche Unterstützung streichen und dich umgehend auf die Straße setzen. Die Männer der Familie Halvorsen haben nicht mehr als einhundertfünfzig Jahre gearbeitet, damit der einzige Erbe ihre Lebensleistung am Ende mit der Fiedel verspielt.«

Jens ließ sich sein Entsetzen nicht anmerken. »Ja, Far.«

»Gut, dann gehe ich jetzt in die Brauerei. Ich bin bereits über eine Stunde zu spät und muss meinen Beschäftigten ein Vorbild sein, genau wie du, wenn du in dem Unternehmen anfängst. Einen schönen Tag noch, Jens.«

Jens wollte über seine Zukunft nachdenken. Und da er im Moment weder seine Mutter noch sonst jemanden ertragen konnte, holte er Schlittschuhe, Pelzjacke, Mütze und Handschuhe aus dem Flur und verließ das Haus, um Dampf abzulassen.

Wohnung 4
St Olavs gate 10,
Christiania
10. März 1876

Kjære Lars, Mor, Far und Knut,
danke für Deinen letzten Brief, in dem Du schreibst das meine Rechtschreibung besser wird. Das glaube ich zwar nicht, aber ich gebe mir Mühe. Die Premäre von Peer Gynt *im Theater von Christiania ist jetzt zwei Wochen her. Herr Bayer sagt das die ganze Stadt davon spricht und das »Haus«, wie alle den Zuschauerraum nennen, für die gesamte Zeit, in der das Stück gespielt wird, ausverkauft ist. Man denkt daran weitere Vorstellungen aufs Program zu setzen.*

Hier geht das Leben weiter wie immer, abgesehen davon das ich jetzt italienische Arin lernen muss, was ich sehr schwierig finde. Einmal die Woche kommt Günther, ein proffessioneller Opernsänger, ins Haus um mich zu unterrichten. Er ist Deutscher und hat einen so starken Akzent das ich ihn kaum verstehe. Außerdem riecht seine Kleidung ungewaschen, und er stopft sich die ganze Zeit Schnupftabak in die Nase, der oft wieder heraus- und auf seine Oberlippe fällt. Er ist sehr alt und dünn und tut mir leid.

Ich weiß nicht, was ich machen werde, wenn Peer Gynt *nicht mehr gespielt wird, abgesehen von dem, was ich hier jeden Tag tue, nämlich besser singen lernen und drinnen bleiben und Fisch essen. Die Theatersäson beginnt nach Ostern; man munkelt, das* Peer Gynt *in die neue Spielzeit übernommen wird. Dich freut es bestimmt zu hören das Herr Ibsen vielleicht zu einer Vorstellung von Italien anreisen möchte. Ich lasse es Dich wissen, wenn er tatsächlich kommt.*

Bitte sag Mor danke für die neuen Hemden, die sie mir gestrickt hat. Die kann ich diesen langen Winter gut brauchen. Ich freue mich schon auf wärmeres Wetter und hoffe das ich bald nach Hause kann.

Anna

Anna faltete den Brief und verschloss ihn seufzend. Vermutlich wäre ihre Familie neugierig auf Klatsch aus dem Theater gewesen, doch in dieser Hinsicht hatte sie nichts zu bieten. Da sie Tag um Tag nur in der Wohnung herumsaß und abends immer sofort vom Theater abgeholt wurde, fielen ihr kaum noch Dinge ein, die sie berichten konnte.

Als sie ans Fenster trat und hinausschaute, bemerkte sie, dass es um vier Uhr nachmittags noch hell war. Endlich kam der Frühling, und dann war es nicht mehr lange bis zum Sommer ... Anna legte die Stirn an die kühle Scheibe, die sie von der frischen Luft trennte. Der Gedanke, die warmen Monate hier eingesperrt zu verbringen, nicht oben in den Bergen bei Rosa, deprimierte sie.

Rude traf pünktlich zu seiner allabendlichen Runde im Orchestergraben ein.

»Hallo, Rude, wie geht's?«, erkundigte sich Jens.

»Gut. Soll ich eine Nachricht für Sie überbringen?«

»Ja.« Jens beugte sich zu dem Jungen hinunter, damit er ihm ins Ohr flüstern konnte. »Bring das Madame Hansson.« Er drückte ihm eine Münze und einen Brief in die Hand.

»Danke. Wird sofort erledigt.«

»Wunderbar«, sagte Jens, als Rude sich anschickte zu gehen. »Was ich dich noch fragen wollte: Wer war denn die junge Frau, mit der ich dich gestern Abend am Bühnenausgang gesehen habe? Hast du etwa eine Freundin?«, neckte er seinen kleinen Boten.

»Sie ist achtzehn, viel zu alt für mich. Ich bin erst zwölf«, antwortete Rude mit ernster Miene. »Das war Anna Landvik. Sie ist in dem Stück.«

»Tatsächlich? Ich habe sie nicht erkannt, doch es war ja auch dunkel, und ich habe nur ihre langen roten Haare gesehen.«

»Sie spielt mit, ist aber nicht auf der Bühne.« Mit einem verschwörerischen Blick winkte Rude Jens näher heran, damit er ihm seinerseits ins Ohr flüstern konnte. »Sie ist Solveigs Stimme.«

»Aha.« Jens nickte gespielt ernst. Dass Madame Hansson nicht selbst sang, war inzwischen das am schlechtesten gehütete Geheimnis des Hauses. Doch nach außen mussten alle so tun, als wüssten sie von nichts.

»Das Fräulein ist sehr hübsch, finden Sie nicht?«

»Ihre Haare jedenfalls schon. Mehr habe ich von hinten nicht gesehen.«

»Sie tut mir leid. Keiner darf erfahren, dass sie es ist, die so schön singt. Sie haben sie sogar zu uns in die Kindergarderobe gesteckt. Aber egal«, meinte Rude, als die Glocke erklang, die anzeigte, dass die Vorstellung in fünf Minuten begann, »dann überbringe ich das mal für Sie.«

Jens drückte dem Jungen noch eine Münze in die Hand. »Halt doch bitte heute Abend Frøken Landvik am Bühneneingang für mich auf, damit ich unsere Geistersängerin genauer begutachten kann.«

»Ich glaube, das schaffe ich«, erklärte Rude und huschte, ausgesprochen zufrieden über die Einkünfte dieses Abends, davon.

»Wieder auf der Pirsch, Peer?«, erkundigte sich Simen, der die erste Geige spielte und längst nicht so schwerhörig war, wie er tat. Anscheinend hatte er Teile des Gesprächs belauscht. Die Musiker hatten Jens, der mit Frauen ähnlich umging wie der Titelheld des Stücks, mittlerweile diesen Spitznamen gegeben.

»Nein«, murmelte Jens, als Hennum im Orchestergraben erschien. Anfangs hatte er den Spitznamen noch lustig gefunden, aber inzwischen ging er ihm auf die Nerven. »Du weißt doch, dass ich Madame Hansson treu ergeben bin.«

»Vielleicht habe ich ja zu viel Port getrunken, aber bist du nicht gestern Abend mit Jorid Skrovset untergehakt aus dem Engebret gekommen?«

»Du scheinst tatsächlich zu viel Port getrunken zu haben.« Jens nahm seine Flöte in die Hand.

An jenem Abend wartete Jens am Bühneneingang auf Rude und das rätselhafte Mädchen. Normalerweise ging er ins Engebret, während Thora sich in ihrer Garderobe noch mit Bewunderern unterhielt und sich umzog. Anschließend setzte sie sich allein in ihre Kutsche, und er stieg einige Meter weiter zu, damit niemand sie zusammen beobachtete.

Es lag nur an seinem geringen Ansehen als Musiker, dass sie sich in der Stadt nicht mit ihm blicken lassen wollte, das wusste Jens. Allmählich kam er sich fast vor wie eine Dirne, die nur ein körperliches Bedürfnis befriedigte und nichts in der Öffentlichkeit zu suchen hatte. Was ziemlich lächerlich war, weil er aus einer der angesehensten Familien von Christiania stammte und der Erbe des Halvorsen-Brauerei-Imperiums war. Thora erzählte ihm gern, wie sie mit den Großen und Mächtigen von Europa diniere, wie sehr Ibsen sie bewundere und dass er sie seine Muse nenne. Jens hatte ihre Launen und Capricen bisher ertragen, weil sie ihn im Schlafzimmer bestens für die Demütigungen, die er draußen ertragen musste, entschädigte. Doch nun hatte Jens die Nase voll.

Wenig später sah er zwei Gestalten durch den Bühneneingang herauskommen. Sie hielten, vom Gaslicht im Flur erhellt, kurz an der Schwelle inne, weil Rude der jungen Frau etwas zeigte. Jens musterte sie verstohlen unter seiner Mütze hervor.

Sie war zierlich, hatte hübsche blaue Augen, eine winzige Nase und rosenfarbene Lippen in einem herzförmigen Gesicht, und die tizianroten Haare fielen ihr in Wellen über die Schultern. Jens, der sonst nicht zu übertriebener Emotionalität neigte, kamen bei ihrem Anblick fast die Tränen. Sie war wie frischer Bergwind; neben ihr wirkten andere Frauen wie geschminkte und verkleidete Holzpuppen.

Als sie sich mit einem leisen »Gute Nacht« von Rude verabschiedete und an ihm vorbeihuschte, um in die Kutsche zu steigen, blieb er wie in Trance stehen.

»Und, haben Sie sie gesehen?«

Rude hatte Jens mit seinen scharfen Augen im Schatten entdeckt. »Länger konnte ich sie nicht aufhalten. Meine Mutter wartet in der Garderobe auf mich. Ich habe ihr gesagt, dass ich dem Pförtner eine Botschaft überbringen muss.«

»Geht sie immer gleich nach der Vorstellung?«

»Ja, jeden Abend.«

»Ich muss einen Weg finden, mich mit ihr zu treffen.«

»Viel Glück dabei.« Als Rude sich nicht von der Stelle rührte, griff Jens in seine Tasche und reichte ihm eine weitere Münze. »Danke. Gute Nacht.«

Kurz darauf ging Jens ins Engebret hinüber, wo er sich auf einen Hocker an der Theke setzte, einen Aquavit bestellte und dumpf vor sich hin starrte.

»Alles in Ordnung, Junge? Du siehst blass aus. Noch was zu trinken?«, fragte ihn sein Musikerkollege Einar, der sich zu ihm gesellte. Jens bewunderte Einar, der nur das Becken schlug, für seine unheimliche Fähigkeit, den Orchestergraben während der Aufführung zu verlassen und die Takte zu zählen, während er ins Engebret hinüberschlüpfte. Dort trank er dann, immer weiter zählend, ein Bier und kehrte rechtzeitig zu seinem Einsatz in den Graben zurück. Das gesamte Orchester wartete auf den Abend, an dem Einar seinen Einsatz verpassen würde, doch das war in zehn Jahren nie geschehen.

»Ja auf beide Fragen«, antwortete Jens, hob das Glas an die Lippen und leerte es mit einem Zug. Als ein weiterer Aquavit vor ihm stand, überlegte er, ob er tatsächlich krank wurde, weil der Anblick von Anna Landvik ihn so aus der Fassung gebracht hatte. Madame Hansson, dachte er, konnte an diesem Abend allein in ihre Wohnung zurückkehren.

XIX

»Frøken Anna, ich habe einen Brief für Sie.«

Als Anna den Blick von ihrem Kartenspiel hob, steckte Rude ihr frech grinsend eine Nachricht zu. Sie waren in der Kindergarderobe, wo vor der Abendvorstellung hektische Betriebsamkeit herrschte.

Gerade wollte sie den Brief aufmachen, als Rude ihr zuzischte: »Nicht hier. Sie sollen ihn allein lesen.«

»Von wem?«, fragte Anna verwirrt.

Rude schüttelte geheimnisvoll den Kopf. »Das darf ich nicht verraten. Ich bin nur der Bote.«

»Warum sollte jemand mir einen Brief schreiben?«

»Um das herauszufinden, werden Sie ihn lesen müssen.«

»Sag es mir«, forderte sie ihn mit strenger Miene auf.

»Nein.«

»Dann spiele ich nicht weiter Bézique mit dir.«

»Das ist mir egal. Ich muss jetzt sowieso mein Kostüm anziehen.« Der Junge stand achselzuckend vom Tisch auf.

Fast hätte Anna über Rude gelacht. Er war wie ein Äffchen, immer darauf aus, für eine Münze oder ein Stück Schokolade eine Botschaft zu überbringen oder jemandem zur Hand zu gehen. Später würde er bestimmt ein erfolgreicher Hochstapler oder Spion werden, dachte sie, denn wenn man im Theater etwas erfahren wollte, fragte man ihn. Natürlich kannte er den Absender dieses mysteriösen Briefs und hatte ihn vermutlich auch gelesen. Darauf deuteten die Abdrücke seiner schmutzigen Finger rund um das Siegel hin. Anna steckte ihn in ihre Rocktasche, um ihn am Abend allein im Bett zu lesen, und machte sich für die Abendvorstellung fertig.

Christiania Theater
15. März 1876

Mein liebes Frøken Landvik,
bitte verzeihen Sie mir diese dreiste Botschaft und den Überbringer, da wir einander ja nicht persönlich kennen. Seit ich Sie bei der Generalprobe das erste Mal singen gehört habe, bin ich von Ihrer Stimme verzaubert. Ich lausche Ihnen an jedem Abend verzückt. Könnten wir uns morgen vor Beginn der Vorstellung vor dem Bühneneingang treffen – sagen wir, um Viertel nach sieben –, damit wir uns ganz offiziell kennenlernen?
Bitte kommen Sie.
Aufrichtig der Ihre,
ein Bewunderer

Sie las den Brief noch einmal und verstaute ihn in einer Schublade im Nachtkästchen. Als sie den Docht der Öllampe herunterdrehte und es sich zum Schlafen bequem machte, stellte sie sich als Absender des Schreibens einen langweiligen älteren Mann wie Herrn Bayer vor.

»Treffen Sie ihn heute Abend?«, fragte Rude neugierig.
»Wen?«
»Das wissen Sie ganz genau.«
»Nein. Woher weißt du überhaupt, dass sich jemand mit mir treffen möchte?« Anna genoss seinen zerknirschten Ausdruck, als ihm klar wurde, dass er sich verraten hatte. »Ich schwöre dir, dass ich nie wieder mit dir Karten spiele, weder um Geld noch um Süßigkeiten, wenn du mir nicht sofort sagst, von wem der Brief ist.«
»Frøken Anna, das kann ich nicht. Bitte nicht böse sein.« Rude ließ den Kopf hängen. »Ich habe dem Absender geschworen, dass ich es nicht verrate.«
»Kannst du mir dann wenigstens ein paar Fragen mit Ja oder Nein beantworten?«
»Ja.«

»Ist der Verfasser des Briefs ein Herr?«
»Ja.«
»Unter fünfzig?«
»Ja.«
»Unter vierzig?«
»Ja.«
»Unter dreißig?«
»Frøken Anna, keine Ahnung, wie alt er ist, aber ich glaube schon.«

Immerhin, dachte sie. »Ist er regelmäßig im Theater?«

Rude kratzte sich am Kopf, »... ja. Jedenfalls hört er Sie jeden Abend singen.«

»Also gehört er zum Theater?«

»Ja, aber auf andere Art.«

»Ist er Musiker, Rude?«

»Frøken Anna, ich habe es versprochen.« Rude seufzte tief. »Mehr darf ich nicht verraten.«

»Gut, verstehe«, sagte Anna, zufrieden über das Ergebnis ihrer Befragung. Dann warf sie einen Blick auf die alte, unzuverlässige Uhr an der Wand und erkundigte sich bei einer der Mütter, die in einer Ecke stickte, nach der Zeit.

»Ich glaube, es ist fast sieben, Frøken Landvik. Als ich eben draußen im Flur war, ist Herr Josephson eingetroffen. Er ist immer sehr pünktlich.«

»Danke.« Anna sah noch einmal auf die Uhr an der Wand, die an diesem Abend halbwegs richtig zu gehen schien. Sollte sie zum Bühneneingang kommen? Wenn dieser Mann tatsächlich unter dreißig war, wollte er sich möglicherweise nicht nur mit ihr treffen, weil er ihre Stimme bewunderte. Anna wurde rot. Die Vorstellung, dass es unschickliche Gründe sein könnten und es sich vielleicht um einen relativ jungen Mann handelte, erregte sie weit mehr, als gut für sie war.

Die Sekunden tickten vor sich hin, während sie überlegte. Um dreizehn Minuten nach sieben beschloss sie zu gehen. Um vierzehn Minuten nach sieben entschied sie sich dagegen ...

Und um genau sieben Uhr fünfzehn marschierte sie zum Bühneneingang, wo niemand war.

Halbert, der Pförtner, öffnete das Fensterchen seiner Kabine, um zu fragen, ob sie etwas benötige. Sie schüttelte den Kopf und wollte zur Garderobe zurückkehren. Da blies ihr, als die Tür hinter ihr geöffnet wurde, ein kalter Windhauch entgegen, und wenig später spürte sie eine Hand auf ihrer Schulter.

»Frøken Landvik?«

»Ja.«

»Entschuldigung. Ich bin ein paar Sekunden zu spät.«

Als Anna in tiefliegende haselnussbraune Augen blickte, zog sich ihr Magen kurz zusammen, wie vor dem Singen. Während Halbert sie von seiner Kabine aus musterte, als hätten sie den Verstand verloren, starrten sie einander nur stumm an.

Der junge Mann war ungefähr in Annas Alter. Er hatte ein sehr attraktives Gesicht und mahagonifarbene Haare, die sich über dem Kragen kringelten. Obwohl er nicht groß war, verliehen die breiten Schultern ihm etwas sehr Männliches. Plötzlich hatte Anna das Gefühl, als würde sie ganz und gar – körperlich, geistig und seelisch – aus sich heraus- und in diesen unbekannten Menschen hineinfließen. Dieses merkwürdige Gefühl brachte sie einen Moment ins Wanken.

»Alles in Ordnung, Frøken Landvik? Sie sehen aus, als wären Sie einem Gespenst begegnet.«

»Ja, danke. Mir war nur gerade ein bisschen schwindlig.«

Da erklang die Glocke, die Schauspielern und Orchester anzeigte, dass es noch zehn Minuten bis zum Vorstellungsbeginn waren. »Bitte«, flüsterte er, als er merkte, dass Halbert sie über den Rand seiner Brille hinweg beobachtete, »wir haben nicht viel Zeit. Lassen Sie uns draußen an der frischen Luft weitersprechen, wo wir allein sind.« Jens legte den Arm um sie und schob sie sanft hinaus. Sie war so zierlich, so vollkommen, so weiblich, und er hatte sofort das Gefühl, sie beschützen zu müssen, als sie sich wie selbstverständlich kurz an ihn schmiegte.

Draußen atmete sie, den Arm des jungen Mannes nach wie vor

um ihre Taille, tief die kühle Abendluft ein. »Warum wollten Sie mich sprechen?«, fragte sie, als sie sich wieder halbwegs gefangen hatte und ihr bewusst wurde, wie unschicklich es war, sich so von einem fremden Mann umarmen zu lassen. Doch wenn sie ehrlich war, kam er ihr überhaupt nicht wie ein Fremder vor ...

»Offen gestanden weiß ich das auch nicht so genau. Weil Ihre Stimme mich fasziniert, habe ich Rude Geld gegeben, damit er Sie vor dem Bühneneingang aufhält und ich Sie heimlich betrachten kann ... Frøken Landvik, ich muss jetzt gehen, sonst reißt Herr Hennum mir den Kopf ab, aber wann kann ich Sie wiedersehen?«

»Das weiß ich nicht.«

»Heute Abend, nach der Vorstellung?«

»Nein, Herr Bayer schickt mir immer eine Kutsche, die auf mich wartet, und ich verlasse das Theater sofort nach der Aufführung.«

»Und tagsüber?«

»Nein.« Sie hob eine Hand ans Gesicht, weil ihre Wangen trotz des kühlen Abends plötzlich heiß wurden. »Mir fällt nichts ein. Und außerdem ...«

»Was?«

»Das wäre höchst unschicklich. Wenn Herr Bayer wüsste, dass wir miteinander reden, würde er ...«

Da klingelte die Glocke, die die letzten fünf Minuten vor der Vorstellung anzeigte.

»Ich flehe Sie an: Treffen Sie sich morgen um sechs Uhr hier mit mir«, bat Jens sie. »Sagen Sie Herrn Bayer, dass Sie früher in die Probe müssen.«

»Ich ... Ich muss Ihnen jetzt eine gute Nacht wünschen.« Anna drehte sich zur Tür, öffnete sie und ging hindurch. Doch gerade als sie sich hinter ihr schloss, sah er, wie ihre Finger sie festhielten und noch einmal aufzogen.

»Darf ich wenigstens Ihren Namen erfahren?«

»Entschuldigung. Ich heiße Jens. Jens Halvorsen.«

Anna kehrte benommen in ihre Garderobe zurück und setzte

sich. Als sie wieder einigermaßen klar denken konnte, nahm sie sich vor, so viel wie möglich über Jens Halvorsen herauszufinden, bevor sie sich auf weitere Treffen mit ihm einließ.

Während der Vorstellung fragte sie alle, derer sie habhaft werden konnte, was sie über ihn wussten.

Und fand heraus, dass er Geige und Flöte im Orchester spielte und im Theater einen Ruf als Frauenheld genoss, weswegen ihm die Musiker den Spitznamen »Peer« gegeben hatten, nach der Hauptfigur des Stücks. Eines der Mädchen aus dem Chor erzählte, dass er sowohl mit Hilde Omvik als auch mit Jorid Skrovset gesehen worden sei. Und am allerschlimmsten: Man munkelte, dass er der heimliche Liebhaber von Madame Hansson war.

Als Anna dann neben der Bühne das »Wiegenlied« sang, war sie so geistesabwesend, dass sie einen Ton ein klein wenig länger hielt als sonst und Madame Hansson den Mund zu früh zumachte. Anna wagte es aus Angst, dass sich ihre Blicke mit denen von Jens trafen, nicht, in den Orchestergraben zu schauen.

»Ich werde nicht mehr an ihn denken«, beschloss sie an jenem Abend beim Löschen der Öllampe neben ihrem Bett. »Er scheint ein schrecklich herzloser Mensch zu sein«, fügte sie hinzu, obwohl sie die Gerüchte über seine Eskapaden faszinierend fand. »Außerdem bin ich ja mit Lars verlobt.«

Doch am folgenden Tag fiel es ihr schwer, die Kutsche nicht für einen früheren Zeitpunkt zu bestellen und Herrn Bayer nicht zu sagen, sie müsse zu einer zusätzlichen Probe. Als sie das Theater wie üblich um Viertel vor sieben erreichte, war der Gehsteig vor dem Bühneneingang leer. Sie schalt sich für ihre Enttäuschung.

In der Garderobe wurde sie wie üblich von den Müttern begrüßt, die geschäftig in einer Ecke des Raums stickten, und die Kinder rannten auf sie zu, um zu sehen, ob sie ihnen etwas zum Spielen mitgebracht hatte. Nur Rude hielt sich mit strafendem Blick im Hintergrund. Dann kam der erste Aufruf, und er verließ die Garderobe, um seinen Platz auf der Bühne einzunehmen. Doch in der Pause gesellte er sich zu ihr.

»Mein Freund sagt, Sie hätten heute Abend nicht auf ihn gewartet. Darüber ist er sehr traurig. Er schickt Ihnen einen weiteren Brief.« Er streckte ihr eine verschlossene Botschaft hin.

Anna winkte ab. »Bitte sag ihm, dass ich kein Interesse habe.«

»Warum?«

»Weil ich keines habe, Rude.«

»Frøken Anna«, beharrte er, »er ist wirklich sehr bekümmert, dass Sie sich nicht mit ihm getroffen haben.«

»Rude, du Schauspieler, du hast unglaubliches Geschick, den Menschen Geld zu entlocken. Aber manche Dinge verstehst du nicht ...« Anna verließ die Garderobe, doch er folgte ihr.

»Zum Beispiel?«

»Erwachsenendinge«, antwortete sie und floh vor den unerbittlichen Fragen des Jungen in Richtung Kulissen.

»Ich kenne mich aus in Erwachsenendingen, Frøken Anna. Bestimmt sind Ihnen Gerüchte über Ihren Verehrer zu Ohren gekommen.«

»Warum möchtest du unbedingt, dass ich mich mit ihm treffe, wenn du über ihn Bescheid weißt?«, fragte sie. »Er hat einen grässlichen Ruf! Außerdem bin ich bereits einem jungen Mann versprochen, den ich eines Tages heiraten werde.« Anna wandte sich ab.

»Das freut mich sehr für Sie, aber der fragliche Herr hegt Ihnen gegenüber ernsthafte Absichten, das kann ich Ihnen versichern.«

»Herrgott, Junge, nun lass mich endlich in Ruhe!«

»Sie sollten sich mit ihm treffen, Frøken Anna. Geschäft ist Geschäft, doch das, was ich Ihnen gerade gesagt habe, ist gratis. Nehmen Sie wenigstens den Brief.«

Bevor sie weiter protestieren konnte, hatte er ihr das Schreiben schon in die Hand gedrückt und sich entfernt. Hinter den Kulissen, vor den Blicken der anderen verborgen, hörte sie, wie das Orchester die Instrumente für den zweiten Akt stimmte. Als sie in den Orchestergraben schaute, sah sie, wie Jens Halvorsen seinen Platz einnahm und seine Flöte aus dem Kasten holte. Und als sie vorsichtig den Kopf vorstreckte, trafen sich kurz ihre Blicke. In seinen Augen las sie so tiefe Enttäuschung, dass sie die Nerven verlor, zurückwich und benommen in die Garderobe zurückkehrte. Unterwegs begegnete sie Madame Hansson, die in einer Wolke französischen Parfüms vorbeischwebte und sie kaum wahrnahm. Als Anna die Gerüchte über ihren geheimen Liebhaber einfielen, verhärtete sich ihr Herz. Jens Halvorsen war ein Gauner, ein Schürzenjäger, der sie in den Ruin treiben würde. In der Garderobe versprach sie den Kindern, in der folgenden Pause Karten mit ihnen zu spielen, weil sie wusste, dass sie sich ablenken musste.

Am Abend betrat sie sofort nach ihrer Heimkehr den Salon, nahm den Brief aus ihrer Rocktasche und warf ihn unter Aufbietung ihrer ganzen Willenskraft ungeöffnet in die Flammen des Kamins.

In den folgenden beiden Wochen brachte Rude ihr jeden Abend einen Brief von Jens Halvorsen, doch Anna verbrannte sie samt und sonders, sobald sie zu Hause war. Und als sie nun auf dem Flur hinter der Bühne laute Stimmen und das Geräusch von berstendem Glas hörte, verfestigte sich ihr Entschluss. Alle wussten, dass der Lärm aus Madame Hanssons Garderobe kam.

»Was war denn da los?«, fragte Anna Rude.

»Das kann ich Ihnen nicht sagen«, antwortete der und verschränkte die Arme.

»Natürlich kannst du das, du erzählst mir doch sonst immer alles. Ich gebe dir auch Geld dafür.«

»Das würde ich nicht einmal für Geld verraten. Sie würden einen falschen Eindruck bekommen.«

»Wovon?«

Rude schüttelte den Kopf und entfernte sich. Später erzählte ihr eines der Mädchen aus dem Chor, Madame Hansson habe entdeckt, dass Jens Halvorsen zwei Wochen zuvor mit Jorid, einem anderen Mädchen aus dem Chor, beobachtet worden sei. Da Anna die Geschichte bereits kannte, war sie nicht überrascht, aber es wunderte sie, dass Madame Hansson als Einzige im Theater nichts gewusst zu haben schien.

Als Anna zur ersten Vorstellung der folgenden Woche im Theater eintraf, lag ein riesiger Rosenstrauß beim Pförtner Halbert am Bühneneingang.

»Frøken Landvik?«

»Ja?«

»Die Blumen sind für Sie.«

»Für *mich*?«

»Ja. Bitte nehmen Sie sie mit. Ich habe hier keinen Platz dafür.«

Anna wurde so rot wie die Rosen.

»Tja, Frøken Landvik, Sie scheinen einen Verehrer zu haben. Wer er wohl sein mag?« Halbert runzelte missbilligend die Stirn, als Anna den riesigen Strauß in die Hand nahm, ohne ihm in die Augen zu sehen.

»Na so was!«, sagte sie leise und ging geradewegs zu den eisig kalten, stinkenden Toiletten, die die Frauen des Ensembles sich teilten. »Was bildet sich der Bursche ein! Wo sich doch sowohl Madame Hansson als auch Jorid Skrovset im Haus aufhalten. Er spielt mit mir«, murmelte sie wütend, schlug die Tür hinter sich zu und schloss sich ein. »Jetzt, wo Madame Hansson ihm auf die Schliche gekommen ist, glaubt er, dem einfachen Bauernmädchen mit ein paar Blumen den Kopf verdrehen zu können.«

Sie las die kleine Karte, die den Blumen beigefügt war.

Ich bin nicht so, wie Sie glauben. Ich flehe Sie an, mir eine Chance zu geben.

»Ha!« Anna zerriss die Karte in winzige Stücke und warf sie in die Toilette. Da sie wusste, dass ihr in der Garderobe endlose neugierige Fragen über die Blumen gestellt werden würden, vernichtete sie lieber jeden Hinweis auf ihre Herkunft.

»Anna!«, rief eine der Mütter aus, als sie die Garderobe betrat. »Sind das aber schöne Blumen.«

»Von wem sind sie?«, erkundigte sich eine andere.

Alle warteten auf eine Erklärung.

»Natürlich ...«, Anna machte eine Pause und schluckte, »... von Lars, meinem Verlobten in Heddal.«

Ahs und Ohs.

»Ist es ein besonderer Anlass? Bestimmt, denn sonst würde er nicht so viel Geld für Blumen ausgeben«, meinte eine Mutter.
»Ich habe heute Geburtstag«, log Anna.
»Du hast Geburtstag?«
»Warum hast du uns das denn nicht gesagt?«
Den Rest des Abends ließ Anna sich gratulieren und umarmen. Während ihr hastig herbeigeschaffte Beweise der Zuneigung überreicht wurden, ignorierte sie das wissende Lächeln von Rude.

»Wie Sie wissen, Anna, wird *Peer Gynt* bald abgesetzt. Ich habe vor, im Juni eine Sommersoiree hier in der Wohnung zu organisieren, zu der ich die Großen und Mächtigen von Christiania einladen werde, damit sie Sie singen hören. Und dann werden wir dafür sorgen, dass Sie bekannt werden. Endlich kann sich die ›Geisterstimme‹ offenbaren!«
»Verstehe. Danke, Herr Bayer.«
Als er ihre Miene sah, runzelte er die Stirn. »Sie wirken unsicher.«
»Ich bin nur ein bisschen müde. Aber herzlichen Dank für Ihre Aufmerksamkeit.«
»Mir ist klar, dass die letzten Monate schwierig für Sie waren, Anna, doch seien Sie versichert: Viele meiner Musikfreunde wissen sehr wohl, wem Solveigs wunderbare Stimme tatsächlich gehört. Ruhen Sie sich jetzt aus, Anna, Sie sehen ziemlich blass aus.«
»Ja, Herr Bayer.«
Als Franz Bayer Anna nachblickte, wie sie den Raum verließ, konnte er ihre Frustration verstehen, aber was hätte er tun sollen? Ihre Anonymität war Teil der Abmachung mit Ludvig Josephson und Johan Hennum. Doch nun, da das Stück nicht mehr oft gegeben werden würde, hatte das Arrangement seinen Zweck erfüllt. Die Neugierde auf die mysteriöse Inhaberin der Stimme von Solveig würde alle einflussreichen Musikkenner in Christiania zu der Soiree in seine Wohnung locken. Und er hatte große Pläne für die junge Anna Landvik.

XX

Eine Woche nach der letzten Vorstellung von *Peer Gynt* wachte Jens niedergeschlagen auf. Obwohl Hennum ihm einen festen Orchesterplatz für Gastspiele mit Opern- und Ballettensembles, die Musikbegleitung benötigten, versprochen hatte, gab es bis zum Beginn der Saison einen Monat lang keine Arbeit. Außerdem war Jens, der seit den Aufführungen von *Peer Gynt* höchstens ein halbes Dutzend Vorlesungen besucht hatte, vollkommen unvorbereitet auf seine Abschlussprüfungen an der Universität und wusste, dass er sie nicht bestehen würde.

In der vergangenen Woche, bei der vorletzten Vorstellung, hatte er all seinen Mut zusammengenommen und Hennum die Kompositionen gezeigt und vorgespielt, die er in stundenlanger mühevoller Arbeit in der Zeit abgeschrieben hatte, in der er eigentlich für die Prüfung hätte lernen sollen. Der Dirigent hatte sie als »nicht sonderlich originell«, jedoch für einen Anfänger ganz gut bezeichnet.

»Junger Mann, ich würde Ihnen raten, von hier wegzugehen und an einem Konservatorium zu studieren. Sie haben Talent als Komponist, müssen aber lernen, das, was sie geschrieben haben, so zu hören, wie jedes Instrument es spielt. Beginnt dieser Teil ...«, Hennum deutete auf die Noten, »... mit dem gesamten Orchester? Oder vielleicht ...« Er spielte die ersten vier Takte auf dem Klavier, und sogar in Jens' Ohren klang das sehr nach Griegs »Morgenstimmung«. »Oder vielleicht mit einer Flöte?« Als Herr Hennum ihn mit einem spöttischen Lächeln bedachte, wurde Jens rot.

»Verstehe, Herr Hennum.«

»Und der zweite Abschnitt: Soll er von Geigen gespielt werden? Oder doch eher von einem Cello oder einer Bratsche?« Hennum gab Jens die Noten zurück und klopfte ihm auf die Schulter.

»Wenn Sie wirklich in die Fußstapfen von Herrn Grieg und anderen bedeutenden Komponisten treten wollen, würde ich Ihnen raten zu lernen, wie man das richtig macht, sowohl im Kopf als auch auf dem Papier.«

»Aber hier in Christiania gibt es niemanden, der es mir beibringen kann«, entgegnete Jens.

»Stimmt. Deswegen müssen Sie wie alle großen skandinavischen Komponisten ins Ausland gehen. Vielleicht nach Leipzig wie Herr Grieg.«

Jens hatte sich verärgert über seine Naivität von ihm verabschiedet. Ihm war klar, dass er, wenn sein Vater ihm den Geldhahn zudrehte, keine Mittel für den Besuch eines Konservatoriums haben würde. Und er wusste, dass seine musikalische Begabung, die bis jetzt genügt hatte, nun nicht mehr ausreiche. Wenn er Komponist werden wollte, musste er die Theorie lernen. Und das erforderte konzentrierte Arbeit.

Als Jens das Theater durch den Bühneneingang betrat, verfluchte er sich dafür, dass er das Geld seines Vaters in den vergangenen drei Jahren verschleudert hatte. Wenn er es nicht für Frauen und Alkohol ausgegeben hätte, wäre nun etwas für die Zukunft da gewesen. Jetzt war es mit ziemlicher Sicherheit zu spät, dachte er frustriert. Er hatte seine Chance vertan, und daran war er selbst schuld.

Trotz seines festen Vorsatzes, nach dem Ende der Aufführungen von *Peer Gynt* nicht wieder ins alte Fahrwasser zu geraten, litt Jens unter grässlichen Kopfschmerzen. Am Vorabend war er in seiner Verzweiflung ins Engebret gegangen, um seine Sorgen mit den Musikern, die dort zechten, zu ertränken.

Im Haus herrschte Stille, was bedeutete, dass sein Vater bereits zur Brauerei aufgebrochen war, während seine Mutter vermutlich mit einer Bekannten Kaffee trank. Jens klingelte nach Dora, weil er dringend selbst einen Kaffee brauchte, und wartete. Sie erschien erst nach einer ganzen Weile mit mürrischer Miene und stellte das Tablett unsanft neben seinem Bett ab.

»Wie spät ist es?«, fragte Jens.

»Halb zwölf. Brauchen Sie sonst noch etwas?«

Jens wusste, dass sie schmollte, weil er sie in letzter Zeit kaum beachtet hatte. Er nippte an seinem Kaffee und überlegte, ob er sie besänftigen sollte, um sich das Leben im Haus zu erleichtern, musste an Anna denken und kam zu dem Schluss, dass sich die Mühe nicht lohnte.

»Nein danke, Dora.«

Ohne sie anzusehen, nahm er die Zeitung vom Tablett und gab vor, sie zu lesen, bis Dora das Zimmer verlassen hatte. Als sie draußen war, legte Jens die Zeitung seufzend weg. Er schämte sich schrecklich dafür, sich am Abend zuvor in seiner Niedergeschlagenheit betrunken zu haben.

»Was ist denn los mit dir?«, hatte Simen ihn gefragt. »Kummer mit den Frauen?«

»Es geht um das Mädchen, das die Solveig gesungen hat. Ich muss die ganze Zeit an sie denken. Simen, ich glaube, ich habe mich das erste Mal richtig verliebt.«

Simen hatte den Kopf zurückgeworfen und schallend gelacht. »Jens, merkst du denn nicht, was wirklich los ist?«

»Nein! Was ist so komisch?«

»Sie ist die Einzige, die dir einen Korb gibt! Deswegen glaubst du, sie ›zu lieben‹! Vielleicht fasziniert dich diese Unschuld vom Lande tatsächlich, aber in der Realität würde sie nicht zu einem gebildeten Städter wie dir passen.«

»Du täuschst dich! Egal, ob Adlige oder Bauernmädchen: Ich würde sie lieben. Ihre Stimme ist ... Sie hat den reinsten Klang, den ich je gehört habe. Und obendrein hat sie das Gesicht eines Engels.«

Simen hatte das leere Glas von Jens betrachtet. »Da spricht der Aquavit. Glaube mir, mein Freund, du erlebst gerade das erste Mal, wie es ist, zurückgewiesen zu werden. Das ist keine Liebe.«

Als Jens nun den lauwarmen Kaffee trank, fragte er sich, ob Simen möglicherweise recht hatte. Doch die Erinnerung an Annas Gesicht und ihre himmlische Stimme verfolgte ihn in seinen

Träumen. Im Moment hätte er sich angesichts seiner anderen Probleme eher gewünscht, Anna Landvik nie begegnet zu sein und sie nie singen gehört zu haben.

»Die Soiree wird am fünfzehnten Juni stattfinden, an Herrn Griegs Geburtstag«, teilte Herr Bayer Anna einige Tage nach der letzten Aufführung von *Peer Gynt* im Salon mit. »Ich schicke ihm eine Einladung, seine allererste ›Solveig‹ kennenzulernen, obwohl er sich, glaube ich, im Ausland aufhält. Wir stellen ein Programm mit einigen seiner Volkslieder und natürlich denen aus *Peer Gynt* zusammen. Dazu Violettas berühmte Arie aus *La Traviata* und ein Kirchenlied – vielleicht *Leid, milde ljos*. Alle sollen die ganze Bandbreite Ihrer Stimme hören.«

»Kann ich dann noch zur Hochzeit meines Bruders nach Hause nach Heddal?«, fragte Anna, die zu ersticken fürchtete, wenn sie nicht bald frische Landluft atmete.

»Natürlich, meine Liebe. Gleich nach der Soiree dürfen Sie nach Heddal und den Sommer dort verbringen. Morgen beginnen wir mit den Proben. Wir haben einen Monat, um Sie und Ihre Stimme auf dieses Ereignis vorzubereiten.«

Zu diesem Zweck hatte Herr Bayer eine Reihe von Lehrern engagiert, die er für geeignet hielt, fachliche Anleitung für die Stücke zu geben, die sie singen sollte. Mit Günther, den Anna bereits kannte, konzentrierte sie sich auf die Opernarie, ein Chorleiter mit abgekauten Fingernägeln und glänzender Glatze übte mit ihr das Kirchenlied ein, und Herr Bayer selbst bemühte sich täglich eine Stunde, ihre Gesangstechnik zu verbessern. Zusätzlich kam eine Schneiderin ins Haus, die ihre Maße nahm und sie mit der einer angehenden Berühmtheit würdigen Garderobe ausstattete. Und zu Annas Entzücken nahm Herr Bayer sie nun zu Konzerten mit.

Eines Abends vor dem Besuch der Premiere von Rossinis *Il barbiere di Siviglia*, einem Gastspiel eines Ensembles aus Italien, betrat Anna den Salon in einem ihrer erlesenen neuen Abendkleider aus mitternachtsblauer Seide.

»Meine liebe junge Dame«, begrüßte Herr Bayer Anna, erhob sich und klatschte in die Hände, »heute sind Sie besonders schön. Diese Farbe steht Ihnen wirklich sehr gut. Erlauben Sie mir, sie noch besser zur Geltung zu bringen.«

Er reichte ihr ein Lederetui, in dem sich eine Saphirhalskette und dazu passende Ohrgehänge befanden. Anna sah die glänzenden, filigran in Gold gefassten Edelsteine mit großen Augen an.

»Herr Bayer ...«

»Sie haben meiner Frau gehört. Ich möchte, dass Sie sie heute Abend tragen. Darf ich Ihnen die Kette anlegen?«

Anna konnte schlecht Nein sagen, weil er die Halskette bereits aus dem Etui nahm. Als er sie schloss, spürte sie seine Finger an ihrem Nacken.

»Sehr schön«, sagte er zufrieden. Er kam ihr so nahe, dass sie seinen abgestandenen Atem roch. »Und nun gehen wir und zeigen uns im Christiania Theater.«

Im folgenden Monat versuchte Anna, sich auf ihre musikalischen Studien zu konzentrieren und ihre Ausflüge in Christiania zu genießen. Sie schrieb Lars regelmäßig und sprach jeden Abend ihre Gebete. Doch die Gedanken an Jens Halvorsen den Schlimmen, wie sie ihn insgeheim nannte, wurde sie nicht los. Anna hätte sich gewünscht, mit einer Freundin über ihr Leiden sprechen zu können. Gab es nicht irgendeine Arznei dagegen?

»Lieber Gott«, seufzte sie eines Abends, als sie sich vom Beten erhob, »ich glaube, ich bin sehr, sehr krank.«

Je näher der fünfzehnte Juni kam, desto aufgeregter wurde Herr Bayer.

»Meine Liebe«, verkündete er am Tag der Soiree, »ich habe einen Geiger und einen Cellisten engagiert, die Sie begleiten sollen. Am Klavier werde natürlich ich selbst sitzen. Die beiden werden heute Vormittag mit uns üben. Und am Nachmittag ruhen Sie sich zur Vorbereitung auf Ihren großen Abend aus.«

Um elf Uhr klingelte es an der Tür, und Anna, die im Salon wartete, hörte, wie Frøken Olsdatter sie öffnete und die Musiker begrüßte. Als sie den Raum mit Herrn Bayer betraten, erhob sie sich.

»Darf ich Ihnen Herrn Isaksen, den Cellisten, und Herrn Halvorsen, den Geiger, vorstellen?«, fragte Herr Bayer. »Sie wurden mir wärmstens von meinem Freund Herrn Hennum empfohlen.«

Anna wurde fast schwindlig, als Jens Halvorsen der Schlimme auf sie zukam.

»Frøken Landvik, es ist mir eine große Ehre, heute Abend an Ihrer Soiree mitwirken zu dürfen«, erklärte er mit einem belustigten Blick.

»Danke«, presste sie hervor. Ihr Herz hämmerte wie wild gegen ihre Brust; sie konnte nichts Komisches an der Situation finden.

»Wir probieren zuerst den Verdi«, schlug Herr Bayer vor, als die beiden Musiker sich zu ihm ans Klavier gesellten. »Anna, sind Sie bereit?«

»Ja, Herr Bayer.«

»Dann fangen wir an.«

Anna war bewusst, dass sie nicht ihr Bestes gab, und spürte Herrn Bayers Verärgerung, weil sie alles vergaß, was man ihr beigebracht hatte. Am Ende ging ihr sogar beim Vibrato die Luft aus. *Daran ist nur Jens Halvorsen der Schlimme schuld*, dachte sie wütend.

»Das muss fürs Erste reichen, meine Herren. Wollen wir hoffen, dass wir heute Abend besser harmonieren. Bitte seien Sie pünktlich um halb sieben da. Die Soiree beginnt um sieben.«

Jens und sein Kollege nickten höflich und verbeugten sich kurz in Richtung Anna. Als Jens den Raum verließ, warf er ihr mit seinen haselnussbraunen Augen einen vielsagenden Blick zu.

»Anna, was ist mit Ihnen?«, erkundigte sich Herr Bayer. »Es kann nicht an der Begleitung liegen. Nach dem *Peer Gynt* sind Sie es doch gewöhnt, mit einem ganzen Orchester zu singen.«

»Sie müssen entschuldigen, Herr Bayer, ich habe leichte Kopfschmerzen.«

»Und bestimmt Lampenfieber, meine liebe junge Dame.« Seine

Miene wurde sanfter, und er tätschelte ihre Schulter. »Sie werden etwas Leichtes zu Mittag essen und sich dann ausruhen. Vor Ihrem Auftritt trinken wir zur Nervenberuhigung zusammen ein kleines Glas Wein. Der heutige Abend wird mit Sicherheit ein großer Erfolg, und morgen sind Sie das Stadtgespräch von Christiania.«

Um fünf Uhr nachmittags kam Frøken Olsdatter mit einem Glas Wasser und dem unvermeidlichen Honig in Annas Zimmer.

»Ich habe Ihnen ein Bad eingelassen, meine Liebe. Während Sie es nehmen, lege ich Ihnen die Kleidung für heute Abend zurecht. Herr Bayer möchte, dass Sie das mitternachtsblaue Kleid und die Saphire seiner Frau tragen. Er schlägt vor, dass Sie die Haare hochstecken. Nach dem Bad helfe ich Ihnen dabei.«

»Danke.«

Anna lag, ein Flanellhandtuch über dem Gesicht, in der Wanne und versuchte, ihren Puls in den Griff zu bekommen, der raste, seit sie Jens Halvorsen wiedergesehen hatte. Sein bloßer Anblick hatte ihr weiche Knie beschert, ihr die Kehle zugeschnürt und ihr Herz wie wild schlagen lassen. »Herr im Himmel, bitte gib mir heute Abend Kraft und Mut«, betete sie beim Abtrocknen. »Und vergib mir meinen Wunsch, dass er krank wird und nicht spielen kann.«

Nachdem sie sich angezogen und Frøken Olsdatter sie frisiert hatte, ging Anna zum Salon. Dreißig goldverzierte und mit rotem Samt bezogene Stühle standen im Halbkreis vor dem Klavier im Erkerfenster des Raums. Jens Halvorsen und der Cellist plauderten bereits mit Herrn Bayer, der zu strahlen anfing, als er Anna bemerkte.

»Sie sind wunderschön, meine liebe junge Dame«, stellte er anerkennend fest und reichte ihr ein Glas Wein. »Stoßen wir nun alle auf diesen Abend an, solange noch Ruhe herrscht.«

Als Anna einen Schluck trank, spürte sie den Blick von Jens kurz auf ihrem Dekolleté. Ob er den glitzernden Schmuck anstarrte oder ihre helle Haut darunter, wusste sie nicht, aber ihr war klar, dass sie rot wurde.

»Auf Sie, Anna«, prostete Herr Bayer ihr zu.

»Ja, auf Frøken Landvik«, stimmte Jens ein und hob das Glas.

»Und jetzt gehen Sie in die Küche zu Frøken Olsdatter und warten dort, bis ich Sie hole.«

»Ja, Herr Bayer.«

»Viel Glück«, flüsterte Jens Anna zu, als diese den Raum verließ.

Ob es am Wein lag oder daran, dass Jens Halvorsen der Schlimme sie an jenem Abend so ausdrucksstark mit der Geige begleitete: Als der letzte Ton verklang, wusste Anna, dass sie über sich hinausgewachsen war.

Nach begeistertem Applaus scharten sich die Gäste, unter denen sich auch Johan Hennum befand, um sie, um ihr zu gratulieren und ihr öffentliche Auftritte an anderen Orten vorzuschlagen. Herr Bayer stand voller Besitzerstolz neben ihr, während Jens sich im Hintergrund hielt. Als Herr Bayer sich endlich von ihr entfernte, ergriff Jens die Gelegenheit, mit ihr zu reden.

»Frøken Landvik, erlauben Sie mir, Ihnen ebenfalls zu Ihrem Auftritt zu gratulieren.«

»Danke, Herr Halvorsen.«

»Anna«, fügte er leise hinzu, »seit unserem Treffen leide ich Höllenqualen. Ich muss immerzu an Sie denken und träume von Ihnen ... Sehen Sie denn nicht, dass das Schicksal uns wieder zusammengeführt hat?«

Aus seinem Mund klang ihr Vorname so vertraut, dass Anna den Blick senkte.

»Könnten wir uns bitte treffen? Egal, wo und wann ... Ich ...«

»Herr Halvorsen«, sagte Anna, sobald sie ihre Stimme wiederfand, »ich werde nach Heddal fahren, zur Hochzeit meines Bruders.«

»Dann erlauben Sie mir, Sie zu sehen, wenn Sie wieder in Christiania sind. Anna, ich ...« Als er merkte, dass Herr Bayer sich ihnen näherte, verbeugte sich Jens förmlich. »Dieser Abend war ein großes Vergnügen, Frøken Landvik.«

»War sie nicht fantastisch?« Herr Bayer schlug Jens auf die

Schulter. »Wie mühelos sie in der Mittellage und in den Höhen singt, und dann noch ihr herrliches Vibrato ... So gut habe ich sie noch nie gehört!«

»Ja, Frøken Landvik hat heute wirklich wunderbar gesungen. Aber ich muss jetzt gehen«, sagte Jens und sah Herrn Bayer erwartungsvoll an.

»Natürlich. Entschuldigen Sie, meine liebe Anna, ich muss unseren jungen Geiger entlohnen.«

Eine Stunde später zog Anna sich schließlich ein wenig benommen und schwindlig in ihr Zimmer zurück. Vielleicht lag das an der Euphorie über den geglückten Abend, vielleicht auch an dem zweiten Glas Wein, das sie unklugerweise getrunken hatte ... Nein, als Frøken Olsdatter ihr beim Ausziehen half, wusste sie tief in ihrem Innern, dass Jens Halvorsen an ihrem Zustand schuld war. Der Gedanke, dass er in sie verliebt war, berauschte sie. Und sie war genauso verliebt in ihn, gestand sie sich nun widerwillig ein ...

Stalsberg Våningshuset
Tindevegen, Heddal
30. Juni 1876

Kjære Anna,
ich habe traurige Nachrichten. Letzten Dienstag ist mein Vater gestorben, zum Glück ist er friedlich eingeschlafen. Vielleicht war es das Beste so, denn wie Du weißt, litt er unter starken Schmerzen. Die Beisetzung wird bereits vorbei sein, wenn Du diesen Brief erhältst, aber ich wollte es Dir trotzdem mitteilen.

Dein Vater lässt Dir ausrichten, dass die Gerstenernte wahrscheinlich gut ausfallen wird und seine Befürchtungen unbegründet waren. Anna, wenn Du zur Hochzeit Deines Bruders nach Hause kommst, wird es viel zu besprechen geben. Trotz der traurigen Neuigkeiten freue ich mich schon, Dich bald wiederzusehen.

Bis dahin,
Kjærlig hilsen,
Lars

Nachdem sie den Brief gelesen hatte, lehnte Anna sich mit dem Gefühl in die Kissen zurück, auch kein besserer Mensch zu sein als Jens Halvorsen der Schlimme. Seit der Soiree hatte sie an nichts anderes als an ihn gedacht. Selbst für Herrn Bayers aufgeregten Bericht über die weiteren von ihm organisierten Konzerte hatte sie nicht die erwartete Begeisterung aufbringen können.

Weil er sie am Abend zuvor gebeten hatte, um elf Uhr in den Salon zu kommen, schlich sie nun in angemessener Kleidung, aber gedrückter Stimmung den Flur entlang. Als sie den Raum betrat, sah sie, dass ihr Mentor sich in einem Zustand höchster Erregung befand.

»Anna! Wunderbare Neuigkeiten. Heute Morgen habe ich mich mit Johan Hennum und Ludvig Josephson getroffen. Sie erinnern sich vielleicht, dass Herr Hennum bei der Soiree anwesend war. Er sagt, sie möchten den *Peer Gynt* aufgrund der Popularität des Stücks in die Herbstsaison übernehmen. Und Sie sollen die Solveig geben.«

Anna sah ihn mit einer Mischung aus Erstaunen und Verzweiflung an. »Heißt das, dass ich wieder neben der Bühne stehen und singen soll, während Madame Hansson so tut, als wäre meine Stimme die ihre?«

»Nein, Anna! Nein, meine liebe junge Dame, diesmal sollen Sie die Rolle auch spielen. Madame Hansson steht momentan nicht zur Verfügung, und da ja gerade offenbart wurde, dass die Engelsstimme Ihnen gehört, möchten sie, dass Sie die Solveig geben. Und noch besser: Herr Grieg hat angekündigt, dass er endlich nach Christiania kommen wird, um diese Inszenierung zu besuchen. Johan und Ludvig sind der Ansicht, dass sich Ihre Interpretation der Lieder nicht mehr verbessern lässt. Deshalb sollen Sie ihnen kommenden Donnerstag vorsprechen, damit sie sehen können, ob Sie ausreichendes Talent als Schauspielerin besitzen. Ist Ihnen der Text, den Solveig in dem Stück spricht, geläufig?«

»Ja, Herr Bayer. Den habe ich oft genug stumm mit Madame

Hansson gesprochen«, antwortete Anna aufgeregt. Wollten sie sie wirklich für die Hauptrolle? Und würde Jens Halvorsen der nicht mehr ganz so Schlimme im Orchester spielen ...?

»Sehr gut! Dann vergessen wir heute einmal die Tonleitern und die neue Arie, die Sie eigentlich lernen sollten, und gehen gemeinsam den *Peer Gynt* durch. Ich lese alle anderen Rollen, während Sie die Solveig sprechen.« Er nahm eine Ausgabe des Stücks von seinem Schreibtisch und schlug sie auf. »Bitte setzen Sie sich. Das Stück ist lang, aber wir werden unser Bestes geben. Bereit?«, fragte er.

»Ja, Herr Bayer«, antwortete Anna, während sie sich an den Text zu erinnern versuchte.

»Na, so etwas!«, rief Herr Bayer eine Stunde später begeistert aus. »Wir haben also nicht nur eine Stimme, sondern auch Schauspieltalent.« Er nahm ihre Hand in die seine und küsste sie. »Meine liebe junge Dame, ich muss schon sagen, Sie verblüffen mich immer wieder aufs Neue.«

»Danke.«

»Haben Sie keine Angst vor dem Vorsprechen, Anna. Wenn Sie es genau so spielen, wie Sie es gerade eben gemacht haben, gehört die Rolle Ihnen. Und jetzt essen wir etwas.«

Am Donnerstagnachmittag pünktlich um zwei Uhr ging Anna zu Herrn Josephson ins Theater, wo sie sich auf die Bühne setzten, um miteinander am Text zu arbeiten. Anna bemerkte das leichte Zittern in ihrer Stimme während der ersten Zeilen, doch im weiteren Verlauf wurde sie selbstbewusster. Sie las sowohl die Szene, in der Solveig Peer bei einer Hochzeit kennenlernt, als auch die Schlussszene, in der er nach seinen Reisen zu ihr zurückkehrt und Solveig ihm vergibt.

»Ausgezeichnet, Frøken Landvik!«, sagte Herr Josephson anerkennend. »Ich glaube, ich muss nichts mehr hören. Zugegebenermaßen hatte ich meine Bedenken, als Herr Hennum mir diese Lösung vorschlug, aber für ein erstes Vorlesen haben Sie sich sehr gut geschlagen. Wir werden daran arbeiten müssen, dass Ihre Stimme besser trägt, und auch an ihrem Ausdruck, doch ich finde, Sie sollten die Rolle der Solveig in der kommenden Saison übernehmen.«

»Anna! Ist das nicht wunderbar?« Herr Bayer, der das Ganze vom Zuschauerraum aus verfolgt hatte, ging auf die Bühne.

»Die Proben für den September beginnen im August. Ich hoffe, Sie haben nicht vor, in dieser Zeit aufs Land zu fahren?«, fragte Herr Josephson.

»Keine Sorge, Anna wird hier sein«, antwortete Herr Bayer für sie. »Aber nun zur Bezahlung für diese große Rolle.«

Zehn Minuten später saßen sie in der Kutsche, und Herr Bayer schlug vor, zum Grand Hotel zu fahren und beim Nachmittagstee Annas weiteren Triumph zu feiern.

»Vielleicht wird im Herbst sogar Herr Grieg kommen, um Sie zu sehen. Denken Sie nur, meine liebe junge Dame! Wenn Sie ihm gefallen, erhalten Sie möglicherweise die Chance, ins Ausland zu reisen und in anderen Theatern oder Konzertsälen aufzutreten ...«

Anna stellte sich vor, wie Jens Halvorsen vom Orchestergraben zu ihr hochblickte, wenn sie Solveigs Liebeserklärung sprach.

»Ich werde also Ihren lieben Eltern einen Brief schreiben, ihnen von den wundervollen Neuigkeiten berichten und sie bitten, mir und Christiania noch ein paar Monate Ihrer Gesellschaft zu gönnen, während Sie im *Peer Gynt* auftreten. Sie werden im Juli zur Hochzeit Ihres Bruders nach Hause fahren und im August wieder hier sein«, erklärte Herr Bayer an jenem Abend beim Essen. »Auch ich werde Christiania verlassen und wie üblich den Sommer im Haus meiner Familie in Drobak mit meiner Schwester und meiner armen kränkelnden Mutter verbringen.«

»Dann werde ich also keine Zeit haben, in die Berge zu fahren?«, fragte Anna traurig, weil sie sich so gern mit eigenen Augen davon überzeugt hätte, dass Rosa noch lebte.

»Anna, es wird noch viele Sommer geben, in denen Sie die Kühe mit Ihrem Gesang nach Hause locken können, aber keinen mehr, in dem Sie sich auf die Hauptrolle im *Peer Gynt* am Theater von Christiania vorbereiten. Natürlich kehre ich ebenfalls zurück, sobald die Proben beginnen.«

»Bestimmt kann Frøken Olsdatter sich um mich kümmern, wenn Sie nicht in der Lage sein sollten zurückzukommen. Ich möchte Ihnen keine Umstände machen«, entgegnete Anna höflich.

»Aber nein, meine liebe junge Dame. Selbstverständlich sind Ihre Bedürfnisse auch die meinen.«

An jenem Abend empfand Anna es als Erleichterung, sich in ihr Zimmer zurückziehen zu können. Die Begeisterungsfähigkeit von Herrn Bayer gehörte zu seinen positiven Eigenschaften, aber tagtäglich mit ihr leben zu müssen, strengte sie an. Wenigstens Lars, den sie bald wiedersehen würde, verhielt sich im Moment still, dachte sie, als sie zum Beten niederkniete. Sie zwang sich dazu, sich seine Qualitäten in Erinnerung zu rufen. Doch während sie Jesus von Lars erzählte, schweiften ihre Gedanken zu Jens Halvorsen.

»Herr, vergib meinem Herzen, denn ich glaube, ich habe mich in den falschen Mann verliebt. Bitte hilf mir, den Richtigen zu lieben. Und ...«, fügte sie hinzu, bevor sie sich erhob, »... lass Rosa wenigstens noch diesen Sommer am Leben bleiben.«

XXI

Als Anna eine Woche später nach Heddal aufbrach, war Jens, ausgelaugt vom Albtraum der vergangenen Stunden, mit einem Bündel seiner wichtigsten Habseligkeiten ins Zentrum von Christiania unterwegs.

Am Morgen beim Frühstück, von dem er keinen Bissen anrührte, hatte er sich kerzengerade hingesetzt, tief Luft geholt und das ausgesprochen, was ihm schon lange auf der Zunge lag.

»Ich habe mir wirklich Mühe gegeben, deinen Erwartungen gerecht zu werden, Far, aber meine Zukunft wird nichts mit dem Brauereiwesen zu tun haben. Ich möchte Berufsmusiker werden und hoffe, eines Tages Komponist zu sein. Leider kann ich nicht aus meiner Haut heraus.«

Jonas hatte die Eier auf seinem Teller gesalzen und einen Bissen davon gegessen, bevor er antwortete.

»Gut, so sei es. Du hast deine Entscheidung getroffen. Wie bereits angekündigt, werde ich dich nicht weiter finanziell unterstützen und dich in meinem Testament nicht bedenken. Von diesem Moment an bist du nicht mehr mein Sohn. Ich bin enttäuscht von dir und erwarte, dass du das Haus verlassen hast, wenn ich heute Abend von der Brauerei zurückkomme.«

Obwohl Jens sich innerlich auf die Reaktion seines Vaters vorbereitet hatte, war sie nun doch ein Schock. Auf der anderen Seite des Tischs sah er das entsetzte Gesicht seiner Mutter.

»Jonas, in ein paar Tagen ist der einundzwanzigste Geburtstag deines Sohnes, an dem, wie du weißt, ein festliches Abendessen für ihn stattfinden soll. Du wirst ihn doch wohl noch mit seinen Eltern und Freunden feiern lassen?«

»Ich glaube nicht, dass uns unter den gegebenen Umständen nach Feiern zumute ist. Und wenn du meinst, dass ich meinen Beschluss irgendwann rückgängig mache, täuschst du dich.«

Jonas legte die Zeitung zweimal zusammen wie immer. »Jetzt muss ich in die Brauerei. Ich wünsche euch beiden einen guten Tag.«

Am schlimmsten fand Jens es, dass seine Mutter in Tränen ausbrach, als die Tür hinter seinem Vater ins Schloss fiel. Er tröstete sie, so gut es ging.

»Ich habe Far enttäuscht. Vielleicht sollte ich es mir anders überlegen und ...«

»Nein. Du musst deinem Herzen folgen. Hätte ich es nur getan, als ich so alt war wie du! Vergib mir, Jens, *kjære*, ich habe mir etwas vorgemacht. Ich habe fest daran geglaubt, dass dein Vater sich am Ende umstimmen lassen würde.«

»Ich nicht, ich war innerlich vorbereitet. Nun muss ich seinem Wunsch entsprechen, packen und das Haus verlassen. Wenn du mich entschuldigen würdest, Mor.«

»Möglicherweise war es falsch, dich zu ermutigen.« Margarete rang die Hände. »Und mich gegen seine Pläne für dich zu wehren, statt zu akzeptieren, dass er seinen Willen am Ende durchsetzen würde.«

»Er hat sich nicht durchgesetzt, Mor. Ich mache, was ich für das Beste halte. Und bin dir dankbar dafür, dass du mir die Musik geschenkt hast. Ohne sie wäre meine Zukunft sehr viel düsterer.«

Eine Stunde später kam Jens mit zwei Koffern herunter, in denen sich alles befand, was er tragen konnte.

Seine Mutter wartete mit tränennassem Gesicht an der Tür zum Salon auf ihn.

»Ach, mein Sohn«, weinte sie an seiner Schulter. »Vielleicht bereut dein Vater eines Tages, was er heute getan hat, und bittet dich, wieder nach Hause zu kommen.«

»Wir wissen beide, dass das nicht geschehen wird.«

»Wo willst du hin?«

»Ich habe Freunde im Orchester. Bestimmt kann mich einer von ihnen vorübergehend bei sich unterbringen. Ich mache mir größere Sorgen um dich, Mor, weil ich das Gefühl habe, dass ich dich nicht mit ihm allein lassen sollte.«

»Zerbrich dir meinetwegen nicht den Kopf, *kjære*. Versprich mir nur, dass du mir schreibst und mich wissen lässt, wohin es dich verschlagen hat.«

»Natürlich.«

Seine Mutter drückte ihm ein Päckchen in die Hand.

»Ich habe die Brillantkette und die Ohrringe, die dein Vater mir zum vierzigsten Geburtstag geschenkt hat, verkauft, für den Fall, dass er seine Drohung wahr macht. Der Erlös dafür ist hier drin. Den goldenen Ehering meiner Mutter habe ich dazugelegt. Den kannst du ebenfalls verkaufen, falls es nötig sein sollte.«

»Mor...«

»Kein Wort mehr. Das waren meine Sachen, und wenn er mich danach fragt, sage ich ihm die Wahrheit. Das Geld reicht, um ein Jahr lang Unterricht, Unterkunft und Verpflegung in Leipzig zu bezahlen. Jens, bitte versprich mir, es nicht zu verschleudern, wie du es schon so oft getan hast.«

»Mor.« Jens schnürte es die Kehle zu. »Das verspreche ich dir.« Er nahm sie in die Arme und gab ihr zum Abschied einen zärtlichen Kuss auf die Wange.

»Ich hoffe, eines Tages im Theater von Christiania sitzen und sehen zu können, wie du die Musik dirigierst, die du komponiert hast«, sagte sie mit einem traurigen Lächeln.

»Ich werde alles in meiner Macht Stehende tun, um das zu schaffen.«

Dann hatte er sein Zuhause verlassen, ein wenig benommen, aber auch aufgeregt. Doch plötzlich war ihm bewusst geworden, dass er sich keinen Plan zurechtgelegt hatte, wohin er sich im schlimmsten Fall wenden würde. Jens hatte sich schnurstracks auf den Weg ins Engebret gemacht, in der Hoffnung, dort einen Musiker anzutreffen, der ihm eine Schlafgelegenheit für die Nacht geben konnte. Und Simen hatte sich freundlicherweise dazu bereit erklärt, ihm seine Adresse notiert und gesagt, dass sie sich später bei ihm zu Hause sehen würden.

Nach einigen Bieren zur Beruhigung hatte Jens sich auf den Weg in einen ihm gänzlich unbekannten Teil der Stadt gemacht, in dem er aufgrund seiner feinen Kleidung auffiel. Obwohl ihm die Arme vom Schleppen der beiden schweren Koffer wehtaten, schritt er zügig aus, um nur ja nicht Blickkontakt mit anderen Passanten aufnehmen zu müssen.

Nie zuvor hatte er sich so weit außerhalb der Stadtgrenzen aufgehalten. Hier waren, anders als im Zentrum von Christiania, Holzhäuser wegen der Brandgefahr offenbar noch nicht verboten. Je weiter er hinauskam, desto verfallener wurden die Gebäude. Am Ende blieb er vor einem alten Fachwerkhaus stehen und überprüfte sicherheitshalber die Adresse, die Simen ihm im Engebret gegeben hatte. Als er an der Tür klopfte, hörte er von drinnen ein Brummen und Spucken. Wenig später ging die Tür auf, und Simen begrüßte ihn, angetrunken wie immer, mit einem Lächeln.

»Reinspaziert, mein Junge. Willkommen in meiner bescheidenen Hütte.« In dem stickigen kleinen Raum im vorderen Teil des Gebäudes roch es nach verrottetem Essen und Simens Pfeifentabak. Alles war voller Instrumente. Zwei Celli, eine Bratsche, ein Klavier, zahllose Geigen ...

»Danke, Simen, dass du mich bei dir aufnimmst.«

Simen winkte ab. »Keine Ursache. Ein junger Mann, der für seine Liebe zur Musik alles aufgibt, verdient jede Hilfe. Ich bin stolz auf dich, Jens. Folge mir nach oben, dort suchen wir dir ein Plätzchen.«

»Was für eine Sammlung«, bemerkte Jens, als er sich mit seinen schweren Koffern vorsichtig einen Weg zwischen den herumliegenden Instrumenten suchte und eine schmale knarrende Holztreppe hinaufkletterte.

»Ich kann einfach nicht widerstehen. Eins der Celli ist fast einhundert Jahre alt«, erklärte Simen.

Am Ende erreichten sie einen Raum mit alten Stühlen und einem verstaubten Tisch, auf dem sich Essensreste und leere Flaschen befanden.

»Hier muss irgendwo eine Pritsche sein, auf der du schlafen kannst. Bestimmt bist du Feudaleres gewöhnt, aber es ist besser als gar nichts. Na, mein Freund, wie wär's zur Feier des Tages mit einem Aquavit?« Simen nahm eine Flasche und ein schmutziges Glas vom Tisch, roch daran und schüttelte den Rest Flüssigkeit, der sich darin befand, auf den Boden.

»Danke.«

Jens nahm das schmutzige Glas. Wenn dies sein neues Leben war, musste er es mit allem Drum und Dran akzeptieren. An jenem Abend betrank er sich so sehr, dass er am folgenden Tag mit einem schrecklichen Kater aufwachte und ihm alle Knochen vom Schlafen auf der harten Pritsche wehtaten. Erst nach ein paar Sekunden wurde ihm klar, dass ihm Dora keinen Kaffee bringen würde. Voller Panik fiel ihm das Päckchen mit dem Geld von seiner Mutter ein, und er tastete die Tasche seiner Jacke ab, in die er es beim Verlassen des Hauses gesteckt hatte. Als er es sicher darin fand, öffnete er es und sah, dass der Ring und das Bargeld tatsächlich für ein Jahr Unterricht in Leipzig reichen würden. Oder in den kommenden Nächten für ein bequemes Bett in einem Hotel ...

Nein. Jens riss sich zusammen. Er hatte seiner Mutter ein Versprechen gegeben und würde sie nicht enttäuschen, indem er das Geld verschleuderte.

Anna stieg in den Zug, um die erste Etappe ihrer Fahrt nach Hause anzutreten. Als sie am Bahnsteig von Drammen ihren Vater entdeckte, war es bereits dunkel.

»Far! Ach, Far! Ich freue mich ja so, dich zu sehen.« Zu Anders' Überraschung schlang sie die Arme um ihn.

»Immer mit der Ruhe, Anna. Bestimmt bist du nach der Reise müde. Lass uns zu unserer Pension gehen. Heute Nacht kannst du dich ausschlafen, und morgen geht es weiter nach Heddal.«

Am folgenden Morgen kletterte Anna erfrischt und ausgeruht auf den Karren, und Anders schnalzte mit der Peitsche, damit das Pferd sich in Bewegung setzte. »Du hast dich verändert, bist zu einer jungen Frau herangewachsen, Tochter. Und du bist schön.«

»Ach was, Far.«

»Alle freuen sich auf dich. Deine Mutter bereitet ein besonderes

Abendessen für dich vor, und Lars kommt zu uns. Herr Bayer hat uns von deinem Erfolg im Theater von Christiania geschrieben. Er sagt, die Solveig ist eigentlich die Hauptrolle.«

»Das stimmt. Hättest du etwas dagegen, wenn ich noch länger in Christiania bleibe, Far?«

»Nach allem, was Herr Bayer für dich getan hat, dürfen wir uns wohl kaum beklagen«, antwortete Anders. »Er meint, mit der Rolle wirst du berühmt, die ganze Stadt spricht bereits über deine Stimme. Wir sind stolz auf dich.«

»Ich glaube, er übertreibt, Far«, entgegnete Anna errötend.

»Das bezweifle ich. Du musst mit Lars reden. Er ist ziemlich traurig, weil eure offizielle Verlobung und Hochzeit noch einmal verschoben werden, aber wir hoffen, dass er Verständnis hat.«

Annas Magen verkrampfte sich. Entschlossen, sich den ersten Tag zu Hause nicht von Gedanken an Lars verderben zu lassen, schob sie sie beiseite.

Als sie an diesem strahlenden Tag aus Drammen hinaus aufs offene Land fuhren, schloss Anna die Augen und gab sich ganz dem Geklapper der Pferdehufe und dem Gezwitscher der Vögel in den Bäumen hin. Sie atmete die frische, reine Luft ein wie ein Tier, das aus dem Käfig in die Wildnis entlassen wird, und liebäugelte mit dem Gedanken, nie mehr nach Christiania zurückzukehren.

Anders erzählte ihr, dass die Kuh Rosa einen weiteren Winter überstanden hatte. Also waren ihre Gebete erhört worden, dachte Anna. Dann sprach ihr Vater von den Plänen für Knuts Hochzeit und davon, dass ihre Mutter wie besessen dafür kochte und buk.

»Sigrid ist ein nettes Mädchen und wird Knut eine gute Frau sein«, meinte Anders. »Auch eure Mutter mag sie, was wichtig ist, weil das glückliche Paar unter unserem Dach leben wird. Sobald du mit Lars verheiratet bist, zieht ihr in sein Farmhaus. Und wir überlegen, nächstes Jahr ein neues zu bauen.«

Als sie den Hof am späten Nachmittag erreichten, liefen alle zusammen, um sie zu begrüßen. Sogar die alte Katze Gerdy kam auf ihren drei Beinen herbeigehumpelt, und die Hündin Viva sprang vor Freude bellend an Anna hoch.

Annas Mutter drückte sie fest. »Ich konnte es kaum erwarten, dass du kommst. Wie war die Fahrt? Gütiger Himmel, siehst du dünn aus! Und wie deine Haare gewachsen sind! Die müssen wir schneiden ...«

Auf dem Weg zum Haus lauschte Anna dem Geplapper ihrer Mutter, und in der Küche stieg ihr der vertraute Geruch von Holzrauch, Talkpuder und nassem Hund in die Nase.

»Bring Annas Tasche in ihr Zimmer«, rief Berit Knut zu, während sie selbst Wasser für Kaffee aufstellte. »Anna, ich hoffe, dir macht es nichts aus, dass wir deine Sachen in Knuts Zimmer getan haben, weil das zu klein war für das Doppelbett, das Knut und Sigrid nach der Hochzeit teilen werden. Dein Vater hat die Stockbetten herausgenommen, mit dem Einzelbett finde ich es ziemlich gemütlich. Deine Schwägerin lernst du morgen beim Abendessen kennen. Du magst sie bestimmt. Sie ist ein sehr nettes Mädchen und kann hervorragend nähen und kochen, was mir eine große Hilfe ist, weil mein Rheuma mir diesen Winter sehr zu schaffen gemacht hat.«

In der folgenden Stunde sang Annas Mutter ein Loblied auf Sigrid. Verstimmt darüber, kurzerhand aus ihrem Zimmer verbannt worden zu sein, gab Anna sich Mühe, sich nicht durch dieses augenscheinliche Muster an häuslicher Perfektion verdrängt zu fühlen. Nachdem Anna ihren Kaffee getrunken hatte, verabschiedete sie sich, um vor dem Essen ihre Tasche auszupacken.

In ihrem neuen Zimmer waren alle ihre Sachen in den Körben verstaut, in denen ihre Mutter sonst die Hühner zum Markt brachte. Anna setzte sich auf die harte Matratze ihres Bruders und fragte sich, was aus ihrem Kinderbett geworden war. Vermutlich hatte ihr Vater es als Brennholz für den Ofen zerhackt. Ziemlich verärgert begann Anna auszupacken.

Als Erstes den Kissenbezug, den sie in mühevoller Arbeit als Hochzeitsgeschenk für Knut und Sigrid bestickt hatte. Als sie sich Abend für Abend die Finger zerstochen und schiefe Stiche wieder aufgetrennt hatte, war sie über ihren Mangel an Geschick schier verzweifelt. Nun breitete sie den Bezug auf dem Bett aus und betrachtete die ausgefransten Löcher darin, die von ihren missglückten Stichen herrührten. Immerhin wusste Anna, dass jeder Stich mit Liebe genäht war, auch wenn der Bezug von ihrer Schwägerin vermutlich in den Hundekorb verbannt werden würde.

Wenig später verließ sie das Zimmer zum Willkommensmahl mit ihrer Familie.

Lars traf ein, als Anna und ihre Mutter gerade das Essen auftrugen. Eine Terrine mit Kartoffeln in der Hand, sah Anna ihn, als er die Küche betrat und Knut und ihre Eltern begrüßte. Sofort begann sie zu ihrer Verärgerung, ihn mit Jens Halvorsen dem Schlimmen zu vergleichen. Körperlich hätten sie nicht unterschiedlicher sein können, und während Jens immer im Mittelpunkt stand, hielt Lars sich stets im Hintergrund.

»Anna, nun stell schon die Kartoffeln weg und begrüß Lars«, schalt ihre Mutter sie.

Anna schob die Schale mit den Kartoffeln auf den Tisch und wischte sich die Hände an der Schürze ab.

»Hallo, Anna«, sagte er leise. »Wie geht es dir?«

»Gut, danke.«

»Hattest du eine angenehme Reise?«

»Ja, sehr, danke.« Sie spürte, wie er verlegen wurde und nach Worten suchte.

»Du siehst ... gesund aus«, fiel ihm schließlich ein.

»Wirklich?«, mischte sich Berit ein. »Ich finde, sie ist viel zu dünn. In der Stadt essen sie die ganze Zeit nur Fisch, kein Fett.«

»Anna ist immer schon zierlich gewesen – so hat Gott sie nun einmal geschaffen«, bemerkte Lars lächelnd.

»Tut mir leid, dass dein Vater gestorben ist.«

»Danke.«

»Wollen wir uns setzen, Berit? Es war eine lange Fahrt, und dein Mann hat Hunger«, meldete sich Anders zu Wort.

Beim Essen beantwortete Anna endlose Fragen über ihr Leben in Christiania. Dann drehte sich das Gespräch um Knuts Hochzeit und die Vorbereitungen dazu.

»Du bist sicher müde von der Reise, Anna«, sagte Lars nach

einer Weile.

»Ja, das stimmt«, bestätigte sie.

»Dann leg dich hin«, meinte Berit. »In den nächsten Tagen gibt's viel zu tun, da wird keine Zeit zum Schlafen sein.«

Anna stand auf. »Ich wünsche euch allen eine gute Nacht.«

Lars folgte ihr mit dem Blick.

Als Anna sich in ihrem Zimmer bereits halb ausgekleidet hatte, fiel ihr ein, dass es im Haus ihrer Eltern keine Toilette gab. Also zog sie sich wieder an und ging hinaus, um die Örtlichkeit zu benutzen. Später im Bett hatte Anna Mühe, eine bequeme Stellung zu finden. Das Rosshaarkissen fühlte sich, verglichen mit dem aus weichen Gänsedaunen, auf dem sie in Herrn Bayers Wohnung schlief, wie ein Stein an, das Bett war schmal und die Matratze klumpig. Sie merkte, wie vieles sie inzwischen schon für selbstverständlich hielt. In Christiania hatte sie keinerlei häusliche Pflichten und eine Bedienstete, die ihr jeden Wunsch von den Augen ablas.

Anna, schalt sie sich selbst, *du wirst ein verwöhnter Fratz*. Mit dem Gedanken schlief sie ein.

Die Woche vor der Hochzeit verging wie im Flug mit Kochen, Putzen und anderen Vorbereitungen.

Obwohl Anna die Braut ihres Bruders gern gehasst hätte, weil ihr alle häuslichen Dinge so gut von der Hand gingen, musste sie feststellen, dass Sigrid genau der Beschreibung ihrer Mutter entsprach. Sie war keine Schönheit und strahlte Ruhe aus, die Berits wachsende Hysterie vor dem großen Tag erträglich machte. Sigrid hatte ihrerseits große Achtung vor Anna, weil diese so ein aufregendes Leben in Christiania führte, behandelte sie mit großem Respekt und beugte sich ihren Ansichten, ohne zu murren.

Einen Tag vor der Hochzeit traf Annas älterer Bruder Nils mit seiner Frau und seinen zwei Kindern ein. Anna, die sie über ein Jahr lang nicht gesehen hatte, war entzückt, ihre kleinen Neffen wieder in die Arme schließen zu können.

Trotz der Freude über die Wiedervereinigung mit der Familie

ließ ein Gedanke ihr keine Ruhe: Alle schienen zu glauben, dass sie, wenn sie nach der letzten Vorstellung von *Peer Gynt* aus Christiania zurückkehrte, als Frau von Lars in das heruntergekommene Haus der Trulssens ziehen würde. Wo sie nicht nur ein Zimmer, sondern sogar das *Bett* mit ihm teilen würde.

Diese Vorstellung, bei der Anna fast übel wurde, raubte ihr den Schlaf.

Am Morgen der Hochzeit half Anna Sigrid in ihr Brautgewand, das aus einem dunkelroten Rock und einer weißen Bluse sowie einem schwarzen Bolerojäckchen mit schweren goldfarbenen Verzierungen bestand. Sie betrachtete die herrlichen Stickereien auf der cremefarbenen Schürze über dem Rock.

»Wie fein du die Rosen gestickt hast, Sigrid. Das könnte ich nie.«

»Anna, bei deinem geschäftigen Leben in der Stadt hast du einfach keine Zeit für solche Dinge. Für meine Aussteuer musste ich viele lange Winterabende nähen«, entgegnete Sigrid. »Außerdem habe ich keine so schöne Stimme wie du. Du singst doch heute Abend beim Fest für uns?«

»Natürlich, wenn du möchtest. Vielleicht sollte ich dir und Knut das zur Hochzeit schenken. Ich habe zwar etwas für euch genäht, aber das ist ziemlich missglückt«, gestand sie.

»Das macht nichts, liebe Schwester, ich weiß ja, dass es von Herzen kommt, und das allein zählt. Würdest du mir bitte die Krone reichen und helfen, sie festzumachen?«

Anna hob die schwere vergoldete Hochzeitskrone aus der Schachtel, die der Kirche gehörte und seit achtzig Jahren von jeder Braut im Dorf getragen wurde, und setzte sie auf Sigrids blonde Haare. »Jetzt bist du eine echte Braut«, sagte sie, als Sigrid sich im Spiegel betrachtete.

Da streckte Berit den Kopf zur Tür herein. »Es wird Zeit, *kjære*. Du bist wunderschön.«

Sigrid legte die Finger auf Annas Arm. »Danke für deine Hilfe, Schwester. Ich gehe dir auch zur Hand, wenn du Lars heiratest.«

Als Anna Sigrid zu dem wartenden Wagen folgte, über den frische

Wiesenblumen gestreut waren, erschauderte sie bei dem Gedanken.

In der Kirche trat ihr Bruder mit Sigrid und Pastor Erslev vor den Altar. Dass Knut nun Familienoberhaupt war und bald seine eigenen rothaarigen Kinder haben würde, fand Anna merkwürdig. Sie blickte verstohlen zu Lars hinüber, der aufmerksam lauschte und ausnahmsweise nicht sie ansah.

Nach der Trauung folgten über einhundert Menschen dem Wagen von Braut und Bräutigam zum Haus der Landviks. Wochenlang hatte Berit um gutes Wetter gebetet, weil im Innern des Bauernhauses nicht genug Platz für alle war. Ihre Gebete waren erhört worden, und schon bald türmte sich auf den Holztischen auf der Wiese das Essen, vieles von den Gästen mitgebracht. Schüsseln mit würzigem Schweinefleisch, zartes Rindfleisch, langsam am Spieß gegrillt, und natürlich Hering füllte die Mägen und half, das selbst gebraute Bier und den Aquavit, die während der Feier in Strömen flossen, aufzusaugen.

Bei Einbruch der Dämmerung wurden Laternen angezündet und an Holzpfosten befestigt, um eine Tanzfläche einzugrenzen. Als die Musiker den fröhlichen *hallingkast* zu spielen begannen, machten die Gäste jubelnd in der Mitte einen Kreis frei. Eine junge Frau trat hinein, hielt auf ausgestreckten Armen einen Stock mit einem Hut am einen Ende in die Höhe und forderte die Männer auf, ihn mit dem Fuß herunterzustoßen. Annas Brüder tanzten und sprangen, angefeuert von der Menge, als Erste um die junge Frau herum.

Als Anna sich atemlos vor Lachen umdrehte, sah sie Lars allein und mit düsterer Miene an einem Tisch sitzen.

»Anna, löst du dein Versprechen ein und singst für uns?«, fragte Sigrid, die sich zu ihr gesellt hatte.

»Ja ...«, nickte Knut völlig außer Atem, »... du musst.«

»Sing ›Solveigs Lied‹!«, rief jemand aus der Menge.

Allgemeiner Jubel. Anna trat auf die Tanzfläche, sammelte sich und sang. Dabei wanderten ihre Gedanken unwillkürlich nach Christiania, zu dem jungen Musiker, der so entzückt von ihrer Stimme gewesen war, dass er ihr keine Ruhe mehr gelassen hatte ...

»*Und bist du schon im Himmel, so treffen wir uns dort. So treffen wir uns dort.«*

Als der letzte Ton verklang, hatte sie Tränen in den Augen. Die Gäste blieben stumm, bis einer zu klatschen anfing, alle anderen einstimmten und schließlich die ganze Wiese von Jubelrufen erfüllt war.

»Sing noch etwas, Anna!«

»Ja! Eins von *unseren* Liedern.«

Die folgende halbe Stunde, in der sie, von ihrem Vater auf der Fiedel begleitet, Volkslieder zum Besten gab, die die Anwesenden auswendig kannten, vergaß sie ihre eigenen Gefühle. Dann war es Zeit für das Brautpaar, sich für die Nacht zurückzuziehen. Unter anfeuernden Rufen und Pfiffen gingen Knut und Sigrid ins Haus, und die Gesellschaft löste sich auf.

Beim Aufräumen fühlte sich Anna erschöpft und unruhig. Ganz mechanisch trug sie das Geschirr zu dem Fass mit Wasser, das man für diesen Zweck aus dem Brunnen hochgezogen hatte.

»Du siehst müde aus, Anna.«

Als sie spürte, wie eine Hand leicht ihre Schulter berührte, drehte sie sich um und sah Lars, der hinter ihr stand. »Mir geht es gut«, sagte sie mit einem matten Lächeln.

»Hat dir die Hochzeit gefallen?«

»Ja, alles war sehr schön. Sigrid und Knut werden miteinander bestimmt glücklich.«

Sie konzentrierte sich wieder aufs Geschirr, und seine Finger glitten von ihrer Schulter. Aus den Augenwinkeln nahm sie wahr, dass er mit gesenktem Kopf, die Hände in den Taschen, dastand.

»Anna, du hast mir gefehlt«, sagte er so leise, dass sie es kaum hörte. »Hast du ... Habe ich dir auch ein bisschen gefehlt?«

Sie erstarrte, ein seifiger Teller rutschte ihr aus den Fingern. »Natürlich. Mir haben alle hier gefehlt, aber ich war sehr beschäftigt in Christiania.«

»Wahrscheinlich hast du viele neue Freunde«, sagte er mit tonloser Stimme.

»Ja, zum Beispiel Frøken Olsdatter und die Kinder im Theater«, erklärte sie hastig. Warum ließ er ihr keine Ruhe?

Sie spürte weiter seinen Blick auf sich.

»Es war für alle ein langer Tag«, bemerkte er schließlich. »Ich muss jetzt gehen ... Aber zuerst, Anna, möchte ich dir eine Frage stellen, weil ich weiß, dass du morgen nach Christiania zurückmusst. Bitte beantworte sie mir ehrlich. Uns beiden zuliebe.«

Als Anna seinen ernsten Tonfall hörte, bekam sie ein flaues Gefühl im Magen. »Natürlich, Lars.«

»Willst du ... Willst du mich immer noch heiraten? Für dich hat sich so vieles geändert; ich könnte es verstehen, wenn du es nicht mehr möchtest.«

»Ich ...« Sie senkte den Kopf, schloss die Augen und betete, dass dieser Moment bald vorüber sein würde. »Ich glaube schon.«

»Das Gefühl habe ich nicht. Anna, bitte, es ist besser für uns beide, wenn wir wissen, woran wir sind. Ich kann nur weiter auf dich warten, wenn Hoffnung besteht. Und ich hatte von Anfang an den Eindruck, dass du nicht überzeugt bist von unserer Verbindung.«

»Aber was ist mit Mor und Far und dem Land, das du ihnen verkauft hast?«

Lars seufzte tief. »Anna, deine Antwort spricht Bände. Ich gehe jetzt und schreibe dir später, wie wir die Dinge organisieren. Du musst deinen Eltern nichts sagen. Ich kümmere mich um alles.« Er ergriff eine ihrer Hände und zog sie aus dem Wasser, um sie an die Lippen zu heben und zu küssen. »Auf Wiedersehen, Anna. Gott schütze dich.«

Als er sich in die Dunkelheit entfernte, wurde ihr klar, dass ihre Verlobung mit Lars Trulssen zu Ende gegangen war, bevor sie richtig begonnen hatte.

ALLY

August 2007

XXII

Es war früher Nachmittag, als ich den Blick vom Laptop abwandte und auf die gestreifte Tapete dahinter richtete, die eine Weile verschwommen vor meinen Augen tanzte, bevor sie allmählich scharf wurde. Obwohl ich nicht wusste, wo mein Platz in dieser Geschichte war, die sich über einhundertdreißig Jahre zuvor ereignet hatte, fand ich sie faszinierend. Am Genfer Konservatorium hatte ich viel über das Leben der großen Komponisten erfahren und mich mit ihren Hauptwerken beschäftigt, doch erst dieses Buch ließ die Vergangenheit vor meinem geistigen Auge lebendig werden. Besonders interessant war, dass Jens Halvorsen an jenem Premierenabend auf seiner Flöte den Anfang meines Lieblingsstücks gespielt hatte.

Ich musste an Pas Brief denken. Hatte ich die Entstehungsgeschichte von *Peer Gynt* nur lesen sollen, damit meine Liebe zur Musik neu geweckt wurde? Als hätte er geahnt, dass das nötig sein würde ...

Dass ich bei Theos Trauerfeier gespielt hatte, war tatsächlich ein Trost gewesen. Schon das Üben hatte mich ein paar Stunden lang von meinem Kummer abgelenkt. Seitdem hatte ich die Flöte immer wieder hervorgeholt und zum Vergnügen gespielt. Oder besser gesagt, um meinen Schmerz zu lindern.

Erhob sich nur die Frage, ob zwischen Anna, Jens und mir eine blutsverwandtschaftliche Verbindung bestand, die wie ein feiner Seidenfaden über einhundertdreißig Jahre reichte ...

Konnte Pa Salt in sehr jungen Jahren Jens oder Anna gekannt haben?, überlegte ich. Da Pa bei seinem Tod über achtzig gewesen war, bestand die Möglichkeit, falls Jens und Anna nicht schon früh das Zeitliche gesegnet hatten. Und das wusste ich im Moment leider nicht.

Das durchdringende Klingeln des Haustelefons riss mich aus

meinen Gedanken. Da ich wusste, dass der uralte Anrufbeantworter von Celia kaputt war und es deswegen endlos weiterklingeln würde, lief ich nach unten in den Flur, um ranzugehen.

»Hallo?«

»Äh, hi, ist Celia zu Hause?«

»Nein, im Moment nicht«, antwortete ich. Die Stimme mit dem amerikanischen Akzent kannte ich. »Ich bin's, Ally. Kann ich ihr etwas ausrichten?«

»Ach, hallo, Ally. Peter, Theos Dad. Wie geht's Ihnen?«

»Okay. Celia müsste zum Abendessen wieder da sein.«

»Für mich leider zu spät. Ich wollte sie wissen lassen, dass ich heute Abend in die Staaten zurückfliege. Ich hatte das Gefühl, ich sollte vorher noch mal mit ihr reden.«

»Ich sage ihr, dass Sie angerufen haben.«

»Danke.« Kurzes Schweigen. »Sind Sie im Moment sehr beschäftigt, Ally?«

»Nein, nicht wirklich.«

»Könnten wir uns treffen, bevor ich zum Flughafen fahre? Ich bin im Dorchester Hotel. Kommen Sie doch zum Nachmittagstee vorbei. Mit dem Taxi ist es von Celias Haus nur eine Viertelstunde.«

»Ich ...«

»Bitte?«

»Na gut«, stimmte ich zögernd zu.

»Sagen wir um drei? Ich muss um vier nach Heathrow losfahren.«

»Gut, bis dann, Peter.« Ich legte auf und überlegte, was ich ins Dorchester anziehen sollte.

Eine Stunde später betrat ich mit seltsam schlechtem Gewissen das Hotel, als würde ich Celia hintergehen. Doch Pa Salt hatte mir beigebracht, mich nicht auf das Urteil anderer zu verlassen. Und da Peter Theos Vater war, musste ich ihm eine Chance geben.

»Hallo, junge Dame«, rief er mir von einem Tisch in dem opulenten Raum mit den Marmorsäulen neben der Lobby aus zu. Als ich mich zu ihm gesellte, erhob er sich und begrüßte mich mit einem freundlichen, festen Händedruck. »Setzen Sie sich doch. Weil ich nicht wusste, was Sie wollen, und nicht viel Zeit ist, habe ich einfach die große Version bestellt.«

Er deutete auf den niedrigen Tisch, auf dem sich Porzellanteller mit akkurat geschnittenen Sandwiches sowie eine Etagere mit köstlichen französischen Patisserien und Scones und kleine Schälchen mit Marmelade und Clotted Cream befanden. »Dazu jede Menge Tee. Die Engländer lieben ja Tee.«

Ich bedankte mich und nahm ohne großen Appetit auf der gepolsterten Bank ihm gegenüber Platz. Sofort eilte ein tadellos gekleideter Kellner mit weißen Handschuhen herbei, um mir Tee einzuschenken. Dabei sah ich mir Theos Vater genauer an. Er hatte dunkle Augen, helle Haut fast ohne Falten – obwohl er Anfang sechzig sein musste – und einen muskulösen Körper unter dem legeren, aber teuren marineblauen Blazer. Die mattbraunen Haare färbte er sich bestimmt. Als Peter mich anlächelte, war ich gerade zu dem Schluss gekommen, dass Theo seinem Vater überhaupt nicht ähnelte. Doch das schiefe Grinsen erinnerte mich so sehr an seinen Sohn, dass es mir den Atem verschlug.

»Und, Ally, wie läuft's?«, erkundigte er sich, als der Kellner sich entfernte.

»Es wechselt. Und bei Ihnen?«

»Wenn ich ehrlich bin, geht's mir nicht sonderlich. Die Geschichte hat mich ziemlich aus dem Gleichgewicht gebracht. Ich denke die ganze Zeit daran, wie süß Theo als Baby und als kleiner Junge war. Es ist einfach nicht richtig, wenn das eigene Kind vor einem stirbt.«

»Das stimmt«, pflichtete ich ihm bei, neugierig auf diesen Mann, den Celia und Theo so negativ beschrieben hatten und dessen Schmerz ich nun deutlich spürte.

»Wie kommt Celia damit zurecht?«, fragte er.

»Wie wir alle, schlecht. Sie ist wahnsinnig nett zu mir.«

»Vielleicht hilft es in einer solchen Situation, jemanden zu haben, um den man sich kümmern kann. Ich wünschte, ich hätte auch jemanden.«

Ich nahm ein Sandwich mit Räucherlachs und aß einen Bissen. »Celia sagt, dass Sie sie in der Kirche nach vorn zu sich gebeten hätte, wenn sie Sie gesehen hätte.«

»Ach.« Peters Miene hellte sich ein wenig auf. »Das freut mich zu hören. Ich wollte sie nicht noch weiter aus der Fassung bringen. Sie haben ja vermutlich gemerkt, dass ich auf der Beliebtheitsskala nicht allzu weit oben stehe.«

»Möglicherweise fällt es ihr schwer, Ihnen zu vergeben für ... für das, was Sie ihr angetan haben.«

»Wie ich Ihnen nach der Trauerfeier gesagt habe, gibt es immer zwei Seiten der Medaille, aber lassen wir das Thema. Übrigens habe ich tatsächlich Schuldgefühle. Und unter uns: Ich liebe Celia noch immer.« Peter seufzte. »So sehr, dass es wehtut. Mir ist bewusst, dass ich sie enttäuscht und hintergangen habe, aber wir waren bei unserer Heirat beide sehr jung. Im Nachhinein betrachtet, wäre es besser gewesen, wenn ich mir die Hörner vor und nicht während unserer Ehe abgestoßen hätte. Celia ...«, Peter zuckte die Schultern, »... war in der Hinsicht eine echte ›Lady‹, wenn Sie verstehen, was ich meine. Auf dem Gebiet waren wir wie Feuer und Wasser. Aber inzwischen habe ich meine Lektion gelernt.«

»Ich glaube, sie liebt Sie auch noch immer.«

»Tatsächlich?« Peter hob argwöhnisch eine Augenbraue. »Hätte ich nicht gedacht.«

»Das kann ich mir vorstellen, aber ich sehe es in ihrem Blick, wenn sie von Ihnen spricht, selbst wenn sie etwas Negatives sagt. Ihr Sohn hat mir einmal erklärt, dass der Grat zwischen Liebe und Hass sehr schmal ist.«

»Hört sich ganz nach ihm an. Ich wünschte, ich würde die Menschheit nur halb so gut verstehen wie er«, meinte Peter seufzend. »Von mir hat er das jedenfalls nicht.«

Obwohl ich mich vermutlich bereits zu weit vorgewagt hatte, beschloss ich weiterzubohren. »Theo hätte der Gedanke, dass seine Eltern sich versöhnen, wahrscheinlich gefallen. Das wäre doch immerhin etwas bei dieser Tragödie.«

Peter sah mich an. »Ich glaube, ich verstehe, warum mein Junge Sie so geliebt hat. Sie sind etwas Besonderes, Ally. Trotzdem glaube ich nicht mehr an Wunder.«

»Ich schon. Selbst wenn Theo und mir nur ein paar Wochen miteinander vergönnt waren, hat er doch mein Leben verändert. Es ist ein Wunder, dass wir uns begegnet sind und so gut zusammenpassten, und ich weiß, dass er mich zu einem besseren Menschen gemacht hat.« Ich bekam feuchte Augen, und Peter tätschelte mir die Hand.

»Ally, ich muss bewundern, wie Sie das Positive im Negativen zu finden versuchen. Früher war ich auch so.«

»Bestimmt können Sie wieder so werden.«

»Ich glaube, das Potenzial dazu habe ich durch die Scheidung verloren. Aber erzählen Sie mir doch, was Sie nun vorhaben. Hat mein Sohn dafür gesorgt, dass es Ihnen an nichts fehlt?«

»Ja. Er hat vor der Regatta sein Testament geändert. Ich erbe seine Sunseeker und einen alten Stall auf Anafi, in der Nähe Ihres hübschen Hauses. Obwohl ich Theo wirklich sehr geliebt habe, weiß ich nicht, ob ich mir vorstellen kann, jemals nach ›Irgendwo‹ zu gehen, wie wir Anafi nannten, mich mit den örtlichen Baubehörden herumzuschlagen und auf dem Grund das Haus seiner Träume zu errichten.«

»Er hat Ihnen diesen komischen Ziegenstall hinterlassen?« Peter lachte schallend. »Damit das klar ist: Ich habe Theo mehr als einmal angeboten, ihm ein Haus zu kaufen, aber er hat immer abgewunken.«

»Stolz«, sagte ich achselzuckend.

»Oder Dummheit. Mein Junge war leidenschaftlicher Sportler. Mir war klar, dass er finanziell Unterstützung braucht, aber er wollte sie einfach nicht annehmen. Bestimmt haben Sie auch kein eigenes Zuhause. Wie soll ein junger Mensch mit einem durchschnittlichen Einkommen das heutzutage auch schaffen?«

»Ich habe ja jetzt den Ziegenstall«, erklärte ich schmunzelnd.

»Sie sind in meinem Haus auf der Insel jederzeit willkommen. Celia weiß, dass sie es ebenfalls immer nutzen kann, doch sie will nicht hin, weil ich ihr dort mal was Unschönes gesagt habe. Bitte fragen Sie mich nicht, was. Ich weiß es nicht mehr. Und falls Sie jemals Hilfe bei den örtlichen Baubehörden benötigen sollten, können Sie sich ruhig an mich wenden. Ich habe so viel Geld in diese Insel investiert, dass sie mich von Rechts wegen zum Bürgermeister machen müssten! Haben Sie schon die Übertragungsurkunde?«

»Noch nicht, aber sobald die bürokratische Seite geklärt ist, wird sie mir wohl zugeschickt.«

»Egal, was Sie brauchen: Sie können auf mich zählen. Ich muss mich doch um die junge Frau kümmern, die mein Junge geliebt hat.«

»Danke.«

»Sie haben mir noch nicht verraten, wie Ihre Pläne für die Zukunft aussehen«, sagte Peter nach einer Weile.

»Weil ich das selbst noch nicht so genau weiß.«

»Theo hat mir erzählt, Sie seien eine verdammt gute Seglerin und wollten für das Schweizer Nationalteam trainieren.«

»Ich habe abgesagt. Bitte verlangen Sie keine Erklärung dafür.«

»Nicht nötig. Sie sind ja auch eine begabte Musikerin. Ihr Flötenspiel bei der Trauerfeier hat mich zu Tränen gerührt.«

»Nett, dass Sie das sagen, Peter, aber ich bin aus der Übung. Ich habe Jahre nicht mehr richtig gespielt.«

»Für mich hat sich das nicht so angehört. Wenn ich eine Fähigkeit wie die Ihre hätte, würde ich sie pflegen. Liegt das in der Familie?«

»Ich weiß es nicht. Mein Vater ist erst vor ein paar Wochen gestorben ...«

»Ally!«, rief Peter bestürzt aus. »Wie verkraften Sie es nur, beide Männer in Ihrem Leben verloren zu haben?«

»Keine Ahnung.« Ich schluckte, wie jedes Mal, wenn mir jemand sein Mitgefühl ausdrückte. »Jedenfalls wurde ich wie meine fünf Schwestern adoptiert. Das Abschiedsgeschenk meines Vaters waren Hinweise auf meine Herkunft. Gut möglich, dass mir die Musik tatsächlich im Blut liegt.«

»Verstehe. Wollen Sie mehr herausfinden?«

»Ich bin mir nicht sicher. Solange Theo da war, wollte ich es nicht, weil ich mich auf unsere gemeinsame Zukunft konzentriert habe.«

»Natürlich. Haben Sie in den nächsten Wochen schon etwas vor?«

»Nein.«

»Dann liegt die Antwort auf der Hand: Folgen Sie seinen Hinweisen. Ich würde das tun. Und ich glaube, auch Theo wollte das. Aber jetzt ...«, er sah auf seine Uhr, »... muss ich Sie leider verlassen, weil ich sonst meinen Flug verpasse. Die Rechnung ist bezahlt, essen Sie ruhig weiter, wenn Sie wollen. Und lassen Sie es mich wissen, falls Sie etwas brauchen sollten.«

Mit diesen Worten erhoben wir uns. Dann umarmte er mich spontan. »Ally, ich wünschte, wir hätten mehr Zeit, uns weiter zu unterhalten, aber es freut mich, Sie überhaupt kennengelernt zu haben. Der heutige Tag ist das einzig Positive an der Geschichte, und dafür danke ich Ihnen. Jemand hat mir mal gesagt, das Leben mutet einem nur zu, was man bewältigen kann. Sie sind eine bemerkenswerte junge Frau. Melden Sie sich.«

»Das mache ich«, versprach ich ihm.

Er entfernte sich mit einem traurigen Winken.

Ich setzte mich und griff halbherzig nach einem Scone, weil ich bei dem Gedanken, dass das ganze Essen einfach weggeworfen werden würde, ein schlechtes Gewissen bekam. Auch ich hätte mir mehr Zeit zum Reden mit Peter gewünscht, denn egal, was Celia mir über ihren Exmann erzählt und was er ihr angetan haben mochte: Ich konnte ihn leiden, weil er etwas sehr Verletzliches hatte.

Als ich Celias Haus betrat, packte sie gerade ihren Koffer.

»Hattest du einen schönen Nachmittag?«, erkundigte sie sich.

»Ja, danke. Ich habe mich mit Peter zum Tee getroffen. Er hat heute hier bei dir angerufen, um mit dir zu sprechen, aber du warst weg.«

»Tatsächlich? Sonst meldet er sich nie, wenn er in London ist.«

»Sonst hat er auch keinen Sohn verloren. Ich soll dir schöne Grüße von ihm ausrichten.«

»Gut. Wie du weißt, Ally«, sagte sie ein wenig zu fröhlich, »muss ich morgen schon sehr früh los. Du kannst hierbleiben, solange du möchtest; falls du doch irgendwann gehst, schaltest du nur den Alarm ein und wirfst die Schlüssel durch den Schlitz in der Haustür. Willst du mich wirklich nicht begleiten? Um diese Zeit ist es in der Toskana wunderschön. Und Cora ist nicht nur meine älteste Freundin, sondern auch Theos Patentante.«

»Danke fürs Angebot, aber ich glaube, es wird Zeit, dass ich mir ein neues Leben suche.«

»Vergiss nicht, dass noch nicht viel Zeit vergangen ist. Die Scheidung von Peter war vor zwanzig Jahren, und ich scheine noch immer kein Leben gefunden zu haben.« Sie zuckte traurig mit den Achseln. »Wie gesagt: Du kannst so lange hierbleiben, wie du möchtest.«

»Danke. Übrigens war ich auf dem Heimweg einkaufen und würde heute Abend als Dankeschön gern für dich kochen. Nichts Aufregendes, nur Pasta, als Vorgeschmack auf Italien.«

»Das ist nett von dir, danke.«

Unser letztes gemeinsames Abendessen nahmen wir auf der Terrasse ein. Obwohl ich keinen großen Appetit hatte, aß ich ein paar Gabeln voll. Dabei fiel mir auf, dass Celias Rosen allmählich verblassten und die Blütenblätter braun und trocken wurden. Sogar die Luft roch anders, schwerer, mit einer erdigen Ahnung vom Herbst. Wir hingen beide unseren jeweiligen Gedanken nach, nun, da wir merkten, dass wir unseren Kokon verlassen und uns wieder der Welt stellen mussten.

»Ich wollte mich noch dafür bedanken, dass du bei mir geblieben bist, Ally. Ich weiß wirklich nicht, was ich ohne dich gemacht hätte«, sagte Celia, als wir die leeren Teller in die Küche trugen.

»Das gilt umgekehrt genauso.« Ich nahm ein Geschirrtuch in die Hand.

»Fühl dich, wann immer du künftig in London bist, hier wie zu Hause.«

»Danke.«

»Leider muss ich noch ein unangenehmes Thema anschneiden:

Wenn ich aus Italien zurück bin, werde ich Theos Asche abholen. Wir sollten uns auf einen Termin einigen, wann wir nach Lymington fahren und sie verstreuen.«

»Ja«, sagte ich schluckend.

»Ally, du wirst mir fehlen. Du bist die Tochter, die ich nie hatte. Aber jetzt gehe ich lieber ins Bett. Mein Taxi kommt um halb fünf morgens. Ich erwarte nicht, dass du aufstehst, um dich von mir zu verabschieden. Also sage ich jetzt tschüs. Bitte melde dich, ja?«

»Natürlich.«

In jener Nacht schlief ich unruhig, weil mein Gehirn sich mit den unbeschriebenen Seiten meiner unmittelbaren Zukunft beschäftigte. Bisher hatte ich immer genau gewusst, was ich machen würde. Das Gefühl der Leere und Lethargie, das ich nun empfand, war mir neu.

»Vielleicht fühlen sich Depressionen so an«, murmelte ich, als ich mich am folgenden Morgen zum Aufstehen und mit einem leichten Gefühl der Übelkeit zum Duschen zwang. Während ich meine Haare trocken rubbelte, gab ich »Jens Halvorsen« in eine Suchmaschine ein. Leider waren die wenigen Einträge über ihn in Norwegisch verfasst, weswegen ich auf die Webseite eines Onlinebuchhändlers ging, um mich über Bücher in Englisch oder Französisch zu erkundigen, in denen möglicherweise von ihm die Rede war.

Dort wurde ich fündig.

Griegs Lehrling
Autor: Thom Halvorsen
Erscheinungsdatum (USA): 30. August 2007

Ich scrollte weiter zu der kurzen Inhaltszusammenfassung.

»Thom Halvorsen, angesehener Geiger beim Philharmonischen Orchester Bergen, hat eine Biografie seines Ururgroßvaters Jens Halvorsen verfasst. Sie zeichnet das Leben eines begabten Komponisten und Musikers nach, der eng mit Edvard Grieg zusammenarbeitete. In diesen faszinierenden Familienmemoiren sehen wir Grieg durch die Augen eines Mannes, der ihn gut kannte.«

Ich bestellte das Buch trotz der angegebenen Mindestlieferzeit von zwei Wochen aus den Staaten. Dann kam mir ein Gedanke: Ich nahm Peters Visitenkarte aus meiner Brieftasche, schrieb ihm eine E-Mail und bedankte mich noch einmal für den Nachmittagstee. Anschließend erklärte ich ihm, dass ich an ein Buch herankommen wolle, das nur in Amerika erhältlich sei, und fragte ihn, ob er es für mich beschaffen könne. Ein schlechtes Gewissen hatte ich nicht, ihn darum zu bitten, weil er bestimmt Leute kannte, die das für ihn erledigten.

Danach gab ich »Peer Gynt« ein, und als ich die Einträge dazu durchscrollte, stieß ich auf das Ibsen-Museum in Oslo – oder Christiania, wie die Stadt zur Zeit von Anna und Jens noch geheißen hatte – und seinen Kurator Erik Edvardsen, einen weltbekannten Ibsen-Experten. Vielleicht wäre er bereit, mir zu helfen, wenn ich ihm eine Mail schickte.

Obwohl ich darauf brannte, weiterzurecherchieren und in der Übersetzung des Buchs von Pa Salt weiterzulesen, klappte ich den Laptop zu, weil ich in einer Stunde in Battersea mit Star zum Lunch verabredet war.

Vor dem Haus winkte ich ein Taxi heran, und als wir die Themse auf einer hübsch verzierten, rosafarbenen Brücke überquerten, merkte ich, dass ich mich in London zu verlieben begann. Die Stadt hatte etwas Elegantes, Würdevolles, nicht die hektische Energie von New York oder das Glatte von Genf. Wie alles Englische schien sie voll und ganz in sich und ihrer einzigartigen Geschichte zu ruhen.

Das Taxi hielt vor einem früheren Lagerhaus. Unmittelbar am Fluss gelegen, hatte es wie seine Nachbarn direkten Zugang für die Frachtkähne geboten, die hier ihre Ladungen mit Tee, Seide und Gewürzen löschten. Ich bezahlte den Taxifahrer und drückte auf die Klingel neben der Nummer, die Star mir gegeben hatte. Kurz darauf öffnete sich die Tür mit einem Summen, und Star sagte mir, ich solle den Lift in den dritten Stock nehmen. Sie erwartete mich oben.

»Hallo, Liebes, wie geht's dir?«, erkundigte sie sich und umarmte mich.

»Geht schon so«, log ich, als sie mich in einen riesigen weißen Wohnbereich mit Fenstern vom Boden bis zur Decke und direktem Blick auf die Themse führte.

»Wow!«, rief ich aus und trat an die Fensterfront, um die Aussicht zu bewundern. »Das ist ja fantastisch!«

»CeCe hat's ausgesucht«, meinte Star achselzuckend. »Hier hat sie Platz zum Arbeiten, und das Licht ist auch gut.«

Die Weite, die minimalistische Einrichtung, die hellen Holzfußböden und die schmale Wendeltreppe, die vermutlich zu den Schlafzimmern hinaufführte, beeindruckten mich, obwohl ich mich selbst wahrscheinlich nicht für ein solches Domizil entschieden hätte, weil es mir zu steril war.

»Möchtest du was trinken?«, fragte Star. »Wir haben Wein in allen Farben und natürlich Bier.«

»Was du trinkst«, antwortete ich und folgte ihr in den Küchenbereich, der in ultramodernem Stahl und Milchglas gehalten war. Sie machte eine Tür des Doppelkühlschranks auf und zögerte.

»Weißwein?«, schlug ich vor.

»Ja, gute Idee.«

Meine jüngere Schwester nahm zwei Gläser aus einem Schrank und öffnete die Weinflasche. Wieder einmal fiel mir auf, dass Star niemals selbst eine Meinung zu äußern oder eine Entscheidung zu treffen schien. Maia und ich hatten uns lange darüber unterhalten, ob es tatsächlich Stars Persönlichkeit war, die sie dazu brachte, sich stets nach anderen zu richten, oder die Folge von CeCes Dominanz.

»Das riecht gut.« Ich deutete auf einen Topf, dessen Inhalt auf einem riesigen Herd vor sich hin köchelte. Auch hinter der Glasfront des Ofens entdeckte ich etwas.

»Heute bist du mein Versuchskaninchen, Ally. Ich probiere ein neues Rezept aus. Es ist fast fertig.«

»Wunderbar. Cheers!, wie man hier in England sagt.«

»Ja, Cheers!«

Wir tranken einen Schluck Wein, und sofort spürte ich die Säure im Magen. Als ich Star zusah, wie sie in dem Topf rührte, fiel mir auf, wie jung sie wirkte mit ihren weißblonden Haaren, die ihr bis über die Schultern reichten, und ihrem langen Pony, der ihr oft in die riesigen hellblauen Augen fiel und sie vor den Blicken anderer schützte wie ein Vorhang. Manchmal hatte ich Mühe zu glauben, dass Star eine erwachsene Frau von siebenundzwanzig Jahren war.

»Habt ihr euch schon in London eingelebt?«, erkundigte ich mich.

»Ich denke, ja. Mir gefällt's hier.«

»Und wie läuft's mit dem Kochkurs?«

»Der ist vorbei. Er war gut.«

»Meinst du, du könntest das Kochen zu deinem Beruf machen?«, hakte ich nach, in der Hoffnung, eine ausführlichere Antwort zu erhalten.

»Ich glaube, das ist nichts für mich.«

»Verstehe. Irgendeine Idee, was du als Nächstes machen wirst?«

»Keine Ahnung.«

Dann herrschte, wie oft in Gesprächen mit Star, Schweigen, bis sie schließlich sagte: »Wie geht's dir wirklich, Ally? Es muss schrecklich für dich sein, dass das so kurz nach Pa Salts Tod auch noch passiert ist.«

»Ehrlich gesagt, weiß ich nicht genau, wie es mir geht. Jetzt ist alles anders. Früher lag meine Zukunft ganz klar vor mir, nun kann ich sie plötzlich nicht mehr sehen. Ich habe dem Leiter der Schweizer Nationalmannschaft mitgeteilt, dass ich nicht an der Olympiaqualifikation teilnehme. Das könnte ich im Moment nicht ertragen. Ich habe zwar ein schlechtes Gewissen, aber mir fehlt die Kraft dazu, und es erscheint mir einfach nicht richtig. Was meinst du?«

Star schob den Pony aus ihrem Gesicht und betrachtete mich argwöhnisch. »Ich finde, du solltest das tun, was dein Herz dir sagt, Ally. Doch manchmal ist das ziemlich schwierig, stimmt's?«

»Ja, allerdings. Ich möchte niemanden enttäuschen.«

»Genau.« Star blickte seufzend zu den riesigen Panoramafenstern, dann auf den Herd und gab den Inhalt des Topfs auf zwei Teller. »Wollen wir draußen essen?«

»Gern.«

Als ich die Terrasse über dem Fluss, die vor allen Fenstern verlief, bemerkte, fragte ich mich, wie hoch die Miete war. Dies war nicht die Wohnung, die man bei einer mittellosen Kunststudentin und ihrer unentschlossenen Schwester erwartet hätte. Offenbar hatte CeCe an dem Morgen, an dem sie und Star nach Genf gefahren waren, Georg Hoffman einen nicht unerheblichen Betrag entlockt.

Draußen stellten wir das Essen auf einen Tisch, der vor einer Fülle süß duftender Pflanzen in riesigen Töpfen stand. »Was sind das für Blumen?« Ich deutete auf die unzähligen weißen, orange- und pinkfarbenen Blüten.

»*Sparaxis tricolor*, Fransenschwertel, aber ich nenne sie meine Mauerblümchen. Ich glaube, der Wind vom Fluss bekommt ihnen nicht. In einer geschützten Ecke eines englischen Landgartens würden sie besser gedeihen.«

»Hast du sie selber gepflanzt?«, fragte ich und probierte eine Gabel voll Nudeln mit Meeresfrüchten, die Star als Hauptgang gekocht hatte.

»Ja. Ich liebe Pflanzen und habe Pa Salt früher in seinem Garten in ›Atlantis‹ geholfen.«

»Tatsächlich? Das wusste ich gar nicht. Star, das Essen ist köstlich«, lobte ich sie, obwohl ich eigentlich keinen Appetit hatte. »Heute entdecke ich lauter neue Begabungen an dir. Meine Kochkünste reichen gerade mal für den Hausgebrauch, und mir gelingt es nicht einmal, Kresse in einem Topf zu ziehen. Eine solche Blütenpracht würde ich nie zustande bringen.« Ich deutete auf die Pflanzenfülle auf der Terrasse.

Wieder Schweigen.

»In letzter Zeit habe ich darüber nachgedacht, was Begabung eigentlich ist«, meinte Star schließlich. »Sind Dinge, die einem leichtfallen, eine Gabe? War es für dich zum Beispiel schwierig, so gut Flöte zu lernen?«

»Nein, wahrscheinlich nicht. Jedenfalls nicht am Anfang. Aber um später besser zu werden, musste ich viele Stunden üben. Meiner

Ansicht nach kann Talent harte Arbeit nicht ersetzen. Sieh dir die großen Komponisten an: Es reicht nicht, im Kopf die Melodien zu hören; man muss auch wissen, wie man sie zu Papier bringt und für ein Orchester aufbereitet. Dazu muss man das Handwerk beherrschen und jahrelang üben. Bestimmt besitzen viele Menschen eine natürliche Begabung, aber wenn sie diese Fähigkeit nicht weiterentwickeln, schöpfen sie nie ihr ganzes Potenzial aus.«

Star nickte. »Willst du nichts mehr, Ally?«, fragte sie mit einem Blick auf meinen fast vollen Teller.

»Ja. Entschuldige, Star. Es war wirklich köstlich, aber leider habe ich in letzter Zeit nicht viel Appetit.«

Danach unterhielten wir uns über unsere Schwestern und was sie machten. Star erzählte mir von CeCe und ihren »Installationen«. Ich sprach über Maias überraschende Übersiedlung nach Rio und wie wunderbar es für sie war, endlich das Glück gefunden zu haben.

»Das hat mich getröstet. Und dass ich dich heute sehe, freut mich auch sehr, Star«, sagte ich lächelnd.

»Dito. Was hast du jetzt vor?«

»Ich spiele mit dem Gedanken, nach Norwegen zu fahren und mich in der Gegend umzusehen, die Pa Salts Koordinaten mir als meinen Geburtsort gezeigt haben.«

Mich überraschte das, was ich gerade gesagt hatte, selbst vermutlich mehr als Star.

»Das finde ich gut«, erklärte Star. »Mach das.«

»Meinst du?«

»Warum nicht? Pas Hinweise könnten dein Leben verändern. Bei Maia haben sie es getan. Und ...«, Star schwieg kurz, »... bei mir vielleicht auch.«

»Tatsächlich?«

»Ja.«

Wieder Schweigen. Ich wusste, dass ich Star nicht drängen durfte. »Ich denke, ich sollte jetzt gehen. Vielen Dank fürs Mittagessen.« Plötzlich war ich sehr müde und hatte das Gefühl, mich zurückziehen zu müssen. »Kriegt man hier leicht ein Taxi?«, fragte ich sie an der Tür.

»Ja, geh unten einfach nach links, dann bist du auf der Hauptstraße. Tschüs, Ally.« Sie küsste mich auf beide Wangen. »Lass es mich wissen, wenn du nach Norwegen fahren solltest.«

Wieder in Celias leerem Haus, klappte ich in meinem Zimmer den Flötenkasten auf und betrachtete das Instrument, als könnte es all die Fragen beantworten, die mir durch den Kopf gingen. Die wichtigste war für mich, wie ich nun weitermachen sollte. Mit ziemlicher Sicherheit konnte ich mich auf »Irgendwo« verkriechen. Ein Anruf bei Peter, und sein wunderbares Haus auf Anafi stünde mir offen. Das folgende Jahr konnte ich mich darauf konzentrieren, Theos geliebten Ziegenstall umzubauen – das Abba-Musical *Mamma Mia* fiel mir ein, und ich schüttelte schmunzelnd den Kopf. Egal, wie verlockend der Kokon von »Irgendwo« auch erschien – dort würde ich lediglich in der Welt von Theo und mir leben, die es nun nicht mehr gab.

Aber wäre »Atlantis« gut für mich? Wartete da noch etwas auf mich? Was ich in Norwegen möglicherweise entdecken konnte, gehörte ebenfalls der Vergangenheit an, und ich war jemand, der in die Zukunft blickte. Vielleicht musste ich tatsächlich ein paar Schritte zurückgehen, um voranzukommen. Letztlich hatte ich nur zwei Alternativen: Entweder ich kehrte nach »Atlantis« zurück, oder ich flog nach Norwegen. Unter Umständen würden mir ein paar Tage des Nachdenkens in einem unbekannten Land, weit weg von allem und allen, helfen. Niemand dort würde meine Geschichte kennen, und mehr über meine Vergangenheit herauszufinden würde mich immerhin beschäftigen. Selbst wenn nichts dabei herauskam.

Also informierte ich mich über Flüge nach Oslo und fand einen mit einem freien Platz am Abend. Um rechtzeitig nach Heathrow zu gelangen, musste ich praktisch sofort aufbrechen. Ich starrte unschlüssig auf den Bildschirm.

»Nun mach schon, Ally«, redete ich mir zu. »Was hast du schon zu verlieren?«

Nichts.

Ich war bereit, mehr zu erfahren.

XXIII

Als das Flugzeug an jenem späten Augustabend Richtung Norden startete, überflog ich die Informationen, die ich über das Ibsen-Museum und das Nationaltheater in Oslo hatte. Beide würde ich am folgenden Vormittag aufsuchen, um herauszufinden, ob jemand dort mir mehr mitteilen konnte als das, was ich bereits aus Jens Halvorsens Buch wusste.

In Oslo wurden meine Schritte unerwartet leicht, und ich empfand so etwas wie Erregung. Nachdem ich durch den Zoll war, ging ich zum Informationsschalter und fragte die junge Frau dort, ob sie mir ein Hotel empfehlen könne, das sich in der Nähe des Ibsen-Museums befinde. Sie erwähnte das Grand Hotel, rief dort an und teilte mir mit, dass nur noch Zimmer der teuren Kategorie verfügbar seien.

»Kein Problem«, sagte ich. »Ich nehme, was sie haben.« Die Frau reichte mir meine Reservierungsbestätigung, bestellte mir ein Taxi und begleitete mich nach draußen, wo ich wartete, bis es kam.

Auf dem Weg ins Zentrum fiel es mir bei der Dunkelheit schwer, mich zu orientieren oder mir einen Eindruck von der Stadt zu verschaffen. Am Grand Hotel wurde ich durch das von Lampen erhellte steinerne Portal geführt und nach Erledigung der Formalitäten zu meinem Zimmer, der »Ibsen-Suite«, gebracht.

»Gefällt es Ihnen, Madam?«, fragte mich der Page auf Englisch und reichte mir den Schlüssel.

Ich sah mich in dem Wohnbereich um, in dem ein eleganter Kronleuchter von der Decke hing und mehrere Fotos von Henrik Ibsen die gestreifte Seidentapete schmückten, und musste über den Zufall mit der Ibsen-Suite schmunzeln.

»Sehr gut, danke.«

Sobald ich dem Pagen ein Trinkgeld gegeben hatte und er verschwunden war, schlenderte ich mit großen Augen in der Suite herum. Hier, dachte ich, ließ es sich dauerhaft aushalten. Als ich nach dem Duschen aus dem Bad kam, begrüßten mich Kirchenglocken, die die Mitternacht einläuteten. Ich schlüpfte zwischen die gestärkten Laken und schlief sofort tief ein.

Am folgenden Morgen stand ich früh auf und trat hinaus auf den winzigen Balkon, um die Stadt im Licht des neuen Tages zu betrachten. Unter mir befand sich ein von Bäumen gesäumter Platz, der von einer Mischung aus prächtigen alten Steingebäuden und modernen Bauwerken flankiert wurde. Auf einer Anhöhe erkannte ich das königliche Schloss.

Wieder im Zimmer, wurde mir bewusst, dass ich seit dem Lunch tags zuvor nichts gegessen hatte. Also bestellte ich mir Frühstück aufs Zimmer, setzte mich in meinem Morgenmantel aufs Bett und fühlte mich wie eine Prinzessin in ihrem Palast. Ein Blick auf den Stadtplan, den mir die Frau an der Rezeption am Abend zuvor gegeben hatte, sagte mir, dass das Ibsen-Museum nur ein paar Minuten entfernt war.

Nach dem Frühstück zog ich mich an und fuhr, mit dem Plan bewaffnet, im Aufzug nach unten. Als ich den Platz vor dem Hotel überquerte, stieg mir plötzlich der vertraute Geruch des Meeres in die Nase, denn Oslo liegt an einem Fjord. Außerdem fielen mir die zahlreichen hellhäutigen Rotschöpfe auf den Straßen auf. In der Schweiz hatte man mich in meiner Schulzeit oft meiner blassen Haut, meiner Sommersprossen und meiner rotgoldenen Locken wegen gehänselt. Damals hatte mich das verletzt, und ich erinnerte mich, dass ich Ma einmal gefragt hatte, ob ich mir die Haare färben dürfe.

»Nein, *chérie*, deine Haare sind dein schönster Schmuck. Eines Tages werden die anderen Mädchen dich darum beneiden«, hatte sie geantwortet.

Hier, dachte ich beim Gehen, *werde ich jedenfalls nicht auffallen.*

Vor einem imposanten hellen Ziegelgebäude mit grauen Steinsäulen blieb ich stehen.

NATIONALTHEATER

lautete die Inschrift über dem eleganten Portal, und dann entdeckte ich den Namen von Ibsen und zwei anderen Männern, von denen ich noch nie gehört hatte, auf Steinplaketten. War dies der Ort, an dem seinerzeit die Premiere von *Peer Gynt* stattgefunden hatte?, fragte ich mich. Da das Theater zu meiner Enttäuschung geschlossen war, folgte ich der belebten breiten Straße bis zum Ibsen-Museum. Gleich hinter dem Eingang befand sich ein kleiner Buchladen, und an der Wand zu meiner Linken hing eine Tafel mit den wichtigsten Daten von Ibsens beeindruckender Karriere. Mein Herz schlug ein wenig schneller, als ich folgende Zeile las: »*24. Februar 1876 – Premiere von* Peer Gynt *im Christiania Theater.*«

»*God morgen! Kann jeg hjelpe deg?*«, fragte die junge Frau am Empfang.

»Sprechen Sie Englisch?«, fragte ich zurück.

»Natürlich«, antwortete sie lächelnd. »Kann ich Ihnen helfen?«

»Ja, das hoffe ich zumindest.« Ich nahm die Fotokopie von dem Schutzumschlag des Buchs aus meiner Tasche und zeigte ihn ihr. »Ich heiße Ally d'Aplièse und recherchiere über einen Komponisten namens Jens Halvorsen und eine Sängerin namens Anna Landvik. Sie haben beide bei der Uraufführung von *Peer Gynt* im Christiania Theater mitgewirkt. Mich würde interessieren, ob mir hier jemand mehr über sie sagen kann.«

»Ich nicht, ich bin nur eine Studentin und sitze an der Kasse«, gestand sie, »aber ich gehe gern nach oben, nachsehen, ob Erik, der Direktor des Museums, da ist.«

»Danke.«

Als sie sich entfernte, schlenderte ich durch den Shop und nahm eine englische Übersetzung von *Peer Gynt* in die Hand. Die sollte ich wenigstens lesen, dachte ich.

»Erik ist hier. Er kommt gleich herunter, um mit Ihnen zu sprechen«, teilte mir die junge Frau mit, als sie zurückkehrte. Ich bedankte mich und bezahlte das Buch.

Einige Minuten später gesellte sich ein eleganter weißhaariger Mann zu mir.

»Hallo, Miss d'Aplièse. Ich bin Erik Edvardsen«, stellte er sich vor und streckte mir zur Begrüßung die Hand hin. »Ingrid sagt, Sie interessieren sich für Jens Halvorsen und Anna Landvik?«

»Ja«, bestätigte ich und schüttelte ihm die Hand, bevor ich ihm die Fotokopie des Buchumschlags zeigte.

Er nickte. »Ich glaube, wir haben eine Ausgabe davon oben in der Bibliothek. Kommen Sie doch mit.«

Erik schritt mir voran in den dunklen Eingangsbereich. Nach dem modern gestalteten Buchladen war das fast wie eine Reise in die Vergangenheit. Dort öffnete er die Tür zu einem altmodischen Lift, schloss sie hinter uns und drückte auf einen Knopf. Während wir nach oben holperten, machte er mich auf eine bestimmte Etage aufmerksam. »In diesem Stockwerk hat Ibsen die letzten elf Jahre seines Lebens gewohnt. Wir fühlen uns geehrt, die Wohnung verwalten zu dürfen.« Als wir aus dem Lift ausstiegen und ein geräumiges Zimmer betraten, dessen Wände samt und sonders vom Boden bis zur Decke mit Büchern bedeckt waren, fragte er: »Sind Sie Historikerin?«

»Du liebe Güte, nein«, antwortete ich. »Das Buch hat mein Vater mir hinterlassen, der vor ein paar Wochen gestorben ist. Vielleicht sollte ich es eher als eine Art Hinweis bezeichnen, weil ich noch nicht so genau weiß, was es mit mir zu tun hat. Ich lasse gerade den gesamten Text vom Norwegischen ins Englische übersetzen und habe bisher nur den ersten Teil gelesen. Noch ist mir nur klar, dass Jens Halvorsen bei der Premiere des *Peer Gynt* den Anfang der ›Morgenstimmung‹ gespielt hat und Anna die Geisterstimme für Solveigs Lieder war.«

»Offen gestanden habe ich keine Ahnung, inwieweit ich Ihnen helfen kann, weil ich mich mit Ibsen selbstredend besser auskenne als mit Grieg. Sie müssten sich mit einem Grieg-Experten unterhalten, und der geeignete Mann dafür wäre der Kurator des Grieg-Museums in Bergen. Allerdings«, bemerkte er, als sein Blick über die Bücherregale wanderte, »kann ich Ihnen etwas zeigen. Ah, da ist es ja.« Er nahm einen großen alten Band aus einem Regal. »Dieses Buch wurde von Rudolf Rasmussen – besser bekannt als ›Rude‹ – verfasst. Er war eines der Kinder in der Uraufführung des *Peer Gynt*.«

»Den Namen kenne ich! Über ihn habe ich in meinem Buch gelesen. Er hat als Bote zwischen Jens und Anna fungiert, als die beiden sich im Theater verliebt haben.«

»Ach«, sagte Erik und blätterte darin. »Hier sind Bilder vom Premierenabend, mit allen Schauspielern in ihren Kostümen.«

Er reichte mir den Band, und ich blickte staunend in die Gesichter der Menschen, über die ich gerade gelesen hatte: Henrik Klausen als Peer Gynt und Thora Hansson als Solveig, die ich mir ohne die Bauerntracht von Solveig als glamourösen Star vorzustellen versuchte. Andere Fotos zeigten das gesamte Ensemble, doch ich wusste, dass Anna auf keinem zu sehen sein würde.

»Wenn Sie wollen, kopiere ich Ihnen die Bilder«, schlug Erik vor, »dann können Sie sie in Ruhe betrachten.«

»Das wäre sehr nett, danke.«

Als Erik zum Kopierer in der Ecke ging, fiel mein Blick auf den Druck eines alten Theaters. »Ich bin heute am Nationaltheater vorbeigekommen und habe mir ausgemalt, wie es war, als *Peer Gynt* dort Premiere hatte«, bemerkte ich.

»Die Premiere von *Peer Gynt* war nicht im Nationaltheater, sondern im Christiania Theater.«

»Ist das nicht dasselbe Gebäude, das nur heute einen anderen Namen hat?«

»Leider existiert das alte Christiania Theater schon lange nicht mehr. Es befand sich am Bankplassen, etwa fünfzehn Minuten von hier. Heute steht dort ein Museum.«

»Das Museum für Zeitgenössische Kunst?«

»Ja. Das Christiania Theater wurde 1899 geschlossen, und alles, was mit Musik zu tun hatte, fand fortan im neu erbauten Nationaltheater statt«, sagte er und reichte mir die Fotokopien.

»Jetzt habe ich Ihre Zeit wirklich lange genug in Anspruch genommen. Herzlichen Dank für das Gespräch.«

»Bevor Sie gehen, gebe ich Ihnen noch die E-Mail-Adresse des Kurators vom Grieg-Museum. Erklären Sie ihm, dass ich Sie schicke. Bestimmt kann er Ihnen mehr sagen als ich.«

»Herr Edvardsen, Sie haben mir wirklich sehr geholfen«, versicherte ich ihm, als er mir die E-Mail-Adresse notierte.

»Griegs Musik zu *Peer Gynt* ist weit bekannter als das Versdrama«, meinte er auf dem Weg zum Aufzug. »Man kennt sie auf der ganzen Welt. Auf Wiedersehen, Miss d'Aplièse. Es würde mich sehr interessieren, ob es Ihnen gelingt, das Rätsel zu lösen. Sie finden mich hier, falls Sie weitere Hilfe benötigen.«

»Danke.«

Fast wäre ich vor Freude zum Grand Hotel zurückgehüpft. Endlich ergaben die Koordinaten auf der Armillarsphäre Sinn. Als ich im Grand Café des Hotels das Wandgemälde mit Ibsen sah, war ich mir sicher, dass Jens und Anna irgendwie zu meiner Geschichte gehörten.

Beim Lunch folgte ich Eriks Vorschlag und schickte dem Kurator des Grieg-Museums eine Mail. Dann nahm ich aus Neugierde ein Taxi zu dem Ort, an dem früher das Christiania Theater gestanden hatte. Das Museum für Zeitgenössische Kunst befand sich auf einem Platz mit einem Springbrunnen in der Mitte. Ich selbst konnte nicht allzu viel mit moderner Kunst anfangen und ging deshalb nicht hinein, wusste aber, dass CeCe ihre Freude daran gehabt hätte. Gegenüber entdeckte ich das Engebret Café, das ich nun betrat.

Im Innern befanden sich rustikale Tische und Stühle, genau so, wie ich sie mir nach Jens' Beschreibung im Buch ausgemalt hatte. Ein durchdringender Geruch nach abgestandenem Alkohol, Staub und Feuchtigkeit lag in der Luft. Ich schloss die Augen und stellte mir Jens und seine Musikerkollegen vor mehr als einem Jahrhundert hier vor, wie sie ihre Sorgen mit Aquavit ertränkten. An der Bar bestellte ich einen Kaffee und trank das heiße, bittere Getränk, frustriert darüber, dass ich die Geschichte von Jens und Anna erst zu Ende lesen konnte, wenn die Übersetzerin mir den Rest des Texts schickte.

Kurze Zeit später verließ ich das Engebret, holte meinen Stadtplan hervor und ging zu Fuß zum Hotel zurück. Seit der Zeit, in der Anna und Jens einst diese Straßen entlanggeschlendert waren, hatte sich die Stadt deutlich vergrößert. Doch zum Glück standen neben den ultramodernen neuen Gebäuden auch viele hübsche alte Häuser. Ich fand, dass Oslo ziemlich viel Charme besaß. Und weil alles so nah beieinander lag, fühlte ich mich schon fast heimisch.

Wieder in meinem Zimmer, stellte ich beim Überprüfen meiner E-Mails fest, dass der Kurator des Grieg-Museums postwendend geantwortet hatte:

Liebe Miss d'Aplièse,
ja, ich weiß etwas über Jens und Anna Halvorsen. Edvard Grieg war so etwas wie ein Mentor für die beiden. Aber das haben Sie vermutlich schon herausgefunden. Ich bin hier in Troldhaugen, nicht weit von Bergen entfernt, jeden Tag von neun bis vier Uhr nachmittags, und würde mich freuen, Sie kennenzulernen und Ihnen bei Ihrer Recherche zu helfen.
Mit freundlichen Grüßen,
Erling Dahl

Da ich keine Ahnung hatte, wo Bergen war, informierte ich mich über Google Maps und sah, dass es sich an der Westküste befand und ich vermutlich hinfliegen musste. Erst jetzt wurde mir klar, wie groß dieses Land war. Jenseits von Bergen befand sich ein weiterer riesiger Teil, der bis zur Arktis hinaufreichte. Ich buchte einen Flug für den folgenden Morgen und schickte Herrn Dahl eine Mail, in der ich ihm mitteilte, dass ich am Mittag des folgenden Tages bei ihm sein würde.

Mittlerweile war es kurz nach sechs Uhr und draußen noch hell. Ich versuchte mir die langen Winter hier vorzustellen, in denen die Sonne bereits nach dem Mittagessen verschwand und der Schnee alles bedeckte. Mir fiel ein, wie oft sich meine Schwestern über meine Kälteunempfindlichkeit gewundert hatten, weil ich immerzu Fenster aufmachte, um frische Luft hereinzulassen. Ich hatte stets geglaubt, durch das Segeln abgehärtet zu sein. Doch wenn ich mich mit Maia verglich, die Hitze gut vertrug und schon nach wenigen Minuten braun war, wogegen ich einfach nur rot anlief, blieb mir nur der Schluss, dass der Winter vermutlich zu meinem Erbe gehörte wie die Sonne zu dem von Maia.

Unwillkürlich wanderten meine Gedanken, wie immer, wenn die Nacht hereinbrach, zu Theo. Ich wusste, dass er mich auf dieser Reise gern begleitet und wahrscheinlich alle meine Erkenntnisse bis ins Detail analysiert hätte. Im Bett, das mir an diesem Abend viel zu groß vorkam, fragte ich mich, ob es irgendwann wieder jemanden geben würde, der seinen Platz einnahm. Ich bezweifelte es. Bevor ich trübsinnig werden konnte, stellte ich den Wecker auf sieben Uhr, schloss die Augen und versuchte zu schlafen.

XXIV

Vom Flugzeug aus bot sich ein grandioser Blick auf Norwegen. Unter mir säumten dunkelgrüne Wälder tiefblaue Fjorde und schon im September leuchtend weiße, schneebedeckte Berge. Nach der Ankunft am Flughafen von Bergen stieg ich in ein Taxi und wies den Fahrer an, mich nach Troldhaugen zu bringen, dem früheren Haus von Grieg, das nun ein Museum war. Von der stark befahrenen Schnellstraße aus präsentierte sich eine endlose Reihe von Bäumen, nach einer Weile bogen wir in eine schmale Landstraße ein.

Am Ende hielt das Taxi vor einem hübschen hellen Holzhaus, wo ich den Fahrer bezahlte, ausstieg und meinen Rucksack über die Schulter schlang. Kurz betrachtete ich die Fassade des Gebäudes mit den großen grün gerahmten Fenstern und dem mit Gitterwerk verzierten Balkon im ersten Stock. An einer Ecke erhob sich ein Turm, und an einem Mast flatterte die norwegische Fahne.

Die Villa stand auf einer Anhöhe über einem See und war von Grashängen und hohen, majestätischen Fichten umgeben. Ergriffen von der Schönheit des Orts, betrat ich ein modernes Gebäude, das als Eingang zum Museum fungierte, und stellte mich der jungen Verkäuferin im Museumsladen vor. Als ich sie bat, dem Kurator Erling Dahl mitzuteilen, dass ich da sei, fiel mein Blick auf eine Vitrine, und mir stockte der Atem.

»*Mon Dieu!*«, murmelte ich, vor Schreck in meiner Muttersprache. In der Vitrine befanden sich kleine braune Frösche, ganz ähnlich dem in Pa Salts Umschlag.

»Erling kommt gleich«, sagte die junge Frau, nachdem sie ihn telefonisch informiert hatte.

»Danke. Warum verkaufen Sie diese Frösche denn im Museumsladen?«

»Grieg hat das Original als Talisman stets bei sich getragen«, erklärte sie. »Der Frosch war immer in seiner Tasche, egal, wohin er ging, und vor dem Einschlafen hat er ihm mit einem Kuss eine gute Nacht gewünscht.«

»Hallo, Miss d'Aplièse. Ich bin Erling Dahl. Wie war der Flug?«, fragte mich ein attraktiver grauhaariger Mann, der neben mir aufgetaucht war.

»Gut, danke«, antwortete ich, noch ein wenig benommen von der Sache mit dem Frosch. »Bitte sagen Sie doch Ally zu mir.«

»Okay, Ally. Haben Sie Hunger? In meinem Büro ist es ziemlich eng. Wir könnten ins Café nebenan gehen und uns bei einem Sandwich dort unterhalten. Ihr Gepäck lassen Sie einfach bei Else.« Er deutete auf die junge Frau.

»Wunderbar.« Ich reichte ihr dankbar meinen Rucksack, bevor ich Erling Dahl durch eine Reihe von Türen folgte. Der Raum, den wir kurz darauf betraten, hatte Wände fast völlig aus Glas, die einen atemberaubenden Blick zwischen den Bäumen hindurch auf den See boten. Ich betrachtete die glänzende Wasserfläche mit den kiefernbestandenen Inselchen, die sich in der Ferne am nebligen Horizont verlor.

»Der Nordås-See ist wunderschön, finden Sie nicht auch?«, fragte Erling. »Manchmal vergessen wir, wie glücklich wir uns schätzen können, an einem solchen Ort arbeiten zu dürfen.«

»Ja, herrlich«, pflichtete ich ihm bei. »Fast beneide ich Sie ein bisschen.«

Als wir Kaffee und Sandwiches bestellt hatten, erkundigte sich Erling, wie er mir helfen könne. Wieder einmal holte ich die Fotokopien hervor, die ich von Pa Salts Buch gemacht hatte, und erklärte ihm, was mich interessierte.

Er begutachtete die Kopien. »Ich habe das Buch nie gelesen, kenne den Inhalt aber in groben Zügen. Neulich habe ich Thom Halvorsen, dem Ururenkel von Jens und Anna, bei den Recherchen für eine neue Biografie geholfen.«

»Die habe ich aus den Staaten bestellt. Kennen Sie Thom Halvorsen persönlich?«

»Natürlich. Er wohnt nur ein paar Minuten zu Fuß von hier, die Musikwelt in Bergen ist klein. Thom spielt Geige im Philharmonischen Orchester und ist erst vor Kurzem zum Zweiten Dirigenten befördert worden.«

»Könnte ich ihn kennenlernen?«, fragte ich, als unsere Sandwiches serviert wurden.

»Sicher, aber im Moment tourt er mit dem Orchester in den USA. Sie kommen in ein paar Tagen wieder. Wie weit sind Sie denn mit Ihren Recherchen gediehen?«

»Die alte Biografie konnte ich nicht ganz lesen, weil ich noch auf den Rest der Übersetzung warte. Inzwischen bin ich an der Stelle, an der Jens sein Elternhaus verlassen muss und Anna Landvik die Rolle der Solveig angeboten wird.«

»Verstehe.« Erling sah auf seine Uhr. »Leider kann ich Ihnen jetzt nicht mehr sagen, weil unser Mittagskonzert in einer halben Stunde beginnt. Aber vielleicht lesen Sie einfach weiter in dem Buch, das Jens geschrieben hat, und dann unterhalten wir uns darüber.«

»Wo findet das Konzert statt?«

»In unserem Konzerthaus Troldsalen. In den Sommermonaten präsentieren hier allerlei Gastpianisten Griegs Werke. Heute wird das Klavierkonzert in A-Moll gegeben.«

»Tatsächlich? Würde es Ihnen etwas ausmachen, wenn ich mitkomme?«

»Aber nein«, antwortete er und erhob sich. »Essen Sie ruhig Ihr Sandwich fertig und gehen Sie dann hinüber zum Konzerthaus, während ich mich unserem Künstler widme.«

»Gern, danke, Erling.«

Nachdem ich die letzten Bissen des Sandwichs verzehrt hatte, folgte ich den Schildern auf dem dicht bewaldeten Hügel zu dem Gebäude, das sich zwischen die Kiefern schmiegte. Drinnen ging ich die Stufen des steilen Zuschauerraums hinunter, der schon zu zwei Dritteln besetzt war. Die kleine Bühne, in deren Mitte ein herrlicher Steinway-Flügel stand, wurde von riesigen Glasfenstern gerahmt, sodass sich eine atemberaubende Kulisse aus Tannen und See ergab.

Kurz nachdem ich Platz genommen hatte, betrat Erling mit einem schlanken, dunkelhaarigen jungen Mann die Bühne, der schon aus der Ferne ziemlich ungewöhnlich wirkte. Erling wandte sich zuerst in Norwegisch und dann, der vielen anwesenden Touristen wegen, in Englisch ans Publikum.

»Ich habe die Ehre, Ihnen den Pianisten Willem Caspari zu präsentieren. Er ist bereits auf der ganzen Welt aufgetreten, erst kürzlich bei den Proms in der Londoner Royal Albert Hall. Wir freuen uns sehr, dass er uns hier am Ende der Welt beehrt.«

Das Publikum applaudierte. Willem setzte sich gelassen nickend an den Flügel und wartete, bis es still wurde. Als er die ersten Töne anschlug, schloss ich die Augen und ließ mich von der Musik in meine Zeit am Konservatorium in Genf zurückversetzen, wo ich regelmäßig Konzerte besucht hatte und oft selbst aufgetreten war. Früher einmal war klassische Musik meine Leidenschaft gewesen, nun musste ich beschämt feststellen, dass mein letzter Konzertbesuch mindestens zehn Jahre her war. Die innere Anspannung fiel von mir ab, während ich Willem lauschte und beobachtete, wie seine Finger über die Tasten huschten. Ich nahm mir vor, mich von nun an wieder mit Musik zu beschäftigen.

Nach dem Konzert holte Erling mich auf die Bühne, um mich Willem Caspari vorzustellen. Willems Gesicht war auf dramatische Weise kantig, die helle Haut spannte sich straff über die hohen Wangenknochen, und seine türkisfarbenen Augen und vollen, blutroten Lippen leuchteten. Alles an ihm war makellos, von den ordentlich geschnittenen dunklen Haaren bis zu den polierten schwarzen Schuhen; ein wenig wirkte er wie ein attraktiver Vampir.

»Danke für das Konzert«, sagte ich zu ihm. »Das war toll.«

»Es war mir ein Vergnügen, Miss d'Aplièse«, antwortete er und wischte sich verstohlen mit einem schneeweißen Taschentuch die Hand ab, bevor er die meine drückte und mich von oben bis unten musterte. »Ich bin mir ziemlich sicher, dass wir uns schon einmal begegnet sind.«

»Meinen Sie?«, fragte ich, verlegen darüber, dass ich mich nicht erinnerte.

»Ja. Ich habe am Konservatorium in Genf studiert. Ich glaube, Sie hatten gerade angefangen, als ich im letzten Jahr war. Ich kann mir nicht nur Gesichter gut merken, sondern erinnere mich auch an Ihren ungewöhnlichen Nachnamen. Sie spielen Flöte, nicht wahr?«

»Ja«, antwortete ich überrascht. »Oder besser gesagt: Das habe ich früher gemacht.«

»Tatsächlich, Ally? Das haben Sie noch gar nicht erwähnt«, bemerkte Erling.

»Es ist lange her.«

»Sie spielen nicht mehr?«, fragte Willem und zog sein Revers glatt.

»Nein, nicht wirklich.«

»Wenn ich mich recht entsinne, habe ich einmal einen Auftritt von Ihnen erlebt. ›Sonate für Flöte und Klavier‹?«

»Ja. Sie haben wirklich ein unglaubliches Gedächtnis.«

»Für die Dinge, die ich mir merken will, schon. Das hat seine guten und seine schlechten Seiten.«

»Interessant, denn der Musiker, über den Ally gerade recherchiert, war ebenfalls Flötist«, meldete sich Erling zu Wort.

»Über wen recherchieren Sie, wenn ich fragen darf?«, erkundigte sich Willem.

»Über einen norwegischen Komponisten namens Jens Halvorsen und die Sängerin Anna Landvik.«

»Tut mir leid, von denen habe ich noch nie gehört.«

»Beide, besonders Anna, waren hier in Norwegen sehr bekannt«, erklärte Erling und wandte sich mir zu. »Ich weiß ja nicht, was Sie vorhaben, aber würden Sie gern Griegs Haus und seine Komponistenhütte hangabwärts besichtigen?«

»Ja, gute Idee.«

»Darf ich Sie begleiten?«, fragte Willem, der mich die ganze Zeit über angeschaut hatte. »Ich bin erst gestern Abend in Bergen angekommen und hatte noch keine Gelegenheit, mich umzusehen.«

»Gern«, antwortete ich, weil es mir lieber war, neben ihm herzugehen, als mich weiter von ihm mustern zu lassen.

»Dann überlasse ich Sie Ihrem Schicksal«, sagte Erling. »Schauen Sie doch noch einmal in meinem Büro vorbei, bevor Sie sich verabschieden. Und danke für den beeindruckenden Auftritt, Willem.«

Willem und ich folgten Erling aus dem Saal und schlenderten die Stufen zwischen den Bäumen zum Haus hoch. Dann betraten wir die Villa und den Salon mit dem Holzfußboden und dem alten Steinway-Flügel. Der Raum war angefüllt mit einer kruden Mischung aus rustikalen Bauernmöbeln und eleganteren Walnussholz- und Mahagonistücken. An den honigbraunen Kiefernholzwänden wetteiferten Porträts und Landschaftsbilder um die Aufmerksamkeit des Betrachters.

»Es fühlt sich noch richtig bewohnt an«, bemerkte ich.

»Ja, das stimmt«, pflichtete Willem mir bei.

Gerahmte Bilder von Grieg und seiner Frau Nina waren überall im Raum verteilt. Besonders eines, das die beiden neben dem Klavier zeigte, zog mich an. Nina lächelte freundlich, während Griegs Ausdruck hinter den dichten Augenbrauen und dem dicken Schnurrbart undurchdringlich wirkte.

»Neben dem Flügel sehen die beiden sehr klein aus«, stellte ich fest, »wie zwei Puppen!«

»Sie waren beide nur knapp über eins fünfzig. Und wussten Sie, dass Grieg unter einem Haltungsschaden aufgrund eines Lungenkollapses litt? Deswegen hat er auf Fotos stets die Hand auf der Brust, um das kleine Kissen unter seinem Jackett festzuhalten, das seine Haltung verbesserte.«

»Interessant«, murmelte ich, während wir weiter im Raum herumschlenderten und die Exponate betrachteten.

»Warum haben Sie die Musik aufgegeben?«, fragte Willem unvermittelt. Diese abrupten Themenwechsel waren typisch für ihn: Er schien immer erst geistig einen Punkt abzuhaken, bevor er sich dem nächsten zuwandte.

»Weil ich Profiseglerin wurde.«

»Und nun spielen Sie statt der Flöte Hornpipe?« Er lachte über seinen eigenen Scherz. »Fehlt Ihnen die Musik nicht?«

»Ehrlich gesagt hatte ich in den letzten Jahren keine Zeit dazu. In denen war das Segeln mein Leben.«

»Ich kann mir ein Leben ohne Musik nicht vorstellen«, sagte Willem und deutete auf Griegs Klavier. »Dieses Instrument ist meine Leidenschaft und meine Folter, es ist meine Triebfeder. Ich habe Albträume, dass ich irgendwann Arthritis in den Fingern bekommen könnte. Ohne meine Musik hätte ich nichts mehr.«

»Dann ist Ihr Vertrauen in Ihre eigenen Fähigkeiten vermutlich größer als das meine. Irgendwann hatte ich das Gefühl, am Konservatorium nicht mehr weiterzukommen. Egal, wie viel ich übte: Ich wurde einfach nicht besser.«

»Das Gefühl habe ich seit Jahren, Ally. Ich denke, das bringt der Beruf mit sich. Ich muss daran glauben, dass ich besser werde, sonst könnte ich mir gleich einen Strick nehmen. Wollen wir uns nun die Hütte ansehen, in der Grieg einige seiner Meisterwerke komponiert hat?«

Die Komponistenhütte war nicht weit von der Villa entfernt. Als ich durch das Glas der Eingangstür schaute, entdeckte ich an der einen Wand ein bescheidenes Klavier, daneben einen Schaukelstuhl sowie einen Schreibtisch direkt vor dem großen Fenster zum See. Und auf dem Schreibtisch saß ein kleiner Frosch, genau wie der meine. Den erwähnte ich Willem gegenüber nicht.

»Was für ein Ausblick«, seufzte er. »Der würde jeden inspirieren.«

»Finden Sie es nicht ein bisschen einsam?«

»Das würde mir nichts ausmachen. Ich komme gut mit mir allein zurecht«, erklärte er achselzuckend.

»Ich auch, aber trotzdem würde ich hier, glaube ich, irgendwann den Verstand verlieren. Wollen wir wieder raufgehen?«, fragte ich lächelnd.

»Ja.« Willem sah auf seine Uhr. »Um vier will mich eine Journalistin in meinem Hotel interviewen. Die Frau an der hiesigen Rezeption hat mir versprochen, mir ein Taxi zu bestellen. Wo wohnen Sie? Kann ich Sie in die Stadt mitnehmen?«

»Ich habe noch kein Zimmer«, antwortete ich. »Bestimmt finde ich etwas über die Touristeninformation im Stadtzentrum.«

»Wollen Sie sich mein Hotel ansehen? Es ist sehr sauber, liegt direkt am Hafen und hat einen herrlichen Blick über den Fjord. Dass die Zimmerfrage Sie so gar nicht stresst, finde ich erstaunlich«, fügte er hinzu, als wir in den Empfangsbereich zurückkehrten. »Ich muss auf Reisen immer schon Wochen vorher wissen, wo ich unterkomme, sonst ist mit mir nichts mehr anzufangen.«

»Vielleicht haben mich die vielen Segeljahre so locker gemacht. Ich kann überall schlafen.«

»Meine Zwanghaftigkeit treibt alle um mich herum in den Wahnsinn.«

Ich holte meinen Rucksack bei Else, der jungen Frau im Museumsshop, ab. Wie sehr sich Willems innere Unruhe doch in seiner Haltung äußerte, dachte ich: Während Else das Taxi rief, ballte er immer wieder nervös die Hände zu Fäusten.

Ein Getriebener – ja, das war das richtige Wort für ihn.

»Und wo leben Sie, wenn Sie nicht gerade segeln oder über längst verstorbene Musiker recherchieren?«, fragte er, als das Taxi eintraf und wir einstiegen.

»In Genf, im Haus meiner Familie.«

»Sie haben kein eigenes Zuhause?«

»Nein, das habe ich bisher nie gebraucht. Ich bin ja immer auf Achse.«

»Auch in dieser Hinsicht unterscheiden wir uns. Meine Wohnung in Zürich ist meine Zuflucht. Am liebsten würde ich Gäste bitten, die Schuhe an der Tür auszuziehen und sich die Hände zu desinfizieren, bevor sie hereinkommen.«

Mir fiel ein, wie er sich nach dem Klavierspielen verstohlen die Finger abgewischt hatte.

»Ich weiß, dass ich merkwürdig bin«, fuhr er im Plauderton fort, »es muss Ihnen nicht peinlich sein, es zu denken.«

»Die meisten Musiker, die ich kenne, sind exzentrisch. Das scheint bei Künstlern so zu sein.«

»Oder es ist ›autistisch‹, wie mein Seelenklempner sagt. Vielleicht verschwimmt die Grenze zwischen Künstlern und Autisten. Meine Mutter meint, ich bräuchte jemanden an meiner Seite, der mich organisiert, doch ich kann mir nicht vorstellen, dass irgendjemand meine Schrullen erträgt. Haben Sie einen Partner?«

»Ich hatte einen, aber der ist vor ein paar Wochen gestorben«, antwortete ich und blickte zum Autofenster hinaus.

»Oh, Entschuldigung. Mein Beileid, Ally.«

»Danke.«

»Ich weiß nicht, was ich sagen soll.«

»Kein Problem, das geht allen so«, tröstete ich ihn.

»Sind Sie deswegen in Norwegen?«

»Ja, wahrscheinlich.«

Das Taxi fuhr an dem hübschen Hafen entlang, an dem Häuser mit Holzfronten standen, abwechselnd in Weiß-, Rot-, Ocker- und Gelbtönen gehalten und mit auffälligen V-förmigen roten Ziegeldächern versehen. Plötzlich traten mir Tränen in die Augen.

Willem räusperte sich. »Normalerweise rede ich nicht darüber, aber ich habe auch meine Erfahrungen mit dem, was Sie gerade durchmachen. Meine bessere Hälfte ist vor fünf Jahren gestorben, kurz nach Weihnachten. Das sind schlimme Erinnerungen.«

»Auch mein Beileid.« Ich tätschelte seine geballte Faust, und er wandte den Blick ab.

»In meinem Fall war es eine Erlösung. Jack war am Ende sehr, sehr krank. Und bei Ihnen?«

»Ein Segelunfall. Theo war von der einen Sekunde auf die andere weg.«

»Ich weiß nicht, was schlimmer ist. Ich hatte Zeit, mich darauf einzustellen, musste aber zusehen, wie ein geliebter Mensch litt. Wahrscheinlich bin ich nach wie vor nicht darüber hinweg. Aber ich will Sie nicht noch trauriger machen, als Sie es schon sind, Entschuldigung.«

»Kein Problem. Es ist tröstlich zu wissen, dass andere Leute Ähnliches erlebt haben«, entgegnete ich, als das Taxi vor einem hohen Ziegelgebäude hielt.

»Da ist mein Hotel. Fragen Sie doch, ob noch Zimmer frei sind. Eine sehr viel bessere Unterkunft können Sie hier, glaube ich, nicht finden.«

»Was den Ausblick anbelangt, mit Sicherheit nicht«, pflichtete ich ihm bei. Das Havnekontoret-Hotel befand sich nur wenige Meter vom Kai entfernt, an dem ein schöner alter Zweimastschoner vor Anker lag. »Das hätte Theo gefallen«, murmelte ich, froh darüber, dass ich das nun sagen konnte und Willem es sofort verstand.

»Ja. Ich nehme Ihren Rucksack.«

Ich bat den Taxifahrer zu warten, während ich Willem ins Hotel folgte und mich an der Rezeption nach freien Zimmern erkundigte. Sobald ich sicher war, eine Bleibe zu haben, ging ich nach draußen und teilte dem Fahrer mit, dass er sich entfernen könne.

»Gut, dass das geregelt ist.« Willem lief nervös auf und ab. »Ich glaube, die Journalistin ist da. Ich hasse Interviews, aber sie sind nun mal nötig. Bis später.«

»Ja«, sagte ich, als er auf die Frau zuging, die in der Lobby auf ihn wartete.

Nachdem ich der Dame an der Rezeption meine Kreditkarte gegeben und das Passwort fürs Wi-Fi erhalten hatte, fuhr ich mit dem Aufzug hinauf zu meinem Zimmer, das sich unter dem Dach des Gebäudes befand und einen herrlichen Blick auf den Hafen bot. Da es bereits dunkel zu werden begann, schlüpfte ich aus meiner Jeans in eine Jogginghose und ein Kapuzenshirt und schaltete meinen Laptop ein. Während er zum Leben erwachte, dachte ich über Willem nach, den ich trotz seiner merkwürdigen Angewohnheiten mochte. Wenig später sah ich, dass ich eine E-Mail von der Übersetzerin Magdalena Jensen erhalten hatte.

Von: Magdalenajensenl@trans.no
An: Allygeneva@gmail.com
Betreff: Grieg, Solveig og jeg/Grieg, Solveig und ich
1. September 2007

Liebe Ally,
als Anhang beigefügt schicke ich den Rest der Übersetzung. Das Buch sende ich zurück an die Adresse in Genf. Ich hoffe, Sie haben Spaß beim Lesen. Es ist eine interessante Geschichte.
Mit freundlichen Grüßen,
Magdalena

Ich öffnete den Anhang und wartete ungeduldig, bis mein Laptop die Seiten gespeichert hatte. Dann las ich weiter ...

ANNA

Christiania, Norwegen

August 1876

XXV

»Anna, *kjære*, was für eine Freude, Sie wieder bei uns zu haben«, begrüßte Frøken Olsdatter Anna, geleitete sie in die Wohnung und nahm ihr den Umhang ab. »Jetzt, wo Herr Bayer in Drøbak ist, war das Leben hier viel zu ruhig. Wie war es auf dem Land?«

»Schön, danke, nur leider nicht lange genug«, antwortete Anna und folgte Frøken Olsdatter in den Salon.

»Tee?«

»Gern«, sagte Anna.

»Ich bringe ihn gleich.«

Als Frøken Olsdatter den Raum verließ, wurde Anna bewusst, wie froh sie war, wieder in Christiania zu sein, wo sich die Haushälterin so rührend um sie kümmerte. *Und wenn ich inzwischen verwöhnt bin, ist mir das auch egal*, dachte sie mit einem Seufzer der Erleichterung darüber, dass sie nun wieder auf einer bequemen Matratze schlafen und am Morgen ein Frühstückstablett vorfinden würde. Und ein heißes Bad ...

Frøken Olsdatter riss sie aus ihren Gedanken, als sie mit einem Tablett zurückkam. »Ich habe Neuigkeiten«, verkündete sie, goss Tee in zwei Porzellantassen und reichte eine Anna. »Herr Bayer kann im Moment nicht nach Christiania, weil seine arme Mutter sehr krank ist. Er meint, dass sie nicht mehr lange leben wird, und natürlich möchte er bei ihr sein. Sie sind also bis zu seiner Rückkehr in meiner Obhut.«

»Es tut mir sehr leid zu hören, dass seine liebe Mutter so krank ist«, sagte Anna, der es nicht leidtat, dass sich seine Rückkehr verzögerte.

»Die Proben finden tagsüber statt, was bedeutet, dass ich Sie mit der Straßenbahn zum Theater und wieder zurück begleite. Nach dem Tee müssen Sie unbedingt Ihre neue Garderobe begutachten, denn die Winterkleidung, die Herr Bayer bei der Schneiderin bestellt hat, ist eingetroffen. Ich finde, es sind wirklich schöne Sachen. Außerdem ist ein Brief für Sie angekommen, der in Ihrem Zimmer liegt.«

Als Anna zehn Minuten später ihre Schranktür öffnete, sah sie darin eine große Auswahl wunderschöner handgenähter Kleidungsstücke, darunter Blusen aus weichster Seide und Musselin, Röcke aus feiner Wolle und zwei herrliche Abendgewänder: eines topasfarben, das andere altrosa. Dazu zwei neue Schnürmieder, mehrere Unterhosen und Strümpfe aus gespinstfeinem Gewebe.

Der Gedanke, dass Herr Bayer so intime Kleidungsstücke für sie in Auftrag gegeben hatte, ließ Anna kurz erschaudern, doch dann überlegte sie, dass bestimmt Frøken Olsdatter sie bestellt hatte. In einem Fach ganz oben standen zwei Paar Schuhe mit Absätzen, eines mit einer Silberschnalle und aus der gleichen altrosafarbenen Seide wie das Kleid, das andere cremefarben mit weißen Stickereien. Beim Probieren der rosafarbenen fiel ihr Blick auf eine Hutschachtel, die sie vorsichtig herunterhob. Als sie den Deckel abnahm, verschlug es ihr den Atem. Der Hut darin passte genau zu dem rosafarbenen Kleid und war mit dem ausgefallensten Feder- und Bänderschmuck verziert, den sie je gesehen hatte. Unwillkürlich musste Anna an ihre Ankunft in Christiania denken, wie sie am Bahnhof den Kopfschmuck der Damen bewundert hatte. Dieser, dachte sie, als sie den ihren vorsichtig aufsetzte, war prächtiger als der der Damen damals. Und als sie in ihren neuen Schuhen und mit dem neuen Hut im Zimmer auf und ab stolzierte, kam sie sich plötzlich viel größer und älter vor. Gott, wie habe ich mich seit meiner Ankunft hier verändert!, staunte sie.

Dann setzte sich Anna, den Hut nach wie vor auf dem Kopf, aufs Bett und nahm den Brief, den Frøken Olsdatter für sie bereitgelegt hatte, zur Hand. Weil sie Lars' Namen darauf las, öffnete sie ihn nur zögernd.

Stalsberg
Våningshuset
Tindevegen,
Heddal
22. Juli 1876

Meine liebste Anna,
ich hatte ja versprochen, Dir zu schreiben, um das kurze Gespräch, das wir am Abend der Hochzeit Deines Bruders geführt haben, ausführlicher zu erklären.
In den vergangenen Monaten ist mir klar geworden, dass das Leben in Christiania Deine Vorstellungen von der Zukunft verändert hat. Bitte, meine liebe Anna, hab deshalb keine Schuldgefühle. Das ist nur natürlich. Du besitzt eine große Gabe und kannst von Glück sagen, dass sie von einflussreichen Menschen gefördert wird, die sie der Welt präsentieren können.
Deine Eltern mögen nicht viel von diesen Veränderungen mitbekommen, aber die Rolle als Solveig im Christiania Theater diesen Herbst wird bestimmt noch zu weiteren führen. Wie schwer mir das auch fällt: Ich muss akzeptieren, dass die Hochzeit mit mir Dir nicht länger am Herzen liegt. Falls dem jemals so war, was ich bezweifle.
Mir ist klar, dass Dein Gewissen und Dein gutes Herz es Dir niemals erlaubt hätten, Deine wahren Gefühle in Worte zu fassen. Du wolltest nicht nur mich nicht verletzen, sondern auch Deine Eltern nicht enttäuschen. Deshalb werde ich ihnen, wie wir es besprochen haben, sagen, dass ich nicht länger auf Dich warten kann. Dass Dein Vater mein Land erworben hat, kommt mir zupass. Ich bin genauso wenig Bauer, wie Du je eine Hausfrau wirst, und nach dem Tod meines Vaters hält mich nur noch wenig hier.
Außerdem glaube ich, eine Alternative zu haben.
Anna, ich habe Antwort von Scribner erhalten, dem New Yorker Verlag, an den ich meine Gedichte geschickt hatte. Er will sie drucken und hat mir einen kleinen Vorschuss dafür geboten. Wie Du weißt, ist es immer schon mein Traum gewesen, nach Amerika zu gehen. Das

Geld, das Dein Vater mir für mein Land gezahlt hat, reicht gerade, um eine Schiffspassage zu buchen. Wie Du Dir vielleicht vorstellen kannst, finde ich das ziemlich aufregend, und dass meine Gedichte dort veröffentlicht werden sollen, ist eine Ehre für mich. Mein größter Wunsch wäre es gewesen, Dich zu meiner Frau zu machen und Dich mitzunehmen, damit wir uns dort gemeinsam ein neues Leben aufbauen, aber für Dich ist der Zeitpunkt leider ungünstig. Und letztlich weiß ich ja, dass Du mich ohnehin nicht so lieben könntest wie ich Dich.

Ich bin Dir deswegen nicht böse und wünsche Dir alles Gute. Auf merkwürdige Weise hat der Herr uns beiden die Freiheit gegeben, unseren jeweiligen Wegen zu folgen, die leider nicht vereinbar zu sein scheinen. Und obwohl wir nun nicht heiraten werden, hoffe ich, Dein Freund bleiben zu können.

In sechs Wochen fahre ich nach Amerika.
Lars

Anna legte den Brief, der sie tief berührte und aus der Fassung brachte, neben sich aufs Bett.

Amerika ... Sie schalt sich dafür, die Träume von Lars nicht ernst genommen zu haben. Nun würden seine Gedichte dort veröffentlicht werden, und möglicherweise würde er eines Tages in die Fußstapfen des großen Herrn Ibsen treten.

Zum ersten Mal sah Anna Lars nicht mehr als Opfer oder trauriges Hündchen, das man streicheln musste. Durch den Verkauf seines Landes an ihren Vater hatte er jetzt ebenfalls die Chance, Heddal zu entfliehen und wie sie seine Träume zu verwirklichen.

Das tröstete sie.

Wäre sie mit ihm nach Amerika gegangen, wenn er sie gefragt hätte?

»Nein«, beantwortete sie ihre Frage unwillkürlich laut. Dann sank sie rückwärts aufs Bett, und dabei rutschte ihr der neue Seidenhut über die Augen.

Wohnung 4
St. Olavs gate 10,
Christiania
4. August 1876

Lieber Lars,
danke für Deinen Brief. Ich freue mich sehr für Dich und hoffe das Du mir aus Amerika schreibst. Und danke für alles, was Du für mich getan hast. Deine Hilfe beim Lesen und Schreiben macht mein Leben hier in Christiania erst möglich.
Sag Mor und Far bitte alles Liebe von mir. Ich hoffe, sie schreien Dich nicht an, wenn Du ihnen sagst das die Hochzeit nicht stattfindet. Es ist sehr großzügig von Dir, die Schuld auf Dich zu nehmen.
Hoffentlich findest Du in Amerika eine bessere Frau als mich. Auch ich würde gern mit Dir befreundet bleiben.
Und ich hoffe das Du bei der Überfahrt nicht seekrank wirst.
Anna

Als Anna den Brief verschloss, wurde ihr die Bedeutung dessen bewusst, was er geschrieben hatte. Nun, da Lars nur noch ihr Freund war und nach Amerika fuhr, merkte sie, dass er ihr fehlen würde.

Hätte ich ihn heiraten sollen?, fragte sie sich, stand auf und trat ans Fenster, um auf die Straße hinunterzublicken. *Er ist so ein guter Mensch.*

Wahrscheinlich wird er dort drüben sein Glück machen, während ich möglicherweise als alte Jungfer sterbe ...

Als Anna den Brief später auf das Silbertablett im Flur legte, von wo er zur Post gebracht werden würde, spürte sie, wie noch die letzte Verbindung zu ihrem alten Leben abbrach.

Drei Tage später begannen die Proben zu *Peer Gynt*. Die anderen Schauspieler – viele von ihnen aus der vorhergehenden Saison – halfen Anna, wo sie konnten, doch während ihr das Lernen von

Liedern und das Singen keine Probleme bereiteten, fiel Anna die Schauspielerei sehr viel schwerer, als sie gedacht hatte. Manchmal stand sie an der vorgesehenen Stelle der Bühne, vergaß dann aber ihren Text, dann wieder machte sie beides richtig, schaffte es jedoch nicht, mit ihrem Mienenspiel die angemessenen Emotionen auszudrücken. Der Regisseur Herr Josephson hatte Geduld mit ihr, aber bisweilen glaubte Anna, gleichzeitig ihren Bauch reiben und auf ihren Kopf klopfen und dazu Polka tanzen zu müssen.

Nach dem vierten Probentag fragte sie sich auf dem Weg aus dem Theater niedergeschlagen, ob sie es jemals schaffen würde, und schrie erschreckt auf, als eine Hand ihren Arm ergriff.

»Frøken Landvik, ich habe gehört, dass Sie wieder in Christiania sind. Wie war es auf dem Land?«

Jens Halvorsen der Schlimme. Annas Herz schlug schneller. Obwohl er seinen Griff lockerte, blieb seine Hand auf ihrem Arm. Als sie ihre Wärme durch den Stoff ihres Ärmels hindurch spürte, schluckte sie. Und als sie sich ihm zuwandte, sah sie entsetzt, wie sehr er sich verändert hatte. Seine sonst so glänzenden lockigen Haare hingen ihm schlaff ins Gesicht, und seine gute Kleidung war zerknittert und schmutzig. Er schaute aus und roch, als hätte er seit Wochen nicht gebadet.

»Ich ... Meine Anstandsdame wartet draußen«, flüsterte sie. »Bitte lassen Sie mich.«

»Ja, aber erst nachdem ich Ihnen gesagt habe, dass Sie mir schrecklich gefehlt haben. Habe ich denn meine Liebe und Treue noch nicht genug unter Beweis gestellt? Bitte, ich flehe Sie an, versprechen Sie mir, sich mit mir zu treffen.«

»Nein.«

»Aber nichts kann mich daran hindern, Sie hier im Theater zu sehen, oder, Frøken Landvik?«, rief er ihr nach, als sie durch den Bühneneingang hinaushastete und die Tür hinter ihr ins Schloss fiel.

In der folgenden Woche wartete Jens jeden Tag, bis Anna das Theater nach den Proben verließ.

»Herr Halvorsen, Sie gehen mir auf die Nerven«, zischte sie ihm zu, wenn Halbert der Pförtner sie wie immer beobachtete.

»Wunderbar! Dann lassen Sie sich vielleicht endlich von mir zum Tee einladen.«

»Meine Anstandsdame kommt sicher gern mit. Sagen Sie ihr einfach Bescheid.« Als sie an ihm vorbeisegelte, versuchte sie, sich ein Schmunzeln zu verkneifen. In Wahrheit freute sie sich jeden Tag auf ihn, und allmählich begann sie sich ein wenig zu entspannen, weil sie wusste, dass sie beide ein Spiel spielten. Da Lars nun nicht mehr auf sie »wartete« – völlig unabhängig davon, dass sie den ganzen langen Sommer von Jens geträumt hatte –, gerieten Annas gute Vorsätze ins Wanken.

Am Montag nach einem langen Wochenende, das Anna in der Wohnung verbracht hatte, verkündete Frøken Olsdatter, dass sie für Herrn Bayer auf die andere Seite der Stadt müsse, weswegen sie Anna erlaubte, die Straßenbahn nach Hause allein zu benutzen. Anna wusste, dass der Augenblick der Kapitulation gekommen war.

Wie üblich wartete Jens am Bühneneingang auf sie.

»Wann sagen Sie endlich Ja, Frøken Landvik?«, fragte er in jämmerlichem Tonfall. »Ich weiß nicht, wie lange mein Durchhaltevermögen noch reicht.«

»Heute?« Sie wandte sich ihm unvermittelt zu.

»Ich ... Ja ... Gut.«

Anna registrierte seine Überraschung mit Befriedigung.

»Wir gehen ins Engebret Café gegenüber«, erklärte sie. »Das ist nicht weit weg.« Anna, die den Ruf des Engebret kannte, glaubte, dass es ein aufregender Ort für ein Rendezvous sei.

»Aber was ist, wenn jemand uns zusammen sieht? Es wäre unschicklich für mich, ohne weibliche Anstandsperson beobachtet zu werden.«

Jens schmunzelte. »Im Engebret verkehren hauptsächlich Künstler und betrunkene Musiker, die nicht einmal dann mit der Wimper zucken würden, wenn Sie sich splitternackt auszögen und auf dem Tisch tanzten! Dort fallen wir niemandem auf, das verspreche ich Ihnen. Kommen Sie, Frøken Landvik, wir vergeuden unsere Zeit.«

»Also gut.« Sie spürte, wie Erregung sie erfasste.

Sie überquerten schweigend den Platz zu dem Café, wo Anna auf einen Tisch in der dunkelsten, ruhigsten Ecke deutete. Jens bestellte Tee für zwei.

»Erzählen Sie: Wie war der Sommer für Sie?«

»Ihrem Aussehen nach zu urteilen, viel besser als für Sie. Ihnen scheint es nicht sonderlich gut zu gehen.«

»Danke für die höfliche Umschreibung.« Jens lachte über ihre Unverblümtheit. »Ich bin nicht krank, nur arm und könnte ein Bad und frische Kleidung gebrauchen. Simen, der ebenfalls im Orchester spielt, meint, ich bin jetzt ein richtiger Musiker. Er hat mir freundlicherweise ein Dach über dem Kopf gegeben, als ich mein Elternhaus verlassen musste.«

»Du gütiger Himmel! Warum denn das?«

»Mein Vater missbilligt meine Liebe zur Musik. Er möchte, dass ich in seine Fußstapfen trete und unsere Brauerei führe wie meine Vorfahren vor mir.«

Anna sah ihn mit neuen Augen. Bestimmt, dachte sie, bedurfte es großer Charakterstärke, Familie und ein gemütliches Zuhause der Kunst zu opfern.

»Jedenfalls«, fuhr Jens fort, »ziehe ich jetzt, da die Saison im Theater beginnt und ich endlich Geld verdiene, in eine angemessenere Bleibe. Otto, der Oboenspieler, will mir ein Zimmer in seiner Wohnung vermieten. Seine Frau ist kürzlich gestorben, und da sie ziemlich wohlhabend war, hoffe ich, mich bald in einer feudaleren Umgebung aufzuhalten. Die Wohnung ist zu Fuß nur fünf Minuten von der Ihren weg. Wir werden also fast Nachbarn sein. Sie können mich besuchen und bei mir Tee trinken.«

»Es freut mich zu hören, dass Sie in Kürze behaglicher wohnen werden«, sagte sie verlegen.

»Während ich in der Gosse liege, geht Ihr Stern am Firmament auf! Vielleicht sind Sie bald schon die reiche Gönnerin, die sich jeder Musiker wünscht«, neckte er sie, als der Tee serviert wurde. »Mit Ihrer feinen Kleidung und dem schicken Pariser Hut sind Sie jetzt schon der Inbegriff der wohlhabenden jungen Dame.«

»Gut möglich, dass mein Stern genauso schnell wieder sinkt, wie er aufgegangen ist. Ich bin eine schreckliche Schauspielerin und werde die Rolle vermutlich schnell los sein«, gestand Anna, die froh war, über ihre Ängste reden zu können.

»Das glaube ich nicht. Bei der ersten Orchesterprobe gestern habe ich Herrn Josephson zu Herrn Hennum sagen hören, dass Sie sich ›gut entwickeln‹.«

»Sie verstehen das nicht, Herr Halvorsen. Es macht mir nichts aus, vor einem Publikum zu singen, aber Text zu sprechen und einen bestimmten Charakter darzustellen, ist etwas ganz anderes. Ich könnte sogar Lampenfieber bekommen.« Anna spielte gedankenverloren am Henkel ihrer Teetasse herum. »Wie soll ich nur den Mut finden, auf die Bühne zu gehen?«

»Anna ... Darf ich Anna zu Ihnen sagen? Und sagen Sie bitte Jens zu mir? Ich denke, inzwischen kennen wir uns gut genug.«

»Ja, wahrscheinlich haben Sie recht. Jedenfalls wenn wir allein sind.«

»Danke. Sie werden so schön sein und so bezaubernd singen, dass niemand mehr merkt, was Sie sagen.«

»Sehr nett von Ihnen ... Jens, aber ich kann nachts nicht schlafen. Ich möchte niemanden enttäuschen.«

»Das wird nicht passieren. Erzählen Sie mir doch, wie es Ihrem Verehrer zu Hause geht.«

»Er fährt nach Amerika. Ohne mich«, antwortete sie und wandte den Blick ab. »Wir sind einander nicht mehr versprochen.«

»Mein Beileid, obwohl mich das natürlich glücklich macht. Seit unserer letzten Begegnung habe ich die ganze Zeit an Sie gedacht. Sie allein haben mir die Kraft gegeben, diesen schwierigen Sommer zu überstehen. Ich liebe Sie von ganzem Herzen.«

Anna sah ihn eine Weile an, bevor sie etwas erwiderte. »Wie kann das sein? Sie kennen mich doch kaum. Wir haben uns nie länger als ein paar Minuten unterhalten. Einen Menschen muss man seines Charakters wegen lieben. Und das ist nur möglich, wenn man ihn gut kennt.«

»Ich kenne Sie weit besser, als Sie glauben. Zum Beispiel ist mir, seit Sie beim Applaus nach Ihrem Triumph bei der Soiree rot geworden sind, klar, dass Sie bescheiden sind. Und weil Sie nicht viel auf Ihr Äußeres geben, schminken Sie sich nicht. Außerdem sehe ich Ihre Tugendhaftigkeit und Loyalität, die mir die Werbung um Sie erschweren. Sie führen mich zu der Annahme, dass Sie stur wie ein Esel sind. Denn meiner Erfahrung nach schafft kaum eine Frau es, überhaupt nicht auf die Briefe eines Verehrers zu reagieren.«

Anna schluckte erstaunt über seine Beobachtungen. »Trotzdem wissen Sie viele Dinge nicht. Zum Beispiel dass meine Mutter über meine Unfähigkeit im Haushalt schier verzweifelt. Ich bin eine grässliche Köchin und kann nicht nähen. Mein Vater behauptet, ich bin nur in der Lage, mich um Tiere zu kümmern, nicht um Menschen.«

»Dann leben wir eben von der Liebe und besorgen uns eine Katze«, entgegnete Jens grinsend.

»Entschuldigen Sie, aber ich muss jetzt wirklich nach Hause«, sagte Anna, stand auf, nahm ein paar Münzen aus ihrer Handtasche und legte sie auf den Tisch. »Überlassen Sie mir die Rechnung. Auf Wiedersehen ... Jens.«

»Anna.« Als sie sich zum Gehen wandte, ergriff er ihre Hand. »Wann sehe ich Sie wieder?«

»Wie Sie wissen, bin ich jeden Tag zwischen zehn und vier Uhr im Theater.«

»Dann warte ich morgen um vier auf Sie«, rief er ihr nach. Als sie weg war, sah Jens, dass sie genug Geld für den Tee, einen Teller Suppe und ein Glas Aquavit auf den Tisch gelegt hatte.

In der Straßenbahn schloss Anna verträumt lächelnd die Augen. Mit Jens Halvorsen allein zu sein, war sehr, sehr schön gewesen. Ob das an seiner neuen Armut oder an der Hartnäckigkeit lag, mit der er sie verfolgte, wusste sie nicht, aber jedenfalls erschien er ihr jetzt nicht mehr wie der stolze Gockel, für den sie ihn früher gehalten hatte.

»Herr im Himmel«, betete sie an jenem Abend, »bitte vergib mir, wenn ich Jens Halvorsen den Schlimmen nicht mehr ganz so schlimm finde. Er wurde geprüft und hat sich geändert. Wie du weißt, habe ich mich bemüht, der Versuchung zu widerstehen, aber ...«, Anna biss sich auf die Lippe, »... ich glaube, jetzt könnte ich ihr erliegen. Amen.«

In der Zeit vor der ersten Aufführung trafen Anna und Jens sich jeden Tag nach den Proben. Weil sie Angst vor Klatsch im Theater hatte, bat Anna ihn, im Engebret auf sie zu warten. Am späten Nachmittag war in dem Café am wenigsten los. Allmählich begann Anna sich zu entspannen und sich weniger Gedanken darüber zu machen, dass sie den Schein wahren musste. Als Jens' Hand eines Tages unter dem Tisch zu der ihren gewandert war, hatte sie sie ihm überlassen. Das war sozusagen der Präzedenzfall gewesen. Nun saßen sie meist mit ineinander verschränkten Fingern da, obwohl es gar nicht so leicht war, Tee und Milch mit einer Hand einzuschenken.

Mittlerweile sah Jens wieder wie früher aus. Er war zu Otto gezogen und hatte sich einer gründlichen Entlausung unterzogen, die er Anna ausführlich beschrieb. Otto hatte ein Dienstmädchen, das alle Kleider wusch, was Anna freute, weil Jens nun deutlich angenehmer roch.

Am meisten beschäftigte Anna die Erinnerung an das Gefühl seiner Haut auf der ihren – eine auf den ersten Blick unschuldige Berührung, die so viel mehr versprach. Nun begriff sie, was Solveig empfand und warum sie so viel für ihren Peer opferte.

Oft saßen sie einfach nur schweigend beieinander, ohne den Tee zu trinken. Obwohl Anna Zurückhaltung übte, wusste sie, dass sie ihm emotional verfallen war.

XXVI

Drei Tage vor der Saisoneröffnung mit *Peer Gynt* begann wieder der mühsame Prozess, Orchester und Schauspieler in Einklang zu bringen. Diesmal teilte Anna sich die Garderobe nicht mit Rude und den anderen Kindern, sondern hatte Madame Hanssons früheres Zimmer mit einer ganzen Wand voller Spiegel und einer samtbezogenen Chaiselongue, auf der sie sich ausruhen konnte, wenn sie müde war.

»Hübsch, was, Anna?«, hatte Rude nach einem Blick hinein gesagt. »Manche von uns scheinen es in den vergangenen Monaten zu etwas gebracht zu haben. Haben Sie was dagegen, wenn ich Ihnen hin und wieder hier Gesellschaft leiste? Oder sind Sie jetzt zu vornehm für mich?«

Anna hatte schmunzelnd die Hände um seine runden Wangen gewölbt. »Wahrscheinlich habe ich nun keine Zeit mehr zum Kartenspielen, aber natürlich kannst du mich gern jederzeit besuchen.«

Am ersten Abend fand sie in der Garderobe jede Menge Blumen und Karten. Sogar ein Strauß von ihren Eltern und Knut war darunter mit einem Brief, in dem bestimmt von der aufgelösten Verlobung mit Lars die Rede war. Sie legte ihn erst einmal weg. Während Ingeborg sie für ihren Auftritt schminkte, las sie die anderen Karten und freute sich über die freundlichen Wünsche. Besonders einer, begleitet von einer einzelnen roten Rose, ließ ihr Herz höher schlagen.

Ich werde heute Abend miterleben, wie Sie zu den Sternen aufsteigen.
Und jeden Ihrer Herzschläge spüren.
Singen Sie, mein wunderschöner Vogel. Singen Sie!
J.

Vor der Aufführung schickte Anna ein Stoßgebet zum Himmel. »Bitte, lieber Gott, mach, dass ich mich und meine Familie heute Abend nicht blamiere. Amen.« Wenig später betrat sie die Bühne.

Manche Momente dieses Abends würden sich Anna unauslöschlich ins Gedächtnis einprägen, das wusste sie. Zum Beispiel der, als im zweiten Akt plötzlich ihr Kopf völlig leer gewesen war. Voller Verzweiflung hatte sie in den Orchestergraben hinuntergeschaut und gesehen, wie Jens mit den Lippen die Worte für sie formte. Sie konnte nur hoffen, dass sie sich gefangen hatte, bevor das Publikum etwas merkte. Erst beim »Wiegenlied« ganz am Ende, bei dem Peers Kopf in ihrem Schoß ruhte, hatte sie sich wieder sicher gefühlt und ihren Emotionen freien Lauf gelassen.

Nachdem der letzte Ton verklungen war, hatte es zahlreiche Vorhänge und Blumensträuße für sie und Marie, die Peers Mutter Åse spielte, gegeben. Nun sank sie hinter der Bühne laut schluchzend an Herrn Josephsons Schulter.

»Nicht weinen, meine Liebe«, versuchte er, sie zu beruhigen.

»Ich war schrecklich schlecht! Das weiß ich!«

»Aber nein, Anna. Ihre natürliche Unsicherheit bringt Solveigs Verletzlichkeit zur Geltung. Und am Ende ... haben Sie die Zuschauer vollkommen in Ihren Bann geschlagen. Die Rolle könnte gut und gern für Sie geschrieben sein. Bestimmt wären Herr Ibsen und Herr Grieg, wenn sie Sie gesehen hätten, zufrieden gewesen. Wie immer haben Sie gesungen wie ein Engel. Und jetzt« – er wischte ihr mit einem Finger eine Träne von der Wange – »sollten Sie Ihren Triumph feiern.«

Ihre Garderobe war voller Gratulanten, die dabei sein wollten bei der Krönung dieser neuen, echt norwegischen Prinzessin. Anna bemühte sich, für alle die richtigen Worte zu finden. Nach einer Weile betrat Herr Hennum den Raum und scheuchte die Besucher hinaus.

»Es war ein Vergnügen, heute Abend das Orchester zu dirigieren und bei Ihrem Bühnendebüt dabei zu sein, Anna. Sie waren tatsächlich nicht perfekt als Schauspielerin, doch das lernen Sie noch, wenn

Sie selbstsicherer werden. Und das werden Sie, das verspreche ich Ihnen. Bitte versuchen Sie, die Bewunderung von Christiania zu genießen, Sie haben sie sich verdient. Herr Josephson holt Sie in fünfzehn Minuten zu der Saisoneröffnungsfeier im Foyer ab.« Er verabschiedete sich mit einer kleinen Verbeugung.

Als sie sich umzog, klopfte Rude an der Tür. »Frøken Anna, ich soll Ihnen eine Nachricht überbringen.« Er reichte sie ihr mit einem frechen Grinsen. »Sie sehen heute sehr hübsch aus. Würden Sie meine Mutter fragen, ob ich zu der Feier darf? Wenn die Bitte von Ihnen kommt, erlaubt sie es vielleicht.«

»Du weißt, dass das nicht geht, Rude, aber kannst du mir, wenn du schon mal da bist, das Kleid zumachen?«

Im Foyer wurden Anna und Herr Josephson mit Applaus begrüßt. Jens, der das aus der Ferne mitverfolgte, hatte das Gefühl, Anna nie mehr geliebt zu haben, und ihr genau das in dem Briefchen geschrieben. Staunend beobachtete er, wie sie lächelnd Konversation machte. Wie weit sein kleines Vögelchen es in so kurzer Zeit doch gebracht hatte, dachte er.

Als er sah, wie eine vertraute Gestalt, deren riesiger Schnurrbart sich vor Stolz fast sträubte, sich ihr durch die Menschenmenge näherte, wurde ihm flau im Magen.

»Anna! Meine liebe junge Dame, nicht einmal die Krankheit meiner Mutter konnte mich daran hindern, zu diesem wunderbaren Abend zu kommen, um Sie zu sehen. Sie waren großartig, *kjære*, einfach großartig.«

Jens fiel auf, wie Anna leicht das Gesicht verzog, sich zusammenriss und Herrn Bayer freundlich begrüßte. Jens entfernte sich, enttäuscht darüber, dass er ihr nun, da ihr Mentor zugegen war, nicht mehr persönlich sagen konnte, wie stolz er auf sie war.

Natürlich, dachte er, als er im Engebret seinen Kummer mit einem Aquavit ertränkte, war klar, woher der Wind wehte, auch wenn Anna das möglicherweise noch nicht gemerkt hatte. Den Verehrer in Heddal mochte sie los sein, doch nun hatte sich Herr Bayer in sie verliebt, der ihr jeden Wunsch von den Augen ablesen konnte. Einige Monate zuvor hätte Jens das auch noch gekonnt.

Zum ersten Mal fragte er sich, ob er einen schrecklichen Fehler gemacht hatte.

»*Frøken Landvik mag vielleicht nicht die Erfahrung von Madame Hansson in die Rolle der Solveig einbringen, aber das gleicht sie durch ihre Unschuld, ihre Jugend und ihre herrliche Interpretation von Solveigs Liedern aus.*«

»Und in der Morgenausgabe des *Dagbladet* schwärmt der Kritiker wieder über Ihre Schönheit und Jugend und ...«

Anna hörte Herrn Bayer nicht mehr zu. Sie war glücklich darüber, den ersten Abend überstanden zu haben, und konnte sich kaum vorstellen, am folgenden Tag alles wieder machen zu müssen.

»Leider werde ich nur bis zum Morgen in Christiania bleiben können, Anna. Ich muss so schnell wie möglich zu meiner kranken Mutter zurück«, erklärte Herr Bayer und schlug die Zeitung zu.

»Wie geht es ihr?«

»Unverändert«, seufzte er. »Meine Mutter ist eine sehr willensstarke Person, und das allein hält sie am Leben. Ich kann nichts tun außer in ihren letzten Stunden bei ihr bleiben. Doch genug davon. Heute Abend möchte ich ein besonderes Essen mit Ihnen genießen, Anna, bei dem Sie mir alles erzählen können, was sich in meiner Abwesenheit ereignet hat.«

»Das würde ich gern tun, aber ich bin müde. Darf ich mich vor dem Essen ein wenig ausruhen?«

»Natürlich, meine liebe junge Dame. Und noch einmal meinen Glückwunsch.«

Franz Bayer staunte, wie weit Anna es im vergangenen Jahr gebracht hatte. Sogar seit ihrer letzten Begegnung. Sie war von Anfang an eine Knospe kurz vor dem Erblühen gewesen, und nun stand sie in voller Blüte. Unter seiner Anleitung hatte sie neue Anmut und Kultiviertheit erlangt.

Obwohl Anna gerade behauptet hatte, müde zu sein, schien sie von innen heraus zu leuchten. Er konnte nur hoffen, dass das nichts mit dem Geiger zu tun hatte, von dem sie bei der Soiree im Juni so offensichtlich angetan gewesen war. Am Abend zuvor hatte Herr Josephson ihm mitgeteilt, es sei gut, dass er, Franz, sich wieder in der Stadt aufhalte, weil sein Schützling mehr als einmal in Gesellschaft dieses Burschen im Engebret beobachtet worden sei.

Bisher hatte er geschwiegen, um sie nicht zu verschrecken. Doch nach Herrn Josephsons Eröffnung hielt er es für besser, seine Absichten klar zu machen.

»Meine liebe junge Dame, Sie sehen bezaubernd aus!«, begrüßte Herr Bayer Anna, als sie das Esszimmer in ihrem topasfarbenen Abendkleid betrat.

Egal, für wie schön die Menschen sie hielten – besonders die Männer, dachte sie spöttisch: Wenn sie sie ohne den Gesichtspuder sähen, mit ihren Sommersprossen, würden sie sie vermutlich sehr hausbacken finden.

Als Revanche für Herrn Bayers Kompliment fiel Anna nichts Besseres ein, als sein neues buntes Paisleyhalstuch zu bewundern. Sie konnte nur hoffen, dass er die Unaufrichtigkeit in ihrer Stimme nicht bemerkte.

»Wie geht es denn Ihrer lieben Familie, und wie war der Sommer zu Hause?«, erkundigte er sich.

»Gut, danke. Es war eine sehr schöne Hochzeit.«

»Von Frøken Olsdatter weiß ich, dass Sie und Ihr junger Mann leider die Verlobung gelöst haben.«

»Ja. Lars hatte das Gefühl, dass er nicht mehr länger warten kann.«

»Sind Sie darüber unglücklich, Anna?«

»Ich glaube, es ist für uns beide das Beste so«, antwortete Anna, die eigentlich nur noch ins Bett und von Jens träumen wollte, und aß einen Bissen Fisch.

Nach dem Kaffee im Salon brachte Frøken Olsdatter eine Karaffe mit Brandy für Herrn Bayer und zu Annas Bestürzung einen Eiskübel mit einer Flasche Champagner. Da es für sie schon viel zu spät für Alkohol war, fragte sie sich, ob Herr Bayer noch Gäste erwartete.

»Bitte machen Sie die Tür hinter sich zu«, rief er Frøken Olsdatter nach.

»Anna, meine liebe junge Dame, ich möchte Ihnen etwas sagen.« Herr Bayer räusperte sich. »Ihnen dürfte nicht entgangen sein, dass meine Zuneigung zu Ihnen in der Zeit, die Sie nun bei mir wohnen, zugenommen hat. Und ich hoffe, Sie wissen meine Bemühungen, Sie in der Welt der Kunst voranzubringen, zu würdigen.«

»Natürlich, Herr Bayer. Ich kann Ihnen gar nicht genug danken.«

»Lassen wir doch die Förmlichkeit. Sagen Sie Franz zu mir. Sie kennen mich ja inzwischen gut genug ...« Er verstummte.

Zum ersten Mal, seit Anna bei ihm war, schien er um Worte verlegen. Erst nach einer ganzen Weile fuhr er fort.

»Anna, ich habe das alles nicht nur getan, um Ihre Begabung zu fördern, sondern auch weil ... weil ich festgestellt habe, dass ich Sie liebe. Natürlich konnte ich das als Gentleman nicht sagen, solange Sie einem anderen versprochen waren, aber nun, da Sie frei sind ... Diesen Sommer, in dem wir getrennt waren, ist mir bewusst geworden, wie tief meine Gefühle für Sie sind. Leider muss ich Sie wieder allein lassen, um zu meiner kranken Mutter zurückzukehren, und ich weiß nicht, wie lange ich weg sein werde. Also hielt ich es für das Beste, meine Absichten jetzt kundzutun.« Er hielt kurz inne, um Luft zu holen. »Anna, würden Sie mir die Ehre erweisen, meine Frau zu werden?«

Sie blickte ihn entsetzt an.

Als er ihr Gesicht sah, räusperte er sich noch einmal. »Vermutlich überrascht dieser Antrag Sie. Aber Anna, denken Sie nur, was wir gemeinsam schaffen könnten! Hier in Christiania können Sie es nicht viel weiter bringen. Norwegen ist zu klein für ein Talent wie Sie. Ich habe mich mit mehreren Musikdirektoren und Programmleitern in Dänemark, Deutschland und Paris in Verbindung gesetzt und sie über Ihre Fähigkeiten in Kenntnis gesetzt.

Nach gestern Abend werden sie zweifelsohne selbst bald von Ihnen hören. Wenn wir verheiratet wären, könnte ich mit Ihnen durch Europa reisen zu den großen Konzertsälen. Ich könnte Sie beschützen, mich um Sie kümmern ... Ich habe viele Jahre auf eine Begabung wie die Ihre gewartet. Und natürlich ...«, fügte er hastig hinzu, »... haben Sie mir auch das Herz gestohlen.«

»Verstehe.« Anna schluckte.

»Sie können mich doch leiden?«

»Ja, und ich bin ... dankbar.«

»Ich habe den Eindruck, dass wir gute Partner sind, auf und hinter der Bühne. Immerhin wohnen Sie nun schon fast ein Jahr unter meinem Dach und kennen alle meine schlechten Angewohnheiten.« Er schmunzelte. »Und hoffentlich auch einige meiner guten. Deshalb wäre eine Ehe mit mir kein so großer Schritt, wie Sie im Moment vielleicht glauben – vieles würde genauso bleiben wie jetzt.«

Anna, die wusste, welche Veränderungen Herr Bayer erwarten würde, erschauderte.

»Sie schweigen, meine liebe Anna. Ich sehe, dass ich Sie überrascht habe. Während ich das als die natürliche Weiterentwicklung unserer Beziehung erachte, haben Sie vermutlich bisher nicht gewagt, sich so etwas auszumalen.«

Allerdings, dachte Anna. »Nein«, sagte sie laut.

»Der Champagner war möglicherweise übereilt. Mir ist klar, dass ich Ihnen Zeit geben muss, über mein Angebot nachzusinnen. Werden Sie das tun, Anna?«

»Selbstverständlich, Herr Bayer ... Franz. Ihr Antrag ehrt mich«, presste sie hervor.

»Ich werde mindestens zwei Wochen, wahrscheinlich sogar länger, weg sein. Das gibt Ihnen Gelegenheit, meinen Vorschlag zu überdenken. Ich kann nur hoffen und beten, dass Ihre Antwort positiv ausfallen wird. Dass Sie bei mir wohnen, hat mir vor Augen geführt, wie einsam ich seit dem Ableben meiner Frau bin.«

Er wirkte so schrecklich traurig, dass Anna ihn am liebsten getröstet hätte, allerdings nur so wie ihren Vater. Sie schob den Gedanken beiseite und stand auf, weil sie das Gefühl hatte, dass alles gesagt war. »Ich werde über Ihren Vorschlag nachdenken und Ihnen meine Entscheidung mitteilen, wenn Sie zurückkommen. Gute Nacht ... Franz.«

Anna musste sich zusammenreißen, um nicht aus dem Salon zu rennen. Sobald sie auf dem Flur war, beschleunigte sie ihre Schritte. Als sie ihr Zimmer erreichte, schloss sie die Tür hinter sich und sperrte sie zu. Dann sank sie aufs Bett und stützte verwirrt den Kopf in die Hände. Wie konnte Herr Bayer nur auf die Idee kommen, dass sie ihn heiraten wollte? Sie war sich sicher, dass sie sich stets schicklich verhalten und ihm nie das Gefühl gegeben hatte, ihn »anzuschmachten«, wie die Mädchen aus dem Chor von *Peer Gynt* das nannten.

Aber ihre Eltern hatten zugestimmt, dass sie bei ihm wohnte, sich von ihm versorgen und kleiden und fördern ließ, das musste sie zugeben. Ganz zu schweigen von dem Geld, das er ihrem Vater gezahlt hatte. Also konnte er wohl auch einen Lohn für seine Mühen erwarten.

»O Gott, das halte ich nicht aus ...«, stöhnte sie.

Herrn Bayers Antrag würde enorme Konsequenzen haben. Wenn sie ihn nicht annahm, würde sie nicht weiter unter seinem Dach leben können, das wusste sie. Und wohin sollte sie dann gehen?

Plötzlich wurde Anna klar, wie abhängig sie von ihm war. Und dass viele junge Frauen, vielleicht auch ältere wie Frøken Olsdatter, die Gelegenheit, seine Gattin zu werden, sofort ergriffen hätten. Er war reich, kultiviert und in den höchsten Kreisen der Gesellschaft von Christiania zu Hause. Außerdem behandelte er sie freundlich und mit Respekt. Nur war er leider bestimmt dreimal so alt wie sie.

Und noch wichtiger ... Sie liebte Herrn Bayer nicht. Sie liebte Jens Halvorsen.

XXVII

Nach der Vorstellung am folgenden Abend, die im Vergleich zur ersten flach und uninspiriert wirkte, wartete Jens vor dem Bühneneingang auf Anna.

»Was machen Sie hier?«, herrschte sie ihn an und machte sich auf den Weg zur Kutsche. »Jemand könnte uns sehen.«

»Anna, Sie müssen keine Angst um Ihren Ruf haben. Ich wollte Ihnen nur persönlich sagen, wie wunderbar Sie am ersten Abend waren. Und fragen, ob alles in Ordnung ist.«

Sie wandte sich ihm erstaunt zu. »Was soll das heißen?«

»Heute Abend hatte ich den Eindruck, dass Sie nicht Sie selbst sind. Sonst ist das bestimmt niemandem aufgefallen. Ihr Auftritt war ausgezeichnet.«

»Woher wissen Sie, was ich empfinde?«, fragte sie, Tränen in den Augen.

»Dann habe ich mich also nicht getäuscht«, sagte er, als sie die Kutsche erreichten und der Fahrer ihr den Verschlag öffnete. »Kann ich irgendwie helfen?«

»Ich ... weiß es nicht ... Ich muss nach Hause.«

»Gut, aber wir sollten uns unterhalten – allein«, beharrte er mit gesenkter Stimme, damit der Fahrer es nicht hörte. »Ich gebe Ihnen meine Adresse.« Er drückte ihr einen Zettel in die Hand. »Morgen geht Otto, bei dem ich wohne, zu einem seiner Privatschüler, und ich bin zwischen vier und fünf Uhr ohne ihn in der Wohnung.«

»Wir werden sehen«, murmelte sie, wandte sich von ihm ab und kletterte in die Kutsche. Der Fahrer schloss die Tür, und Anna sank auf den Sitz im Innern. Durchs Fenster beobachtete sie, wie Jens winkte und die Straße in Richtung Engebret überquerte. Als die Kutsche losfuhr, lehnte sie sich mit wild klopfendem Herzen zurück. Sie wusste sehr wohl, wie unschicklich es für eine Frau war, einen Mann allein in seiner Wohnung aufzusuchen, doch sie musste mit jemandem über das reden, was am Abend zuvor mit Herrn Bayer passiert war.

»Heute muss ich schon um vier Uhr ins Theater«, teilte Anna Frøken Olsdatter am folgenden Morgen beim Frühstück mit. »Herr Josephson hat eine Probe angesetzt, er ist mit einer Szene in Akt zwei unzufrieden.«
»Sind Sie zum Abendessen wieder hier?«
»Ich hoffe schon. Ich kann mir nicht vorstellen, dass es länger als zwei Stunden dauert.«
Vielleicht bildete Anna sich das nur ein, aber sie hatte den Eindruck, dass Frøken Olsdatter sie mit dem gleichen Blick bedachte wie ihre Mutter, wenn sie wusste, dass Anna log.
»Gut. Wollen Sie hinterher mit der Kutsche abgeholt werden?«
»Nein, um die Zeit fahren die Straßenbahnen ja noch, und ich finde den Weg nach Hause.«
Am Nachmittag verließ sie die Wohnung ziemlich aufgeregt.
In der Straßenbahn schlug ihr Herz so laut, dass sie fürchtete, die anderen Fahrgäste könnten es hören. An der ersten Haltestelle stieg sie aus und ging schnellen Schrittes zu der Adresse, die Jens ihr gegeben hatte. Sie versuchte sich zu rechtfertigen, indem sie sich einredete, dass er ihr einziger Freund in Christiania war und der Einzige, dem sie vertrauen konnte.
»Sie sind gekommen«, bemerkte Jens lächelnd, als er ihr die Tür öffnete. »Treten Sie ein.«
»Danke.« Anna folgte ihm in einen geräumigen Salon, der elegant eingerichtet und dem von Herrn Bayer nicht unähnlich war.
»Möchten Sie Tee? Allerdings sollte ich Sie warnen: Ich muss ihn selbst kochen, das Hausmädchen ist um drei Uhr gegangen.«
»Nein danke. Ich habe schon zu Hause Tee getrunken, und es war ja nicht weit.«
»Bitte«, sagte er und deutete auf einen Stuhl. »Setzen Sie sich doch.«
»Danke.« Sie nahm Platz, dankbar dafür, dass der Stuhl in der

Nähe des Ofens stand, weil sie vor Kälte und Angst zitterte. Jens setzte sich ihr gegenüber. »Die Wohnung wirkt sehr gemütlich«, bemerkte sie schließlich.

»Wenn Sie gesehen hätten, wo ich zuvor gewohnt habe ...« Jens schüttelte den Kopf. »Ich bin froh, etwas anderes gefunden zu haben. Aber verlieren wir keine Zeit mit Geplauder. Anna, was ist los? Wollen Sie darüber sprechen?«

Anna hob eine Hand an die Stirn. »Es ist ... schwierig.«

»Das sind Probleme meistens.«

»Herr Bayer hat mir einen Heiratsantrag gemacht.«

»Verstehe.« Jens nickte und ballte, obwohl äußerlich ruhig, die Hände zu Fäusten. »Und was haben Sie ihm geantwortet?«

»Er ist gestern früh nach Drøbak aufgebrochen; seine Mutter liegt im Sterben, er musste zu ihr. Wenn er wiederkommt, erwartet er eine Antwort von mir.«

»Wann wird das sein?«

»Ich vermute, wenn seine Mutter gestorben ist.«

»Bitte seien Sie ehrlich: Was für ein Gefühl hatten Sie, als er Sie gefragt hat?«

»Ich war entsetzt. Und hatte ein schlechtes Gewissen. Herr Bayer ist so freundlich zu mir und hat mir so vieles ermöglicht.«

»Anna, all das, was Sie jetzt haben, beruht auf Ihrer Begabung.«

»Ja, aber er hat mich gefördert und mir Möglichkeiten eröffnet, von denen ich in Heddal nicht einmal etwas ahnte.«

»Sie schulden ihm nichts.«

»Das Gefühl habe ich nicht«, widersprach Anna. »Und wo soll ich hin, wenn ich seinen Antrag nicht annehme?«

»Wollen Sie ihn denn nicht annehmen?«

»Natürlich nicht! Das wäre doch, als würde ich meinen eigenen Großvater heiraten! Er ist bestimmt schon über fünfzig. Aber wenn ich Nein sage, muss ich aus der Wohnung ausziehen und mache ihn mir zum Feind.«

»Ich habe viele Feinde, Anna«, seufzte Jens. »Allerdings ist das meine eigene Schuld. Herr Bayer hat geringeren Einfluss in Christiania, als Sie und er glauben.«

»Mag sein, Jens, aber wo soll ich hin?«

Sie schwiegen eine Weile nachdenklich. Am Ende ergriff Jens als Erster wieder das Wort.

»Anna, es fällt mir schwer, etwas zu Ihrer Zukunft zu sagen. Vor dem Sommer hätte ich Ihnen das Gleiche bieten können wie Herr Bayer, und für Sie als Frau hat das Leben sehr viel engere Grenzen als für einen Mann. Doch Sie dürfen nicht vergessen, dass Sie nun selbst Erfolg haben – im Moment sind Sie der Stern am Himmel von Christiania. Sie brauchen Herrn Bayer weit weniger, als Sie denken.«

»Wie sehr ich ihn brauche, werde ich wohl erst herausfinden, wenn ich meine Entscheidung getroffen habe.«

»Vermutlich.« Jens schmunzelte über Annas pragmatische Sicht der Dinge. »Sie wissen, was ich für Sie empfinde, Anna. Ich würde Ihnen gern die Welt zu Füßen legen, aber ich weiß nicht, wie meine finanzielle Situation in Zukunft beschaffen sein wird. Allerdings sollen Sie wissen, dass ich der traurigste Mann in Christiania wäre, wenn Sie tatsächlich Herrn Bayer heiraten würden. Nicht nur aus egoistischen Gründen, sondern auch Ihretwegen, weil ich weiß, dass Sie ihn nicht lieben.«

Da wurde Anna klar, wie schrecklich das alles für Jens klingen musste, der ihr seine Liebe offen gestanden hatte, ohne das Gleiche je von ihr gehört zu haben. Erregt stand sie auf. »Entschuldigung, Jens, ich hätte nicht kommen sollen. Es ist ...«, sie suchte nach dem Wort, das Herr Bayer wohl verwendet hätte, »... unschicklich.«

»Mir tut es weh zu hören, dass ein anderer Mann Ihnen seine Liebe gestanden hat. Auch wenn ganz Christiania es wahrscheinlich gut finden würde, wenn Sie seine Frau werden.«

»Ja, bestimmt.« Sie ging Richtung Tür. »Tut mir leid, ich muss mich wirklich verabschieden.«

Als sie die Tür öffnete, ergriff er ihre Hand und zog sie ins Zimmer zurück.

»Ich finde, wir sollten, egal, wie die Dinge stehen, diesen ersten kostbaren Moment, den wir allein miteinander haben, nicht vergeuden.« Er wölbte die Hände um ihr Gesicht. »Ich liebe Sie, Anna. Ich kann es gar nicht oft genug sagen. Ich liebe Sie.«

Und zum ersten Mal glaubte sie ihm das wirklich.

»Gestehen Sie sich ein, warum Sie hierhergekommen sind. Geben Sie es zu, Anna: Sie lieben mich auch ...«

Bevor sie sich's versah, küsste er sie. Und ihre Lippen erwiderten seinen Kuss, ohne dass sie sich dagegen wehren konnte. Sie hatte sich so lange danach gesehnt, dass sie das auch gar nicht wollte.

»Sagst du es mir jetzt?«, fragte er sie, als sie sich wieder der Tür zuwandte.

Sie nickte. »Ja, Jens Halvorsen. Ich liebe dich.«

Eine Stunde später schloss Anna die Tür zu Herrn Bayers Wohnung auf. Und wie die Schauspielerin, zu der sie sich gerade entwickelte, war sie vorbereitet, als Frøken Olsdatter sie auf dem Weg zu ihrem Zimmer abfing.

»Wie war die Probe, Anna?«

»Gut, danke.«

»Wann möchten Sie zu Abend speisen?«

»Ich würde gern in meinem Zimmer essen, wenn Ihnen das nicht zu viel Mühe macht. Ich bin müde von der Vorstellung gestern und der Probe heute.«

»Natürlich. Soll ich Ihnen ein Bad einlassen?«

»Ja, das wäre schön, danke«, sagte Anna, betrat ihr Zimmer und schloss erleichtert die Tür hinter sich. Als sie sich aufs Bett warf und mit dem Gedanken an das Gefühl von Jens' Lippen auf den ihren die Arme um ihren Körper schlang, wusste sie, dass sie, egal, was für Folgen das hatte, Nein zu Herrn Bayers Antrag sagen musste.

Am folgenden Abend machten im Theater neue Gerüchte die Runde.

»Angeblich kommt er.«

»Nein, er hat den Zug von Bergen verpasst.«

»Jemand hat Herrn Josephson mit Herrn Hennum reden hören, und heute am frühen Nachmittag wurde das Orchester zusammengerufen ...«

Anna, die wusste, dass nur einer diese Gerüchte bestätigen konnte, schickte nach ihm. Wenig später betrat Rude ihre Garderobe.

»Sie wollten mich sprechen, Frøken Anna?«

»Ja. Stimmt es? Das, was man sich im Theater erzählt?«

»Dass Herr Grieg die Vorstellung besuchen will?«

»Ja.«

Rude verschränkte die Arme vor dem schmächtigen Körper. »Das kommt drauf an, wem man zuhört.«

Als Anna ihm seufzend eine Münze in die Hand drückte, bedankte er sich mit einem breiten Grinsen. »Ich kann bestätigen, dass Herr Grieg mit Herrn Hennum und Herrn Josephson oben im Büro sitzt. Ob er die Vorstellung besuchen wird, kann ich nicht beurteilen. Aber weil er sich im Theater aufhält, ist es wahrscheinlich.«

»Danke, Rude«, sagte Anna und ging zur Tür.

»Gern geschehen, Frøken Anna. Viel Glück heute Abend.«

Als die Schauspieler ihre Plätze einnahmen, bestätigte der ohrenbetäubende Applaus auf der anderen Seite des Vorhangs, dass eine sehr wichtige Person im Zuschauerraum eingetroffen war. Zum Glück blieb Anna wenig Zeit zum Nachdenken, weil das Orchester bereits zu spielen begann.

Kurz vor ihrem ersten Auftritt spürte sie eine Hand an ihrem Arm. Als sie sich umdrehte, sah sie Rude neben sich. Er wölbte die Finger um den Mund, um ihr etwas zuzuflüstern, und sie beugte sich zu ihm hinunter. »Wie meine Mutter immer sagt: Selbst der König muss pinkeln. Vergessen Sie das nicht, Frøken Anna.«

Darüber musste Anna so lachen, dass man es ihr noch ansah, als sie die Bühne betrat. Und da sie Jens' Anwesenheit im Orchestergraben spürte, entspannte sie sich. Als der Vorhang sich drei Stunden später senkte, verfiel das gesamte Theater fast in Hysterie, weil Grieg höchstpersönlich sich in seiner Loge verbeugte. Anna lächelte Jens von oben zu, als ihr von überallher Blumensträuße zuflogen.

»Ich liebe dich«, formte er mit den Lippen.

Als sich der Vorhang dann endgültig schloss, wurden die Schauspieler gebeten, auf der Bühne zu bleiben, und die Musiker gesellten sich zu ihnen. Anna sah Jens an, der ihr eine Kusshand zuwarf.

Wenig später wurde ein schlanker Mann, kaum größer als Anna, von Herrn Josephson auf die Bühne begleitet, wo ihn die Schauspieler mit begeistertem Applaus empfingen. Edvard Grieg war viel jünger, als Anna gedacht hatte. Er hatte welliges blondes Haar, das er aus dem Gesicht gekämmt trug, und einen Schnurrbart, der sich mit dem von Herrn Bayer messen konnte. Zu Annas Überraschung kam er geradewegs auf sie zu, verbeugte sich vor ihr und nahm ihre Hand, um sie zu küssen.

»Frøken Landvik, Ihre Stimme ist genau so, wie ich sie mir für Solveig vorgestellt habe.«

Dann wandte er sich Henrik Klausen zu, dem Schauspieler, der wieder den Peer gab, und den anderen Hauptdarstellern.

»Ich muss mich bei Ihnen allen entschuldigen, dass ich mich bisher nicht in diesem Theater habe blicken lassen. Es war ...« Er schwieg kurz. »Die Umstände haben mich ferngehalten. Nun bedanke ich mich von ganzem Herzen sowohl bei Herrn Josephson als auch bei Herrn Hennum dafür, dass sie eine Produktion auf die Beine gestellt haben, auf die ich stolz sein kann. Außerdem möchte ich dem Orchester gratulieren, dem es gelungen ist, mein bescheidenes Werk in etwas Magisches zu verwandeln, und den Schauspielern und Sängern, die die Figuren zum Leben erwecken. Danke Ihnen allen.«

Edvard Griegs Blick fiel noch einmal auf Anna, als die Schauspieler und Musiker sich von der Bühne entfernten. Er ging zu ihr, ergriff erneut ihre Hand und winkte Ludwig Josephson und Johan Hennum heran.

»Meine Herren, nun, da ich die Inszenierung kenne, würde ich mit Ihnen gern morgen über einige kleinere Änderungen sprechen. Aber ich danke Ihnen für diese wunderbare Aufführung unter, wie ich weiß, schwierigen Bedingungen. Herr Hennum, das Orchester war sehr viel besser, als ich es mir erträumt habe. Sie haben ein Wunder vollbracht. Und was diese junge Dame anbelangt ...«, fügte er mit einem intensiven Blick auf Anna hinzu, »... wer sie als Solveig besetzt hat, ist ein Genie.«

»Danke, Herr Grieg«, sagte Hennum. »Anna ist in der Tat ein großes neues Talent.«

Grieg flüsterte Anna ins Ohr: »Wir müssen uns unterhalten, meine Liebe. Ich kann Ihnen auf Ihrem weiteren Weg nach oben helfen.« Dann wandte er sich Josephson zu.

In der Garderobe staunte Anna, welche Wendung ihr Leben genommen hatte. Der berühmteste Komponist Norwegens hatte sie öffentlich gelobt. Als sie ihr Kostüm auszog und sich abschminkte, konnte sie es kaum glauben, dass sie noch dasselbe Mädchen vom Land war, das vor wenig mehr als einem Jahr für die Kühe gesungen hatte.

Nein, sie war nicht mehr dieselbe.

»Ich bin, was ich nun bin«, murmelte sie in der Kutsche zu Herrn Bayers Wohnung beim monotonen Geklapper der Pferdehufe.

Ausnahmsweise gesellte sich Hennum an jenem Abend nach der Vorstellung zu den Musikern im Engebret.

»Herr Grieg lässt sich entschuldigen, weil er, wie Sie wissen, um seine Eltern trauert. Aber er hat mir genug Geld gegeben, um Sie alle mindestens einen Monat lang bei guter Laune zu halten«, erklärte er unter lautem Jubel.

Die Musiker waren allerbester Stimmung, nicht nur des Ports und Aquavits, sondern auch des Lobs durch den Komponisten höchstpersönlich wegen.

»Herr Halvorsen.« Hennum winkte ihn zu sich. »Kommen Sie doch einen Augenblick zu mir. Ich möchte mit Ihnen sprechen.«

Jens ging zu ihm.

»Ich habe Herrn Grieg gesagt, dass Sie ein aufstrebender Komponist sind und ich einige Ihrer Kompositionen gehört habe. Von Simen weiß ich, dass Sie im Sommer an weiteren gearbeitet haben.«

»Glauben Sie, man könnte Herrn Grieg überreden, sich anzusehen, was ich bisher geschrieben habe?«

»Versprechen kann ich das nicht, aber mir ist bekannt, dass er sich, so gut es geht, für heimische norwegische Talente einsetzt. Geben Sie mir die Noten, die Sie haben, dann zeige ich sie ihm morgen Vormittag, wenn er zu mir kommt.«

»Vielen herzlichen Dank.«

»Simen hat mir erzählt, dass Sie diesen Sommer eine schwierige Entscheidung getroffen haben. Ein Musiker, der bereit ist, alles für seine Kunst zu opfern, verdient jeden Beistand. Doch jetzt muss ich gehen. Gute Nacht, Herr Halvorsen.«

Johan Hennum verabschiedete sich mit einem Nicken von Jens und verließ das Lokal. Jens trat zu Simen und umarmte ihn.

»Was ist los? Findest du keine Frauen mehr und machst dich an Männer ran?«, erkundigte sich sein Freund erstaunt.

»Vielleicht«, scherzte Jens. »Nein, Simen, ich wollte mich ganz herzlich bei dir bedanken.«

Am folgenden Vormittag überbrachte ein Bote Anna in der Wohnung einen Brief.

»Von wem der wohl ist?«, fragte Frøken Olsdatter.

»Ich weiß es nicht«, antwortete Anna, öffnete ihn und begann zu lesen.

Einige Sekunden später hob sie erstaunt den Blick.

»Er ist von Herrn Grieg, dem Komponisten. Er möchte mich heute Nachmittag hier in der Wohnung besuchen.«

»Gütiger Himmel!«, rief Frøken Olsdatter mit einem Blick auf das ungeputzte Silber auf der Anrichte aus. »Wann?«

»Um vier.«

»Was für eine Ehre! Wenn nur Herr Bayer hier wäre. Sie wissen ja, wie sehr er Herrn Griegs Musik schätzt. Entschuldigen Sie mich, Anna. Auf einen so illustren Gast muss ich mich vorbereiten.«

»Natürlich«, sagte Anna, und die Haushälterin hastete aus dem Raum.

Beim Essen bekam Anna ein flaues Gefühl im Magen. Danach trat sie vor den Schrank, um sich für den Besuch des berühmten Komponisten umzuziehen, und betrachtete ihre Sammlung neuer Kleidung. Nachdem sie mehrere Blusen als zu verspielt, zu offenherzig, zu elegant oder zu schlicht verworfen hatte, entschied sie sich für ihr altrosafarbenes Kleid.

Zur angekündigten Zeit klingelte es an der Tür, und Frøken Olsdatter führte ihren Gast in den Salon. Seit dem Essen waren Blumen besorgt und hastig Kuchen gebacken worden; Frøken Olsdatter hatte befürchtet, dass der Mann mit seiner gesamten Entourage eintreffen würde, doch am Ende begrüßte Anna nur Edvard Grieg.

»Meine liebe Frøken Landvik, danke, dass Sie so kurzfristig Zeit für mich erübrigen konnten.« Er griff nach ihrer Hand und küsste sie.

»Setzen Sie sich doch bitte. Darf ich Ihnen Tee oder Kaffee anbieten?«, stotterte sie, nicht daran gewöhnt, allein Gäste zu empfangen.

»Vielleicht ein Glas Wasser?«

Frøken Olsdatter nickte und verließ das Zimmer.

»Ich habe leider nicht viel Zeit, da ich morgen nach Bergen zurückkehren muss, und wie Sie sich wohl vorstellen können, habe ich hier in Christiania viele Besuche abzustatten. Aber ich wollte Sie noch einmal sehen. Frøken Landvik, Sie sind mit der Stimme eines Engels gesegnet. Bestimmt bin ich nicht der Erste, der Ihnen das sagt. Soweit ich weiß, fördert Herr Bayer Sie.«

»Das stimmt«, bestätigte sie.

»Er hat ausgezeichnete Arbeit geleistet. Aber er hat nur begrenzte Möglichkeiten. Ich hingegen befinde mich in der glücklichen Lage, Sie persönlich Musikdirektoren in ganz Europa vorstellen zu können. Ich werde sehr bald nach Kopenhagen und Deutschland reisen und den Herrschaften, die ich dort kenne, von Ihrem Talent berichten. Auch wenn wir es uns anders wünschen würden: Im Moment ist Norwegen nur ein sehr unbedeutender Fleck auf der kulturellen Landkarte Europas.« Er schwieg kurz und lächelte, als er Annas verständnislose Miene sah. »Meine Liebe, ich möchte Ihnen sagen, dass ich Ihnen gern helfen würde, auch außerhalb unseres Heimatlandes bekannt zu werden.«

»Das ehrt mich sehr, Herr Grieg.«

»Darf ich zuerst fragen, ob Sie Zeit zum Reisen haben?«, erkundigte er sich, als Frøken Olsdatter mit einem Krug Wasser und zwei Gläsern hereinkam.

»Nach der letzten Vorstellung von *Peer Gynt* schon. Danach habe ich keine weiteren Verpflichtungen in Norwegen.«

»Gut, gut«, sagte er, als die Haushälterin den Salon wieder verließ. »Und Sie sind momentan nicht verheiratet oder verlobt?«

»Nein.«

»Ich könnte mir vorstellen, dass Sie viele Bewunderer haben, denn Sie sind nicht nur ausgesprochen begabt, sondern obendrein schön. In vielerlei Hinsicht erinnern Sie mich an meine liebe Frau Nina. Auch sie hat die Stimme eines Engels. Ich werde Ihnen also von Kopenhagen aus schreiben und sehen, was ich tun kann, um Ihre außergewöhnliche Stimme einem breiteren Publikum zugänglich zu machen. Aber jetzt muss ich gehen.«

»Danke für Ihren Besuch, Herr Grieg«, sagte Anna, als er sich erhob.

»Darf ich Ihnen noch einmal zu Ihrer höchst inspirierenden Leistung gratulieren? Wir werden uns wiedersehen, da bin ich mir sicher, Frøken Landvik.«

Als er ihre Hand küsste, sah er sie auf eine Weise an, die Anna nun als Interesse eines Mannes an ihr als Frau zu deuten wusste.

»Auf Wiedersehen.« Sie verabschiedete sich mit einem Knicks von ihm.

»Was soll das heißen? Er ist abgereist?«

»Wie ich es gesagt habe: Er muss nach Bergen zurück.«

»Dann ist alles verloren! Der Himmel allein weiß, wann er wiederkommt.« Jens sank auf seinen unbequemen Stuhl im Orchestergraben und sah Hennum traurig an.

»Aber es gibt eine gute Nachricht: Vor seiner Abreise hat er sich Ihre Kompositionen von mir vorspielen lassen. Und das hat er mir für Sie gegeben.« Herr Hennum reichte Jens einen Umschlag.

Jens sah ihn mit großen Augen an. »Was ist das?«

»Ein Empfehlungsschreiben für das Leipziger Konservatorium.«

Jens machte einen Luftsprung. Der Brief war seine Eintrittskarte in die Zukunft.

XXVIII

»Nach der letzten Vorstellung von *Peer Gynt* gehe ich nach Leipzig. Komm mit, Anna, bitte«, bettelte Jens im Salon von Ottos Wohnung, seine Arme um ihren zierlichen Körper geschlungen. »Ich will dich nicht hier in Christiania bei Herrn Bayer zurücklassen, weil ich mir nicht sicher bin, ob er sich weiter wie ein Gentleman benimmt, wenn du Nein zu seinem Antrag sagst.« Er küsste sie sanft auf die Stirn. »Lass uns das machen, was alle jungen Liebenden in Geschichten tun, und zusammen durchbrennen. Du sagst, er bewahrt deine Gage für dich auf?«

»Ja. Bestimmt gibt er sie mir, wenn ich ihn darum bitte.« Anna biss sich auf die Lippe. »Jens, nach allem, was Herr Bayer für mich getan hat, wäre das eine herbe Enttäuschung für ihn. Und was würde mich in Leipzig denn erwarten?«

»Leipzig ist das Zentrum der europäischen Musikwelt! Das könnte deine Chance sein. Herr Grieg selbst hat dir gesagt, dass deine Möglichkeiten in Christiania begrenzt sind und deine Stimme ein breiteres Publikum verdient«, versuchte Jens, sie zu locken. »Sein Musikverlag ist dort, und er selbst verbringt viel Zeit in der Stadt. Du könntest also deine Bekanntschaft mit ihm erneuern. Anna, bitte überleg es dir. Das ist für uns beide die beste Lösung.«

Anna sah Jens unsicher an. Sie hatte ein Jahr gebraucht, um sich an das Leben in Christiania zu gewöhnen. Was, wenn ihr das an einem anderen Ort nicht gelang? Außerdem spielte sie die Solveig inzwischen gern, und Frøken Olsdatter und Rude würden ihr fehlen ... Doch ein Leben in Christiania ohne Jens konnte sie sich auch nicht vorstellen.

»Ich weiß, es ist viel verlangt«, sagte er, als würde er ihre Gedanken lesen. »Natürlich könntest du hierbleiben und die berühmteste Sopranistin Norwegens werden. Oder du strebst nach Höherem, führst mit mir ein Leben der Liebe und hast europaweit Erfolg. Allerdings wird das nicht leicht, denn du hast kein Geld, und ich besitze nicht viel mehr als das, was meine Mutter mir für Unterkunft und Unterricht in Leipzig gegeben hat. Wir würden ganz der Musik, der Liebe und dem Vertrauen in unsere eigenen Fähigkeiten leben«, schloss er mit großer Geste.

»Jens, was soll ich meinen Eltern sagen? Herr Bayer würde ihnen bestimmt alles erzählen. Ich würde Schande über unseren Namen bringen. Und ich könnte es nicht ertragen, dass sie glauben ...« Anna legte die Hand an die Stirn. »Lass mir Zeit zum Nachdenken ...«

»Selbstverständlich. Bis zur letzten Vorstellung von *Peer Gynt* ist es noch ein Monat.«

»Außerdem könnte ich nicht unverheiratet ... mit dir zusammen sein«, erklärte Anna darüber errötend, dass sie das überhaupt ansprechen musste. »Ich würde bis in alle Ewigkeit in der Hölle schmoren und meine Mutter aus Scham mit mir.«

Jens verkniff sich ein Schmunzeln ob Annas lebhafter Fantasie. »Frøken Landvik«, er nahm ihre Hände in die seinen, »heißt das, dass Sie noch einem dritten Verehrer einen Heiratsantrag entlocken wollen?«

»Nein! Ich will nur sagen, dass ...«

»Anna.« Er küsste ihre schmalen Finger. »Ich weiß, was du sagen willst, und verstehe dich. Egal, ob wir nach Leipzig durchbrennen oder nicht: Ich würde gern um deine Hand anhalten.«

»Wirklich?«

»Ja, wirklich. Wenn wir nach Leipzig gehen, heiraten wir vor unserer Abreise heimlich, das verspreche ich dir. Ich möchte deinen Ruf nicht in Gefahr bringen.«

»Danke.« Anna war sehr erleichtert, dass Jens es ernst zu meinen schien. Dass sie, wenn sie schon »durchbrannten« – Anna erschauderte bei dem Gedanken –, wenigstens vor Gott Mann und Frau wären.

»Wann wird Herr Bayer denn zurück sein und deine Antwort wissen wollen?«, fragte Jens.

»Ich habe keine Ahnung ...« Als ihr Blick zu der Uhr an der Wand wanderte, hob sie entsetzt die Hand an den Mund. »Ich weiß lediglich, dass ich jetzt gehe, weil ich eineinhalb Stunden vor Vorstellungsbeginn zum Schminken im Theater sein muss.«

»Natürlich. Aber Anna, sei dir bewusst, dass Herr Bayer uns, wenn du ihn verschmähst, das Leben in Christiania schwer machen wird. Gib mir noch einen Kuss, bevor du gehst. Wir sehen uns später im Theater. Bitte versprich mir, mir bald eine Antwort zu geben.«

Als Anna nach der Vorstellung in die Wohnung zurückkam, war sie völlig erschöpft und wünschte sich nichts sehnlicher, als sich sofort ins Bett legen und schlafen zu können.

»Anna, wie war der Abend?«, fragte Frøken Olsdatter, als sie Anna die warme Milch brachte und ihr aus dem Kleid half.

»Gut, danke.«

»Das freut mich für Sie, *kjære*. Heute habe ich ein Telegramm von Herrn Bayer erhalten, in dem er mir mitteilt, dass seine Mutter nun gestorben ist. Er und seine Schwester müssen zur Beisetzung bleiben, und am Freitag wird er nach Christiania zurückkehren.«

Nur noch drei Tage, dachte Anna. »Wie traurig.«

»Ja, aber vielleicht war es eine Erlösung für Fru Bayer, dass sie nicht mehr leiden muss.«

»Ich freue mich, Herrn Bayer schon bald wiederzusehen«, log Anna, als Frøken Olsdatter das Zimmer verließ. Im Bett spürte Anna dann, wie sich ihr Magen bei dem Gedanken an Herrn Bayers Rückkehr zusammenzog.

Am folgenden Morgen betrat Anna grübelnd den Frühstücksraum.

»Sie sehen blass aus, Anna, *kjære*. Haben Sie nicht gut geschlafen?«, erkundigte sich Frøken Olsdatter.

»Mir gehen viele Dinge durch den Kopf.«

»Möchten Sie darüber reden? Vielleicht kann ich helfen.«

»Da kann leider niemand etwas tun«, seufzte Anna.

»Verstehe.« Frøken Olsdatter bedachte sie mit einem eindringlichen Blick, hakte jedoch nicht nach. »Wollen Sie hier zu Mittag essen?«

»Nein, ich muss heute ... früh ins Theater.«

»Gut. Dann sehen wir uns beim Abendessen.«

In den folgenden drei Tagen putzten Frøken Olsdatter und die Tageshilfe wie die Weltmeister. Anna übte unterdessen, wie sie Herrn Bayer erklären würde, dass sie seinen Antrag nicht annehmen könne.

Um halb vier hielt Anna es nicht mehr länger aus und teilte Frøken Olsdatter mit, dass sie einen Spaziergang im Park machen werde. Die Haushälterin sah sie mit einer Mischung aus Ungläubigkeit und kühler Resignation an wie in letzter Zeit so oft.

Wie immer erfrischte die saubere, kühle Luft Anna. Von ihrer Lieblingsbank aus blickte sie auf den Fjord hinaus, auf das silbrig schimmernde Wasser in der bereits hereinbrechenden Abenddämmerung.

Ich bin, wo ich bin, dachte sie, *und kann nicht viel mehr tun, als dankbar sein, wie man es mir beigebracht hat.*

Als sie aufstand, wurden ihre Augen beim Gedanken an ihre Eltern feucht. Sie hatten ihr einen kurzen Brief geschrieben, in dem sie sie darüber hinwegzutrösten versuchten, dass Lars die Verlobung gelöst hatte und ziemlich abrupt nach Amerika aufgebrochen war. In dem Moment hätte sie sich gewünscht, niemals von Herrn Bayer entdeckt worden und in Heddal mit Lars verheiratet zu sein.

»Herr Bayer wird rechtzeitig zum Abendessen mit Ihnen eintreffen«, erklärte Frøken Olsdatter ihr bei ihrer Heimkehr. »Ich habe Ihnen ein Bad eingelassen und ein Kleid herausgelegt.«

»Danke.« Anna ging an ihr vorbei, um sich auf die Begegnung mit Herrn Bayer vorzubereiten.

»Anna, *min elskede!*«, begrüßte er sie, als sie das Esszimmer betrat. Dann nahm er ihre Hand in die seine und drückte einen Kuss darauf, bei dem sein Schnurrbart sie kitzelte. »Kommen Sie, setzen Sie sich.«

Während des Essens erzählte er ihr vom Ableben seiner Mutter und der Beisetzung. Anna hoffte insgeheim, dass er in seiner Trauer den Heiratsantrag vergessen hatte. Doch als sie zu Kaffee und Brandy in den Salon gingen, spürte sie, wie sich seine Stimmung änderte.

»Und, meine liebe junge Dame, haben Sie nun über die Frage nachgedacht, die ich Ihnen vor meiner Abreise gestellt habe?«

Anna nahm einen Schluck Kaffee, bevor sie antwortete, obwohl sie sich die Worte schon mindestens einhundert Mal vorgesagt hatte.

»Herr Bayer, ich fühle mich geehrt und bin hocherfreut über Ihren Antrag ...«

»Dann freue auch ich mich«, verkündete er mit einem breiten Lächeln.

»Ja, aber nach reiflicher Überlegung habe ich das Gefühl, Nein sagen zu müssen.«

Seine Augen wurden schmal. »Darf ich fragen, warum?«

»Weil ich glaube, nicht das sein zu können, was Sie von einer Ehefrau erwarten.«

»Was in Gottes Namen meinen Sie damit?«

»Dass ich nicht häuslich bin und keinen Haushalt führen kann, dass ich nicht gebildet genug bin, um mit Ihren Gästen angeregte Gespräche zu führen ...«

»Anna.« Als er ihre Worte hörte, wurde seine Miene weicher, und Anna war klar, dass sie den falschen Ansatz gewählt hatte. »Natürlich sagen Sie in Ihrer Bescheidenheit solche Dinge, aber das alles ist mir nicht wichtig. Ihre Gabe wiegt die Fähigkeiten, die Sie nicht besitzen, mehr als auf, und außerdem fühle ich mich von Ihrer Jugend und Unschuld angezogen. Bitte, meine liebe junge Dame, es besteht kein Grund zur Bescheidenheit und dem

Gefühl, dass Sie meiner nicht würdig sind. Sie sind mir wirklich sehr ans Herz gewachsen. Und für das Kochen habe ich ja Frøken Olsdatter!«

Anna überlegte, welche Argumente sie noch anführen könnte. »Herr Bayer ...«

»Anna, ich habe Sie doch gebeten, mich Franz zu nennen.«

»Franz, obwohl mir Ihr Antrag schmeichelt, kann ich ihn leider nicht annehmen. Und das ist mein letztes Wort.«

»Gibt es einen anderen?«

Sein scharfer Tonfall erschreckte sie. »Nein, ich ...«

»Anna, bevor Sie weitersprechen: Ich bin zwar die letzten Wochen nicht in Christiania gewesen, habe jedoch meine Spione hier. Falls Sie meinen Antrag des attraktiven Burschens wegen nicht annehmen, der im Orchester Geige spielt, möchte ich Sie vor ihm warnen. Nicht nur als Mann, der Sie liebt und Ihnen alles zu Füßen legen will, was Sie sich je erträumt haben, sondern auch als Ihr Mentor in einer Welt, die Sie in Ihrer Unbedarftheit noch nicht begreifen können.«

Anna war klar, dass ihr der Schock ins Gesicht geschrieben stand.

»So, so!«, Herr Bayer schlug sich auf die feisten Schenkel. »Das ist es also. Ich scheine mit einem mittellosen Nichtsnutz aus dem Orchester um Ihre Zuneigung zu buhlen. Hab ich's mir doch gedacht.« Er lachte schallend. »Tut mir leid, Anna, aber gerade eben haben Sie mir das ganze Ausmaß Ihrer Naivität bewiesen.«

»Entschuldigung, wir lieben uns!« Dass er sie auslachte und sich über das, was Jens und sie hatten, lustig machte, weckte Annas Zorn. »Und egal, ob Ihnen das passt: Es ist die Wahrheit«, herrschte sie ihn an und erhob sich. »Unter den gegebenen Umständen ist es wohl das Beste, wenn ich gehe. Ich danke Ihnen für alles, was Sie für mich getan und mir gegeben haben. Und es tut mir leid, wenn mein Nein Sie enttäuscht.«

Als sie zur Tür eilte, holte er sie mit zwei großen Schritten ein und hielt sie zurück. »Warten Sie, Anna, gehen wir nicht so auseinander. Bitte setzen Sie sich wieder, damit wir weiter miteinander reden können. Sie haben mir doch bis jetzt immer vertraut. Ich möchte Ihnen zeigen, wie sehr Sie sich täuschen, denn ich kenne diesen Mann, weiß, wie er ist, und dass er Sie in seinen Bann gezogen hat. Ich mache Ihnen keine Vorwürfe. In Ihrer Unschuld glauben Sie bestimmt wirklich, ihn zu lieben. Ob Sie meinen Antrag annehmen oder nicht, spielt keine Rolle. Dieser Mann wird Ihnen das Herz brechen und Sie kaputt machen, wie er schon viele Frauen vor Ihnen kaputt gemacht hat.«

»Nein, Sie kennen ihn nicht ...« Anna rang die Hände, und Tränen der Frustration liefen ihr über die Wangen.

»Beruhigen Sie sich, werden Sie nicht hysterisch. Bitte lassen Sie uns noch einmal Platz nehmen und reden.«

Plötzlich wich alle Kraft aus Anna, und sie ließ sich von ihm zu einem Stuhl führen.

»Meine Liebe«, begann Herr Bayer sanft, »Sie sollten sich über die Beziehungen im Klaren sein, die Herr Halvorsen bereits mit anderen Frauen hatte.«

»Davon weiß ich.«

»Jorid Skrovset aus dem Chor ist so unglücklich, dass sie sich weigert, jemals wieder einen Fuß ins Theater zu setzen. Und selbst die große Madame Hansson war, nachdem sie sich mit Herrn Halvorsen eingelassen hatte, so verzweifelt, dass sie ins Ausland gegangen ist, um ihre Wunden zu lecken. Weswegen Sie im Moment ihre Rolle im Christiania Theater spielen.«

»Herr Bayer, ich weiß von Jens, dass ...«

»Anna, Sie wissen nichts über diesen Mann«, fiel er ihr ins Wort. »Natürlich bin ich nicht Ihr Vater und leider auch nicht Ihr Zukünftiger und kann daher wenig Einfluss auf Ihre Entscheidungen nehmen. Aber weil Sie mir so sehr am Herzen liegen, sage ich Ihnen, dass Jens Halvorsen nur Probleme bringt. Er wird Sie vernichten, Anna, wie er noch jede Frau, die das Pech hatte, ihm in die Falle zu gehen, vernichtet hat. Er ist schwach, seine Schwäche sind die Frauen und der Alkohol. Ich habe Angst um Sie, seit ich das erste Mal von dieser ... Liaison gehört habe.«

»Seit wann wissen Sie es?«, flüsterte Anna, unfähig, ihm in die Augen zu blicken.

»Schon seit Wochen. Wie das gesamte Theater. Und dieses Wissen hat mich zu meinem Antrag veranlasst, weil ich Sie und Ihre Gabe vor Ihnen selbst schützen möchte. Seien Sie dessen gewärtig, dass er Sie, wenn Sie zu ihm gehen, schon bald für eine andere sitzen lassen wird. Ich kann den Gedanken nicht ertragen, dass Sie alles wegwerfen für einen egoistischen Casanova, nach allem, was wir gemeinsam erarbeitet haben.«

Anna schwieg, als Herr Bayer sich einen Brandy einschenkte.

»Da Sie nichts sagen, erkläre ich Ihnen, was wir meiner Ansicht nach tun sollten. Wenn Sie unbedingt mit diesem Mann zusammen sein wollen, pflichte ich Ihnen bei, dass Sie diese Wohnung auf der Stelle verlassen sollten, weil ich es nicht mitansehen könnte, wie Sie offenen Auges in Ihr Unglück rennen. Und dass Sie gleich nach der letzten Vorstellung des *Peer Gynt* mit ihm nach Leipzig gehen sollten.« Als er Annas erstaunten Gesichtsausdruck sah, fuhr er fort: »Wenn es wirklich das ist, was Sie wollen, gebe ich Ihnen das Geld, das Sie am Theater verdient haben, und lasse Sie ziehen. Wenn meine aufrichtige Warnung Sie jedoch erreichen sollte und Sie bereit sind, Herrn Halvorsen aufzugeben und mich nach einer angemessenen Zeit der Trauer um meine Mutter zu heiraten, würde ich Sie bitten hierzubleiben. Es besteht kein Grund zur Eile – Ihre Absichtserklärung reicht mir vollkommen. Bitte, Anna, ich flehe Sie an: Überlegen Sie sich Ihre Entscheidung gründlich. Denn sie wird Ihr Leben verändern, zum Besseren oder zum Schlechteren.«

»Warum haben Sie mir das alles nicht schon längst gesagt?«, fragte sie. »Ihnen war doch sicher klar, dass ich Ihren Antrag nicht annehmen würde, oder?«

»Weil ich mir selbst die Schuld für das gebe, was passiert ist. Ich war nicht in Christiania, um Sie vor ihm zu schützen. Aber jetzt, da ich wieder hier bin, kann ich Ihnen für die Zukunft meinen Schutz zusichern. Allerdings nur unter der Bedingung, dass Sie ab sofort Jens Halvorsen aus Ihrem Leben verbannen. Wenn Sie mich für einen anderen Verehrer zurückweisen würden, könnte ich das vielleicht als guter Verlierer akzeptieren. Doch bei ihm kann ich es nicht, weil ich weiß, dass er Sie zerstören wird.«

»Ich liebe ihn«, wiederholte sie.

»Ich weiß, dass Sie das glauben, und mir ist auch klar, wie schwer es Ihnen fallen wird, meine Bedingungen zu akzeptieren. Aber eines Tages werden Sie hoffentlich begreifen, dass ich nur Ihr Bestes will. Und nun, denke ich, ist es für uns beide Zeit, uns zurückzuziehen. Ich habe strapaziöse Wochen hinter mir und bin sehr müde.« Er nahm ihre Hand in die seine und küsste sie. »Gute Nacht, Anna, schlafen Sie gut.«

XXIX

Am folgenden Abend war Anna froh, ins Theater zu können, wo alles so war wie immer. Nachts zuvor hatte sie, hin- und hergerissen zwischen Vernunft und Gefühl, kein Auge zugetan. Vieles von dem, was Herr Bayer sagte, stimmte, besonders, wenn man es von außen betrachtete. Da sie selbst früher eine ähnliche Meinung über Jens gehabt hatte wie Herr Bayer, konnte sie sie auch anderen nicht verdenken. Und natürlich würde ihr jeder raten, Herrn Bayer zu heiraten, nicht einen mittellosen Musiker. Das war die vernünftige Entscheidung.

Doch egal, wie sie es drehte und wendete: Jens Halvorsen für immer aufzugeben war unvorstellbar.

Wenigstens, dachte sie, als sie die Garderobe zu ihrem Auftritt verließ, konnte sie sich auf einen liebevollen Blick von Jens aus dem Orchestergraben freuen. Sie hatte ihm einen Zettel geschrieben, dass sie sich am Abend nach der Vorstellung treffen müssten, und Rude beauftragt, ihn ihm in der ersten Pause zu geben. Als das Stück begann, schaute Anna verstohlen von der Bühne zu Jens hinunter.

Und sah voller Panik, dass er nicht da war. Auf seinem Stuhl saß ein älterer, ziemlich kleiner Mann.

Nach dem ersten Akt rief sie Rude zu sich in die Garderobe.

»Hallo, Frøken Anna. Wie geht's?«

»Gut«, log Anna. »Weißt du, wo Herr Halvorsen ist? Er scheint heute Abend nicht zu spielen.«

»Tatsächlich? Zum ersten Mal sagen Sie mir etwas, das ich noch nicht weiß. Soll ich es für Sie rausfinden?«

»Wenn du so nett wärst.«

»Gut. Es könnte allerdings eine Weile dauern. Wir sehen uns in der nächsten Pause.«

Der zweite Akt war für Anna eine Qual. Als Rude danach wie

versprochen in ihre Garderobe kam, fürchtete sie fast schon, in Ohnmacht zu fallen.

»Niemand weiß etwas. Vielleicht ist er krank, Frøken Anna. Jedenfalls ist er tatsächlich nicht da.«

Den Rest der Vorstellung brachte sie wie in Trance hinter sich. Sobald die Schauspieler sich das letzte Mal verbeugt hatten, zog Anna sich hastig um, verließ das Theater und kletterte in die Kutsche, deren Fahrer sie Anweisung gab, sie zu dem Haus zu bringen, in dem Jens wohnte. Als sie es erreichten, stieg sie aus, rief dem Kutscher über die Schulter gewandt zu, er solle auf sie warten, und lief ins Innere des Gebäudes und die Treppe hinauf. Schwer atmend, klopfte sie laut an der Tür, bis sie auf der anderen Seite Schritte hörte.

Kurz darauf machte Jens auf, und sie sank erleichtert in seine Arme. »Gott sei Dank. Ich ...«

»Anna.« Er zog sie hinein, legte einen Arm um ihre bebenden Schultern und führte sie in den Salon.

»Wo warst du? Ich dachte, du bist verschwunden ... Ich ...«

»Anna, bitte beruhige dich. Lass es mich erklären.« Jens schob sie zur Sitzbank und nahm neben ihr Platz. »Als ich wie üblich ins Theater kam, hat Johan Hennum mir mitgeteilt, dass meine Dienste im Orchester nicht mehr benötigt werden. Sie haben einen anderen Flötisten und Geiger gefunden, der mich ab sofort ersetzt. Ich habe gefragt, ob das eine vorübergehende Lösung ist, und er hat verneint. Er hat mir mein volles Gehalt gezahlt und mich weggeschickt. Anna, ich schwöre dir, ich habe nicht die geringste Ahnung, warum ich entlassen worden bin.«

»Ich schon. O Gott ...« Anna stützte den Kopf in die Hände. »Ausnahmsweise hat das nichts mit deinem Verhalten zu tun, Jens, sondern mit meinem. Gestern Abend habe ich Herrn Bayer gesagt, dass ich ihn nicht heiraten kann. Daraufhin hat er mir erklärt, dass er über uns Bescheid weiß! Er sagt, ich kann nur weiter bei ihm bleiben, wenn ich sofort auf dich verzichte. Wenn ich dazu nicht bereit bin, muss ich die Wohnung verlassen.«

»Oje«, seufzte Jens, dem ein Licht aufging. »Und kurz darauf verliere ich meinen Platz im Orchester. Wahrscheinlich hat er Hennum und Josephson gesagt, dass ich einen schlechten Einfluss auf ihren neuen kleinen Stern am Theaterhimmel ausübe.«

»Verzeih mir, Jens. Ich hätte nicht gedacht, dass Herr Bayer zu so etwas fähig ist.«

»Ich schon. Ich hatte es dir ja prophezeit«, murmelte Jens. »Immerhin kenne ich nun den Grund für meinen schnellen Abgang.«

»Und was willst du jetzt machen?«

»Ich packe gerade.«

»Wo willst du hin?«, fragte Anna entsetzt.

»Natürlich nach Leipzig. Hier habe ich keine Zukunft. Ich muss so schnell wie möglich weg.«

»Verstehe.« Anna senkte, den Tränen nahe, den Blick.

»Ich wollte dir heute Abend schreiben und den Brief für dich am Bühneneingang hinterlegen.«

»Wirklich? Oder sagst du das nur so und wolltest dich ohne ein Wort aus dem Staub machen?«

»Anna, *min kjære*, komm her.« Jens nahm sie in die Arme und strich ihr zärtlich über den Rücken. »Ich weiß, wie schwierig das alles für dich ist, aber auch ich bin erst vor ein paar Stunden von Hennum auf die Straße gesetzt worden. Natürlich hätte ich dir gesagt, wo ich bin. Warum sollte ich es nicht tun? Ich habe dich doch gebeten, mich zu begleiten, weißt du nicht mehr?«

»Ja ... Du hast recht.« Anna wischte die Tränen weg. »Ich bin mit den Nerven am Ende. Und schrecklich wütend, weil du für meine Entscheidung büßen musst.«

»Das muss ich nicht. Ich wollte sowieso fort, jetzt geschieht es eben ein bisschen früher. War Herr Bayer sehr wütend auf dich, Liebes?«

»Nein, überhaupt nicht. Er hat gesagt, ich soll mir das Leben durch dich nicht verderben lassen und mich nicht mehr mit dir treffen. Zu meinem eigenen Besten.«

»Weswegen man mich umgehend aus dem Orchester hinauskomplimentiert hat, damit du mich nicht mehr siehst. Was wirst du jetzt machen?«

»Herr Bayer hat mir einen Tag Bedenkzeit gegeben. Wie kann er es nur wagen, sich so in mein und dein Leben einzumischen?«

»Was für ein Durcheinander«, seufzte er. »Ich reise jedenfalls morgen ab – das Semester am Konservatorium hat erst vor zwei Wochen angefangen, ich habe also noch nicht viel verpasst. Wenn du möchtest, kannst du nach der letzten Vorstellung von *Peer Gynt* zu mir nach Leipzig kommen.«

»Jens, nach dem, was sie dir angetan haben, kann ich doch nicht mehr ins Theater zurück!«, rief Anna entsetzt aus. »Ich begleite dich sofort.«

Jens sah sie erstaunt an. »Hältst du das für klug, Anna? Wenn du das Handtuch vor der letzten Vorstellung wirfst, kannst du nie wieder am Christiania Theater arbeiten. Du wirst einen genauso schlechten Ruf haben wie ich.«

»Ich möchte auch gar nicht mehr dort arbeiten«, erwiderte sie mit vor Entrüstung leuchtenden Augen. »Ich lasse mich nicht von Leuten, und seien sie noch so einflussreich und wohlhabend, behandeln, als wäre ich ihr Eigentum.«

Jens schmunzelte über ihren erzürnten Ausdruck. »Hinter deiner sanften Fassade scheint sich ein richtiger Vulkan zu verbergen.«

»Man hat mir beigebracht, richtig und falsch zu unterscheiden, und das, was sie mit dir gemacht haben, ist eindeutig falsch.«

»Ja, das stimmt, Liebes, aber leider können wir es nicht ändern. Egal, wie wütend du bist: Überleg dir bitte gründlich, ob du mich begleitest. Ich möchte dir nicht die Zukunft kaputt machen. Das sage ich nicht, weil du nicht mitkommen sollst. Ich stelle mir nur vor, wie es ist, wenn wir morgen die Fähre nach Hamburg nehmen und dann mit dem Nachtzug nach Leipzig weiterfahren, ohne zu wissen, wo wir dort schlafen werden. Oder ob mich das Konservatorium überhaupt nimmt.«

»Natürlich nimmt es dich, Jens. Du hast doch das Empfehlungsschreiben von Herrn Grieg.«

»Ja, und wahrscheinlich nehmen sie mich tatsächlich, aber ich als Mann ertrage körperliche Entbehrungen, während du eine junge Dame mit gewissen ... Bedürfnissen bist.«

»Die auf einem Bauernhof aufgewachsen ist und vor ihrer Ankunft in Christiania noch nie eine Innentoilette gesehen hatte«, konterte Anna. »Jens, ich habe allmählich das Gefühl, dass du mich davon abhalten willst, dich zu begleiten.«

»Sag später bitte nicht, dass ich dich nicht gewarnt hätte.« Plötzlich lächelte er. »Ich habe mich bemüht, dich von deinem Vorhaben abzubringen, und muss kein schlechtes Gewissen haben. Wir brechen also morgen in der Dämmerung auf. Lass dich umarmen, Anna. Wir werden Kraft brauchen für dieses Abenteuer.«

Dann küsste er sie, und alle ihre Sorgen verflogen. Erst nach einer ganzen Weile lösten sie sich voneinander, Anna legte den Kopf an seine Brust, und er strich ihr über die Haare. »Da gibt es noch einen Punkt, über den wir sprechen sollten. Wir müssen uns allen Leuten, mit denen wir es auf unserer Reise und in Leipzig zu tun haben, als verheiratetes Paar vorstellen. Vor den Augen der Welt musst du über Nacht Fru Halvorsen werden, denn sonst würde uns niemand ein Zimmer vermieten. Was denkst du darüber?«

»Ich denke, wir sollten heiraten, sobald wir in Leipzig sind. Ich könnte nicht ...« Anna verstummte.

»Natürlich tun wir das. Und keine Sorge, Anna, auch wenn wir das Bett teilen, werde ich meine Manieren nicht vergessen.« Jens verließ den Raum und kehrte wenig später mit einer kleinen Samtschatulle zurück. »Den hier musst du tragen. Das war der Ehering meiner Großmutter. Meine Mutter hat ihn mir zum Abschied gegeben und mir gesagt, dass ich ihn verkaufen soll, wenn ich Geld brauche. Soll ich ihn dir überstreifen?«

Anna sah den schmalen Goldreif mit großen Augen an. Obwohl sie sich ihre Hochzeit anders vorgestellt hatte, wusste sie, dass das fürs Erste genügen musste.

»Ich liebe Sie, Fru Halvorsen«, sagte er, als er den Ring vorsichtig über ihren Finger schob. »Und ich verspreche dir, dass wir in Leipzig richtig heiraten. Aber geh jetzt und bereite dich auf morgen vor. Kannst du um sechs Uhr hier sein?«

»Ja«, antwortete sie auf dem Weg zur Tür. »Ich bezweifle, dass ich heute Nacht viel schlafen werde.«

»Anna, hast du Geld?«

»Nein.« Sie biss sich auf die Lippe. »Unter den gegebenen Umständen kann ich Herrn Bayer wohl kaum um meine Gage bitten.«

»Dann werden wir anfangs eben bettelarm sein«, stellte er achselzuckend fest.

»Ja. Gute Nacht, Jens«, verabschiedete sie sich mit leiser Stimme.

»Gute Nacht, Liebes.«

Als Anna nach Hause kam, war es in der Wohnung still. Frøken Olsdatter streckte besorgt den Kopf aus ihrem Zimmer heraus.

»Ich habe mir Sorgen gemacht, Anna«, flüsterte sie und trat auf sie zu. »Gott sei Dank hat Herr Bayer sich heute früh zurückgezogen, weil er über Fieber klagt. Wo waren Sie?«

»Unterwegs«, antwortete Anna und drückte die Klinke an der Tür zu ihrem Zimmer herunter.

»Sollen wir in die Küche gehen? Ich mache Ihnen Milch warm.«

Anna riss sich zusammen. Diese Frau war immer freundlich zu ihr gewesen, und es wäre falsch, einfach wegzugehen, ohne ihr etwas zu sagen. »Danke.« Sie folgte ihr in die Küche.

Bei der warmen Milch erzählte Anna Frøken Olsdatter die ganze Geschichte. Und war am Ende froh, dass sie sich ihr Leid von der Seele hatte reden können.

»Na so was«, murmelte Frøken Olsdatter, »Sie sind ja eine richtige Herzensbrecherin, *kjære*. Die Herren der Schöpfung scheinen sich schier zu überschlagen mit ihren Heiratsanträgen. Sie wollen sofort mit Ihrem Geiger nach Leipzig?«

»Mir bleibt keine andere Wahl. Herr Bayer hat gesagt, dass ich gehen muss, wenn ich nicht bereit bin, Jens aufzugeben. Und nach dem, was er Jens angetan hat, will ich keine Minute länger in Christiania bleiben.«

»Anna, meinen Sie nicht, dass Herr Bayer Sie schützen möchte und nur Ihr Bestes will?«

»Aber nein! Er tut, was *er*, nicht was *ich* will!«

»Und was ist mit dem Theater? Bitte, Anna, Sie haben so großes Talent. Es wäre ein sehr großes Opfer, sogar für die Liebe.«

»Es geht nicht anders – ohne Jens kann ich nicht in Christiania bleiben«, beharrte Anna. »Ich kann überall auf der Welt singen. Herr Grieg selbst hat gesagt, dass er mir hilft, wenn ich ihn darum bitte.«

»Und er hat Einfluss in der Musikwelt«, pflichtete Frøken Olsdatter ihr bei. »Wie glauben Sie, sich Ihren Lebensunterhalt verdienen zu können?«

»Herr Bayer hat gesagt, er würde mir meine Gage vom Theater geben. Aber ich möchte ihn um nichts bitten.«

»Das ist sehr ehrenwert von Ihnen. Doch auch Liebende brauchen etwas zu essen und ein Dach über dem Kopf.« Frøken Olsdatter stand auf, trat an eine Schublade der Anrichte und holte eine Blechdose heraus. Dann nahm sie einen Schlüssel von der Kette um ihre Taille und öffnete sie. Darin befand sich ein Beutel mit Münzen, den sie Anna gab. »Hier. Meine Ersparnisse. Ich benötige sie im Moment nicht, und Sie brauchen sie dringender als ich. Ich kann nicht tatenlos zusehen, wie Sie ohne das geringste Geld in eine ungewisse Zukunft gehen.«

»Aber ich kann nicht ...«, entgegnete Anna.

»Doch, Sie können und Sie werden«, widersprach Frøken Olsdatter mit fester Stimme. »Und wenn Sie eines Tages an der Leipziger Oper singen, laden Sie mich als Gegenleistung zu einer Vorstellung ein.«

»Danke, das ist wirklich sehr freundlich.« Anna ergriff gerührt Frøken Olsdatters Hand. »Bestimmt halten Sie das, was ich mache, für falsch.«

»Wie könnte ich mir ein Urteil darüber erlauben? Egal, ob Ihre Entscheidung gut ist oder nicht: Sie sind eine mutige junge Frau mit festen Prinzipien. Und dafür bewundere ich Sie. Vielleicht könnten Sie, wenn Sie sich ein wenig beruhigt haben, Herrn Bayer einen Brief schreiben.«

»Ich habe Angst vor seinem Zorn.«

»Er wird nicht wütend sein, sondern sehr, sehr traurig. Für Sie ist er vermutlich ein alter Mann, aber auch im Alter empfinden unsere Herzen noch so wie früher. Er kann nichts dafür, dass er sich in Sie verliebt hat und Sie für immer bei sich haben möchte. Weil Sie morgen mit den Hühnern aufstehen müssen, würde ich vorschlagen, dass Sie nun ins Bett gehen und so viel schlafen, wie Sie können.«

»Ja.«

»Bitte, Anna, schreiben Sie mir aus Leipzig, damit ich weiß, dass es Ihnen gut geht. Herr Bayer ist nicht der Einzige in diesem Haushalt, dem Sie fehlen werden. Und vergessen Sie nicht, dass Sie Jugend, Talent und Schönheit besitzen. Vergeuden Sie das nicht, ja?«

»Ich werde mich bemühen. Danke für alles.«

»Was werden Sie Ihren Eltern sagen?«, erkundigte sich Frøken Olsdatter unvermittelt.

»Ich weiß es nicht«, antwortete Anna seufzend. »Ich weiß es wirklich nicht. Auf Wiedersehen.«

Als die Fähre nach Hamburg aus dem Fjord stampfte und geräuschvoll Rauch und Dampf aus den Kaminen spuckte, sah Anna vom Deck aus ihre Heimat allmählich im Herbstnebel verschwinden. Sie fragte sich, ob sie sie jemals wiedersehen würde.

XXX

Vierundzwanzig Stunden später stiegen Anna und Jens im Leipziger Bahnhof aus. Die Sonne war gerade erst aufgegangen, und Anna war so müde, dass sie sich kaum noch auf den Beinen halten konnte. Jens trug seinen Koffer und ihre Tasche. Obwohl der Zug von Hamburg nach Leipzig über ein Schlafwagenabteil verfügte, hatten sie, um Geld zu sparen, die ganze Nacht über aufrecht sitzend auf den harten Holzsitzen verbracht. Jens' Kopf war fast sofort an Annas Schulter gesunken, und sie hatte sein leises Schnarchen gehört.

Immerhin verließen sie den belebten Bahnhof bei strahlendem Sonnenschein, und trotz ihrer Müdigkeit verbesserte sich Annas Stimmung beim Anblick von Leipzig. Die breiten, kopfsteingepflasterten Straßen wurden gesäumt von beeindruckenden Steingebäuden, viele davon mit reich verzierten Giebeln, Reliefs und eleganten Flügelfenstern. Die Passanten sprachen in einer harten Sprache, von der Anna, da sie sie während der langen Zugfahrt bereits gehört hatte, wusste, dass es sich um Deutsch handelte. Jens hatte ihr versichert, dass er sie einigermaßen beherrsche, sie selbst jedoch verstand nur das eine oder andere Wort, das dem Norwegischen ähnlich war.

Nach einer Weile erreichten sie den Marktplatz mit dem imposanten Rathaus, das ein rotes Dach, Arkaden und einen hohen Glockenturm hatte. An den Ständen auf dem Platz herrschte bereits reges Treiben. Jens blieb an einem stehen, wo ein Bäcker frisch gebackenes Brot auslegte. Als Anna der köstliche Duft in die Nase stieg, merkte sie, wie hungrig sie war.

Doch Jens wollte nichts zu essen kaufen.

»Entschuldigen Sie, könnten Sie mir bitte sagen, wo die Pension in der Elsterstraße ist?«

Anna hatte keine Ahnung, was die unfreundliche Antwort des Bäckers bedeutete.

»Wir sind nicht weit von der Pension weg, die Herr Grieg empfohlen hat«, erklärte Jens.

Diese entpuppte sich als bescheidenes, halb mit Holz verkleidetes Haus in einer schmalen Gasse gleich hinter der Elsterstraße. Das Viertel unterschied sich deutlich von dem mit den vielen prächtigen Gebäuden, an denen sie vorbeigekommen waren, dachte Anna. Es wirkte ein wenig heruntergekommen, aber leider konnten sie sich nichts Besseres leisten. Anna folgte Jens zur Tür, wo er den Klopfer betätigte. Es dauerte eine ganze Weile, bis eine Frau öffnete, die hastig den Gürtel ihres Morgenmantels schloss, um ihr Nachthemd zu verbergen. Da erst wurde Anna bewusst, dass es noch nicht später als sieben Uhr morgens sein konnte.

»*Was wollen Sie denn um diese Zeit?*«, brummte die Frau.

Von Jens' Antwort verstand Anna nur »Herr Grieg«. Als die Frau diesen Namen hörte, wurde sie ein wenig freundlicher und ließ sie eintreten.

»Sie sagt, sie ist ausgebucht, aber weil Herr Grieg uns schickt, gibt sie uns ein Dienstmädchenzimmer im Speicher, in dem wir fürs Erste bleiben können«, übersetzte Jens für Anna.

Sie stiegen eine knarrende Holzstufe um die andere hinauf, bis sie das oberste Stockwerk erreichten und die Frau die Tür zu einem winzigen Zimmer unter dem Dach öffnete. Die einzigen Möbel darin waren ein schmales Messingbett sowie eine Kommode mit einer Waschschale und einem Wasserkrug darauf, aber immerhin sah es sauber aus.

Es folgte eine weitere Unterhaltung auf Deutsch zwischen Jens und der Frau, dann zeigte er auf das Bett, und sie nickte und verließ das Zimmer.

»Ich habe ihr gesagt, dass wir es nehmen, bis wir etwas anderes finden, und dass das Bett für uns beide zu schmal ist. Sie holt eine Strohmatratze. Ich werde auf dem Boden schlafen.«

Sie sahen sich schweigend in dem Zimmer um, bis die Frau mit der Matratze zurückkehrte. Jens hielt ihr einige Münzen hin.

»*Nur Goldmark, keine Kronen*«, sagte die Frau und schüttelte den Kopf.

»Bitte nehmen Sie fürs Erste die Kronen, bis ich Geld gewechselt habe«, schlug Jens vor.

Die Frau stimmte widerwillig zu, steckte die Münzen ein und deutete unters Bett, bevor sie sie allein ließ.

Anna setzte sich. Ihr war vor Erschöpfung schwindlig, und sie musste dringend zur Toilette. Errötend fragte sie Jens, ob die Frau ihm gesagt habe, wo die sich befinde.

»Ich fürchte, sie ist da unten«, antwortete er und deutete seinerseits unters Bett. »Ich gehe raus, damit du …«

Anna nickte, noch tiefer errötend, und erledigte, sobald er draußen war, ihr Geschäft. Nachdem sie den Inhalt des Nachttopfs mit dem dafür vorgesehenen Tuch zugedeckt hatte, ließ sie Jens wieder herein.

»Besser?«, fragte er grinsend.

»Ja, danke.«

»Gut. Und jetzt, würde ich vorschlagen, ruhen wir uns ein bisschen aus.«

Anna wandte erneut errötend den Blick ab, als Jens sich auszog und am Ende nur noch in Baumwollunterhose und -hemd dastand. Dann legte er sich auf die Matratze und deckte sich mit seinem Überzieher zu. »Keine Sorge, ich schau schon nicht«, versicherte er ihr schmunzelnd. »Schlaf gut, Anna. Hinterher werden wir uns beide besser fühlen.« Er warf ihr eine Kusshand zu und drehte sich von ihr weg.

Anna löste die Bänder ihres Umhangs, schlüpfte aus ihrem schweren Rock und ihrer Bluse und behielt Unterhose und Unterkleid an. Als sie unter die kratzende Wolldecke schlüpfte und den Kopf aufs Kissen sinken ließ, hörte sie Jens bereits leise schnarchen.

Was habe ich getan?, dachte sie. Herr Bayer hatte recht gehabt. Sie war naiv und eigensinnig und hatte die Konsequenzen ihres Handelns nicht bedacht. Nun waren alle Brücken hinter ihr abgebrochen, und sie befand sich in diesem engen Zimmer, in dem sie nur wenige Zentimeter von einem Mann entfernt schlafen sollte, mit dem sie nicht verheiratet war, und wo sie nicht einmal für die intimsten Verrichtungen Privatsphäre hatte.

»Herr, vergib mir für den Schmerz, den ich anderen zugefügt habe«, flüsterte sie zum Himmel, wo Er ihr vermutlich gerade die Fahrkarte in die Hölle ausstellte. Erst geraume Zeit später fiel sie in unruhigen Schlaf.

Als Jens aufwachte, war Anna bereits auf und vollständig angezogen, und sie hatte schrecklichen Hunger.

»War das Bett bequem?«, erkundigte er sich und streckte sich gähnend.

»Ich werde mich daran gewöhnen.«

Während Anna sich wegdrehte, damit Jens sich ankleiden konnte, sagte er: »Jetzt wechseln wir ein paar von meinen Münzen in Goldmark und besorgen uns etwas zu essen. Aber darf ich dich zuerst bitten, das Zimmer zu verlassen, damit ich mein Geschäft verrichten kann? Ich komme dann auch hinaus.«

Entsetzt darüber, dass er sehen würde, was sich bereits in dem Nachttopf befand, tat Anna ihm den Gefallen. Wenig später trat Jens mit dem Topf in der Hand heraus.

»Wir müssen unsere Hauswirtin fragen, was wir damit machen sollen«, sagte er, ging an ihr vorbei und die Holztreppe hinunter.

Anna folgte ihm verlegen. Obwohl sie vor ihrer Zeit in Christiania ein einfaches Mädchen vom Land gewesen war, hatte sie noch nie etwas so Unhygienisches und Widerliches gesehen. Zu Hause in Heddal waren die Örtlichkeiten im Freien und einfach, aber viel angenehmer als das hier gewesen. Gewöhnt an das moderne Bad in Herrn Bayers komfortabler Wohnung, war es ihr nie in den Sinn gekommen, darüber nachzudenken, wie einfache Stadtbewohner ihren Kot beseitigten.

Unten streckte Jens der Hauswirtin den Nachttopf entgegen wie eine Terrine mit Essen. Sie nickte, zeigte nach hinten und nahm ihm den Nachttopf ab.

»Das wäre schon mal erledigt. Und jetzt lass uns etwas zu essen besorgen«, sagte Jens und öffnete die Tür.

An einem kleinen Platz fanden Anna und Jens, nachdem sie einige belebte Straßen entlanggegangen waren, ein Lokal, in dem sie sich an einen Tisch setzten. Jens bestellte zwei Bier, bevor sie einen Blick auf die Tafel warfen, auf der in Kreide die Gerichte geschrieben waren. Anna verstand kein einziges Wort.

»Es gibt Bratwurst. Die soll sehr gut sein, allerdings ein bisschen fetter, als wir sie von zu Hause kennen«, erklärte Jens und übersetzte weiter für Anna. »Knödel – bitte frag mich nicht, was das ist ... Speck, den haben wir zu Hause auch ...«

»Ich nehme einfach das Gleiche wie du«, meinte Anna müde, als das Bier mit einem Korb dunklen Brots serviert wurde. Obwohl ihr Wasser lieber gewesen wäre, hob sie den Krug durstig an die Lippen.

Dann blickte sie durch das schmutzige Fenster hinaus auf den geschäftigen Platz. Die Frauen trugen meist schlichte dunkle Kleider mit weißen oder grauen Schürzen, die ihre helle Haut und ihre harten Züge betonten. Anna hatte erwartet, in Leipzig schickere Kleidung zu sehen, da die Stadt ja eine der bedeutendsten in Europa war. Nur wenn hin und wieder eine Kutsche vorbeiholperte, erhaschte sie einen kurzen Blick auf den eleganten Federhut einer wohlhabenden Dame.

Als das Essen serviert wurde, schlang Anna die Kartoffeln und die fetten Würste gierig hinunter. Und weil das Bier ihr ein wenig zu Kopf gestiegen war, bedachte sie Jens mit einem schmachtenden Blick.

»Wie bestelle ich hier Wasser?«

»Du sagst ›Ein Wasser, bitte‹«, antwortete Jens und schaute zu den Musikern hinüber, die mitten auf dem Platz spielten und vor denen eine Mütze für milde Gaben lag. Er streckte sich genüsslich.

»Ist es hier nicht schön? Das ist unsere Zukunft, da bin ich mir sicher.« Er nahm ihre Hand. »Und, wie gefällt dir unser kleines Abenteuer bis jetzt?«

»Ich fühle mich schmutzig, Jens. Meinst du, wir könnten die Hauswirtin fragen, ob wir irgendwo ein Bad nehmen und unsere Sachen waschen dürfen?«

»Du hast doch gesagt, dass du ein Mädchen vom Land bist, das körperliche Entbehrungen kennt. Ist das alles, was dir zu Leipzig einfällt?«

Sie dachte voller Sehnsucht an Heddal, an den sauberen Schnee, den man im Winter hereinholte und zum Waschen über dem Feuer erhitzte. Und an die klaren, frischen Bäche, in denen man im Sommer baden konnte. »Entschuldige. Ich gewöhne mich bestimmt daran.«

Jens hob den zweiten Krug Bier an die Lippen und leerte ihn. »Eigentlich müsste ich Herrn Bayer dankbar sein, dass er mich gezwungen hat, endlich in die Zukunft zu blicken.«

»Schön, dass es dich so freut, hier zu sein, Jens.«

»Atme die Luft, Anna. Sogar sie riecht anders. In dieser Stadt herrschen Kreativität und Musik. Sieh dir die Menschen an, wie sie sich um die Musiker scharen! Hast du in Christiania jemals so etwas beobachtet? Hier feiert man die Musik und verachtet sie nicht als Spiel des kleinen Mannes. Und nun kann auch ich Teil dieser Feier werden.« Er legte einige Münzen auf den Tisch und stand auf. »Jetzt hole ich mein Empfehlungsschreiben von Herrn Grieg und gehe damit zum Konservatorium. Endlich wird mein Traum wahr.«

Wieder in der Wohnung, holte Jens den wertvollen Brief aus seinem Koffer und gab Anna einen Kuss.

»Ruh dich aus, Anna. Ich wecke dich dann später mit Wein und hoffentlich guten Nachrichten.«

»Fragst du bitte auch, ob ich jemandem dort vorsingen kann?«

Doch die Tür war bereits hinter ihm ins Schloss gefallen.

Anna sank aufs Bett. Nun war ihr klar, dass dieses »Abenteuer« für sie und Jens völlig unterschiedliche Bedeutung besaß: Jens hatte einen Schritt in die Zukunft gewagt, während sie vor etwas weggelaufen war. Und es gab kein Zurück mehr.

Einige Stunden später kehrte Jens euphorisch vom Konservatorium zurück.

»Als ich an der Pforte gefragt habe, ob ich den Leiter Dr. Schleinitz sprechen kann, hat der Mann mich angesehen wie den Dorfdeppen. Aber nachdem er das Empfehlungsschreiben gelesen hatte, ist er ihn sofort holen gegangen! Dr. Schleinitz hat mich gebeten, ihm auf der Geige vorzuspielen, und anschließend habe ich ihm eine meiner Kompositionen auf dem Klavier präsentiert. Und du glaubst es nicht: Er hat sich vor mir verbeugt! Ja, Anna, er hat sich vor mir verbeugt. Hinterher haben wir uns über Herrn Grieg unterhalten, und er hat gesagt, es wäre ihm eine Freude, einen Schützling von Herrn Grieg zu unterrichten. Was bedeutet, dass ich morgen am Leipziger Konservatorium anfange.«

»Jens, das ist wunderbar!« Anna gab sich Mühe, begeistert zu klingen.

»Außerdem war ich auf dem Rückweg bei einem Schneider, der mir bis morgen früh neue Kleidung näht. Dafür knöpft er mir den doppelten Preis ab. Ich möchte nicht, dass irgendjemand mich für einen Tölpel von den Fjorden hält. Ist das nicht wundervoll?« Er schlang lachend die Arme um Annas Taille und wirbelte sie durch die Luft. »Bevor wir feiern, ziehen wir noch in unsere neue Bleibe um.«

»Du hast schon etwas für uns gefunden?«

»Ja. Es ist zwar kein Palast, aber jedenfalls besser als das hier. Während du packst, gebe ich unserer Hauswirtin das deutsche Geld. Wir treffen uns unten.«

»Ich ...« Anna wollte sagen, dass sie nicht glaubte, die beiden Gepäckstücke allein tragen zu können, doch er war schon weg. Einige Minuten später gesellte sie sich, vor Anstrengung keuchend, mit dem Koffer und der Tasche zu Jens.

»Gehen wir zu unserer neuen Unterkunft«, sagte er.

Anna folgte ihm hinaus. Sie war ziemlich erstaunt, als er lediglich die Straße überquerte und das Haus gegenüber betrat.

»Auf dem Rückweg habe ich das Schild mit der Aufschrift ›Zimmer frei‹ gesehen und mich erkundigt«, erklärte er.

Das Haus ähnelte dem, das sie soeben verlassen hatten, aber das Zimmer befand sich im ersten Stock und war geräumiger und luftiger als das in dem stickigen Speicher. Ein breites Messingbett nahm fast den gesamten Platz ein. Annas Herz setzte einen Schlag lang aus, als sie merkte, dass hier kein Raum für eine Strohmatratze war.

»Auf dem Flur gibt es ein Wasserklosett, was das Zimmer natürlich teurer macht. Aber das ist dir wichtig, oder? Zufrieden, Anna?«

»Ja.« Sie nickte.

»Gut.« Er gab Frau Schneider, der neuen Hauswirtin, die freundlicher wirkte als die letzte, einige Münzen. »Das dürfte für die erste Woche reichen«, erklärte er mit einem breiten Grinsen.

»*Kochen ist in den Zimmern untersagt. Abendbrot um Punkt sieben Uhr. Essen Sie heute Abend hier?*«

Jens übersetzte alles für Anna und wandte sich dann wieder Frau Schneider zu. »Gute Idee. Wie viel kostet das zusätzlich?«

Nachdem er ihr weitere Münzen gegeben hatte, schloss sich endlich die Tür hinter ihnen.

»Frau Halvorsen«, fragte Jens grinsend, »wie gefällt Ihnen unser neues Ehequartier?«

»Ich ...«

Jens bemerkte die Angst in ihrem Blick, als sie das Bett ansah. »Anna, komm her.«

Er drückte sie fest an sich.

»Ich habe dir doch versprochen, dich erst anzurühren, wenn du es mir erlaubst. Aber immerhin werden wir uns in den kühlen Leipziger Nächten gegenseitig wärmen können.«

»Jens, wir müssen so bald wie möglich heiraten«, drängte Anna ihn.

»Ja, aber machen wir uns darüber jetzt noch keine Gedanken«, sagte er, zog sie noch näher zu sich heran und versuchte, ihren Hals zu küssen.

»Jens, was wir tun, ist eine Sünde vor Gott!« Sie schob ihn weg.

»Natürlich, du hast recht.« Er ließ sie seufzend los. »Ich finde, wir sollten uns waschen, und dann gehen wir zum Essen hinunter. Ja?«, fragte er und hob ihr Kinn ein wenig an, damit er ihr in die Augen sehen konnte.

»Ja«, antwortete sie lächelnd.

XXXI

In den folgenden beiden Wochen begann Anna, eine Tagesstruktur und Beschäftigungsmöglichkeiten für die langen, einsamen Stunden zu finden, die Jens im Konservatorium verbrachte.
Inzwischen machten sich die Vorboten des Winters bemerkbar. In dem Zimmer war es morgens eiskalt, weswegen sie sich oft wieder ins Bett legte, wenn Jens sich verabschiedet hatte, und sich in die warmen Wolldecken kuschelte, während sie darauf wartete, dass das Feuer, das sie in dem kleinen Kohlenofen angezündet hatte, endlich Wärme verströmte. Dann wusch und zog sie sich an und ging durch die Straßen von Leipzig zum Markt, um Brot und kalten Braten für ihr Mittagessen zu kaufen.
Ihre einzige warme Mahlzeit war die von Frau Schneider am Abend. Ziemlich oft gab es irgendeine Wurst mit Kartoffeln oder matschigen Brotklößen in einer undefinierbaren Sauce. Allmählich sehnte Anna sich nach frischem Gemüse und der gesunden Kost ihrer Kindheit.
Viele lange Stunden brachte sie damit zu, Briefe an Herrn Bayer und ihre Eltern aufzusetzen. Mit Lars' Stift in der Hand fragte sie sich, ob er tatsächlich nach Amerika gefahren war wie geplant. Und ob sie ihn nicht besser begleitet hätte.

Leipzig
1. Oktober 1876

Lieber Herr Bayer,
Sie wissen sicher schon das ich nach Leipzig gegangen bin. Ich bin mit Herrn Halvorsen verheiratet. Und glücklich. Danke für alles, was Sie mir gegeben haben. Bitte behalten Sie meine Gage vom Christiania Theater als kleinen Ausgleich dafür. Und hoffentlich können Sie die schönen Kleider verkaufen, die ich zurückgelassen habe.

Herr Bayer, es tut mir leid das ich Sie nicht lieben kann.
Ihre
Anna

Sie nahm ein zweites Blatt Papier und begann einen weiteren Brief. *Kjære Mor und Far,*
ich bin mit Jens Halvorsen verheiratet und nach Leipzig gegangen. Mein Mann studiert am hiesigen Musikkonservatorium, und ich führe uns den Haushalt. Ich bin glücklich. Ihr fehlt mir alle. Und Norwegen.
Anna

Weil sie Schuldgefühle und zu große Angst vor Vorwürfen hatte, gab sie keine Adresse an. Nachmittags ging sie im Park spazieren oder ließ sich, um unter Menschen zu sein, durch die Straßen der Stadt treiben, obwohl ihr Umhang den beißenden Wind nicht abhielt. Überall begegnete sie Zeugen der musikalischen Vergangenheit Leipzigs, Straßen, die nach berühmten Komponisten benannt, Statuen, die ihnen gewidmet waren, oder Häusern, in denen Mendelssohn und Schumann einmal gewohnt hatten.

Ihr Lieblingsort war das spektakuläre Neue Theater, die Heimat der Leipziger Oper, mit dem beeindruckenden säulengeschmückten Eingang und den riesigen Fenstern. Wenn sie hinaufblickte, fragte sie sich oft, ob sie hoffen durfte, irgendwann an einem solchen Ort aufzutreten. Eines Tages nahm sie allen Mut zusammen, klopfte am Bühneneingang und versuchte, sich dem Pförtner verständlich zu machen. Doch ihre Gesten konnten dem Mann nicht erklären, dass sie ein Engagement als Sängerin suchte.

Entmutigt und mit dem immer stärkeren Gefühl, nicht dazuzugehören, fand sie Zuflucht in der Thomaskirche, einem prächtigen gotischen Bau mit einem schönen Glockenturm. Obwohl sie so viel größer war als das kleine Gotteshaus in Heddal, erinnerten der Geruch und die Atmosphäre darin sie an zu Hause. An dem Tag, an dem sie schließlich die Briefe an Herrn Bayer und ihre Eltern abschickte, zog sie sich hierher zurück. Sie setzte sich in eine Bank, senkte den Kopf und betete um Kraft und Rat.

»Lieber Gott, vergib mir die schrecklichen Lügen in den Briefen. Ich glaube, die schlimmste ist die ...«, Anna schluckte, »... dass ich glücklich bin. Ich bin überhaupt nicht glücklich. Aber ich weiß, dass ich für mein Tun weder Mitgefühl noch Vergebung verdiene.«

Plötzlich spürte sie eine Hand auf ihrer Schulter. »Warum so traurig, mein Kind?«

Als sie erschreckt den Blick hob, sah sie, dass ein alter Pastor sie anlächelte. »Kein Deutsch, nur Norwegisch«, stammelte sie, wie Jens es ihr beigebracht hatte.

»Ach«, sagte der Pastor. »Ich kann ein bisschen Norwegisch.«

Doch wie sich herausstellte, war sein Norwegisch so rudimentär wie ihr Deutsch. Am Ende war ihr klar, dass Jens mit dem Pastor über ihre Trauung sprechen und ihn von ihrem Glauben überzeugen musste.

Der Höhepunkt ihres Tages war immer das gemeinsame Abendessen, bei dem Jens vom Konservatorium erzählte: von den anderen Studenten, die aus ganz Europa kamen, von den Blüthner-Übungsklavieren und den wundervollen Lehrern, von denen viele Musiker im Leipziger Gewandhausorchester waren. An diesem Abend schwärmte Jens von der Stradivari, auf der er hatte spielen dürfen.

»Im Vergleich zu einem gewöhnlichen Instrument klingt sie wie eine Sopranistin in der Oper neben einer Barfrau, die ein Liedchen vor sich hin trällert«, erklärte er. »Es ist einfach wunderbar! Ich darf nicht nur jeden Tag auf dem Klavier und auf der Geige üben, sondern lerne in meinen Kursen auch viel über Komposition und Harmonielehre. Und in Musikgeschichte beschäftige ich mich mit Werken von Chopin und Liszt, die ich zuvor überhaupt nicht kannte! Bald schon werde ich Chopins ›Scherzo Nr. 2‹ bei einem Studentenkonzert im Gewandhaussaal zu Gehör bringen.«

»Es freut mich sehr, dass du glücklich bist.« Anna versuchte, begeistert zu klingen. »Gibt es irgendjemanden, den du fragen kannst, ob für mich eine Möglichkeit vorzusingen bestünde?«

»Anna, ich habe deine Bitte nicht vergessen«, antwortete Jens zwischen zwei Bissen, »aber ohne Deutschkenntnisse ist es in dieser Stadt schwierig, irgendetwas zu erreichen.«

»Es muss doch jemanden geben, der sich meine Stimme anhört. Ich kenne den italienischen Text zu Violettas bekannter Arie aus *Traviata*, und den deutschen kann ich später lernen.«

Jens nahm ihre Hand. »Gut, Liebes, ich versuche noch einmal, mich für dich zu erkundigen.«

Nach dem Essen folgte immer das Bettgehritual. Sie zog in der Toilette ihr Nachthemd an und schlüpfte kurz darauf unter die Decke, wo Jens schon auf sie wartete. Er schlang die Arme um sie, und sie sank gegen seine Brust und atmete seinen vertrauten Geruch ein. Dann küsste er sie, und sie spürte, wie ihre Körper aufeinander reagierten, wie sie beide mehr wollten ... Doch sie löste sich jedes Mal von ihm, und er seufzte tief.

»Ich kann nicht«, flüsterte sie eines Nachts in der Dunkelheit. »Du weißt, dass wir verheiratet sein müssen.«

»Ja, Liebes. Natürlich werden wir irgendwann heiraten, aber zuvor können wir doch ...«

»Nein, Jens! Es geht einfach nicht. Ich habe dir gesagt, dass ich eine Kirche weiß, in der wir bald heiraten könnten, doch du müsstest zuerst mit dem Pastor sprechen.«

»Anna, die Zeit habe ich einfach nicht. Ich muss mich voll und ganz auf mein Studium konzentrieren. Außerdem kursieren am Konservatorium neue Ideen. Unter den Studenten gibt es Radikale, die der Ansicht sind, dass die Kirche die Menschen am Gängelband führt. Sie suchen nach einer aufgeklärteren Weltsicht wie der von Goethe in seinem Stück *Faust*. Darin geht es um alle Aspekte des Spirituellen und Metaphysischen. Ein Freund hat mir seine Ausgabe geliehen, und dieses Wochenende gehe ich mit dir in Auerbachs Keller, das Lokal, in dem Goethe von dem Wandgemälde zu seinem Drama angeregt wurde.«

Anna hatte noch nie von Goethe und seinem offenbar so wichtigen Werk gehört. Sie wusste nur, dass sie vor Gott verheiratet sein musste, bevor sie sich körperlich mit Jens vereinigen konnte.

Kurz vor Weihnachten wurde Anna bewusst, dass sie und Jens sich nun schon drei Monate in Leipzig aufhielten. Sie wollte in die Christmette, und Pastor Meyer hatte ihr sogar eine Broschüre mit traditionellen deutschen Kirchenliedern gegeben. Sie summte »Stille Nacht« vor sich hin, voller Vorfreude darauf, es mit anderen singen zu können. Doch Jens bestand darauf, das Weihnachtsfest bei Frederick, einem seiner Mitstudenten, zu verbringen.

Die Hände um einen Becher mit heißem Glühwein, saß Anna schweigend neben Jens am Tisch und verstand kaum ein Wort. Jens, der bereits angetrunken war, machte sich nicht die Mühe, für sie zu übersetzen. Nach dem Essen wurde auf Instrumenten gespielt, aber Jens kam nicht auf die Idee vorzuschlagen, dass sie sang.

Auf dem Heimweg durch die eisige Nacht hörte Anna die Kirchenglocken Mitternacht schlagen und den Weihnachtstag einläuten. Als sie an der Kirche vorbeikamen, lauschte sie dem Gesang, der herausdrang. Anna sah Jens an, dessen Gesicht vom Alkohol rot war, und schickte ein stummes Gebet für ihre Familie, die ohne sie in Heddal feierte, zum Himmel. Sie hätte sich von ganzem Herzen gewünscht, bei ihr zu sein.

Im Januar und Februar fürchtete Anna, vor Langeweile den Verstand zu verlieren. Ihr Tagesablauf, der ihr anfangs aufgrund der neuen Situation noch erträglich erschienen war, wurde nun schrecklich monoton. Inzwischen hatte es geschneit, und manchmal war es so kalt, dass ihre Finger und Zehen gefühllos wurden. Die Tage brachte sie damit zu, Kohleneimer für den Ofen zu schleppen, Kleidung in der eisigen Waschküche zu waschen oder sich damit abzumühen, den Worten im *Faust*, den Jens ihr gegeben hatte, um ihre Deutschkenntnisse zu verbessern, Sinn abzugewinnen.

»Ich bin so dumm!«, schalt sie sich selbst eines Nachmittags, klappte das Buch zu und brach frustriert in Tränen aus, was nun immer öfter passierte.

Jens, dessen Kontakte zum Konservatorium und seinen Studenten immer enger wurden, kam nach Konzerten oft erst nach Mitternacht, in einer Wolke aus Bier- und Tabakrauchdünsten, nach Hause. Wenn er die Arme nach ihr ausstreckte und ihren Körper vorsichtig durchs Nachthemd hindurch liebkoste, stellte sie sich schlafend. Weil sie nicht reagierte, fluchte er leise, drehte sich mit einem Grunzen weg und schnarchte schon bald darauf. Erst dann konnte sie erleichtert aufatmen und selbst schlafen.

Inzwischen aß sie meist allein zu Abend und beobachtete die anderen Bewohner der Pension, vermutlich Vertreter, die von Woche zu Woche wechselten. Allerdings gab es auch einen älteren Herrn, der ständig in der Pension zu wohnen schien wie sie und ebenfalls allein aß. Er war auf altmodische Weise gut gekleidet und las stets in einem Buch.

Beim Essen überlegte Anna, was er für eine Vorgeschichte hatte und warum er seinen Lebensabend hier verbrachte. Manchmal, wenn nur sie beide anwesend waren, nickte er ihr zu und begrüßte sie mit einem »Guten Abend« und verabschiedete sich mit einem »Gute Nacht«. Irgendwie erinnerte er sie mit seinen dichten weißen Haaren, dem buschigen Schnurrbart und seiner Höflichkeit an Herrn Bayer.

»Wenn mir jetzt schon Herr Bayer fehlt, muss es mir wirklich schlecht gehen«, murmelte sie eines Abends beim Verlassen des Esszimmers.

Einige Tage später erhob sich der Herr, ging, wie immer mit seinem Buch in der Hand, zur Tür, nickte ihr zu und sagte »Gute Nacht«. Und wandte sich kurz darauf zu ihr um.

»Sprechen Sie Deutsch?«

»Nein, Norwegisch.«

»Sie sind aus Norwegen?«, fragte er erstaunt.

»Ja«, antwortete sie, erfreut darüber, dass er ihre Muttersprache zu beherrschen schien.

»Ich bin Däne, aber meine Mutter war aus Christiania und hat mir die Sprache beigebracht, als ich ein Junge war.«

Nach den langen Wochen, in denen sie sich mit niemandem außer Jens vernünftig hatte unterhalten können, wäre Anna ihm vor Freude am liebsten um den Hals gefallen. »Es freut mich sehr, Sie kennenzulernen.«

Der Mann musterte sie von der Tür aus. »Sie sagen, Sie können kein Deutsch?«

»Nur ein paar Wörter.«

»Wie kommen Sie dann in dieser Stadt zurecht?«

»Offen gestanden gar nicht.«

»Arbeitet Ihr Mann hier in Leipzig?«

»Nein, er besucht das Konservatorium.«

»Ach, ein Musiker! Kein Wunder, dass er kaum jemals mit Ihnen zu Abend isst. Darf ich fragen, wie Sie heißen?«

»Anna Halvorsen.«

»Und ich bin Stefan Hougaard.« Er verbeugte sich leicht. »Freut mich, Ihre Bekanntschaft zu machen. Sie arbeiten also nicht, Fru Halvorsen?«

»Nein. Aber ich hoffe auf ein Engagement als Sängerin.«

»Soll ich Ihnen helfen, Deutsch zu lernen? Oder Ihnen zumindest eine Grundlage verschaffen?«, schlug er vor. »Wenn Sie wollen, könnten wir uns nach dem Frühstück hier treffen, unter den Augen unserer Hauswirtin, damit Ihr Mann nicht das Gefühl haben muss, dass etwas Unschickliches vor sich geht.«

»Das ist sehr nett von Ihnen, und ich wäre wirklich ausgesprochen dankbar für Ihre Hilfe. Aber ich warne Sie: Ich bin keine gute Schülerin und tue mich schon mit meiner eigenen Sprache schwer.«

»Dann werden wir wohl hart arbeiten müssen, nicht wahr? Also dann bis morgen um zehn?«

»Ja, ich werde da sein.«

An jenem Abend ging Anna bedeutend froheren Mutes zu Bett, obwohl Jens, der behauptete, für ein Konzert zu proben, wieder einmal nicht da war. Sich richtig mit jemandem unterhalten zu können, hatte ihr großen Spaß gemacht, und sie war froh über alles, was ihre Tage ein wenig abwechslungsreicher gestaltete. Wenn es ihr gelang, wenigstens ein bisschen Deutsch zu lernen, ergab sich vielleicht sogar die Gelegenheit, wieder vor Publikum zu singen.

Als die ersten Blüten an den Bäumen sprossen, versuchte Anna, an den Vormittagen ihr widerspenstiges Gehirn dazu zu bringen, dass es sich die Wörter, die Herr Hougaard ihr beibrachte, merkte. Nach ein paar Tagen bestand er darauf, sie auf ihrem täglichen Weg zum Markt zu begleiten. Dort verfolgte er dann in einigem Abstand mit, wie sie dem Verkäufer einen guten Morgen wünschte, ihm sagte, was sie wollte, zahlte und sich schließlich verabschiedete. Anfangs war sie noch nervös, und oft stolperte sie über die Sätze, die sie gelernt hatte, aber allmählich wurde sie sicherer.

In dem Maße, wie sich ihre Kenntnisse verbesserten, erweiterten sich auch ihre Stadtausflüge mit Herrn Hougaard, bis sie schließlich sogar in einem Lokal für beide Mittagessen bestellte, zu dem er sie zum Dank einlud.

Sie wusste noch immer nicht viel über ihn, abgesehen davon, dass seine Frau einige Jahre zuvor gestorben und er somit Witwer war. Er war vom Land in die Stadt gezogen, um die Vorteile des kulturellen Angebots in Leipzig genießen zu können, ohne sich selbst um den Haushalt kümmern zu müssen.

»Was brauche ich mehr als einen vollen Magen, saubere Bettwäsche und Kleidung und die Möglichkeit, jederzeit ein herrliches Konzert zu hören, das meine Sinne anregt?«, fragte er mit einem breiten Lächeln.

Herr Hougaard erstaunte es, dass Jens Anna nie zu einem der zahlreichen Konzerte einlud, bei denen er angeblich mitmachte. Er behauptete, das könnten sie sich leider nicht leisten, doch Herr Hougaard erklärte ihr, dass bei solchen Konzerten der Eintritt oft frei war. Anna sah ihren »Mann« immer seltener, und in letzter Zeit war er einige Male überhaupt nicht nach Hause gekommen.

Eines Morgens, als sie das Fenster öffnete, um die frische Frühlingsluft hereinzulassen, bevor sie zu ihrer täglichen Unterrichtsstunde nach unten ging, dachte sie, dass sie sich, wenn Herr Hougaard nicht gewesen wäre, wohl schon längst vor eine Straßenbahn geworfen hätte.

Bei einem ihrer Ausflüge in die Stadtmitte sah Anna dann zu ihrer Überraschung Jens am Fenster des Thüringer Hofs sitzen, eines der besten Restaurants von Leipzig. Dort traf sich der örtliche Adel in feiner Kleidung, und davor warteten Kutschen, die die Herrschaften nach einem üppigen Mittagsmahl wieder nach Hause brachten. Genau wie früher in Christiania, dachte Anna wehmütig.

Sie versuchte, zwischen den Kutschen hindurch einen Blick auf die Person zu erhaschen, in deren Gesellschaft sich Jens befand. Es handelte sich eindeutig um eine Frau, die einen leuchtend roten Hut mit Feder trug, welche jedes Mal, wenn sie etwas sagte, wippte. Als Anna sich sehr zu Herrn Hougaards Belustigung näher heranschlich, erkannte sie, dass die Frau dunkle Haare und das, was ihre Mutter ein römisches Profil nannte, hatte, also eine große Nase.

»Was starren Sie denn so an, Anna?«, fragte Herr Hougaard, der hinter sie getreten war. »Sie sehen aus wie das Mädchen mit den Schwefelhölzern aus dem Märchen von Hans Christian Andersen. Wollen Sie sich jetzt auch noch die Nase am Fenster platt drücken?«, erkundigte er sich schmunzelnd.

»Nein.« Anna wandte den Blick ab, als Jens und die Frau die Köpfe zusammensteckten. »Ich dachte, ich kenne die beiden.«

In jener Nacht zwang Anna sich, wach zu bleiben, bis Jens weit nach Mitternacht nach Hause kam. Inzwischen zog er sich immer in der Toilette aus und schlüpfte im Dunkeln ins Bett, um sie nicht zu stören. Obwohl er das natürlich tat. Jede Nacht.

»Wieso bist du noch wach?«, fragte er, überrascht darüber, dass die Öllampe brannte, als er das Zimmer betrat.

»Ich habe auf dich gewartet, weil wir uns kaum noch sehen.«

»Ich weiß«, seufzte Jens und sank neben ihr ins Bett. Anna

roch, dass er wieder getrunken hatte. »Leider ist das Leben eines Studenten am Leipziger Konservatorium nun einmal so. Ich habe ja kaum Zeit zum Essen!«

»Nicht einmal mittags?«, rutschte ihr heraus.

Jens wandte sich ihr zu. »Wie meinst du das?«

»Ich habe dich heute in der Stadt beim Mittagessen beobachtet.«

»Tatsächlich? Warum bist du nicht hereingekommen?«

»Weil ich wohl kaum die richtige Kleidung für ein solches Lokal trug. Außerdem warst du ins Gespräch mit einer Frau vertieft.«

»Ach ja, die Baroness von Gottfried. Sie unterstützt das Konservatorium und seine Studenten großzügig und war letzte Woche in einem Konzert, bei dem ich mit drei anderen jungen Komponisten Gelegenheit hatte, eines meiner kurzen Stücke vorzuspielen. Die Komposition, an der ich gerade arbeite, erinnerst du dich?«

Anna erinnerte sich nicht, weil Jens kaum mehr zu Hause war und ihr somit nichts erzählen konnte.

»Verstehe.« Sie schluckte. Warum, fragte sie sich wütend, hatte er sie nicht zur Premiere seines neuen Werks mitgenommen?

»Die Baroness hat mich zum Mittagessen eingeladen, um zu besprechen, wie man meine Werke einem breiteren Publikum zugänglich machen könnte. Sie hat Kontakte in allen großen europäischen Städten. In Paris, Florenz, Kopenhagen ...« Jens verschränkte verträumt lächelnd die Hände hinter dem Kopf. »Kannst du dir das vorstellen, Anna? Dass meine Musik in den großen Konzertsälen der Welt gespielt wird? Das würde Herrn Hennum bestimmt ärgern.«

»Dir würde es jedenfalls Spaß machen.«

»Was ist denn los, Anna?«, erkundigte sich Jens, als er ihren eisigen Tonfall hörte. »Raus mit der Sprache.«

Anna gelang es nicht länger, ihren Zorn zu zügeln. »Ich sehe dich kaum noch, und nun erzählst du mir, dass du Konzerte gibst, zu denen ich, deine Verlobte und vor den Augen der Welt deine Frau, nicht einmal eingeladen bin. An den meisten Abenden kommst du nach Mitternacht nach Hause, manchmal sogar überhaupt nicht! Und ich sitze hier und warte auf dich wie ein treues Hündchen, ohne Freunde, ohne rechte Beschäftigung und ohne Aussicht, wieder zu singen! Zu allem Überfluss sehe ich dich dann in einem der besten Restaurants der Stadt mit einer anderen Frau.«

Als Anna geendet hatte, stand Jens auf. »Kannst du dir vorstellen, wie es für mich ist, jede Nacht neben der Frau zu liegen, die ich liebe, ihrem wunderschönen Körper so nahe zu sein und ihr höchstens einmal einen Kuss geben oder sie streicheln zu dürfen? Eigentlich quälen mich deine kleinen Zugeständnisse nur! Nacht für Nacht träume ich davon, dich zu lieben, und mache deswegen kaum ein Auge zu. Für mich und meinen Seelenfrieden ist es besser, nicht neben dir zu liegen und mich nach dir zu sehnen, sondern so spät und so betrunken wie möglich nach Hause zu kommen, damit ich sofort einschlafe. Ja!« Jens verschränkte trotzig die Arme. »Dieses ... *Leben*, das wir miteinander führen, ist nicht Fisch und nicht Fleisch. Du bist meine Frau, aber nicht richtig. Du hast schlechte Laune und machst den Eindruck, als würdest du am liebsten nach Hause fahren. Anna, bitte vergiss nicht: Es war *deine* Entscheidung hierherzukommen. Warum gehst du nicht? Es ist doch deutlich zu sehen, dass du nicht glücklich bist. Dass *ich* dich unglücklich mache!«

»Jens, das ist ungerecht! Du weißt so gut wie ich, wie gern ich dich heiraten würde, damit wir uns ein ordentliches Leben als Mann und Frau aufbauen können. Aber jedes Mal, wenn ich dich bitte, mit mir zum Pastor zu gehen, sagst du, du bist zu müde oder zu beschäftigt! Wie kannst du es wagen, mir die Schuld zu geben, wenn ich nichts dafür kann?«

»Dafür nicht, da hast du recht.« Jens' Miene wurde sanfter. »Warum, glaubst du wohl, möchte ich nicht mit dem Pastor sprechen?«

»Weil du mich nicht heiraten willst?«

»Anna ...«, er lachte entnervt, »... du weißt, wie gern ich dir ein richtiger Ehemann sein möchte. Aber dir scheint nicht klar zu sein, wie viel das kostet. Ein Kleid, Brautjungfern, ein Hochzeitsfest ... Das steht jeder Braut zu. Dafür haben wir einfach nicht das Geld. Wir leben doch sowieso schon von der Hand in den Mund.«

Das nahm Anna den Wind aus den Segeln. »Jens, all das brauche ich nicht. Ich will einfach nur deine Frau werden.«

»Wenn das so ist, heiraten wir sofort. Leider wird es nicht die Hochzeit werden, die du dir als Kind erträumt hast.«

»Ich weiß.« Bei dem Gedanken, dass niemand von ihrer Familie dabei sein würde, musste Anna schlucken. Weder Mor noch Far noch Knut noch Sigrid. Pastor Erslev würde sie nicht trauen, und sie würde nicht die Hochzeitskrone des Orts tragen. »Aber das ist mir egal.«

Jens setzte sich aufs Bett und küsste sie zärtlich. »Dann machen wir einen Termin mit deinem Pastor aus.«

XXXII

Die kurze, schlichte Trauung fand im allerkleinsten Kreis in der Thomaskirche statt. Anna trug ein einfaches weißes Kleid, das sie für den Anlass mit Frøken Olsdatters Geld erworben hatte, sowie weiße Blumen im Haar. Pastor Meyer sprach freundlich lächelnd die Formel, die sie den Rest ihres Lebens aneinander binden würde.

»Ja, ich will«, sagten sie nacheinander, und Jens schob Anna den Goldreif seiner Großmutter über den Finger. Als er sie keusch auf die Lippen küsste, schloss sie die Augen und spürte erleichtert die Vergebung des Herrn in ihrem Herzen.

Die kleine Hochzeitsgesellschaft begab sich in einen Bierkeller, wo Jens' Musikerfreunde die Frischvermählten mit einem improvisierten Hochzeitsmarsch begrüßten und die anderen Gäste ihre Krüge hoben. Bei einem einfachen Mahl mit Hochzeitssuppe legte Jens Anna beruhigend die Hand aufs Knie. Dank Herrn Hougaards Unterricht konnte sie nun in die Scherze und Trinksprüche von Jens' Freunden einstimmen, endlich fühlte sie sich nicht mehr wie eine Fremde.

Später am Abend, auf den Stufen zu ihrem Zimmer, lagen Jens' Fingerspitzen auf ihrer Schulter, und Anna durchliefen wohlige Schauer.

»Wie schön du bist«, murmelte er, und sein Blick wurde vor Begierde dunkel, als er die Tür hinter ihnen schloss, »so zierlich, so unschuldig, so vollkommen ...« Er zog sie in seine Arme, seine Hände wanderten forschend über ihren Körper. »Und jetzt will ich meine Frau haben«, flüsterte er ihr ins Ohr, dann hob er ihr Gesicht ein wenig an, um sie zu küssen. »Wie kann es dich nur wundern, dass ich mich anderweitig trösten musste?«

Als sie das hörte, löste sie sich von ihm.

»Was soll das heißen?!«

»Nichts, wirklich ... Nur, dass ich *dich* begehre.«

Bevor sie etwas erwidern konnte, küsste er sie, und seine Hände streichelten ihren Rücken, ihre Schenkel, ihre Brüste ... Trotz ihrer Bedenken fühlte es sich plötzlich wunderbar und ganz natürlich an, als endlich ihre Kleidung und die anderen Hindernisse, die sie getrennt hatten, wegfielen, sodass sie eins werden konnten. Jens trug sie zum Bett, schlüpfte aus seinen Sachen und legte sich auf Anna. Ihre Finger erkundeten die harten Muskeln seines Rückens. Als er in sie eindrang, war sie bereit für ihn; sie wusste, dass ihr Körper, seit sie Jens das erste Mal gesehen hatte, darauf vorbereitet war.

Obwohl sie den eigentlichen Vorgang merkwürdig fand, vergaß sie alle Horrorgeschichten, die sie darüber gehört hatte, als er mit einem letzten Stöhnen auf das Kissen neben ihr sank und ihren Kopf an seine Schulter zog. In dem Moment gehörte er ganz ihr und sie ganz ihm.

In den folgenden Wochen kam Jens pünktlich zum Abendessen nach Hause, weil beide nur darauf warteten, danach gleich in ihr Zimmer zu eilen. Anna war klar, dass ihr Mann Erfahrung hatte in der Liebe, und sobald er mehr wagte und auch sie sich gestattete, ihre Zurückhaltung aufzugeben, wurde jede Nacht ein wunderbares Abenteuer. Die Einsamkeit der vergangenen Monate war vergessen; endlich erkannte Anna den Unterschied zwischen Freunden und Liebenden. Ein wenig hatte sie sogar das Gefühl, dass sich ihre Rollen umkehrten, weil sie sich nun ständig nach seiner Berührung sehnte.

»Himmel, Frau«, keuchte er eines Nachts neben ihr, »hätte ich dich bloß nicht mit diesem Spiel vertraut gemacht. Du bist ja unersättlich!«

Und das stimmte. Weil diese Augenblicke das Einzige waren, was ihr von ihm wirklich gehörte. Wenn er sich morgens aus ihren Armen löste und sich fürs Konservatorium anzog, sah sie, wie sich sein Gesichtsausdruck veränderte und seine Gedanken sich von ihr entfernten. Sie hatte sich angewöhnt, ihn zum Konservatorium zu begleiten, wo er sie umarmte, ihr sagte, dass er sie liebe, und in die andere Welt eintauchte, die ihn so in Anspruch nahm.

Mein Feind, dachte Anna manchmal auf dem Weg zurück nach Hause.

Herr Hougaard bemerkte ihre Munterkeit und ihr fröhliches Lächeln, wenn sie ihn morgens zu ihrer Deutschstunde begrüßte.

»Sie wirken glücklicher, Frau Halvorsen. Das freut mich«, sagte er.

Angeregt durch ihre neue positive Grundstimmung, verbesserte sich auch Annas Deutsch schlagartig. Nun sprach sie mit einem Selbstbewusstsein, für das Herr Hougaard sie lobte. Es schien, als würde jedes neue Wort, das sie lernte, zu einer Fülle anderer führen.

Anna beschloss, nicht mehr zu warten, bis Jens jemanden auftrieb, dem sie vorsingen konnte. Sie schrieb Herrn Grieg einen Brief, in dem sie ihm mitteilte, dass sie nach Leipzig gezogen sei, und ihn fragte, ob er ihr bei einem seiner Kontakte ein Vorsingen vermitteln könne. Jens hatte sich im Konservatorium nach der Adresse von C. F. Peters, dem Leipziger Musikverlag von Herrn Grieg, erkundigt. Anna suchte die Talstraße 10 auf und überreichte ihren Brief persönlich einem jungen Mann, der in dem Musikalienhandel im Erdgeschoss arbeitete. Danach betete sie jeden Abend, dass Herr Grieg ihre Botschaft erhalten und antworten möge.

Eines Tages im Juni, als es ihr gelungen war, sich eine Viertelstunde lang ohne einen einzigen Fehler auf Deutsch zu unterhalten, verbeugte sich Herr Hougaard leicht vor ihr.

»Frau Halvorsen, das war perfekt. Hut ab.«

Anna bedankte sich für das Lob.

»Ich wollte Ihnen sagen, dass ich schon bald zur Kur nach Baden-Baden fahren werde, wie ich es jeden Sommer tue. Mir wird es hier in der Stadt zu heiß, und in letzter Zeit fühle ich mich sehr müde. Wollen Sie und Herr Halvorsen nach dem Semester nach Norwegen?«

»Er hat nichts davon erwähnt.«

»Ich reise morgen früh ab, also werden wir uns, so Gott will, erst wieder im Herbst sehen.«

»Das hoffe ich.« Anna, die sich mit ihm erhob, hätte ihm ihre Zuneigung und Dankbarkeit gern weniger förmlich gezeigt. »Ich schulde Ihnen sehr viel, Herr Hougaard.«

»Frau Halvorsen, glauben Sie mir, es war mir ein Vergnügen.« Mit diesen Worten verabschiedete er sich von ihr.

Als Herr Hougaard nach Baden-Baden abreiste, fiel Anna auch bei Jens eine Veränderung auf. Er kam nicht mehr wie sonst zum Abendessen nach Hause, und traf er dann schließlich ein, saß er wie auf Kohlen. Wenn er mit ihr schlief, spürte sie neue Distanz.

»Was ist los?«, fragte sie ihn eines Nachts. »Ich weiß, dass etwas nicht stimmt.«

»Nichts«, antwortete er, löste sich von ihr und drehte sich weg. »Ich bin müde, das ist alles.«

»Jens, *min eskelde*, ich kenne dich. Bitte sag mir, was ist.«

Es dauerte eine Weile, bevor er sich wieder ihr zuwandte. »Gut, ich stecke in einer Zwickmühle und weiß nicht, was ich machen soll.«

»Raus mit der Sprache. Vielleicht kann ich dir helfen.«

»Leider wird dir das gar nicht gefallen.«

»Noch mehr Grund, es mir zu sagen.«

»Du erinnerst dich an die Frau, mit der du mich damals beim Mittagessen gesehen hast?«

»Die Baroness. Wie könnte ich die vergessen?«, fragte Anna, der sich bei dem Gedanken an sie die Nackenhaare sträubten.

»Sie hat mich gebeten, mit ihr den Sommer in Paris zu verbringen, wo sie und ihr Mann in der Nähe von Versailles ein Château besitzen. Sie veranstaltet Soireen für die Großen und Einflussreichen der Kunstwelt und möchte, dass ich meine neuen Kompositionen dort zum ersten Mal einem breiteren Publikum vorstelle. Natürlich wäre das eine wunderbare Gelegenheit für mich, meine Werke zu Gehör zu bringen. Baroness von Gottfried kennt alles, was Rang und Namen hat, und wie ich dir bereits erzählt habe, ist sie eine große Förderin junger Komponisten. Sie sagt, einmal hätte sogar Herr Grieg höchstpersönlich bei einem ihrer Konzerte gespielt.«

»Dann müssen wir natürlich fahren. Ich verstehe nicht, warum du deshalb in der Zwickmühle steckst.«

Jens stöhnte auf. »Anna, das ist ja genau das Problem: Ich kann dich nicht mitnehmen.«

»Oh. Darf ich fragen, warum?«

»Weil ...«, Jens seufzte, »... Baroness von Gottfried nichts von dir weiß. Ich habe ihr gegenüber nie erwähnt, dass ich verheiratet bin, weil ich Angst hatte, das könnte ihre Offenheit mir gegenüber negativ beeinflussen. Als ich sie kennengelernt habe, war es mit uns ... schwierig, wir lebten praktisch wie Bruder und Schwester oder wie Freunde. Nun ist es heraus: Sie weiß nichts von deiner Existenz.«

»Warum sagst du ihr nicht einfach jetzt, dass es mich gibt?«, fragte Anna kühl, während sie die Worte ihres Mannes verarbeitete.

»Weil ... ich Angst habe. Ja, Anna, dein Jens hat Angst, dass die Baroness mich, wenn sie Bescheid weiß, vielleicht nicht mehr nach Paris mitnehmen will.«

»Die Baroness soll also glauben, du seist verfügbar, damit sie dir beruflich weiterhilft?«

»Ja, Anna. Gott, was bin ich nur für ein Esel ...«

»Allerdings.« Anna sah ungerührt zu, wie Jens das Kissen über den Kopf zog wie ein unartiges Kind, das gerade von der Mutter geschimpft worden ist.

»Vergib mir, Anna, ich hasse mich selbst, wirklich. Aber immerhin habe ich jetzt reinen Tisch gemacht.«

»Und wie lange sollst du in Paris bleiben?«

»Nur den Sommer über«, antwortete Jens und tauchte unter dem Kissen auf. »Bitte versteh, dass ich das nur für uns tue, um im Leben voranzukommen und Geld zu verdienen, damit du aus diesem Zimmer ausziehen und eines Tages ein richtiges Zuhause haben kannst, wie es dir zusteht.«

Und damit du von dem Ruhm kosten kannst, der dir deiner Ansicht nach zusteht, dachte sie verärgert. »Dann musst du fahren.«
»Wirklich?«, fragte Jens erstaunt. »Warum lässt du das zu?«
»Weil du mich in eine schwierige Lage bringst. Wenn ich es dir verbiete, schmollst du den ganzen Sommer und machst mir Vorwürfe. Auch wenn andere denken, dass du es nicht verdienst ...«, Anna holte tief Luft, »... vertraue ich dir.«
»Tatsächlich? Du bist ein Engel!«
»Jens, du bist mein Mann. Welchen Sinn hätte diese Ehe, wenn ich dir nicht vertrauen könnte?«, erwiderte sie grimmig.
»Danke. Danke, liebste Gattin.«

Wenige Tage später gab Jens Anna genug Geld für die Wochen bis zu seiner Rückkehr und reiste ab. Seine überbordende Dankbarkeit für ihre Großzügigkeit reichte, sie davon zu überzeugen, dass sie die richtige Entscheidung getroffen hatte. Jede Nacht im Bett hatte sie gemerkt, wie verwundert er sie musterte.
»Ich liebe dich, Anna, ich liebe dich ...«, hatte er ein ums andere Mal gesagt. Und dann, am Morgen seiner Abreise, hatte er sie an sich gedrückt, als wollte er sie nie wieder loslassen.
»Versprichst du mir, auf mich zu warten, Liebste, egal, was geschieht?«
»Natürlich, Jens. Du bist mein Mann.«

Den schwülen Leipziger Sommer überstand Anna nur mit reiner Willenskraft. Nachts lag sie, die Fenster weit geöffnet, um jeden Windhauch, der zwischen den Häusern in die schmale Gasse gelangte, hereinzulassen, nackt und schwitzend auf dem Bett.

Sie las Goethes *Faust* zu Ende und arbeitete sich zur Verbesserung ihres deutschen Wortschatzes durch alle anderen Bücher, derer sie in der Stadtbibliothek habhaft wurde. Außerdem kaufte sie auf dem Markt Stoff und setzte sich damit im Park in den Schatten eines Baums, um mühevoll ein Kleid aus Barchent und einen wärmeren Umhang für den Winter zu nähen. Als sie für die neuen

Kleidungsstücke Maß nahm, ärgerte sie sich, weil sie, obwohl gerade einmal zwanzig, schon wie andere Frauen, sobald sie verheiratet waren, zugenommen hatte. Jeden zweiten Tag ging sie in die Thomaskirche, um Trost und Zuflucht vor der Hitze zu suchen.

Sie schrieb regelmäßig an die Pariser Adresse, die Jens ihr gegeben hatte, erhielt ihrerseits jedoch nur zwei kurze Nachrichten, in denen er ihr mitteilte, dass es ihm gut gehe und er viele von Baroness von Gottfrieds einflussreichen Bekannten kennenlerne. Außerdem schrieb er, dass seine Komposition bei dem Konzert gut angekommen sei und er an einem neuen Werk arbeite.

Das Château inspiriert mich zu meiner bisher besten Arbeit! Wie könnte man auch in einer solchen Umgebung nicht kreativ sein?

Während des endlos langen Sommers wehrte Anna sich mit aller Kraft gegen ihre düsteren Gedanken an Jens' wohlhabende, mächtige Gönnerin. Er würde bald wieder bei ihr sein, redete sie sich ein, und dann würde ihr Eheleben weitergehen.

Jens hatte ihr kein genaues Datum für seine Rückkehr genannt, doch als Anna eines Morgens Anfang September frühstückte, fragte die Hauswirtin Frau Schneider sie, ob sie ihren Gatten rechtzeitig zum neuen Semester, das tags darauf beginne, in Leipzig zurückerwarte.

»Bestimmt kommt er«, antwortete Anna, ohne sich ihre Überraschung anmerken zu lassen. Nach dem Frühstück ging sie sofort hinauf in ihr Zimmer, um sich die Haare zu kämmen und ein frisches Kleid anzuziehen. Der Blick in den kleinen Spiegel auf der Kommode stellte sie zufrieden, obwohl ihre Wangen seit Jens' Abreise voller geworden waren. Sie konnte nur hoffen, dass ihm das gefallen würde – er hatte sie wie ihre Familie oft geneckt, dass sie zu dünn sei.

Den Rest des Tages blieb Anna in dem stickigen Zimmer, um die Heimkehr ihres Mannes nur ja nicht zu verpassen.

Als die Dämmerung hereinbrach, kam sie ins Zweifeln. Jens würde doch sicher nicht den ersten Tag des neuen Semesters an seinem geliebten Konservatorium verpassen, oder?, dachte sie.

Und als die Kirchenglocken um Mitternacht den neuen Tag einläuteten, zog Anna ihr Kleid aus und legte sich in ihrem Unterrock aufs Bett. In dieser Nacht würden keine Züge mehr am Leipziger Bahnhof eintreffen, das wusste sie.

Drei Tage später ging Anna außer sich vor Sorge zum Konservatorium, wo sie wartete, bis Studenten rauchend und plaudernd herauskamen. Als sie Frederick, den jungen Mann, mit dem sie das letzte Weihnachtsfest gefeiert hatten, erkannte, trat sie verlegen auf ihn zu.

»Entschuldigen Sie, dass ich Sie störe, Herr Frederick«, sagte Anna, die seinen Nachnamen nicht kannte, »aber haben Sie Jens diese Woche in seinen Kursen gesehen?«

Frederick, der offenbar überlegte, woher er sie kannte, sah sie verwundert an, bevor er einen vielsagenden Blick mit seinen Freunden wechselte. »Nein, Frau Halvorsen, leider nicht. Weiß irgendjemand sonst etwas?«, fragte er seine Begleiter. Sie schüttelten verlegen den Kopf.

»Ich mache mir Sorgen, dass ihm in Paris etwas zugestoßen ist, weil ich seit über einem Monat nichts von ihm gehört habe und er zum Semesterbeginn wieder hier sein wollte.« Anna drehte nervös den Ehering an ihrem Finger. »Könnte im Konservatorium sonst jemand wissen, wo er steckt?«

»Ich kann Herrn Halvorsens Lehrer fragen, ob er etwas weiß. Aber ich will offen zu Ihnen sein, Frau Halvorsen: Ich hatte den Eindruck, dass er sich in Paris niederlassen möchte. Er hat mir gesagt, dass er nur genug Geld für ein Jahr Unterricht hier hat. Obwohl das Konservatorium ihm natürlich ein Stipendium angeboten haben könnte, damit er bleibt.«

»Ich ...« Anna hatte das Gefühl, den Boden unter den Füßen zu verlieren. Frederick ergriff ihren Arm und stützte sie.

»Frau Halvorsen, ist Ihnen nicht wohl?«

»Danke, mir fehlt nichts«, entgegnete sie, löste sich von ihm und reckte stolz das Kinn vor. »Danke, Herr Frederick.« Sie verabschiedete sich mit einem Nicken und entfernte sich hocherhobenen Hauptes.

»O mein Gott«, murmelte sie, als sie benommen und kurzatmig durch die belebten Straßen nach Hause zurücktrottete.

In ihrem Zimmer sank Anna aufs Bett, griff nach dem Wasserglas und nahm einen großen Schluck gegen den Durst und um sich wieder zu fangen.

»Das kann nicht wahr sein. Warum hat er mich nicht geholt, wenn er in Paris bleiben möchte?«, fragte sie die nackten Wände des Zimmers. »Er würde mich nicht verlassen, nein, das würde er nicht tun«, versuchte sie, sich selbst zu überzeugen. »Er liebt mich, ich bin seine Frau ...«

Nach einer schlaflosen Nacht, in der sie ob der zahllosen Gedanken, die in ihrem Kopf herumschwirrten, den Verstand zu verlieren fürchtete, stolperte sie zum Frühstück hinunter und begegnete im Flur Frau Schneider, die im Stehen einen Brief las.

»Guten Morgen, Frau Halvorsen. Ich habe gerade eine sehr traurige Nachricht erhalten. Ihr Freund Herr Hougaard ist vor zwei Wochen an einem Herzinfarkt gestorben. Seine Familie möchte, dass ich seine Sachen packe. Ein Wagen wird sie abholen.«

Anna schlug die Hand vor den Mund. »Nein, bitte nicht.« Dann wurde ihr schwarz vor Augen.

Als sie wieder zu sich kam, lag sie in Frau Schneiders privatem Wohnzimmer auf dem Sofa, ein kühles Tuch auf der Stirn.

»Ganz ruhig«, sagte Frau Schneider. »Ich weiß, wie sehr Sie ihn mochten, und mir war er auch ans Herz gewachsen. Aber für Sie muss es besonders schlimm sein, jetzt, wo Ihr Mann immer noch nicht da ist. Und das in Ihrem Zustand.«

Anna folgte dem Blick der Frau auf ihren Bauch. »Ich ... Was meinen Sie mit ›meinem Zustand‹?«

»Sie sind doch schwanger. Wissen Sie, wann das Kleine kommen wird? Sie sind so zierlich, Frau Halvorsen, Sie müssen auf sich achten.«

Wieder wurde Anna schwindlig, und sie hatte Angst, sich auf Frau Schneiders samtbezogenes Sofa übergeben zu müssen.

»Versuchen Sie, ein bisschen Wasser zu trinken«, schlug Frau Schneider vor und gab ihr ein Glas.

Anna nahm einen Schluck, während Frau Schneider weiterredete.

»Ich wollte mit Ihnen über Ihre Zukunft sprechen. Ich möchte keine Kinder hier haben, das ist eine meiner Hausregeln. Ihr Geschrei stört die anderen Gäste.«

Anna, die gedacht hatte, dass es nicht schlimmer kommen konnte, wurde gerade eines Besseren belehrt.

»Aber ich fände es nicht gerecht, Sie auf die Straße zu setzen, bevor Ihr Mann zurück ist. Bis zur Geburt können Sie hierbleiben«, erklärte sie großzügig.

»Danke«, flüsterte Anna, die spürte, dass sich Frau Schneiders Mitgefühl damit erschöpfte und sie sich wieder ihren morgendlichen Geschäften zuwenden wollte, und stand auf. »Jetzt geht es mir besser. Danke für Ihr Verständnis und entschuldigen Sie bitte die Umstände, die ich Ihnen gemacht habe.« Sie nickte Frau Schneider freundlich zu, bevor sie den Raum verließ und in ihr Zimmer zurückkehrte.

Den Rest des Tages lag sie reglos im Bett. Wenn sie sich nicht rührte und die Augen geschlossen hielt, würden sich die schrecklichen Dinge, die sich ereignet hatten, vielleicht in Luft auflösen. Doch wenn sie auch nur einen einzigen Muskel bewegte, bedeutete das, dass sie noch am Leben war und atmete und sich der Realität stellen musste.

»Lieber Gott, bitte hilf mir«, flehte sie.

Als sie später aufstand, um die Toilette aufzusuchen, schlüpfte Anna aus ihrem Kleid, hob den Unterrock an und zwang sich, einen Blick auf ihren Bauch zu werfen: Ja, er wölbte sich tatsächlich vor. Warum nur war sie nicht auf die Idee gekommen, schwanger zu sein?

»Du Dummkopf«, jammerte sie. »Wieso hast du das nicht gemerkt? Du bist ein naives Bauernmädchen, genau wie Herr Bayer gesagt hat!« Sie trat an die Kommode, um Füller, Tinte und Papier herauszuholen, und begann, einen Brief an ihren Ehemann in Paris zu schreiben.

»Heute ist ein Brief für Sie gekommen«, teilte Frau Schneider ihr mit und reichte ihn Anna. Als die Kleine – so nannte die Hauswirtin ihren zierlichen Gast insgeheim – sie mit tief liegenden Augen von unten herauf ansah, erkannte Frau Schneider darin zum ersten Mal einen winzigen Hoffnungsschimmer. »Er hat einen französischen Poststempel. Bestimmt ist er von Ihrem Mann.«
»Danke.«

Frau Schneider nickte und zog sich aus dem Esszimmer zurück, um die Kleine beim Lesen allein zu lassen. In den vergangenen beiden Wochen war Anna wie ein Geist aus ihrem Zimmer gehuscht, hatte nur kurz einen desinteressierten Blick auf Frau Schneiders Essen geworfen und war wieder verschwunden, ohne es angerührt zu haben. Frau Schneider spülte seufzend die Frühstücksteller in einem Holzfass. Wieder diese uralte Geschichte, dachte sie. Obwohl sie Mitleid mit Anna hatte, hoffte sie, dass sich das Problem durch den Brief lösen würde. Denn nach vielen Jahren als Hauswirtin wusste sie, dass das Leben ihrer Gäste sie, egal, wie verzweifelt es auch sein mochte, nichts anging.

Anna öffnete den Brief mit zitternden Fingern in ihrem Zimmer. Sie hatte Jens, der nach wie vor in seinem Château weilte, schon Wochen zuvor von dem zu erwartenden Nachwuchs geschrieben. Vielleicht war dies nun endlich die Reaktion.

Paris
13. September 1877

Meine liebe Anna,
entschuldige, dass ich Dir so lange nicht geantwortet habe, aber ich wollte mich erst hier eingewöhnen. Ich habe jetzt eine Wohnung in Paris und lerne Komposition bei Augustus Theron, einem angesehenen Musiklehrer, der mich sehr voranbringt. Baroness von Gottfried unterstützt mich großzügig und stellt mich allen vor, die mir nützen können. Für den November hat sie sogar eine Soiree für mich organisiert, in der ich der Pariser Gesellschaft mein Werk vorstellen kann.
Ich habe Dir gesagt, dass es ungünstig wäre, ihr von uns zu erzäh-

len, aber in Wahrheit sieht es eher so aus, Anna: Bei meiner Abreise wollte ich Dich nicht belasten. Mir war nämlich das Geld ausgegangen, und wenn die Baroness nicht so großzügig gewesen wäre, würden wir nun beide in der Gosse liegen. Ich habe Dir alles, was ich hatte, in Leipzig gelassen, und weiß, dass Du noch Geld von Frøken Olsdatter hast. Also hoffe ich, dass Du keine Not leidest.

Anna, bestimmt siehst Du es als schrecklichen Verrat an unserer Liebe, dass ich nicht zurückgekommen bin. Aber bitte glaube mir, dass ich Dich aufrichtig liebe. Ich tue alles für uns und unsere Zukunft. Sobald die Welt meine Musik wahrnimmt, werde ich in der Lage sein, selbst für uns zu sorgen und Dich nachzuholen. Das schwöre ich bei der Bibel, die Dir so wichtig ist. Und bei unserer Verbindung.

Bitte, Anna, warte auf mich, wie Du es versprochen hast. Und versuch zu verstehen, dass ich das alles für uns beide tue. Es mag hart erscheinen, aber glaube mir, es ist das Beste.

Du fehlst mir so sehr, Liebes.
Ich liebe Dich von ganzem Herzen.
Dein Jens

Anna ließ den Brief auf den Boden fallen und stützte den Kopf in die Hände, um ihrer kreisenden Gedanken Herr zu werden. Er erwähnte nichts von dem Kind – hatte er ihren Brief nicht erhalten? Und wie lange sollte sie noch auf ihn warten?

Dieser Mann wird Ihnen das Herz brechen und Sie zerstören ... Herrn Bayers Worte klangen ihr im Ohr und brachten ihren Entschluss, ihrem Mann weiter zu vertrauen, ins Wanken.

Irgendwie gelang es Anna, den folgenden Monat zu überstehen. Ohne eine Ahnung zu haben, wann Jens wiederkommen würde, sah sie Frøken Olsdatters Münzen schwinden und kam zu dem Schluss, dass sie sich nach Arbeit umsehen musste.

Eine Woche lang klapperte sie die Straßen von Leipzig ab und erkundigte sich, ob sie irgendwo bedienen oder Teller waschen könne, doch sobald man ihren Bauch sah, wurde sie weggeschickt.

»Frau Schneider, brauchen Sie vielleicht Hilfe in der Küche

oder beim Saubermachen?«, fragte sie ihre Hauswirtin eines Tages. »Nun, da Herr Hougaard gestorben ist und ich auf die Rückkehr meines Mannes warte, langweile ich mich. Ich dachte, ich könnte mich nützlich machen.«

»Die Arbeit hier ist hart, aber wenn Sie unbedingt wollen ...«, meinte Frau Schneider mit einem zweifelnden Blick. »Ich könnte tatsächlich Hilfe gebrauchen.«

Als Erstes steckte Frau Schneider sie in die Küche, wo sie bei der Zubereitung des Frühstücks helfen sollte, was bedeutete, dass Anna morgens um halb sechs aufstehen musste. Wenn sie die Töpfe abgewaschen hatte, wechselte sie in den Zimmern der Gäste, wenn nötig, die Bettwäsche. Die Nachmittage gehörten ihr, doch um fünf stand sie wieder in der Küche, schälte Kartoffeln und bereitete das Abendessen vor. Angesichts ihrer dürftigen Kochkünste empfand Anna diese Wendung der Dinge als Ironie des Schicksals. Es war harte, nie endende Plackerei, und ihr Bauch machte ihr beim Treppensteigen zu schaffen, aber immerhin war sie am Abend so erschöpft, dass sie schlafen konnte.

»Wie weit ist es nur mit mir gekommen?«, fragte sie sich wehmütig eines Nachts im Bett. »Zuerst der Stern von Christiania, und jetzt, nur wenige Monate später, Spülmädchen.« Dann betete sie wie jeden Abend, dass ihr Ehemann zu ihr zurückkehren möge.

»Lieber Gott, bitte mach, dass mein Vertrauen und meine Liebe zu meinem Mann sich nicht als falsch erweisen und das, was alle anderen sagen, nicht stimmt.«

Als draußen eisige Novemberwinde durch die Straßen fegten, spürte Anna mitten in der Nacht plötzlich einen stechenden Schmerz im Unterleib. Sie tastete nach der Öllampe neben dem Bett, zündete sie an, stand auf, um sich Erleichterung zu verschaffen, und stellte entsetzt fest, dass das Bettzeug voller Blut war. Nun überrollten sie in regelmäßigen Abständen so starke Krämpfe, dass sie sich zusammenreißen musste, um nicht vor Schmerz laut aufzuschreien. Da sie nicht um Hilfe rufen und damit Frau Schneiders Unmut auf sich ziehen wollte, durchlitt Anna die langen Stunden der Wehen allein, bis in der Morgendämmerung schließlich ein winziges Kind reglos zwischen ihren Beinen lag.

Als sie sah, dass es über den Nabel noch mit ihr verbunden war, entrang sich ein Schrei ihrer Brust, in dem all ihr Schmerz, ihre Angst und ihre Erschöpfung lagen. Wenige Sekunden später erschien Frau Schneider an der Tür, warf einen Blick auf die blutigen Laken und rannte hinunter, um die Hebamme zu holen.

Anna wurde durch sanfte Hände, die ihr die Haare aus der Stirn strichen und ihr ein kühles Tuch darauflegten, aus erschöpftem und fiebrigem Schlaf geweckt.

»Ganz ruhig, meine Liebe, ich durchtrenne jetzt die Nabelschnur und mache Sie sauber«, murmelte eine Stimme.

»Wird sie sterben?«, hörte Anna Frau Schneider fragen. »Ich hätte sie wirklich rauswerfen sollen, als ich gesehen habe, dass sie schwanger ist. Das hat man nun von seiner Gutmütigkeit.«

»Nein, die junge Frau wird sich erholen, doch leider war das Kind eine Totgeburt.«

»Das ist natürlich sehr traurig, aber ich muss jetzt wieder etwas tun.« Mit diesen Worten und einem leisen missbilligenden Geräusch verließ Frau Schneider das Zimmer.

Eine Stunde später waren Anna und das Bett sauber gemacht, und die Hebamme reichte Anna das in ein Tuch gehüllte Kind, damit sie sich davon verabschieden konnte.

»Es war ein kleines Mädchen, meine Liebe. Versuchen Sie, sich nicht zu sehr zu grämen. Bestimmt werden Sie noch andere Kinder bekommen.«

Anna betrachtete die vollkommenen Züge ihrer kleinen Tochter, deren Haut bereits einen bläulichen Ton angenommen hatte. Sie küsste die Kleine, zu benommen zum Weinen, sanft auf die winzige Stirn, und ließ sie sich von der Hebamme wegnehmen.

XXXIII

»Jetzt, wo Sie sich erholt haben, würde ich mich gern mit Ihnen unterhalten«, sagte Frau Schneider, als sie den unberührten Frühstücksteller von Annas Schoß nahm. Nach einer Woche war die Kleine immer noch im Bett, zu schwach zum Aufstehen. Allmählich hatte Frau Schneider genug.

Anna, die sich vorstellen konnte, was Frau Schneider wollte, nickte matt. Eigentlich war es ihr egal, wenn sie sie hinauswarf. Im Moment war ihr alles egal.

»Sie haben seit dem Frühherbst keinen Brief mehr von Ihrem Mann erhalten.«

»Nein.«

»Hat er Ihnen geschrieben, wann er zurückkommt?«

»Nein. Nur, dass er kommt.«

»Und Sie glauben ihm immer noch?«

»Warum sollte er mich anlügen?«

Frau Schneider sah Anna verwundert an. »Haben Sie Geld für die Miete der letzten Woche?«

»Ja.«

»Und für die nächste Woche? Und die Woche danach?«

»Ich habe noch nicht in meine Dose geschaut, Frau Schneider, aber das mache ich gleich.« Anna hob die Matratze hoch und holte die Dose hervor.

Frau Schneider, die wusste, dass sich nur noch wenige Münzen darin befanden, beobachtete, wie die Kleine sie aufmachte und ein Ausdruck der Angst in ihre blauen Augen trat. Anna nahm zwei Münzen heraus und reichte sie der Hauswirtin, bevor sie den Deckel wieder zuklappte.

»Danke. Und was ist mit der Hebamme? Außerdem wäre da noch das Begräbnis des Kindes. Wenn Sie nicht wollen, dass die Kleine in einem Armengrab verscharrt wird, müssen Sie

Geld für die Trauerfeier und das Grab im Friedhof bereitstellen.«

»Wie viel wird das kosten?«

»Keine Ahnung. Doch wir wissen beide, dass es mehr ist, als Sie haben.«

»Ja«, pflichtete Anna ihr niedergeschlagen bei.

»Kind, ich bin keine schlechte Frau, aber auch keine Heilige. Ich kann Sie gut leiden und weiß, dass sie ein gutes, gottesfürchtiges Mädchen sind, das von einem Mann ins Unglück getrieben wurde. Und ich bin nicht so herzlos, Sie nach allem, was geschehen ist, auf die Straße zu setzen. Doch dieses Zimmer ist das Beste, das ich meinen Gästen zu bieten habe, und das Geld, das Sie mit Ihrer Arbeit bei mir verdienen, deckt kaum zwei Tage der Wochenmiete. Ganz zu schweigen von Ihren anderen Schulden ...«

Frau Schneider versuchte, eine Reaktion in Annas Blick zu sehen, doch in ihren leblosen Augen war nicht das geringste Flackern zu erkennen. Also fuhr sie seufzend fort: »Ich würde vorschlagen, dass Sie mir weiter in der Pension zur Hand gehen, und zwar ganztags, bis Ihr Mann zurückkommt – falls er das tut –, und dafür gebe ich Ihnen statt des Lohns das Dienstbotenzimmer bei der Waschküche im hinteren Teil des Hauses. Sie essen die Reste vom Frühstück und Abendessen, und ich leihe Ihnen das Geld für die Hebamme und ein christliches Begräbnis für Ihre Kleine. Was sagen Sie dazu?«

Anna, deren Kopf völlig leer war, nickte stumm.

»Gut. Dann sind wir uns also einig. Morgen bringen Sie Ihre Sachen in Ihr neues Zimmer. Ein Herr möchte das Ihrige einen Monat lang mieten.«

Frau Schneider ging zur Tür. Die Hand auf der Klinke, drehte sie sich stirnrunzelnd um.

»Wollen Sie sich nicht bedanken, Kind? Viele würden Sie einfach hinauswerfen.«

»Danke, Frau Schneider«, sagte Anna artig.

Dem Gesichtsausdruck der Frau war anzusehen, dass Anna ihr

nicht dankbar genug war. Anna schloss die Augen, um die Wirklichkeit auszublenden. Es war das Sicherste, an einem Ort zu bleiben, an dem nichts und niemand sie erreichen konnte.

Anfang Dezember stand Anna bei bitterkaltem Wind allein am Grab ihrer Tochter im Johannisfriedhof.
Solveig Anna Halvorsen.
Der Gott, an den sie immer geglaubt, die Liebe, für die sie alles geopfert hatte, und jetzt auch noch ihre kleine Tochter – alles verloren.

In den folgenden drei Monaten arbeitete Anna vom Morgengrauen bis zur Abenddämmerung, da Frau Schneider das finanzielle Arrangement mit ihr weidlich ausnutzte. Die Hauswirtin bedachte Anna von ihrem privaten Wohnzimmer aus mit mehr und mehr Aufgaben. Nachts schlief Anna erschöpft und traumlos auf ihrer Strohmatratze in dem winzigen Zimmer, in dem es nach verrottenden Lebensmitteln und dem Spülwasser aus dem schmalen Abfluss im Hinterhof stank.
Das Leben hatte keine Träume mehr für sie.
Als sie schließlich den Mut aufbrachte, Frau Schneider zu fragen, wie lange es dauern würde, bis sie ihre Schulden abgearbeitet hätte und Lohn erhalten würde, herrschte diese sie an: »Undankbares Ding! Ich sorge für Sie und gebe Ihnen ein Dach über dem Kopf und etwas zu essen, und Sie wollen immer noch mehr!«
Nein, es war Frau Schneider, die immer mehr verlangte, dachte Anna, die inzwischen sämtliche Arbeiten in der Pension verrichtete. Sie musste sich nach einer Anstellung umsehen, die ihr wenigstens einen geringen Lohn einbrachte. Als sie aus ihrem Kleid schlüpfte und ihr schmutziges Gesicht im Spiegel betrachtete, merkte sie, dass sie wenig besser aussah als ein Straßenkind: halb verhungert, mit Lumpen bekleidet, und obendrein stank sie. In diesem Zustand würde ihr niemand Arbeit geben.
Sie spielte mit dem Gedanken, Frøken Olsdatter zu schreiben oder sogar ihren Eltern. Als sie sich in einem Pfandhaus erkun-

digte, wie viel sie für den Stift von Lars bekommen würde, wurde ihr klar, dass der Erlös nicht einmal für das Briefporto nach Norwegen reichte.

Das bisschen Stolz, das ihr noch geblieben war, sagte ihr, dass sie sich alles selbst zuzuschreiben hatte und sie kein Mitleid verdiente.

Das Weihnachtsfest kam und ging ohne besondere Ereignisse, und die bitterkalten Januartage erstickten noch den letzten Rest Hoffnung, den Anna verspürte. Während sie den Herrn früher um Trost gebeten hatte, betete sie nun darum, dass sie nie wieder aufwachen möge.

»Es gibt keinen Gott, es ist alles eine Lüge ...«, sagte sie leise, bevor sie erschöpft einschlief.

Eines Abends im März, als sie gerade in der Küche für das Essen der Gäste Gemüse schnitt, trat Frau Schneider aufgeregt zu ihr.

»Ein Herr möchte Sie sprechen, Anna.«

Anna wandte sich ihr voller Erleichterung zu.

»Nein, nicht Ihr Mann. Der Herr wartet in meinem Wohnzimmer auf Sie. Nehmen Sie die Schürze ab, waschen Sie sich das Gesicht, und kommen Sie.«

Anna sank der Mut. War es am Ende Herr Bayer, der gekommen war, um sie zu verhöhnen? Und wenn schon, dachte sie, ging zu Frau Schneiders Wohnzimmer und klopfte.

»Frøken Landvik! Oder sollte ich lieber Fru Halvorsen sagen? Wie geht es meinem kleinen Vögelchen?«

Anna starrte den Herrn mit offenem Mund an.

»Nun machen Sie schon, Kind, sprechen Sie mit Herrn Grieg«, ermahnte Frau Schneider sie. »Sonst ist sie auch nicht auf den Mund gefallen«, fügte sie in seine Richtung hinzu.

»Ja, sie war immer schon sehr temperamentvoll. Aber das ist bei Künstlern üblich«, entgegnete Grieg.

»Bei Künstlern?« Frau Schneider bedachte Anna mit einem verächtlichen Blick. »Ich dachte, ihr abwesender Gatte ist der Künstler in der Familie.«

»Der Mann dieser Frau mag ein fähiger Musiker sein, aber sie ist das wahre Talent. Haben Sie sie denn noch nie singen gehört? Sie hat die herrlichste Stimme, die ich kenne, abgesehen natürlich von der meiner Gattin Nina.«

Anna genoss schweigend Frau Schneiders verblüfften Gesichtsausdruck.

»Wenn mir das bekannt gewesen wäre, hätte ich sie natürlich in diesem Salon unseren Gästen vorsingen lassen, und ich hätte sie auf dem Klavier begleitet. Ich spiele nur zum Spaß, aber sehr gern.« Frau Schneider deutete auf das uralte Instrument in der Ecke, das seit Annas Ankunft nie benutzt worden war.

»Bestimmt unterschätzen Sie Ihre Fähigkeiten, meine Gute.« Edvard Grieg wandte sich Anna zu. »Mein armes Kind«, sagte er auf Norwegisch, damit Frau Schneider sie nicht verstand. »Ich bin noch nicht lange in Leipzig und habe Ihren Brief gerade erst erhalten. Sie sehen halb verhungert aus. Wenn ich gewusst hätte, wie schlecht es Ihnen geht, wäre ich schon früher gekommen.«

»Bitte, Herr Grieg, machen Sie sich keine Gedanken. Mir geht es gut.«

»Dass dem nicht so ist, sehe ich deutlich. Wenn ich kann, helfe ich Ihnen gern. Schulden Sie dieser grässlichen Frau etwas?«

»Ich glaube nicht, Herr Grieg, denn ich habe in den vergangenen sechs Monaten keinen Lohn erhalten. Meine Schulden müssten längst abbezahlt sein. Aber möglicherweise sieht sie das anders.«

»Mein armes Kind«, wiederholte Grieg, bemüht, seinen Tonfall neutral zu halten, damit Frau Schneider nicht merkte, worüber sie redeten. »Ich werde jetzt um ein Glas Wasser bitten, das Sie mir holen. Bei der Gelegenheit gehen Sie in Ihr Zimmer und packen alles, was Sie haben. Dann bringen Sie mir das Wasser, nehmen Ihre Sachen und verlassen das Haus. Wir treffen uns an dem Bierkeller Ecke Elsterstraße. In der Zwischenzeit kümmere ich mich um unsere Frau Schneider.«

»Ich habe gerade zu Anna gesagt, dass ich schrecklichen Durst habe. Und Frau Halvorsen hat sich erboten, mir ein Glas Wasser zu holen«, erklärte er Frau Schneider auf Deutsch.

Frau Schneider nickte, und Anna verließ den Salon und hastete durch die Waschküche, um ihre Tasche zu packen, wie Herr Grieg es ihr gesagt hatte. Danach füllte sie ein Glas mit Wasser und trug es zum Salon. Nachdem sie ihre Tasche vor der Tür abgestellt hatte, brachte sie das Wasser hinein.

»Danke, meine Liebe«, sagte Grieg, als sie ihm das Glas reichte. »Nun müssen Sie sich sicher wieder Ihrer Arbeit zuwenden. Wir sehen uns später.« Er zwinkerte Anna zu, die sich hastig entfernte und mit ihrer Tasche aus dem Haus floh.

Verblüfft über die Ereignisse, wartete Anna zwanzig Minuten lang bei dem Bierkeller, bis sie ihren Retter mit schnellen Schritten herannahen sah.

»Fru Halvorsen, hoffentlich wird sich Ihr Ehemann eines Tages dafür erkenntlich zeigen, dass ich Ihre Befreiung herausgehandelt habe!«

»Oje. Hat sie Geld von Ihnen verlangt?«

»Nein, es war sehr viel schlimmer. Sie hat darauf bestanden, dass ich ihr mein Konzert in A-Moll auf ihrem schrecklichen Instrument vorspiele. Sie sollte das Ding verheizen, dann würde es im Winter wenigstens noch ihren üppigen Körper warmhalten«, meinte Grieg schmunzelnd und nahm Annas Tasche. »Ich habe ihr versprochen, sie zu besuchen und ihr wieder vorzuspielen, aber Sie können sicher sein, dass ich dieses Versprechen nicht einlöse. Jetzt fahren wir mit einer Droschke zur Talstraße, und auf dem Weg dorthin erzählen Sie mir alles, was diese grässliche Frau Ihnen angetan hat. Sie beide kommen mir vor wie Aschenputtel und ihre böse Stiefmutter. Fehlen nur noch die beiden hässlichen Schwestern!«

Grieg half Anna in die Kutsche. In dem Moment fühlte sie sich tatsächlich wie die Märchenprinzessin, die von ihrem Prinzen gerettet wird.

»Wir fahren zum Haus von meinem guten Freund Max Abraham, dem Musikverleger«, erklärte Grieg.

»Erwartet er mich?«

»Nein, aber wenn er Ihre Geschichte hört, ist er sicher bereit,

Sie bei sich aufzunehmen. Ich selbst darf bei meinen Aufenthalten in Leipzig bei ihm wohnen. Bei ihm werden Sie sich wohlfühlen, bis wir etwas anderes für Sie gefunden haben. Wenn nötig, schlafe ich auf dem Flügel.«

»Bitte, Herr Grieg, ich will Ihnen keine Unannehmlichkeiten bereiten.«

»Ich kann Ihnen versichern, dass Sie das nicht tun, meine Liebe. Das war ein Scherz«, erklärte er lächelnd. »In dem Haus von Max gibt es viele ungenutzte Zimmer. Wie sind Sie nun von den Höhen, in denen Sie sich bei unserer letzten Begegnung befanden, so tief gefallen?«

»Ich ...«

»Nein, verraten Sie es mir nicht!« Grieg hob die Hand und kratzte sich am Schnurrbart. »Lassen Sie mich raten! Herrn Bayers Avancen wurden Ihnen zu viel. Vielleicht hat er Ihnen sogar einen Heiratsantrag gemacht, den Sie jedoch nicht angenommen haben, weil Sie ja Ihren hübschen, aber leider unzuverlässigen Geiger und Möchtegernkomponisten liebten. Und weil der in Leipzig studieren wollte, haben Sie ihn geheiratet und ihn begleitet. Habe ich recht?«

»Herr Grieg, bitte verspotten Sie mich nicht.« Anna senkte den Blick. »Sie scheinen die Geschichte ja schon zu kennen.«

»Fru Halvorsen ... darf ich Anna zu Ihnen sagen?«

»Natürlich.«

»Herr Hennum hat mir vor Kurzem von Ihrem Verschwinden erzählt, ohne mich über die Einzelheiten aufzuklären. Nach allem, was ich in Christiania gehört hatte, war klar, dass Herr Bayer nicht nur an Ihrem beruflichen Fortkommen interessiert war. Also weilt Ihr geigespielender Gatte noch in Paris?«

»Ich glaube schon.« Anna fragte sich, woher er das alles wusste.

»Und wohnt bei einer wohlhabenden Gönnerin namens Baroness von Gottfried.«

»Keine Ahnung, wo er wohnt. Ich habe seit Monaten nichts von ihm gehört und betrachte ihn nicht länger als meinen Ehemann.«

»Meine liebe Anna«, Grieg legte tröstend seine Hand auf die ihre, »Sie haben viel gelitten. Leider ist die Baroness versessen auf musikalische Talente. Und je jünger und gut aussehender, desto besser.«

»Herr Grieg, eigentlich möchte ich die Einzelheiten gar nicht erfahren.«

»Nein, natürlich nicht. Das war plump von mir. Zum Glück wird sie seiner bald müde sein und sich einem anderen zuwenden. Dann wird er zu Ihnen zurückkehren.« Er sah sie an. »Ich habe immer schon gesagt, dass Sie die Seele meiner Solveig verkörpern. Genau wie sie warten Sie auf seine Rückkehr.«

»Nein, Herr Grieg.« Annas Gesicht wurde hart. »Ich bin nicht Solveig, ich werde nicht darauf warten, dass Jens zu mir zurückkommt. Er ist nicht mehr mein Mann, und ich bin nicht mehr seine Frau.«

»Anna, lassen wir das Thema. Sie sind jetzt bei mir und in Sicherheit. Ich werde Sie nach Kräften unterstützen.« Er verstummte, als die Droschke vor einem prächtigen vierstöckigen Gebäude mit hohen, anmutigen Bogenfenstern hielt. Anna erkannte es als das Haus des Musikverlegers, wo sie ihren Brief an Grieg vor so langer Zeit abgegeben hatte. »Aus Gründen der Schicklichkeit ist es besser, wenn andere glauben, Sie seien erst in Not geraten, als Sie auf die Rückkehr Ihres Mannes aus Paris warteten. Stimmen Sie mir zu, Anna?«, fragte Grieg mit einem vielsagenden Blick und drückte ihre Hand.

»Ja, Herr Grieg.«

»Bitte sagen Sie doch Edvard zu mir. Wir sind da.« Er ließ Annas Hand los. »Gehen wir hinein.«

Anna wurde, benommen von den Ereignissen des Tages, von einem Dienstmädchen zu hübschen, luftigen Zimmern im Dachgeschoss geführt, wo sie dankbar in das bereits eingelassene Bad sank. Nachdem sie den Schmutz der vergangenen Monate abgeschrubbt hatte, schlüpfte sie in das smaragdgrüne Seidenkleid, das wie durch Zauberhand auf das Himmelbett gelangt war und ihr merkwürdigerweise wie angegossen passte.

Als sie von dem großen Fenster aus staunend die wunderbare Aussicht auf Leipzig genoss, begann die Erinnerung an die Zeit in der winzigen Pension bereits zu verblassen. Auf dem Weg nach unten dachte sie nur noch kurz daran, dass sie nun, wenn Herr Grieg nicht gekommen wäre, in Frau Schneiders schmutziger Küche Karotten fürs Abendessen schälen würde.

Das Dienstmädchen brachte sie zum Esszimmer, wo sie sich an einem langen Tisch zwischen Edvard, wie sie ihn ja nun nennen sollte, und ihren Gastgeber Herrn Abraham setzte. Er hieß sie mit freundlich hinter der runden Brille blitzenden Augen bei sich willkommen. Da noch andere Musiker anwesend waren, gab es viel Gelächter und gutes Essen. Obwohl Anna schrecklichen Hunger hatte, brachte sie nicht viel hinunter, weil ihr Magen nicht mehr daran gewöhnt war. Sie lauschte schweigend und kniff sich selbst in den Unterarm, um sich zu vergewissern, dass sie nicht träumte.

»Diese hübsche Dame hier«, erklärte Grieg und hob sein Sektglas in ihre Richtung, »ist die begabteste Sängerin Norwegens. Sehen Sie sie an! Der Inbegriff meiner Solveig. Sie diente mir als Inspiration für einige Volkslieder, die ich dieses Jahr bearbeitet habe.«

Natürlich verlangten die Gäste, dass er seine neuen Lieder spiele und Anna sie vortrage.

»Vielleicht später, meine Freunde, vorausgesetzt, Anna ist nicht zu müde. Sie hat als Gefangene eines echten Leipziger Drachens eine sehr anstrengende Zeit hinter sich!«

Als Edvard Annas Rettung schilderte, machten die Gäste große Augen.

»Und ich hatte schon befürchtet, meine Muse hätte sich in Luft aufgelöst! Dabei war sie die ganze Zeit hier in Leipzig, direkt vor unserer Nase!«, endete er mit großer Geste. »Auf Anna!«

»Auf Anna!«

Alle am Tisch hoben die Gläser und tranken auf sie.

Nach dem Essen bat Edvard sie ans Klavier und gab ihr die Noten.

»Könnten Sie als Dank für meine heroische Rettungsaktion die Kraft zum Singen aufbringen? Das Lied heißt ›Mit einer Schlüsselblume‹ und wurde bisher noch nie von jemandem vorgetragen, weil ich es als Erstes von Ihnen hören wollte. Kommen Sie«, sagte er und klopfte auf den Klavierhocker, »setzen Sie sich zu mir, dann gehen wir es kurz gemeinsam durch.«

»Herr Grieg ... Edvard«, murmelte sie, »ich habe viele Monate nicht gesungen.«

»Dann ist Ihre Stimme ausgeruht und wird sich in die Lüfte erheben wie ein Vogel. Lauschen Sie der Musik.«

Anna tat wie geheißen, obwohl sie sich gewünscht hätte, mit ihm allein zu sein, um ihre Fehler nicht vor den erlauchten Gästen machen zu müssen. Als Edvard verkündete, dass sie bereit seien, wandten die Zuhörer sich ihnen mit erwartungsvollem Blick zu.

»Bitte stehen Sie auf, Anna, das ist besser für die Atemtechnik. Können Sie den Text über meine Schulter lesen?«

»Ja, Edvard.«

»Dann fangen wir an.«

Als ihr Retter die ersten Takte spielte, zitterte Anna am ganzen Körper. Sie hatte ihre Stimmbänder so lange nicht beansprucht, dass sie keine Ahnung hatte, was aus ihrem Mund kommen würde. Und tatsächlich konnte sie ihre Stimme anfangs nicht richtig kontrollieren. Doch als die wunderbare Musik ihre Seele zu erfüllen begann, wurde ihre Stimme wieder sicher wie früher. Und als tosender Applaus und Rufe nach einer Zugabe erschollen, wusste sie, dass sie sich gut geschlagen hatte.

»Wunderbar, meine liebe Anna, genau so, wie ich es mir vorgestellt hatte. Werden Sie das Lied in Ihr Verzeichnis aufnehmen, Max?«

»Natürlich. Wir sollten einen Abend mit den anderen von Ihnen bearbeiteten Volksliedern im Gewandhaus veranstalten, mit Anna, für deren engelsgleiche Stimme sie geschrieben wurden.« Max Abraham verbeugte sich kurz in Richtung Anna.

»Das machen wir«, versprach Edvard und schenkte Anna ein Lächeln, die sich bemühte, ein Gähnen zu unterdrücken.

»Meine Liebe, wie ich sehe, sind Sie müde. Bestimmt haben alle Verständnis dafür, wenn Sie sich früh zurückziehen. Sie haben eine sehr schwierige Zeit hinter sich«, sagte Max zu Annas Erleichterung.

Edvard erhob sich und küsste ihre Hand. »Gute Nacht, Anna.«

Anna ging in ihr Zimmer, wo das Dienstmädchen gerade das Feuer im Kamin schürte. Auf dem großen Doppelbett lag ein Nachthemd ausgebreitet.

»Darf ich fragen, wem die Sachen gehören? Sie passen mir wie angegossen.«

»Edvards Frau Nina. Herr Grieg hat mir gesagt, dass Sie nichts bei sich haben und ich Ihnen Kleider von Frau Grieg herauslegen soll«, antwortete das Dienstmädchen, knöpfte Annas Gewand auf und half ihr heraus.

»Danke«, sagte Anna, solche Unterstützung nicht mehr gewöhnt. »Sie können jetzt gehen.«

»Gute Nacht, Frau Halvorsen.«

Als das Dienstmädchen draußen war, zog Anna sich ganz aus, schlüpfte in das weiche Popelinenachthemd und legte sich ins frisch bezogene Bett.

Und zum ersten Mal seit Monaten schickte sie wieder ein Gebet gen Himmel, in dem sie dem Gott, dem sie abgeschworen hatte, dankte und ihn um Vergebung dafür bat, dass sie den Glauben verloren hatte.

Die Geschichte, wie Grieg Anna aus den Fängen der bösen Frau Schneider errettet hatte, wurde zum Leipziger Stadtgespräch und im Verlauf der folgenden Wochen immer neu ausgeschmückt. Ihrem einflussreichen Mentor und ihr standen alle Türen offen. Sie besuchten Diners in den prächtigsten Häusern von Leipzig, nach denen man von Anna erwartete, dass sie sang, und an anderen Abenden nahm sie an musikalischen Soireen mit Sängern und Komponisten teil.

Edvard stellte sie jedes Mal als »den Inbegriff alles Reinen und Schönen in meinem Heimatland« oder »meine vollkommene norwegische Muse« vor. Wenn Anna seine Lieder über Kühe, Blumen, Fjorde und Berge sang, überlegte sie bisweilen, ob sie sich nicht einfach in die norwegische Flagge hüllen sollte, damit er mit ihr winken konnte. Natürlich hatte sie nichts dagegen; sie fühlte sich geehrt, dass er sich so für sie interessierte. Und verglichen mit dem Leben, das sie bis dahin in Leipzig geführt hatte, war nun jede Sekunde das reinste Wunder.

In jenen Monaten lernte sie zahlreiche große Komponisten der Zeit kennen. Am aufregendsten fand sie Tschaikowsky, dessen romantische, leidenschaftliche Musik sie liebte. Sie alle kamen Max Abraham besuchen, der C. F. Peters zu einem der angesehensten Musikverlage in Europa gemacht hatte.

Der Verlag befand sich im selben Gebäude, in dem Max Abraham wohnte. Anna liebte es, durch die unteren Stockwerke zu schlendern und die hellgrün gebundenen Bände mit den Noten der Kompositionen von Berühmtheiten wie Bach und Beethoven zu bewundern. Außerdem faszinierten sie die Druckerpressen im Untergeschoss, die in unglaublicher Geschwindigkeit Notenblatt um Notenblatt ausspuckten.

Allmählich erlangte Anna durch das gute Essen, die Ruhe und – am wichtigsten – die Fürsorge, die der gesamte Haushalt ihr angedeihen ließ, ihre Kraft und ihr Selbstvertrauen wieder. Obwohl Jens' schrecklicher Verrat sie nach wie vor schmerzte und mit Zorn erfüllte, gab sie sich Mühe, diese Gefühle – und ihn – aus ihren Gedanken zu verbannen. Sie war kein naives Mädchen mehr, das blind an die Liebe glaubte, sondern eine erwachsene Frau mit einer Begabung, die ihr die Welt eröffnete.

Als Anfragen sowohl aus Deutschland als auch aus dem Ausland hereinzukommen begannen, übernahm Anna die Kontrolle über ihre Finanzen, weil sie nie wieder von einem Mann abhängig sein wollte. Sie sparte alles, was sie verdiente, in der Hoffnung, sich eines Tages eine eigene Wohnung leisten zu können. Edvard ermutigte sie und engagierte sich für sie, und sie kamen sich immer näher.

Wenn Anna nachts erwachte, hörte sie manchmal klagende

Töne von dem Flügel im unteren Stockwerk, an dem Edvard oft noch bis spät komponierte.

Eines Abends gegen Ende des Frühjahrs ging sie, geplagt von dem ständig wiederkehrenden Bild ihrer toten Tochter, die nun allein in der kalten Erde lag, hinunter und setzte sich auf die Treppe vor dem Salon, um der traurigen Melodie zu lauschen, die Edvard spielte. Schon bald traten ihr Tränen in die Augen.

»Meine Liebe, was ist denn los?«

Anna erschrak, als sie seine Hand auf ihrer Schulter spürte.

»Entschuldigung. Die Musik hat meine Seele zutiefst berührt.«

»Ich glaube, es war mehr als das. Kommen Sie.« Edvard führte sie in den Salon und schloss die Tür hinter ihnen. »Setzen Sie sich neben mich und wischen Sie sich die Augen ab.« Er reichte ihr ein großes Taschentuch aus Seide.

Edvards Mitgefühl brachte sie unwillkürlich erneut zum Weinen. Sie sah ihn verlegen an, holte tief Luft und erzählte ihm vom Verlust ihrer kleinen Tochter.

»Sie Arme. All das allein zu ertragen, muss schrecklich gewesen sein. Wie Sie vielleicht wissen, habe ich auch ein Kind verloren ... Alexandra wurde knapp zwei Jahre alt, und sie war mir das Liebste und Wertvollste im Leben. Ihr Tod hat mir das Herz gebrochen. Wie Sie habe ich den Glauben an Gott und das Leben verloren. Leider hatte das auch Auswirkungen auf meine Ehe. Nina war untröstlich, und seitdem fällt es uns sehr schwer, einander zu trösten.«

»Wenigstens das Problem hatte ich nicht«, sagte Anna trocken, und Edvard schmunzelte.

»Meine liebe Anna, Sie sind mir sehr ans Herz gewachsen. Ihren Willen und Mut bewundere ich mehr, als ich sagen kann. Wir sind beide mit echtem Kummer vertraut, wir müssen Trost in unserer Musik suchen. Und ...«, Edvard ergriff ihre Hand, »... vielleicht auch beieinander.«

»Ja, Edvard«, sagte Anna, der klar war, was er meinte. »Ich denke, das können wir.«

Ein Jahr später war Anna mit Edvards Hilfe in der Lage, aus dem Haus in der Talstraße aus- und in ihr eigenes behagliches Stadthaus in der Sebastian-Bach-Straße in einem der besseren Viertel umzuziehen. Nun fuhr sie überallhin mit der Kutsche und bekam in den exklusivsten Restaurants der Stadt den besten Tisch. Als ihr Ruhm in Deutschland wuchs, reiste sie mit ihm zu Konzerten nach Berlin und Frankfurt und in viele andere Städte. Abgesehen von Edvards Kompositionen umfasste ihr Repertoire jetzt auch »Die Glöckchenarie« aus der Oper *Lakmé*, die vor noch nicht allzu langer Zeit Premiere gehabt hatte, sowie »Adieu, forêts« aus der *Jungfrau von Orleans*, ihrer Lieblingsoper von Tschaikowsky.

Zu einem Konzert in dem Theater, in dem Annas Karriere begonnen hatte, fuhren sie sogar nach Christiania. Dazu lud sie ihre Eltern und Frøken Olsdatter schriftlich ein und legte genug Kronen für die Reise sowie die Übernachtung im Grand Hotel bei, in dem auch sie residierte.

Anna wartete mit schlechtem Gewissen darüber, seinerzeit so sang- und klanglos verschwunden zu sein, auf Antwort. Doch sie hätte sich keine Gedanken zu machen brauchen. Alle nahmen die Einladung an, und es wurde ein fröhliches Treffen. Bei einem Festessen nach dem Konzert teilte Frøken Olsdatter ihr leise mit, dass Herr Bayer kurz zuvor gestorben sei. Anna kondolierte ihr und bot ihr an, sie als Haushälterin in Leipzig aufzunehmen.

Anna freute sich darüber, dass Frøken Olsdatter das Angebot dankend annahm, weil sie jemanden im Haus brauchte, dem sie blind vertrauen konnte.

An ihren abtrünnigen Ehemann dachte Anna so wenig wie möglich. Die Baroness war in Leipzig gesehen worden, und Anna wusste, dass sie mittlerweile einen anderen jungen Komponisten unter ihre Fittiche genommen hatte, aber von Jens hatte lange niemand etwas gehört. Wie Edvard es ausdrückte: Er war wie eine Ratte in der Gosse von Paris verschwunden. Anna, die nun ein unkonventionelles, aber glückliches Leben führte, betete, dass er tot war.

Bis Edvard nach dem dringenden Brief, den sie ihm geschickt hatte, im Winter 1883 in Leipzig eintraf.

»Dir ist klar, was wir tun müssen, *kjære?* Für uns alle?«
»Ja«, antwortete Anna resigniert.

Im Frühjahr 1884 klopfte das Dienstmädchen an der Tür zum Salon, um Anna mitzuteilen, dass ein Mann mit ihr sprechen wolle.

»Ich habe ihm gesagt, dass er zum Lieferanteneingang gehen soll, aber er will sich nicht eher von der Stelle bewegen, bis er nicht mit Ihnen geredet hat. Die Haustür ist verschlossen, er sitzt auf den Stufen davor.« Das Dienstmädchen deutete durch das große Fenster auf eine zusammengekauerte Gestalt. »Soll ich die Polizei rufen, Frau Halvorsen? Bestimmt ist er ein Bettler oder ein Dieb oder Schlimmeres!«

Anna erhob sich schwerfällig von dem Sofa, auf dem sie geruht hatte, und trat ans Fenster.

Beim Anblick des Mannes, der, den Kopf in den Händen, vor der Tür saß, setzte ihr Herz einen Schlag aus. Wieder einmal bat sie den Herrn um Kraft. Nur Er konnte wissen, wie sie diese Prüfung bestehen konnte, aber unter den gegebenen Umständen blieb ihr keine andere Wahl.

»Bitte lass ihn herein. Mein Gatte scheint zurückgekehrt zu sein.«

ALLY

Bergen, Norwegen

September 2007

Alla marcia e molto marcato   Edvard Grieg

XXXIV

Mir schnürte es die Kehle zu, als ich von Jens' Rückkehr zu Anna las, und ich blätterte hastig weiter, um herauszufinden, was danach geschehen war. Doch leider übersprang Jens die folgenden Monate, die bestimmt ausgesprochen schwierig gewesen waren, und konzentrierte sich auf ihren Umzug nach Bergen ein Jahr später in ein Haus mit dem hübschen Namen Froskehuset, das sich ganz in der Nähe von Griegs Troldhaugen befand, sowie auf die Premiere seiner eigenen Kompositionen in Bergen. Ich blätterte bis zur Anmerkung des Autors auf der letzten Seite:

»Dieses Buch ist meiner wunderbaren Frau Anna Landvik Halvorsen gewidmet, die dieses Jahr im Alter von fünfzig Jahren unter tragischen Umständen an einer Lungenentzündung starb. Wenn sie mir nicht verziehen und mich nicht zurückgenommen hätte, als ich nach so vielen Jahren wieder vor ihrer Tür stand, hätte mich tatsächlich die Pariser Gosse verschlungen. Doch dank ihrer Bereitschaft, mir zu vergeben, haben wir mit unserem geliebten Sohn Horst ein glückliches Leben miteinander verbracht.

Anna, mein Engel, meine Muse ... Du hast mich alles gelehrt, was im Leben wirklich zählt.

Ich liebe Dich, und Du fehlst mir.

Dein Jens.«

Verwirrt klappte ich den Laptop zu. Ich konnte mir kaum vorstellen, dass Anna mit ihrer starken Persönlichkeit, die ihr geholfen hatte, die Enttäuschung mit Jens zu verkraften, ihm so einfach verziehen und ihn als ihren Ehemann wieder zu sich genommen hatte.

»Ich hätte ihn rausgeschmissen und mich so schnell wie möglich von ihm scheiden lassen«, sagte ich laut, weil mich das Ende von Annas unglaublicher Geschichte wütend machte. Natürlich war das Leben damals anders gewesen, aber ich hatte das ungute Gefühl, dass Jens Halvorsen – das reale Gegenstück zu Peer Gynt – ungeschoren davongekommen war.

Ein Blick auf meine Uhr sagte mir, dass es nach zehn Uhr abends war. Ich ging zur Toilette und kochte mir anschließend einen Tee.

Als ich die schweren Vorhänge nach einem letzten Blick auf die blinkenden Lichter des Hafens von Bergen zuzog, überlegte ich, ob ich Theo vergeben hätte können, wenn er mich verlassen hätte. Was er ja letztlich auf die schrecklichste und endgültigste Weise, die möglich war, getan hatte. Doch anders als die Geschichte von Jens und Anna war die von Theo und mir ohne unsere Schuld beendet worden, bevor sie richtig begonnen hatte.

Um nicht rührselig zu werden, überprüfte ich meine E-Mails und plünderte die Obstschale, weil ich zu müde war, um nach unten zu gehen, und es nach neun Uhr abends keinen Zimmerservice mehr gab. Ich hatte Nachrichten von Ma, Maia und Tiggy erhalten, die mir mitteilte, dass sie an mich denke. Theos Vater Peter informierte mich, dass er Thom Halvorsens Buch für mich besorgt habe, und fragte, wohin er es schicken solle. Ich bat ihn, es per FedEx an meine Hoteladresse zu senden, und beschloss, in Bergen zu bleiben, bis es eingetroffen wäre.

Am folgenden Tag würde ich das Haus von Jens und Anna aufsuchen und vielleicht noch einmal bei Erling, dem freundlichen Kurator des Grieg-Museums, vorbeischauen, um mehr über die beiden zu erfahren. Obwohl ich momentan mit meinen Nachforschungen auf der Stelle trat, gefiel es mir in Bergen.

Plötzlich riss das Klingeln des Telefons neben dem Bett mich aus meinen Gedanken.

»Hallo?«

»Ich bin's, Willem Caspari. Alles in Ordnung?«

»Ja, danke.«

»Gut. Haben Sie Lust, morgen früh mit mir zu frühstücken? Ich würde Ihnen gern eine Idee präsentieren.«

»Äh ... Ja.«

»Wunderbar. Schlafen Sie gut.«

Damit beendete er das Gespräch, und ich legte auf. Ich hatte ein schlechtes Gewissen, zugestimmt zu haben, weil ich zugeben musste, dass ich mich körperlich von ihm angezogen fühlte. Mein Kopf und mein Herz verboten es mir, doch mein Körper war eigensinnig. Aber es war ja keine »Verabredung«, tröstete ich mich. Außerdem vermutete ich nach allem, was er über den Tod seiner besseren Hälfte Jack erzählt hatte, dass Willem schwul war.

Kurz vor dem Einschlafen musste ich schmunzeln. Immerhin war es eine ungefährliche Schwärmerei, die vermutlich mit seinen Fähigkeiten als Pianist zu tun hatte. Dass eine Begabung wie die seine wie ein starkes Aphrodisiakum wirken konnte, war mir klar.

»Und, was halten Sie von meinem Vorschlag?«, fragte Willem mich am folgenden Morgen beim Frühstück mit einem intensiven Blick aus seinen türkisblauen Augen.

»Wann ist das Konzert?«

»Am Samstagabend. Sie kennen das Stück, und wir haben den Rest der Woche zum Üben.«

»Willem, ich habe es vor zehn Jahren das letzte Mal gespielt. Ich fühle mich sehr geschmeichelt, dass Sie mich fragen, aber ...«

»Die ›Sonate für Flöte und Klavier‹ ist so schön, und ich habe nie vergessen, wie Sie sie an jenem Abend im Genfer Konservatorium gespielt haben. Dass ich mich nach zehn Jahren noch daran erinnere, bedeutet, dass es ein außergewöhnlicher Auftritt gewesen sein muss.«

»Ich kann Ihnen nicht das Wasser reichen«, entgegnete ich. »Willem, ich habe mich im Internet über Sie informiert. Sie sind eine echte Größe in der Klassik. Letztes Jahr haben Sie in der Carnegie Hall gespielt! Herzlichen Dank für Ihr Interesse, aber ich muss leider ablehnen.«

Er beäugte meinen unangetasteten Frühstücksteller. »Sie sind nervös, stimmt's?«

»Natürlich! Können Sie sich vorstellen, wie sehr Sie aus der Übung wären, wenn Sie zehn Jahre lang nicht Klavier gespielt hätten?«

»Ja, aber ich würde auch mit neuer Kraft und Energie spielen. Seien Sie kein Angsthase, versuchen Sie es wenigstens. Kommen Sie nach meinem Mittagskonzert in den Saal, dann probieren wir das Stück miteinander. Erling hat bestimmt nichts dagegen, obwohl es für ihn wahrscheinlich Blasphemie ist, auf dem geheiligten Boden Griegs Francis Poulenc zu hören. Außerdem ist das Logen-Theater, wo das Konzert am Samstag stattfindet, ein sehr angenehmer Veranstaltungsort. Eine bessere Chance, wieder ans Spielen herangeführt zu werden, bekommen Sie nicht.«

»Bitte drängen Sie mich nicht, Willem«, sagte ich, den Tränen nahe. »Warum wollen Sie das unbedingt?«

»Wenn mich nach Jacks Tod nicht jemand ans Klavier zurückgebracht hätte, wäre ich ihm vermutlich auf ewig ferngeblieben. Man könnte also sagen, dass ich Ihnen, karmisch gesehen, den Gefallen erweise, der mir erwiesen wurde. Bitte?«

»Na schön. Ich komme heute Nachmittag«, gab ich mich geschlagen.

»Gut.« Willem klatschte vor Begeisterung in die Hände.

»Wahrscheinlich sind Sie entsetzt, wenn Sie mich hören. Theos Trauerfeier war etwas anderes.«

»Verglichen damit wird das der reinste Spaziergang. Also ...«, sagte er und erhob sich vom Tisch, »... bis um drei.«

Als ich ihm nachblickte, fragte ich mich, wo er das riesige Frühstück, das er soeben verdrückt hatte, hinsteckte. Anscheinend verbrannte er in seiner inneren Unruhe alles gleich wieder. Zehn Minuten später sah ich in meinem Zimmer den Flötenkasten an, als wäre er ein Feind, gegen den es zu kämpfen galt.

»Worauf habe ich mich da eingelassen?«, murmelte ich, als ich meine Flöte zusammensetzte. Nachdem ich sie gestimmt und hastig ein paar Tonleitern gespielt hatte, versuchte ich, den ersten Satz der Sonate aus dem Gedächtnis zu spielen. Für einen Versuch nach so langer Zeit gar nicht schlecht, dachte ich, säuberte das Mundstück und den Rest der Flöte und packte alles wieder ein.

Dann ging ich hinaus auf den Kai, um an einem der Holzstände einen Norwegerpullover zu erstehen, da die Temperatur drastisch gefallen war und sich in meinem Rucksack nur Sommerkleidung befand.

Nachdem ich meine Flöte aus dem Hotel geholt hatte, winkte ich ein Taxi heran und fragte den Fahrer, ob er ein Haus mit dem Namen Froskehuset kenne, das sich in derselben Straße befinde wie das Grieg-Museum. Er verneinte, sagte jedoch, dass wir die Namen der Häuser ja im Vorbeifahren lesen könnten. Und tatsächlich: Wir entdeckten es nur wenige Minuten zu Fuß vom Museum entfernt etwas weiter den Hügel hinunter. Ich stieg aus, zahlte den Fahrer und betrachtete das cremefarbene traditionelle Holzhaus. Als ich näher herantrat, merkte ich, dass es ziemlich heruntergekommen war, die Farbe vom Holz abblätterte und der Garten ungepflegt wirkte. Fast kam ich mir wie ein Einbrecher vor, der das Terrain sondiert. Ich fragte mich, wer nun darin wohnte und ob ich nicht einfach an der Tür klopfen sollte. Am Ende entschied ich mich dagegen und marschierte den Hügel hinauf zum Grieg-Museum.

Im Café wurde mir wieder übel. Seit Theos Tod schmeckte mir nichts mehr, und ich hatte abgenommen. Trotzdem bestellte ich ein Thunfischsandwich und zwang mich, es zu essen.

»Hallo, Ally«, begrüßte Erling mich lächelnd. »Wie ich höre, wollen Sie heute nach dem Konzert im Saal probieren.«

»Wenn Sie nichts dagegen haben.«

»Ich habe nie etwas gegen schöne Musik«, versicherte er mir. »Haben Sie weiter in Jens Halvorsens Biografie gelesen?«

»Ja, ich bin gestern Abend damit fertig geworden. Und gerade komme ich von dem Haus, in dem er und Anna damals lebten.«

»Heute wohnt dort Thom Halvorsen, der Biograf und Ururenkel. Glauben Sie, Sie könnten mit den Halvorsens verwandt sein?«

»Wenn ja, wüsste ich nicht, wie. Jedenfalls noch nicht.«

»Vielleicht kann Thom Ihnen ja weiterhelfen, wenn er diese Woche von New York zurückkommt. Gehen Sie heute Mittag zu Willems Konzert?«

»Ja. Er ist ein hervorragender Musiker, nicht?«

»Allerdings. Wie er Ihnen möglicherweise erzählt hat, musste er mit einer privaten Tragödie fertig werden. Ich finde, das hat ihn als Pianisten noch besser gemacht. Solche Wechselfälle des Lebens können einen umbringen oder stärken, wenn Sie wissen, was ich meine.«

»Ja«, antwortete ich.

»Bis dann, Ally.« Erling verabschiedete sich mit einem Nicken von mir.

Eine halbe Stunde später hörte ich im Konzertsaal Troldsalen Willem spielen, diesmal ein weniger bekanntes Stück mit dem Titel »Stimmungen«, das Grieg gegen Ende seines Lebens geschrieben hatte, als er sich aufgrund seiner Krankheit nur noch zu seiner Komponistenhütte schleppen konnte. Willem spielte so gefühlvoll, dass ich mich fragte, wie ich auf die Idee hatte kommen können, mit einem hervorragenden Pianisten wie ihm auftreten zu wollen. Oder besser gesagt: Wie er auf diese Idee kommen konnte.

Als die Zuhörer den Saal nach langem, begeistertem Applaus verlassen hatten, winkte Willem mich zu sich auf die Bühne.

»Das Stück habe ich heute das erste Mal gehört. Es ist wunderschön, und Sie haben es toll gespielt«, bemerkte ich.

»Danke.« Er verbeugte sich kurz und musterte mich dann. »Ally, Sie sind weiß wie die Wand! Fangen wir lieber an, bevor Sie kalte Füße kriegen und mir absagen.«

»Hier kann wirklich niemand rein?«, fragte ich mit einem Blick auf die Türen im hinteren Bereich des Zuschauerraums.

»Gütiger Himmel, Ally! Sie klingen ja schon so paranoid wie ich.«

»Sorry«, murmelte ich, nahm meine Flöte heraus und setzte sie zusammen. Ich war stolz, dass ich es schaffte, die gesamten zwölf Minuten zu überstehen, ohne eine Note zu übersehen, musste aber zugeben, dass mir Willems Begleitung und der unglaubliche Klang des Steinway-Flügels sehr halfen.

Willems Applaus hallte laut durch den leeren Zuschauerraum.

»Wenn Sie nach zehn Jahren Pause noch so spielen, sollte man, glaube ich, die Eintrittspreise für das Konzert am Samstagabend verdoppeln.«

»Nett, dass Sie das sagen, aber da gibt es noch viel zu feilen.«

»Stimmt, doch es war ein fantastischer Anfang. Ich würde vorschlagen, dass wir uns das Ganze jetzt ein bisschen langsamer vornehmen. Wir müssen an den Pausen arbeiten.«

In der folgenden halben Stunde übten wir die drei Sätze der Sonate einen nach dem anderen. Und als ich meine Flöte einpackte und wir gemeinsam den Saal verließen, wurde mir bewusst, dass ich in den vergangenen fünfundvierzig Minuten kein einziges Mal an Theo gedacht hatte.

»Wollen Sie in die Stadt zurück?«, erkundigte sich Willem.

»Ja.«

»Dann organisiere ich uns ein Taxi.«

Auf dem Weg ins Zentrum von Bergen dankte ich Willem und versprach ihm, am Samstag mit ihm zu spielen.

»Das freut mich sehr«, sagte er und blickte zum Fenster hinaus. »Bergen ist schon ein ganz besonderer Ort, finden Sie nicht?«

»Ja, doch.«

»Mit ein Grund, warum ich mich bereit erklärt habe, diese Woche die Mittagskonzerte in Troldhaugen zu geben, ist, dass man mich eingeladen hat, fest beim Philharmonischen Orchester Bergen zu spielen. Ich wollte mir ein Bild von der Situation hier machen, weil das bedeuten würde, meine Zuflucht in Zürich zu verlassen und mehr oder minder ganz nach Bergen zu ziehen. Nach allem, was ich Ihnen gestern erzählt habe, dürfte Ihnen klar sein, was für ein großer Schritt das für mich wäre.«

»Hat Jack bei Ihnen in Zürich gewohnt?«

»Ja. Vielleicht wird es Zeit für einen Neuanfang. Immerhin ist Norwegen ein sauberes Land«, fügte er mit ernster Miene hinzu.

»Das stimmt«, pflichtete ich ihm schmunzelnd bei. »Und die Menschen sind sehr freundlich. Obwohl die Sprache schwierig ist.«

»Zum Glück habe ich ein gutes Ohr für Sprachen. Noten und Sprachen und hin und wieder ein mathematisches Rätsel – das macht mir Spaß. Außerdem sprechen in Norwegen sowieso alle Englisch.«

»Ich glaube, das Orchester könnte sich glücklich schätzen, wenn Sie hier spielen.«

Er bedankte sich mit einem seltenen Lächeln. Als wir das Hotel betraten, fragte er: »Was haben Sie heute Abend vor?«

»Darüber habe ich noch nicht nachgedacht.«

»Hätten Sie Lust, mir beim Essen Gesellschaft zu leisten?«

Er bemerkte mein Zögern. »Sorry, wahrscheinlich sind Sie müde. Wir sehen uns morgen um drei. Auf Wiedersehen.«

Mit diesen Worten entfernte sich Willem und ließ mich verwirrt und mit schlechtem Gewissen zurück. Allerdings fühlte ich mich tatsächlich nicht gut, was neu für mich war. Und als ich mich in meinem Zimmer aufs Bett legte, dachte ich traurig, wie vieles im Moment neu für mich war.

XXXV

Ich hatte mir in Bergen etwas halbwegs Elegantes für meinen Auftritt kaufen müssen. Als ich nun vor dem Konzert in das schlichte schwarze Kleid schlüpfte, schob ich die Erinnerung daran, dass ich zu Theos Trauerfeier ein ähnliches getragen hatte, beiseite. Beim Schminken spürte ich, wie das Adrenalin durch meine Adern zu pumpen begann. So stark, dass ich mich in der Toilette übergeben musste. Nachdem ich mir die tränenden Augen abgewischt hatte, trug ich vor dem Spiegel frische Wimperntusche und neuen Lippenstift auf. Dann fuhr ich mit Flötenkoffer und Mantel im Lift zur Hotellobby hinunter, um mich mit Willem zu treffen.

Ich fühlte mich nicht nur körperlich schwach, sondern war seit Willems Einladung zum Abendessen auch emotional durcheinander. Beim Üben war er seitdem mir gegenüber ziemlich kühl gewesen und hatte Gespräche aufs rein Sachliche beschränkt. Auch im Taxi hatten wir ausschließlich über die Musik geredet, die wir gemeinsam probten.

Als sich die Aufzugtüren öffneten, wartete er bereits mit Fliege und tadellosem schwarzem Smoking an der Rezeption. Ich konnte nur hoffen, dass ich ihn mit meinem Nein nicht verletzt hatte. Irgendwie erinnerte mich das an die anfängliche Befangenheit mit Theo, und ich wurde mir immer sicherer, dass Willem nicht schwul war ...

»Sie sehen gut aus, Ally«, begrüßte er mich.

»Danke, aber ich fühle mich nicht so.«

»Das behaupten alle Frauen«, meinte er nur, als wir das Hotel verließen und zu dem Taxi gingen, das er bestellt hatte.

Im Wagen herrschte frustrierendes Schweigen, und Willem wirkte distanziert und angespannt.

Wenig später betraten wir das Logen-Theater, wo Willem zu der Organisatorin trat, die uns im Foyer erwartete.

»Kommen Sie mit«, sagte sie und führte uns in einen eleganten Saal mit hoher Decke, Sitzreihen und Kronleuchtern, die den schmalen Balkon erhellten. Die Bühne war bis auf einen Flügel und einen Notenständer leer, die Techniker machten gerade eine letzte Lichtprobe.

»Ich lasse Sie allein, damit Sie das Stück noch einmal durchgehen können«, sagte die Frau. »Einlass ist fünfzehn Minuten vor Vorstellungsbeginn, also bleibt Ihnen eine halbe Stunde, um sich mit der Akustik vertraut zu machen.«

Willem bedankte sich, stieg die Stufen zur Bühne hinauf, setzte sich an den Flügel, öffnete den Deckel und ließ die Finger über die Tasten gleiten. »Ein Steinway B«, stellte er befriedigt fest. »Der klingt gut. Also, sehen wir uns die Sonate noch einmal kurz an?«

Ich nahm mit zitternden Fingern die Flöte aus dem Kasten und setzte sie zusammen. Wir spielten die Sonate einmal bis zum Ende, dann suchte ich, während Willem seine Solostellen übte, die Toilette auf, wo ich wieder trocken würgte. Als ich mir hinterher das Gesicht mit kaltem Wasser wusch, zog ich vor dem Spiegel eine Grimasse. Angeblich war ich die Frau, deren Magen auch bei rauester See keine Probleme hatte. Doch hier, an Land, kam ich mir, wenn ich vor Publikum zwölf Minuten lang Flöte spielen sollte, vor wie eine Seglerin bei ihrem ersten Sturm.

Kurz darauf wagte ich einen Blick ins Foyer und sah, dass die ersten Zuschauer eintrafen. Ich schaute verstohlen zu Willem hinüber, der neben mir ein Ritual mit Murmeln, Auf-und-ab-Laufen und Fingerübungen vollführte. Leider war die »Sonate für Flöte und Klavier« das vorletzte Stück des Konzerts, was bedeutete, dass ich bis dahin nervös hinter der Bühne warten musste.

»Alles in Ordnung?«, flüsterte Willem, als er von der Organisatorin mit den wichtigsten Stationen seines Lebenslaufs vorgestellt wurde.

»Ja, danke«, antwortete ich, und von draußen erklang Applaus.

»Hiermit möchte ich mich förmlich für meine unter den gegebenen Umständen völlig unangebrachte Essenseinladung neulich Abend entschuldigen. Ich weiß, wo Sie im Moment emotional stehen, werde das von jetzt an respektieren und hoffe, dass wir Freunde sein können.«

Mit diesen Worten betrat Willem die Bühne, verbeugte sich und setzte sich an den Flügel. Er begann mit Chopins schneller und technisch anspruchsvoller Etüde Nr. 5 in Ges-Dur.

Während ich Willem lauschte, dachte ich über den endlosen komplexen Tanz der Geschlechter nach. Und als die letzten Töne des Stücks im Saal verklangen, musste ich mir eingestehen, dass mich Willems Satz, er hoffe, dass wir Freunde sein könnten, seltsam enttäuschte. Gleichzeitig plagte mich das schlechte Gewissen Theo gegenüber ...

Nach einer gefühlten Ewigkeit, in der ich in dem kleinen Raum hinter der Bühne unruhig hin und her lief, hörte ich endlich, wie Willem mich vorstellte. Kurz darauf gesellte ich mich zu ihm, bedankte mich mit einem breiten Lächeln für seine Einführung und setzte die Flöte an die Lippen. Dann begannen wir zu spielen, und es lief besser als erwartet.

Nachdem Willem das letzte Stück des Abends vorgetragen hatte, verbeugte ich mich mit ihm zusammen, und die Organisatorin überreichte mir sogar einen kleinen Blumenstrauß.

»Sehr gut, Ally«, lobte Willem mich, als wir gemeinsam die Bühne verließen.

»Das finde ich auch«, sagte Erling, der Kurator des Grieg-Museums, der in Begleitung von zwei Männern hinter der Bühne wartete.

»Hallo.« Ich begrüßte ihn mit einem Lächeln. »Und danke.«

»Ally, das ist Thom Halvorsen, Jens Halvorsens Ururenkel und Biograf. Außerdem ist er ein virtuoser Geiger und der Zweite Dirigent des Philharmonischen Orchesters Bergen. Darf ich Ihnen auch David Stewart, den Leiter des Orchesters, vorstellen?«

»Freut mich, Sie kennenzulernen, Ally«, sagte Thom, während David Stewart sich Willem zuwandte. »Erling hat mir erzählt, dass Sie Nachforschungen über meine Urugroßeltern anstellen.«

Irgendwie hatte ich das Gefühl, Thom zu kennen, der mit seinen rötlichen Haaren, den Sommersprossen auf der Nase und den großen blauen Augen aussah wie viele Norweger.

»Ja.«

»Dabei helfe ich Ihnen, falls ich es kann, gern. Sie müssen entschuldigen, dass ich heute nicht sonderlich fit bin. Ich bin gerade erst von New York zurückgekommen. Erling hat mich vom Flughafen abgeholt und schnurstracks hierhergefahren, damit ich mir Willem anhören kann.«

»Jetlag ist schrecklich«, sagten wir gleichzeitig und grinsten verlegen.

Da wandte sich David Stewart uns zu.

»Leider muss ich gleich los«, sagte er, »deswegen verabschiede ich mich jetzt. Ruf mich an, Thom, wenn es gute Nachrichten gibt.« Er entfernte sich mit einem kurzen Winken.

»Wie Sie vielleicht wissen, Ally, versuchen wir gerade, Willem zu überreden, dass er sich dem hiesigen philharmonischen Orchester anschließt. Haben Sie sich schon Gedanken darüber gemacht, Willem?«

»Ja, und ich hätte da noch einige Fragen, Thom.«

»Dann würde ich vorschlagen, dass wir auf die andere Straßenseite gehen, einen Happen essen und etwas trinken. Kommen Sie mit?«, fragte Thom Erling und mich.

»Wenn Sie etwas mit Willem zu besprechen haben, wollen wir nicht stören«, antwortete Erling für uns beide.

»Aber nein. Ich brauche nur ein einfaches Ja von Willem, dann können die Sektkorken knallen.«

Zehn Minuten später saßen wir alle in einem gemütlichen, von Kerzen erhellten Lokal. Da Thom und Willem sich angeregt unterhielten, wandte ich mich Erling zu.

»Sie waren heute Abend wirklich sehr gut, Ally. So gut, dass Sie Ihr Talent nicht brachliegen lassen sollten. Und bestimmt haben Sie ja Freude am Spielen.«

»Sind Sie auch Musiker?«, fragte ich.

»Ja. Ich stamme wie Thom aus einer Musikerfamilie. Mein Instrument ist das Cello; ich spiele in einem kleinen Orchester dieser Stadt, in der Musik so wichtig ist. Das Philharmonische Orchester Bergen ist eines der ältesten Orchester der Welt.«

»Jetzt können wir endlich den Sekt bestellen!«, rief Thom aus. »Willem hat eingeschlagen.«

»Für mich keinen Sekt, danke. Nach neun Uhr trinke ich keinen Alkohol mehr«, entgegnete Willem.

»Wenn Sie nach Norwegen ziehen, sollten Sie es lernen«, neckte Thom ihn. »Der Alkohol ist das Einzige, was uns hier oben in den langen Wintern am Leben erhält.«

»Gut, dann trinke ich aufgrund des besonderen Anlasses ausnahmsweise mit«, sagte Willem, und kurz darauf brachte ein Kellner eine Flasche.

»Auf Willem!«, sagten wir alle, als auch das Essen serviert wurde.

»Nach dem Gläschen Sekt fühle ich mich schon sehr viel munterer«, meinte Thom schmunzelnd. »Klären Sie mich doch bitte über die Verbindung zwischen Ihnen, Jens und Anna Halvorsen auf.«

Ich erzählte ihm kurz von Pa Salts Vermächtnis, Jens Halvorsens Biografie seiner Frau Anna sowie den Koordinaten auf der Armillarsphäre, die mich zuerst nach Oslo und nun nach Bergen und zum Grieg-Museum geführt hatten.

»Faszinierend«, murmelte er und musterte mich nachdenklich. »Dann sind wir also vielleicht irgendwie verwandt? Obwohl ich mich erst vor Kurzem intensiv mit der Familiengeschichte beschäftigt habe, wüsste ich allerdings nicht, wie.«

»Ich auch nicht«, pflichtete ich ihm bei, weil ich fürchtete, dass er mich für eine Glücksritterin halten könnte. »Ich habe übrigens Ihr Buch bestellt. Es ist gerade aus den Staaten hierher unterwegs.«

»Das ist nett von Ihnen, Ally, aber ich könnte Ihnen auch ein Freiexemplar von mir überlassen.«

»Danke. Würden Sie mir das meine signieren, sobald es da ist? Vielleicht können Sie mir auch bei einigen Details helfen. Wissen

Sie, was in den Jahren nach dem Punkt, an dem Jens' Biografie endet, noch mit der Familie Halvorsen passiert ist?«

»In groben Zügen. Leider ist es nicht sonderlich erfreulich, weil dann ja die beiden Weltkriege folgten. Im Ersten war Norwegen neutral, aber im Zweiten litt es schwer unter der deutschen Besatzung.«

»Tatsächlich? Ich wusste nicht einmal, dass Norwegen besetzt war«, gestand ich. »Geschichte war in der Schule nicht gerade mein bestes Fach, und ich habe mir nie Gedanken darüber gemacht, welche Auswirkungen der Zweite Weltkrieg auch auf die kleineren Staaten gehabt haben könnte. Schon gar nicht auf dieses friedliche Land ganz oben im Norden.«

»In der Schule lernen wir meist nur etwas über die Geschichte des eigenen Landes. Woher kommen Sie denn?«

»Aus der Schweiz«, antwortete ich.

»Neutral«, sagten wir unisono.

»Hier sind die Deutschen 1940 einmarschiert. Die Schweiz hat mich ein wenig an Norwegen erinnert, als ich vor ein paar Jahren zu einem Konzert in Luzern war. Das lag nicht nur am Schnee. Diese beiden Länder vermitteln einem das Gefühl, als wären sie irgendwie vom Rest der Welt abgeschnitten.«

»Ja«, pflichtete ich ihm bei. Wieso, fragte ich mich, kam Thom mir nur so bekannt vor? Vermutlich weil ich die Fotos seiner Vorfahren kannte. »Die Halvorsens haben die Kriege also überlebt?«

»Das ist eine sehr traurige Geschichte und viel zu kompliziert, um sie Ihnen bei meinem Jetlag jetzt zu erzählen. Aber wir könnten uns gern zu einem späteren Zeitpunkt treffen – möchten Sie morgen Nachmittag zu mir kommen? Ich wohne in dem früheren Haus von Jens und Anna und könnte Ihnen zeigen, wo sie die glücklicheren Jahre ihrer Beziehung verbracht haben.«

»Das habe ich vor ein paar Tagen auf dem Weg nach Troldhaugen gesehen.«

»Dann wissen Sie ja, wo es ist. Wenn Sie mich jetzt entschuldigen würden, ich bin bettreif.« Thom stand auf und wandte sich an Willem. »Ich wünsche Ihnen einen guten Flug zurück nach Zürich.

Die Verwaltung setzt sich wegen des Vertrags mit Ihnen in Verbindung. Rufen Sie mich ruhig an, wenn Sie noch Fragen haben. Also, Ally, sagen wir morgen um zwei in Froskehuset?«

»Ja. Danke, Thom.«

»Lust auf einen kleinen Spaziergang?«, fragte Willem mich, nachdem wir uns von Erling verabschiedet hatten, der Thom nach Hause fuhr. »Das Hotel ist ja nicht weit weg.«

»Ja, gern.« Die frische Luft würde meinem schmerzenden Kopf sicher guttun. Wir schlenderten durch die kopfsteingepflasterten Straßen und kamen beim Hafen heraus. Dort blieb Willem stehen.

»Bergen ... Meine neue Heimat! Habe ich die richtige Entscheidung getroffen, Ally?«

»Ich weiß es nicht, aber einen schöneren Ort zum Leben gibt es wohl kaum. Schwer vorzustellen, dass hier etwas Schlimmes passieren könnte.«

»Genau das beschäftigt mich. Laufe ich wieder vor der Sache mit Jack davon? Seit ihrem Tod bin ich wie ein Wahnsinniger in der Welt herumgereist, und jetzt weiß ich nicht, ob ich mich hier nur verstecken will«, seufzte er, als wir den Kai entlang in Richtung Hotel gingen.

Zum ersten Mal hatte er im Zusammenhang mit Jack das Personalpronomen »sie« verwendet. »Man könnte es auch positiv ausdrücken und sagen, dass Sie einen Neuanfang wagen«, schlug ich vor.

»Ja, das wäre möglich. Was ich Sie fragen wollte: Haben Sie sich auch Gedanken darüber gemacht, warum Sie noch leben, nachdem Ihr Partner gestorben ist?«

»Natürlich, und das tue ich immer noch. Theo hat mich, kurz bevor er ertrunken ist, von Bord geschickt. Ich habe endlose Stunden darüber nachgegrübelt, wie ich ihn hätte retten können, wenn ich zur Stelle gewesen wäre, obwohl das sinnlos ist.«

»Ja ... Mit solchen Gedanken landet man immer wieder in einer Sackgasse. Inzwischen ist mir klar, dass das Leben eine Abfolge willkürlicher Ereignisse ist. Sie und ich, wir sind noch hier und müssen irgendwie weitermachen. Mein Psychotherapeut meint, dass ich deshalb zur Zwanghaftigkeit neige. Als Jack gestorben ist, hatte ich das Gefühl, keine Kontrolle mehr zu haben, weswegen ich überkompensiere. Allmählich wird's besser – heute habe ich doch glatt nach neun Uhr abends ein Glas Sekt getrunken ...«

Willem zuckte mit den Achseln. »Das sind die ersten zaghaften Schritte, Ally.«

»Ja. Wie hieß Jack übrigens mit vollem Namen?«

»Jacqueline. Nach Jacqueline du Pré. Ihr Vater war Cellist.«

»Als Sie das erste Mal von ihr gesprochen haben, dachte ich, sie sei ein ›Er‹ ...«

»Wieder so ein Kontrollversuch, und er funktioniert. So schütze ich mich vor eroberungswütigen Frauen. Sobald ich Jack erwähne, sind sie weg. Ich mag kein Rockstar sein, aber nach den Konzerten warten immer Klassikgroupies auf mich, machen mir schöne Augen und fragen nach meinem ... äh ... Instrument. Eine hat mir mal ihre Lieblingsfantasie verraten: Ich spiele am Klavier nackt Rachmaninows zweite Sinfonie für sie.«

»Hoffentlich haben Sie mich nicht für eine von denen gehalten.«

»Natürlich nicht.« Inzwischen hatten wir das Hotel erreicht, und Willem blickte auf das ruhige Wasser hinaus, das sanft am Kai leckte. »Ganz im Gegenteil. Wie ich vorhin schon gesagt habe: Meine Einladung zum Essen war unangebracht. Typisch ich«, seufzte er, plötzlich trübsinnig. »Aber danke, dass Sie heute Abend mit mir gespielt haben. Und ich hoffe, dass wir in Verbindung bleiben.«

»Willem, eigentlich schulde ich Ihnen ein Dankeschön. Sie haben mich zur Musik zurückgeführt. Aber jetzt muss ich ins Bett, bevor ich hier auf der Straße einschlafe.«

»Ich reise morgen in aller Frühe ab«, erklärte er mir, als wir die menschenleere Lobby betraten. »Zu Hause in Zürich ist noch eine Menge zu organisieren. Thom möchte, dass ich mich so bald wie möglich zum Orchester geselle.«

»Wann kommen Sie wieder her?«

»Spätestens im November, rechtzeitig zu den Vorbereitungen auf das Jubiläumskonzert zu Griegs hundertstem Todestag. Wollen Sie noch länger bleiben?«, erkundigte er sich.
»Ich weiß es nicht, Willem.«
Als wir den Lift betraten und auf die Knöpfe für unsere jeweiligen Etagen drückten, sagte er: »Ich gebe Ihnen meine Karte. Halten Sie mich auf dem Laufenden, wie es bei Ihnen weitergeht.«
»Gern.«
»Auf Wiedersehen, Ally.« In seinem Stockwerk verabschiedete er sich mit einem kurzen Lächeln von mir und stieg aus.
Als ich zehn Minuten später die Lampe auf meinem Nachtkästchen ausschaltete, hoffte ich, dass Willem und ich tatsächlich in Kontakt bleiben würden. Obwohl noch Lichtjahre von der Bereitschaft zu einer neuen Beziehung entfernt, mochte ich ihn. Und soweit ich das beurteilen konnte, ging es ihm umgekehrt genauso.

XXXVI

»Hallo.« Thom öffnete die Tür zu Froskehuset und ließ mich ein. »Gehen Sie ins Wohnzimmer durch. Möchten Sie was trinken?«

»Ein Glas Wasser, danke.«

Während Thom das Wasser holte, sah ich mich im Wohnzimmer um. Es war in dem mir inzwischen vertrauten, bodenständig-gemütlichen norwegischen Stil eingerichtet. In dem Raum standen mehrere nicht zueinander passende Sessel und ein Sofa mit Schutzdeckchen über der Rückenlehne um einen gewaltigen Metallofen herum, der das Zimmer bestimmt auch nachts mollig warm hielt. Das auffallendste Objekt war der schwarz glänzende Flügel im Erker mit Blick auf den Fjord.

Ich trat näher an die gerahmten Fotos auf einem grässlich verspielten Sekretär in einer Ecke heran. Besonders eines von einem etwa dreijährigen Jungen, der bei strahlendem Sonnenschein auf dem Schoß einer Frau saß, interessierte mich. Sie hatten das gleiche breite Lächeln, den gleichen Teint und die gleichen ausdrucksstarken Augen. Als Thom zurückkam, erkannte ich die Züge des Jungen von dem Bild in seinem Gesicht wieder.

»Sie müssen die Einrichtung entschuldigen«, sagte Thom. »Ich bin erst vor ein paar Monaten, nach dem Tod meiner Mutter, wieder hier eingezogen und habe noch keine Zeit gefunden, irgendetwas zu verändern. Mein Geschmack ist minimalistischer und skandinavischer; dieses Haus ist ziemlich altmodisch.«

»Mir gefällt es gar nicht schlecht. Es wirkt so ...«

»*Real!*«, sagten wir beide gleichzeitig.

»Sie scheinen meine Gedanken lesen zu können«, stellte Thom fest. »Da Sie sich über Jens und Anna informieren wollen, passt es ganz gut, dass Sie noch die ursprüngliche Inneneinrichtung sehen, bevor ich das meiste davon auf den Müll werfe. Der größte Teil der Möbel, die jetzt ungefähr einhundertzwanzig Jahre alt sind, stammt noch von ihnen. Wie alles andere in dem Haus, einschließlich der sanitären Anlagen. Sie haben – oder besser gesagt, Anna hat den Grund 1884 erworben, und dann haben sie ein Jahr gebraucht, um das Haus zu bauen.«

»Vor der Lektüre des Buchs hatte ich noch nie von ihnen gehört«, gestand ich.

»In Europa war Anna die Bekanntere von beiden, aber seinerzeit genoss auch Jens einen gewissen Ruhm, besonders in Bergen. Er hat sich nach Griegs Tod 1907 einen Namen gemacht, obwohl seine Musik sich sehr stark an der des Maestro orientiert und ihr, wenn man ehrlich ist, nicht das Wasser reichen kann. Keine Ahnung, wie viel Sie über Griegs Anteil am Leben von Jens und Anna wissen ...«

»Einiges, nach der Lektüre von Jens' Buch. Besonders dass Grieg Anna aus der Pension in Leipzig gerettet hat.«

»Ja. Da Sie bisher noch keine Gelegenheit hatten, mein Buch zu lesen, wissen Sie nicht, dass Grieg Jens in Paris aufgespürt hat, wo er mit einem Künstlermodell in Montmartre wohnte. Er war von seiner Gönnerin, der Baroness, fallen gelassen worden und verdiente sich seinen Lebensunterhalt mühsam mit Geigespielen. Die meiste Zeit war er betrunken oder high vom Opium, wie in den damaligen Pariser Künstlerkreisen üblich. Grieg hat ihm ins Gewissen geredet, ihm die Fahrt zurück nach Leipzig gezahlt und ihm eingebläut, dass er sich Anna zu Füßen werfen muss.«

»Oje. Wer hat Ihnen das erzählt?«

»Mein Urgroßvater Horst, dem Anna es auf ihrem Sterbebett gesagt hat.«

»Und wann ist Jens zurückgekehrt?«

»Das dürfte 1884 gewesen sein.«

»Also mehrere Jahre, nachdem Grieg Anna in Leipzig gerettet hatte? Offen gestanden war ich am Ende des Buchs ziemlich deprimiert. Ich habe einfach nicht begriffen, wieso Anna Jens nach so langer Zeit, in der sie nichts von ihm gehört hatte, zurückgenommen hat. Oder warum Grieg Jens in Paris aufgespürt hat. Er muss doch gewusst haben, was Anna für ihn empfand. Es ergibt einfach keinen Sinn.«

Thom sah mich nachdenklich an. »Das ist genau das Problem, habe ich bei den Recherchen zu meiner Familienhistorie herausgefunden. Man weiß die Fakten, aber es ist schwierig, die Motivation des Menschen dahinter zu ergründen. Und Sie dürfen nicht vergessen, dass Jens die Biografie verfasst hat. Annas Gedanken kennen wir nicht. Das Buch wurde nach ihrem Tod veröffentlicht und war letztlich ein Tribut ihres Mannes an sie.«

»Ich hätte Jens vermutlich mit dem Fleischermesser empfangen. Ihr erster Verlobter Lars war mir sehr viel sympathischer.«

»Lars Trulssen? Sie wissen, dass er nach Amerika gegangen ist und sich dort einen gewissen Ruf als Dichter erworben hat? Er hat in eine wohlhabende New Yorker Familie eingeheiratet, die drei Generationen zuvor von Norwegen nach Amerika ausgewandert war, und hatte eine ganze Schar Kinder.«

»Ach. Das freut mich für ihn. Er hat mir sehr leidgetan, aber wir Frauen treffen nicht immer die richtige Wahl, stimmt's?«

»Dazu sage ich mal lieber nichts«, meinte Thom schmunzelnd. »Ich weiß lediglich, dass die beiden nach außen hin den Rest ihres Lebens glücklich verheiratet blieben. Offenbar war Jens Grieg bis zu seinem Lebensende dankbar dafür, dass er ihn aus der Pariser Gosse gerettet, und Anna dafür, dass sie ihm verziehen hatte. Die beiden Paare haben als unmittelbare Nachbarn viel Zeit miteinander verbracht. Nach Griegs Tod hat Jens mitgeholfen, mit Griegs Nachlass eine Musikfakultät an der Universität von Bergen aufzubauen. Heute ist das die Grieg-Akademie, und an der habe ich studiert.«

»Da das Buch von Jens mit dem Jahr 1907 endet, weiß ich danach nichts mehr über die Familie, und ich habe nie eine seiner Kompositionen gehört.«

»Meiner Ansicht nach hat er nicht viel geschrieben, was sich anzuhören lohnt. Allerdings habe ich beim Sortieren der zahlreichen Kisten mit Noten, die jahrelang im Speicher vor sich hin moderten, etwas Besonderes entdeckt, ein Klavierkonzert, das, soweit ich aufgrund meiner Recherchen weiß, niemals öffentlich aufgeführt wurde.«

»Tatsächlich?«

»Anlässlich von Griegs hundertstem Todestag dieses Jahr finden zahlreiche Veranstaltungen statt, darunter auch ein großes Konzert zum Abschluss des Festjahres hier in Bergen.«

»Das hat Willem erwähnt.«

»Sie können sich denken, dass viel norwegische Musik gegeben werden soll, und es wäre schön, wenn wir dort das Werk meines Urururgroßvaters zum ersten Mal aufführen könnten. Ich habe mit dem Programmkomitee und Andrew Litton gesprochen – das ist unser Dirigent; von ihm lerne ich viel übers Dirigieren. Sie haben sich das Stück angehört und es für den siebten Dezember ins Programm genommen. Da ich im Speicher nur die Klaviernoten finden konnte, habe ich einen Musiker, der ein Händchen für solche Dinge hat, gebeten, sie zu orchestrieren. Aber während meines Aufenthalts in New York hat er mir auf den Anrufbeantworter gesprochen, dass seine Mutter vor ein paar Wochen krank geworden ist und er noch nicht einmal mit der Arbeit angefangen hat.«

Die Enttäuschung war Thom deutlich anzusehen. »Ich kann mir nicht vorstellen, dass er bis Dezember fertig wird. Schade ... Meiner Meinung nach ist es bei Weitem das Beste, was Jens komponiert hat. Außerdem wäre es natürlich perfekt gewesen, das Werk eines Halvorsen, der bei der Premiere des *Peer Gynt* im Orchester gespielt hat, jetzt uraufzuführen. Aber genug von meinen Problemen. Was ist mit Ihnen, Ally? Haben Sie je in einem Orchester gespielt?«

»Du lieber Himmel, nein. Ich glaube nicht, dass ich dazu jemals gut genug war. Ich bin eher eine Amateurin.«

»Nach Ihrem Auftritt gestern Abend kann ich Ihnen da nicht zustimmen. Willem sagt, Sie hätten vier Jahre lang Flöte am Konservatorium in Genf studiert. Da kann man wohl kaum von einer ›Amateurin‹ reden«, widersprach er.

»Möglich, aber bis vor ein paar Wochen war ich noch Profiseglerin.«

»Tatsächlich? Wie das?«

Bei einer Tasse Kräutertee, den Thom für mich in einem Schrank gefunden hatte, erzählte ich ihm in wenigen Worten meine Vergangenheit und die Ereignisse, die zu meiner Reise nach Bergen geführt hatten. Ich merkte, dass ich mich allmählich daran gewöhnte, nur noch die Fakten, nicht mehr die Emotionen zu schildern. Ob das gut war oder schlecht, wusste ich nicht.

»Ally! Und ich dachte, *mein* Leben ist kompliziert! Keine Ahnung, wie Sie die letzten Wochen überstanden haben. Hut ab!«

»Ich habe mich damit abgelenkt, in der Vergangenheit zu wühlen. Nachdem ich Sie nun mit meiner Lebensgeschichte gelangweilt habe, könnten Sie mir einen Gefallen tun und mir etwas über die späteren Halvorsens erzählen. Natürlich nur, wenn Sie wollen«, fügte ich hastig hinzu, um nicht den Eindruck zu erwecken, dass ich mich in die Familiengeschichte einmischen wollte. »Die Verbindung, die ich vielleicht zu ihnen habe, muss jedenfalls in der jüngeren Vergangenheit liegen, weil ich erst dreißig bin.«

»Wie ich. Ich bin im Juni geboren. Und Sie?«

»Am einunddreißigsten Mai, hat mein Adoptivvater mir gesagt.«

»Ach. Ich am ersten Juni«, erklärte Thom.

»Nur einen Tag auseinander. Aber erzählen Sie weiter. Ich bin ganz Ohr.«

Thom nahm einen Schluck Kaffee. »Ich bin hier in Bergen bei meiner Mum aufgewachsen, die vor einem Jahr gestorben ist. Weshalb ich jetzt in Froskehuset wohne.«

»Mein Beileid, Thom. Wie Sie bereits gehört haben, weiß ich, wie es sich anfühlt, ein Elternteil zu verlieren.«

»Danke. Anfangs war es ziemlich schrecklich, weil wir uns sehr nahestanden. Mum hat mich allein erzogen, wir hatten keinen Dad, der uns unterstützen konnte.«

»Kennen Sie ihn?«

»O ja.« Thom hob eine Augenbraue. »Über ihn läuft die Blutsverbindung zu Jens Halvorsen. Mein Vater Felix ist sein Urenkel. Mein Vater hat sich anders als Jens, der immerhin irgendwann zu Anna zurückgekehrt ist, seiner Verantwortung nie gestellt.«

»Lebt er noch?«

»Ja, er ist sogar sehr lebendig, obwohl er etwa zwanzig Jahre älter ist als meine Mutter. Ich halte meinen Vater für den musikalisch begabtesten von allen Halvorsen-Männern. Wie Anna hatte auch meine Mutter eine schöne Singstimme. Sie hat Klavierstunden bei meinem Dad genommen, und der hat sie verführt. Mit zwanzig ist sie von ihm schwanger geworden. Er hat sich geweigert, mich als sein Kind anzuerkennen, und ihr den Rat gegeben, mich abtreiben zu lassen.«

»Oje. Wissen Sie das von Ihrer Mutter?«

»Ja. Und da ich Felix kenne, glaube ich ihr«, antwortete Thom. »Nach meiner Geburt hat sie eine ziemlich schlimme Zeit durchgemacht. Ihre Eltern haben sie verstoßen – sie stammten aus einer ländlichen Familie aus dem Norden und waren in solchen Dingen sehr altmodisch. So stand meine Mutter Martha praktisch ohne einen Cent da. Vor dreißig Jahren war Norwegen noch ein relativ armes Land.«

»Wie schrecklich. Und was hat sie gemacht?«

»Zum Glück sind meine Urgroßeltern Horst und Astrid eingesprungen und haben uns beide bei sich aufgenommen. Ich habe das Gefühl, dass meine Mutter sich nie von der Enttäuschung über meinen Vater erholt hat. Sie litt den Rest ihres Lebens unter schrecklichen Depressionen und hat ihr Gesangspotenzial nie genutzt.«

»Erkennt Felix Sie inzwischen als seinen Sohn an?«

»Das Gericht hat ihn mit einem DNA-Test dazu gezwungen, als ich ein Teenager war«, erklärte Thom mit grimmiger Miene. »Meine Urgroßmutter war gestorben und hatte das Haus mir hinterlassen, nicht ihrem Enkel Felix. Felix hat das Testament angefochten und behauptet, meine Mum und ich seien geldgierige Betrüger. Deshalb der DNA-Test. Und Bingo! Er hat mit einhundertprozentiger Sicherheit ergeben, dass Halvorsen-Blut in meinen Adern fließt. Ich hatte das sowieso nie bezweifelt. In so einer Angelegenheit hätte meine Mum bestimmt nicht gelogen.«

»Ihre Vergangenheit klingt genauso dramatisch wie die meine«, stellte ich mit einem Schmunzeln fest, das Thom zu meiner Erleichterung erwiderte. »Sehen Sie Ihren Vater manchmal?«

»Gelegentlich auf der Straße.«

»Er wohnt also in der Gegend?«

»Ja, oben in den Hügeln, mit jeder Menge Whiskyflaschen und wechselnden Frauen. Er ist ein richtiger Peer Gynt.« Thom zuckte traurig die Schultern.

»Ich blicke nicht mehr ganz durch. Sie haben von Ihren Urgroßeltern gesprochen, mir fehlt eine Generation. Was ist mit Ihren Großeltern passiert? Mit den Eltern von Felix?«

»Das ist die Geschichte, die ich gestern Abend erwähnt habe. Ich habe sie nie persönlich kennengelernt. Sie sind beide vor meiner Zeit gestorben.«

»Das tut mir leid, Thom.« Zu meiner Überraschung traten mir Tränen in die Augen.

»Nicht weinen, Ally. Ich komme schon zurecht. Sie hatten in letzter Zeit ein weit schwereres Päckchen zu tragen.«

»Ich weiß, dass Sie zurechtkommen, Thom, aber ich finde die Geschichte anrührend«, erklärte ich.

»Wie Sie sich vielleicht denken können, rede ich nicht oft davon. Mich wundert, dass ich mit Ihnen so offen darüber sprechen kann.«

»Danke dafür, Thom. Noch eine letzte Frage: Haben Sie sich je angehört, wie Ihr Vater die Dinge sieht?«

Thom bedachte mich mit einem seltsamen Blick. »Wie soll er sie sehen?«

»Ach, Sie wissen schon ...«

»Abgesehen davon, dass er ein egoistischer Nichtsnutz ist, der meine Mum geschwängert und dann sitzen gelassen hat, meinen Sie?«

Ich ahnte, dass ich mich auf gefährlichem Terrain bewegte. »Nach allem, was Sie erzählt haben, gibt's wahrscheinlich tatsächlich nur eine Sicht der Dinge.«

»Das heißt nicht, dass ich nicht manchmal Mitleid mit Felix habe«, gestand er. »Er hat sein Leben nicht im Griff und vergeudet seine großartige Begabung. Zum Glück habe ich ein bisschen davon geerbt, und dafür werde ich immer dankbar sein.«

Als Thom auf seine Uhr sah, deutete ich das als Aufforderung zu gehen. »Ich muss los. Ich habe Ihnen schon genug Zeit gestohlen.«

»Bitte gehen Sie noch nicht. Ich habe gerade gemerkt, wie hungrig ich bin. In New York ist jetzt Zeit fürs Frühstück. Haben Sie Lust auf Pfannkuchen? Die sind so ziemlich das Einzige, was ich ohne Kochbuch zustande bringe.«

»Thom, Sie müssen es sagen, wenn Sie mich loshaben wollen.«

»Keine Sorge, ich will Sie nicht loshaben. Sie können Souschef in meiner Küche spielen, einverstanden?«

»Ja.«

Während wir die Pfannkuchen zubereiteten, stellte Thom mir weitere Fragen über mein Leben.

»Ihr Adoptivvater scheint etwas ganz Besonderes gewesen zu sein.«

»Ja.«

»Und Ihre Schwestern ... Sie waren bestimmt nie einsam. Ich als Einzelkind hingegen schon. Als Jugendlicher hätte ich mir sehnlich Geschwister gewünscht.«

»Unter Einsamkeit habe ich tatsächlich nie gelitten. Ich hatte immer jemanden zum Spielen. Und ich habe das Teilen gelernt.«

»Wogegen ich alles für mich allein hatte und es hasste, der kleine Prinz meiner Mutter zu sein«, entgegnete er und gab die Pfannkuchen auf Teller. »Ich hatte immer das Gefühl, ihre Erwartungen erfüllen zu müssen, weil ich ihr einziges Kind war.«

»Meine Schwestern und ich wurden nur dazu ermutigt, wir selbst zu sein«, sagte ich, als wir uns zum Essen an den Küchentisch setzten. »Hatten Sie Schuldgefühle, weil Ihre Mutter Ihretwegen leiden musste?«

»Ja. Wenn sie wieder Depressionen hatte und mir vorwarf, dass ich schuld an ihrem verdorbenen Leben bin, hätte ich sie am liebsten angeschrien, dass ich ja nicht verlangt hatte, geboren zu werden, dass es *ihre* Entscheidung gewesen war.«

»Wir sind schon ein Pärchen, was?«

Er sah mich, Gabel in der Hand, an. »Ja, allerdings. Schön, endlich jemanden zu haben, der meine komplizierten Familienverhältnisse begreift.«

»Ganz meinerseits«, stellte ich lächelnd fest.

»Es ist merkwürdig«, sagte Thom wenige Sekunden später, »ich habe das Gefühl, als würde ich Sie schon ewig kennen.«

»Mir geht es genauso«, pflichtete ich ihm bei und fügte hinzu: »Vielleicht sollten wir uns endlich duzen.«

»Gern.«

Später fuhr Thom mich zu meinem Hotel in der Stadt zurück.

»Hast du morgen früh schon was vor?«, erkundigte er sich.

»Nein.«

»Wunderbar. Dann hole ich dich ab, und wir machen eine kleine Hafenrundfahrt mit dem Boot. Da erzähle ich dir dann, was mit meinen Großeltern Pip und Karine passiert ist. Wie bereits erwähnt, handelt es sich um ein dunkles und schmerzliches Kapitel in der Geschichte der Halvorsens.«

»Würde es dir etwas ausmachen, wenn wir das an Land erledigen? Seit Theos Tod werde ich leicht seekrank.«

»Verstehe. Dann komm doch einfach wieder zu mir nach Froskehuset. Ich hole dich um elf ab. Gute Nacht, Ally.«

»Gute Nacht, Thom.«

Vor dem Hotel winkte ich ihm zum Abschied zu, bevor ich in mein Zimmer ging. Als ich dort von meinem Fenster aus übers Wasser blickte, staunte ich, wie viele Stunden ich mit Thom völlig entspannt über absolut alles geredet hatte. Wenig später duschte ich und legte mich in dem Wissen ins Bett, dass ich, egal, was meine Nachforschungen über die Vergangenheit auch zutage fördern würden, dabei neue Freunde gewann.

XXXVII

Als ich am folgenden Morgen aufwachte, musste ich sofort ins Bad, um mich zu übergeben. Danach stolperte ich zum Bett zurück und legte mich mit Tränen in den Augen wieder hin, weil ich nicht wusste, warum ich mich so elend fühlte. Dass es mir gut ging, hatte ich immer für selbstverständlich gehalten, denn ich hatte kaum eine Kinderkrankheit gehabt und immer Ma beigestanden, wenn wieder ein besonders aggressives Virus von Schwester zu Schwester weitergegeben wurde.

Doch nun war mir so übel, dass ich mich fragte, ob ich nicht schon seit Naxos an einer schweren Magenverstimmung herumlaborierte, die immer schlimmer zu werden schien ... Mit ziemlicher Sicherheit lag es an dem Stress der letzten Wochen. Weil ich etwas essen musste – bestimmt war mein Blutzuckerspiegel sehr weit unten –, bestellte ich ein großes kontinentales Frühstück. *So bekämpft man Seekrankheit, Ally*, sagte ich mir und zwang mich, den ersten Bissen hinunterzuwürgen.

Zwanzig Minuten darauf landete das gesamte Frühstück schon wieder in der Toilette. Während ich mich mit wackligen Knien anzog, beschloss ich, Thom, der mich eine halbe Stunde später abholen würde, nach einem guten Arzt zu fragen. Da klingelte mein Handy.

»Hallo?«

»Ally?«

»Tiggy, wie geht's?«

»Ganz okay. Wo bist du?«

»Noch in Norwegen.«

Kurzes Schweigen, dann: »Oh.«

»Was ist los, Tiggy?«

»Nichts ... Ich wollte wissen, ob du schon wieder in ›Atlantis‹ bist.«

»Sorry, nein. Ist alles in Ordnung?«

»Ja, ja. Ich rufe nur an, um dich zu fragen, wie's dir geht.«

»Gut, ich finde gerade jede Menge über die Hinweise heraus, die Pa mir hinterlassen hat.«

»Prima. Sag mir doch Bescheid, wenn du aus Norwegen zurück bist, damit wir uns treffen«, sagte sie gespielt fröhlich. »Ich hab dich lieb, Ally.«

»Ich dich auch.«

Im Aufzug nach unten wunderte ich mich darüber, wie alt Tiggy geklungen hatte. Sonst wirkte sie immer so gelassen und schaffte es, allen mit ihren esoterischen Theorien Hoffnung zu machen. Ich nahm mir vor, ihr später eine E-Mail zu schicken.

»Hallo«, begrüßte Thom mich, als ich aus dem Lift trat.

»Hi.« Ich schenkte ihm ein Lächeln.

»Alles in Ordnung, Ally? Du bist blass.«

»Nicht wirklich«, antwortete ich auf dem Weg zum Ausgang. »Ich fühle mich nicht sonderlich gut. Schon länger. Es ist bestimmt nichts Schlimmes, wahrscheinlich eine Magenverstimmung, aber ich wollte fragen, ob du mir einen Arzt empfehlen kannst.«

»Natürlich. Soll ich dich gleich hinbringen?«

»Du liebe Güte, nein. So schlecht geht's mir auch wieder nicht, es ist nur einfach nicht wie sonst«, wiegelte ich ab, während ich in seinen zerbeulten Renault stieg.

»Du siehst tatsächlich angeschlagen aus«, bemerkte er und zückte sein Handy. »Ich mache gleich einen Termin für dich aus.«

»Danke. Sorry«, murmelte ich, als er eine Nummer wählte und Norwegisch zu reden begann.

»Ich habe für heute um halb fünf einen Termin für dich vereinbart«, teilte er mir wenig später mit. »Und jetzt nehme ich dich nach Froskehuset mit. Da legst du dich dann mit einer warmen Decke aufs Sofa und kannst selber entscheiden, ob du lieber die Geschichte meiner Großeltern hören willst oder ob ich dir etwas auf der Geige vorspielen soll.«

»Könnten wir nicht beides machen?«, fragte ich mit einem matten Lächeln.

Eine halbe Stunde später bat ich Thom, zusammengerollt auf dem Sofa neben dem gemütlich warmen Bullerofen, mir etwas auf der Geige vorzuspielen. »Als Erstes dein Lieblingsstück.«

»Gut.« Er seufzte tief. »Aber bitte glaub nicht, dass es etwas mit deinem jetzigen Zustand zu tun hat.«

»Keine Sorge«, versicherte ich ihm, verwundert über seine Bemerkung.

»Also dann.«

Thom klemmte die Geige unters Kinn, stimmte sie kurz und spielte die ersten Takte. Da musste ich laut lachen.

Thom hielt grinsend inne. »Siehst du?«

»Ich liebe den *Sterbenden Schwan* auch.«

»Gut.«

Als er noch einmal von vorn begann, fühlte ich mich geehrt, von einem so guten Geiger eine Privatvorstellung zu erhalten. Nach dem letzten Ton applaudierte ich. »Super.«

»Danke. Was würdest du gern als Nächstes hören?«

»Was du am liebsten spielst.«

»Okay.«

In den folgenden vierzig Minuten hörte ich eine Auswahl seiner Lieblingsstücke, darunter den ersten Satz von Tschaikowskys Violinkonzert in D-Dur und die *Teufelstrillersonate* von Tartini. Dabei beobachtete ich, wie er in eine andere Welt verschwand, eine Welt, in die jeder gute Musiker beim Spielen eintaucht. Früher war es mir auch so gegangen. Wieder einmal fragte ich mich, wie ich die letzten zehn Jahre meines Lebens ohne Musik hatte verbringen können. Thoms Spiel entspannte mich so sehr, dass ich am Ende wegdöste. Irgendwann spürte ich sanft seine Hand auf meiner Schulter.

»Sorry«, murmelte ich und schlug die Augen auf.

»Soll ich beleidigt sein, dass meine einzige Zuhörerin eingeschlafen ist? Nein, ich nehme das mal nicht persönlich.«

»Dazu besteht wirklich kein Grund, Thom. Ich versichere dir, dass es tatsächlich ein Kompliment ist. Kann ich mal deine Toilette benutzen?«, fragte ich und schälte mich aus der Decke.

»Ja, den Flur runter links.«

»Danke.«

Als ich erleichtert darüber, dass es mir ein wenig besser ging als am Morgen, zurückkam, stand Thom in der Küche am Herd.

»Was machst du da?«, erkundigte ich mich.

»Das Mittagessen. Es ist nach eins. Ich habe dich zwei Stunden lang schlafen lassen.«

»Oje! Kein Wunder, dass du beleidigt bist. Sorry.«

»Ich weiß doch, wie viel du in letzter Zeit durchgemacht hast.«

Ich nickte. »Theo fehlt mir so sehr.«

»Das kann ich verstehen. Das mag jetzt merkwürdig klingen, aber in gewisser Hinsicht beneide ich dich.«

»Wieso das?«

»Weil ich noch nie solche Gefühle für jemanden hatte. Natürlich hatte ich auch schon Beziehungen, aber die waren alle nicht lang. Ich muss ›die Richtige‹, von der alle reden, noch finden.«

»Das wirst du, da bin ich mir sicher, Thom.«

»Möglich, doch allmählich verliere ich den Glauben daran. Das wird mir alles zu anstrengend, Ally.«

»Irgendwann wird jemand auftauchen wie Theo bei mir, und du wirst wissen, dass das die Richtige ist. Was kochst du da?«

»Das Einzige, was ich außer Pfannkuchen kann – Nudeln. À la Thom.«

»Keine Ahnung, wie du den Sugo machst, aber meine ›spezielle Pasta‹ ist bestimmt viel besser«, neckte ich ihn. »Dafür bin ich berühmt.«

»Tatsächlich? Das kann ich mir nicht vorstellen. Wegen meiner strömen die Leute eigens aus den Hügeln um Bergen hierher«, erklärte er, während er das Wasser abschüttete, die Sauce darübergab und untermischte. »Bitte setz dich.«

Ich aß vorsichtig, weil mich die Aussicht auf einen weiteren Ausflug zur Toilette nicht gerade aufheiterte, stellte jedoch fest, dass Thoms Nudeln mit Käse, Kräutern und Schinken meinem Magen tatsächlich guttaten.

»Und«, fragte er mit einem Blick auf meinen leeren Teller.

»Ausgezeichnet. Deine Pasta à la Thom hat meine Lebensgeister wieder geweckt. Jetzt würde ich gern das Konzert deines Urururgroßvaters hören. Vorausgesetzt, du willst es mir vorspielen.«

»Natürlich. Aber vergiss nicht: Das Klavier ist nicht mein Hauptinstrument, also werde ich dem Stück vermutlich nicht gerecht werden.«

Wir kehrten ins Wohnzimmer zurück, wo ich es mir, diesmal aufrecht sitzend, erneut auf dem Sofa bequem machte, während Thom die Noten aus dem Regal nahm.

»Sind das die Originalklaviernoten?«

»Ja«, antwortete er und legte sie auf den Notenständer. »Ich hoffe, ich quäle dich nicht zu sehr mit meinem Spiel.«

Als Thom begann, schloss ich die Augen und konzentrierte mich auf die Musik. Ich hörte tatsächlich Anklänge an Grieg heraus, aber sie hatte auch etwas ganz Eigenes, ein hypnotisches Hauptmotiv, das an Rachmaninow und ein wenig an Strawinsky erinnerte. Thom endete mit großer Geste und sah mich fragend an.

»Und?«

»Ich habe die Melodie bereits im Kopf. Ein richtiger Ohrwurm, Thom.«

»Das finde ich auch, und David Stewart und Andrew Litton geht's genauso. Morgen schaue ich mich nach jemandem um, der die Orchestrierung übernehmen kann. Ich weiß nicht, ob das noch rechtzeitig zu schaffen ist, doch einen Versuch wäre es wert. Keine Ahnung, wie unsere Vorfahren das gemacht haben. Heutzutage mit Computerhilfe ist es schon schwierig genug, aber mit der Hand jede einzelne Note für jedes Instrument für das gesamte Orchester aufzuschreiben muss eine richtige Tortur gewesen sein. Kein Wunder, dass die großen Komponisten so lange gebraucht haben, um ihre Sinfonien und Konzerte zu Papier zu bringen. Hut ab vor Jens und seinen Kollegen.«

»Du bist tatsächlich Spross einer illustren Familie.«

»Die große Frage ist nun, ob das auch für dich gilt«, sagte Thom. »Nach unserem Abschied gestern Abend habe ich lange darüber nachgedacht, wie du mit dem Halvorsen-Clan verwandt sein könntest. Da mein Vater Felix ein Einzelkind war und weder meine Großmutter noch mein Großvater Geschwister hatte, ist letztlich nur ein einziger Schluss möglich.«

»Und der wäre?«

»Ich habe Angst, dass du es mir übel nimmst, Ally.«

»Raus mit der Sprache, Thom, ich halte das schon aus«, drängte ich ihn.

»Gut. Angesichts der bewegten Frauenhistorie meines Vaters könnte es gut sein, dass er ein Kind gezeugt hat, von dem nicht einmal er selbst etwas weiß.«

Ich sah Thom mit offenem Mund an. »Durchaus denkbar. Aber bitte vergiss nicht, dass nach wie vor kein Beweis für meine Blutsverwandtschaft mit den Halvorsens vorliegt. Mir ist gar nicht wohl dabei, dass ich einfach hier auftauche und mich in die Geschichte deiner Familie einmische.«

»Je mehr Halvorsens, desto lustiger, finde ich. Momentan bin ich der Letzte der Mohikaner.«

»Es gibt nur eine Methode, Sicherheit zu gewinnen. Wir müssen deinen Vater fragen.«

»Der wird bestimmt wie immer lügen«, erklärte Thom verbittert.

»So, wie du ihn mir beschreibst, möchte ich lieber nicht mit ihm verwandt sein.«

»Ich versuche wirklich, keine Vorurteile zu haben, aber leider fällt mir zu diesem Thema nicht viel Positives ein«, meinte Thom achselzuckend.

»Dann lass uns doch die Generationen aufdröseln«, schlug ich vor. »Jens und Anna hatten also einen Sohn namens Horst.«

»Ja.« Thom trat an seinen Sekretär und nahm das Buch in die Hand, das darauflag. »Das ist die Biografie, die ich verfasst habe, darin befindet sich ein Stammbaum der Familie Halvorsen. Hier ...«, sagte er und reichte es mir. »Ganz hinten, vor der Danksagung.«

»Danke.«

»Horst war ein ausgezeichneter Cellist und hat in Paris, nicht in Leipzig studiert«, erklärte Thom, während ich zu dem Stammbaum blätterte. »Anschließend ist er nach Norwegen zurückgekehrt und hat den größten Teil seines Lebens für das Philharmonische Orchester Bergen gespielt. Er war ein sehr netter Mensch und obwohl bei meiner Geburt bereits zweiundneunzig, in meinen ersten Jahren noch mit erstaunlich viel Energie gesegnet. Von meiner Mum weiß ich, dass er mir mit drei meine erste Geige in die Hand gedrückt hat. Er ist mit einhundertein Jahren gestorben und war sein Leben lang keinen einzigen Tag krank. Wollen wir hoffen, dass ich seine Gene geerbt habe.«

»Und seine Kinder?«

»Horst hat Astrid geheiratet, die fünfzehn Jahre jünger war als er, und sie haben den größten Teil ihres Lebens hier in Froskehuset verbracht. Sie hatten einen Sohn, den sie nach seinem Großvater Jens nannten, zu dem alle aber nur Pip sagten.«

»Was ist aus ihm geworden?«, erkundigte ich mich verwirrt, als ich den Stammbaum studierte.

»Das ist die traurige Geschichte, die ich bereits erwähnt habe. Willst du sie wirklich jetzt hören?«

»Ja.«

»Gut. Jens junior hat sich als begabter Musiker erwiesen und ist wie sein Namensvetter vor ihm zum Studieren nach Leipzig gegangen. Im Jahr 1936, als sich die Welt im Umbruch befand ...«

PIP

Leipzig, Deutschland

November 1936

XXXVIII

Jens Horst Halvorsen – besser bekannt als »Pip«, ein Kosename, den er bereits im Bauch seiner Mutter erhielt – ging schnellen Schrittes auf das prächtige helle Gebäude zu, in dem sich die Leipziger Musikhochschule, das Königliche Konservatorium der Musik, befand. Er freute sich schon auf seine Meisterklasse bei Hermann Abendroth, dem berühmten Dirigenten des Leipziger Gewandhausorchesters. Seitdem er zweieinhalb Jahre zuvor aus dem begrenzten musikalischen Umfeld seiner Heimatstadt Bergen hierhergekommen war, hatte sich ihm sowohl künstlerisch als auch privat eine völlig neue Welt erschlossen.

Nach der schönen, aber in Pips Ohren altmodischen Musik von Grieg, Schumann oder Brahms, der er mit seinem Vater Horst in seiner Kindheit gelauscht hatte, war er am Leipziger Konservatorium mit zeitgenössischen Komponisten bekannt gemacht worden. Im Moment war sein Liebling Rachmaninow, dessen *Rhapsodie über ein Thema von Paganini*, zwei Jahre zuvor in Amerika uraufgeführt, Pip angeregt hatte, seine eigene Musik zu schreiben. Er schlenderte leise vor sich hin pfeifend die breiten Straßen von Leipzig entlang. Seine Klavier- und Kompositionsstunden hatten seine Kreativität beflügelt und ihn mit progressiven musikalischen Ideen in Berührung gebracht. Abgesehen von Rachmaninow fand er auch Strawinskys *Le sacre du printemps* faszinierend, ein modernes und gewagtes Stück, das sein Vater, selbst ausgezeichneter Cellist, noch mehr als zwanzig Jahre nach der berüchtigten Pariser Premiere 1913 »obszön« nannte.

Auf dem Weg zum Konservatorium dachte Pip an Karine, die zweite große Liebe seines Lebens, seine Muse und Triebfeder. Eines Tages würde er ihr ein Konzert widmen.

Sie hatten sich eines kühlen Oktoberabends über ein Jahr zuvor bei einem Konzert im Gewandhaus kennengelernt. Pip hatte gerade sein zweites Jahr am Konservatorium begonnen und Karine ihr erstes. Im Foyer des Gewandhauses hatte sie ihren Wollhandschuh verloren, den Pip ihr aufhob. Als er ihn ihr zurückgab, hatten sich ihre Blicke getroffen, und seitdem waren sie unzertrennlich.

Karine war eine exotische Mischung aus französischen und russischen Eltern und in einem Pariser Künstlerhaushalt aufgewachsen. Ihr Vater war ein französischer Bildhauer von einigem Ansehen, ihre Mutter eine erfolgreiche Opernsängerin. Karines eigene Kreativität fand ihr Ventil im Oboenspiel, sie gehörte zu den wenigen Frauen, die am Konservatorium studierten. Trotz ihrer samtig schwarzen Haare, die ein wenig an das Fell eines Panthers erinnerten, und ihrer leuchtenden dunklen Augen über den markanten Wangenknochen blieb Karines Haut sogar im Hochsommer immer so blass und weiß wie der Schnee in Norwegen. Sie kleidete sich auf ganz eigene Art, verzichtete auf feminine Accessoires und trug lieber Hosen und einen Künstlerkittel oder eine streng geschnittene Jacke. Diese Kleidung ließ sie nicht maskulin wirken, sondern brachte im Gegenteil ihre dunkle Schönheit besser zur Geltung. Ihr einziger körperlicher Makel, über den sie sich regelmäßig beklagte, war die Nase, anscheinend ein Erbe ihres jüdischen Großvaters. Doch in Pips Augen war Karine trotz dieser Nase vollkommen.

Ihre gemeinsame Zukunft planten sie bereits: Sie würden sich bemühen, in europäischen Orchestern unterzukommen, und hofften, genug Geld sparen zu können, um später nach Amerika zu gehen und sich dort ein neues Leben aufzubauen. Das war jedoch eher Karines Traum als Pips. Er konnte überall glücklich sein, solange sie bei ihm war, verstand aber, warum sie Europa den Rücken kehren wollte. Die Nazipropaganda gegen die Juden wurde immer schlimmer, in manchen Teilen Deutschlands schikanierte man sie sogar.

Zum Glück stellte sich Carl Friedrich Goerdeler, der Bürgermeister von Leipzig, nach wie vor gegen die Nazis. Pip versicherte Karine jeden Tag aufs Neue, dass ihr in dieser Stadt nichts Schlimmes widerfahren und er auf sie aufpassen würde. Wenn sie heirateten, fügte er hinzu, würde sein norwegischer Nachname ihr »Rosenblum« ersetzen. – »Obwohl du tatsächlich eine wunderschöne Rosenblume bist«, neckte er sie jedes Mal, wenn das Thema aufkam.

Doch an diesem strahlend schönen Sonnentag dachte niemand an die Bedrohung durch die Nazis. Am Morgen hatte Pip trotz der kühlen Luft beschlossen, die zwanzig Minuten von seinem Zimmer in der Johannisgasse zum Konservatorium zu Fuß zu gehen und nicht die Straßenbahn zu nehmen. Wie die Stadt seit der Zeit seines Vaters gewachsen war!, dachte er. Obwohl Horst Halvorsen den größten Teil seines Lebens in Bergen verbracht hatte, war er doch hier in Leipzig geboren, und das Wissen um diese Wurzeln gab Pip ein besonderes Gefühl der Verbundenheit.

In der Nähe des Konservatoriums kam er an der Bronzestatue von Felix Mendelssohn, dem Gründer der Musikschule, vorbei, die an der Ostseite des Gewandhauses stand. Pip zog geistig den Hut vor dem großen Mann, bevor er nach einem Blick auf die Uhr seine Schritte beschleunigte.

Karsten und Tobias, zwei Freunde von Pip, warteten bereits an einem der Kolonnadenbogen am Eingang der Schule.

»Guten Morgen, Schlafmütze. Hat Karine dich heute Nacht wach gehalten?«, erkundigt sich Karsten mit einem anzüglichen Grinsen.

Pip reagierte mit einem freundlichen Lächeln. »Nein, ich bin zu Fuß hergegangen und habe länger gebraucht als gedacht.«

»Nun macht schon, ihr zwei«, mischte sich Tobias ein. »Oder wollt ihr zu der Stunde von Herrn Abendroth zu spät kommen?«

Die drei gesellten sich zu den Studenten, die in den sowohl für Vorlesungen als auch für Konzerte genutzten Großen Saal mit dem säulengestützten Kuppeldach und der Galerie strömten. Als Pips Gedanken zu dem ersten Klavierkonzert wanderten, das er hier gegeben hatte, verzog er das Gesicht. Ein kritischeres Publikum als seine Mitstudenten und Professoren würde ihm künftig in keinem öffentlichen Konzertsaal begegnen. Wie zu erwarten, war sein Auftritt zerpflückt und in der Luft zerrissen worden.

Inzwischen, zweieinhalb Jahre später, hatte er sich einen Schutzpanzer gegen bissige Bemerkungen über sein Spiel zugelegt. Das Konservatorium legte Wert darauf, professionelle Musiker hervorzubringen, die abgehärtet und nach dem Studium für jedes Orchester der Welt bereit waren.

»Habt ihr heute schon die Schlagzeilen gelesen? Unser Bürgermeister ist nach München zu den Nazis gefahren«, flüsterte Tobias, als sie sich setzten. »Bestimmt wollen sie ihn dazu bringen, dass er auch hier in Leipzig gegen die Juden vorgeht. Die Sache wird von Tag zu Tag brenzliger.«

Jubel brandete auf, als Hermann Abendroth den Saal betrat, doch Pips Puls raste der Neuigkeiten wegen, die er soeben von Tobias gehört hatte.

An jenem Abend traf er sich mit Karine und ihrer besten Freundin Elle wie üblich in einem Café, das zwischen seiner und ihrer Wohnung lag. Die jungen Frauen teilten sich seit dem ersten Semester am Konservatorium ein Zimmer. Da sie beide gebürtige Französinnen waren und somit dieselbe Sprache sprachen, hatten sie sich sofort gut verstanden. Elle wurde von ihrem Freund Bo begleitet, von dem Pip lediglich wusste, dass er im zweiten Jahr Musik studierte. Als sie Gose-Bier bestellten, fiel Pip wieder einmal der Kontrast zwischen Karines atemberaubender dunkler Schönheit und der hübschen blonden Elle mit den blauen Augen auf. *Die Zigeunerin und die Rose*, dachte er.

»Hast du schon das Neueste gehört?«, fragte Karine ihn mit gedämpfter Stimme, weil man nicht mehr sicher sein konnte, nicht belauscht zu werden.

»Ja.« Er sah die Anspannung in Karines Gesicht.

»Elle und Bo machen sich Sorgen. Du weißt ja, dass Elle ebenfalls Jüdin ist, obwohl man ihr das nicht ansieht. Die Glückliche«, fügte Karine hinzu, bevor sie sich ihren Freunden auf der anderen Seite des Tischs zuwandte.

»Wir glauben, dass es nur noch eine Frage der Zeit ist, bis das, was sich in Bayern abspielt, auch hier passiert«, sagte Elle leise.

»Warten wir ab, bis der Bürgermeister aus München zurück ist. Aber selbst wenn die schlimmsten Befürchtungen eintreffen, können sie den Studenten an unserer Schule nichts anhaben«, beruhigte Pip sie. »Den Deutschen liegt die Musik am Herzen, daran wird auch die Politik nichts ändern.« Er merkte selbst, wie hohl seine Worte klangen. Pip sah Bo an, der mit düsterem Blick schützend den Arm um die Schulter seiner Freundin legte. »Wie geht es dir, Bo?«, erkundigte er sich.

»Ganz gut«, antwortete er.

Der wortkarge Bo hatte sich seinen Spitznamen erworben, weil er seinen Cellobogen überallhin mitnahm. Er war einer der begabtesten Cellisten am Konservatorium, ihm wurde eine große Zukunft prophezeit.

»Wo werdet ihr Weihnachten verbringen?«

In dem Moment schaute Bo über Pips Schulter und wurde leichenblass. Als Pip sich umdrehte, sah er zwei uniformierte SS-Offiziere, Pistolen in den Holstern an der Taille, hereinschlendern. Bo wandte sich schaudernd ab.

Die Offiziere blickten sich um, bevor sie sich an einen Tisch in der Nähe setzten.

»Das wissen wir noch nicht«, antwortete Bo auf Pips Frage und flüsterte dann Elle etwas zu. Wenig später standen sie auf und gingen.

»Sie haben schreckliche Angst«, seufzte Karine, als die beiden so unauffällig wie möglich verschwanden.

»Ist Bo auch Jude?«

»Er sagt Nein, aber so viele geben das heutzutage nicht mehr zu. Er macht sich Sorgen wegen Elle. Ich könnte mir vorstellen, dass sie Deutschland bald verlassen.«

»Wohin wollen sie?«

»Das wissen sie nicht. Vielleicht nach Paris, obwohl Bo meint, dass auch mein Heimatland Frankreich betroffen sein wird, wenn Deutschland einen Krieg anfängt.« Karine streckte die Hand aus, und als Pip sie ergriff, spürte er, dass sie zitterte.

»Wie gesagt: Lass uns abwarten, was passiert, wenn Bürgermeister Goerdeler zurückkommt«, wiederholte Pip. »Wenn nötig, gehen wir auch von hier weg, Karine.«

Am Morgen des folgenden grauen Novembertags bekam Pip auf dem Weg zum Konservatorium beim Anblick der vor dem Gewandhaus versammelten Menschenmassen weiche Knie. Wo noch tags zuvor die Statue von Felix Mendelssohn, dem jüdischen Gründer des Konservatoriums, gestanden hatte, lagen nun Trümmer.

»Gütiger Himmel«, murmelte er und eilte weiter. Noch aus der Ferne hörte er die Schmährufe der jungen Leute in Hitlerjugendkleidung. »Es geht los.«

Im Eingangsbereich des Konservatoriums hatte sich eine Schar schockierter Studenten versammelt. Als Pip Tobias entdeckte, trat er zu ihm. »Was ist passiert?«

»Haake, der stellvertretende Bürgermeister, hat in Goerdelers Abwesenheit den Abriss der Statue angeordnet. Jetzt wird Goerdeler bestimmt aus dem Amt gedrängt. Und dann ist Leipzig verloren.«

Pip suchte in dem Chaos nach Karine und fand sie an einem der Bogenfenster. Sie erschrak, als er ihr eine Hand auf die Schulter legte, und als sie sich zu ihm umdrehte, sah er Tränen in ihren Augen. Sie schüttelte wortlos den Kopf, und er nahm sie in den Arm.

An jenem Tag wurden sämtliche Kurse von Walther Davisson, dem Rektor des Konservatoriums, abgesagt, weil die Lage in der Gegend als zu gefährlich für die Studenten erachtet wurde. Karine sagte, sie wolle sich in einem Café Ecke Wasserstraße mit Elle treffen, und Pip erbot sich, sie zu begleiten. Dort saß Elle mit Bo in einer Nische im hinteren Bereich.

»Jetzt haben wir niemanden mehr, der uns schützt«, stellte Karine fest, als sie und Pip sich zu ihnen gesellten. »Haake ist bekannter Antisemit. Denkt nur daran, wie er versucht hat, die Vorschriften, die im übrigen Deutschland gelten, hier durchzusetzen. Wie lange wird es wohl noch dauern, bis sie jüdischen Ärzten auch in Leipzig verbieten, ihren Beruf auszuüben, und Ariern, sie aufzusuchen?«

Pip sah in die blassen Gesichter der drei. »Keine Panik. Wir sollten warten, bis Goerdeler zurückkommt. In den Zeitungen steht, dass er in ein paar Tagen wieder da ist. Von München aus ist er für die Handelskammer nach Finnland gereist. Bestimmt kehrt er sofort nach Leipzig zurück, wenn er von den Ereignissen hier hört.«

»Aber in der Stadt regiert der Hass!«, wandte Elle ein. »Es ist bekannt, wie viele Juden am Konservatorium studieren. Was, wenn sie so weit gehen, das Gebäude dem Erdboden gleichzumachen wie die Synagogen in anderen Städten?«

»Das Konservatorium dient der Musik, es hat nichts mit Politik oder Religion zu tun. Bitte, wir müssen versuchen, Ruhe zu bewahren«, wiederholte Pip.

»Du redest dich leicht«, rügte Karine Pip. »Du bist kein Jude und gehst als Deutscher durch.« Sie betrachtete seine fahlblauen Augen und rotblonden Haare. »Bei mir ist das anders. Kurz nachdem die Statue umgerissen worden war, bin ich auf dem Weg zum Konservatorium an einer Gruppe Jugendlicher vorbeigekommen, die mir ›Jüdische Hündin!‹ nachgerufen haben.« Sie senkte den Blick. »Das Schlimmste ist«, fuhr sie fort, »dass ich nicht mal mit meinen Eltern darüber reden kann. Sie sind in Amerika, wo mein Vater seine neue Skulpturenausstellung vorbereitet.«

»Liebes, ich sorge schon dafür, dass dir nichts passiert. Und wenn ich dich nach Norwegen mitnehmen muss.« Er ergriff ihre Hand und strich ihr eine glänzende schwarze Haarsträhne aus dem Gesicht.

»Versprichst du mir das?«

Pip küsste sie zärtlich auf die Stirn. »Ja.«

Zu Pips Erleichterung beruhigte sich die Lage in den folgenden Tagen tatsächlich. Goerdeler kehrte zurück und versprach, die Mendelssohn-Statue wieder aufzustellen. Das Konservatorium öffnete seine Pforten, und Pip und Karine versuchten, die Trümmer der Statue, wenn sie daran vorbeigingen, nicht zu beachten. Nun schien die Musik der Studenten von neuer Leidenschaft erfüllt zu sein. Sie klang, als spielten sie um ihr Leben.

Die Weihnachtsferien waren nicht lange genug, als dass Pip oder Karine nach Hause hätte fahren können. Stattdessen verbrachten die beiden eine Woche in einem kleinen Hotel, wo sie sich als Ehepaar ausgaben. Pip, der in einem protestantischen Elternhaus aufgewachsen war, wo strikte Ansichten über Sexualität vor der Ehe herrschten, war erstaunt über Karines lockere Einstellung dazu gewesen, als sie schon am Anfang ihrer Beziehung vorgeschlagen hatte, miteinander zu schlafen. Dabei hatte er festgestellt, dass sie nicht mehr Jungfrau war wie er. Karine hatte seine Verlegenheit beim ersten Mal belustigt.

»Das ist doch etwas ganz Natürliches für zwei Menschen, die sich lieben«, hatte sie erklärt und die langen weißen Glieder gestreckt, sodass die kleinen, wohlgeformten Brüste nach oben wiesen. »Unsere Körper sind dazu da, uns Vergnügen zu bereiten. Warum sollten wir ihnen das verwehren?«

In den folgenden Monaten hatte sie Pip in die Geheimnisse der körperlichen Liebe eingeweiht, und er hatte sich in das fallen lassen, was sein örtlicher Pastor die Sünden des Fleisches nannte. Dies war das erste Weihnachten, das er nicht zu Hause verbrachte, doch Pip fand es viel schöner, mit Karine im Bett zu liegen, als zu Hause Geschenke aufzumachen.

»Ich liebe dich«, flüsterte er ihr immer wieder ins Ohr. »Ich liebe dich.«

Das neue Semester begann im Januar, und Pip, der wusste, dass ihm nicht mehr viel Zeit am Konservatorium blieb, konzentrierte sich voll und ganz darauf, alles aufzusaugen, was man ihm beibrachte. Den ganzen bitterkalten Leipziger Winter über summte er, wenn er durch den Schnee stapfte, Musik von Rachmaninow und Prokofjew sowie Strawinskys *Symphonie des psaumes* vor sich hin. Und dabei formten sich eigene Tonfolgen in seinem Kopf heraus.

Im Konservatorium nahm er dann leere Notenblätter aus seinem Ranzen und notierte diese Tonfolgen mit halb erfrorenen Fingern, damit er sie nicht vergaß. Inzwischen wusste er, dass er sich anders als die anderen Studenten, die ihre Themen sorgfältig durchdachten, bevor sie sie zu Papier brachten, mit dem Komponieren am leichtesten tat, wenn er seine Gedanken schweifen ließ.

Er zeigte seine Werke seinem Lehrer, der ihn trotz Kritik ermutigte. Pip, der in einem Zustand ständiger innerer Erregung lebte, wusste, dass dies erst der Beginn eines einzigartigen Schaffensprozesses war.

Als Goerdeler erneut zur Bürgermeisterwahl antrat, war es in der Stadt halbwegs ruhig. Das gesamte Konservatorium unterstützte ihn; die Studenten verteilten Flugblätter und hängten Plakate auf, mit denen sie die Bevölkerung zum Wählen ermutigten, und Karine war optimistisch, dass er gewinnen würde.

»Obwohl er bisher die Statue noch nicht wieder hat aufstellen lassen, wird das Reich ihn wohl, sobald er mit den Stimmen des Volkes wiedergewählt wurde, unterstützen müssen«, sagte sie voller Hoffnung, als sie am Ende eines langen Wahlkampftags mit Elle Kaffee tranken.

»Ja, aber wir wissen alle, dass Haake offen gegen seine Wiederwahl ist«, widersprach Elle. »Die Zerstörung der Mendelssohn-Statue hat seine Einstellung gegenüber den Juden deutlich gemacht.«

»Haake versucht, die Stimmung anzuheizen, um das Naziumfeld zu stärken«, pflichtete Karine ihr düster bei.

An dem Abend, als die Stimmen ausgezählt wurden, warteten Pip, Karine, Elle und Bo mit vielen anderen vor dem Rathaus. Und jubelten, als sie hörten, dass Goerdeler wiedergewählt worden war.

Leider erwies sich diese Euphorie, als die Bäume zu blühen begannen und die Sonne sich endlich hervorwagte, als kurzlebig.

Pip arbeitete praktisch rund um die Uhr in seinem Übungsraum im Konservatorium, wo Karine ihn mit den neuesten Nachrichten aufsuchte. »Anweisung aus München – die Statue wird nicht wieder aufgestellt«, teilte sie ihm völlig außer Atem mit.

»Das ist schrecklich, Liebes, aber bitte versuch dir keine Gedanken zu machen. Bis zum Semesterende ist es nicht mehr lange, und dann schauen wir uns die Situation noch einmal genauer an und legen uns einen Plan zurecht.«

»Was ist, wenn die Lage sich schneller zuspitzt, Pip?«

»Das tut sie bestimmt nicht. Geh jetzt heim. Wir sehen uns heute Abend.«

Doch Karine hatte recht: Wenig später trat Goerdeler zurück, und wieder herrschte Chaos in der Stadt.

Pip bereitete sich auf seine Abschlussprüfung vor und feilte an seinem ersten Werk, das beim Abschlusskonzert kurz vor Ende des Semesters aufgeführt werden sollte. Obwohl er bis spät in der Nacht an der Orchestrierung arbeitete, versuchte er, die verzweifelte Karine zu trösten.

»Elle sagt, sie und Bo werden Leipzig gleich nach dem Ende des Semesters in zwei Wochen verlassen und nicht wiederkommen. Ihnen wird es hier zu gefährlich, wo die Nazis nun die Gesetze gegen Juden durchsetzen wollen, die in anderen Städten bereits gelten.«

»Wo werden sie hingehen?«

»Sie wissen es nicht. Vielleicht nach Frankreich, obwohl Bo fürchtet, dass sie dort von den Problemen nicht verschont bleiben. Das Reich hat Sympathisanten in ganz Europa. Ich schreibe meinen Eltern und frage sie um Rat. Doch wenn Elle geht, gehe ich auch.«

Pip spitzte die Ohren.

»Ich dachte, deine Eltern sind in Amerika?«

»Ja. Mein Vater spielt mit dem Gedanken, dort zu bleiben, wenn die Judenhetze in Europa nicht aufhört.«

»Und du würdest ihnen folgen?«, fragte Pip entsetzt.

»Wenn meine Eltern das für klug halten, ja.«

»Aber was wäre dann mit uns? Was soll ich denn ohne dich machen?«, jammerte er.

»Du könntest mich begleiten.«

»Karine, du weißt, dass ich nicht genug Geld für die Reise nach

Amerika habe. Und wie soll ich mir dort meinen Lebensunterhalt verdienen, wenn ich nicht zuvor meinen Abschluss am Konservatorium mache und Erfahrung sammle?«

»*Chéri*, ich glaube fast, du begreifst den Ernst der Lage nicht. In Deutschland geborenen Juden, die seit Generationen in diesem Land leben, wird die Staatsbürgerschaft entzogen. Angehörige meines Volks dürfen keine Arier heiraten, nicht zum Militär gehen und auch nicht die deutsche Fahne schwenken. Ich habe sogar Gerüchte gehört, dass man in manchen Vierteln sämtliche Juden zusammentreibt und wegbringt. Wer weiß, was sonst noch geschehen wird?« Sie reckte trotzig das Kinn vor.

»Du würdest also ohne mich nach Amerika fahren?«

»Wenn ich nur so überleben kann, schon. Pip, mir ist klar, dass du dich deinem Werk widmen willst, aber bin ich dir nicht lebendig lieber als tot?«

»Was für eine Frage!«

»Du weigerst dich, den Ernst der Lage zu erkennen. In deiner sicheren norwegischen Welt gibt es keine schlimmen Bedrohungen, während wir Juden in unserer langen Geschichte immerzu verfolgt wurden und sich das auch in Zukunft nicht ändern wird. Wir spüren, wann es gefährlich wird.«

»Ich kann's nicht glauben, dass du ohne mich fahren würdest.«

»Pip, nun werd endlich erwachsen! Du weißt, dass ich dich liebe und den Rest meines Lebens mit dir verbringen möchte, aber ich kenne die Gefahr. Schon vor der offiziellen Verfolgung der Juden im Reich waren wir verhasst. Mein Vater ist bei einer seiner Skulpturenausstellungen bereits vor Jahren mit faulen Eiern beworfen worfen. Antisemitische Gefühle gibt es seit Tausenden von Jahren. Das solltest du dir klarmachen.«

»Aber warum ist das so?«

Karine zuckte die Schultern. »Weil wir der Sündenbock der Geschichte sind, *chéri*. Die Menschen haben Angst vor allem, was anders ist, weswegen wir im Verlauf der Jahrhunderte immer wieder gezwungen wurden, uns eine neue Heimat zu suchen. Doch egal, wo wir uns niederlassen: Wir haben Erfolg. Wir bleiben unter uns, weil wir gelernt haben, dass wir nur so überleben können.«

Pip senkte verlegen den Blick. Karine hatte recht. Für ihn, der den größten Teil seines Lebens in einer sicheren Kleinstadt im Norden der Welt verbracht hatte, war das, was Karine ihm erzählte, wie ein böses Märchen aus einem anderen Universum. Und obwohl er mit eigenen Augen die Trümmer der umgestürzten Mendelssohn-Statue gesehen hatte, erklärte er sich das insgeheim damit, dass nur eine kleine Gruppe junger Männer protestierte, wie die Fischer das manchmal taten, wenn das Benzin für ihre Boote zu teuer wurde, um noch Profit zu machen.

»Du hast recht«, pflichtete er ihr bei. »Bitte vergib mir, Karine. Ich bin ein naiver Idiot.«

»Ich glaube, du *willst* die Wahrheit nicht erkennen. Du möchtest nicht, dass die große, weite Welt in deine Träume und Zukunftspläne eindringt. Natürlich wollen wir das alle nicht, aber es passiert«, seufzte sie. »Ich fühle mich in Deutschland nicht mehr sicher, also muss ich verschwinden.« Sie stand auf. »In einer halben Stunde treffe ich mich mit Elle und Bo im Café Baum zu einer Lagebesprechung. Wir sehen uns später.« Karine küsste Pip auf die Stirn und entfernte sich.

Als sie weg war, betrachtete Pip die Notenblätter auf dem Schreibtisch vor sich. Sein Werk sollte in weniger als zwei Wochen aufgeführt werden. Er fragte sich durchaus ein wenig egoistisch, ob es je dazu kommen würde.

Als sie sich später trafen, wirkte Karine ruhiger.

»Ich habe meinen Eltern geschrieben und warte nun auf ihre Antwort. Vielleicht werde ich am Ende doch noch hören, wie dein Meisterwerk aufgeführt wird.«

Pip griff nach ihrer Hand. »Kannst du mir meinen Egoismus vergeben?«

»Natürlich. Mir ist klar, dass der Zeitpunkt nicht schlechter sein könnte.«

»Ich habe mir gedacht ...«

»Was?«

»Dass es wahrscheinlich das Beste wäre, wenn du im Sommer mit mir nach Norwegen kommst. Dort müsstest du dir über deine Sicherheit keine Gedanken machen.«

»Ich soll ins verschneite Land der Rentiere und Weihnachtsbäume gehen?«, spottete Karine.

»Es schneit dort nicht immer. Ich glaube sogar, dass es dir im Sommer gut gefallen würde«, entgegnete Pip. »Auch bei uns gibt es Juden, und sie werden genauso behandelt wie alle anderen norwegischen Bürger. In meiner Heimat bist du sicher. Wenn in Europa tatsächlich Krieg ausbricht, kommt er nicht nach Norwegen. Die Nazis werden unserem Land fernbleiben. Zu Hause sind alle der Meinung, dass wir viel zu unwichtig sind, um überhaupt wahrgenommen zu werden. Außerdem gibt es in Bergen ein sehr gutes Orchester, eines der besten der Welt. Mein Vater ist dort Cellist.«

Karine sah ihn mit ihren dunklen Augen an. »Du würdest mich zu dir nach Hause mitnehmen?«

»Natürlich! Meine Eltern wissen, dass ich dich heiraten möchte.«

»Und dass ich Jüdin bin?«

»Nein.« Pip spürte, wie er rot wurde, und das ärgerte ihn. »Aber nicht, weil ich es ihnen nicht sagen *wollte*, sondern weil deine Religionszugehörigkeit keine Rolle spielt. Sie sind gebildete Menschen, Karine, keine Bauern aus den Bergen. Mein Vater ist in Leipzig geboren und hat in Paris Musik studiert. Er erzählt gern vom Künstlerleben in Montparnasse zur Zeit der Belle Époque.«

Nun war es an Karine, sich zu entschuldigen. »Du hast recht, das war deplatziert. Vielleicht ...«, sie legte einen Zeigefinger auf die Stelle zwischen ihren Augen und rieb sie, wie sie es immer tat, wenn sie nachdachte, »... ist das die Antwort, wenn ich nicht nach Amerika gehen kann. Danke, *chéri*. Der Gedanke, dass es noch eine Zuflucht gibt, falls sich die Lage hier weiter zuspitzen sollte, hilft mir.« Sie beugte sich über den Tisch und küsste ihn.

Als Pip sich an jenem Abend ins Bett legte, betete er, dass »die Zukunft« warten würde, bis sein Werk aufgeführt wäre.

Obwohl sie in den Zeitungen lasen, dass Juden beim Verlassen der Synagoge mit Steinen beworfen worden waren, wirkte Karine nun, da sie wusste, dass es eine Alternative gab, weniger nervös. Und Pip konzentrierte sich in den folgenden beiden Wochen auf seine Musik. Er wagte nicht weiter zu blicken als bis zum Semesterende und wartete mit angehaltenem Atem auf die Antwort von Karines Eltern, in der sie ihr möglicherweise raten würden, nach Amerika zu kommen. Der Gedanke ließ ihn schaudern, weil ihm klar war, dass er nicht das Geld haben würde, ihr zu folgen, solange er als Musiker nichts verdiente.

Am Mittag des Tages, an dem beim Abschlusskonzert sechs neue kurze Werke von Studenten aufgeführt werden sollten, suchte Karine ihn auf.

»*Bonne chance, chéri*«, sagte sie. »Elle und ich drücken dir heute Abend die Daumen. Bo findet deine Komposition die beste von allen.«

»Das ist nett von ihm. Und er trägt mit seinem Cellospiel auf sehr schöne Weise zum Gelingen meines Werks bei. Aber jetzt muss ich noch ein letztes Mal proben.« Pip küsste Karine auf die Nase und ging den langen, zugigen Flur zu seinem Übungsraum entlang.

Um Punkt sieben Uhr saß Pip mit den fünf anderen jungen Komponisten im Frack in der ersten Reihe des Großen Saals. Walther Davisson, der Rektor des Konservatoriums, stellte sie alle dem Publikum vor, dann betrat der erste Komponist das Podium. Pip, der als Letzter an die Reihe kommen würde, wusste, dass er sich sein Leben lang an die quälenden eineinhalb Stunden vor seinem Auftritt erinnern würde. Doch am Ende gingen auch sie vorbei, und nach einem kurzen Stoßgebet stieg er mit zitternden Knien die Stufen hinauf. Oben verbeugte er sich kurz in Richtung Publikum und nahm am Klavier Platz.

Hinterher erinnerte er sich kaum an den Applaus und den Jubel bei der Verbeugung mit den anderen Komponisten. Er wusste lediglich, dass er an jenem Abend sein Bestes gegeben hatte, und das allein zählte.

Später wurde er von Mitstudenten und Professoren umringt, die ihm anerkennend auf den Rücken klopften und ihm eine große Zukunft vorhersagten. Ein Journalist bat ihn sogar um ein Interview.

»Mein kleiner Grieg«, neckte Karine ihn schmunzelnd, nachdem sie sich durch die Menge zu ihm durchgekämpft hatte, um ihn zu umarmen. »*Chéri*, das war der Beginn einer glanzvollen Karriere.«

Nach deutlich zu viel Sekt bei der Feier nach der Aufführung ärgerte es Pip, als er am folgenden Morgen in seiner Pension durch ein Klopfen an der Tür geweckt wurde. Seine Hauswirtin stand mit missbilligendem Blick und noch im Nachthemd davor.

»Herr Halvorsen, unten wartet eine junge Dame. Sie möchte Sie dringend sprechen.«

»Danke, Frau Priewe«, sagte er, schloss die Tür und schlüpfte in die erstbesten Kleidungsstücke, die er finden konnte.

Draußen wartete Karine mit bleichem Gesicht. Frau Priewes Regel, die keinerlei Damenbesuch erlaubte, schien sogar in Notsituationen zu gelten.

»Was ist passiert?«

»Vergangene Nacht sind in Leipzig drei Häuser, in denen Juden wohnten, angezündet worden, darunter auch Bos Pension.«

»Gütiger Himmel! Ist er …?«

»Bo lebt. Er ist aus dem Fenster im ersten Stock gesprungen. Natürlich mit seinem wertvollen Cellobogen.« Karine rang sich ein trauriges Lächeln ab. »Pip, er und Elle wollen Leipzig auf der Stelle verlassen. Und ich habe das Gefühl, dass ich auch gehen muss. Komm, ich brauche einen Kaffee, und du könntest, glaube ich, auch einen vertragen.«

Das kleine Café in der Nähe des Konservatoriums, das gerade erst geöffnet hatte, war noch leer. Sie setzten sich an einen Tisch am Fenster.

Pip, der einen schlimmen Kater hatte, rieb sich das Gesicht. »Hast du von deinen Eltern gehört?«, erkundigte er sich.

»Gestern ist nichts gekommen, und heute ist es noch zu früh für den Postboten«, antwortete Karine gereizt. »Ich habe den Brief an sie erst vor zwei Wochen abgeschickt.«

»Was wollen Elle und Bo machen?«

»Sie werden Deutschland so schnell wie möglich verlassen, so viel steht fest. Aber sie haben beide nicht genug Geld für eine weite Reise. Außerdem wissen wir alle nicht, wo wir in Sicherheit wären. Die Wohnung meiner Familie in Paris ist vermietet, solange meine Eltern in Amerika sind. Ich habe also keinen Ort, an den ich mich flüchten könnte«, erklärte sie mit einem Achselzucken.

»Was bedeutet ...?« Pip ahnte, was sie sagen wollte.

»Ja, Pip, wenn dein Angebot noch steht, möchte ich dich nach Norwegen begleiten, jedenfalls bis ich von meinen Eltern höre. Etwas anderes bleibt mir nicht übrig. In ein paar Tagen ist das Semester zu Ende, und dein Werk ist aufgeführt worden, also sehe ich keinen Grund für einen weiteren Aufschub. Ich habe mich heute Morgen mit Elle und Bo getroffen. Sie meinen, dass nach den Bränden vergangene Nacht eine Massenflucht von Juden aus Leipzig beginnen wird. Deshalb müssen wir verschwinden, solange es geht.«

»Ja«, pflichtete Pip ihr bei.

»Ich möchte dich noch um etwas anderes bitten.«

»Worum?«

»Du weißt, dass Elle fast wie eine Schwester für mich ist. Ihre Eltern sind tot, sie starben im Ersten Weltkrieg; sie und ihr Bruder waren im Waisenhaus. Er wurde als Säugling adoptiert, sie hat ihn seitdem nicht mehr gesehen. Elle hatte weniger Glück. Nur weil ihr Musiklehrer ihre Begabung für Flöte und Bratsche erkannte und sie für ein Stipendium empfohlen hat, ist sie überhaupt hier.«

»Sie hat also kein Zuhause?«

»Nur das Zimmer, das sie sich mit mir teilt. Bo und ich sind ihre ganze Familie. Pip, können sie uns nach Norwegen begleiten? Nur für ein paar Wochen. Von diesem sicheren Ort aus könnten sie beobachten, wie sich die Lage in Europa entwickelt, und über ihre weitere Vorgehensweise entscheiden. Ich weiß, dass das viel verlangt ist, aber ich kann Elle einfach nicht hier zurücklassen. Und weil sie sich nicht von Bo trennt, muss auch er mit.«

Pip überlegte, wie seine Eltern reagieren würden, wenn er ihnen erklärte, er habe für die Ferien drei Freunde nach Norwegen mitgebracht. Ja, dachte er, sie würden sie bei sich aufnehmen, schon deswegen, weil sie alle drei Musiker waren.

»Natürlich, wenn du das für das Beste hältst, Liebes.«

»Könnten wir so bald wie möglich aufbrechen? Je schneller wir von hier wegkommen, desto besser. *Bitte?* Dann verpasst du zwar die offizielle Abschlussfeier, aber ...«

Pip war klar, dass jeder Tag, den Karine länger in Leipzig blieb, nicht nur gefährlich war, sondern auch eine Nachricht von ihren Eltern, in der stehen würde, dass sie nach Amerika kommen solle, wahrscheinlicher machte. »Selbstverständlich. Wir brechen gemeinsam auf.«

»Danke!« Als Karine die Arme um Pip schlang, sah er die Erleichterung in ihren Augen. »Lass uns Elle und Bo gleich die gute Nachricht überbringen.«

XXXIX

Zwei Tage später ging Pip im Hafen von Bergen seinen erschöpften Freunden voran die Gangway hinunter. Mehr als einen kurzen Anruf aus dem Büro des Rektors im Konservatorium hatten die Eltern nicht als Vorwarnung auf ihre Gäste erhalten. Danach hatte Pip sich hastig von allen seinen Freunden und Lehrern verabschiedet, und der Rektor hatte ihm auf die Schulter geklopft und ihn gelobt, dass er seine Freunde nach Norwegen mitnahm.

»Tut mir leid, dass ich nicht bis zum Ende des Semesters bleiben kann«, hatte Pip zu Walther Davisson gesagt, als er dessen Hand schüttelte.

»Ich finde es vernünftig, dass Sie jetzt abreisen. Wer weiß? Schon bald könnte es ziemlich schwierig werden.« Er hatte einen tiefen Seufzer ausgestoßen. »Alles Gute, mein Junge. Schreiben Sie mir, wenn Sie angekommen sind.«

Nun wandte sich Pip seinen Freunden zu, die müde die bonbonbunten Holzhäuser am Hafen betrachteten und sich in der ungewohnten Umgebung zu orientieren versuchten. Bo konnte sich kaum noch auf den Beinen halten. Sein Gesicht war von dem Sprung aus dem Fenster grün und blau, und Pip hatte den Verdacht, dass sein Ellbogen gebrochen war. Elle hatte seinen rechten Arm mit ihrem Schal an seine Brust gebunden, und obwohl ihm der Schmerz deutlich vom Gesicht abzulesen war, hatte er sich während der gesamten langen Reise mit keinem Wort beklagt.

Als Pip seinen Vater Horst an der Anlegestelle entdeckte, trat er auf ihn zu. »Far!«, begrüßte er ihn, und sie umarmten sich. »Wie geht's?«

»Sehr gut, danke. Deiner Mutter auch«, erklärte Horst mit einem freundlichen Lächeln. »Aber stell mir doch deine Freunde vor.«

Pip tat ihm den Gefallen, und alle schüttelten seinem Vater die Hand.

»Willkommen in Norwegen«, sagte Horst. »Schön, dass Sie da sind.«

»Far«, erinnerte Pip ihn, »meine Freunde können kein Norwegisch.«

»Natürlich! Entschuldigung. Wie steht's mit Deutsch oder Französisch?«

»Französisch ist unsere Muttersprache«, antwortete Karine, »aber wir sprechen auch Deutsch.«

»Dann einigen wir uns doch auf Französisch!« Horst klatschte begeistert wie ein Kind in die Hände. »Ich habe sonst nie Gelegenheit, mit meiner wunderbaren Aussprache anzugeben«, meinte er grinsend und plapperte auf dem Weg zu seinem Wagen in Französisch auf sie ein.

Das Gespräch verstummte während der gesamten Fahrt nach Froskehuset nicht, sodass Pip, der nur wenig Französisch konnte, sich fast wie ein Außenseiter vorkam. Vom Beifahrersitz aus schaute er zu seinem Vater hinüber; er trug die blonden Haare aus der hohen Stirn gekämmt, und sein Gesicht war von Lachfalten durchzogen – Pip konnte sich kaum erinnern, ihn einmal nicht fröhlich gesehen zu haben. Horst hatte sich ein Ziegenbärtchen stehen lassen; zusammen mit dem Schnurrbart erinnerte das an Bilder von französischen Impressionisten. Wie erwartet, freute Horst sich, Pips Freunde kennenzulernen, und dafür war der seinem Vater sehr dankbar.

Als sie das Haus erreichten, öffnete Pips Mutter Astrid die Tür und hieß ihre Gäste genauso herzlich auf Norwegisch willkommen wie ihr Mann zuvor. Ihr Blick fiel auf Bo, der inzwischen so erschöpft vor Schmerzen war, dass er sich auf Elle stützen musste.

Astrid schlug die Hand vor den Mund. »Was ist denn mit ihm passiert?«

»Er ist aus dem Fenster gesprungen, als seine Pension in Brand gesteckt wurde«, erklärte Pip.

»Oje. Horst und Pip, bringt doch bitte die Damen ins Wohnzimmer. Und Bo«, sie deutete auf einen Stuhl, der beim Telefon im Flur stand, »setzen Sie sich, dann sehe ich mir Ihre Verletzungen an.«

»Meine Mutter ist ausgebildete Krankenschwester«, erklärte Pip leise Karine, als sie Horst und Elle folgten. »Bestimmt werdet ihr irgendwann die Geschichte hören, wie sie sich in meinen Vater verliebt hat, als sie sich nach seiner Blinddarmoperation um ihn gekümmert hat.«

»Sie sieht viel jünger aus als er.«

»Ist sie auch, fünfzehn Jahre. Mein Vater sagt immer, er hätte sich eine Kindsbraut gesucht. Sie war erst achtzehn, als sie mit mir schwanger wurde. Sie lieben einander abgöttisch.«

»Pip ...«

Er spürte Karines schmale Finger auf seinem Arm. »Ja?«

»Danke, von uns allen.«

Nachdem der herbeigerufene Arzt Bos Wunden versorgt und einen Termin mit dem Krankenhaus vereinbart hatte, damit überprüft wurde, ob sein Ellbogen tatsächlich gebrochen war, halfen Elle und Astrid ihm am Abend nach oben zu Pips Zimmer und ins Bett.

»Der Arme«, sagte Astrid, als sie wieder herunterkam, um das Essen zuzubereiten, und Pip folgte ihr in die Küche. »Er ist erschöpft. Dein Vater hat mir erzählt, was momentan in Leipzig los ist. Reichst du mir mal den Kartoffelschäler?«

Pip tat ihr den Gefallen.

»Sie sind also alle drei eher Flüchtlinge als Freunde, die Norwegen sehen wollen?«

»Vermutlich sind sie beides.«

»Und wie lange werden sie bleiben?«

»Ich weiß es nicht, Mor.«

»Sie sind alle Juden?«

»Karine und Elle. Bei Bo bin ich mir nicht sicher.«

»Ich kann kaum glauben, was da gerade in Deutschland passiert. Gott, ist die Welt grausam«, seufzte Astrid. »Und Karine? Ist sie die junge Frau, von der du uns so viel erzählt hast?«

»Ja.« Pip sah zu, wie seine Mutter Kartoffeln schälte.

»Sie wirkt sehr lebensfroh und intelligent. Ich könnte mir vorstellen, dass sie manchmal ganz schön anstrengend ist«, meinte sie.

»Sie hält mich auf Trab, ja. Aber durch sie lerne ich viel«, sagte Pip.

»Genau das brauchst du – eine starke Frau. Was dein Vater ohne mich gemacht hätte, weiß der Himmel allein.« Astrid lachte. »Ich bin stolz auf dich, weil du deinen Freunden hilfst. Dein Vater und ich werden alles in unserer Macht Stehende tun, um Ihnen beizustehen. Allerdings ...«

»Was, Mor?«

»Allerdings hat deine Großherzigkeit zur Folge, dass du auf dem Sofa im Wohnzimmer schläfst, bis Bo wieder gesund ist.«

Nach dem Abendessen auf der Terrasse mit herrlichem Blick auf den Fjord sah Elle nach Bo, dem man ein Tablett mit etwas zu essen hinaufgebracht hatte, und legte sich dann ins Bett. Horst und Astrid verkündeten, dass sie ebenfalls schlafen gehen wollten, und stiegen leise lachend die Treppe hinauf. Als Pip beim Essen beobachtet hatte, wie allmählich die Anspannung aus den Gesichtern seiner Freunde wich, war er sehr stolz auf seine Eltern und seinem Heimatland Norwegen sehr dankbar gewesen.

»Eigentlich sollte ich auch raufgehen«, meinte Karine. »Ich bin hundemüde, aber diesen Blick muss man einfach genießen. Es ist fast elf und immer noch hell.«

»Und morgen wird die Sonne lange vor dir wach sein. Ich hatte dir doch gesagt, dass es hier wunderschön ist«, sagte Pip, als sie sich vom Tisch erhob und die Terrasse überquerte, um sich auf die Holzbalustrade zu stützen, die eine Barriere zwischen dem Haus und den schier endlosen Kiefernwäldern den Hügel hinunter zum Wasser bildete.

»Es ist mehr als schön ... Es ist atemberaubend. Nicht nur die Landschaft, sondern auch wie herzlich deine Eltern uns hier empfangen haben ... Ich bin überwältigt.«

Pip nahm sie in den Arm, und sie weinte vor Erleichterung an seiner Schulter. Nach einer Weile hob sie den Blick und sah ihm in die Augen.

»Versprich mir, dass ich nie wieder hier wegmuss.«

Genau das tat er.

Am folgenden Morgen fuhr Horst Bo und Elle zum örtlichen Krankenhaus. Man stellte einen ausgerenkten Ellbogen und einen Bruch fest, der operiert werden musste. Die folgenden Tage verbrachte Elle bei Bo in der Klinik, sodass Pip Karine Bergen zeigen konnte.

Er führte sie zu Griegs Haus Troldhaugen, das nicht weit von seinem Elternhaus entfernt lag und nun ein Museum war. Und er sah ihre Begeisterung, als sie die Hütte am Fjord besuchten, in der der Maestro einige seiner Werke komponiert hatte.

»Wirst du, wenn du einmal berühmt bist, auch so eine Hütte haben?«, fragte Karine Pip. »Wenn ja, bringe ich dir mittags Leckereien und Wein, und wir lieben uns auf dem Fußboden.«

»Dann werde ich mich wohl einschließen müssen. Komponisten dürfen bei der Arbeit nicht gestört werden«, scherzte er.

»Und ich werde mir wohl einen Liebhaber für die einsamen Stunden suchen müssen«, konterte sie mit einem koketten Lächeln und tat so, als wollte sie sich entfernen.

Pip holte sie lachend ein und schlang von hinten die Arme um sie, um sie auf den Nacken zu küssen. »Nein, das tust du nicht«, flüsterte er. »Außer mir wird es niemanden geben.«

Sie fuhren mit dem Zug hinunter in die Stadt, schlenderten durch die schmalen, kopfsteingepflasterten Straßen und machten zum Mittagessen in einem Café Halt, wo Karine zum ersten Mal Aquavit kostete.

Sie mussten beide lachen, als sie mit tränenden Augen verkündete, das Zeug sei »stärker als Absinth«, und sofort einen zweiten bestellte. Nach dem Essen zeigte Pip ihr das Theater, die Nasjonale Scene, dessen künstlerischer Leiter einst Ibsen gewesen war.

»Jetzt hat es seinen eigenen Saal, den Konsertpaleet, wo mein Vater als erster Cellist des Orchesters einen Großteil seines Lebens verbringt«, erklärte Pip.

»Meinst du, er könnte uns beiden Arbeit vermitteln, Pip?«

»Jedenfalls könnte er ein gutes Wort für uns einlegen«, antwortete Pip, der Karine nicht die Hoffnung nehmen wollte, indem er ihr erzählte, dass es im Philharmonischen Orchester Bergen keine einzige Frau gab – und auch nie gegeben hatte.

An einem anderen Tag fuhren sie mit der Floibanen, einer kleinen Standseilbahn, den Floyen, einen der beeindruckenden Gipfel um Bergen, hinauf. Von der Aussichtsplattform bot sich eine spektakuläre Aussicht auf die Stadt und den glitzernden Fjord.

»Einen schöneren Blick gibt es sicher nirgendwo auf der Welt«, seufzte Karine verzückt.

Pip gefiel Karines echte Begeisterung für Bergen, deren Träume sich bisher immer eher auf das viel größere Ziel Amerika gerichtet hatten. Sie bat Pip, ihr die Grundbegriffe des Norwegischen beizubringen, weil es sie frustrierte, dass sie sich ohne Übersetzer nicht mit seiner Mutter unterhalten konnte.

»Sie ist so nett zu mir, *chéri*. Ich würde ihr gern in ihrer eigenen Sprache sagen, wie sehr ich das zu schätzen weiß.«

Sobald Bo mit verbundenem Arm zurück war, aßen sie abends immer draußen auf der Terrasse, und hinterher gab es ein improvisiertes Konzert. Pip setzte sich bei weit geöffneten Terrassentüren an den Flügel im Wohnzimmer. Je nach Stück griff Elle zu Bratsche oder Flöte, Karine zur Oboe und Horst zum Cello. Sie spielten alles, von einfachen norwegischen Volksliedern, die Horst ihnen geduldig beibrachte, über Stücke von den alten Meistern wie Beethoven und Tschaikowsky bis zu moderneren Kompositionen von Künstlern wie Bartók oder Prokofjew – nur zu Strawinsky ließ Horst sich nicht überreden. Die wunderbare Musik hallte die Hügel hinunter bis zum Fjord. Plötzlich war Pips Leben ein harmonisches Zusammenspiel all derer, die er liebte und brauchte, und er dankte dem Schicksal, dass es seine Freunde nach Norwegen geführt hatte.

Nur wenn er nachts nicht sonderlich bequem auf dem Behelfsbett in dem Zimmer, das er sich nun mit Bo teilte, lag, sehnte er sich nach Karines nacktem, sinnlichem Körper und erkannte, dass es im Leben kein vollkommenes Glück gab.

Als der milde August sich seinem Ende zuneigte, wurden im Haus der Halvorsens ernste Gespräche über die Zukunft geführt, das erste von Pip und Karine spätabends auf der Terrasse, nachdem alle anderen ins Bett gegangen waren. Karine hatte endlich einen Brief von ihren Eltern erhalten, die in Amerika bleiben wollten, bis die Lage sich geklärt hätte. Sie rieten ihrer Tochter, zum neuen Semester nicht nach Deutschland zurückzukehren, hielten es jedoch für unnötig, dass sie die lange, teure Reise nach Amerika auf sich nahm, da sie ja fürs Erste in Norwegen in Sicherheit war. »Sie schicken deinen Eltern liebe Grüße und ein herzliches Dankeschön«, sagte Karine zu Pip, faltete den Brief und steckte ihn wieder in den Umschlag. »Meinst du, Horst und Astrid macht es etwas aus, wenn ich noch länger bleibe?«

»Aber nein. Ich glaube, mein Vater hat sich ein bisschen in dich verguckt. Oder zumindest in dein Oboenspiel«, antwortete Pip schmunzelnd.

»Wenn ich bleibe, können wir nicht weiter die Gastfreundschaft deiner Eltern in Anspruch nehmen. Außerdem fehlst du mir, *chéri*«, flüsterte Karine, schmiegte sich an ihn und knabberte an seinem Ohr. Dann suchten ihre Lippen die seinen, und sie küssten sich. Als oben eine Tür aufging, löste sich Pip von ihr.

»Wir leben unter dem Dach meiner Eltern. Hab Verständnis, dass ...«

»Natürlich, *chéri*. Aber vielleicht könnten wir uns eine gemeinsame Wohnung in der Nähe suchen. Ich sehne mich nach dir ...« Karine legte seine Finger auf ihre Brust.

»Und ich mich nach dir, Liebes«, sagte Pip und nahm sanft seine Hand weg für den Fall, dass sie beobachtet wurden. »Meine Eltern sind zwar deutlich toleranter als viele andere Norweger, aber auch nur die Andeutung, dass wir unverheiratet das Bett teilen – egal, ob unter ihrem Dach oder unter unserem eigenen –, könnten sie nicht akzeptieren. Und es wäre auch ein Mangel an Respekt, nach allem, was sie für uns getan haben.«

»Ja, doch was sollen wir machen? Ich halte das nicht mehr aus.« Karine verdrehte die Augen. »Du weißt, wie wichtig mir dieser Teil unserer Beziehung ist.«

»Mir auch.« Manchmal hatte Pip das Gefühl, als wäre er im Hinblick auf das Körperliche in ihrer Beziehung die Frau und sie der Mann. »Doch solange du nicht bereit bist zu konvertieren, um mich heiraten zu können, läuft das hier nun mal so.«

»Ich muss Christin werden?«

»Genauer gesagt: Protestantin.«

»*Mon Dieu!* Was für ein hoher Preis für die Liebe. Bestimmt gibt es in Amerika keine solchen Regeln.«

»Mag sein, doch wir sind nicht in Amerika, Karine, sondern in einer Kleinstadt in Norwegen. Und wie sehr ich dich auch liebe – ich könnte nicht vor den Augen meiner Eltern offen mit dir in Sünde leben. Verstehst du das?«

»Ja, aber konvertieren ... Das wäre ein Verrat an meinem Volk. Allerdings war meine Mutter eine Goi und ist übergetreten, um meinen Vater heiraten zu können, was bedeutet, dass ich genetisch gesehen nur Halbjüdin bin. Ich muss meine Eltern fragen. Für Notfälle haben sie die Telefonnummer der Galerie meines Vaters hinterlassen. Ich habe das Gefühl, das ist so ein Notfall. Und was ist, wenn sie zustimmen? Könnten wir dann bald heiraten?«

»Ich bin nicht so genau über die Vorschriften informiert, Karine, vermute jedoch, dass der Pastor deinen Taufschein sehen müsste.«

»Wie du weißt, habe ich keinen. Kann man den hier kriegen?«

»Würdest du dich wirklich taufen lassen?«

»Ein paar Tropfen Wasser und ein Kreuz auf der Stirn machen mich im Herzen nicht zu einer Christin, Pip.«

»Nein, aber ...« Pip hatte das Gefühl, dass sie nicht ganz verstand. »Willst du mich am Ende nur heiraten, um mit mir schlafen zu können?«

»Entschuldige, Pip«, sagte Karine schmunzelnd. »Mein Pragmatismus geht mit mir durch. *Natürlich* möchte ich dich nicht nur deswegen heiraten!«

»Du würdest wirklich für mich konvertieren?«, fragte Pip, der wusste, wie viel ihr jüdisches Erbe ihr bedeutete, gerührt und überwältigt.

»Ja, vorausgesetzt meine Eltern stimmen zu. *Chéri*, das ist eine Vernunftentscheidung. Sicher verzeiht Gott – egal, ob der deine oder der meine – mir unter den gegebenen Umständen.«

»Allmählich beginne ich zu glauben, dass du mich nur meines Körpers wegen willst«, neckte Pip sie.

»Vermutlich«, pflichtete sie ihm gelassen bei. »Morgen frage ich deinen Vater, ob ich in Amerika anrufen darf.«

Als Karine die Terrasse verließ, staunte Pip einmal mehr darüber, wie sie ihn mit ihrer Unberechenbarkeit immer wieder überraschte, und fragte sich, ob er ihre komplexe Persönlichkeit jemals ganz verstehen würde. Wenn sie tatsächlich heirateten, dachte er, würde ihm jedenfalls nie langweilig werden, so viel stand fest.

Am folgenden Abend riefen Karines Eltern zurück.

»Sie haben nichts dagegen«, erklärte sie ernst. »Und sie sagen, ich soll deinen Namen annehmen, für alle Fälle ...«

»Dann freue ich mich, Liebes.« Er schlang die Arme um Karine und küsste sie.

Als Karine sich nach einer Weile von ihm löste, war ihr die Erleichterung anzumerken. »Wie schnell lässt sich alles organisieren?«

»So schnell du zum Pastor gehst und er sich bereit erklärt, dich zu taufen.«

»Morgen?«, fragte sie, und ihre Hand wanderte in seinen Schritt.

»Im Ernst«, schalt er sie, stöhnte auf und schob widerstrebend ihre Hand weg. »Könntest du dir vorstellen, vorerst in Norwegen zu bleiben?«

»Es gibt schlechtere Orte zum Leben, und bis wir wissen, wie es weitergeht, müssen wir die Tage sowieso nehmen, wie sie kommen. Abgesehen von eurer schrecklichen Sprache gefällt es mir hier gut.«

»Dann muss ich sofort versuchen, Arbeit als Musiker zu kriegen, damit ich uns beide ernähren kann. Im hiesigen Orchester oder in Oslo.«

»Vielleicht finde ich auch Arbeit.«

»Möglich, sobald du in unserer ›schrecklichen Sprache‹ mehr als nur ›bitte‹ und ›danke‹ sagen kannst«, neckte er sie.

»Schon gut! Ich gebe mir ja Mühe.«

»Ja.« Pip küsste sie auf die Nase. »Das weiß ich.«

Als Pip und Karine verkündeten, dass sie heiraten wollten, kochte Astrid ein Festessen für alle.

»Wirst du mit Karine hier in Bergen bleiben?«, erkundigte sie sich.

»Fürs Erste, ja. Vorausgesetzt du kannst uns irgendeine Beschäftigung als Musiker vermitteln, Far«, sagte Pip.

»Ich werde mich umhören«, erklärte Horst, und Astrid erhob sich und nahm ihre künftige Schwiegertochter in die Arme.

»Genug davon. Dies ist ein ganz besonderer Abend. Gratuliere, *kjære*, ich heiße dich in der Familie Halvorsen willkommen. Ich hatte schon befürchtet, dass wir Pip mit seiner Begabung an Europa oder Amerika verlieren würden. Du hast unseren Sohn zurück nach Hause gebracht.«

Als Pip die Worte seiner Mutter übersetzte, sah er Tränen in ihren und Karines Augen schimmern.

»Gratuliere«, sagte Bo unvermittelt und prostete ihnen zu. »Elle und ich haben vor, bald eurem Beispiel zu folgen.«

Astrid ging zum Pastor der örtlichen Kirche, den sie gut kannte. Was sie ihm über Karines jüdisches Erbe verriet, behielt sie für sich, aber jedenfalls erklärte der Pastor sich bereit, sie sofort zu taufen. Alle im Haushalt der Halvorsens waren bei der kleinen Feier dabei, und später im Haus nahm Horst Pip beiseite.

»Was Karine heute getan hat, ist in mehr als nur einer Hinsicht gut. Ein Freund von mir aus dem Orchester ist gerade von einer Konzertreise nach München zurückgekommen. Dort werden die Übergriffe der Nazis auf Juden immer drastischer.«

»Hier können sie uns doch nichts anhaben, oder?«

»Das möchte man meinen, aber wer weiß schon, wo das alles enden wird? Dieser Wahnsinnige zieht ja nicht nur in Deutschland, sondern auch anderswo die Menschen in seinen Bann.«

Kurz darauf verkündeten Bo und Elle ebenfalls, dass sie fürs Erste in Bergen bleiben würden. Der Verband um Bos Arm war inzwischen entfernt, sein Ellbogen jedoch noch zu steif zum Cellospielen.

»Wir beten beide, dass er ihn bald wieder wie früher benutzen kann. Bo ist so ein guter Musiker«, sagte Elle an jenem Abend in ihrem gemeinsamen Schlafzimmer zu Karine. »All seine Zukunftspläne hängen davon ab. Fürs Erste hat er Arbeit in einem Seekartenladen am Hafen gefunden. Über dem Geschäft befindet sich eine kleine Wohnung, die wir mieten können. Wir haben so getan, als wären wir bereits verheiratet, und ich putze für die Frau des Inhabers.«

»Könnt ihr beide denn schon gut genug Norwegisch?«, fragte Karine neidisch.

»Bo tut sich leicht mit Sprachen. Ich bin nur fleißig. Außerdem ist der Inhaber des Ladens Deutscher, und die Sprache beherrschen wir ja beide.«

»Werdet ihr auch noch richtig heiraten?«

»Das würden wir gern, aber zuerst müssen wir Geld sparen. Was bedeutet, dass wir vorerst eine Lüge leben. Bo sagt, die Wahrheit ist im Herzen besser aufgehoben als auf dem Papier.«

»Da mag er recht haben.« Karine streckte die Hand nach Elle

aus. »Versprichst du mir, dass wir in Verbindung bleiben, wenn ihr in die Stadt zieht?«

»Natürlich. Du bist doch praktisch meine Schwester, Karine. Ich kann dir gar nicht genug für eure Hilfe danken.«

»Werden wir auch bald unser eigenes Dach über dem Kopf haben?«, fragte Karine Pip am folgenden Morgen, nachdem sie ihm von Elles und Bos Plänen erzählt hatte.

»Wenn das Vorstellungsgespräch morgen so läuft, wie ich mir das erhoffe, dann irgendwann ja«, antwortete Pip. Horst hatte ihm ein Vorspielen bei Harald Heide, dem Dirigenten des Philharmonischen Orchesters Bergen, vermittelt.

»Das wird es, *chéri*«, ermutigte Karine ihn mit einem Kuss.

Pip war fast nervöser als vor seinem Vorspiel am Konservatorium, als er im Konsertpaleet eintraf. Vielleicht, dachte er, weil es diesmal Konsequenzen in der realen Welt haben würde, während er seinerzeit ein junger Mann ohne Sorgen und Verantwortung gewesen war. Er meldete sich bei der Frau am Kartenschalter an, die ihn zu einem großen Übungsraum führte, in dem sich ein Klavier und zahlreiche Notenständer befanden. Bald darauf gesellte sich ein groß gewachsener, breitschultriger Mann mit fröhlichen Augen und dichten dunkelblonden Haaren zu ihm, der sich als Harald Heide vorstellte.

»Ihr Vater lobt Ihre Fähigkeiten in den höchsten Tönen, Herr Halvorsen, und freut sich sehr, dass Sie wieder zu Hause in Norwegen sind«, sagte er und drückte Pip freundlich die Hand. »Sie spielen Klavier und Geige?«

»Ja, das Klavier war am Konservatorium in Leipzig mein Hauptinstrument. Ich hoffe, eines Tages Komponist zu werden.«

»Dann lassen Sie uns anfangen.« Er bedeutete Pip, dass er sich ans Klavier setzen solle, während er selbst auf einer schmalen Bank an einer Wand Platz nahm. »Fangen Sie an, wenn Sie bereit sind, Herr Halvorsen.«

Pips Finger zitterten etwas, als er sie auf die Tasten legte, doch als er Rachmaninows Klavierkonzert Nr. 2 in C-Moll zu spielen begann, verflog seine Nervosität. Er war so beseelt von der leidenschaftlichen Musik, dass er bei geschlossenen Augen auch die für die Streicher und die Holzbläser geschriebenen Teile zu hören glaubte. In der Mitte des lyrischen Mittelteils gab Herr Heide ihm das Zeichen aufzuhören.

»Ich denke, ich habe genug gehört. Das war wunderbar. Wenn Sie die Geige nur halb so gut beherrschen, sehe ich keinen Grund, Ihnen keine Arbeit anzubieten, Herr Halvorsen. Gehen wir in mein Büro. Dort unterhalten wir uns weiter.«

Eine Stunde später kehrte Pip wie auf Wolken nach Hause zurück, wo er Karine und seiner Familie mitteilte, dass er nun offiziell beim Philharmonischen Orchester Bergen engagiert war.

»Ich bin Einspringer für Klavier und Geige, wenn die Stammmusiker krank sind oder nicht zur Verfügung stehen, aber Herr Heide sagt, dass der jetzige Pianist ziemlich alt ist und oft nicht spielen kann. Wahrscheinlich geht er bald in den Ruhestand.«

»Wenn Franz Wolf spielt, hört sich das an wie ein knarrendes Tor, und er hat Arthritis in den Fingern. Du wirst oft Gelegenheit zum Auftritt haben. Gut gemacht, mein Junge!« Horst klopfte ihm auf die Schulter. »Wir werden miteinander spielen wie früher mein Vater Jens und ich.«

»Hast du ihm gesagt, dass du komponierst?«, fragte Karine.

»Ja, aber Rom wurde auch nicht an einem Tag erbaut, und im Moment bin ich nur froh, dass ich dich, wenn wir verheiratet sind, ernähren kann, wie es sich für einen Ehemann gehört.«

»Vielleicht ergattere ich eines Tages ebenfalls einen Platz im Orchester«, meinte Karine schmollend. »Ich glaube kaum, dass ich eine gute Hausfrau werde.«

Als Pip seiner Mutter übersetzte, was Karine gesagt hatte, schmunzelte sie. »Während du mit deinem Vater Musik machst, bringe ich Karine bei, wie man einen Haushalt führt.«

»Wieder zwei Halvorsens in einem Orchester, ein Sohn, der bald heiraten wird, und irgendwann bestimmt eine Menge Enkel ...« Horsts Augen leuchteten.

Pip sah, wie Karine die Stirn runzelte. Sie hatte oft gesagt, dass sie nicht der mütterliche Typ sei und viel zu egoistisch für Kinder. Pip nahm das nicht ernst, denn sie schockierte die Menschen gern, indem sie aussprach, was andere nicht einmal zu denken wagten. Und genau deswegen liebte er sie.

Karine und Pip heirateten am Tag vor Weihnachten. Frisch gefallener Schnee lag wie eine Decke auf der Stadt, und die blinkenden Lichter in den Straßen von Bergen verliehen dem Ganzen etwas Märchenhaftes, als sie in einer Kutsche zum Grandhotel Terminus fuhren. Nach dem Empfang, für den Horst bezahlte, verabschiedeten sich die Frischvermählten von ihren Gästen und gingen nach oben. Im Hotelzimmer, einem Hochzeitsgeschenk von Elle und Bo, fielen sie mit einer Gier übereinander her, die nur monatelange Enthaltsamkeit erzeugen konnte. Während sie sich küssten, löste Pip die Knöpfe von Karines cremefarbenem Spitzenkleid, und als es von ihren Schultern und Armen glitt, wanderten seine Finger zu ihren fahlrosafarbenen Brustwarzen. Stöhnend packte sie ihn an den Haaren, löste ihren Mund von dem seinen und drückte seinen Kopf an ihre Brust. Sie schrie vor Lust auf, als seine Lippen sich um ihre Brustwarze schlossen, und schob ihr Kleid über die Hüften hinunter, sodass es auf dem Boden landete. Dann hob Pip sie auf seine Arme und trug sie schnell atmend zum Bett. Als er sich seiner Kleidung entledigen wollte, ging Karine auf die Knie und hielt ihn auf.

»Nein, lass mich das machen«, sagte sie mit rauer Stimme und knöpfte gekonnt zuerst sein Hemd und dann seine Hose auf. Wenig später zog sie ihn zu sich herab, und sie verloren sich ineinander.

Als sie erschöpft beieinanderlagen, hörten sie, wie die Uhr am alten Stadtplatz Mitternacht schlug.

»Das war das Konvertieren eindeutig wert«, stellte Karine fest, stützte sich auf einen Ellbogen und strich ihm lächelnd mit der Rückseite der Finger übers Gesicht. »Obwohl ich das schon einmal gesagt habe, wiederhole ich es jetzt als deine frischgebackene

Ehefrau: Ich liebe dich, *chéri*, und bin nie glücklicher gewesen als heute Nacht.«

»Mir geht es genauso«, flüsterte er, nahm ihre Hand von seiner Wange und drückte sie an seine Lippen. »Auf dass es ewig so bleiben möge.«

»Auf ewig.«

XL

1938

Während es im Januar, Februar und März in Bergen unablässig regnete und schneite und die kurze Zeit des Tageslichts sehr schnell der Dunkelheit wich, probte Pip jeden Tag mehrere Stunden mit dem Philharmonischen Orchester Bergen. Anfangs musste er bei den Abendkonzerten höchstens einmal die Woche einspringen, doch als die Arthritis des betagten Pianisten Franz sich verschlimmerte, wurde Pip allmählich zu einer festen Größe im Orchester.

In seiner Freizeit komponierte er sein erstes Konzert. Das Ergebnis seiner Bemühungen zeigte er niemandem, nicht einmal Karine. Sobald es fertig wäre, würde er es ihr widmen. Nach den Nachmittagsproben blieb Pip oft noch im Konzertsaal, um in der gespenstischen Atmosphäre ohne Musiker und Zuschauer an dem Klavier im Orchestergraben an seinem Werk zu arbeiten.

Karine wurde unterdessen von Astrid auf Trab gehalten. Allmählich begann sich ihr Norwegisch zu verbessern, und sie bemühte sich, von ihrer geduldigen Schwiegermutter die Kunst der Haushaltsführung zu lernen.

So oft Elles Arbeit es erlaubte, besuchte Karine ihre Freundin in der winzigen Wohnung über dem Seekartenladen am Hafen, wo die beiden ihre Hoffnungen und Zukunftspläne diskutierten.

»Ich beneide dich um dein eigenes Zuhause«, gestand Karine eines Morgens beim Kaffee. »Obwohl Pip und ich jetzt verheiratet sind, leben wir immer noch unter dem Dach seiner Eltern und schlafen in seinem Kinderzimmer. Sonderlich erotisch ist das nicht, weil wir immer leise sein müssen. Ich mag mich in der Liebe nicht beherrschen.«

Elle war die Offenheit ihrer Freundin gewöhnt. »Deine Zeit

kommt noch, da bin ich mir sicher«, meinte sie lächelnd. »Ihr könnt von Glück sagen, dass euch Pips Eltern unterstützen. Für uns ist es nach wie vor schwierig. Bos Ellbogen wird besser, aber er ist noch nicht wieder so gut, dass er bei irgendeinem Orchester vorspielen könnte. Er ist deprimiert, weil er seiner Leidenschaft im Moment nicht frönen kann. Und ich kann es auch nicht.«

Karine wusste, wie sich das anfühlte – da sie seit ihrer Ankunft in Bergen nur im Haushalt arbeitete, beschränkte sich ihre musikalische Betätigung auf die Abendauftritte in Froskehuset. Doch sie musste zugeben, dass ihre eigenen Probleme im Vergleich zu denen von Elle und Bo zu vernachlässigen waren.

»Entschuldige, Elle, ich denke nur an mich.«

»Aber nein, meine Schwester. Die Musik ist unser Herzblut, und es fällt schwer, ohne sie zu leben. Doch ein Gutes hat es, dass Bo nicht spielen kann: Ihm gefällt die Arbeit in dem Seekartenladen. Er hat begonnen, Navigationstechniken zu lernen. Im Moment ist er zufrieden, und ich bin es auch.«

»Das freut mich«, sagte Karine. »Wir können von Glück sagen, dass wir nach wie vor in derselben Stadt wohnen und einander sehen können, so oft wir wollen. Ich wüsste nicht, was ich ohne dich tun würde.«

»Das gilt umgekehrt genauso.«

Anfang Mai verkündete Pip Karine, dass er genug Geld gespart habe, um ein winziges Häuschen in der Teatergaten, mitten in der Stadt, nur einen Katzensprung von Theater und Konzertsaal entfernt, mieten zu können.

Karine brach in Tränen aus. »Das kommt gerade zur rechten Zeit, *chéri*, denn ich ... *mon Dieu!* ... ich bin schwanger.«

»Das ist ja wunderbar!«, rief Pip aus und schlang die Arme um seine Frau. »Nun sieh mich nicht so entsetzt an.« Er hob ihr Kinn ein wenig an, sodass er ihr in die Augen schauen konnte. »Du mit deinem Hang zur Natürlichkeit solltest wissen, dass ein Kind das Produkt zweier liebender Herzen ist.«

»Ja, aber trotzdem ist mir jeden Morgen speiübel. Und was ist, wenn ich das Kind nicht mag? Was, wenn ich mich als grässliche Mutter entpuppe? Was, wenn ...?«

»Hör auf. Du hast einfach Angst wie alle werdenden Mütter.«

»Nein! Die Frauen, die ich kenne, waren samt und sonders entzückt über ihre Schwangerschaft. Sie haben über ihren dicken Bauch gestrichen und sich über die Aufmerksamkeit gefreut. Aber ich sehe nur ein fremdes Wesen in mir, das mich aufbläht und mir die Energie raubt!«

Karine begann zu schluchzen.

Pip verkniff sich ein Schmunzeln, holte tief Luft und bemühte sich, sie zu trösten.

Später am Abend teilte er Horst und Astrid mit, dass sie Großeltern werden und er und Karine in ihr eigenes Zuhause ziehen würden.

Horst und Astrid gratulierten ihnen. Als der Aquavit die Runde machte, gab Horst Karine kein Glas.

»Siehst du?«, beklagte sich Karine wenig später im Bett bei Pip. »Ab jetzt gibt's keine Vergnügungen mehr für mich.«

Pip zog sie schmunzelnd in die Arme, und seine Hand glitt unter ihr Nachthemd, um ihren winzigen Bauch zu streicheln, der ihn ein wenig an den Halbmond am Sternenhimmel erinnerte und den er und sie zusammen gemacht hatten. Ein Wunder.

»Es sind nur noch sechs Monate, Karine. Hiermit verspreche ich dir, dass ich dir am Abend nach der Geburt eine Flasche Aquavit bringen werde, die du, wenn du möchtest, ganz allein austrinken kannst.«

Anfang Juni zogen sie in ihr neues Heim in der Teatergaten. Obwohl winzig, war es mit den enteneierblauen Außenschindeln und der Holzterrasse vor der Küche bildhübsch. Den Sommer über gestaltete Karine, während Pip in der Arbeit war, mit Astrids und Elles Hilfe das Innere und stellte Töpfe mit Petunien und Lavendel auf die Terrasse. Trotz ihres mageren Budgets verwandelte das Häuschen sich nach und nach in ein gemütliches Zuhause.

Als Pip am Abend seines einundzwanzigsten Geburtstags im Oktober nach einer Vorstellung im Theater nach Hause kam, erwarteten Karine, Elle und Bo ihn im Wohnzimmer.

»Alles Gute zum Geburtstag, *chéri*«, begrüßte Karine ihn mit leuchtenden Augen, bevor die drei einen Schritt beiseitetraten, um den Blick freizugeben auf ein Klavier, das hinter ihnen in einer Ecke des Raums stand. »Ich weiß, es ist kein Steinway, aber immerhin ein Anfang.«

»Wie …?«, fragte Pip erstaunt. »Wir haben kein Geld für so etwas.«

»Das lass mal meine Sorge sein. Freu dich einfach drüber. Ein Komponist muss sein Instrument immer zur Hand haben für den Fall, dass ihn die Muse küsst«, erklärte sie. »Bo hat's ausprobiert. Er sagt, es hat einen guten Klang. Komm, Pip, spiel uns was vor.«

»Gern.«

Pip trat an das Klavier, ließ die Finger über den Deckel gleiten und bewunderte die Einlegearbeit in dem goldbraunen Holz. An dem Instrument befand sich kein Herstellername, doch es war solide gebaut, in hervorragendem Zustand und offenbar liebevoll gepflegt worden. Pip hob den Deckel, unter dem die glänzenden Tasten zum Vorschein kamen, und machte sich auf die Suche nach einem Hocker.

»Und das ist unser Geschenk«, sagte Elle, holte einen gepolsterten Hocker hinter einem Sessel hervor und stellte ihn vor das Klavier. »Bo hat ihn selber geschreinert, und ich habe das Sitzpolster genäht.«

Pip betrachtete die wohlgeformten Kiefernholzbeine und das komplizierte Stickmuster auf dem Sitz. Er war außer sich vor Freude. »Ich weiß nicht, was ich sagen soll«, flüsterte er und setzte sich. »Außer einem Dankeschön an euch beide.«

»Das ist nichts im Vergleich zu dem, was ihr, du und deine Familie, für uns getan habt, Pip«, entgegnete Bo mit leiser Stimme. »Alles Gute zum Geburtstag.«

Pip legte die Finger auf die Tasten und spielte die ersten Takte von Tschaikowskys *Capriccio in Ges*. Bo hatte recht, das Instrument hatte wirklich einen wunderbaren Klang. Nun konnte Pip zu jeder Tages- oder Nachtzeit an seinem Konzert arbeiten.

Während Karines Bauch wuchs, komponierte Pip wenige Wochen vor dem errechneten Geburtstermin eifrig an seinem geliebten Klavier und experimentierte mit Akkorden und harmonischen Variationen, da er wusste, dass, sobald das Kleine erst einmal da war, im Haus keine Ruhe mehr wäre.

Felix Mendelssohn Edvard Halvorsen – der erste Vorname stammte von Karines Vater – erblickte das Licht der Welt gesund und wohlbehalten am 15. November 1938. Und wie Pip es geahnt hatte, schlüpfte Karine trotz ihrer Ängste sofort ohne Probleme in ihre Mutterrolle. Obwohl Pip sich natürlich freute, sie so zufrieden und erfüllt zu sehen, fühlte er sich bei dieser engen Mutter-Kind-Verbindung manchmal ausgeschlossen. Dass seine Frau ihre Aufmerksamkeit ausschließlich ihrem geliebten Sohn widmete, bewunderte Pip, doch es ärgerte ihn auch. Am schlimmsten war es für ihn, dass Karine, die ihn bis dahin immer ermutigt hatte, an seiner Komposition zu arbeiten, ihn nun jedes Mal, wenn er sich ans Klavier setzte, ermahnte: »Pip! Der Kleine schläft; du weckst ihn auf.«

Allerdings war er aus einem anderen Grund froh über Karines mütterlichen Kokon. Sie machte sich nicht mehr die Mühe, die Zeitungen zu lesen, in denen über von Woche zu Woche schlimmere Spannungen in Europa berichtet wurde. Nach dem Anschluss Österreichs an Deutschland im März hatte es Ende September einen Hoffnungsschimmer gegeben, dass sich der Krieg vielleicht doch noch abwenden ließe: Frankreich, Deutschland, Großbritannien und Italien hatten das Münchner Abkommen unterzeichnet, durch das das tschechische Sudetenland an das Deutsche Reich ging, und dafür versprach Hitler, dass Deutschland keine weiteren tschechischen Territorien für sich beanspruchen würde. Der britische Premierminister Neville Chamberlain hatte gar in einer Rede erklärt, dieses Abkommen werde zu »Frieden in unserer Zeit« führen. Pip hoffte inständig, dass Mr Chamberlain recht behielt. Doch im Herbst wurden die Gespräche im Orchestergraben und auf den Straßen von Bergen immer düsterer – nur wenige glaubten, dass Deutschland sich an das Münchner Abkommen halten würde.

Immerhin war das Weihnachtsfest eine willkommene Abwechslung. Den ersten Weihnachtsfeiertag verbrachten sie mit Elle und Bo bei Horst und Astrid. An Silvester gaben Karine und Pip ein kleines Fest in ihrem eigenen Haus, und als die Kirchenglocken das Jahr 1939 einläuteten, nahm Pip seine Frau in die Arme und küsste sie sanft.

»Liebes, alles, was ich bin, verdanke ich dir. Ich kann dir gar nicht genug für das danken, was du für mich bist und mir geschenkt hast«, flüsterte er. »Auf uns drei.«

Am Neujahrstag bestiegen Karine – die dazu überredet worden war, Felix in der Obhut seiner Großeltern zu lassen –, Pip, Bo und Elle im Hafen von Bergen ein Hurtigruten-Schiff, um die grandiose Westküste Norwegens hinaufzufahren. Beim Anblick der fantastischen Natur vergaß Karine sogar ihre mütterliche Sorge. Besonders beeindruckte sie der Sieben-Schwestern-Wasserfall beim Geirangerfjord.

»Atemberaubend, *chéri*«, schwärmte sie, als sie, wegen der eisigen Temperaturen in mehrere Schichten Wolle gehüllt, mit Pip von Deck aus mit großen Augen die Eisskulpturen betrachtete, die, sich gebildet hatten, als die herabstürzenden Bäche zu Beginn des Winters zu Eis erstarrt waren.

Die Hurtigruten-Schiffe fuhren die Küste hinauf und hinunter, in die Fjorde hinein und hielten sogar an winzigen Häfen, um Lebensmittel und Post zu bringen. Für viele Bewohner der abgelegenen Küstenorte stellten sie die einzige Verbindung zum Rest der Welt dar.

Auf dem Weg nach Mehamn, dem nördlichsten Punkt ihrer Reise hoch oben an Norwegens arktischer Küste, erzählte Pip seinen Begleitern vom Phänomen der Aurora Borealis, der Polarlichter.

»Das Nordlicht ist so etwas wie eine göttliche Lichterschau«, versuchte er, die Schönheit dieses Schauspiels in Worte zu fassen, obwohl er wusste, dass das misslingen musste.

»Hast du es schon mal gesehen?«, erkundigte sich Karine.

»Ja, aber nur einmal, als die Wetterbedingungen stimmten. Da war es sogar noch in Bergen zu erkennen. Diese Reise mache ich das erste Mal.«

»Wie entsteht so etwas?«, fragte Elle und blickte zum klaren Sternenhimmel empor.

»Bestimmt gibt es eine wissenschaftliche Erklärung dafür«, sagte Pip, »doch die kenne ich leider nicht.«

»Vielleicht ist das auch gar nicht nötig«, meinte Bo.

Da die Fahrt von Tromsø zum Nordkap unruhig war, zogen sich die Frauen in ihre Kajüten zurück. Kurz darauf verkündete der Kapitän, dass man von dieser Gegend aus die Nordlichter am besten sehen könne, aber da Pip wusste, wie übel Karine war, blieb ihm nichts anderes übrig, als Bo allein zu lassen und zu ihr unter Deck zu gehen.

»Ich hab dir doch gesagt, dass ich das Wasser hasse«, stöhnte Karine und beugte sich über die bereitliegende Spucktüte.

Als sie das Nordkap verließen und wieder Richtung Süden nach Bergen fuhren, beruhigte sich die See. Bo kam im Speisesaal ganz aufgeregt auf Pip zu.

»Stell dir vor, ich hab sie gesehen! Ich habe das Wunder mit eigenen Augen gesehen! Bei dem Anblick muss auch der verbohrteste Atheist an eine höhere Macht glauben. Die Farben ... grün, gelb, blau ... der ganze Himmel hat geleuchtet!« In seinen Augen glänzten Tränen, er streckte die Arme nach Pip aus und drückte ihn an sich. »Danke«, sagte er. »Danke.«

Wieder in Bergen, zog sich Pip, um den kleinen Felix nicht zu stören, in den leeren Konzertsaal zurück und komponierte an dem dortigen Klavier. Aufgrund der zahlreichen Nächte, in denen Felix unablässig schrie, da er leider zu Koliken neigte, war sein Gehirn vernebelt. Obwohl Karine aufstand und sich um den Kleinen kümmerte, weil sie wusste, wie viel Arbeit Pip hatte, war bei den gellenden Schreien von Felix in dem kleinen Haus mit den dünnen Wänden für beide Elternteile nicht an Schlaf zu denken.

»Vielleicht sollte ich ihm einfach ein bisschen Aquavit in sein Fläschchen tun«, sagte die erschöpfte Karine nach einer besonders schlimmen Nacht beim Frühstück. »Der Kleine bringt mich noch um. Tut mir leid, dass du nicht ungestört schlafen kannst, *chéri*. Es gelingt mir einfach nicht, ihn zu beruhigen. Ich scheine eine schlechte Mutter zu sein.«

Pip legte die Arme um sie und wischte ihr mit den Fingern die Tränen weg. »Aber nein, Liebes. Das gibt sich sicher irgendwann.«

Es war schon fast Sommer, und sie glaubten, nie wieder durchschlafen zu können. In der ersten Nacht, in der dann schließlich Ruhe herrschte, wachten sie beide unwillkürlich um zwei Uhr früh auf, zu der Stunde, in der das Geschrei für gewöhnlich anhob.

»Glaubst du, es ist alles in Ordnung mit ihm? Warum schreit er nicht? *Mon Dieu!* Er wird doch nicht gestorben sein?«, sagte Karine und sprang aus dem Bett, um zu der Wiege in einer Ecke des winzigen Zimmers zu hasten. »Nein, er atmet und scheint auch kein Fieber zu haben«, flüsterte sie, beugte sich über Felix und legte ihm die Hand auf die Stirn.

»Was ist dann los?«, fragte Pip.

Ein Lächeln trat auf Karines Lippen. »Er schläft, *chéri*. Er schläft einfach nur.«

Als endlich Ruhe im Haushalt herrschte, widmete Pip sich wieder seiner Arbeit. Nach reiflicher Überlegung beschloss er, sein Werk *Das Heldenkonzert* zu nennen. Die Geschichte von der Hohepriesterin, die gegen die Regeln des Tempels verstieß, indem sie sich von ihrem jungen Verehrer verführen ließ, und die sich dann, nachdem er ertrunken war, selbst ins Meer stürzte, gefiel Karine mit ihrem Hang zum Dramatischen natürlich. Deshalb war Karine Pips »Heldin«, und er wusste, dass auch er sich ins Meer stürzen würde, falls er sie jemals verlöre.

Eines Nachmittags im August legte er den Bleistift weg und streckte erleichtert die Arme. Der letzte Teil der Orchestrierung war fertig, sein Werk vollendet.

Am folgenden Sonntag fuhren er und Karine mit dem kleinen Felix im Zug zu seinen Eltern in Froskehuset. Nach dem Mittagessen teilte er die Noten für Cello, Geige und Oboe aus und bat Karine und Horst, sie sich anzusehen. Nach einer schnellen Probe – die beiden konnten gut vom Blatt lesen – setzte Pip sich ans Klavier, und die kleine Truppe begann zu spielen.

Als Pip zwanzig Minuten später die Hände in den Schoß legte, sah er, wie seine Mutter sich die Tränen aus den Augen wischte.

»Mein Sohn hat das geschrieben ...«, flüsterte sie und blickte ihren Mann an. »Ich glaube, die Begabung hat er von deinem Vater geerbt, Horst.«

»Ja, bestimmt«, sagte Horst, ebenfalls sichtlich gerührt, bevor er Pip eine Hand auf die Schulter legte. »Es ist fantastisch, mein Junge. Das müssen wir so schnell wie möglich Harald Heide vorspielen. Ich bin davon überzeugt, dass er es hier in Bergen uraufführen möchte.«

»Natürlich hast du das alles mir zu verdanken, denn ich habe dir das Klavier gekauft«, sagte Karine im Zug nach Hause. »Jetzt, wo du berühmt wirst, kannst du mir eine neue Perlenkette kaufen. Die alte habe ich nämlich dafür versetzt.« Als sie seinen entsetzten Blick sah, gab sie ihm einen Kuss auf die Wange. »Zerbrich dir darüber mal nicht den Kopf, Schatz. Du machst Felix und mich stolz, und wir vergöttern dich.«

Pip nahm all seinen Mut zusammen, suchte Harald Heide vor der ersten Abendvorstellung der Woche auf, erklärte ihm, dass er ein Konzert geschrieben habe, und bat ihn um seine Meinung.

»Spielen Sie es mir doch am besten gleich vor«, meinte Harald.

»Ja, gern.« Pip nahm nervös Platz, legte die Finger auf die Tasten und spielte das gesamte Konzert aus dem Gedächtnis. Harald unterbrach ihn nicht, und als Pip fertig war, klatschte er laut.

»Das war wirklich sehr, sehr gut, Herr Halvorsen. Das Leitmotiv ist höchst originell und eingängig. Ich beginne schon fast, es vor mich hin zu summen. Wenn ich mir die Noten so ansehe, ist klar, dass die Instrumentierungen noch an manchen Stellen überarbeitet werden müssen, aber dabei kann ich Ihnen helfen. Könnte gut sein«, bemerkte er, als er Pip die Noten zurückgab, »dass wir einen jungen Grieg in unserer Mitte haben. Die Struktur Ihres Werks erinnert mich an ihn, aber vielleicht habe ich ebenso Rachmaninow und Strawinsky wiedererkannt.«

»Hoffentlich haben Sie auch ein wenig von mir gehört«, erwiderte Pip mutig.

»Allerdings. Gut gemacht, junger Mann. Ich denke, wir könnten es Anfang des Frühjahrs ins Programm nehmen. Das würde Ihnen Zeit geben, an den Instrumentierungen zu feilen.«

Nach dem Konzert weckte Pip seine schlafende Frau. »Weißt du was, *kjære*? Es hat geklappt! Nächstes Jahr um diese Zeit bin ich möglicherweise schon Berufskomponist!«

»Wunderbar! Obwohl ich niemals auch nur eine Sekunde daran gezweifelt habe. Du wirst Einfluss haben«, sagte sie schmunzelnd. »Und ich werde die Frau des berühmten Pip Halvorsen sein.«

»Jens Halvorsen«, korrigierte er sie. »Nach meinem Großvater.«

»Der bestimmt sehr stolz auf dich wäre, *chéri*. Genau wie ich.«

Sie stießen mit einem Glas Aquavit an und feierten dann, indem sie leise miteinander schliefen, um den friedlich schlummernden Felix nicht zu wecken.

Warum währt das Glück immer nur so kurz?, fragte sich Pip traurig, als er nach dem Einmarsch der Deutschen in Polen am 1. September 1939 las, dass Frankreich und Großbritannien Deutschland den Krieg erklärt hatten. Auf dem kurzen Weg zu einer Probe im Konzertsaal spürte er den düsteren Schatten, der auf den Bewohnern der Stadt lag.

»Norwegen ist es im letzten Krieg gelungen, neutral zu bleiben, warum sollte es das diesmal nicht schaffen? Wir sind eine Nation von Pazifisten und dürften nichts zu befürchten haben«, sagte Samuel, einer von Pips Musikerkollegen, als sie im Orchestergraben die Instrumente stimmten. Trotzdem waren alle nervös.

»Vergiss nicht, dass Vidkun Quisling, der Anführer der faschistischen Partei hier in Norwegen, sich größte Mühe gibt, Anhänger für Hitlers Sache zu rekrutieren«, erwiderte Horst düster und zückte seinen Cellobogen. »Er hat bereits mehrere Vorträge über das gehalten, was er das ›Judenproblem‹ nennt. Wenn er tatsächlich an die Macht käme, was Gott verhüten möge, würde er sich bestimmt auf die Seite der Deutschen schlagen.«

Nach dem Konzert nahm Pip seinen Vater beiseite. »Far, glaubst du wirklich, dass wir in diesen Krieg hineingezogen werden?«

»Ich fürchte, es ist möglich.« Horst zuckte traurig die Schultern. »Selbst wenn unser Land sich weigert, für jemanden Partei zu ergreifen, bezweifle ich, dass die Deutschen uns in Ruhe lassen werden.«

An jenem Abend tat Pip sein Bestes, Karine zu trösten, in deren Blick wieder wie in Leipzig die Angst flackerte.

»Bitte beruhige dich«, sagte er zu ihr, als sie in der Küche auf und ab lief, den sich windenden Felix schützend an die Brust gepresst, als könnten die Nazis plötzlich zur Tür hereinstürmen und ihr den Sohn entreißen. »Vergiss nicht, dass du jetzt eine getaufte Protestantin bist und Halvorsen heißt. Selbst wenn die Nazis hier einmarschieren sollten, was sehr unwahrscheinlich ist, wird niemand erfahren, dass du geborene Jüdin bist.«

»Pip, bitte sei nicht so naiv! Ein Blick auf mich und sie wissen, was Sache ist. Dann noch gezielte Recherchen, und alles ist klar. Du hast keine Ahnung, wie gründlich sie sind. Um uns auszurotten machen sie vor nichts halt! Und was ist mit deinem Sohn? In seinen Adern fließt jüdisches Blut! Vielleicht nehmen sie ihn auch mit!«

»Wie sollten sie das herausfinden? Wir müssen einfach glauben, dass sie nicht hierherkommen«, sagte Pip und schob die Bedenken seines Vaters beiseite. »Von mehreren Seiten habe ich gehört, dass immer wieder Juden über Schweden nach Norwegen fahren, um der Bedrohung durch die Nazis zu entgehen. Sie sehen unser Land als sichere Zuflucht. Warum kannst du das nicht?«

»Weil sie sich möglicherweise täuschen, Pip.« Sie sank seufzend in einen Stuhl. »Werde ich immer Angst haben müssen?«

»Ich verspreche dir, Karine, ich werde alles in meiner Macht Stehende tun, um dich und Felix zu beschützen.«

Sie wirkte nicht überzeugt. »Ich weiß, dass du das gern würdest, *chéri*, und ich danke dir dafür, aber leider wirst möglicherweise nicht einmal du mich diesmal retten können.«

Genau wie nach dem Sturz der Mendelssohn-Statue in Leipzig spürte Pip, wie sich die Stimmung im folgenden Monat beruhigte, als die Norweger begannen, sich mit der Situation abzufinden. König Håkon und der Ministerpräsident Johan Nygaardsvold bemühten sich, die Bevölkerung davon zu überzeugen, dass Deutschland sich nicht für diesen abgelegenen Winkel der Erde interessiere. Es bestehe kein Grund zur Panik, sagten sie ein ums andere Mal, obwohl Armee und Marine mobilisiert und Vorkehrungen getroffen worden waren für den Fall aller Fälle.

Gleichzeitig brachte Pip mithilfe des erfahrenen Harald Heide Stunden damit zu, seine Orchestrierung zu verfeinern. Kurz vor Weihnachten bestätigte Heide dann, dass *Das Heldenkonzert* ins Frühjahrsprogramm aufgenommen werden würde. Darauf stieß man am Abend mit mehreren Runden Aquavit an.

»Die erste Aufführung widme ich dir, Liebes«, sagte Pip zu Karine.

»Ich werde dabei sein, wenn dein Meisterwerk das Licht der Welt erblickt. Schließlich warst du auch bei der Geburt des meinen dabei«, erklärte sie und warf sich freudetrunken in seine Arme. Danach liebten sie sich laut und hemmungslos, ohne auf ihren Sohn Rücksicht nehmen zu müssen, der die Nacht bei den Großeltern verbrachte.

XLI

Als Pip eines verregneten Märzmorgens im Jahr 1940 mit seiner Frau frühstückte, sah er, wie sie beim Lesen eines Briefs von ihren Eltern die Stirn runzelte.

»Was ist los, Liebes?«, erkundigte er sich.

Sie hob den Blick. »Meine Eltern schreiben, wir sollen sofort nach Amerika kommen. Ihrer Ansicht nach strebt Hitler nach der Herrschaft über Europa, vielleicht über die ganze Welt. Sie haben uns so viel Geld geschickt, wie sie für unsere Schiffspassage erübrigen können.« Sie zeigte ihm ein dünnes Bündel Dollarscheine. »Wenn wir das Klavier verkaufen, reicht es. Es heißt, Frankreich und sogar Norwegen sind nicht mehr vor einer Invasion sicher.«

Pip, dessen Werk am 14. April bei einem speziellen Sonntagskonzert in der Nasjonale Scene uraufgeführt werden sollte, fragte: »Wie können deine Eltern Tausende von Kilometern weg mehr über die Lage in Europa wissen als wir?«

»Sie haben den Überblick und eine Neutralität, die uns fehlen. Wir stecken mittendrin, möglicherweise machen wir in Norwegen uns etwas vor, um nicht den Verstand zu verlieren. Ich denke, es ist Zeit zu gehen«, drängte sie ihn.

»Liebes, du weißt so gut wie ich, dass die Zukunft für uns drei vom Erfolg der Premiere meines Konzerts abhängt. Ich kann jetzt nicht einfach verschwinden.«

»Auch nicht um der Sicherheit deiner Frau und deines Kindes willen?«

»Karine, bitte! Ich habe alles in meiner Macht Stehende getan, um euch zu beschützen, und werde das auch weiterhin tun. Wenn wir uns ein Leben in Amerika aufbauen wollen, brauche ich dort einen Ruf. Ohne den komme ich als x-beliebiger Möchtegern-komponist aus einem Land an, von dem die meisten Amerikaner noch nie gehört haben. Ich bezweifle, dass ich als Lehrling eine

Chance hätte, einen Platz bei den New Yorker Philharmonikern oder irgendeinem anderen Orchester zu ergattern.«

Plötzlich blitzte Zorn in Karines Augen auf. »Geht es dir tatsächlich um eine gesicherte Zukunft? Oder eher um dein Ego?«

»Bitte hör auf«, sagte er kühl und erhob sich. »Ich bin dein Mann und der Vater unseres Sohnes. Und als solcher treffe ich die Entscheidungen in diesem Haushalt. Ich bin in zwanzig Minuten mit Harald verabredet. Wir unterhalten uns später weiter.«

Karine ging manchmal wirklich zu weit, dachte Pip, als er erzürnt das Haus verließ. Er las nicht nur jede Zeitung, derer er habhaft werden konnte, sondern hörte sich auch permanent um, auf den Straßen und im Orchestergraben. Unter den Musikern befanden sich zwei Juden, die beide keinen Grund zur Panik zu sehen schienen. Außerdem war bisher noch niemand auf die Idee gekommen, dass Hitler in unmittelbarer Zukunft in Norwegen einmarschieren würde. Bestimmt übertrieben Karines Eltern. Angesichts der Tatsache, dass die Uraufführung seines Werks in drei Wochen stattfinden würde, wäre es völliger Wahnsinn gewesen, jetzt abzureisen.

Ausnahmsweise, dachte Pip verärgert, würde Karine sich dem Willen ihres Mannes beugen müssen.

»Gut, dann ist es eben so.« Karine zuckte die Achseln, als Pip ihr am Abend verkündete, dass die Familie bis nach der Aufführung in Bergen bleiben würde. »Wenn du glaubst, dass deine Frau und dein Sohn hier sicher sind, muss ich dir vertrauen.«

»Ja, das glaube ich. Jedenfalls fürs Erste. Allerdings werden wir die Situation im Auge behalten müssen. Natürlich kann ich dich nicht daran hindern zu gehen, wenn du das möchtest«, fügte er müde hinzu.

»Wie du mir gerade erklärt hast, bist du mein Mann, dessen Urteil ich mich beugen muss. Natürlich bleiben Felix und ich bei dir. Es ist unser Zuhause.« Sie ging zur Tür, blieb stehen und drehte sich zu ihm um. »Ich bete nur, dass du recht hast, Pip. Gott helfe uns, wenn du dich täuschst.«

Fünf Tage vor der Uraufführung von Pips Konzert startete die deutsche Kriegsmaschinerie ihren Angriff auf Norwegen. Das Land, dessen Handelsmarine vollauf damit beschäftigt war, zum Schutz gegen eine Invasion eine Seeblockade mit Großbritannien aufzubauen, wurde überrumpelt. Die Norweger bemühten sich mit ihrer Rumpfmarine, die Häfen von Oslo, Bergen und Trondheim zu verteidigen, und es gelang ihnen sogar, ein deutsches Kriegsschiff mit Waffen und Nachschub im Oslofjord zu zerstören. Doch dem unablässigen Bombardement vom Meer, aus der Luft und vom Land hatten sie nichts entgegenzusetzen.

Als Bergen belagert wurde, zogen sich Pip, Karine und Felix nach Froskehuset zurück und lauschten dort voller Angst den Angriffen der Luftwaffe über ihnen und dem Artilleriefeuer in der Stadt unter ihnen.

Pip wagte es nicht, Karine in die Augen zu sehen, weil er wusste, was er darin entdecken würde. An jenem Abend lagen sie stumm wie Fremde nebeneinander im Bett, Felix schlafend zwischen ihnen. Irgendwann griff Pip, der es nicht länger aushielt, nach Karines Hand.

»Karine«, sagte er in die Dunkelheit hinein, »wirst du mir je verzeihen können?«

Langes Schweigen, bevor sie antwortete: »Ja, weil ich muss. Du bist mein Mann, und ich liebe dich.«

»Ich glaube immer noch, dass uns nichts passieren wird. Alle sagen, dass norwegische Bürger nichts zu befürchten haben. Die Nazis sind nur bei uns einmarschiert, um ihre Eisenerzlieferungen aus Schweden zu schützen. Das hat nichts mit dir und mir zu tun.«

Karine seufzte müde. »Leider hat alles mit uns zu tun.«

In den folgenden beiden Tagen versicherten die deutschen Besatzer den Bewohnern von Bergen, dass sie nichts zu befürchten hätten und das Leben weitergehen würde wie bisher. Hakenkreuzfahnen hingen vom Rathaus, und deutsche Soldaten marschierten durch die Straßen. Das Stadtzentrum hatte bei den Angriffen schwere Schäden erlitten, alle Konzerte waren abgesagt.

Pip war verzweifelt. Er hatte das Leben seiner Frau und seines Sohnes für eine Uraufführung riskiert, die nun nie stattfinden würde. Er ging hinaus in den Wald, setzte sich auf einen umgestürzten Baum und stützte den Kopf in die Hände. Zum ersten Mal in seinem Erwachsenenleben weinte er vor Scham und Angst.

An jenem Abend besuchten Bo und Elle sie in Froskehuset, um zu sechst die Lage zu besprechen.

»Soweit ich weiß, hat der König Oslo verlassen«, sagte Elle zu Karine. »Und Bo und ich verschwinden auch von hier.«

»Wann und wie?«, erkundigte sich Karine.

»Bo kennt einen Fischer, der ihm versprochen hat, uns und alle, die uns begleiten wollen, nach Schottland zu bringen. Kommt ihr mit?«

Karine blickte verstohlen zu Pip hinüber, der ins Gespräch mit seinem Vater vertieft war. »Ich bezweifle, dass mein Mann das möchte. Sind Felix und ich hier in Gefahr? Elle, bitte sag es mir. Was denkt Bo?«

»Das weiß keiner. Die Deutschen könnten auch in Großbritannien einmarschieren. Dieser Krieg ist wie eine ansteckende Krankheit, die sich überall ausbreitet. Immerhin bist du mit einem Norweger verheiratet und jetzt selbst Protestantin. Hast du irgendjemandem von deiner ursprünglichen Religionszugehörigkeit und deiner Herkunft erzählt?«

»Nur meinen Schwiegereltern.«

»Dann ist es vielleicht das Beste, wenn du mit deinem Mann hierbleibst. Du trägst seinen Namen, der Ruf seiner angesehenen Bergener Familie wird dich schützen. Für Bo und mich ist es etwas anderes. Wir können uns hinter nichts verstecken. Wir sind Pip und seiner Familie dankbar, dass sie uns Zuflucht gewährt und vor der Gefahr bewahrt haben. Wenn wir in Deutschland geblieben wären ...« Elle schauderte. »Ich habe Gerüchte von Lagern für Juden gehört und dass ganze Familien mitten in der Nacht aus ihren Häusern verschwinden.«

Die kannte Karine auch. »Wann brecht ihr auf?«

»Das sage ich dir nicht. Falls die Lage hier sich verschlimmert, ist es besser, wenn du es nicht weißt. Bitte verrate auch Pip und seinen Eltern nichts.«

»Schon bald?«

»Ja. Karine«, sagte Elle und nahm die Hand ihrer Freundin, »wir müssen uns jetzt voneinander verabschieden. Ich hoffe und bete, dass wir uns eines Tages wiedersehen.«

Sie umarmten sich mit Tränen in den Augen.

»Ich werde immer für dich da sein, meine Freundin«, flüsterte Karine. »Schreib mir, wenn du in Schottland bist.«

»Versprochen. Und vergiss nicht, dass Pip trotz seiner Fehleinschätzung der Situation ein guter Ehemann ist. Wie hätte ein Nichtjude so etwas auch vorhersehen können? Vergib ihm, Karine. Er kann nicht verstehen, wie es ist, in ständiger Angst zu leben.«

»Ich versuche es«, sagte Karine.

»Gut.« Elle erhob sich mit einem kleinen Lächeln vom Sofa und gab Bo das Zeichen zum Aufbruch.

Plötzlich wusste Karine mit absoluter Sicherheit, dass sie die beiden nie mehr sehen würde.

Zwei Tage später wagten sich Karine und Pip zurück in die Stadt, wo nach wie vor Rauch aus den ausgebrannten Häusern am Hafen aufstieg.

Auch das Seekartengeschäft war zerstört.

Karine und Pip starrten entsetzt den rauchenden Schutt an.

»Waren sie da drinnen?«, presste Pip hervor.

»Ich weiß es nicht«, antwortete Karine, die sich an ihr Versprechen Elle gegenüber erinnerte. »Vielleicht.«

»Gütiger Himmel.« Pip sank weinend auf die Knie. Da sah Karine eine Truppe deutscher Soldaten die Straße heranmarschieren.

»Steh auf!«, zischte sie ihm zu. »*Sofort!*«

Pip tat wie geheißen, und die beiden nickten den Soldaten höflich in der Hoffnung zu, dass diese sie für ein harmloses norwegisches Liebespaar hielten.

Am Morgen des Tages, an dem das *Heldenkonzert* uraufgeführt hätte werden sollen, stellte Pip beim Aufwachen fest, dass Karine das Schlafzimmer verlassen hatte. Nachdem er sich vergewissert hatte, dass Felix tief und fest in seinem Bettchen schlief, ging Pip nach unten, um seine Frau zu suchen. In der Küche lag ein Zettel auf dem Tisch.

Gehe Brot und Milch holen. Bin bald wieder da. X

Pip suchte die Straße nach seiner Frau ab. Was um Himmels willen hatte sie dazu gebracht, das Haus allein zu verlassen?, fragte er sich, als er in der Ferne Schüsse hörte. Noch immer wurde erbitterter Widerstand geleistet, obwohl längst kein Zweifel mehr bestand, wer gesiegt hatte.

Da Pip auf der menschenleeren Straße niemandem begegnete, den er nach seiner Frau fragen konnte, kehrte er ins Haus zurück, um seinen Sohn zu wecken. Felix, inzwischen siebzehn Monate alt, kletterte aus seinem Bettchen und wackelte an der Hand seines Vaters die Treppe hinunter. Plötzlich ertönten laute Gewehrsalven.

»Peng, Peng!«, rief Felix lachend. »Wo Mama? Hunger!«

»Sie ist bald wieder da. Lass uns nachsehen, ob wir in der Küche was zu essen für dich finden.«

Als Pip den Küchenschrank aufmachte, wurde ihm klar, warum Karine das Haus verlassen hatte: Er war leer. Pip gab Felix den Rest Brot, der noch vom Abendessen übrig war, um ihn bis zu Karines Rückkehr zu beruhigen, hob den Jungen auf seinen Schoß und las ihm eine Geschichte vor, weil er sich von seiner eigenen Angst ablenken wollte.

Zwei Stunden später noch immer keine Spur von Karine. Pip klopfte verzweifelt bei den Nachbarn. Die Frau tröstete ihn mit dem Hinweis, dass bereits Lebensmittelknappheit herrsche und sie selbst tags zuvor über eine Stunde für Brot angestanden sei.

»Sie kommt bald wieder; wahrscheinlich musste sie weiter gehen als sonst, um etwas Essbares aufzutreiben.«

Pip hielt die Ungewissheit nicht länger aus. Nachdem er Felix angezogen hatte, verließ er, seinen kleinen Sohn fest an der Hand, das Haus. Noch immer hingen beißende Rauchschwaden von den Angriffen der Luftwaffe über der Bucht, und auch die Schüsse waren nicht ganz verstummt. Obwohl es inzwischen nach elf Uhr war, lagen die Straßen leer da. Pip sah, dass die Bäckerei, in der sie sonst Brot kauften, geschlossen war, das Gleiche galt für den Obst- und Gemüsehändler sowie den Fischhändler weiter unten in der Teatergaten. Da hörte er die schweren Schritte einer Patrouille, und als er um die nächste Ecke bog, kam sie auf ihn zumarschiert.

»Soldat!« Felix deutete auf sie.

»Ja, Soldat«, sagte Pip, der sich immer noch fragte, wohin Karine gegangen sein mochte. Dann fiel ihm die kleine Reihe von Geschäften an der Vaskerelven gleich beim Theater ein. Karine bat ihn oft, auf dem Weg zur oder von der Arbeit dort vorbeizuschauen.

Als er sich dem Theater näherte, stellte er fest, dass die Vorderseite nicht mehr stand. Bei dem Anblick schnürte es ihm die Kehle zu. Zwar befand sich die Originalklavierfassung seines Konzerts oben in Froskehuset, aber die Orchestrierungen lagen im Hauptbüro des Theaters unter Verschluss.

»O nein, bestimmt sind sie alle verloren«, murmelte er niedergeschlagen.

Pip trottete mit abgewandtem Gesicht, damit sein Sohn seinen Kummer und seine Angst nicht bemerkte, am Theater vorbei.

»Far? Warum schlafen Menschen?« Felix deutete auf den Platz vor ihnen. Erst jetzt nahm Pip die zehn oder zwölf Leichen wahr, die reglos wie Puppen auf dem Boden lagen. Zwei trugen die Uniform der norwegischen Armee, während es sich bei den anderen um Zivilisten handelte, um Männer und Frauen und einen kleinen Jungen. Offenbar waren sie bei einem Scharmützel ins Kreuzfeuer geraten.

Pip versuchte, seinen Sohn wegzuziehen, doch Felix blieb wie angewurzelt stehen und deutete auf eine der Leichen.

»Far, Mor wecken?«

ALLY

Bergen, Norwegen

September 2007

XLII

Ich hatte Tränen in den Augen, als Thom, der beim Erzählen der Geschichte auf und ab gegangen war, schließlich auf einen Stuhl sank.

»Gott, wie schrecklich«, flüsterte ich.

»Ja, grässlich. Kaum zu glauben, dass das erst zwei Generationen her ist. Und dass es hier in diesem Land passiert ist, das du bis jetzt für eine sichere Region am nördlichen Ende der Welt gehalten hast.«

»Wie ist Pip nach Karines Tod zurechtgekommen? Er muss doch schreckliche Schuldgefühle gehabt haben.«

»Überhaupt nicht.«

»Was soll das heißen?«

»Nachdem Pip Karine auf dem Platz gefunden hatte, wo sie erschossen worden war, hat er Felix zu seinen Großeltern gebracht, und Horst und Astrid gesagt, dass er einen Spaziergang machen und nachdenken möchte. Als er bei Einbruch der Dunkelheit nicht zurück war, hat Horst nach ihm gesucht. Und ihn im Wald oberhalb des Hauses entdeckt. Er hatte sich mit dem Jagdgewehr seines Vaters umgebracht.«

Ich war entsetzt. »O Gott, der arme Felix.«

»Ich denke, für ihn war es kein so großes Problem«, meinte Thom barsch, »er war noch zu klein, um das alles zu verstehen, und natürlich haben Horst und Astrid ihn bei sich aufgenommen.«

»Aber beide Eltern an ein und demselben Tag zu verlieren ...« Als ich Thoms Gesichtsausdruck sah, hielt ich lieber den Mund.

»Sorry, Ally.« Offenbar hatte Thom gemerkt, wie hart er klang. »Ich finde es viel schlimmer, dass er lange Zeit nicht wusste, wie sein Vater gestorben war, und irgend so ein Schlaumeier aus dem Philharmonischen Orchester Bergen, der glaubte, dass Felix informiert ist, darüber geredet hat.«

»Oje.«

»Er war damals zweiundzwanzig und hatte gerade erst beim Orchester angefangen. Ich habe mich oft gefragt, ob er deswegen aus der Spur geraten ist und zu trinken begonnen hat.«

»Gut möglich.«

Plötzlich sprang Thom nach einem Blick auf seine Uhr auf. »Wir müssen los, Ally, sonst kommst du zu spät zum Arzt.«

Wir verließen hastig das Haus und stiegen in den Wagen, den Thom ziemlich rasant ins Zentrum von Bergen lenkte. Vor dem Haus, in dem sich die Praxis befand, ließ er mich heraus. »Geh du rein, ich komme nach, wenn ich den Wagen abgestellt habe.«

»Das ist wirklich nicht nötig, Thom.«

»Ich komme trotzdem mit. Weißt du, nicht alle Norweger sprechen Englisch oder Französisch. Viel Glück.« Er entfernte sich Richtung Parkplatz.

Drinnen wurde ich sofort ins Sprechzimmer gerufen. Die Ärztin verstand genug Englisch, um mich zu verstehen. Nachdem sie mir einige Fragen gestellt hatte, untersuchte sie mich gründlich und sagte, sie wolle eine Blut- und Urinprobe von mir ins Labor schicken.

»Was ist mit mir los?«, erkundigte ich mich nervös.

»Wann hatten Sie Ihre letzte Menstruation, Miss ... d'Aplièse?«

»Äh ...« Ich erinnerte mich nicht. »Das weiß ich nicht so genau.«

»Könnte es sein, dass Sie schwanger sind?«

»Keine Ahnung«, antwortete ich verdutzt.

»Wir untersuchen Ihr Blut, um alle anderen Möglichkeiten ausschließen zu können. Ihre Gebärmutter ist definitiv vergrößert. Ihre Übelkeit rührt mit ziemlicher Sicherheit daher, dass Sie sich in den ersten Wochen der Schwangerschaft befinden. Ich würde sagen, etwa in der Mitte des dritten Monats.«

»Aber ich habe abgenommen«, entgegnete ich. »Das kann es nicht sein.«

»Manche Frauen verlieren wegen der Übelkeit erst einmal Gewicht. Normalerweise beruhigt sich das nach dem ersten Drittel der Schwangerschaft. Bald sollte es Ihnen wieder besser gehen.«

Dann schickte sie mich mit einem Gefäß für die Urinprobe in die Toilette. Dort versuchte ich mich schwitzend und zitternd zu erinnern, wann meine letzte Monatsblutung gewesen war.

»O mein Gott«, stöhnte ich so laut, dass es von den Wänden widerhallte. Sie war kurz vor Beginn des Trainings für die Zykladenregatta mit Theo und seiner Crew im Juni gewesen ...

Wie oft hatte ich über Frauen gelacht, die behaupteten, nicht gemerkt zu haben, dass sie schwanger waren! Ich hatte mich immer gefragt, wie es einer Frau nicht auffallen konnte, dass sie keine Monatsblutung gehabt hatte. Und jetzt war ich eine solche Frau. Bei all dem Durcheinander der vergangenen Wochen hatte ich darauf einfach nicht geachtet.

Doch wie war das möglich?, dachte ich bei der Blutabnahme. Ich hatte regelmäßig die Pille genommen. Da erinnerte ich mich an die Nacht auf Naxos, in der mir in Theos Gegenwart so übel gewesen war und in der er sich so rührend um mich gekümmert hatte. Konnte es sein, dass diese Übelkeit die Wirkung der Pille beeinflusst hatte? Oder hatte ich in dem Chaos nach Pas Tod einfach einmal vergessen, sie zu schlucken?

Als ich meine Urinprobe abgab, teilte man mir mit, dass die Untersuchungsergebnisse am folgenden Nachmittag vorliegen würden und ich dann in der Praxis anrufen solle.

Ich bedankte mich bei der Frau an der Anmeldung. In dem Moment trat Thom zu mir.

»Alles in Ordnung, Ally?«

»Ich glaube schon.«

»Gut.«

Ich folgte Thom zum Wagen, und wir fuhren zum Hotel.

»Ist wirklich alles in Ordnung? Was hat die Ärztin gesagt?«, erkundigte er sich.

»Dass ich erschöpft bin ... gestresst. Sie will ein paar Tests durchführen«, antwortete ich nur, weil ich noch nicht bereit war, über diese neue Wendung in meinem Leben zu sprechen.

»Ich muss morgen Vormittag zu einer Orchesterprobe in den

Grieg-Saal, aber hinterher könnte ich bei dir im Hotel vorbeischauen, sagen wir so gegen Mittag?«

»Ja, gern. Danke für alles, Thom.«

»Schon gut. Tut mir leid, wenn ich dich mit der Geschichte von Pip aus der Fassung gebracht habe. Ruf mich an, wenn du irgendetwas brauchen solltest, ja?«, sagte er besorgt, als ich ausstieg.

»Klar. Tschüs.«

Vom Hoteleingang aus sah ich dem Wagen nach, bis er verschwand. Nun wollte ich es genau wissen und lief den Hügel zu der Apotheke hinauf, die mir während der Fahrt mit Thom aufgefallen war. Ich erreichte sie gerade noch, bevor sie schloss, erwarb, was ich brauchte, und ging langsameren Schrittes zum Hotel zurück.

In der Toilette las ich dann den Beipackzettel, folgte den Anweisungen und wartete die verlangten zwei Minuten.

Schon nach wenigen Sekunden färbte sich die Linie auf dem Plastikstäbchen blau.

An jenem Abend durchlief ich die ganze Skala der Emotionen: Erleichterung, dass ich nicht richtig krank war, nur schwanger, gefolgt von der zweifachen Angst, dass etwas mit meinem Körper geschah, das ich nicht beeinflussen konnte, und ich obendrein allein damit fertigwerden musste, wenn das Kind erst einmal da war. Und am Ende stieg völlig unerwartet Freude in mir auf.

Theos Kind. Ein Teil von ihm lebte in mir weiter und wurde von Tag zu Tag größer und kräftiger. Dieser Gedanke war so wunderbar, dass ich trotz meiner Furcht Freudentränen vergoss.

Sobald ich den ersten Schock überwunden hatte, fielen Lethargie und Angst von mir ab, und neue Energie erfüllte mich. Es würde geschehen, egal, ob mir das passte oder nicht, und ich musste mein weiteres Vorgehen überlegen. Welches Zuhause konnte ich meinem Kind bieten? Und wo? Geld war zum Glück kein Problem. Ma in Genf und Celia in London würden mir bestimmt gern helfen. Ganz zu schweigen von den fünf liebevollen Tanten, die meine Schwestern werden würden. In eine konventionelle Familie würde mein Baby nicht gerade hineingeboren werden, aber ich würde mir größte Mühe geben, meinem und Theos Kind sowohl Mutter als auch Vater zu sein.

Viel später, kurz vor dem Einschlafen, wurde mir bewusst, dass ich keine Sekunde daran gedacht hatte, das Baby nicht zu bekommen.

»Hi, Ally.« Am folgenden Tag begrüßte mich Thom mit Wangenküsschen. »Heute schaust du viel besser aus. Gestern Abend habe ich mir richtig Sorgen um dich gemacht.«

»Ich glaube, mir geht es auch besser«, pflichtete ich ihm bei. Nun wollte ich über die Neuigkeiten sprechen. »Sieht ganz so aus, als wäre ich schwanger. Deshalb ist mir die ganze Zeit übel.«

»Äh ... Wow, das ist ja wunderbar ... oder?«, fragte er verunsichert.

»Ja, doch. Auch wenn es ein ziemlicher Schock ist und unerwartet, und es keinen Vater gibt. Aber ich fühle mich sehr ... glücklich!«

»Dann freue ich mich für dich.« Thom musterte mich, um sich zu vergewissern, dass ich nicht nur die Starke spielte.

»Wirklich, es ist in Ordnung. Sogar mehr als in Ordnung.«

»Gut. Dann sollte ich wohl gratulieren.«

»Danke.«

»Hast du es sonst schon jemandem erzählt?«, erkundigte er sich.

»Nein, du bist der Erste.«

»Ich fühle mich geehrt«, meinte er, als wir das Hotel verließen und zu seinem Wagen schlenderten. »Allerdings weiß ich nicht, ob das, was ich heute Nachmittag mit dir vorhatte, angesichts deines ... Zustands noch passt.«

»Was hattest du denn vor?«

»Ich wollte mir mit dir anhören, was Felix zu der Sache zu sagen hat. Aber da das aufregend werden könnte, sollten wir es vielleicht verschieben.«

»Nein, wirklich, mir geht's gut. Wahrscheinlich habe ich mich bloß so schlecht gefühlt, weil ich Angst davor hatte, mich schlecht zu fühlen. Jetzt, wo ich den Grund kenne, kann ich planen. Also, fahren wir zu ihm.«

»Es ist gut möglich, dass er, selbst wenn er von deiner Existenz weiß, alles abstreitet. Mich wollte er ja auch nicht als seinen Sohn anerkennen, und ich habe direkt vor seiner Nase gelebt.«

»Thom?«, fragte ich ihn, sobald wir im Wagen saßen.

»Ja?«

»Du scheinst dir sicher zu sein, dass eine familiäre Beziehung zwischen mir und dir und den anderen Halvorsens besteht.«

»Es ist wahrscheinlich.« Er ließ den Motor an. »Punkt eins: Du hast mir erzählt, dass dein Vater jeder der Schwestern einen Hinweis auf ihre Vergangenheit, auf den Beginn ihrer Geschichte, hinterlassen hat. In deinem Fall war das das Buch meines Ururgroßvaters. Punkt zwei: Du bist oder warst Musikerin, und es ist wissenschaftlich erwiesen, dass Begabungen weitervererbt werden. Punkt drei: Hast du dich in letzter Zeit mal im Spiegel angeschaut?«

»Warum?«

»Ally, sieh dir mal uns zwei an!«

»Okay.« Wir steckten die Köpfe zusammen und betrachteten uns im Rückspiegel.

»Ja«, pflichtete ich ihm bei, »ich erkenne die Ähnlichkeit. Doch das ist mir in Norwegen gleich aufgefallen: Hier sehe ich wie alle aus.«

»Stimmt, du hast den norwegischen Teint. Aber schau doch: Wir haben sogar ähnliche Grübchen.« Thom zeigte auf die seinen, und ich legte die Finger auf die meinen.

Daraufhin beugte ich mich über die Gangschaltung und umarmte ihn. »Selbst wenn wir nicht verwandt sein sollten, habe ich, glaube ich, gerade meinen neuen besten Freund gefunden. Sorry, klingt ein bisschen kitschig.« Ich lachte.

Als er den Wagen auf die Straße lenkte, fragte er: »Bist du wirklich bereit, den Troll auf dem Hügel zu besuchen, der möglicherweise dein leiblicher Vater ist?«

»Ja. Nennst du ihn so? Troll?«

»Das ist noch nett, verglichen mit den Namen, die ich ihm in der Vergangenheit gegeben habe, ganz zu schweigen von den Adjektiven, die meine Mutter im Zusammenhang mit ihm verwendet hat.«

»Meinst du nicht, wir sollten uns anmelden?«, fragte ich, als wir am Hafen entlangfuhren.

»Wenn er weiß, dass wir kommen, ist er mit ziemlicher Sicherheit nicht da, also würde ich das nicht machen.«

»Dann erzähl mir wenigstens vorher ein bisschen mehr über ihn.«

»Da gibt es, abgesehen davon, dass er ein Taugenichts ist, der sein Leben und seine Gabe vergeudet, nicht viel zu erzählen.«

»Thom, nun hör schon auf. Du hast selber gesagt, dass Felix beide Eltern auf schreckliche Weise verloren hat.«

»Okay, okay, Ally, tut mir leid. Das liegt an meinen jahrelangen Ressentiments ihm gegenüber, die zugegebenermaßen durch meine Mutter gefördert wurden. Also die Kurzfassung: Horst hat meinem Vater das Klavierspielen beigebracht. Angeblich hat Felix schon im zarten Alter von sieben Jahren ganze Konzerte aus dem Gedächtnis gespielt und mit zwölf seine ersten eigenen komponiert. Mit Orchestrierung und allem Drum und Dran«, fügte Thom hinzu. »Mit siebzehn hat er ein Stipendium für Paris erhalten, und nachdem er den Chopin-Wettbewerb in Warschau gewonnen hatte, wurde er sofort ins hiesige Orchester aufgenommen. Er war der jüngste Pianist, der je fest im Philharmonischen Orchester gespielt hat. Von meiner Mutter weiß ich, dass es von da an bergab ging. Er hatte keine Arbeitsmoral, tauchte zu spät und oft verkatert zu den Proben auf, und bis zum Abend war er dann wieder betrunken. Er ist lange damit durchgekommen, weil er so viel konnte, aber irgendwann hat er den Bogen überspannt.«

»Klingt ein bisschen wie sein Urgroßvater Jens«, stellte ich fest.

»Genau. Jedenfalls haben sie ihn aus dem Orchester geworfen, weil er ständig zu spät oder gar nicht zu den Proben erschienen ist. Horst und Astrid haben auch mit ihm gebrochen; ihnen blieb keine andere Wahl, als ihn aus Froskehuset rauszuwerfen. Ich glaube, Strenge war das Einzige, was er verstand. Allerdings hat

Horst ihm erlaubt, die Hütte zu nutzen, die er und Astrid sich für die Jagd gebaut hatten. Die war, gelinde gesagt, sehr, sehr einfach und ist es auch heute noch, trotz Strom und fließendem Wasser. Meistens ist er den Frauen auf der Tasche gelegen, die er reihenweise um den Finger gewickelt hat.«

»Das klingt immer mehr nach Peer Gynt. Wie hat er sich ohne Job durchgeschlagen?«

»Weil er sich das Geld für den Alkohol ja irgendwie verdienen musste, hat er Klavierstunden gegeben. So hat er meine Mutter kennengelernt. Leider hat er sich in den letzten dreißig Jahren kaum verändert. Er säuft nach wie vor, ist unzuverlässig und ständig pleite und steigt den Frauen nach.«

»Was für eine Verschwendung von Talent«, seufzte ich.

»Ja, es ist eine Tragödie. Das war sie also, die Kurzfassung der Lebensgeschichte meines Vaters.«

»Aber was treibt er den ganzen Tag hier oben?«, erkundigte ich mich, als wir den Hügel hinauffuhren.

»Das weiß ich auch nicht so genau. Er gibt nach wie vor gelegentlich Unterricht und kauft sich für das Geld, das er damit verdient, Whisky. Felix wird älter, doch das tut seinem Charme keinen Abbruch. Ally, ich weiß, dass das jetzt ein bisschen komisch klingt, aber ich habe Angst, dass er dich anmacht.«

»Ich kann mich meiner Haut wehren, Thom«, versicherte ich ihm.

»Das glaube ich dir, trotzdem habe ich das Bedürfnis, dich zu beschützen. Inzwischen frage ich mich sogar, warum ich dir das überhaupt antue. Vielleicht sollte ich zuerst allein zu ihm gehen und ihm die Hintergründe erklären.«

Ich versuchte, ihn zu beruhigen. »Noch ist dein Vater ein Fremder für mich. Keine Sorge, ich schaffe das schon.«

»Das hoffe ich, Ally.« Er stellte den Wagen bei einem kiefernbestandenen Abhang ab. »Wir sind da.«

Als Thom vor mir grobe, von Unkraut überwucherte Stufen hinaufstieg, wurde mir klar, dass dieser Besuch für ihn weit schmerzlicher war als für mich. Egal, was mich da oben erwartete: Ich war in der Kindheit von einem Vater geliebt und gefördert worden, weshalb ich nach keinem anderen suchte und auch keinen anderen brauchte.

Von der Hügelkuppe führten die Stufen wieder nach unten, und in einer Lichtung zwischen den Bäumen entdeckte ich eine kleine Holzhütte, die mich an das Hexenhaus aus dem Märchen von Hänsel und Gretel erinnerte.

Vor der Tür drückte Thom meine Hand. »Bereit?«

Ich nickte.

Er zögerte kurz, bevor er klopfte. Dann warteten wir. »Ich weiß, dass er da ist, weil ich unten sein Moped gesehen habe«, murmelte Thom und klopfte noch einmal. »Heutzutage kann er sich nicht einmal mehr ein Auto leisten. Obendrein ist er in der Vergangenheit so oft von der Polizei angehalten worden, dass er das Moped anscheinend für ein unauffälligeres Transportmittel hält. Er lernt einfach nichts dazu.«

Nach einer ganzen Weile hörten wir drinnen Schritte, dann sagte eine Stimme etwas auf Norwegisch.

Thom übersetzte für mich: »Er erwartet einen Schüler und denkt, dass er das ist.«

Kurz darauf sah ich in die leuchtend blauen Augen von Thoms Vater. Wenn ich einen klapprigen alten Mann mit dicker Schnapsnase erwartet hatte, wurde ich nun eines Besseren belehrt. Felix war barfuß und trug eine Jeans mit einem breiten Riss am Knie sowie ein T-Shirt, das aussah, als hätte er mehrere Nächte darin geschlafen. Trotz seiner fast siebzig Jahre hatte er nur sehr wenige graue Haare und Falten. Ich hätte ihn mindestens zehn Jahre jünger geschätzt, als er tatsächlich war.

»Hallo, Felix, wie geht's?«

Er blinzelte erstaunt. »Gut. Was machst du hier?«

»Wir wollten dich besuchen. Lange nicht gesehen und so. Das ist Ally.«

»Neue Freundin, was?« Er musterte mich. »Hübsch.«

»Nein, Felix, sie ist nicht meine Freundin. Dürfen wir reinkommen?«

»Die Putzfrau war ewig nicht mehr da, also sieht's ziemlich aus, aber macht ruhig.«

Die folgende Unterhaltung, die sie auf Norwegisch führten, übersetzte Thom mir später.

»Spricht er Englisch?«, fragte ich Thom leise, als wir eintraten. »Oder Französisch?«

»Wahrscheinlich. Ich frage ihn.« Thom erklärte ihm, dass ich kein Norwegisch verstehe, woraufhin Felix nickte und zu Französisch wechselte.

»*Enchanté*, Mademoiselle. Sie leben in Frankreich?«, erkundigte er sich in einem großen, sehr unordentlichen Wohnbereich, in dem überall wackelige Stapel abgegriffener Bücher und Zeitungen sowie Kleidungsstücke herumlagen und benutzte Kaffeetassen herumstanden.

»Nein, in Genf«, antwortete ich.

»In der Schweiz ... Da war ich mal zu einem Klavierwettbewerb. Das ist ein sehr ... organisiertes Land. Sind Sie Schweizerin?«, fragte er und signalisierte uns, dass wir uns setzen sollten.

»Ja.« Ich schob verstohlen einen alten Pullover und einen zerbeulten Filzhut weg, damit Thom und ich auf dem zerkratzten alten Ledersofa Platz nehmen konnten.

»Schade, ich hatte gehofft, mich mit Ihnen über Paris unterhalten zu können, wo ich meine Jugend verplempert habe«, erklärte er mit einem rauen Kichern.

»Tut mir leid, Sie enttäuschen zu müssen. Trotzdem kenne ich die Stadt ziemlich gut.«

»Nicht so gut wie ich, Mademoiselle, das kann ich Ihnen flüstern. Aber das ist eine andere Geschichte.« Als Felix mir zuzwinkerte, wusste ich nicht, ob ich darüber lachen oder eher eine Gänsehaut bekommen sollte.

»Das glaube ich Ihnen gern«, sagte ich.

»Könnten wir Englisch reden?«, bat Thom unvermittelt. »Damit wir alle verstehen, was gesprochen wird.«

»Was führt Sie hierher?«, erkundigte sich Felix daraufhin auf Englisch.

»Kurz zusammengefasst, sucht Ally nach Antworten«, erklärte Thom.

»Worauf?«

»Auf die Frage nach ihrer wahren Herkunft.«

»Was meinst du damit?«

»Ally wurde als Baby adoptiert. Ihr Adoptivvater ist vor ein paar Wochen gestorben und hat ihr Informationen hinterlassen, die ihr helfen können, ihren leiblichen Vater aufzuspüren. Wenn sie das möchte«, fügte Thom hinzu. »Sie hat die Biografie von Jens und Anna Halvorsen, verfasst von deinem Urgroßvater, als Hinweis erhalten. Deswegen dachte ich mir, du könntest ihr behilflich sein.«

Felix musterte mich. Er räusperte sich, bevor er nach losem Tabak und Papierchen griff und sich eine Zigarette drehte. »Und wie genau?«

»Ally und ich haben entdeckt, dass wir gleich alt sind. Und ...«, ich sah, wie Thom mit sich kämpfte, »... da habe ich mich gefragt, ob du möglicherweise ... eine Frau kanntest ... eine Freundin hattest, die ... etwa zur selben Zeit wie Mum mich ... ein kleines Mädchen zur Welt gebracht hat.«

Felix lachte schallend und zündete sich seine Zigarette an.

»Felix, das ist nicht zum Lachen.«

Ich griff nach Thoms Hand und drückte sie, um ihn zu beruhigen.

»Sorry, das weiß ich.« Felix fing sich wieder. »Ist Ally die Kurzform von Alison?«

»Nein, von Alkyone.«

»Eine der Sieben Schwestern oder Plejaden«, bemerkte er.

»Genau. Ich bin nach ihr benannt.«

»Ach, tatsächlich?«, sagte er plötzlich wieder auf Französisch, vermutlich, um Thom zu ärgern. »Tja, Alkyone, leider weiß ich nichts von anderen Nachkommen meinerseits. Aber wenn ich alle meine früheren Freundinnen anrufen und fragen soll, ob sie ohne mein Wissen vor dreißig Jahren ein kleines Mädchen zur Welt gebracht haben, tue ich Ihnen den Gefallen gern.«

»Was hat er gesagt?«, fragte Thom mich leise.

»Nichts Wichtiges.« In schnellem Französisch fuhr ich an Felix gewandt fort: »Bitte machen Sie Thom keine Vorwürfe dafür, dass er schwierige Fragen stellt. Ich habe das Ganze von Anfang an für ein ziemlich aussichtsloses Unterfangen gehalten. Ihr Sohn ist ein guter Mensch, er wollte mir helfen. Obwohl Ihr Verhältnis zu ihm nicht das beste ist, sollten Sie stolz auf ihn sein. Und jetzt gehen wir. Wir haben Sie lange genug belästigt.« Ich erhob mich, weil mir seine herablassende Art auf die Nerven ging. »Komm, Thom«, sagte ich, wieder auf Englisch.

Als Thom ebenfalls aufstand, sah ich den Schmerz in seinen Augen. »Herrgott, Felix, was bist du nur für ein Rüpel«, stöhnte er.

»Was habe ich denn getan?«, fragte Felix achselzuckend.

»Ich wusste, dass es keinen Zweck hat«, murmelte Thom auf dem Weg zur Tür wütend.

Da spürte ich eine Hand auf meiner Schulter. Felix.

»Entschuldigung, Ally. Sie haben mich auf dem falschen Fuß erwischt. In welchem Hotel wohnen Sie?«

»Im Havnekontoret.«

»Gut. Dann auf Wiedersehen.«

Ich eilte Thom nach.

»Sorry, das war eine dumme Idee«, sagte er, als er die Wagentür aufschloss und einstieg.

»Nein, nein«, tröstete ich ihn. »Danke für den Versuch. Fahren wir doch zu dir, dann mache ich dir zur Beruhigung einen Kaffee.«

»Okay.« Er setzte zurück und drückte das Gaspedal so weit durch, dass der Motor des kleinen Renault aufheulte wie ein wütender Wolf.

Wieder in Froskehuset, verschwand Thom eine Weile, weil er allein sein wollte. Erst jetzt begriff ich, wie tief der Schmerz der Vergangenheit bei ihm saß. Die Zurückweisung durch Felix hatte eine hässliche, immer wieder aufbrechende Wunde hinterlassen.

Auf dem Sofa sitzend vertrieb ich mir die Zeit damit, die alten handschriftlichen Noten des Klavierkonzerts von Jens Halvorsen durchzublättern, die in einem unordentlichen Haufen auf dem Tisch vor mir lagen. Auf der ersten Seite fielen mir einige kleine Buchstaben in der rechten unteren Ecke auf. Ich kramte in meinem Gedächtnis, versuchte, mich zu erinnern, was ich in der Schule gelernt hatte, und notierte die Buchstaben auf der letzten Seite meines Tagebuchs.

»Ja, natürlich!«, rief ich aus, nachdem ich sie im Kopf umgerechnet hatte.

»Alles in Ordnung?«, fragte ich, als Thom schließlich wieder auftauchte.

»Ja.« Er setzte sich zu mir.

»Tut mir leid, dass du aus der Fassung bist, Thom.«

»Und mir tut's leid, dass ich dich zu ihm gebracht habe. Wieso hatte ich gedacht, dass er sich geändert haben könnte? Nichts und niemand ändert sich, Ally.«

»Mag sein, aber abrupter Themenwechsel: Ich habe gerade etwas sehr Interessantes entdeckt.«

»Und zwar?«

»Du glaubst doch, dass dieses Konzert das Werk von deinem Ururgroßvater Jens ist, oder?«

»Ja, warum sollte ich das nicht?«

»Und wenn es nicht von ihm wäre?«

»Ally, sein Name steht auf der ersten Seite der Originalnoten.« Thom deutete darauf.

»Was, wenn das Klavierkonzert, das du gefunden hast, nicht von deinem Ururgroßvater Jens stammt, sondern von deinem Großvater Jens Halvorsen junior, besser bekannt als Pip? Was, wenn das das *Heldenkonzert* ist, Karine gewidmet und niemals aufgeführt? Was, wenn Horst es in den Speicher geräumt hat, weil er es nach allem, was mit seinem Sohn und seiner Schwiegertochter geschehen war, nicht ertragen konnte, es noch einmal zu hören?«

»Sprich weiter, Ally. Ich lausche.«

»Du hast gesagt, das Konzert klingt norwegisch, und es stimmt, man merkt die Einflüsse. Ich bin zwar keine Musikhistorikerin, aber die Musik, die du mir gestern vorgespielt hast, passt einfach nicht zu der, die Anfang des zwanzigsten Jahrhunderts entstand. Ich habe darin Anklänge an Rachmaninow und vor allem Strawinsky gehört. Und der hat seine bedeutendsten Werke erst in den zwanziger und dreißiger Jahren des letzten Jahrhunderts geschrieben, als der erste Jens Halvorsen längst tot war.«

Thom dachte über meine Worte nach. »Ich bin einfach davon ausgegangen, dass es das Werk des ersten Jens ist. Alte Noten sind für mich immer alt, egal, ob achtzig, neunzig oder hundert Jahre alt. Außerdem waren da oben im Speicher so viele Noten, die eindeutig von dem ersten Jens Halvorsen stammen, dass ich dieses Konzert automatisch ihm zugeschrieben habe. Und es steht ja auch nicht *Das Heldenkonzert* drauf, oder? Je länger ich darüber nachdenke, desto mehr komme ich zu dem Schluss, dass du recht haben könntest«, pflichtete Thom mir bei.

»Du hast erzählt, dass die offiziellen Orchesternoten bei dem Bombenangriff fast sicher mit dem Theater in die Luft geflogen sind. Das da ...«, ich deutete auf die Noten, »... ist vermutlich Pips ursprüngliche Klavierversion, geschrieben, bevor er einen Titel dafür hatte.«

»Die Werke meines Ururgroßvaters waren bis zu diesem weit weniger originell und sehr viel romantischer. Das hier hat Feuer und Leidenschaft ... Es unterscheidet sich völlig von allem, was ich sonst von ihm kenne. Mein Gott, Ally.« Thom lächelte matt. »Wir haben mit deinem Geheimnis angefangen, und nun scheinen wir uns mit dem meinen zu beschäftigen.«

»Ich habe sogar einen unwiderlegbaren Beweis«, verkündete ich ein wenig selbstgefällig.

»Tatsächlich?«

»Ja, schau.« Ich deutete auf die kleinen Buchstaben in der rechten unteren Ecke der Seite.

»MCMXXXIX.« Ich las sie laut vor.

»Und?«

»Hast du in der Schule Latein gehabt?«, fragte ich.
»Nein.«
»Ich schon, und diese Buchstaben stehen für Zahlen.«
»Das weiß ich auch. Aber was heißen sie?«
»1939.«
Thom sah mich mit großen Augen an. »Dann ist das hier tatsächlich das Werk meines Großvaters.«
»Dem Datum nach zu urteilen, das darauf steht, ja.«
»Ich weiß nicht, was ich sagen soll.«
»Ich auch nicht. Schon gar nicht nach allem, was du mir gestern erzählt hast.«
»Was für ein unglaublicher Fund«, seufzte Thom. »Nicht nur emotional gesehen, sondern auch weil das Stück ursprünglich vor fast siebzig Jahren vom Philharmonischen Orchester Bergen uraufgeführt werden sollte. Und weil es wegen der geschilderten Ereignisse nie wieder aufgetaucht ist.«
»Pip hatte es Karine gewidmet ... seinem ›Helden‹ ...« Mir traten Tränen in die Augen angesichts der Parallelen zu meinem eigenen Leben.
Die beiden waren ebenfalls jung gewesen, als das Schicksal brutal zuschlug. Wie glücklich ich mich doch schätzen konnte, in einer besseren Zeit zu leben, überhaupt noch zu leben, und mit ein bisschen Glück für das Kind sorgen zu können, das in mir heranwuchs.
»Ja.« Thom, der meinen Gesichtsausdruck bemerkt hatte, nahm mich spontan in die Arme. »Egal, was wir über uns herausfinden, Ally, ich verspreche, immer für dich da zu sein.«
»Danke, Thom.«
»Und jetzt bringe ich dich ins Hotel und schaue bei David Stewart, dem Leiter des Orchesters, vorbei, um ihm die Geschichte mit dem *Heldenkonzert* zu erzählen. Er muss mir helfen, jemanden zu finden, der es rechtzeitig fürs Grieg-Jubiläumskonzert orchestrieren kann. Es muss einfach an dem Abend gespielt werden.«
»Ja«, pflichtete ich ihm bei. »Das finde ich auch.«

Im Hotel lag eine Nachricht für mich an der Rezeption. Als ich sie im Lift öffnete, sah ich zu meiner Überraschung, dass sie von Felix stammte.

»*Rufen Sie mich an*«, stand darauf. Darunter seine Handynummer.

Natürlich würde ich mich nach seinem grässlichen Auftritt nicht bei ihm melden. Ich duschte und legte mich ins Bett, wo ich über die Ereignisse des Tages nachdachte, und wieder einmal wunderte es mich, wie sehr ich mit Thom fühlte.

Thom, dem von Kindesbeinen an klar gewesen war, dass sein Vater zwar von seiner Existenz wusste, ihn aber nicht als seinen Sohn anerkannte. Ich erinnerte mich meinerseits an manche Augenblicke in meiner Teenagerzeit, in denen ich mich gegen Ma und Pa Salt aufgelehnt und mich nach meinen echten Eltern gesehnt hatte, die mich, dachte ich damals, bestimmt besser verstehen würden.

Nun wurde mir bewusst, wie behütet meine Kindheit gewesen war.

XLIII

Am folgenden Morgen wählte ich als Erstes die Nummer der Arztpraxis, um die Ergebnisse der Blut- und Urinuntersuchung abzufragen, und erhielt das erwartete Ergebnis. Die Ärztin gratulierte mir.

»Sobald Sie wieder zu Hause in Genf sind, sollten Sie Ihren dortigen Frauenarzt aufsuchen«, fügte sie hinzu.

»Das mache ich. Herzlichen Dank.«

Dann trank ich im Bett schwachen Tee, da ich den Geruch von Kaffee nicht ertrug. Obwohl mir immer noch hundeübel war, bedrückte mich das nicht mehr, weil ich nun die Ursache kannte. Ich nahm mir vor, übers Internet einen Schwangerschaftsratgeber zu bestellen, um mich über all die Dinge zu informieren, die einen erst dann interessierten, wenn man tatsächlich schwanger war.

Bis dahin hatte ich mir nie wirklich Gedanken über Kinder gemacht. Natürlich hatten Theo und ich uns darüber unterhalten, uns alberne Namen für unseren imaginären Nachwuchs ausgedacht und uns ausgemalt, wie groß der Ziegenstall auf »Irgendwo« sein müsste, damit genug Platz wäre für unsere sonnengebräunte Brut, die eine idyllische Kindheit genoss wie in einem Werk von Gerald Durrell. Leider würden wir diese Idylle nun nie erleben. Irgendwann in nicht allzu ferner Zukunft musste ich aber entscheiden, wo ich das Baby zur Welt bringen wollte und wo unser »Zuhause« sein würde.

Als das Telefon neben meinem Bett klingelte, ging ich ran. Die Dame von der Rezeption teilte mir mit, dass ein Mr Halvorsen in der Leitung sei. Da ich annahm, dass es sich um Thom handelte, bat ich sie, ihn durchzustellen.

»*Bonjour, Ally. Ça va?*«

Felix.

»Gut, danke«, antwortete ich kurz angebunden. »Und Ihnen?«

»So gut, wie es mir mit meinen alten Knochen gehen kann. Sind Sie beschäftigt?«

»Warum?«

Schweigen, bevor er antwortete. »Ich würde mich gern mit Ihnen unterhalten.«

»Worüber?«

»Nicht am Telefon. Also verraten Sie mir bitte, wann Sie Zeit für mich hätten.«

Ihm war anzuhören, dass es sich um etwas Ernstes handelte.

»In ungefähr einer Stunde? Hier?«

»Gut.«

»Okay, bis dann.«

Als er eine Stunde später mit einem zerkratzten Motorradhelm in der Hand eintraf, erwartete ich ihn bereits an der Rezeption. Ich fragte mich, ob das Licht ungünstig oder er tatsächlich über Nacht gealtert war. Heute sah er wie ein alter Mann aus.

»*Bonjour*, Mademoiselle«, begrüßte er mich mit einem gezwungenen Lächeln. »Danke, dass Sie mir Ihre Zeit widmen. Können wir uns irgendwo ungestört unterhalten?«

»Ich glaube, es gibt hier im Haus eine Lounge. Ist die okay?«

»Ja.«

Ich ging ihm voran. In der Lounge setzte er sich, sah mich eine Weile an und lächelte schließlich matt. »Ist es noch zu früh für einen Drink?«

»Keine Ahnung, Felix, das müssen Sie selbst wissen.«

»Gut, dann also einen Kaffee.«

Während ich jemanden suchte, der uns Kaffee und ein Wasser für mich bringen konnte, überlegte ich, wie erschöpft Felix an diesem Morgen wirkte, als wäre all die Energie, die ihn sonst antrieb, aus ihm herausgeflossen. Wir machten Small Talk, bis uns die Getränke gebracht wurden. Dann sah ich Felix, dessen Hände zitterten, als er die Kaffeetasse an die Lippen hob, erwartungsvoll an.

»Ally, zuerst möchte ich mit Ihnen über Thom reden. Sie scheinen ihm nahezustehen.«

»Ja, obwohl wir uns erst seit ein paar Tagen kennen. Es ist wirklich erstaunlich. Trotz der kurzen Zeit hat sich bereits eine starke innere Verbindung zwischen uns aufgebaut.«

Felix' Augen verengten sich. »Den Eindruck hatte ich auch. Ich hätte gedacht, dass Sie sich schon Jahre kennen. Aber egal. Er hat Ihnen bestimmt erzählt, dass ich mich geweigert habe, ihn als meinen Sohn anzunehmen, oder?«

»Ja.«

»Würden Sie mir, wenn ich Ihnen erkläre, dass ich bis zu dem DNA-Test tatsächlich dachte, er wäre nicht von mir, glauben?«

»Wenn Sie das sagen.«

»Ja, es war so.« Felix nickte. »Thoms Mutter Martha war meine Schülerin. Wir hatten eine kurze Affäre, aber vermutlich hat Thom Ihnen nicht erzählt, dass sie zur selben Zeit seit Jahren einen festen Freund hatte. Als wir uns kennengelernt haben, waren die beiden verlobt und planten bereits die Hochzeit.«

»Verstehe.«

»Auf die Gefahr hin, dass das arrogant klingt – als Martha mich gesehen hat, war sie sofort hin und weg. Sie hat sich Hals über Kopf in mich verliebt, das war fast schon zwanghaft. Wogegen mir die ganze Sache nichts bedeutete. Für mich ging's nur um den Sex. Sonst wollte ich nichts von ihr und übrigens auch nicht von irgendeiner anderen Frau. Ich bin einfach kein Mann zum Heiraten und schon gar kein Vater. Heutzutage würde man für mich wohl einen Ausdruck wie ›beziehungsunfähig‹ bemühen, aber ich habe meinen Freundinnen nie etwas vorgemacht. Sie wussten alle, wie ich ticke. Ich bin in den Swinging Sixties aufgewachsen, im Zeitalter der freien Liebe. Das hat meine Einstellung zum Sex geprägt. So bin ich nun mal«, meinte er achselzuckend.

»Und was haben Sie zu Thoms Mutter gesagt, als sie Ihnen mitgeteilt hat, dass sie schwanger ist?«, erkundigte ich mich.

»Dass sie, wenn sie das Kind will, das ich damals für das von ihrem Verlobten hielt, weil wir nur ein paarmal miteinander geschlafen hatten, ihm das sagen und ihn sobald wie möglich heiraten soll. Daraufhin hat sie mir erklärt, dass sie die Verlobung am

Abend zuvor gelöst hatte, nachdem ihr klar geworden war, dass sie nicht ihn liebte, sondern mich.« Felix legte die Hand an die Stirn und schob sie über die Augen. »Zu meiner Schande muss ich gestehen, dass ich sie ausgelacht und für verrückt erklärt habe. Abgesehen davon, dass sie keinerlei Beweis für meine Vaterschaft hatte, fand ich den Gedanken, mit ihr eine glückliche Familie zu gründen, absurd. Ich lebte in meiner eisig kalten Hütte von der Hand in den Mund ... Was hätte ich einer Frau und einem Kind schon bieten können? Also habe ich sie weggeschickt, weil ich dachte, dass sie zu ihrem Verlobten zurücklaufen würde, wenn klar wäre, dass es mit mir keine Zukunft gibt. Aber natürlich hat sie das nicht gemacht. Sie ist kurz nach der Geburt zu meinen Großeltern Horst und Astrid, die damals dreiundneunzig und achtundsiebzig waren, und hat sich bei ihnen darüber beklagt, was für ein Schwein ich bin. Meine Beziehung zu den beiden war schon zuvor nicht sonderlich gut, aber das war dann das Ende. Mein Großvater und ich haben vor seinem Tod kaum noch ein Wort miteinander gesprochen, obwohl er in meiner Jugend mein Held war.« Felix sah mich traurig an. »Halten Sie mich auch für ein Schwein, Ally?«

»Ich bin nicht hier, um über Sie zu urteilen, sondern um mir Ihre Geschichte anzuhören«, antwortete ich vorsichtig.

»Gut. Martha ist also verschwunden, nachdem ich ihr gesagt hatte, dass ich nichts mit dem Kind zu tun haben will. Sie hat mir geschrieben, dass sie es austragen und fürs Erste bei einer Freundin oben im Norden, in der Nähe ihrer Familie, bleiben würde. In ihren zahllosen Briefen hat sie mir immer wieder versichert, wie sehr sie mich liebt. Ich habe ihr nie geantwortet, weil ich hoffte, dass sie es irgendwann aufgeben würde. Sie war jung und ausgesprochen attraktiv. Bestimmt, dachte ich, würde sie kein Problem haben, jemanden zu finden, der ihr das geben konnte, was sie brauchte. Dann habe ich gleich nach der Geburt einen Brief mit einem Foto bekommen ...«

Felix bedachte mich mit einem merkwürdigen Blick. »In den folgenden Monaten habe ich nichts mehr von ihr gehört, bis ich sie dann eines Tages mit einem Kinderwagen hier in Bergen gesehen habe. Weil ich ein Angsthase bin ...«, er verzog das Gesicht, »... habe ich mich vor ihr versteckt, allerdings irgendwann einen Freund gefragt, ob er weiß, wo sie wohnt. Er hat mir erzählt, dass meine Großeltern sie bei sich aufgenommen hatten, weil sie sonst nirgendwohin konnte. Anscheinend hatte die Freundin, bei der sie untergekommen war, sie vor die Tür gesetzt. Von Thom wissen Sie bestimmt, dass sie unter Depressionen litt, und vermutlich war es nach der Geburt besonders schlimm.«

»Wie haben Sie auf die Nachricht reagiert, dass sie bei Ihren Großeltern lebt?«, fragte ich.

»Natürlich war ich schrecklich wütend. Ich hatte das Gefühl, dass sie sie geschickt dazu gebracht hatte, sie bei sich aufzunehmen, weil sie behauptete, mein Kind geboren zu haben, aber was sollte ich machen? Irgendwie war es ihr gelungen, sie von ihrer Version der Geschichte zu überzeugen. Sie hatten mich ja schon Jahre zuvor als Frauenhelden und Taugenichts abgeschrieben, also hat mein Verhalten sie nicht weiter überrascht. Gott, Ally, war ich wütend! Jahrelang. Ja, ich hatte einen Fehler gemacht und eine Frau geschwängert, aber meine Sicht der Dinge wollten sie nie hören. Martha hatte sie davon überzeugt, dass ich ein Scheißkerl bin, und daran konnte ich nichts ändern. Ich hole mir jetzt einen Drink. Wollen Sie auch einen?«

»Nein danke.«

Als ich ihm nachsah, wie er in die Bar hinüberging, fielen mir Pa Salts Worte ein, dass es immer mehrere Sichtweisen gab. Alles, was Felix bisher gesagt hatte, ergab Sinn. Obwohl er mit Sicherheit verantwortungslos und dem Alkohol verfallen war, hatte ich nicht den Eindruck, dass er log. Dazu war er viel zu geradeheraus. Und wenn seine Geschichte stimmte, konnte ich seine Perspektive durchaus verstehen.

Felix kehrte mit einem Glas Whisky in der Hand zurück.

»*Skål!*« Er nahm einen großen Schluck.

»Haben Sie je versucht, Thom das alles zu sagen?«

»Natürlich nicht.« Er lachte laut. »Er hat doch vom Tag seiner

Geburt an gehört, was für ein Versager ich bin. Außerdem hat er stets seine Mutter in Schutz genommen, was ich verstehen kann. Im Lauf der Jahre hat er mir mehr und mehr leidgetan, unabhängig davon, ob er von mir war oder nicht. Es hat sich rumgesprochen, dass Martha unter Depressionen litt. Immerhin scheinen die ersten wichtigen Jahre, die Thom bei meinen Großeltern verbracht hat, ihm eine gewisse Stabilität verliehen zu haben. Martha hatte etwas sehr Kindliches und dachte, dass alles so würde, wie sie sich das wünschte.«

»Sie haben also erst etwas unternommen, als Sie hörten, dass Thom das Haus der Familie geerbt hatte?«

»Ja. Horst ist gestorben, als Thom acht war. Meine Großmutter, die deutlich jünger war als mein Großvater, starb, als Thom achtzehn war. Als der Anwalt mir mitgeteilt hat, dass ich Horsts Cello und einen kleinen Geldbetrag geerbt hatte und alles andere an Thom gehen sollte, dachte ich mir, ich muss was unternehmen.«

»Wie haben Sie reagiert, als Sie erfuhren, dass Sie tatsächlich Thoms Vater sind?«

»Ich war völlig von den Socken«, gab Felix zu und nahm einen weiteren Schluck Whisky. »Doch gegen die Natur kommt man nicht an.« Er schmunzelte. »Thom war sehr wütend darüber, dass ich das Testament angefochten habe. Aber inzwischen können Sie sicher verstehen, warum ich davon überzeugt war, dass man mir Thom untergeschoben hatte.«

»Haben Sie sich denn über Ihr Kind gefreut?«, fragte ich und kam mir ein wenig wie eine Psychotherapeutin vor. Theo hätte das bestimmt gefallen, dachte ich.

»Ehrlich gesagt, erinnere ich mich nicht mehr«, gestand Felix. »In den Wochen, nachdem das Ergebnis des DNA-Tests feststand, war ich ständig betrunken. Martha hat mir natürlich einen bissig triumphierenden Brief geschrieben, den ich verbrannt habe.« Er seufzte tief. »Was für ein Durcheinander.«

»Thom sagt, Sie seien ein sehr begabter Pianist und Komponist gewesen.«

»›Gewesen‹? Der bin ich immer noch!« Zum ersten Mal lächelte Felix wirklich.

»Schade, dass Sie Ihre Begabung nicht nutzen.«

»Woher wollen Sie das wissen, Mademoiselle? Das Klavier in meiner Hütte ist meine Geliebte, mein Folterinstrument und meine Rettung. Vielleicht bin ich meistens zu betrunken und unzuverlässig für eine Festanstellung, aber das bedeutet nicht, dass ich aufgehört habe zu spielen. Was, glauben Sie, tue ich den ganzen lieben langen Tag in dieser gottverlassenen Hütte? Ich spiele, und zwar für mich. Vielleicht dürfen Sie mir irgendwann mal sogar zuhören«, sagte er grinsend.

»Und Thom auch?«

»Ich bezweifle, dass er das möchte, und das kann ich ihm auch nicht verübeln. Er ist in dieser vertrackten Geschichte das Opfer. Zermahlen zwischen einer verbitterten, depressiven Mutter und einem Vater, der nie die Verantwortung für ihn übernommen hat. Er hat jedes Recht, mich zu verachten.«

»Felix, warum sagen Sie ihm nicht, was Sie gerade mir erzählt haben?«

»Ich müsste nur ein einziges negatives Wort über seine Mutter verlieren, und schon wäre er weg. Außerdem fände ich es grausam, sie jetzt, wo sie tot ist, von ihrem Podest zu stoßen. Ändern kann man sowieso nichts mehr.« Er seufzte.

Allmählich wurde Felix mir sympathischer, weil das, was er gerade gesagt hatte, bewies, dass er sich etwas aus Thom machte. Auch wenn er nicht viel unternommen hatte, um die Liebe seines Sohnes zu erringen.

»Darf ich fragen, warum Sie mir das alles erzählt haben? Soll *ich* es Thom sagen?«

Felix sah mich eine Weile schweigend an, bevor er das Whiskyglas in die Hand nahm und leerte. »Nein.«

»Wollten Sie mir mitteilen, dass Thom recht hat? Dass ich tatsächlich Ihr Kind bin? Von einer anderen Eroberung?«, scherzte ich.

»So einfach ist das nicht, Ally. Scheiße! Entschuldigen Sie mich.« Wieder stand er auf und rannte fast in die Bar, um wenige Minuten später mit einem weiteren großen Whisky zurückzukommen. »Sorry, Sie wissen ja, dass ich Alkoholiker bin. Nur, damit das klar ist: Betrunken spiele ich bedeutend besser als nüchtern.«

»Felix, was wollen Sie mir nun sagen?«, drängte ich ihn, weil ich fürchtete, dass er seine Gedanken nach dem Whisky nicht mehr beieinander haben würde.

»Als ich Sie und Thom gestern so auf dem Sofa habe sitzen sehen, habe ich zwei und zwei zusammengezählt und die ganze Nacht überlegt, ob ich es Ihnen sagen soll oder nicht. So unmoralisch, wie alle denken, bin ich nämlich gar nicht. Ich möchte nicht noch mehr Schaden anrichten.«

»Felix, rücken Sie endlich raus mit der Sprache.«

»Okay, okay, aber ich weiß es nicht mit letzter Gewissheit. Also ...«

Er holte einen alten Umschlag aus der Tasche und legte ihn vor mir auf den Tisch.

»In dem Brief, in dem Martha mir mitgeteilt hat, dass sie ein Kind zur Welt gebracht hatte, war ein Foto.«

»Das haben Sie erwähnt. Von Thom.«

»Ja, von Thom. Aber sie hat noch ein zweites Baby auf dem Arm, ein Mädchen. Martha hat Zwillinge geboren. Wollen Sie den Brief und das Bild sehen?«

»Gütiger Himmel«, murmelte ich und hielt mich an der Armlehne des Sofas fest, weil mir schwindelte. Als ich den Kopf zwischen die Knie senkte, spürte ich, dass Felix sich neben mich setzte und mir den Rücken tätschelte.

»Nehmen Sie einen Schluck Whisky, Ally. Der hilft immer.«

»Nein.« Ich schob das Glas weg, da mir von dem Geruch übel wurde. »Ich kann nicht, ich bin schwanger.«

»Jesus!«, rief Felix aus. »Was habe ich getan?«

»Geben Sie mir das Wasser. Mir geht's schon wieder besser.«

Nachdem ich einen Schluck getrunken hatte, verflog das Gefühl der Übelkeit.

»Entschuldigung, ich bin wieder okay.« Ich griff nach dem Umschlag auf dem Tisch, öffnete ihn mit Fingern, die genauso zitterten wie die von Felix, und nahm ein Blatt Papier und ein altes Schwarz-Weiß-Foto von der hübschen Frau heraus, die ich von den Bildern in Froskehuset als Thoms Mutter wiedererkannte. Sie hatte tatsächlich zwei Säuglinge auf dem Arm.

»Darf ich den Brief lesen?«

»Der ist auf Norwegisch. Ich muss ihn für Sie übersetzen.«

»Ja, bitte machen Sie das.«

»Gut. Als Erstes die Adresse: St. Olavs Hospital in Trondheim. Dann das Datum: 2. Juni 1977. Und so geht's weiter ...« Felix räusperte sich. »›Mein lieber Felix, ich möchte Dir mitteilen, dass ich Zwillinge zur Welt gebracht habe, einen Jungen und ein Mädchen. Das Mädchen kam zuerst, kurz vor Mitternacht am 31. Mai, dann ein paar Stunden später am frühen Morgen des 1. Juni unser Sohn. Ich bin von den langen Wehen erschöpft und werde vermutlich noch eine Woche im Krankenhaus bleiben müssen, erhole mich aber gut. Ich lege dir ein Bild von Deinen beiden Kindern bei. Komm vorbei, wenn Du sie oder mich sehen möchtest. Ich liebe Dich, Martha.‹ Das steht in dem Brief.«

Felix' Stimme klang rau, er kämpfte mit den Tränen.

»Der einunddreißigste Mai ... mein Geburtstag.«

»Wirklich?«

»Ja.« Ich schaute zuerst Felix an, dann die beiden in Decken gehüllten Babys auf dem Foto. Welches wohl ich war?

»Vermutlich hat Martha, die ja weder ein Zuhause noch einen Ehemann hatte, eines der Kinder sofort zur Adoption freigegeben«, bemerkte Felix.

»Als Sie sie damals in Bergen wiedergesehen haben, müssen Sie sich doch gefragt haben, wo das andere Baby ...«, ich schluckte, »... wo *ich* hingekommen war.«

Felix legte vorsichtig eine Hand auf die meine. »Ich dachte, der zweite Zwilling sei gestorben. Sie hat mir gegenüber nie wieder etwas von dem Mädchen erwähnt – und, soweit ich weiß, auch nicht meinen Großeltern oder Thom gegenüber. Ich dachte mir, wahrscheinlich hat sie's in ihrem Schmerz verdrängt. Außerdem habe ich später kaum noch mit ihr geredet, und wenn, nur im Zorn.«

»Dieser Brief ...« Ich runzelte verwirrt die Stirn. »Er klingt, als hätte Martha geglaubt, dass sie mit Ihnen zusammenkommen würde.«

»Möglicherweise hoffte sie, dass das Foto bei mir eine emotionale Reaktion hervorrufen würde. Dass mir nun, da die beiden Kleinen mal auf der Welt waren, nichts anderes übrig bleiben würde, als mich der Verantwortung zu stellen.«

»Und Sie haben ihr tatsächlich nicht geantwortet?«

»Nein, Ally. Bitte vergeben Sie mir.«

Mein Kopf und mein Herz waren zum Zerplatzen voll. Als ich noch nicht geahnt hatte, dass Felix mit ziemlicher Sicherheit mein leiblicher Vater war, hatte ich seine Schilderungen der Vergangenheit von einer neutralen Warte aus betrachten können. Doch jetzt wusste ich nicht mehr, was ich von ihm halten sollte.

»Vielleicht bin ich ja doch nicht dieses Mädchen. Es gibt keine hieb- und stichfesten Beweise«, murmelte ich.

»Stimmt, aber wenn man Sie neben Thom sieht, dazu Ihr Geburtsdatum und -jahr und die Tatsache, dass Ihr Adoptivvater Sie auf die Suche nach einem Halvorsen geschickt hat ... Es würde mich sehr wundern, wenn Sie es nicht wären«, meinte Felix. »Heutzutage kann man sich leicht Gewissheit verschaffen, das habe ich selbst erfahren müssen. Ein DNA-Test bringt sofort Klarheit. Wenn Sie den wollen, bin ich gern dazu bereit.«

Ich stützte den Kopf gegen die Rückenlehne des Sofas, schloss die Augen und holte tief Luft, weil ich keine Bestätigung brauchte. Felix hatte recht: Es passte alles. Ich hatte bei Thom von Anfang an das Gefühl gehabt, ihn schon mein ganzes Leben zu kennen. Wir glichen uns wie ein Ei dem anderen. In den vergangenen Tagen hatten wir oft denselben Gedanken ausgesprochen und darüber gelacht. Dass ich meinen Zwillingsbruder gefunden hatte, machte mich vor Freude fast schwindlig, aber gleichzeitig beschäftigte es mich, dass meine leibliche Mutter sich entscheiden hatte müssen, welches Baby sie weggeben würde. Und dass sie mich gewählt hatte.

»Ich weiß, was Sie denken, Ally, und es tut mir leid«, riss Felix mich aus meinen Gedanken. »Wenn Ihnen das hilft: Als Martha mir gesagt hat, dass sie schwanger ist, war für sie gleich klar, dass es ein Junge wird. Sie hat sich einen Jungen gewünscht. Bestimmt hat das Geschlecht ihre Entscheidung beeinflusst.«

»Danke, aber im Moment tröstet mich das nicht.«

»Das kann ich mir vorstellen. Was kann ich tun?«, seufzte er.

»Nichts. Jedenfalls noch nicht. Aber danke, dass Sie mir alles erzählt haben. Würde es Ihnen etwas ausmachen, wenn ich den Brief und das Foto eine Weile behalte? Ich verspreche Ihnen, sie Ihnen zurückzugeben.«

»Natürlich.«

»Entschuldigen Sie, ich würde jetzt gern eine Runde spazieren gehen. Allein«, fügte ich hinzu und stand auf. »Ich brauche frische Luft.«

»Das kann ich verstehen. Ich bitte Sie noch einmal: Verzeihen Sie mir, dass ich es Ihnen gesagt habe. Ich hätte bestimmt den Mund gehalten, wenn ich von Ihrer Schwangerschaft gewusst hätte. Das macht alles noch schlimmer.«

»Nein, Felix, im Gegenteil: Es macht alles besser. Danke für Ihre Ehrlichkeit.«

Ich verließ das Hotel, trat hinaus in die beißende Salzluft und ging am Kai entlang, wo Schiffe Ladung aufnahmen und löschten, und am Ende setzte ich mich auf einen kalten Poller. Als der Wind mir die Haare ins Gesicht wehte, fasste ich sie mit dem Band zusammen, das ich immer ums Handgelenk trug.

Jetzt wusste ich es also: Eine Frau namens Martha war von einem Mann namens Felix mit mir schwanger geworden, hatte mich zur Welt gebracht und mich kurz darauf weggegeben. Rational gesehen, war das das Ergebnis meiner Recherchen über meine wahre Herkunft, doch emotional sah die Sache anders aus. Der Schmerz darüber, dass meine Mutter sich gegen mich entschieden hatte, saß tief.

Wäre es mir lieber gewesen, das Kind zu sein, das sie behalten hatte? Hätte ich gern mit Thom getauscht?

Ich wusste es nicht ...

Eines wusste ich allerdings: Vom Tag meiner Geburt an hatte neben dem meinen ein Paralleluniversum existiert, das ganz leicht *das meine* hätte sein können. Und jetzt, da die beiden einander berührt hatten, wechselte ich permanent zwischen ihnen hin und her.

»Martha. Meine Mutter.« Ich sprach die Worte laut aus. Hätte ich sie auch »Ma« genannt? Ich sah einem Möwenpärchen nach, das im Wind dahinsegelte. Dabei dachte ich an das Leben, das in *mir* heranwuchs, ein Leben, mit dem ich nicht gerechnet hatte ...

Schon nach vierundzwanzig Stunden konnte sich mein Gefühl für dieses neue Leben, obwohl ich mich zuvor nie mit einer Schwangerschaft befasst hatte, mit jeder Liebe messen, die ich je empfunden hatte.

»Wie hast du mich einfach so weggeben können?!«, brüllte ich das Wasser an. »Wie konntest du nur?!«, schluchzte ich, und die Tränen liefen mir ungehemmt die Wangen herunter, bis der Wind sie trocknete.

Ich würde nie erfahren, warum sie sich so entschieden hatte, niemals ihre Sicht der Dinge hören, nie wissen, wie sehr sie gelitten hatte, als sie mich weggab und sich von mir verabschiedete. Und ob sie Thom dafür doppelt so fest an sich gedrückt hatte.

Diese Gedanken wirbelten in meinem Kopf herum wie die Wellen im Hafen.

Es tat weh. Verdammt weh.

Was hatte ich auf dieser Reise finden sollen?, fragte ich mich. *Schmerz?*

Ally, lass das Selbstmitleid, ermahnte ich mich. *Denk an Thom. Immerhin hast du deinen Zwillingsbruder gefunden.*

Als ich mich beruhigte und die positiven Seiten betrachtete, wurde mir klar, dass ich – wie Maia, die sich ebenfalls auf die Suche nach ihrer Vergangenheit gemacht hatte – auch Liebe gefunden hatte, allerdings auf ganz andere Weise als sie. Erst am Abend zuvor war ich mit Mitleid für Thom und seine schwierige Kindheit ins Bett gegangen und hatte mich gefragt, wie meine Gefühle für ihn beschaffen waren. Nun wusste ich es: Er war mein Zwillingsbruder, und als solchen liebte ich ihn.

Vor meiner Abreise nach Norwegen hatte ich die beiden Menschen verloren, die mir am meisten bedeuteten. Und als ich nun am Kai entlang zum Hotel zurückging, wusste ich, dass der Schmerz über das, was ich herausgefunden hatte, durch meinen Bruder Thom mehr als aufgewogen wurde.

Im Hotel ging ich völlig erschöpft in mein Zimmer, bat die Rezeption, keine Anrufe mehr durchzustellen, und fiel in tiefen, traumlosen Schlaf.

Als ich aufwachte, war es dunkel. Ein Blick auf meine Uhr sagte mir, dass es kurz nach acht abends war und ich mehrere Stunden geschlafen hatte. Ich schlug die Bettdecke zurück und wusch mir das Gesicht mit kaltem Wasser. Weil ich einen Bärenhunger hatte, schlüpfte ich in Jeans und Kapuzenshirt und ging nach unten, um im Restaurant etwas zu essen.

In der Lobby sah ich zu meiner Überraschung Thom auf einem der Sofas sitzen. Er sprang mit besorgtem Gesicht auf.

»Ally, alles in Ordnung? Ich habe versucht, dich in deinem Zimmer zu erreichen, bin jedoch nicht durchgekommen.«

»Ja ... Warum bist du hier? Wollten wir uns heute treffen?«

»Nein, aber mittags stand Felix völlig hysterisch vor meiner Tür. Er hat doch tatsächlich geweint. Ich habe ihn reingelassen, ihm einen Whisky gegeben und ihn gefragt, was los ist. Er hat gesagt, dass er dir was erzählt hat, was er dir nicht hätte verraten sollen, weil du schwanger bist. Er war ganz außer sich und hat gemeint, du hättest einen langen Hafenspaziergang gemacht.«

»Wie du siehst, habe ich mich nicht in die Fluten gestürzt. Würde es dir was ausmachen, wenn wir dieses Gespräch im Restaurant fortsetzen? Ich habe einen Mordshunger.«

»Das ist ein gutes Zeichen«, bemerkte Thom erleichtert, als wir uns an einen Tisch setzten. »Und dann hat er mir die ganze traurige Geschichte erzählt.«

Ich sah ihn über den Rand der Speisekarte hinweg an. »Und?«

»Natürlich war ich wie du schockiert, aber weil Felix so durch den Wind war, habe am Ende ich ihn getröstet. Und zum ersten Mal im Leben hatte ich Mitleid mit ihm.«

Ich winkte die Kellnerin herbei, bat sie, Brot zu bringen, und bestellte ein Steak mit Pommes. »Willst du auch was?«, fragte ich Thom.

»Warum nicht? Ich nehme das Gleiche wie du. Und ein Bier, bitte«, rief er der Kellnerin nach.

»Du hast gesagt, dein Vater hätte dir die ›ganze‹ Geschichte erzählt. Auch die Wahrheit über deine Mutter, als Felix sie kennenlernte?«

»Ja, aber ob ich ihm die abkaufe, weiß ich noch nicht.«

»Ich als Außenseiterin, die bis vor ein paar Tagen noch keinerlei Ahnung von alledem hatte, denke, dass man ihm glauben kann. Nicht dass das sein Handeln entschuldigen würde ... oder besser gesagt, seine Untätigkeit ...«, fügte ich hastig hinzu, weil ich nicht wollte, dass Thom meinte, ich ergreife Partei für Felix. »Aber vielleicht hilft das tatsächlich, sein Verhalten zu erklären. Er hat sich von allen manipuliert gefühlt.«

»Leider bin ich noch nicht so weit, dass ich ihm vertrauen oder vergeben kann, doch heute habe ich immerhin so etwas wie Reue bei ihm entdeckt. Aber genug von meinen Gefühlen. Wie sieht's bei dir aus? Du musst einen Schock erlitten haben. Ich habe das Gefühl, dass ich mich dafür entschuldigen sollte, das Kind zu sein, das unsere Mutter behalten hat.«

»Mach dich nicht lächerlich, Thom. Wir werden nie erfahren, warum sie sich so entschieden hat, und können sowieso nichts mehr daran ändern. Für meinen eigenen Seelenfrieden würde ich gern überprüfen, ob das Krankenhaus, in dem Martha uns zur Welt gebracht hat, Aufzeichnungen über meine Adoption hat. Und wenn du nichts dagegen hast, möchte ich für uns beide einen DNA-Test durchführen lassen.«

»Kein Problem. Eigentlich besteht kaum ein Zweifel, oder?«

»Nein«, antwortete ich, als das Brot gebracht wurde, von dem ich sofort ein Stück abbrach und gierig in den Mund schob.

»Immerhin scheint sich dein Appetit trotz der Aufregungen wieder eingestellt zu haben. Vielleicht ist es nicht gerade der günstigste Zeitpunkt, über die positiven Seiten des Ganzen nachzudenken, wenn du die negativen noch nicht verdaut hast, aber mir ist gerade klar geworden, dass ich Onkel werde. Und das freut mich sehr.«

»Man kann sich gar nicht früh genug den positiven Dingen zuwenden, Thom. Bevor ich nach Norwegen gekommen bin, habe ich mich schrecklich verloren und allein gefühlt. Und jetzt scheine ich eine völlig neue Familie gefunden zu haben. Auch wenn mein leiblicher Vater ein ziemlich verkommenes Subjekt ist.«

Thom streckte mir die Hand über den Tisch hin, und ich ergriff sie verlegen. »Hallo, Zwillingsschwester.«

»Hallo, Zwillingsbruder.«

Wir waren die beiden Hälften eines Ganzen. So einfach war das.

»Es ist merkwürdig ...«, sagten wir gleichzeitig und mussten lachen.

»Du zuerst, Ally. Schließlich bist du die Ältere.«

»Seltsamer Gedanke. In meiner Familie habe ich nach Maia immer die zweite Geige gespielt. Du kannst sicher sein, dass ich meinen Altersvorteil weidlich ausnutzen werde«, scherzte ich.

»Daran zweifle ich keine Sekunde«, meinte Thom. »Wir haben vorhin beide gleichzeitig gesagt, dass etwas merkwürdig ist ...«

»Ja, aber ich habe vergessen, was es war, weil im Moment so vieles merkwürdig ist«, erklärte ich, als das Essen serviert wurde.

»Was du nicht sagst!« Er schenkte sich sein Bier ein und prostete mir zu. »Auf uns, wiedervereint nach dreißig Jahren. Weißt du was?«

»Was?«

»Ich bin jetzt kein Einzelkind mehr.«

»Stimmt«, sagte ich. »Und weißt du was noch?«

»Was?«

»Jetzt haben die sechs Schwestern einen Bruder.«

XLIV

Beim Essen schlug Thom vor, dass ich bei ihm in Froskehuset einziehen solle.

»Es gibt nichts Traurigeres als Hotels, und von Rechts wegen gehört die Hälfte des Hauses ja sowieso dir«, fügte er hinzu, als er später am Abend meinen Rucksack die Stufen zum Eingang hinauftrug.

»Was heißt übrigens ›Froskehuset‹?«

»Froschhaus. Anscheinend hat Horst Felix erzählt, dass er früher mal eine Nachbildung von Griegs Frosch auf dem Notenständer von seinem Klavier hatte. Keine Ahnung, was daraus geworden ist, aber vielleicht hat das Haus seinen Namen von dem Frosch.«

»Jetzt schließen sich noch die letzten Kreise.« Als Thom meinen Rucksack im Flur abstellte, nahm ich schmunzelnd meinen eigenen kleinen Frosch aus einer Seitentasche. »Das ist der andere Hinweis, den Pa Salt mir hinterlassen hat. Im Grieg-Museum habe ich Dutzende von der Sorte gesehen.«

Thom nahm den Frosch in die Hand und begutachtete ihn. »Er wollte dich hierherführen, Ally, zu deinem eigentlichen Zuhause.«

Thom und ich veranlassten einen Gentest, und Felix bestand darauf, eine Speichel- und eine Haarprobe beizusteuern. Eine Woche später wussten wir, dass ich tatsächlich Thoms Zwillingsschwester und Felix mein Vater war.

»Aufgrund unseres unterschiedlichen Geschlechts haben wir unterschiedliche DNA-Profile«, stellte ich beim Studium des Testergebnisses fest.

»Klar, ich bin ja auch viel hübscher als du, große Schwester.«

»Danke.«

»Gern geschehen. Sollen wir nun unseren Vater anrufen und ihm die frohe Botschaft verkünden?«

»Warum nicht?«

An jenem Abend gesellte sich Felix mit einer Flasche Sekt und Whisky für sich selbst zu uns, und wir stießen auf unsere gemeinsamen Gene an. Thom war seinem Vater gegenüber nach wie vor zurückhaltend, gab sich aber mir zuliebe Mühe. Felix versuchte seinerseits, seine Fehler auszubügeln. Immerhin, dachte ich, als ich einen Fingerhut voll Sekt mit meinem Vater und meinem Bruder trank und mein Vater und ich uns endlich duzten, war das ja ein Anfang.

Felix stand auf, verabschiedete sich und wankte zur Tür.

»Willst du in dem Zustand wirklich noch mit dem Ding den Hügel rauffahren?«, fragte ich ihn, als er seinen Helm aufsetzte.

»Das tu ich jetzt seit fast vierzig Jahren, Ally, und bin noch nie runtergefallen«, brummte Felix. »Aber danke, dass du fragst. Ist lange her, dass sich jemand um mich Sorgen gemacht hat. Gute Nacht. Lass was von dir hören, ja?«, rief er noch, bevor er in die Dunkelheit hinausstolperte.

Nachdem ich die Tür hinter ihm geschlossen hatte, seufzte ich, weil ich wusste, dass ich mein Mitleid für Felix nicht vor Thom zeigen durfte.

Aber wie üblich las mein Zwillingsbruder meine Gedanken.

»Ist schon in Ordnung«, sagte er, als ich in den Raum zurückkam und mir die kalten Finger am Ofen wärmte.

»Was ist in Ordnung?«

»Dass Felix dir leidtut. Mir geht's inzwischen auch so. Ich bin zwar noch nicht bereit, ihm zu verzeihen, was er meiner Mutter angetan hat, aber dass er seine Mutter tot auf der Straße liegen sehen musste und sich dann auch noch wenige Stunden später sein Vater umgebracht hat ...« Thom bekam eine Gänsehaut. »Recht viel schlimmer kann's nicht kommen, was? Wer weiß, was für Narben das bei ihm hinterlassen hat.«

»Ja, wer weiß das schon?«, pflichtete ich ihm bei.

»Doch genug von Felix, Ally.« Thom holte tief Luft. »Ich möchte dir etwas anderes mitteilen.«

»Du schaust so ernst. Willst du mir etwa sagen, dass ich noch einen Bruder oder eine Schwester habe?«

»Das müsste schon Felix machen. Nein, es geht um etwas ...«, Thom suchte nach dem richtigen Wort, »... Wesentlicheres.«

»Was soll es noch Wesentlicheres geben, als herauszufinden, dass ich eine geborene Halvorsen bin?«

»Du hast gerade ungewollt den Nagel auf den Kopf getroffen. Ich möchte dir etwas zeigen.« Er stand auf und trat an den kleinen Sekretär in der Ecke, nahm einen Schlüssel aus der Vase darauf und schloss ihn auf. Dann holte er eine Mappe aus einer Schublade und setzte sich damit zu mir aufs Sofa.

»Erinnerst du dich, wie verärgert du warst, nachdem du Jens Halvorsens Biografie über ihn selbst und Anna gelesen hattest? Dass du dich gefragt hast, warum Anna Jens nach so vielen Jahren klaglos zurückgenommen hat?«

»Natürlich. Und ich verstehe es nach wie vor nicht. Jens schreibt selbst, dass er geglaubt hatte, sie hätte die Liebe und ihn aufgegeben. Sie wird so lebhaft beschrieben, weswegen mir die Sache noch unbegreiflicher ist.«

»Genau.« Wieder sah Thom mich an.

»Raus mit der Sprache.«

»Was, wenn sie dazu gezwungen war?«

»Wozu?«

»Ihn zurückzunehmen.«

»Du meinst, der Form halber? Weil sich eine Frau zu jener Zeit nicht ohne Skandal scheiden lassen konnte?«

»Nicht ganz. Aber hinsichtlich der damaligen Moral hast du recht.«

»Thom, es ist nach elf abends, bitte keine Spielchen. Sag einfach, worauf du hinauswillst.«

»Gut, Ally, doch bevor ich das tue, muss ich dir das Versprechen abnehmen, dass du den Mund hältst. Auch unserem Vater Felix gegenüber. Sonst weiß keine Menschenseele davon.«

»Das klingt ja fast, als hättest du unter Froskehuset das Goldene Vlies entdeckt. Nun spuck's endlich aus.«

»Tut mir leid, das ist wirklich Zündstoff. Bei meinen Recherchen über Jens und Anna Halvorsens Beziehung zu Grieg bin ich auf ihren Spuren nach Leipzig gefahren. Und habe das hier gefunden.«

Thom nahm einen Umschlag aus der Mappe, zog ein Blatt Papier heraus und gab es mir. »Schau dir das an.«

Es handelte sich um die Geburtsurkunde von Edvard Horst Halvorsen. »Unser Urgroßvater. Und?«

»Wahrscheinlich hast du das nicht mehr im Kopf, aber Jens beschreibt in seiner Biografie, wie er im April 1884 nach Leipzig zurückkehrt.«

»Nein, daran erinnere ich mich tatsächlich nicht.«

»Hier ist die fotokopierte Seite aus dem Buch.« Er reichte sie mir. »Ich habe den fraglichen Abschnitt markiert. Laut der Geburtsurkunde wurde Horst am 30. August 1884 geboren, was bedeuten würde, dass Anna ihn nach nur vier Monaten Schwangerschaft zur Welt gebracht hat. Das ist auch heute, mehr als hundert Jahre später, noch nicht möglich.«

Als ich mir das Datum auf der Geburtsurkunde ansah, wurde mir klar, dass Thom recht hatte. »Vielleicht hat Jens einfach den genauen Monat seiner Rückkehr nach Leipzig vergessen. Schließlich hat er die Biografie viele Jahre später geschrieben.«

»Das hatte ich anfangs auch gedacht.«

»Willst du damit sagen, dass das Kind, mit dem Anna schwanger war – Horst – nicht von Jens sein konnte?«

»Ja.«

»Gut, so weit kann ich dir folgen. Was hast du sonst noch herausgefunden?«

»Das hier.«

Thom reichte mir ein weiteres Blatt Papier aus der Mappe, die Fotokopie eines alten, auf Norwegisch verfassten Briefes. Bevor ich mich darüber beklagen konnte, dass ich das nicht verstand, gab er mir ein zweites Blatt. »Die Übersetzung ins Englische.«

»Danke.« Ich las den auf März 1883 datierten Brief.

»Ein Liebesbrief.«

»Ja. Und von der Sorte gibt's noch jede Menge andere.«

»Von wem ist er?«, fragte ich. »Wer ist der ›kleine Frosch‹, mit dem hier unterschrieben ist?« Da ging mir ein Licht auf. »Gütiger Himmel«, murmelte ich. »Du brauchst es mir nicht zu sagen. Und es gibt noch mehr davon?«

»Dutzende. Er war ein sehr fleißiger Briefeschreiber und hat in seinem Leben fast zwanzigtausend an unterschiedliche Leute verfasst. Ich habe die Handschrift mit der im Bergener Museum verglichen. Es besteht kein Zweifel.«

»Wo hast du diese Briefe gefunden?«, erkundigte ich mich.

»Sie waren hier in diesem Raum. Über einhundert Jahre lang.«

»Wo?« Ich sah mich um.

»Ich habe das Versteck zufällig gefunden. Ein Stift ist unter den Flügel gerollt, und als ich ihn aufheben wollte, hab ich mir den Kopf an der Unterseite angestoßen. Beim Hochgehen ist mir ein etwa zweieinhalb Zentimeter dicker Rand daran aufgefallen. Komm, ich zeig dir's.«

Wir gingen beide auf Hände und Knie. Und tatsächlich: An der Unterseite des Flügels war eine breite Sperrholzplatte angebracht. Thom zog sie aus der schmalen Halterung.

»Siehst du?«, fragte er, als wir unter dem Flügel hervorkrochen und er die Platte auf den Tisch legte. »Dutzende.«

Ich nahm vorsichtig einen Brief nach dem anderen in die Hand. Die Tinte auf dem vergilbten Papier war so verblichen, dass man kaum noch etwas entziffern konnte, aber es war zu erkennen, dass die Daten von 1879 bis 1884 reichten und alle Briefe mit »*Liten frosk*« unterschrieben waren.

»Obwohl unser Urgroßvater allen nur als ›Horst‹ bekannt war, ist dir vielleicht aufgefallen, dass auf seiner Geburtsurkunde ›Edvard‹ steht«, fuhr Thom fort.

»Ich weiß nicht, was ich sagen soll.« Ich betrachtete die elegante Handschrift. »Diese Briefe von Edvard Grieg an Anna sind ein Goldschatz. Hast du sie einem Historiker gezeigt?«

»Nein, das habe ich ja bereits erwähnt.«

»Warum hast du sie nicht in dein Buch aufgenommen? Sie sind der eindeutige Beweis dafür, dass eine Beziehung zwischen Grieg und Anna Halvorsen bestand.«

»Ja, sie belegen, dass die beiden mindestens vier Jahre lang ein Liebespaar waren.«

»Wow. Mit dieser Enthüllung über einen der bekanntesten Komponisten der Welt hättest du bestimmt Millionen Exemplare von deinem Buch verkauft. Warum hast du die Briefe verschwiegen, Thom?«

»Kannst du dir das nicht denken?«

»Spar dir den gönnerhaften Tonfall, Thom«, erwiderte ich gereizt. »Ich bemühe mich ja, das große Ganze zu sehen, aber so schnell geht das nicht. Diese Briefe beweisen also, dass Anna und Grieg ein Liebespaar waren. Und du vermutest, Grieg sei der Vater von Annas Baby gewesen.«

»Es ist sehr wahrscheinlich. Ich habe dir doch erzählt, dass Grieg Jens höchstpersönlich aus der Pariser Gosse gezogen hat. Das war Ende 1883, als er den größten Teil des Jahres von seiner Frau Nina getrennt war und sich in Deutschland aufhielt. Im Frühjahr 1884, gerade als Jens bei Anna auftauchte, war Grieg in Kopenhagen wiedervereint mit Nina. Und Edvard Horst Halvorsen kam im August zur Welt.«

»Edvard Horst Halvorsen, Griegs Sohn«, murmelte ich.

»Du hast dich nach der Lektüre der Geschichte gefragt, wieso Grieg nach all der Zeit nach Paris gefahren ist, um Jens zu suchen. Und warum Anna bereit war, ihn zurückzunehmen. Sie muss sich aus Gründen der Schicklichkeit mit Grieg auf einen Kuhhandel eingelassen haben. Grieg war zu der Zeit einer der berühmtesten Männer Europas. Obwohl von der Gesellschaft toleriert wurde, dass er Musen wie Anna begleitete, konnte er nicht riskieren, als Vater eines unehelichen Kindes entlarvt zu werden. Außerdem lebte Grieg seinerzeit von Nina getrennt, und in Archiven gibt es dokumentarisches Material, das belegt, dass er mit Anna zu Konzerten durch Deutschland reiste. Gut möglich, dass die Leute über ihre Beziehung munkelten. Das Auftauchen ihres Ehemannes und das Kind wenige Monate später setzten solchen Spekulationen bestimmt ein Ende. Noch im selben Jahr zogen Anna und Jens nach Bergen und präsentierten das Baby in Norwegen als das ihre.«

»Und Anna hat akzeptiert, dass sie eine Lüge leben musste?«

»Du darfst nicht vergessen, dass Anna damals ebenfalls berühmt war. Schon die Ahnung eines Skandals hätte ihre Karriere beendet. Ihr war klar, dass Grieg sich niemals von Nina scheiden lassen würde. Wir haben Anna als pragmatische und vernünftige junge Frau kennengelernt. Ich wette, die beiden haben das miteinander ausgeheckt.«

»Aber wieso ist Jens bei Anna geblieben, wenn er feststellen musste, dass sie bei seiner Rückkehr bereits im vierten oder fünften Monat schwanger war?«

»Wahrscheinlich weil er wusste, dass er, wenn er es nicht getan hätte, in Paris schon bald untergegangen wäre. Mit ziemlicher Sicherheit hat Grieg ihm versprochen, ihm in Norwegen als Komponist unter die Arme zu greifen. Begreifst du denn nicht, Ally? Das war die perfekte Lösung für alle Beteiligten.«

»Und ein Jahr später lebten die beiden Paare dann praktisch Tür an Tür. Meinst du, Nina hat je geahnt, was Sache war?«

»Das weiß ich nicht. Zweifelsohne hat sie Edvard geliebt, und er sie wohl auch, aber mit einer solchen Berühmtheit verheiratet zu sein, hat seinen Preis. Vielleicht hat sie sich damit zufriedengegeben, dass ihr Mann zu ihr zurückgekehrt war. Außerdem war da ja noch Horst. Weil sie nahe beieinander wohnten, konnte Grieg seinen Sohn so oft sehen, wie er wollte, ohne Argwohn zu erregen. Er und Nina hatten keine eigenen Kinder. In einem seiner zahlreichen Briefe an einen Komponistenfreund schreibt Grieg, dass er ganz vernarrt in den kleinen Horst war.«

»Und Jens musste sich fügen.«

»Ja. Ich finde, er hat seine gerechte Strafe dafür, dass er Anna sitzen gelassen hat, erhalten. Er hat sein gesamtes Musikerleben im Schatten des großen Grieg verbracht und mit ziemlicher Sicherheit dessen unehelichen Sohn als seinen eigenen aufgezogen.«

»Warum hat er eine Biografie über sich und Anna verfasst, wenn die beiden ein solches Geheimnis lebten?«

»Du erinnerst dich vielleicht, dass Anna im selben Jahr wie Grieg gestorben ist. Danach hatten die Kompositionen von Jens mehr Erfolg. Ich denke mal, das Buch war wenig mehr als der Versuch, sich etwas von dem Ruhm zu holen, den Jens bis zu dem Zeitpunkt nicht erlangt hatte. Es wurde ein Bestseller, vermutlich hat er damit eine Stange Geld verdient.«

»Er hätte ein bisschen besser auf die Daten achten sollen«, bemerkte ich.

»Wer hätte es schon rausfinden sollen? Dazu musste man ja nach Leipzig fahren und sich die Originalgeburtsurkunde von Horst ansehen wie ich.«

»Ja, über einhundertzwanzig Jahre später. Thom, das ist alles reine Spekulation.«

»Schau dir mal die an«, sagte er und nahm drei Fotos aus der Mappe. »Das ist Horst als junger Mann, und das sind seine beiden potenziellen Väter. Wem, findest du, ähnelt er mehr?«

Das lag auf der Hand. »Anna hatte blaue Augen und blonde Haare wie Grieg. Könnte gut sein, dass Horst nach seiner Mutter kam.«

»Stimmt«, pflichtete Thom mir bei. »Meine Mutmaßungen basieren auf den einzigen Hilfsmitteln, die wir bei Recherchen über die Vergangenheit haben: auf dokumentarischen Belegen und einem gerüttelt Maß an Spekulation.«

Da wurde mir klar, was das für mich bedeutete. »Wenn du recht hast, sind Horst, Felix, du und ich ...«

»Genau. Am Ende bist du vielleicht gar keine richtige Halvorsen.«

»Wow. Könnten wir das, wenn wir wollten, irgendwie beweisen?«

»Klar. Griegs Bruder John hatte Kinder, und ihre Nachkommen leben noch. Wir könnten ihnen die Beweise vorlegen und sie fragen, ob sie einem DNA-Test zustimmen. Ich habe schon oft mit dem Gedanken gespielt, mich mit ihnen in Verbindung zu setzen, es dann aber nicht getan, weil ich nicht weiß, ob man dafür den makellosen Ruf von Grieg schädigen soll. Das alles ist mehr als einhundertzwanzig Jahre her, und ich würde lieber meiner eigenen Musik wegen bekannt werden, nicht weil ich einen historischen Skandal für mich nutze. Ich will keine schlafenden Hunde wecken und habe deshalb meine Erkenntnisse nicht in mein Buch aufgenommen. Du musst selber entscheiden, Ally, und ich könnte es dir nicht verdenken, wenn du dir Gewissheit verschaffen möchtest.«

»Ich war dreißig Jahre lang ganz zufrieden damit, überhaupt nichts über meine Herkunft zu wissen. Und ich glaube, ein neuer Genpool ist mir im Moment genug«, erklärte ich schmunzelnd. »Was ist mit Felix? Du sagst, du hast es ihm nicht erzählt.«

»Nein, weil der am Ende irgendwann im Suff hinausposaunt, dass er der Urenkel von Grieg ist, und uns damit alle in die Scheiße reitet.«

»Stimmt. Puh«, seufzte ich, »was für eine Geschichte.«

»Ja. Trinkst du jetzt, wo ich mir das von der Seele geredet habe, eine Tasse Tee mit mir?«

Als meine Originalgeburtsurkunde wenige Tage später eintraf, zeigte ich sie gleich Thom. Ich hatte dem Krankenhaus und dem Standesamt von Trondheim geschrieben, um einen eindeutigen Beweis in Händen zu halten und mehr darüber herauszufinden, wie Pa Salt mich aufgespürt hatte.

»Siehst du?«, sagte ich. »Ursprünglich hieß ich ›Felicia‹, vermutlich nach ›Felix‹.«

»Gefällt mir. Ist sehr hübsch und mädchenhaft«, neckte Thom mich.

»Sorry, aber mädchenhaft bin ich nun gar nicht. Ally passt viel besser zu mir«, konterte ich.

Ich zeigte ihm ein weiteres Dokument, das mit der Geburtsurkunde geschickt worden war und belegte, dass ich am dritten August 1977 adoptiert worden war. Am unteren Ende befand sich ein offizieller Stempel, sonst nichts.

»Alle Stellen, mit denen ich in Kontakt getreten bin, haben mir geantwortet, dass keine Unterlagen über meine offizielle Adoption existieren und sie deshalb vermutlich privat vollzogen wurde. Was bedeutet, dass Pa Salt Martha persönlich kennengelernt haben muss«, sagte ich und steckte den Brief zurück in die Mappe.

»Mir kommt da so ein Gedanke«, meinte Thom plötzlich. »Du

hast mir doch erzählt, dass Pa Salt sechs Mädchen adoptiert und alle nach den Sternen der Plejaden benannt hat. Was, wenn er *dich* gewählt hat? Was, wenn *ich* derjenige bin, der zurückgelassen wurde?«

Möglicherweise hatte Thom recht, und das linderte meinen Schmerz ein wenig. Ich stand auf, trat zu ihm ans Klavier, legte die Arme um ihn und drückte ihm einen Kuss auf die Haare. »Danke.«

»Gern geschehen.«

Mein Blick fiel auf die Noten vor ihm. »Was machst du da?«

»Ach, ich sehe mir nur an, was der Typ, den David Stewart mir für die Orchestrierung des *Heldenkonzerts* empfohlen hat, bis jetzt damit angestellt hat.«

»Und?«

»Sonderlich beeindruckend ist es nicht. Ich bezweifle stark, dass er bis zu dem Grieg-Jubiläumskonzert im Dezember fertig wird. Der September ist fast vorbei, und die Noten müssten bis Ende nächsten Monats in Satz gehen, damit genug Zeit für Orchesterproben bleibt. Da David das Konzert nun tatsächlich ins Programm aufnehmen will, wäre ich furchtbar traurig, wenn wir's nicht schaffen, aber das da ...«, er zuckte mit den Achseln, »... fühlt sich einfach nicht richtig an. So kann ich es David nicht zeigen.«

»Ich wünschte, ich könnte dir irgendwie helfen«, sagte ich. Dann kam mir ein Gedanke, doch ich war nicht sicher, ob ich ihn aussprechen sollte.

»Was ist?«, erkundigte sich Thom. Allmählich wurde mir klar, dass ich meinem Zwillingsbruder nichts verheimlichen konnte.

»Versprichst du mir, nicht sofort Nein zu sagen, wenn ich es dir verrate?«

»Gut. Raus mit der Sprache.«

»Felix könnte es machen. Immerhin ist er Pips Sohn. Bestimmt hätte er ein Gefühl für die Musik seines Vaters.«

»Wie bitte?! Ally, hast du komplett den Verstand verloren? Ich weiß ja, dass du gern eine glückliche Familie aus uns formen würdest, aber das geht nun wirklich zu weit. Felix ist ein Trunkenbold und Taugenichts, der im Leben noch nie etwas zu Ende gebracht hat. Ihm würde ich das Konzert unseres Großvaters auf keinen Fall anvertrauen. Er würde es entweder kaputt machen oder es nach der Hälfte liegen lassen. Wenn überhaupt eine Chance bestehen sollte, es bei dem Jubiläumskonzert aufzuführen, ist das definitiv nicht der richtige Weg.«

»Weißt du, dass Felix nach wie vor jeden Tag mehrere Stunden Klavier spielt? Nur zum Vergnügen? Außerdem hast du mir mehrfach gesagt, dass er ein musikalisches Genie war und als Teenager selbst komponiert und orchestriert hat«, beharrte ich.

»Es reicht, Ally. Das Thema ist beendet.«

»Okay.« Ich verließ frustriert und verärgert den Raum. Dies war die erste Meinungsverschiedenheit zwischen Thom und mir.

Später am Nachmittag ging Thom zu Orchesterproben. Ich wusste, dass er Pip Halvorsens Originalnoten in dem Sekretär im Wohnzimmer aufbewahrte. Unsicher, ob ich das Richtige tat, schloss ich den Sekretär auf und nahm den Stapel Papier heraus. Dann schob ich ihn in eine Einkaufstüte, holte die Schlüssel zu dem Wagen, den ich kürzlich gemietet hatte, und verließ das Haus.

»Was hältst du davon, Felix?«

Ich hatte ihm die Vorgeschichte zum *Heldenkonzert* erzählt und wie verzweifelt wir nach jemandem suchten, der es orchestrieren konnte. Soeben hatte ich Felix das Konzert einmal ganz spielen gehört, so technisch ausgefeilt und ausdrucksstark, dass ich nicht mehr an seinen Fähigkeiten als Pianist zweifelte.

»Ich finde es toll. Mein guter alter Vater hatte wirklich was drauf.«

Felix war sichtlich gerührt. Ich trat zu ihm und drückte seine Schulter. »Sieht ganz so aus.«

»Schade, dass ich mich nicht an ihn erinnere. Bei seinem Tod war ich noch ziemlich klein.«

»Ich weiß. Und es ist eine Tragödie, dass dieses Konzert damals nicht zur Uraufführung gelangte. Wäre es nicht wunderbar, wenn das jetzt noch geschähe?«

»Ja, mit den richtigen Instrumentierungen ... zum Beispiel hier, bei den ersten vier Takten, eine Oboe, dazu eine Bratsche ...«, er deutete auf die Noten, »... und gleich drauf als Überraschung die Pauke.« Er illustrierte es mit zwei Bleistiften. »Die weckt die auf, die meinen, dass sie es bloß wieder mit einem Grieg-Pasticcio zu tun haben.« Er griff grinsend nach leerem Notenpapier, und als er das Arrangement, das er mir gerade erklärt hatte, darauf notierte, sah ich das Leuchten in seinen Augen. »Sag Thom, das wäre ein Geniestreich. Und danach«, fuhr Felix fort und spielte weiter, »setzen die Geigen ein, nach wie vor begleitet von der Pauke, damit ein warnender Unterton mitschwingt.«

Wieder notierte er etwas. Dann hielt er unvermittelt inne und hob den Blick. »Entschuldigung, bin schon richtig in Fahrt. Aber danke, dass du es mir gezeigt hast.«

»Felix, wie lange, glaubst du, würdest du für eine vollständige Orchestrierung brauchen?«

»Zwei Monate? Ich hab's schon im Ohr, wie es sich anhören muss. Vielleicht liegt's daran, dass das Konzert von meinem Vater ist.«

»Was sagst du zu drei Wochen?«

Er verdrehte die Augen und lachte. »Soll das ein Scherz sein?«

»Nein. Ich müsste dir eine Fotokopie von den Klaviernoten machen, aber wenn du sie genauso wunderbar orchestrieren und Thom präsentieren könntest, wie du es gerade für mich getan hast, dürften er und der Leiter des Philharmonischen Orchesters Bergen wohl kaum Nein dazu sagen.«

Felix überlegte. »Du willst mich herausfordern? Ich soll Thom beweisen, dass ich es schaffe?«

»Ja, aber das Stück steht tatsächlich auf dem Programm für das Grieg-Jubiläumskonzert im Dezember. Die Kostprobe, die du mir gerade gegeben hast, war genial. Entschuldige, wenn ich das erwähne, doch die Deadline bedeutet, dass du bei der Sache bleiben müsstest.«

»Das war eben eine freche Mischung aus Komplimenten und

Beleidigungen, meine junge Dame«, meinte Felix belustigt. »Ich nehme mal die Komplimente, weil du natürlich recht hast. Am besten arbeite ich unter Zeitdruck, und das habe ich Jahre nicht mehr gemacht.«

»Dann versuchst du's also?«

»Wenn ich mir das aufhalse, werde ich's nicht nur versuchen, das kann ich dir flüstern. Ich fange gleich heute Abend damit an.«

»Leider muss ich die Originalklaviernoten wieder mitnehmen. Ich möchte nicht, dass Thom merkt, was wir beide treiben.«

»Mach dir darüber mal keine Gedanken. Ich hab das Konzert schon im Kopf.« Felix schob die Notenblätter zusammen und reichte mir den Stapel. »Bring mir morgen eine Kopie vorbei. Kreuz danach bitte nicht regelmäßig hier auf, um zu überprüfen, ob ich tatsächlich was tue. Dann sehen wir uns heute in drei Wochen.«

»Aber ...«

»Kein Aber«, widersprach Felix und folgte mir zur Tür.

»Gut, ich bringe dir die Noten morgen. Tschüs, Felix.«

»Und Ally?«

»Ja?«

»Danke, dass du mir die Chance gibst.«

XLV

In den folgenden drei Wochen lief ich oft nervös im Haus auf und ab, weil mir klar war, dass die Orchestrierung eines ganzen Konzerts normalerweise mehrere Monate harter Arbeit erforderte. Doch auch wenn Felix am Ende nur die ersten fünf Minuten schaffte, hoffte ich, Thom von den Fähigkeiten unseres Vaters zu überzeugen. Und wenn Felix überhaupt nichts zustande brachte, war nichts verloren, und Thom würde niemals etwas von der Sache erfahren.

Jeder verdient eine zweite Chance, dachte ich, als ich hörte, wie die Haustür aufging und Thom von der ersten Aufführung der *Carmen* in dieser Saison heimkam. Er sank erschöpft aufs Sofa, und ich reichte ihm ein kühles Bier aus dem Kühlschrank.

»Danke, Ally. Daran könnte ich mich gewöhnen«, sagte er und öffnete die Bierflasche. »Ich habe übrigens in den letzten Tagen nachgedacht.«

»Tatsächlich?«

»Hast du schon entschieden, wo du Däumelinchen zur Welt bringen möchtest?«

Das war der Kosename für das Kleine in meinem Bauch, der entstanden war, als Thom mich gefragt hatte, wie groß es momentan sei, und ich es ihm – das Wissen aus meinem nagelneuen Schwangerschaftsratgeber im Hinterkopf – mithilfe meines Daumens demonstriert hatte.

»Nein.«

»Wie wär's, wenn du bei mir in Froskehuset bleibst? Du sagst doch immer, dass du das Haus gern umgestalten würdest, und ich habe keine Zeit dazu. Wenn ich mich recht entsinne, hast du neulich in deinem schlauen Buch vom Nistinstinkt gelesen. Den könntest du nutzen und dich hier an die Arbeit machen. Zum Ausgleich für Kost und Logis, was angesichts des Appetits von euch beiden gar nicht billig werden dürfte«, neckte er mich. »Natürlich würde ich dir offiziell die Hälfte des Hauses übertragen.«

»Thom, es gehört dir! Ich würde nicht im Traum daran denken, dir die Hälfte wegzunehmen.«

»Und was hältst du davon, Geld zu investieren? Vorausgesetzt natürlich, du hast welches. Wenn du bereit wärst, einige Kronen in die Modernisierung dieses Hauses zu stecken, wäre das Ganze ein fairer Tausch. Ich bin also gar nicht so großzügig, wie du denkst.«

»Ich könnte Georg Hoffman fragen, Pas Anwalt. Bestimmt sieht er es als gute Investition. Viel Geld wird für die Modernisierung nicht nötig sein, obwohl man diesen grässlichen Ofen rausreißen und durch einen modernen Kamin ersetzen sollte, und im übrigen Haus würde sich eine Fußbodenheizung gut machen. Ach ja, der Boiler und die sanitären Anlagen in den Bädern müssten auch erneuert werden, weil ich es satthabe, dass immer nur ein bisschen Wasser aus der Dusche tröpfelt, und ...«

»Siehst du«, meinte Thom schmunzelnd. »Ich schätze, die Komplettsanierung würde eine Million Kronen kosten. Das Haus ist ungefähr vier wert, also würde ich dir ein kleines Extragehalt für deine Tätigkeit als Innenarchitektin zahlen. Außerdem sollten wir festlegen, dass, falls einer von uns irgendwann seine Hälfte verkaufen möchte, der andere das Vorkaufsrecht hat. Du solltest mit dem Baby das Gefühl haben, ein eigenes Zuhause zu besitzen.«

»Bis jetzt bin ich auch ohne zurechtgekommen.«

»Bis jetzt hast du auch kein Kind gehabt. Und als jemand, den seine Mutter ständig daran erinnert hat, dass sein Zuhause nicht uns gehört, wäre es mir recht, wenn meine Nichte oder mein Neffe nicht von dieser Sorge geplagt würde. Vielleicht könnte ich meine Dienste als Ersatzvater und Mentor anbieten, bis ein anderer die Bühne betritt. Was mit Sicherheit eines Tages geschehen wird«, fügte er hinzu.

»Aber Thom, wenn ich hierbleiben würde ...«

»Ja?«

»... müsste ich Norwegisch lernen! Und das ist unmöglich.«

»Das kannst du ja mit dem Baby machen«, meinte er lächelnd.
»Und was passiert, wenn einer von uns jemanden kennenlernt, oder wir finden beide jemanden?«
»Wie gesagt: Dann können wir das Haus verkaufen oder den Anteil des anderen erwerben. Es hat vier Zimmer. Da ich dir nicht erlauben werde, mit einem Mann zusammen zu sein, den ich nicht gutheiße, spricht nichts dagegen, miteinander in einer Wohngemeinschaft zu leben. Ich finde überhaupt, dass wir uns nicht so viele Gedanken über das machen sollten, was sein könnte. Das sagst du doch sonst immer.«
»Früher ja, aber ... Jetzt muss ich für zwei planen.«
»Oje, die Aussicht, Mutter zu werden, zeitigt schon Wirkung.«
Später im Bett kam ich zu dem Schluss, dass Thom recht hatte, denn ich musste an das Kleine denken. Hier in diesem friedlichen Land, das ich allmählich zu lieben begann, fühlte ich mich sicher und war glücklich. Dass ich so lange nichts von meiner wahren Herkunft geahnt hatte, machte es umso wichtiger für mich, dass mein Kind über die seine Bescheid wusste.
Am folgenden Morgen sagte ich Thom, dass ich seine Idee prinzipiell für gut halte und gern bei ihm bleiben und das Kind in Norwegen gebären würde.
»Ich werde mich erkundigen, ob ich Theos Sunseeker-Jacht herbringen lassen kann. Selbst wenn ich selbst niemals mehr den Mut haben sollte, an Bord zu gehen, möchtest du ja vielleicht mal im Sommer mit deinem Neffen in den norwegischen Fjorden rumschippern.«
»Gute Idee«, sagte Thom. »Allerdings solltest du dem Baby zuliebe irgendwann aufs Wasser zurückkehren.«
»Ich weiß, aber noch nicht so bald«, erwiderte ich. »Im Moment beschäftigt mich mehr, was ich machen werde, sobald ich für dich die Innenarchitektin gespielt und das Kind zur Welt gebracht habe.« Ich stellte die Pfannkuchen, die Thom so liebte, auf den Frühstückstisch.
»Jetzt machst du's schon wieder: Du überlegst, was mal sein wird.«

»Thom, du hast eine Frau vor dir, die ihr ganzes Leben lang gearbeitet und sich stets Herausforderungen gestellt hat.«

»Findest du nicht, dass die Umsiedelung in ein neues Land und die Geburt eines Kindes Herausforderung genug sind?«

»Doch, natürlich, jedenfalls fürs Erste. Aber auch als Mutter werde ich mich irgendwie beschäftigen müssen.«

»Ich hätte da so eine Idee«, meinte Thom.

»Aha.«

»Im Orchester ist immer Platz für eine gute Flötistin wie dich. Ich wollte dir sowieso etwas vorschlagen.«

»Was denn?«

»Du weißt Bescheid über das Grieg-Jubiläumskonzert, in dem auch *Das Heldenkonzert* aufgeführt werden sollte. In der ersten Hälfte wird die *Peer-Gynt-Suite* gegeben, da würde es doch gut passen, wenn eine echte Halvorsen den Anfang der ›Morgenstimmung‹ spielt. Ich habe mit David Stewart darüber gesprochen, er ist begeistert. Was meinst du?«

»Du hast bereits mit ihm geredet?«

»Ja. Es bietet sich an, und ...«

»... und selbst wenn ich nichts tauge, darf ich aufgrund meines Namens spielen«, führte ich den Satz für ihn zu Ende.

»Nun stell dich nicht so an! Er hat dich im Logentheater mit Willem gehört, weißt du nicht mehr? Vielleicht führt der Auftritt ja zu etwas. Allzu viele Gedanken solltest du dir über die Jobfrage nicht machen.«

Meine Augen verengten sich. »Das hast du dir aber alles schön zurechtgelegt.«

»Ja. Genau, wie du es getan hättest.«

Genau drei Wochen nach dem Tag, an dem ich Felix die Noten gebracht hatte, klopfte ich bang an seiner Tür. Eine Weile hörte ich nichts, und ich vermutete schon, dass Felix, obwohl es fast Mittag war, wieder mal einen Rausch ausschlief.

Als er schließlich mit roten Augen, in T-Shirt und Boxershorts an die Tür trat, sank mir der Mut.

»Hi, Ally. Komm rein.«

»Danke.«

Im Wohnzimmer roch es nach abgestandenem Alkohol und Tabak, und auf dem Beistelltischchen standen leere Whiskyflaschen aufgereiht.

»Entschuldige das Chaos. Setz dich«, sagte er und nahm eine schmuddelige Decke und ein Kissen vom Sofa. »In den letzten Wochen bin ich einfach eingeschlafen, wo ich stand oder saß. Möchtest du was trinken?«

»Nein danke. Du weißt, warum ich hier bin?«

»Ich erinnere mich schwach«, antwortete er und fuhr sich mit der Hand durch die schütter werdenden Haare. »Da war irgendwas mit einem Konzert, oder?«

»Ja. Und?«, fragte ich.

»Tja, wo hab ich das bloß hingetan?«

Überall lag stapelweise Notenpapier herum, viele Blätter waren zerknüllt und voller Staub und Spinnweben. Ich beobachtete niedergeschlagen, wie er in Bücherregalen, überquellenden Schubladen und hinter dem Sofa suchte, auf dem ich saß.

»Ich weiß, dass ich es an einen besonderen Platz gelegt habe, damit's nicht verloren geht«, murmelte er und bückte sich, um unters Klavier zu schauen. »Ja, genau!«, rief er triumphierend aus, klappte den Deckel des Blüthner-Flügels auf und fixierte ihn mit einem Holzstab. »Da ist es.«

Er nahm einen dicken Stapel Notenpapier heraus, den er mit solcher Wucht auf meinen Schoß fallen ließ, dass meine Knie fast darunter wegknickten. »Fertig.«

Die Originalklaviernoten steckten ordentlich in einer Klarsichthülle. Dann folgte der Teil für die Flöte, anschließend der für die Bratsche und schließlich der für die Pauke. Ich blätterte und blätterte, und als ich die Blechbläser erreichte, hatte ich keine Ahnung mehr, für wie viele Instrumente er die Orchestrierung ausgeführt hatte. Er erwiderte meinen bewundernden Blick mit einem selbstgefälligen Grinsen.

»Wenn du mich besser kennen würdest, o du meine erst vor

Kurzem aufgetauchte Tochter, hättest du gewusst, dass ich mich einer musikalischen Herausforderung immer stelle. Besonders wenn es sich um eine so wichtige wie diese handelt.«

»Aber ...« Ich schaute auf die Whiskyflaschen auf dem Tisch.

»Ich erinnere mich lebhaft, dir gesagt zu haben, dass ich betrunken besser arbeite als nüchtern. Das ist traurig, aber wahr. Jedenfalls ist alles fertig, du kannst es meinem geliebten Sohn bringen und dir sein Urteil anhören. Ich persönlich bin der Meinung, dass mein Vater und ich ein Meisterwerk geschaffen haben.«

»Über die Qualität kann ich mir kein Urteil erlauben, doch wie viel du in der Kürze der Zeit geschafft hast, kommt einem Wunder gleich.«

»Nacht und Tag, meine Liebe, Nacht und Tag. Und jetzt verschwinde.«

»Bist du sicher?«

»Ja. Ich will weiterschlafen. Seit unserem letzten Gespräch war ich kaum im Bett.«

»Okay«, sagte ich und erhob mich, den dicken Stapel an die Brust gedrückt.

»Lass mich wissen, was er davon hält, ja?«

»Natürlich.«

»Ach, und sag Thom doch bitte, dass nur ein Teil mich nicht ganz überzeugt, der mit den Hörnern, die beim dritten Takt des zweiten Satzes mit der Oboe einsetzen. Das könnte ein bisschen zu dick aufgetragen sein. Tschüs, Ally.«

Damit schloss er die Tür hinter mir.

»Was ist das?«, fragte Thom, als er am Nachmittag von einer Orchesterprobe nach Hause kam und den ordentlichen Stapel Notenblätter auf dem Beistelltisch im Wohnzimmer entdeckte.

»Ach, nur die fertige Orchestrierung des *Heldenkonzerts*. Lust auf einen Kaffee?«

»Bitte«, antwortete er und machte ein ziemlich verdutztes Gesicht, als er begriff, was ich gesagt hatte.

Ich holte unterdessen den Kaffee aus der Küche und kehrte damit ins Wohnzimmer zurück, wo Thom bereits die Seiten durchging wie ich zuvor.

»Wie? Wann? *Wer?*«

»Felix. In den letzten drei Wochen.«

»Verarsch mich nicht!«

»Tu ich nicht.«

Er räusperte sich, sodass seine Stimme um eine ganze Oktave tiefer klang. »Ich weiß ja nicht, ob die Orchestrierung was taugt, aber ...«

Dann begann er, den Teil für die Oboen und den für die Bratschen zu summen, und wandte sich anschließend der Pauke zu. Am Ende lachte er. »Genial! Das ist super.«

»Bist du böse?«

»Das sage ich dir später.« Da erkannte ich, dass er nicht nur begeistert, sondern zutiefst beeindruckt war. »Scheint fast so, als hätte Felix das unglaublich toll hingekriegt. Vergiss den Kaffee, ich rufe sofort David Stewart an, damit ich ihn noch erwische, bevor er geht. Ich bringe ihm gleich die Noten. Bestimmt ist er genauso verblüfft wie wir.«

Nachdem ich ihm von der Tür aus nachgewinkt hatte, blickte ich zum Himmel hinauf. »Pip«, flüsterte ich, »nun wird dein *Heldenkonzert* doch noch aufgeführt.«

Während im Herbst die Vorbereitungen auf das Konzert mit Felix' Orchestrierung auf Hochtouren liefen, war ich mit eigenen Plänen beschäftigt. Inzwischen hatte ich mich mit Georg Hoffman in Verbindung gesetzt und ihm die Situation geschildert. Er hatte mir beigepflichtet, dass es eine gute Idee sei, eine Bleibe für mich und das Kind zu suchen. Anschließend hatte ich meine eigenen mageren Ersparnisse und das wenige, was ich von Theo geerbt hatte, mit dem, was Georg Hoffman mir überwies, in einen Topf geworfen und mich darangemacht, Froskehuset zu renovieren. Vor meinem geistigen Auge sah ich bereits ein herrliches skandinavisches Niedrigenergiehaus mit hellen Kiefernholzböden und -wänden sowie Möbeln von jungen norwegischen Designern.

Außerdem hatte ich angeregt, Felix ein Drittel des Hauses zu überlassen. Doch Felix hatte über das Angebot nur gelacht. »Nein danke, meine Beste. Nett gemeint, aber ich bin glücklich in meiner Hütte, und wir wissen beide, wohin das Geld fließen würde.«

In der Woche zuvor war eine Anfrage der Edition Peters – zu Griegs Zeiten in Leipzig noch C. F. Peters – bezüglich des *Heldenkonzerts* eingegangen, und für das neue Jahr plante man eine Aufnahme mit dem Philharmonischen Orchester Bergen. Für Felix als rechtmäßigen Inhaber der Aufführungs- und Veröffentlichungsrechte am Werk seines Vaters sowie seiner eigenen Orchestrierungsarbeit bestanden gute Chancen, eine Menge Geld zu verdienen, wenn das Konzert sich als so großer Erfolg erwies, wie Andrew Litton prophezeite.

Da mein Gewissen somit beruhigt war, vielleicht auch meines Nistinstinkts wegen, diskutierte ich nun voller Optimismus und Energie mit örtlichen Händlern und Handwerkern, setzte mich mit den Planungsbehörden auseinander und informierte mich in zahllosen Architekturzeitschriften und Webseiten. Ich stellte mir vor, wie meine Schwestern über mich lachen würden, weil ich mich plötzlich für Inneneinrichtung interessierte. Am Ende schienen doch oft die Hormone das Handeln der Menschen zu bestimmen.

Als ich in einem Buch mit Stoffmustern blätterte, kam mir zu Bewusstsein, dass ich Ma seit meiner Ankunft in Bergen längst nicht so oft angerufen hatte, wie ich sollte. Und auch Celia nicht. Doch jetzt, da die kritischen ersten drei Monate der Schwangerschaft hinter mir lagen, wollte ich ihnen die frohe Botschaft verkünden.

Zuerst wählte ich die Nummer von Ma in Genf.

»Hallo?«

»Ma, ich bin's, Ally.«

»*Chérie!* Wie schön, von dir zu hören.«

Gott sei Dank klang sie nicht vorwurfsvoll.

»Wie geht's?«, erkundigte sie sich.

»Es gibt Neuigkeiten«, antwortete ich lachend und erzählte ihr unterbrochen von ihren überraschten Ausrufen, von Thom und Felix und wie Pa Salts Hinweise mich zu ihnen geführt hatten.

»Deswegen hoffe ich, dass du Verständnis hast, wenn ich weiter in Bergen bleibe«, sagte ich schließlich. »Und da wäre noch etwas: Ich bin schwanger von Theo.«

Kurzes Schweigen am anderen Ende der Leitung, dann: »Das ist ja wundervoll, Ally! Nach allem, was du durchgemacht hast. Wann ist denn der Geburtstermin?«

»Am vierzehnten März.« Dass das Kleine um die Zeit von Pa Salts Tod gezeugt worden war, verschwieg ich ihr lieber.

»Ich freue mich so für dich, *chérie*. Freust du dich denn auch?«, fragte sie.

»Ja«, versicherte ich ihr.

»Deine Schwestern werden ganz aus dem Häuschen sein. Sie werden Tanten, und wir werden ein neues Baby in ›Atlantis‹ haben. Hast du es ihnen schon erzählt?«

»Nein, ich wollte es dir zuerst sagen. In den letzten Wochen war ich in Kontakt mit Maia, Star und Tiggy, aber Elektra erwische ich einfach nicht. Sie reagiert nicht auf meine SMS und E-Mails, und ihr Agent in Los Angeles hat nicht zurückgerufen, nachdem ich ihm eine Nachricht auf den Anrufbeantworter gesprochen hatte. Ist bei ihr alles in Ordnung?«

»Bestimmt hat sie viel zu tun – du weißt ja, wie hektisch es bei ihr immer zugeht«, antwortete Ma, wie ich meinte, erst nach kurzem Zögern. »Meines Wissens geht's ihr gut.«

»Gott sei Dank. Als ich Star in London angerufen habe und mit CeCe sprechen wollte, hat Star mir gesagt, dass sie nicht da ist. Seitdem habe ich von beiden nichts mehr gehört.«

»Aha.«

»Hast du eine Ahnung, was los ist?«

»Leider nein. Aber ich bin mir sicher, dass du dir keine Sorgen machen musst.«

»Du lässt es mich wissen, wenn du von ihnen hörst?«

»Natürlich, *chérie*. Erzähl mir doch, wie es weitergeht, wenn das Kind da ist.«

Nachdem ich Ma und über sie alle Schwestern, die kommen wollten, zu dem Grieg-Jubiläumskonzert im Dezember eingeladen hatte, wählte ich Celias Nummer. Wie Ma klang sie erfreut, mich zu hören.

Celia wollte ich von Angesicht zu Angesicht von dem Baby erzählen, weil das sehr emotional werden würde, und außerdem war da noch die Sache mit Theos Asche.

»Celia, leider habe ich im Moment nicht viel Zeit, aber hättest du was dagegen, wenn ich in den nächsten Tagen zu dir komme?«

»Was für eine Frage! Du bist hier jederzeit willkommen. Ich würde mich sehr freuen, dich zu sehen.«

»Vielleicht könnten wir nach Lymington fahren, um ...« Mir versagte die Stimme.

»Ja, es wird Zeit«, pflichtete sie mir bei. »Wir machen es zusammen, wie er es gewollt hätte.«

Zwei Tage später landete ich in Heathrow, wo Celia mich in der Ankunftshalle erwartete. Als wir uns in ihrem uralten Mini vom Flughafen entfernten, sah sie zu mir herüber.

»Ally, ich hoffe, du hast nichts dagegen, wenn wir gleich nach Lymington fahren, nicht erst nach Chelsea. Ich weiß nicht, ob ich erwähnt habe, dass ich dort ein Cottage besitze. Es ist nicht groß; Theo und ich sind in den Schulferien immer zum Segeln hingefahren. Ich finde, es passt irgendwie, wenn wir in Lymington bleiben.«

Ich drückte ihre Hand, die das Lenkrad umklammerte.

»Gern.«

Das kleine Cottage mit dem Erker an der Vorderseite befand sich im georgianischen Ortskern von Lymington, inmitten von kopfsteingepflasterten Straßen und pittoresken pastellfarbenen Häusern. Wir stellten unser Gepäck im Eingangsbereich ab, dann folgte ich Celia in das gemütliche Wohnzimmer mit den offenen Balken. Dort nahm sie meine Hände in die ihren.

»Ich muss dich warnen, dass es hier nur zwei Schlafzimmer gibt, das meine und ... in dem andern hat Theo geschlafen. Natürlich erinnert es sehr an ihn.«

»Das ist schon okay«, versicherte ich ihr, nicht zum ersten Mal gerührt über ihre Freundlichkeit und Einfühlsamkeit.

»Möchtest du deinen Rucksack nach oben bringen? Dann zünde ich den Kamin an und koche uns was. Ich habe Lebensmittel mitgebracht. Es sei denn, du gehst lieber aus.«

»Ich bleibe gern hier, danke. Bin gleich wieder unten und helfe dir.«

»Das Zimmer ist die Treppe rauf links«, rief sie mir nach.

Ich nahm meinen Rucksack und ging hinauf. Oben sah ich eine niedrige Holztür mit der groben Aufschrift »THEOS KAJÜTE«. Als ich sie öffnete, fiel mein Blick auf das schmale Bett unter dem Schiebefenster. An die Kissen gelehnt saß ein abgewetzter, mit einem winzigen Fischerpullover bekleideter Teddybär. Die schiefen Wände waren mit Bildern von Jachten bedeckt, und über der bemalten Kommode hing ein altmodischer rot-weiß gestreifter Rettungsring. Weil dieser Raum meinem eigenen Kinderzimmer in »Atlantis« so ähnlich war, traten mir Tränen in die Augen.

»Mein Seelenverwandter«, flüsterte ich und fühlte mich plötzlich Theo ganz nahe.

Ich setzte mich aufs Bett und drückte den Teddy fest an meine Brust. Leider würde Theo sein Kind niemals sehen.

An jenem Abend plauderten Celia und ich bei der Hühnchenkasserolle, die sie gekocht hatte, gemütlich auf dem ausgeblichenen, durchgesessenen Sofa vor dem Kamin im Wohnzimmer.

»Ich kann gut verstehen, warum du so gern hier bist, Celia.«

»Ich habe das Cottage von meinen Eltern geerbt, die ebenfalls Segler waren. Für einen Jungen wie Theo war dies der ideale Ort. Peter konnte dem Segeln nie etwas abgewinnen, und außerdem war er damals sowieso ständig geschäftlich unterwegs, weswegen Theo und ich viel Zeit hier verbracht haben.«

»Apropos Peter: Hast du in letzter Zeit von ihm gehört?«

»Seltsamerweise ja. Ich würde sogar so weit gehen zu behaupten, dass wir uns in den vergangenen Wochen angenähert haben. Er ruft mich regelmäßig an, und wir überlegen, ob er nicht Weihnachten bei mir in Chelsea verbringt, weil wir beide ja irgendwie in der Luft hängen.« Celia errötete. »Das mag abgedroschen klingen, aber es scheint fast so, als hätte Theos Tod etwas von der Verbitterung zwischen Theo und mir fortgespült.«

»Es klingt überhaupt nicht abgedroschen. Ich habe wirklich das Gefühl, dass er begreift, wie sehr er dich verletzt hat.«

»Niemand ist perfekt, Ally. Vielleicht bin ich ja selbst ein bisschen erwachsener geworden und sehe ein, was ich falsch gemacht habe. Anfangs war Theo mein Ein und Alles, und ich habe Peter weggeschoben. Und wie du gemerkt haben dürftest, mag er's nicht besonders, wenn nicht er im Mittelpunkt steht«, meinte sie lächelnd.

»Ja. Es freut mich, dass ihr wieder miteinander redet.«

»Ich habe ihm gesagt, dass ich mit dir hierherkommen und morgen bei Sonnenaufgang Theos Asche verstreuen möchte, aber seitdem habe ich nichts mehr von ihm gehört. Typisch Peter«, seufzte Celia. »Über die wirklich wichtigen Dinge hat er nie richtig reden können. Doch genug von mir. Erzähl mir, was in Norwegen passiert ist. Im Wagen hast du erwähnt, dass du den Hinweisen deines Vaters gefolgt bist.«

In der folgenden Stunde schilderte ich ihr detailliert die seltsame Suche nach meinen Wurzeln. Wie bei Ma verschwieg ich lediglich die mögliche genetische Verbindung zu Edvard Grieg.

»Was für eine Geschichte!«, rief Celia aus, als ich fertig war und wir unsere Tabletts mit dem Essen wegstellten. »Du hast deinen Zwillingsbruder entdeckt und obendrein noch deinen leiblichen Vater. Eine erstaunliche Wendung der Dinge. Wie fühlst du dich dabei?«

»Ich bin begeistert. Thom ist mir so ähnlich«, antwortete ich strahlend. »Obwohl ich meinen Mentor Pa Salt und meinen Seelenverwandten Theo verloren habe, scheine ich einen anderen Mann gefunden zu haben, mit dem mich etwas sehr tief verbindet, wenn auch auf völlig andere Weise.«

»So viele Veränderungen in so wenigen Wochen ...«

»Und das ist noch nicht alles.« Ich holte tief Luft. »Du wirst Großmutter.«

Zuerst sah sie mich verständnislos an, dann trat ein Lächeln auf ihre Lippen, und sie drückte mich fest an sich.

»Ally, bist du sicher?«

»Ganz sicher. Die Schwangerschaft wurde von einer Ärztin in Bergen bestätigt. Und vor einer Woche war ich beim ersten Ultraschall.« Ich stand vom Sofa auf, holte meine Handtasche, nahm ein körniges Schwarz-Weiß-Bild heraus und reichte es ihr. »Ich weiß, es schaut nach nichts aus, aber das ist dein Enkelkind.«

Sie ließ die Finger über die verschwommenen Umrisse des winzigen Lebens gleiten, das in mir heranwuchs.

»Ally ...« Ihre Stimme wurde vor Rührung rau. »Etwas Schöneres habe ich noch nie gesehen.«

Nachdem wir miteinander gelacht und uns noch viele Male umarmt hatten, sanken wir beide ein wenig benommen aufs Sofa zurück.

»Immerhin kann ich nun dem, was uns morgen bevorsteht, mit Hoffnung entgegenblicken«, sagte Celia. »Mein Segeldingi liegt im Jachthafen. Das Beste wäre es wohl, wenn wir im Morgengrauen hinausfahren und ... ihn dem Meer übergeben.«

»Tut mir leid«, stotterte ich. »Nach Theos Tod habe ich mir geschworen, niemals mehr ein Boot zu betreten. Ich hoffe, das kannst du verstehen.«

»Ja, aber bitte lass dir das noch mal durch den Kopf gehen. Wie du selber gesagt hast, kann man die Vergangenheit nicht einfach ausblenden. Theo wäre es bestimmt nicht recht, wenn er wüsste, dass er einen Keil zwischen dich und deine Leidenschaft getrieben hat.«

In dem Moment wurde mir klar, dass ich es Theo und unserem Kind schuldete, wieder an Bord zu gehen.

»Celia, du hast recht«, sagte ich schließlich.

Am nächsten Tag weckte mich mein Handywecker vor Sonnenaufgang. Einen kurzen Augenblick fehlte mir die Orientierung, bis ich etwas Raues an meiner Wange spürte. Als ich die Lampe auf dem Nachtkästchen einschaltete, sah ich Theos alten Teddy auf dem Kissen neben mir liegen. Ich vergrub die Nase in seinem Bauch, als könnte ich so Theos Wesen einatmen. Dann stand ich auf, schlüpfte in Leggings und einen dicken Pullover, bevor ich mich nach unten begab, wo Celia mich bereits erwartete. Ich sah wortlos die harmlos wirkende blaue Urne in ihren Händen an.

Die Straßen von Lymington waren menschenleer, als wir das Cottage verließen und in dem milchigen Zwielicht vor der Dämmerung zum Jachthafen gingen. Nur auf dem Fischerboot neben Celias Dingi wurde schon gearbeitet. Die beiden Fischer nickten zur Begrüßung und wandten sich dann wieder ihren Netzen zu.

»Hier spürt man den ewigen Rhythmus der Gezeiten ganz deutlich. Das hätte Theo gefallen.«

»Ja, genau.«

Als wir die vertraute Stimme hörten, drehten wir uns um und sahen Peter auf uns zukommen. Celia strahlte, Peter breitete die Arme aus, und sie ließ sich von ihm drücken. Ich blieb, wo ich war, um sie in diesem Moment der Vertrautheit nicht zu stören. Wenig später traten sie zu mir, und Peter umarmte mich ebenfalls.

»Gut«, sagte Peter leise, »dann mal los.«

Als Celia an Bord kletterte, flüsterte Peter mir ins Ohr: »Hoffentlich blamiere ich mich nicht vor euch beiden, indem ich in diesem feierlichen Augenblick das Frühstück rauskotze. Mir ist das Wasser nicht geheuer.«

»Mir momentan auch nicht«, gestand ich. »Komm.« Ich streckte ihm die Hand hin. »Gemeinsam schaffen wir das schon.«

Wir kletterten an Bord, und ich half Peter, selbst ein wenig unsicher, auf die Bank.

»Bereit, Ally?«

»Ja«, antwortete ich Celia, setzte die Segel und machte die Leinen los.

Die ersten goldenen Strahlen der Sonne ließen die träge an unserem Boot leckenden Wellen glitzern, als wir hinaussegelten. Celia übernahm das Steuer, während ich mich um die Segel kümmerte. Die steife Brise trieb das Dingi durchs Wasser und wehte mir die Haare aus dem Gesicht. Plötzlich wurde ich merkwürdig ruhig. Bilder von Theo gingen mir durch den Kopf, zum ersten Mal seit seinem Tod nicht nur traurige, sondern auch fröhliche.

Als wir nach ein paar hundert Metern eine Stelle mit herrlichem Blick auf den Hafen von Lymington erreichten, refften wir die Segel, und Celia holte die blaue Urne. Wir halfen Peter auf, der ziemlich blass um die Nase war.

»Nimm du sie, Peter«, sagte Celia, als die Morgensonne in ihrer ganzen Pracht am Horizont aufging.

»Bereit?«, fragte er.

Ich nickte, und wir legten alle die Hände um die Urne. Peter hob den Deckel und kippte sie aus, und kurz darauf vereinte sich die Asche mit der schäumenden See. Ich schloss die Augen, eine einzelne Träne lief mir über die Wange.

»Auf Wiedersehen, Schatz«, flüsterte ich, und meine Hand wanderte unwillkürlich zu meinem Bauch. »Unsere Liebe lebt weiter.«

XLVI

7. Dezember 2007

Wie üblich weckte eine leichte Bewegung in meinem Bauch mich früh auf. Ein Blick auf die Uhr sagte mir, dass es kurz nach fünf war. Ich konnte nur hoffen, dass das nicht der Schlafrhythmus des Kleinen bleiben würde, sobald es auf der Welt wäre. Draußen war es dunkel, als ich verschlafen zwischen den Vorhängen hindurchblinzelte, und auf dem Fenster lag eine dichte Schicht Eis. Nachdem ich die Toilette benutzt hatte, schlüpfte ich ins Bett zurück und versuchte, noch einmal einzuschlafen. Heute würde ein langer Tag werden, das wusste ich. Der Grieg-Saal wäre beim Jubiläumskonzert am Abend bis auf den letzten seiner eintausendfünfhundert Plätze gefüllt. Unter den Zuhörern wären auch meine Freunde und meine Familie. Ich freute mich schon darauf, Star und Ma wiederzusehen, die am Nachmittag in Bergen eintreffen würden.

Auf merkwürdige Weise hatte ich das Gefühl, dass die Schwangerschaft und das Kleine etwas Gemeinschaftliches waren: Obwohl ich als Mutter und Hüterin fungierte, würde seine Ankunft auf der Welt in drei Monaten eine Verbindung zwischen Menschen herstellen, die bisher noch nie etwas miteinander zu tun gehabt hatten.

Dieses Band verknüpfte meine gerade erst entdeckte Vergangenheit – Felix, mein leiblicher Vater, und Thom, mein Zwillingsbruder – mit den fünf Tanten, die den neuen Erdenbürger, welchen Geschlechts das Kleine auch immer sein mochte, bestimmt abgöttisch lieben würden. Elektra, von der dann doch noch eine Antwort auf meine E-Mail gekommen war, hatte mir bereits ein Paket exorbitant teurer Designerbabysachen per FedEx geschickt. Von den anderen Schwestern hatte ich rührende Mails erhalten. Und Ma konnte es trotz ihrer ruhigen Art gewiss kaum erwarten, wieder einen Säugling im Arm zu halten wie damals, als wir alle nach »Atlantis« in ihre Obhut gekommen waren. Dann war da noch Theos Seite der Familie: Celia und Peter, die zu meiner aktuelleren Gegenwart gehörten, ebenfalls am Abend erscheinen wollten und für mich und das Kind ein fester Bestandteil der Zukunft sein würden.

»Der Zyklus des Lebens ...«, murmelte ich. Für mich hatte es trotz meiner schrecklichen Verluste neue Hoffnung gegeben. So, wie Tiggy es für die Rose beschrieben hatte, die eine Weile wunderschön blüht, bis andere Knospen an derselben Pflanze aufgehen, während die alten Blüten verwelken, war es auch für mich gewesen. Obwohl ich innerhalb von zwei Monaten die beiden Menschen verloren hatte, die mir am meisten bedeuteten, war mir neue Liebe geschenkt worden.

An diesem Abend würden sich nach dem Konzert zum ersten Mal alle Stränge meiner Geschichte beim Essen vereinen.

Was mich an Felix erinnerte ...

Das Programm des Konzerts war schnörkellos: Es würde mit der *Peer-Gynt-Suite* beginnen, mit *mir* an der Flöte. Jens Halvorsens Ururenkelin – vielleicht sogar die Ururenkelin des großen Komponisten selbst, wie Thom und ich mutmaßten – würde die unverkennbaren ersten Takte spielen, wie er es über einhunderteinunddreißig Jahre zuvor bei der Uraufführung getan hatte. Und Thom übernahm die erste Geige – das zweite Instrument von Jens –, womit sich der Kreis der Halvorsen-Geschichte schloss.

Die norwegischen Medien hatten ausführlich über die verwandtschaftlichen Beziehungen berichtet, nicht zuletzt deshalb, weil im zweiten Teil des Programms die Uraufführung von Jens Halvorsen juniors erst kürzlich entdecktem Klavierkonzert, orchestriert von Felix, dem Sohn des Komponisten, stattfinden sollte.

Andrew Litton, der verehrte Dirigent des Philharmonischen Orchesters Bergen, war begeistert gewesen über das Werk und erstaunt über Felix' geniale Orchestrierung – ganz zu schweigen davon, in wie kurzer Zeit er diese gefertigt hatte. Doch als Thom David Stewart fragte, ob sein Vater das Konzert an dem Abend auch tatsächlich spielen dürfe, hatte der abgewinkt.

Nach dem Gespräch war Thom zu mir nach Hause zurückgekehrt und hatte den Kopf geschüttelt. »Er sagt, er kennt Felix schon lange, und die Uraufführung dieses Werks und der Abend insgesamt sind zu wichtig, als dass man ein Risiko eingehen könnte. Leider hat er recht. Wie wunderbar deine Idee auch war ...«, er hatte auf meinen Bauch gedeutet, »... fünf Generationen Halvorsens musikalisch zusammenzubringen: Felix ist das schwächste Glied. Was, wenn er sich am Abend zuvor wieder mal die Kante gibt und nicht auftaucht? Du weißt so gut wie ich, dass dieses Konzert mit dem Pianisten steht und fällt. Wenn er bloß irgendwo hinten das Becken schlagen müsste, wäre es etwas anderes, aber Felix ist der Mittelpunkt. Und diejenigen, die bei den Philharmonikern das Sagen haben, fürchten, dass unser lieber Papa nicht aufkreuzt. Wie ich dir erzählt habe, ist er damals wegen seiner Unzuverlässigkeit rausgeworfen worden.«

Weil ich nicht bereit gewesen war, Felix einfach so aufzugeben, hatte ich ihn mit Thom in seiner »Höhle«, wie ich seine Hütte inzwischen nannte, aufgesucht und ihn gefragt, ob er mir, wenn ich mich für ihn einsetzte, beim Leben seines Enkelkinds versprechen würde, zu allen Proben und zum Konzert selbst zu erscheinen.

Felix hatte mich mit geröteten Augen angesehen und die Schultern gezuckt. »Natürlich. Obwohl ich die Proben nicht brauche. Mit ein paar Flaschen intus könnte ich das Konzert im Schlaf spielen, meine beste Ally.«

»Du weißt, dass das so nicht läuft«, hatte ich erwidert und war zur Tür gegangen.

»Okay, okay.«

»Okay was?«

»Ich verspreche, mich ordentlich zu benehmen.«

»Wirklich?«

»Ja.«

»Weil ich es möchte?«

»Nein. Weil es das Konzert meines Vaters ist und ich will, dass er stolz auf mich sein kann. Außerdem weiß ich, dass niemand es besser spielt als ich.«

Daraufhin war ich zu David Stewart höchstpersönlich gegangen und hatte mich nach seinem neuerlichen Nein auf Erpressung verlegt. »Felix ist Pips Sohn und somit wohl der Inhaber der Rechte an dem Konzert«, hatte ich mit gesenktem Blick gesagt. »Mein Vater ist sich nicht sicher, ob es eine gute Idee ist, es aufzuführen. Er meint, wenn er die Musik nicht so spielen kann, wie sein Vater es gewollt hätte, sollte man es vielleicht lieber überhaupt nicht ins Programm nehmen.«

Ich hatte auf den unbedingten Wunsch des Orchesters gesetzt, die aufregendste heimische Komposition seit Grieg der Welt zum ersten Mal präsentieren zu dürfen. Und zum Glück hatte mein Instinkt mich nicht getrogen. Am Ende war David eingeknickt und hatte Ja gesagt.

»Aber Willem probt parallel mit dem Orchester. Dann wird der Abend, falls Ihr Vater uns im Stich lassen sollte, wenigstens keine Katastrophe. Und ich informiere die Presse zuvor nicht, dass Felix spielt. Einverstanden?«

»Einverstanden«, hatte ich geantwortet, und wir hatten unseren Kuhhandel mit einem Handschlag besiegelt. Dann war ich, stolz auf meinen Sieg, hinausmarschiert.

Obwohl Felix Wort gehalten hatte und pünktlich zu den Proben aufgetaucht war, wussten wir alle, dass das keine Garantie für sein Erscheinen beim Konzert war.

Felix wurde nicht offiziell als Pianist angekündigt, und Thom sagte mir, dass sogar zwei verschiedene Programme gedruckt worden waren – eines mit Felix' Namen, das andere mit dem von Willem.

Ich hatte ein schlechtes Gewissen Willem gegenüber, für den es mit Sicherheit nicht befriedigend war, wenn er – um eine Analogie aus der Musik zu bemühen – zweite Geige nach einem alternden, unzuverlässigen Trunkenbold spielen musste, nur deswegen, weil er nicht Halvorsen hieß. Immerhin hatte er mit Griegs Klavierkonzert in A-Moll auf jeden Fall ein Solo.

An einem Abend in der Woche zuvor hatte ich, um Thom spielen zu sehen, ein Konzert des Orchesters besucht, bei dem Willem Liszts Klavierkonzert Nr. 1 präsentierte. Als seine schlanken Finger über die Tasten glitten, seine Nasenflügel sich blähten und ihm die glänzenden dunklen Haare in die Stirn fielen, hatte ich wieder diese Schmetterlinge im Bauch gehabt, die nichts mit dem Kind darin zu tun hatten. Vielleicht würde ich doch irgendwann über den Verlust von Theo hinwegkommen, dachte ich. Und dass ich deshalb kein schlechtes Gewissen haben musste. Ich war dreißig Jahre alt und hatte noch das ganze Leben vor mir. Bestimmt wollte Theo nicht, dass ich bis zu seinem Ende enthaltsam blieb wie eine Nonne.

Zu meiner Überraschung hatten sich Thom und Willem angefreundet, und Thom hatte Willem für die folgende Woche zu uns eingeladen. Ich wusste noch nicht, ob ich ihnen Gesellschaft leisten würde.

Als ich mich an diesem Morgen schließlich damit abfand, nicht mehr schlafen zu können, fuhr ich meinen Laptop hoch, um meine E-Mails zu überprüfen. Ich sah, dass eine von Maia eingetroffen war, und öffnete sie.

Liebste Ally, ich wollte Dich nur wissen lassen, dass meine Gedanken heute bei Dir sind. Ich wünschte, ich könnte ebenfalls dabei sein, aber von Brasilien nach Norwegen ist es einfach zu weit. Wir haben uns in die Hügel, in die Fazenda, zurückgezogen, weil es im Moment sogar mir in Rio zu heiß ist. Du kannst Dir nicht vorstellen, wie schön es bei uns ist. Es muss noch eine Menge am Haus gemacht werden, aber wir diskutieren gerade darüber, es in ein Zentrum für Kinder aus den Favelas umzuwandeln, die hier in der freien Natur spielen könnten. Doch genug von mir. Ich hoffe, Dir und dem Kleinen geht es gut. Ich kann es gar nicht erwarten, meine kleine Nichte oder meinen kleinen Neffen kennenzulernen. Ich bin sehr stolz auf Dich, kleine Schwester. Maia XX

Ich freute mich, dass Maia so glücklich klang. Wenig später duschte ich und zog meine Jogginghose an, eines der wenigen Kleidungsstücke, die mir bei meinem immer dicker werdenden Bauch noch passten. Ich weigerte mich, Geld für richtige Schwangerschaftskleidung auszugeben, und trug meist einen von Thoms weiten Pullovern. Für meinen Bühnenauftritt am Abend hatte ich mir ein schwarzes Stretchkleid zugelegt, und Thom hatte bemerkt, wie gut es mir stehe, aber wahrscheinlich wollte er nur höflich sein.

Unten betrat ich die Behelfsküche, die sich, solange die Renovierung dauerte, im Wohnzimmer befand und aus einer Anrichte mit einem Wasserkessel und einer Mikrowelle bestand. Immerhin waren die gröbsten Arbeiten in der eigentlichen Küche inzwischen erledigt. Wir hatten bereits einen neuen Boiler, und die Fußbodenheizung sollte bald verlegt werden, doch alles dauerte doppelt so lange wie erwartet, und allmählich hatte ich Panik, dass wir nicht fertig würden, bis das Baby käme. Der Nistinstinkt trieb mich an und die Handwerker in den Wahnsinn.

»Morgen«, begrüßte mich Thom, dem die Haare wie immer nach dem Schlafen zu Berge standen. »Heute ist also der große Tag«, seufzte er. »Wie fühlst du dich?«

»Ich bin nervös und aufgeregt und frage mich ...«

»... ob Felix auftauchen wird«, sagten wir wieder einmal unisono.

»Kaffee?«

»Danke. Wann kommen deine Leute?«, erkundigte er sich und schlenderte zu den neuen Panoramafenstern mit Blick auf die Terrasse, die Tannen und den Fjord.

»Heute, alle zu unterschiedlichen Zeiten. Ich habe Ma und Star gesagt, dass sie vor dem Konzert am Bühneneingang warten sollen.« Bei dem Gedanken meldeten sich wieder die Schmetterlinge in meinem Bauch. »Ist das nicht lächerlich? Dass Freunde und Familie da sind, macht mich viel nervöser als alles, was die Kritiker schreiben könnten.«

»Das kann ich gut verstehen. Wenigstens ist dein Solo gleich am Anfang. Dann müssen wir nur noch zittern, bis Felix die letzte Note des *Heldenkonzerts* gespielt hat.«

»Ich bin noch nie vor so großem Publikum aufgetreten«, jammerte ich. »Und schon gar nicht vor einem zahlenden.«

»Das schaffst du schon«, versuchte er, mich zu beruhigen, obwohl ich, als ich ihm den Kaffee reichte, auch seine Nervosität spürte. Es war ein großer Tag für uns beide. Wir hatten das Gefühl, miteinander musikalisch etwas Neues geschaffen zu haben, das nun das Licht der Welt erblicken würde. An diesem Abend würden wir uns wie die stolzen Eltern fühlen.

»Willst du Felix anrufen und ihn noch mal erinnern?«, fragte Thom.

»Nein. Nun liegt es an ihm, an ihm allein.«

»Ja«, seufzte Thom, »das stimmt. Ich geh mal unter die Dusche. Kannst du in zwanzig Minuten fertig sein?«

»Ja.«

»Hoffentlich kommt er.«

Da wurde mir klar, dass Thom das Erscheinen von Felix noch mehr bedeutete als mir, auch wenn er das niemals zugegeben hätte.

»Er wird da sein, das weiß ich.«

Doch als ich zwei Stunden später vor der Probe meinen Platz im Orchester einnahm und den verwaisten Klavierhocker sah, geriet meine Zuversicht ins Wanken. Und als Andrew Litton um Viertel nach zehn erklärte, dass wir nicht länger warten könnten, zückte ich mein Handy.

Nein, ich würde ihn nicht anrufen.

Willem setzte sich ans Klavier, und Thom warf mir einen verzweifelten Blick zu, als Andrew Litton den Taktstock hob.

»Wie kannst du nur? Du Scheißkerl!«, fluchte ich leise, doch da sah ich Felix blass und völlig außer Atem durch den Zuschauerraum zur Bühne laufen.

»Wahrscheinlich glaubt mir das jetzt keiner«, keuchte er, »aber mein Moped hat auf halber Höhe des Hügels den Geist aufgegeben. Den Rest der Strecke musste ich per Anhalter fahren. Zum Beweis hab ich die freundliche Dame, die mich vom Straßenrand aufgelesen hat, mitgebracht. Hanne«, rief er. »Sag ich die Wahrheit?«

Einhundertundeins Augenpaare folgten Felix' ausgestrecktem Finger, der in den hinteren Teil des Zuschauerraums wies, wo eine

Frau mittleren Alters stand, der das Ganze ziemlich peinlich zu sein schien.

»Hanne, sag's ihnen.«

»Ja, sein Moped war kaputt, und ich habe ihn mitgenommen.«

»Danke. Hol dir an der Kasse eine Freikarte für das Konzert heute Abend.« Felix wandte sich dem Orchester zu und verbeugte sich mit großer Geste. »Entschuldigt die Verspätung, aber manchmal sind die Dinge nicht so, wie sie auf den ersten Blick aussehen.«

Nach der Probe gesellte ich mich zu Felix, der mit einer Zigarette am Bühneneingang stand.

»Hi, Ally. Sorry. Zur Abwechslung hatte ich mal tatsächlich einen echten Grund.«

»Möchtest du was trinken gehen?«

»Nein danke, meine Beste. Ich will mich doch heute von meiner Schokoladenseite zeigen, schon vergessen?«

»Nein. Erstaunlich, was? Vier oder sogar fünf Generationen Halvorsens gemeinsam auf der Bühne.«

»Vielleicht sogar Griegs«, meinte er achselzuckend.

»Äh ... Das weißt du?«

»Klar. Anna hat's Horst auf dem Sterbebett gesagt, und auch, wo die Briefe versteckt waren. Und mir hat er's verraten, bevor er zum Studieren nach Paris ist. Ich hab sie alle gelesen. Ganz schön heiße Sache, was?«

Ich war verblüfft über die Beiläufigkeit, mit der er das erwähnte. »Hast du nie daran gedacht, darüber zu reden? Dieses Wissen zu nutzen?«

»Manche Geheimnisse sollten geheim bleiben, findest du nicht? Gerade du solltest wissen, dass die Gene nicht alles sind, es kommt viel mehr darauf an, was man daraus macht. Viel Glück heute Abend.« Mit diesen Worten und einem kurzen Winken verschwand Felix.

Um halb sieben teilte Star mir in einer SMS mit, dass sie und Ma da seien. Ich holte Thom ein wenig nervös aus der Musikergarderobe ab, um ihn den beiden vorzustellen.

»Ma«, sagte ich, als ich sie, wie immer elegant in Boucléjacke von Chanel und marineblauem Rock, entdeckte.

»Ally, ich freue mich so, dich zu sehen, *chérie*.« Als Ma mich umarmte, roch ich ihr vertrautes Parfüm, ein Duft, der mir ein Gefühl der Sicherheit gab.

»Hallo, Star, wie schön, dass du kommen konntest.« Ich drückte sie und wandte mich dann meinem Zwillingsbruder zu, der meine Schwester mit offenem Mund anstarrte. »Und das ist Thom, der Bruder, den ich noch nicht lange kenne«, erklärte ich, als Star ihn ihrerseits verlegen lächelnd anblickte.

»Hallo, Thom«, begrüßte sie ihn, und ich stieß ihm in die Rippen, damit er antwortete.

»Ja, hallo. Erfreut, Sie kennenzulernen, Star. Und Sie, Ma ... ich meine, Marina.«

Was hatte Thom nur? Warum stellte er sich so an?

»Und wir freuen uns, Sie kennenzulernen, Thom«, antwortete Marina. »Danke, dass Sie für mich auf Ally aufpassen.«

»Wir passen aufeinander auf, was, Schwesterherz?«, sagte er, ohne den Blick von Star zu wenden.

In dem Moment wurden die Musiker über die Lautsprecheranlage auf die Bühne gerufen.

»Wir müssen los, aber wir sehen uns nachher im Foyer«, sagte ich. »Gott, bin ich nervös«, seufzte ich, als ich mich mit einem Küsschen von den beiden verabschiedete.

»Du wirst das ganz wunderbar machen, *chérie*, da bin ich mir sicher«, tröstete Ma mich.

»Danke.« Nach einem kurzen Winken entfernte ich mich mit Thom. »Hat's dir die Sprache verschlagen?«, fragte ich ihn.

»Wow, ist deine Schwester hübsch«, brachte er nur heraus, als ich ihm zu der letzten Lagebesprechung mit Andrew Litton vor unserem Auftritt auf die Bühne folgte.

»Ich mache mir Sorgen«, flüsterte ich Thom zu, als wir abends um exakt sieben Uhr siebenundzwanzig unter tosendem Beifall die Bühne betraten. »Er scheint nach wie vor nüchtern zu sein. Aber er behauptet, dass er betrunken viel besser spielt.«

Thom schmunzelte. »Der arme Felix. Was er macht, ist verkehrt. Er hat ja noch die ganze erste Hälfte und die Pause, um etwas daran zu ändern. Zerbrich dir nicht den Kopf«, flüsterte er zurück, »und genieße lieber diesen wunderbaren Moment in der Halvorsen- oder Grieg-Geschichte. Hab dich lieb, Schwesterherz«, fügte er mit einem Grinsen hinzu, und wir nahmen unsere jeweiligen Plätze im Orchester ein.

Drei Minuten später würde ich die ersten Takte der »Morgenstimmung« spielen. Nun wusste ich, dass es, wie Felix mir zuvor erklärt hatte, letztlich egal war, von wem ich abstammte. Wichtig war nur, dass ich überhaupt das Geschenk des Lebens erhalten hatte und das Beste daraus machen konnte.

Als die Lichter ausgingen und es still wurde im Saal, dachte ich an alle, die mir da draußen die Daumen hielten.

Und an Pa Salt, der mir geschrieben hatte, dass ich meine größte Stärke in Momenten der Schwäche finden würde. Und an Theo, der mich gelehrt hatte, was es bedeutete, einen Menschen wirklich zu lieben. Keiner von ihnen war körperlich anwesend, aber ich wusste, dass sie voller Stolz von den Sternen auf mich herabblickten.

Bei dem Gedanken an das neue Leben in mir, das ich erst noch kennenlernen musste, lächelte ich.

Dann setzte ich die Flöte an die Lippen und begann, für sie alle zu spielen.

STAR

7. Dezember 2007

Heldenkonzert

Allegretto

MCMXXXIX

Als die Lichter im Saal ausgingen, sah ich, wie meine Schwester sich von ihrem Platz auf der Bühne erhob. Die Umrisse des neuen Lebens in ihr zeichneten sich deutlich unter ihrem schwarzen Kleid ab. Ally schloss kurz die Augen, als wollte sie beten. Als sie schließlich die Flöte an die Lippen hob, griff eine Hand nach der meinen und drückte sie sanft. Da wusste ich, dass Ma es auch spürte.

Beim Klang der vertrauten Melodie, die Teil unserer Kindheit in »Atlantis« gewesen war, fiel etwas von der Anspannung der vergangenen Wochen von mir ab. Mir wurde klar, dass Ally für alle spielte, die sie geliebt und verloren hatte, und gleichzeitig begriff ich, dass, genau wie die Sonne nach der langen Nacht wieder aufgeht, in ihrem Leben jetzt ebenfalls neues Licht war. Und als die Musik zur Feier des neuen Tags ein Crescendo erreichte, wurde auch mein Herz weit.

Bei meiner Wiedergeburt hatten andere gelitten, das musste ich noch verarbeiten. Erst seit Kurzem wusste ich, dass es viele verschiedene Arten der Liebe gibt.

In der Pause gingen Ma und ich an die Bar, und Peter und Celia Falys-Kings, die sich als Theos Eltern vorstellten, gesellten sich auf ein Glas Sekt zu uns. So, wie Peter schützend den Arm um Celias Taille legte, wirkten sie wie ein junges Liebespaar.

»Santé«, sagte Ma. »Ist das nicht ein wunderbarer Abend?«

»Ja«, antwortete ich.

»Ally hat so schön gespielt. Wenn nur deine anderen Schwestern auch hier sein könnten. Und natürlich euer Vater.«

Als Ma plötzlich besorgt die Stirn runzelte, fragte ich mich, welche Geheimnisse sie in ihrem Busen bewahrte. Und ob diese sie genauso belasteten wie mich das meine.

»CeCe hat's nicht geschafft?«, fragte sie vorsichtig.

»Nein.«

»Hast du sie in letzter Zeit gesehen?«

»Ich war in den vergangenen Wochen nicht oft in der Wohnung, Ma.«

Sie drängte mich nicht weiter, weil sie wusste, dass das keinen Sinn hatte.

Als eine Hand zufällig meine Schulter streifte, erschrak ich, weil ich sehr empfindlich auf Berührungen reagiere.

Peter wandte sich Ma zu, um das darauffolgende Schweigen zu beenden. »Sie sind also die Mom, die sich in Allys Kindheit um sie gekümmert hat?«

»Ja«, antwortete sie.

»Gut gemacht«, lobte er sie.

»Da musste ich nicht viel machen«, erwiderte Ma bescheiden. »Ich bin sehr stolz auf alle meine Mädchen.«

»Sie sind eine von Allys berühmten Schwestern?«, fragte Peter mich.

»Ja.«

»Wie heißen Sie?«

»Star.«

»Und welche Nummer sind Sie?«

»Drei.«

»Interessant.« Er musterte mich. »Ich war auch die Nummer drei. Uns hört keiner zu, wir fallen keinem auf, was?«

Ich schwieg.

»In Ihrem hübschen Kopf geht sicher eine Menge vor«, fuhr er fort. »Bei mir war's jedenfalls so.«

Selbst wenn er recht hatte, würde ich ihm das nicht verraten. Ich zuckte nur stumm mit den Achseln.

»Ally ist ein ganz besonderer Mensch. Wir haben beide eine Menge von ihr gelernt«, sagte Celia und schenkte mir ein herzliches Lächeln. Bestimmt dachte sie, ich schweige, weil ich Probleme mit Peter hatte, doch sie täuschte sich. Es war eher umgekehrt: Andere Leute hatten Probleme mit meinem Schweigen.

»Und jetzt werden wir auch noch bald Großeltern. Ihre Schwester hat uns wirklich ein sehr großes Geschenk gemacht, Star«, bemerkte Peter. »Diesmal werde ich für das Kleine da sein. Das Leben ist so kurz, finden Sie nicht?«

Beim ersten Klingeln leerten alle ihre Gläser und kehrten in den Zuschauerraum zurück. Ally hatte mich per E-Mail bereits über ihre Entdeckungen in Norwegen informiert. Als Felix Halvorsen die Bühne betrat, konnte ich keine große Ähnlichkeit zwischen ihm und Ally feststellen. Dafür fiel mir sein etwas schwankender Gang auf, und ich fragte mich, ob er getrunken hatte. Ich schickte ein Gebet zum Himmel, dass ich mich täuschte, weil ich von Ally wusste, wie viel dieser Abend ihr und ihrem erst vor Kurzem entdeckten Bruder Thom bedeutete, der mir sofort sympathisch gewesen war.

Als Felix sich an den Flügel setzte, spürte ich, wie alle im Saal mit mir den Atem anhielten. Die Spannung löste sich erst, als er die Finger auf die Tasten senkte und die Anfangstakte des *Heldenkonzerts* zum ersten Mal öffentlich gespielt wurden, laut Programm etwas mehr als achtundsechzig Jahre nach seiner Entstehung. In der folgenden halben Stunde durften wir einem Vortrag von seltener Schönheit lauschen, die dem Gleichklang von Komponist und Interpret, Vater und Sohn entsprang.

Als mein Herz sich mit der wunderbaren Musik in die Lüfte erhob, erhaschte ich einen Blick in meine Zukunft. »Musik ist Liebe auf der Suche nach einer Stimme«, zitierte ich insgeheim Tolstoi. Ich musste meine Stimme noch finden. Und den Mut, sie zu benutzen.

Am Ende brandete tosender Applaus auf, die Zuschauer sprangen von den Sitzen, trampelten und jubelten. Felix verbeugte sich ein ums andere Mal, winkte seinen Sohn und seine Tochter aus dem Orchester zu sich, bat um Ruhe und widmete seinen Auftritt seinem verstorbenen Vater und seinen Kindern.

In dieser Geste erkannte ich den lebenden Beweis, dass es möglich ist, sich zu ändern. So, dass die anderen es irgendwann akzeptieren, auch wenn es ihnen schwerfällt.

Als die Konzertbesucher sich schließlich von ihren Sitzen erhoben, berührte Ma meine Schulter und sagte etwas zu mir.

Ich nickte, ohne zugehört zu haben, und murmelte, dass ich ins Foyer nachkommen würde. Und blieb sitzen. Allein. Um nachzudenken, während die anderen Zuschauer den Saal verließen. Plötzlich nahm ich aus den Augenwinkeln eine vertraute Gestalt wahr.

Mein Herz klopfte wie wild, ich sprang auf und rannte durch den leeren Saal nach hinten, wo sich die Konzertbesucher an den Ausgängen drängten. Dort ließ ich verzweifelt den Blick schweifen und betete darum, dass das unverwechselbare Profil noch einmal in der Menge auftauchen möge.

Ich bahnte mir einen Weg durchs Foyer hinaus in die eisig kalte Dezemberluft und sah mich in der Hoffnung um, einen weiteren Blick auf die Gestalt zu erhaschen, doch ich wusste, dass sie verschwunden war.

Dank

Ich war erst fünf, als mein Vater von seinen Reisen nach Norwegen eine Langspielplatte mit Griegs *Peer-Gynt-Suite* mitbrachte. Sie wurde zur Hintergrundmusik meiner Kindheit, wenn er von der Schönheit dieses Landes, besonders von den herrlichen Fjorden, schwärmte und mir riet, es später einmal unbedingt selbst anzusehen. Am Ende war dann Norwegen das erste Land, in das ich zu einer Lesereise eingeladen wurde. Ich erinnere mich, wie mir im Flugzeug die Tränen herunterliefen, als ich ans, wie mein verstorbener Vater es immer genannt hatte, nördliche Ende der Welt flog. Wie Ally folgte ich seinen Worten. Seit meiner ersten Reise nach Norwegen bin ich immer wieder dort gewesen, und wie mein Vater vor mir habe ich mich in dieses Land verliebt. So war von Anfang an klar, wo der zweite Band meiner Sieben-Schwestern-Reihe spielen würde.

Die Sturmschwester basiert auf realen historischen Ereignissen und dem Leben von norwegischen Ikonen wie Edvard Grieg und Henrik Ibsen, obwohl die Schilderung ihrer Persönlichkeit in dem vorliegenden Buch natürlich meiner Fantasie entspringt. Dieser Roman erforderte intensive Recherchen, bei denen mir viele wunderbare Menschen geholfen haben. Manche, die ich bei meiner Forschungsreise kennengelernt habe, tauchen in dem Buch als sie selbst auf; ich danke ihnen dafür, dass ich in der Geschichte ihre realen Namen verwenden durfte.

Meine Freunde bei Cappelen Damm, meinem fantastischen Verlag, haben für mich den Kontakt zu Leuten hergestellt, die mir weiterhelfen konnten. Folglich geht mein erster (und größter) Dank an Knut Gorvell, Jorid Mathiassen, Pip Hallen und Mariann Nielsen. Des Weiteren danke ich

in Oslo:
Erik Edvardsen vom Ibsen-Museum, der mir die Originalfotos der *Peer-Gynt*-Inszenierung zeigte und mir von Solveigs »Geisterstimme« erzählte, deren Inhaberin bis zum heutigen Tag unbekannt ist. Sie war für mich der Schlüssel zu der Vergangenheitsgeschichte meines Buchs. Die Informationen über das Leben in Norwegen in den 1870er Jahren stammen samt und sonders von Lars Roede im Oslo-Museum, die detaillierten Auskünfte über Kleidung, Namen, Verkehrsverbindungen und Sitten im Norwegen der gleichen Zeit von Else Rosenqvist und Kari-Anne Petersen vom Norskfolke Museum in Oslo. Außerdem von Bjorg Larsen Rygh von Cappelen Damm (dessen Vortrag über das Abwassersystem von Christiania im Jahr 1876 weit das Maß der Pflicht überstieg!). Dank auch an Hilde Stoklasa von Oslo Cruise Network und ein besonderes Dankeschön an das Personal des Grand Hotel in Oslo, das sich, während ich den ersten Entwurf dieses Romans schrieb, Tag und Nacht rührend um mich gekümmert hat.

in Bergen:

John Rullestad, der mich Erling Dahl, dem früheren Leiter des Grieg-Museums im Bergener Troldhaugen, vorstellte. Erling ist der bedeutendste Biograf von Grieg und hat den Grieg-Preis erhalten. Er und Sigurd Sandmo, der gegenwärtige Leiter des Grieg-Museums, haben mich nicht nur immer wieder in Griegs Villa gelassen (ich durfte sogar an Griegs Flügel sitzen!), sondern mir auch tiefe Einblicke in Griegs Leben und Persönlichkeit gewährt. Erling hat mich überdies Henning Malsnes vom Philharmonischen Orchester Bergen vorgestellt, der mir die Geschichte des Orchesters während des Kriegs und wie so ein Orchester funktioniert erklärte. Mein Dank auch an Mette Omvik, die mir die Hintergründe zur *Nasjoniale Scene* in Bergen erläutert hat.

Erling hat es mir außerdem ermöglicht, den angesehenen norwegischen Komponisten Knut Vaage kennenzulernen, der mir den Prozess der Orchesterkomposition aus der historischen Perspektive erklärte. Danke auch an das Personal des Hotels Havnekontoret in Bergen, das mich während meines Aufenthalts dort betreut hat.

in Leipzig:
Barbara Wiermann vom Königlichen Konservatorium der Musik und meiner wunderbaren Freundin Caroline Schatke von der Edition Peters in Leipzig, deren Vater Horst uns unter höchst ungewöhnlichen Umständen zusammengebracht hat.

Da ich mich mit nautischen Dingen nicht sonderlich gut auskenne, griffen mir David Beverley und in Griechenland Jovana Nikic und Kostas Gkekas von »Sail in Greek Water« unter die Arme. Für die Unterstützung bei den Recherchen zum Fastnet Race möchte ich mich bei allen vom Royal London Yacht Club und vom Royal Ocean Racing Club in Cowes bedanken. Außerdem bei Lisa und Manfred Rietzler, die mich einen Tag lang auf ihrer Sunseeker mitgenommen und mir gezeigt haben, was mit ihr möglich ist.

Herzlichen Dank meiner fantastischen persönlichen Assistentin Olivia und meinem fleißigen Team Susan Moss und Ella Micheler, die sich um Recherche und Redaktion kümmern und zahlreiche Überstunden machen mussten, weil wir gleichzeitig mit der Sieben-Schwestern-Reihe und dem Überarbeiten meiner Backlist-Bücher beschäftigt sind.

Danke an alle Verlage auf der ganzen Welt, die meine Bücher herausbringen – besonders Catherine Richards und Jeremy Trevathan von Pan Macmillan UK, Claudia Negele und Georg Reuchlein von Random House Deutschland und Peter Borland und Judith Curr von Atria in den USA. Sie alle haben mich auf jede nur erdenkliche Weise unterstützt und sich auf das Wagnis einer Reihe mit sieben Büchern eingelassen.

Danke meiner wunderbaren Familie, die viel Geduld mit mir haben muss, da ich im Moment kaum jemals ohne Papier und Stift anzutreffen bin. Ohne Stephen (der auch mein Agent ist),

Harry, Bella, Leonora und Kit würde mir das Schreiben nichts bedeuten. Dank meiner Mutter Janet, meiner Schwester Georgia und Jacquelyn Heslop, dazu eine besondere Erwähnung von »Flo«, meiner Schreibgefährtin, die wir im Februar verloren haben und die uns noch immer schrecklich fehlt. Außerdem Rita Kalagate, João de Deus und allen meinen unglaublichen Freunden in der Casa de Dom Inacio.

Und last but not least Ihnen, meinen Leserinnen und Lesern, deren Zuneigung und Unterstützung bei meinen Reisen um die Welt, auf denen ich *Ihren* Geschichten lausche, mich inspirieren und mein eigenes Dasein klein erscheinen lassen. Sie machen mir klar, dass nichts, was ich jemals schreiben werde, sich mit dem immer wieder überraschenden und komplexen Leben selbst messen kann.

Lucinda Riley
Juni 2015

Bibliografie

Die Sturmschwester ist ein Werk der Fiktion vor realem historischem Hintergrund. Die Quellen, die ich für die Recherche verwendet habe, sind im Folgenden aufgelistet:

Andrews, Munya, *The Seven Sisters of the Pleiades* (Spinifex Press, 2004)

Dahl, Erling, *My Grieg: A Personal Introduction to Edvard Grieg's Life and Music* (Vigmostad & Bjoerke, Bergen 2007)

Ferguson, Robert, *Henrik Ibsen. Eine Biografie* (Kindler Verlag Berlin, 1998)

Gillington, M. C., *A Day with Edvard Grieg* (Hodder & Stoughton, 1886)

Graves, Robert (von Ranke-Graves, Robert), *Griechische Mythologie. Quellen und Deutung* (Rowohlt, 2007)

Graves, Robert (von Ranke-Graves, Robert), *Die weiße Göttin. Sprache des Mythos* (Rowohlt, 1985)

Halvorsen, William H., *Edvard Grieg: Letters to Colleagues and Friends* (Peer Gynt Press, U. S., 2001)

Halvorsen, William H., *Edvard Grieg: Diaries, Articles and Speeches* (Peer Gynt Press, U. S., 2001)

Ibsen, Henrik, *Peer Gynt* (Reclam, 1998)

Monrad-Johansen, David, *Edvard Grieg* (Princeton University Press, 1938)

Oslo Jewish Museum, *What Happened in Norway? Shoah and the Norwegian Jews* (Oslo, 2013)

Rasmussen, Rudolf, *Rulle: De andre. Minner og meninger om livet på scene og podium* (Classica Antikvariat, 1936)